HEYNE BÜCHER

D1998532

SCIENCE FICTION

Von **Anne McCaffrey** erschien in der Reihe
HEYNE SCIENCE FICTION & FANTASY:

DIE DRACHENREITER VON PERN:

1. *Die Welt der Drachen* · 06/3291
2. *Die Suche der Drachen* · 06/3330
3. *Drachengesang* · 06/3791
4. *Drachensinger* · 06/3849
5. *Drachentrommeln* · 06/3996
6. *Der weiße Drache* · 06/3918
7. *Moreta – Die Drachenherrin von Pern* · 06/4196
8. *Nerilkas Abenteuer* · 06/4548
9. *Drachendämmerung* · 06/4666
10. *Die Renegaten von Pern* · 06/5007
11. *Die Weyr von Pern* · 06/5135
12. *Die Delphine von Pern* · 06/5540
13. *Die Chroniken von Pern: Ankunft* · 06/6353
14. *Drachenauge* · 06/6372

DINOSAURIER-PLANET:

1. *Dinosaurier-Planet* · 06/4168
2. *Die Überlebenden* · 06/4347

ROWAN:

1. *Rowan* · 06/5622
2. *Damia* · 06/5623
3. *Damias Kinder* · 06/5624
4. *Lyon* · 06/5625

DIE PLANETENPIRATEN:

1. *Sassinak* · 06/6366 (mit Elizabeth Moon)
2. *Raumfahrergarn* · 06/6367 (mit Jody Lynn Nye)
3. *Das Generationenschiff* · 06/6368 (mit Elizabeth Moon)

EINZELBÄNDE:

Planet der Entscheidung · 06/3314
Ein Raumschiff namens Helva · 06/3354; auch ✔ 06/1008
Die Wiedergeborene · 06/3362
Wilde Talente · 06/4289
Killashandra · 06/4728

ANNE McCAFFREY
&
JODY LYNN NYE

Raum-fahrergarn

Die Planetenpiraten
ZWEITER ROMAN

Aus dem Englischen von
Michael K. Iwoleit

Deutsche Erstausgabe

WILHELM HEYNE VERLAG
MÜNCHEN

HEYNE SCIENCE FICTION & FANTASY
Band 06/6367

Titel der englischen Originalausgabe
THE DEATH OF SLEEP
VOLUME TWO OF *THE PLANET PIRATES*
Deutsche Übersetzung von Michael K. Iwoleit
Das Umschlagbild malte Szendrei Tibor

Umwelthinweis:
Dieses Buch wurde auf chlor- und säurefreiem Papier gedruckt

2. Auflage
Redaktion: E. Senftbauer
Copyright © 1990 by Bill Fawcett & Associates
Erstveröffentlichung:
A Bean Books Original,
published by Bean Publishing Enterprice, New York
Mit freundlicher Genehmigung der Autorinnen
und Thomas Schlück, Literarische Agentur, Garbsen
(# T 28674)
Copyright © 2001 der deutschen Ausgabe und der Übersetzung
by Wilhelm Heyne Verlag GmbH & Co. KG, München
http://www.heyne.de
Deutsche Erstausgabe 4/2001
Printed in Germany 2001
Umschlaggestaltung: Atelier Ingrid Schütz, München
Technische Betreuung: M. Spinola
Satz: Schaber Satz- und Datentechnik, Wels
Druck und Bindung: Presse-Druck Augsburg

ISBN 3-453-17948-X

erstes buch

erstes kapitel

Die einzige Turbine, die in dem leeren, kugelrunden Erzfrachter in Betrieb war, wummerte hohl durch den Rumpf. Sie ließ die Decks und Schotts in einer Frequenz vibrieren, die man anfangs, je nach Stimmung, als beruhigend oder entnervend empfand. Nach vier Wochen an Bord des auf Tau Ceti registrierten Frachtschiffs *Nellie Mine* mußte Lunzie Mespil sich erst an das Summen erinnern, um es überhaupt wahrzunehmen. Als sie in ihrer Eigenschaft als neue Ärztin für die Bergbauplattform Descartes Nr. 6 an Bord gekommen war, hatte das Geräusch sie halb in den Wahnsinn getrieben. Es gab nicht viel zu tun, außer zu lesen, zu schlafen und zu horchen – oder besser, den Lärm der Turbine zu fühlen. Später fand sie heraus, daß das Geräusch das Einschlafen und die Entspannung förderte, so als befände man sich an Bord einer sanft schaukelnden Einschienenbahn. Ob ihre Kollegen es wußten oder nicht, einer der Hauptgründe dafür, daß die Bergbaugesellschaft Descartes bei Frachtflügen so wenige Meutereien und Duelle verzeichnete, war das friedlich stimmende Summen der Turbinen.

Die ersten Tage, die sie in der kleinen, schmucklosen Kabine verbrachte, die ihr zugleich als Schlafstelle und als Büro diente, verliefen ein wenig einsam. Lunzie blieben zu viele Stunden, um an ihre Tochter Fiona zu denken. Die vierzehnjährige Fiona, für Lunzies unbefangene Augen ein hübsches und frühreifes Mädchen, war in der Obhut eines Freundes zurückgeblieben, der als leitender medizinischer Offizier auf dem neu kolonisierten Planeten Tau Cetis arbeitete. Die Siedlung war für eine so junge Anlage erstaunlich komfortabel. Sie hatte ein gutes Klima, eine für Menschen günstige Biosphäre, unterscheidbare Jahreszeiten und viel fruchtbares Land, auf dem sowohl irdische wie hybride Pflanzen gediehen. Lunzie hoffte, sich dort selbst niederlassen zu können, wenn sie ihren Pflichtdienst auf der Plattform beendet hatte, aber sie war finanziell nicht unabhängig.

Fiano war wütend gewesen, weil sie ihre Mutter nicht auf die Plattform begleiten durfte, und hatte es nicht hinnehmen wollen. In den letzten Tagen vor Lunzies Abreise hatte sie sich geweigert, ein Wort mit ihr zu wechseln, und immer wieder störrisch die beiden Fünf-Kilo-Kleidersäcke ausgepackt, wie oft ihre Mutter sie auch wieder neu packte. Es war eine kindische Posse gewesen, aber eine, die Lunzie zeigte, wie sehr es Fiona verletzte, daß sie alleingelassen wurde. Seit ihrer Geburt war sie nie länger als einige Tage von ihrer Mutter getrennt gewesen. Lunzie machte die bevorstehende Trennung selbst zu schaffen, aber im Gegensatz zu Fiona sah sie ein, daß wirtschaftliche Zwänge ihr keine andere Wahl ließen, als einen medizinischen Posten auf einem so fernen Planeten anzunehmen und Fiona zurückzulassen.

Die Reisekosten nach Tau Ceti waren vom Wissenschaftsausschuß bezahlt worden, der darüber Aufschluß erhalten wollte, welche Zukunftsaussichten ein Clone-Zuchtzentrum auf einem neu kolonisierten Planeten hatte. Der Ethikausschuß war an Lunzie herangetreten, weil sie in ihrer Zeit an der medizinischen Fakultät als studentische Beraterin mit einem ähnlichen Projekt zu tun gehabt hatte, aus dem eine experimentelle Kolonie hervorgegangen war. Überraschenderweise waren die Daten dieses früheren Unternehmens selbst den Teilnehmern an dem Projekt nicht zugänglich. Auch ihr zeitweiliger Ehemann Sion hatte sich für sie ausgesprochen. Er genoß in Kreisen der Genetiker inzwischen hohes Ansehen und arbeitete hauptsächlich an der Überwachung menschlicher Schwerwelten-Mutationen.

Es fanden vier oder fünf Sitzungen des Ethikausschusses statt, die schnell zu dem Ergebnis kamen, daß selbst ein so altruistisches Projekt wie die Pflege eines überlebensfähigen Genoms binnen weniger Generationen in einer Sackgasse enden würde. Auf weitere Maßnahmen wurde deshalb verzichtet, und so saß Lunzie ohne Arbeit in einer Kolonie fest, die sie nicht mehr brauchte. Weil ihre Arbeit strenger Geheimhaltung unterlag, hatte sie ihrer Tochter nicht einmal erklären können, warum sie einen Posten nicht antreten konnte, der der eigentliche Grund für ihre Übersiedlung nach Tau Ceti gewesen war.

Nachdem sie ihre Taschen das fünfte oder sechste Mal neu gepackt hatte, wußte sie die wenigen Habseligkeiten auswendig, die sie mitnehmen würde, und schloß ihr Gepäck im Giftschrank des medizinischen Zentrums von Tau Ceti ein, damit ihre Tochter es nicht mehr in die Finger bekam.

Inzwischen waren Fionas Proteste zu einem bloßen Schmollen abgeflaut. Lunzie ließ ihr Zeit, sich an den Gedanken der Trennung zu gewöhnen, und hielt sich in ihrer Nähe auf, damit Fiona jederzeit mit ihr reden konnte, wenn sie das Bedürfnis hatte. Lunzie wußte aus Erfahrung, daß es keinen Sinn hatte, Fiona hinterherzulaufen. Sie mußte von allein kommen. Sie waren sich beide sehr ähnlich. Eine zu frühe Konfrontation zu erzwingen, wäre dasselbe gewesen, als häufe man eine kritische Masse radioaktiven Materials auf. Lunzie ging ihrer Arbeit im medizinischen Zentrum nach und assistierte ihren Kollegen bei laufenden Forschungsarbeiten, die die Kolonie gebilligt hatte.

Schließlich kam Fiona an einem sonnigen Tag nach der Arbeit vor dem medizinischen Zentrum auf sie zu und überreichte ihr ein kleines Paket. Es ähnelte einem harten Stück Rohr mit dreieckigem Querschnitt. Lunzie lächelte, als sie die Form erkannte. Unter dem Papier steckte ein brandneues Studiohologramm von Fiona, das sie in ihren Feiertagssachen zeigte, für die sie ihre Mutter um den Rest angebettelt hatte, der ihr noch fehlte, nachdem sie während ihres Aufenthalts auf einem anderen Planeten lange dafür gespart hatte. Lunzie fiel auf, wie sehr ihr Fiona ähnlich sah: die hervorstehenden Wangenknochen, die hohe Stirn, der sinnliche Mund. Die Wellen von weichem Haar waren sehr viel dunkler als ihre eigenen, dem Schwarz näher als Lunzies Goldbraun. Fiona hatte schmale, verträumte Augen und von ihrem Vater ein starkes Kinn geerbt, das ihrem Gesicht, schon als Säugling, einen entschlossenen, wenn nicht sogar starrsinnigen Ausdruck verlieh. Das rubinrote Kleid betonte die helle Haut des Mädchens und verlieh ihr etwas Exotisches und Reizvolles wie eine Blume. Der fließende, durchsichtige Umhang, der ihr zwischen den Schultern herabhing, entsprach der neusten Mode und funkelte von Lichtern, die wie ein Kometenschweif über Fionas Waden strichen. Lunzie blickte von dem Geschenk auf und ihrer Tochter in die Augen, die sie aufmerksam beobachteten, als frage sie sich, wie ihre Mutter reagieren würde. »Es gefällt mir sehr, Liebling«, sagte Lunzie, drückte sie an sich und steckte das Hologramm in ihren Beutel. »Ich werde dich furchtbar vermissen.«

»Vergiß mich nicht.« Lunzies Jacke dämpfte ein leises Schluchzen.

Lunzie nahm das tränenfeuchte Gesicht ihrer Tochter zwischen die Hände und prägte es sich tief ein.

»Das könnte ich gar nicht«, versprach sie ihr. »Und das werde ich auch nicht. Ich bin schneller wieder da, als du glaubst.«

Während ihrer letzten Tage auf dem Planeten hatte sie ihre Laborarbeit einem Mitarbeiter überlassen, damit sie jede Minute mit Fiona verbringen konnte. Sie besuchten die Orte, wo sie am liebsten gewesen waren, und brachten Fionas Habseligkeiten und den Rest ihrer eigenen gemeinsam aus ihrer vorübergehenden Unterkunft in die Wohnung des Freundes, der das Mädchen betreuen würde. Sie fragten sich gegenseitig, ob sie sich an dies oder jenes erinnerten, teilten ihre kostbarsten Erinnerungen, so wie sie auch die Erfahrungen gemeinsam gemacht hatten. Es waren herzliche, warme Stunden für sie beide, die für Lunzies Geschmack viel zu schnell vorübergingen.

Eine schweigende Fiona begleitete sie zur Landebucht, wo das Shuttle wartete, das sie zur *Nellie Mine* bringen würde. Tau Cetis blasser, lavendelblauer Himmel stand voller Wolken. Wenn der Himmel klar war, konnte Lunzie die Sonne oft auf den Flanken der Schiffe glitzern sehen, die im Orbit von Tau Ceti Halt machten, aber sie war ganz froh, daß ihr der Anblick an diesem Tag verwehrt blieb. Sie unterdrückte ihre Gefühle. Wenn es eine Möglichkeit gab, ihren eigenen Kummer nicht auf Fiona abzuladen, würde sie es tun. Lunzie versprach sich, ihren Tränen freien Lauf zu lassen, wenn sie erst an Bord war. Für einen Moment war sie versucht, den Vertrag zu zerreißen, Descartes mitzuteilen, daß sie ihn sich sonstwo hinstecken könnten, und die Behörden von Tau Ceti anzuflehen, daß sie ihr irgendeinen Job, wie niedrig auch immer, geben sollten, nur damit sie bei ihrer Tochter bleiben konnte. Aber dann gewann die Vernunft wieder die Oberhand. Lunzie erinnerte sich an banale finanzielle Gesichtspunkte wie die Frage, womit sie ihren Lebensunterhalt verdienen sollte, und versicherte sich, daß sie nicht lang fortbleiben und mit den Einkünften hinterher ein komfortables Leben führen würde.

»Ich werde mich um Schürfrechte auf einem Asteroiden bemühen, sobald ich's mir leisten kann«, brach Lunzie das Schweigen. »Vielleicht kann ich einen Profit machen.« Ihr Worte hallten von den gerillten Metallwänden des Raumhafens wider. Außer ihnen schien niemand hier zu sein. »Wir werden eine Menge Geld machen, hörst du? Du wirst auf jede Universität gehen können, die dir gefällt, oder dich in der Flotte zum Offizier ausbilden lassen wie mein Bruder. Was immer du willst.«

»Mhm«, war Fionas einziger Kommentar. Ihr Gesicht war zu einer so tragischen Maske erstarrt, daß Lunzie zum Lachen und Weinen zugleich zumute war. Fiona hatte kein Make-up aufgetragen, deshalb sah sie etwas kindlicher aus als der Teenager, den sie sonst so gern herauskehrte.

Paß auf, sie versucht dich zu manipulieren, dachte Lunzie. Ich muß unseren Lebensunterhalt verdienen, was soll sonst aus uns werden? Ich weiß, daß ich ihr Kummer bereite, aber ich werde doch nur zwei Jahre lang weg sein, höchstens fünf! Die Nase des Mädchens wurde rot, und sie hatte die blassen Lippen fest aufeinandergepreßt. Lunzie wollte noch etwas Tröstliches sagen, dann begriff sie aber, daß *sie* jetzt Fiona zu manipulieren und ihr legitime Gefühle auszureden versuchte. Ich will keine Szene machen, deshalb versuche ich zu verhindern, daß sie unglücklich erscheint. Sie preßte die Lippen aufeinander. Wir sind uns so ähnlich, das ist unser Problem, dachte sie und schüttelte den Kopf. Sie drückte Fionas Hand fester. Schweigend gingen sie zur Landebucht.

In Landebucht 6 lag eines der großen Frachtshuttles für Raumfahrer, die mehr Gepäck mitführten als gewöhnliche Passagiere. Dieses einst strahlend weiß lackierte Schiff, das ein breiter roter Streifen von der Nase bis zum Heck zierte, war zerkratzt und verbeult. Die Keramikbeschichtung unter der Nase war von Landeanflügen durch Planetenatmosphären stellenweise angesengt, aber ansonsten schien das Schiff gut gewartet und in guter Verfassung zu sein. Ein breitschultriger Mann mit schwarzem Kraushaar stand mitten in der Bucht, wedelte mit einem Klemmbrett und erteilte einer Handvoll Arbeitern in Overalls Befehle. Versiegelte Container wurden mit Gabelstaplern in die offene Frontluke des Shuttles befördert.

Der Schwarzhaarige bemerkte sie und kam ihnen mit ausgestreckter Hand entgegen.

»Sind Sie die neue Ärztin?« fragte er und drückte Lunzies Hand freundschaftlich. »Ich bin Captain Cosimo von der Bergbaugesellschaft Descartes. Es freut mich, Sie bei uns zu haben. Hallo, junge Dame.« Es sah fast wie eine Verbeugung aus, als Cosimo Fiona zunickte. »Sind das ihre Taschen, Doktor? Marcus! Bring die Taschen der Frau Doktor an Bord!«

Lunzie hielt Cosimo den kleinen Memokubus hin, der ihren Vertrag und ihre Weisungen enthielt. Cosimo steckte ihn ins Klemmbrett. »Alles in Ordnung«, sagte er und überflog die Anzeige auf dem Bildschirm. »Wir starten in zwanzig Minuten. Die Luken schließen bei T minus zwei.« Mit einem letzten Lächeln für Fiona begab er sich wieder zu seinen Leuten. »Paß auf, Nelhen, das ist ein Gabelstapler, kein Spielzeug!«

Lunzie wandte sich Fiona zu. Ihre Kehle zog sich zusammen. Alles, was sie hatte sagen wollen, kam ihr banal vor im Vergleich zu dem, was sie in diesem Augenblick empfand. Sie räusperte sich und versuchte, nicht zu weinen. Fionas Augen waren tränenfeucht. »Es bleibt nicht mehr viel Zeit.«

»O Mama.« Fiona brach in ein Schluchzen aus. »Ich

werde dich so vermissen!« Die fast erwachsene Fiona, die alles Kindliche verachtete und ihre Mutter seit früher Kindheit Lunzie nannte, verfiel von einem Moment zum anderen auf den Namen, den sie seit Jahren nicht ausgesprochen hatte. »Ich werde dich auch vermissen, Fi«, gestand Lunzie und war gerührter, als sie sich eingestehen wollte. Sie hielten einander in den Armen und vergossen ehrliche Tränen. Lunzie ließ alles heraus und fühlte sich hinterher besser. Letztlich konnten weder Lunzie noch jemand aus ihrer Familie je unehrlich sein.

Als das Signalhorn tönte, löste sich Fiona mit einem letzten feuchten Kuß von ihr und trat zurück, um den Start zu beobachten. Lunzie fühlte sich ihr näher als je zuvor. Sie prägte sich fest ein, wie Fiona ihr zuwinkte, als das Shuttle abhob und über den blauvioletten Himmel von Tau Ceti davonflog.

Mit Ausnahme ihrer Tagesuniform, einer Musikdiskette und dem Hologramm war ihr Gepäck inzwischen mit dem aller anderen sicher in dem kleinen Lagerraum hinter den Duschen verstaut. Lunzie hatte sich wie die meisten Mannschaftsmitglieder einen praktischen Kurzhaarschnitt zugelegt. Sie vermißte den warmen, frischen Wind, sie vermißte es, sich aus den einheimischen Pflanzen ihr Essen selbst zu kochen, und natürlich vermißte sie Fiona.

Weil sie sonst nichts zu tun hatte, vertrieb sich Lunzie die Zeit damit, daß sie die medizinischen Akten ihrer künftigen Mitarbeiter und medizinische Texte über die typischen Verletzungen und Unpäßlichkeiten studierte, an denen Asteroiden-Bergleute litten. Sie freute sich auf ihren neuen Posten. Vom Aufenthalt im Weltraum hervorgerufene Traumata interessierten sie. Agoraphobie und Klaustrophobie waren an Bord einer Raumstation keine Seltenheit, häufig gefolgt von paranoiden Anfällen. Seltsamerweise litten Patienten häufig an mehreren Symptomen dieser Art gleichzeitig. Sie rätselte über die Ursachen und wollte genug Datenmaterial sammeln, um die Aussagen ihres Professors über Behandlungsmöglichkeiten zu beweisen oder zu widerlegen.

Die Angaben in den medizinischen Akten hatten ihr geholfen, ihre fünfzehn Schiffskameraden besser kennenzulernen. Bergleute waren eine verschworene Gemeinschaft und legten großen Wert auf Kameradschaft, aber sie brauchten viel Zeit, um sich an Fremde zu gewöhnen. Private und berufliche Tragödien schweißten sie eng zusammen. Lunzie aber blieb nicht lang eine Fremde. Ihre Kameraden fanden bald heraus, daß sie sich aufrichtig um das Wohlergehen jedes einzelnen sorgte und daß sie eine gute Zuhörerin war. Von da an bemühte sich jeder, im gemeinsamen Speise- und Aufenthaltsraum einmal allein mit ihr reden zu können oder tauchte zwischen den Schichten in ihrem Büro auf, so daß sie sich sehr willkommen fühlte. Mit der Zeit öffneten sie sich ihr. Lunzie erfuhr von der unglücklichen Liebe des einen Kameraden, von den Plänen einer anderen Kameradin, mit ihren Ersparnissen auf einem Satelliten ein Lokal zu eröffnen, und von dem Nachwuchs, den zwei liierte Flugwesen erwarteten, die der Rasse der Ryxi angehörten und von der Plattform befristet als Spezialisten angestellt worden waren. Und die anderen erfuhren von ihrem bisherigen Leben, ihrer medizinischen Ausbildung und ihrer Tochter.

Sie hielt das dreieckige Hologramm von Fiona in der Hand, als sie in ihrem Büro am Schreibtisch saß und einem Bergmann namens Jilet zuhörte. Laut seiner Akte hatte Jilet zwölf Jahre in kryogenischem Tiefschlaf verbracht, nachdem Asteroiden den Antrieb eines Erzfrachters beschädigt hatten, in dem er mit vier anderen Kameraden flog. Sie hatten ihre Stationen evakuieren müssen, und Jilet war in eine Fluchtkapsel neben dem Frachtraum gestiegen, während sich die anderen in eine zweite Kapsel neben den Turbinen retteten. Die anderen vier waren bald gerettet worden, Jilet aber wegen einer Fehlfunktion des Signalfeuers seiner Kapsel über ein Jahrzehnt verschollen geblieben. Es überraschte nicht, daß er wütend, verängstigt und gereizt war. An Bord der *Nellie Mine* arbeiteten drei weitere Männer, die schon mindestens einmal im Kälteschlaf gelegen hatten, Jilets Schlaf war aber der längste gewesen. Lunzie hatte Mitleid mit ihm.

»Ich weiß, daß diese Jahre vergangen sind, während ich im Kälteschlaf gelegen habe, Doktor, aber es bringt mich um, daß ich mich nicht an sie erinnern kann. Ich habe so viel verloren – meine Freunde, meine Familie. Es ist alles ohne mich weitergegangen, und ich weiß nicht, wie ich wieder neu anfangen soll.« Der stämmige, schwarzhaarige Bergmann rutschte auf der Turbulenzliege hin und her, die Lunzie als Psychologencouch verwendete. »Ich habe das Gefühl, als hätte ich auch einen Teil von mir verloren.«

»Sie wissen, daß das nicht stimmt, Jilet«, sagte Lunzie und stützte sich auf die Ellbogen. »Das Gehirn bewahrt seine Erinnerungen auch unter sehr widrigen Umständen. Was Sie erlebt haben, ist immer noch da drin gespeichert.« Sie tippte sich mit der breiten Spitze eines schlanken Fingers an die Stirn. »Die Forschung hat bewiesen, daß das Erinnerungsvermögen während eines Kälteschlafs nicht nachläßt. Sie müssen darauf vertrauen, was Sie sind und wer Sie sind, nicht was Ihre Umgebung Ihnen einreden will. Ich weiß, daß Sie verwirrt sind… gut, ich habe es noch nicht selbst durchgemacht, aber ich habe viele Patienten behandelt, denen es ähnlich ging. Sie müssen nur akzeptieren, daß Sie ein Trauma durchgemacht haben, und lernen, Ihr Leben wieder neu zu leben.«

Jilet verzog das Gesicht. »Als ich jünger war, wollten meine Freunde und ich im Weltraum leben, weg von dem Krach und den vielen Menschen. Ha! Das werden Sie heute bestimmt nicht mehr von mir hören. Ich wünsche mir nur noch, mich in einer der permanenten Kolonien niederzulassen und meinen Lebensunterhalt damit zu verdienen, daß ich Flugzeuge und Industrieroboter repariere. Aber ohne meinen O_2-Obulus, ganz zu schweigen von dem Zuschlag, wenn ich eine Familie – eine *neue* Familie – gründen will, kann ich's mir nicht leisten, also bleibe ich beim Bergbau. Etwas anderes kann ich nicht.«

Lunzie nickte. ›O_2-Obulus‹ war ein Jargonausdruck für die Kosten, die anfielen, wenn eine Person in die Biosphäre einer bestehenden Kolonie von Sauerstoffatmern an einem Standort ohne eigene Atmosphäre eingegliedert wurde. Es war ein sehr kostspieliges Verfahren: die Eindämmungskuppeln mußten erweitert und Untersuchungen angestellt werden, ob die Lebenserhaltungssysteme ein weiteres Individuum bewältigen konnten. Außer Luft brauchte ein Mensch Wasser, Sanitäranlagen, einen gewissen Platz für seine Unterkunft und Nahrungssynthesizer oder Anbaufläche für seine Ernährung. Sie hatte diese Möglichkeit selbst einmal ins Auge gefaßt, aber die Risiken lagen ihrem Empfinden nach noch nicht innerhalb vertretbarer Grenzen, um unter solchen Umständen ein Kind aufzuziehen.

»Wie wär's mit einer Ansiedlung auf einem Planeten?« fragte Lunzie. »Meine Tochter ist auf Tau Ceti sehr glücklich. Der Planet hat eine gesunde Atmosphäre, und Gemeinschaftsunterkünfte oder freies Ackerland, was immer Sie bevorzugen. Ich will mich an der Ausbeutung eines Asteroiden beteiligen, damit Fiona und ich ein bequemes Auskommen haben.« Es war bei den Bergbaugesellschaften gängige

Praxis, daß sie nicht-kommerziellen Gemeinschaften von ihren eigenen Plattformen die unabhängige Ausbeutung von Himmelskörpern erlaubten, solange sie nicht ihre eigentlichen Geschäfte behinderten. Lunzie hatte sich ausgerechnet, daß sie zwei oder drei Jahre Geld beiseitelegen mußte, um ein Bergbauschiff für eine nennenswerte Zeit nutzen zu dürfen.

»Entschuldigen Sie, Doktor Mespil, aber unter einem offenen Himmel ist es mir zu bequem und einfach, zu ... zu *gefällig*. Ja, das ist das richtige Wort. Für solche Kolonisten ist das Leben zu einfach. Ich würde lieber an einem Ort leben, wo man noch echten Pioniergeist kennt, als auf der Erde. Wenn ich eine Tochter hätte, würde ich mir wünschen, daß sie mit einer Herausforderung aufwächst... daß sie nicht so verweichlicht wie ihr alter Herr... Bei allem Respekt, Doktor«, sagte Jilet und warf ihr einen bekümmerten Blick zu.

Lunzie schob den Gedanken beiseite, daß er ihre Courage angezweifelt hatte. Sie vermutete, daß er nicht bereit war, sich der unüberdachten Oberfläche eines Planeten auszusetzen. Platzangst war ein tückisches Leiden. Die freie Atmosphäre würde ihn zu sehr an den freien Weltraum erinnern. Er brauchte jemanden, der ihm versicherte, daß sein Mut, ebenso wie seine Erinnerungen, noch vorhanden und unbeschadet waren. »Keine Sorge. Und bitte nennen Sie mich Lunzie. Wenn Sie mich ›Doktor Mespill‹ nennen, bin ich immer versucht, mich nach meinem Mann umzusehen. Und dieser Vertrag ist vor Jahren abgelaufen. In aller Freundschaft natürlich.«

Der Bergmann lachte erleichtert. Lunzie studierte die medizinischen Daten, die auf dem im Schreibtisch eingelassenen Monitor angezeigt wurden. Jilet mußte sich seine Wut von der Seele reden. Eine weitere Fehlfunktion der Rettungskapsel, in der er im Kälteschlaf gelegen hatte, war dafür verantwortlich gewesen, daß er halb bewußtlos und unter Drogen tagelang durchs Backbordfenster hinausgestarrt hatte, ehe die kryogenischen Prozesse Wirkung zeigten. Es wäre kein Wunder gewesen, wenn das zur Platzangst beigetragen hätte. Dieser große, kräftige Mann strahlte etwas Verzweifeltes aus, das ihn spürbar behinderte und seine Einsatzfähigkeit beschränkte. Sie fragte sich, ob es ihm helfen würde, wenn sie ihm die Grundlagen der Selbstdisziplinierung beibrachte, entschied sich aber dagegen. Er brauchte nicht zu wissen, wie man seine Adrenalinausschüttung steuerte; er mußte lernen, wie er verhindern konnte, daß es überhaupt zu einem Adrenalinschub kam. »Erzählen Sie mir, wie das ist, wenn Sie wieder Angst bekommen.«

»Morgens ist es nicht so schlimm«, begann Jilet. »Ich habe zuviel mit meiner Arbeit zu tun. Waren Sie schon einmal auf einer Bergbauplattform?« Lunzie schüttelte den Kopf. Die Winkel von Jilets dunklen Augen legten sich in heitere Falten. »Dann haben Sie noch etwas, worauf Sie sich freuen können. Ich hoffe, Sie haben Sinn für Humor. Die Jungs machen gern Witze. Gewöhnen Sie sich nicht zu sehr an dieses große Büro. In den Unterkünften ist der Platz knapp, deshalb muß man sich schnell aneinander gewöhnen. Gut, es ist nicht so, als wären wir alle auf Anhieb Kameraden«, fügte er traurig hinzu. »Viele von den jungen, die neu dazukommen, sterben schnell. Ein Fehler genügt… und schon ist man erfroren, erstickt oder Schlimmeres. Viele von ihnen lassen auch junge Familien zurück.«

Lunzie schluckte, als sie an Fiona dachte, und spürte, daß sich ihr das Herz in der Brust zusammenzog. Sie hatte keinen Grund zur Annahme, daß die Dichtungen und Instrumente ihres Atmosphärenanzugs nicht intakt waren, aber sie nahm sich vor, ihn noch einmal sorgfältig in Augenschein zu nehmen, wenn Jilet gegangen war. »Was genau sind Ihre Aufgaben?«

»Wir erledigen abwechselnd, was gerade anfällt, Doktor. Ich habe ein Gespür für lohnende Vorkommen, wenn ich Spähdienst habe, also versuche ich das so oft wie möglich zu machen. Es gibt einen Bonus für gute Funde.«

»Vielleicht werde ich Sie anheuern, wenn ich für meine Tochter ein Vermögen verdienen will«, lächelte Lunzie.

»Ich wäre stolz, Ihr Vertrauen zu genießen, Dok... äh... Lunzie. Aber warum warten Sie nicht erstmal ab, ob ich's auch drauf habe? Wissen Sie, in jedem Asteroiden, ob klein oder groß, steckt Erz, aber man verschwendet seine Zeit nicht mit allem, auf das man trifft. Die Sensoren in einem Spähschiff funktionieren nur in einer Richtung. Wenn man etwas gesehen hat, das einem vielversprechend erscheint, entweder über die Außenkameras oder im Detektornetz, kann man sich eine detaillierte Auflistung der Asteroidenbestandteile abrufen. Spähschiffe sind nicht groß. Sie haben nur Platz für einen, deshalb sollte es nur jemand sein, der es Tage oder Wochen, sogar Monate mit sich allein aushält. Das ist nicht einfach. Man muß lernen, sofort hellwach zu sein, wenn das Alarmsignal des Detektornetzes einen aufweckt, um Zusammenstöße zu vermeiden. Wenn man ein potentielles Vorkommen findet, beansprucht man es im Namen der Gesellschaft für sich, bis eine Computerrecherche ergeben hat, ob nicht schon anderweitige Schürfrechte bestehen. Wenn es ein kleines, kristallines Gebilde ist, kann man es einfach selbst zur Plattform zurückschleppen. Und es lohnt sich auch, denn für Kristalle gibt es immer einen Bonus. Man will nicht riskieren, daß ein anderer den Fund für sich beansprucht. Die mittleren Brocken läßt man von einem Schlepper holen. Für die großen kommt eine Mannschaft raus und beutet sie vor Ort aus. Es macht mir nichts aus, wenn ich in einem Spähschiff sitze, denn ich schaue einfach durch den ›Korridor‹ zwischen den Feldern im Netz, und außerdem ist es in dem Schiff so eng, daß ich mich wohl fühle. Schlimm wird es nur, wenn ich eine der rotierenden Scheuertrommeln repariere oder etwas anderes draußen im freien Fall zu tun habe.« Als Jilet den letzten Satz beendet hatte, zog er die Augenbrauen herunter und verschränkte die Arme fest vor der Brust.

»Konzentrieren Sie sich auf die Geräte, Jilet. Versuchen Sie, nicht in den Weltraum hinauszustarren. Er war schon vor Ihnen da. Früher hat er sie nicht gekümmert. Lassen Sie sich jetzt auch nicht von ihm beunruhigen. Wichtig ist nur, woran Sie im Moment arbeiten.« Lunzie gab sich alle Mühe, ihn zu beruhigen. Sie wollte, daß er die positiven Aspekte seines Jobs aussprach. Es war unmöglich, die Seele zu heilen, ohne daß man ihr etwas Positives gab, woran sie sich festhalten konnte, einen Grund, sich heilen zu lassen. Die halbe Schlacht war schon gewonnen, ob Jilet sich dessen bewußt war oder nicht. Er hatte die Nerven, seinen Posten auf der Bergbauplattform wieder anzutreten, wieder auf das Pferd zu steigen, das ihn abgeworfen hatte. »Wonach halten Sie Ausschau, wenn Sie in einem Spähschiff sitzen?«

Jilets Körper entspannte sich nach und nach, und er betrachtete durch seine drahtigen schwarzen Augenbrauen die Decke. »Was ich finden kann. Je nachdem, was gerade einen guten Preis ergibt, wird auf Asteroiden von Diamanten über Kobalt bis Eisen alles abgebaut. Wenn die Verarbeitung nicht wichtig ist, wird der Brocken mit Lasern zerschnitten und die Bruchstücke zur Aufbereitung in die Scheuerrutschen befördert. Wenn die Verarbeitung einen Unterschied macht, wird der Brocken von einem Prisenkommando zerlegt. Soviel wie möglich wird im Vakuum erledigt, aus Sicherheitsgründen, um Sauerstoff zu sparen und um zu verhindern, daß das Material sich ausdehnt oder zusammenzieht, weil es zu starken Temperaturunterschieden ausgesetzt ist. Das Erz läßt sich nur noch schwer verschiffen, wenn es einmal aufgetaut ist. Es zerspringt und explodiert in tausend Scherben, wenn es zu schnell aufgewärmt wird. Ich habe erlebt, wie Kameraden auf diese Weise umgekommen sind. Es ist furchtbar, Doktor. Ich will nicht im Bett sterben, aber ich will auch nicht, daß es mich so erwischt.«

Mit einem traurigen Lächeln, das ihrer präzisen klinischen Vorstellungskraft galt, verdrängte Lunzie alle Überlegungen, wie man den zerfetzten Körper eines Bergmanns wiederherstellen könne. Dies war das Leben, auf das sie sich mit knapp unter Lichtgeschwindigkeit zubewegte. Du wirst nicht jeden Patienten retten können, du Idealistin, dachte sie. Hilf den Männern, denen du helfen kannst. »Wie sieht ein Kristallvorkommen aus? Wie findet man es?«

»Ich verrate doch nicht meine ganzen Tricks, nicht einmal einer so netten Seelenklempnerin wie Ihnen.« Jilet hob neckisch eine Augenbraue. Lunzie grinste ihn freundlich an. »Gut, ich gebe Ihnen einen Tip. Sie sind im Innern leichter als die anderen. Der Querschnitt auf dem Sonar macht den Eindruck, als sei der Brocken innen fast hohl und die Kruste reflektiere die Scannerstrahlen hin und her. Manchmal ist er wirklich hohl. Ich hatte mal einen, der meinen Strahl in hundert verschiedene Richtungen abgelenkt hat. Als die Mannschaft ihn auseinanderschnitt, stellte sie fest, daß er mit Metallnadeln gespickt war. Für Kommunikationsanlagen war es wertlos, aber irgendein reicher Senator hat damit die Wände seines Hauses geschmückt.« Jilet spuckte in die Richtung des namenlosen Staatsmanns.

Sie kamen vom Thema ab. Nur widerwillig, weil Jilet sich bei ihr wirklich entspannte, kam Lunzie wieder zur Sache. »Sie haben auch über Schlaflosigkeit geklagt. Erzählen Sie mir davon.«

Jilet zappelte herum, beugte sich vor und massierte seine Stirn mit beiden Händen. »Es ist nicht so, daß ich nicht schlafen kann. Ich… ich will einfach nicht einschlafen. Ich habe Angst, wenn ich es tue, werde ich nicht wieder aufwachen.«

»›Schlaf, der Bruder des Todes‹«, zitierte Lunzie. »Homer, oder aus jüngerer Zeit, Daniel.«

»Ja, genau. Ich… ich wünschte, wenn ich nicht sterben müßte, würde man mich hundert Jahre oder mehr schlafen lassen, damit ich als völlig Fremder wiederkehre und alles verändert vorfinde«, brach es aus Jilet in einem plötzlich so leidenschaftlichen Ton heraus, daß es ihn selbst überraschte. »Nach ein paar Dutzend Jahren bin ich einfach aus dem Tritt. Ich erinnere mich an Dinge, die meine Freunde längst vergessen haben, für die sie mich auslachen, aber sie sind alles, woran ich mich klammern kann. Sie hatten ein Jahrzehnt, um ohne mich weiterzukommen. Sie sind jetzt älter. Ich bin für sie ein Verrückter, weil ich so jung bin. Manchmal wünsche ich mir, ich wäre gestorben.«

»Nein, nein. Der Tod ist nie so gut, wie seine Advokaten Sie glauben machen wollen. Sie haben in Ihrem Beruf bereits neue Freundschaften geschlossen. Sie treten bald eine neue Stelle an, wo Sie Ihre Fähigkeiten unter Beweis stellen können, und Sie können neue Techniken lernen, die es noch nicht gab, als Sie mit dem Bergbau angefangen haben. Geben Sie den positiven Aspekten eine Chance. Denken Sie nicht an den Weltraum, wenn Sie zu schlafen versuchen. Lenken Sie Ihre Gedanken nach innen, vielleicht auf eine Erinnerung aus der Kindheit, die Ihnen angenehm ist.« Eine Glocke ertönte, die darauf hinwies, daß Jilets

Sprechzeit abgelaufen war und er wieder an die Arbeit gehen mußte. Lunzie stand auf und wartete, bis Jilet sich erhoben hatte. Er überragte sie um gut dreißig Zentimeter. »Besuchen Sie mich wieder in Ihrer nächsten Freizeit«, empfahl Lunzie. »Ich möchte mehr über den Kristallabbau erfahren.«

»Sie und die Hälfte der Neulinge, die zu den Plattformen hinausfliegen«, erwiderte Jilet gutgelaunt. »Aber Doktor… ich meine Lunzie, wie soll ich schlafen, ohne daß mir diese Sache weiter zu schaffen macht? Wir sind immer noch so weit draußen, trotzdem halten mich diese Gefühle die ganze Zeit wach.«

»Ich gebe Ihnen besser keine Psychopharmaka, aber ich werde es mir noch einmal überlegen, wenn Sie meine Ratschläge beherzigt haben und es trotzdem nicht besser wird. Vorläufig konzentrieren Sie sich erst einmal auf das Hier und Jetzt. Wenn Sie im Erholungsraum sind, schauen Sie nicht zum Fenster hinaus, sondern immer auf die Wand daneben.« Lunzie lächelte und drückte warm Jilets Hand. »Es wird nicht lang dauern, dann langweilt die Wand Sie so sehr, daß Sie aus reiner Sehnsucht nach etwas Neuem wieder zu den Sternen hinaussehen werden.«

Nachdem Jilet gegangen war, holte sich Lunzie eine Karaffe mit frischem heißen Kaffee aus dem Synthesespender im Korridor und kehrte in ihr Büro zurück. Solange sie noch ihre Eindrücke von Jilets Fall frisch im Gedächtnis hatte, setzte sie sich an den Schreibtisch, um die Daten in ihre vertraulichen Dateien einzugeben. Sie war davon überzeugt, daß er mit der Zeit vollständig genesen würde. Nach seinem Erwachen aus dem Kälteschlaf war er offensichtlich von Experten beraten worden. Wer immer die Psychologen gewesen waren, die ihn betreut hatten, sie verstanden unzweifelhaft etwas von Rehabilitationsarbeit.

Jilets Platzangst war von einem Arbeitsunfall ausgelöst worden. Lunzie fragte sich unbehaglich, wie viele latente Agoraphobien unter den Raumfahrern vorkamen, die einfach noch nicht dem entsprechenden Reiz ausgesetzt worden waren, um sich bemerkbar zu machen. Andere Mannschaftsmitglieder konnten schon am Rande eines Zusammenbruchs stehen. Hatten andere schon Symptome gezeigt?

Lunzie schob den Gedanken sofort beiseite. Sie kam verdrießlich zu dem Schluß, daß sie sich selbst Angst machte. »Ich muß mich bald selbst wegen Paranoia behandeln lassen, wenn ich nicht aufpasse.« Aber das Unbehagen blieb. Nicht zum ersten Mal wünschte sich Lunzie, daß Fiona bei ihr wäre. Sie hatte immer alles mit Fiona besprochen, selbst als sie noch ein Kleinkind war. Lunzie drehte das Hologramm in ihren Händen. Der Mädchen wurde größer und veränderte sich. Sie war schon so groß wie ihre Mutter. »Sie wird eine Frau sein, wenn ich zurückkomme.« Lunzie vermutete, ihre Unzufriedenheit rührte daher, daß ihr ein gutes Gespräch fehlte. In ihrer entlegenen Kabine war es zu einsam. Wenn ihre ›Bürostunden‹ vorüber waren, ging sie gern in den Erholungsraum, um zu sehen, ob noch jemand Pause machte.

Auf einmal bemerkte Lunzie, daß das unaufhörliche Summen der Triebwerke schriller klang. Das übliche Surren hatte einen fast panischen Unterton angenommen. Zwei weitere grollende Töne kamen hinzu, die die Vibrationen derart verstärkten, daß Lunzie die Zähne klapperten. Die Mannschaft versuchte das Dorsal- und das Ventraltriebwerk zu zünden!

»Achtung an alle«, dröhnte Captain Cosimos Stimme. »Dies ist ein Notalarm. Wir laufen Gefahr, mit einem unbekannten Objekt zu kollidieren. Bereitet euch auf eine Evakuierung vor. Keine Panik. Begebt euch alle ruhig auf eure Stationen. Wir versuchen ein Ausweichmanöver, aber es könnte uns mißlingen. Dies ist keine Übung.«

Lunzie riß die Augen auf und wandte sich dem Monitor auf ihrem Schreibtisch zu. Der Computer schaltete automatisch auf die Bugkameras um und zeigte, was der Pilot auf der Brücke sah: ein halbes Dutzend unregelmäßig geformter Asteroiden. Zwei davon näherten sich von zwei Seiten dem Schiff wie die Backen einer Zange oder wie ein Hammer, der auf einen Amboß niederfuhr, und trieben eine Wolke Bruchstücke vor sich her. Das riesige Schiff, das nur mit einem seiner drei Haupttriebwerke flog, hatte nicht genug Platz, um allen auszuweichen. Normalerweise ließen sich die Flugbahnen von Asteroiden vorausberechnen. Der Flugplan eines Schiffes berücksichtigte allen bekannten Weltraumschutt. Bei der letzten Überprüfung war diese Route frei gewesen. Diese Asteroiden mußten zusammengestoßen sein und dabei abrupt ihre Flugbahn in Richtung der *Nellie Mine* geändert haben. Der riesige Frachter war zu schnellen Wenden nicht in der Lage, und es gab keine Möglichkeit, sämtlichen Bruchstücken auszuweichen. Ein Zusammenstoß mit den taumelnden Felsbrocken stand unmittelbar bevor.

Einer der Asteroiden geriet außer Sicht der Fernkameras, und Lunzie wurde aus ihrem Stuhl geschleudert, als das riesige Schiff alle Steuerbord-Booster zündete, um eine Kollision zu vermeiden. Ein Krachen hallte durch den Korridor, und der Boden erbebte. Eins der kleineren Bruchstücke mußte das Schiff getroffen haben.

Die roten Alarmleuchten im Korridor gingen aus. »Evakuieren!« rief die Stimme des Captains. »Wir bekommen die Triebwerke nicht an. Alle raus hier!«

Als das Signalhorn tönte, versuchte Lunzie sich auf ihre mentale Disziplin zu besinnen. Sie schärfte sich ein, daß sie ruhig bleiben und sich an alles erinnern mußte, was sie für Alarmstufe Rot gelernt hatte. Die Checkliste lief an ihrem geistigen Auge vorbei wie über einen Computerbildschirm. Vergewissere dich, daß alle Verletzten und alle, die zu jung sind, um für sich selbst zu sorgen, in Sicherheit sind, dann rette dich selbst – aber vor allem: verschwende keine Zeit! Lunzie hielt gerade lang genug inne, um Fionas Hologramm vom Schreibtisch zu greifen und in eine Tasche zu stecken, bevor sie in den Korridor hinausstürzte und auf die Fluchtkapsel für ihr Deck zulief.

Das Mannschaftsdeck war ein gebogener Bereich von einem Deck Höhe hoch über dem Äquator des kugelförmigen Frachters. Wenn das Schiff Fracht transportierte, konnten achtzig Besatzungsmitglieder in den zwanzig kleinen Schlafkabinen untergebracht werden, von denen je zehn auf beiden Seiten der Gemeinschaftsräume lagen. Im Korridor führten in regelmäßigen Abständen runde Luken in festverankerte Fluchtkapseln. Lunzies Büro befand sich am äußersten linken Ende des Mannschaftsdecks.

Ein Ruck durchfuhr das Schiff. Es war noch einmal getroffen worden, diesmal von einem größeren Bruchstück. Mit einem lauten Rauschen brachten Sauerstoffgebläse und Kompressoren wegen eines Risses im Rumpf die Luft in Bewegung. Schotts knallten zu. Alle Lichter im Korridor gingen aus, und an einer Wand blinkten hellrote LEDs um die Luke der Fluchtkapsel, die sich zu einem grellen Lichtspalt öffnete, als Lunzie darauf zulief.

Sie verharrte an der Luke und blickte durch den langen Korridor zum Zentrum des Mannschaftsdecks, um zu sehen, ob jemand ihr an Bord dieser Kapsel folgen wollte. Ihr Herz pochte vor Angst und Ungeduld. Die Irisluke der Kapsel schloß sich automatisch und löste den Start aus, wenn nach dreißig Sekunden niemand mehr in die Kapsel stieg, also zwang sich Lunzie, zu warten. Sie wollte sichergehen, daß sich niemand in diesem Bereich aufhielt, den sie zurücklassen würde, wenn sie in dieser Kapsel allein startete.

Ein ohrenbetäubender Knall hallte durch den Korridor, dann ein Donnern wie ein Gewitter. Ein Felsbrocken von der Größe ihres Kopfes durchschlug dreißig Meter weiter das Schott und schnitt Lunzie vom Rest der Mannschaft ab. Lunzie duckte sich unter die Splitter weg und packte mit beiden Händen den Rand der Luke, als das Vakuum die Schiffsatmosphäre durch den Riß in der Hülle hinaussaugte. Mit aufeinandergebissenen Zähnen klammerte sie sich an die Metallkante und sah Möbel, Kleidung, Kaffeetassen und Atmosphärenanzüge auf den Riß zufliegen. Die Temperatur sank unter den Gefrierpunkt, und binnen Sekunden schlug sich Reif auf Lunzies Ringe und Manschetten und auf ihre Augenbrauen, Wangen und Lippen nieder. Ihre Hände wurden taub vor Kälte. Lunzie hatte keine Ahnung, wie lang sie sich noch halten konnte, bis auch sie durch dieses Loch in den Weltraum hinausgesaugt wurde. Sie würde sterben, daran hatte sie keinen Zweifel. Doch dann geschah ein Wunder.

Sie hörte ein lautes Reißen, und ihr Stuhl und Schreibtisch flogen aus der Bürotür, prallten kurz hintereinander von der gegenüberliegenden Wand ab und klirrten auf den Riß in der Hülle. Die Büromöbel ließen die orkanartigen Winde für einen Moment abflauen. Lunzie ergriff die Gelegenheit, sich selbst zu retten. Sie tauchte mit dem Kopf voran durch die Luke, kauerte sich zusammen und landete unverletzt zwischen den Reihen von Dämpfungssitzen. Sie rappelte sich auf, schlug mit der Faust auf die manuelle Steuerung neben der Tür und kroch zum Steuerpult. Sie machte sich nicht die Mühe, sich erst anzuschnallen, ehe die Kapsel in den Weltraum hinausjagte.

Die Kapsel schoß aus der Flanke der *Nellie Mine* hervor. Lunzie wurde in der winzigen Kabine umhergewirbelt. Sie bekam die Handschlaufen zu fassen, zog sich in den Pilotensitz und schnallte sich an.

Der massige Rumpf des Frachtschiffs sah vor dem Hintergrund der Sterne wie ein weiterer Asteroid aus. Auf dem kurzen Streifen der Mannschaftsunterkünfte, der einen 60°-Abschnitt der Schiffsmitte umspannte, blitzten Lichtfunken auf, als der Rest der Mannschaft in Kapseln wie ihrer evakuiert wurde. Sie bedauerte, daß niemand Gelegenheit gehabt hatte, sich zu ihr in die Fluchtkapsel zu retten, um ihr Gesellschaft zu leisten, bis sie geborgen wurde. Aber wenn im Weltraum der Alarm tönte, mußte man einfach los oder sterben.

Sie sah jetzt, wo der riesige Asteroid die *Nellie* getroffen hatte. Er hatte einen großen Teil der Mannschaftsunterkünfte auf der anderen Seite weggerissen, die Hülle zerbeult, und war auf einem tangentialen Kurs davongetrudelt. Der zweite Asteroid, der fast die Größe eines Mondes hatte, würde noch größeren Schaden anrichten. Das Schiff, das immer noch vom Autopiloten gesteuert wurde, zündete alle Lenkdüsen auf einer Seite, damit der ausgezackte Felsen es nur streifte und nicht frontal mit ihm zusammenstieß. Lunzie sah fasziniert und entsetzt zu, wie die beiden gewaltigen Körper sich berührten und miteinander verschmolzen.

Ihre kleine Kapsel wurde mit zunehmender Geschwindigkeit hinausgeschleudert, doch die Druckwelle der Explosion war noch sehr viel schneller, als die überlasteten inneren Triebwerke die Täfelung der Mannschaftsunterkünfte sprengten, die Isolation explodieren ließ und die Trümmer aus dem steuerlosen Rumpf blies. Bruchstücke rotglühender Rumpfverkleidung schossen an Lunzie vorbei, von denen einige ihr kleines Boot nur um wenige Meter verfehlten. Der Planetoid wurde nur leicht von seinem Kurs abgelenkt.

Lunzie ließ den Atem ab, den sie angehalten hatte. Die Katastrophe hatte sich so schnell ereignet. Seit dem Alarm waren nur wenige Minuten vergangen. Ihre mentale Disziplin hatte ihr gute Dienste geleistet – sie hatte schnell und entschlossen gehandelt. Sie wurde von ihren Meistern als eine geborene Kandidatin eingeschätzt, die schon sehr viel aus eigenem Antrieb erreicht hatte. Eine Grundausbildung in mentaler Disziplin wurde allen Ärzten und Flottenoffizieren mit Befehlsgewalt und darüber empfohlen, vor allem jenen, die mit gefährlichen Situationen konfrontiert wurden – so wie dieser. Im Laufe der Jahre hatte Lunzie den Adeptenrang erreicht. Es war ein Jammer, daß sie nach ihrer Ankunft auf Tau Ceti ihren Unterricht nicht hatte fortsetzen können. Lunzie war dankbar für die Unterweisung, die ihr wahrscheinlich das Leben gerettet hatte, aber ihr war auch klar, daß ihre Kapsel noch mindestens zwei Wochen Reisezeit von der Bergbauplattform entfernt war. Sie schaltete das Komgerät ein und beugte sich über das Mikro.

»Mayday, Mayday. Hier ist die *Nellie Mine*, Shuttle Nr. NM-EC-02. Ich wiederhole, Mayday.«

Aus dem Lautsprecher knisterten statische Entladungen. Doch darunter mischte sich eine Stimme. Das Knistern ließ allmählich nach, und sie hörte deutlich einen Mann sprechen. »Ich höre Sie, EC-02. Hier ist Captain Cosimo in EC-04. Sind Sie das, Lunzie?«

»Ja, Sir. Haben es alle überstanden?«

»Ja, verflucht. Alle sind erfaßt worden, mit Ausnahme von Ihnen. Wir dachten schon, wir hätten Sie verloren, als der Schadensdienst einen Durchbruch in Ihrem Bereich meldete. Das war vielleicht ein Knall. Ich habe gewußt, daß es eines Tages passieren würde. Die arme alte *Nellie*. Sind Sie in Ordnung?«

»Mir ist nichts passiert.«

»Gut. Wir haben Signale gesendet, aber es ist niemand in unmittelbarer Reichweite. Vor der Explosion haben wir Descartes 6 verständigt, daß man jemand nach uns schicken soll. Stellen Sie Ihr Signalfeuer auf 34.8.«

Lunzie fand die Knöpfe und tippte das Kommando ein. »Wie lang wird es dauern, bis sie uns erreichen, Cosimo?«

Es knisterte wieder aus dem Lautsprecher, und die Stimme des Captains klang hinterher leiser. »... Interferenzen von dem brennenden Asteroiden. Es wird mindestens zwei Wochen dauern, bis die Nachricht sie erreicht, und ich schätze, sie werden noch vier Wochen brauchen, um uns zu finden. Ich befehle unseren Leuten, in den Kälteschlaf zu gehen, Doktor. Irgendwelche Anmerkungen oder Einwände?«

»Nein, Sir. Ich bin Ihrer Meinung. Es wäre eine zu große emotionale Belastung, wenn so viele Menschen sechs Wochen lang bei vollem Bewußtseins so eng aufeinanderhocken müßten, selbst wenn die Synthesegeräte und Recycler so lang funktionieren.«

»Ganz sicher. Es sind zwei Kameraden in diesem Shuttle, darunter ein Ryxi, der dauernd über seine verdammten Eier und Klaustrophobie schwafelt. Ich wünschte, Sie wären hier, um die Kälteschlafprozedur zu überwachen, Doktor. Hypodermische Kompressoren machen mich nervös.« Cosimo klang nicht im mindesten beunruhigt, aber Lunzie war ihm dankbar, daß er sie bei Laune hielt.

»Halb so wild«, sagte sie. »Nicht vergessen, immer mit der Spitze nach unten.«

Mit einem herzhaften Lachen unterbrach der Captain die Verbindung.

Der Medizinschrank des Shuttles enthielt einige Ampullen mit Medikamenten: Beruhigungs- und Stärkungsmittel und die Kälteschlafmischung einschließlich ihres Gegenmittels. Lunzie entfernte den Injektor aus seiner Halterung und legte eine Ampulle mit der kryogenischen Substanz ein. Sie würde nur wenige Augenblicke warten müssen, bis die Mischung wirkte, deshalb legte sie einige Wärmedecken übereinander und stopfte sich einige weitere als Kissen unter den Kopf. Sie tippte Anweisungen in den Schiffscomputer ein und hinterließ für ihre Retter Angaben über ihre Identität, Allergien, Angehörige und ihren Heimatplaneten. Als alles vorbereitet war, legte sich Lunzie auf die Decken nieder. Sie spürte, daß der Adrenalinschub, den sie ihrer mentalen Disziplinierung verdankte, langsam nachließ. Binnen Sekunden war sie erschöpft und ausgelaugt, ihre ganze Kraft verflogen. In einer Hand hielt sie den Injektor, in der anderen das Hologramm ihrer Tochter.

»Computer«, befahl sie. »Überwache Lebenszeichen und initiiere die Kälteschlafprozedur, wenn mein Puls Null erreicht.«

»Verstanden«, erwiderte die mechanische Stimme. »Wird erledigt.«

Ihr Befehl war unnötig, denn das Modul war darauf programmiert, die Kälteschlafprozedur allein zu beenden, aber Lunzie wollte unbedingt eine andere Stimme hören, die Standard sprach. Sie wünschte, im Korridor des beschädigten Frachtschiffs wäre ihr jemand nah genug gewesen, um mit ihr in die Kapsel zu steigen. Nach ihrer theoretischen Ausbildung würde dies das erste Mal sein, daß sie die kryogenische Prozedur selbst durchmachte. Lunzie betrachtete mit einem Lächeln das Hologramm ihrer Tochter. »Da werde ich dir von einem Abenteuer erzählen können, wenn ich dich wiedersehe, mein Liebling.« Sie drückte sich die Mündung des Injektors an die Hüfte. Es zischte, und die Droge breitete sich zügig in ihrem Körper aus. Wo sie wirkte, fühlte sich Lunzies Gewebe bleischwer und die Haut heiß an. Obwohl es ein unangenehmes Gefühl war, wußte sie, daß die Prozedur keinen Schaden anrichten konnte. »Initiiere Kälteschlaf«, nuschelte sie dem Computer zu. Ihre Zunge und ihren Unterkiefer konnte sie schon nicht mehr richtig bewegen. Lunzie spürte, wie ihr Puls sich verlangsamte und ihre Nervenreaktionen immer träger wurden. Selbst ihre Lungen wurden zu schwer, um Luft ein- oder auszuatmen.

Ihre letzten bewußten Gedanken galten Fiona, und sie hoffte, daß das Rettungsshuttle nicht zu lang brauchen würde, um auf den Notruf zu antworten.

Alle Lichter des Shuttles, mit Ausnahme der äußeren Blinklichter und des Leuchtfeuers, gingen aus. Im Innern füllte kalter kryogenischer Dunst die winzige Kabine aus und umwirbelte Lunzies reglose Gestalt.

zweites buch

zweites kapitel

Als sein Spähschiff die Bergbauplattform Descartes Nr. 6 gerade zwei Flugtage hinter sich gelassen hatte, registrierten Illin Romseys Instrumente vielversprechende Spuren radioaktiver Strahlung. Er war auf der Suche nach möglichen Vorkommen entlang eines, wie ihm die Fachleute erklärt hatten, nahezu unerschlossenen Vektors, der von der Plattform Nr. 6 wegführte. Er war sich bewußt, daß in den siebzig Jahren, seit die Plattform in Betrieb war, der dichte Asteroidenschwarm um den Komplex Zeit gehabt hatte, sich zu verlagern, neue Brocken heranzutragen und ausgeschlachtete wegzutreiben. Dennoch drängte ihn sein Forscherblut, einer Route zu folgen, die noch keiner vor ihm eingeschlagen hatte.

Sein Vater und sein Großvater hatten für Descartes gearbeitet. Er hatte nichts dagegen, der Familientradition zu folgen. Die Gesellschaft behandelte ihre Angestellten gut, sogar großzügig. Schon die Versicherungs- und Pensionsfonds machten Descartes zu einem Arbeitgeber, wie man sich ihn nur wünschen konnte, aber vor allem das Bonussystem für erfolgreiche Prospektoren motivierte Illin, immer wieder an seine Grenzen zu gehen. Er war stolz, für Descartes zu arbeiten.

Seine Flugbahn verlief nahezu parallel zu einer häufig benutzten Anflugroute auf die Plattform, die ihre Position im Raum beibehielt, indem sie sich an sechs fest verankerten, ferngelenkten Signalfeuern orientierte. Andernfalls wäre selbst ein derart gewaltiger Komplex schnell in den umherwirbelnden Fels- und Eisformationen verloren gegangen. Es wurde angenommen, daß der Asteroidengürtel aus einem Planeten von der Größe des Uranus entstanden war, den eine natürliche Katastrophe unbekannter Art zerstört hatte. Andere vertraten die Ansicht, daß sich in diesem System nie ein Planet gebildet hatte. Die Sonne, um die der Gürtel rotierte, hatte keine anderen Planeten. Selbst nach sieben Jahrzehnten intensiver Forschung standen endgültige Erkenntnisse noch aus, und jeder hegte seine eigenen Vermutungen.

Illin hielt auf den Vektor zwischen dem Signalfeuer Alpha und der Plattform zu. Das war seine Rettungsleine. Es war bekannt, daß Schiffe sich schon im Umkreis weniger Kilometer um ihre Bestimmungsorte verirrt hatten, weil der Asteroidengürtel ihre Sensoren narrte. Illin war der Überzeugung, daß ihm dergleichen nicht passieren konnte. Er hatte einen sicheren Instinkt dafür, seinen Heimweg zu finden. Es war seit acht Jahren als Prospektor tätig und hatte nie mehr als einen Tag verloren. Er hatte nie über diesen Instinkt gesprochen, weil er fürchtete, daß ihn sein Glück sonst im Stich lassen würde. Die älteren Arbeiter fragten ihn nie danach aus; sie hatten ihre eigenen abergläubischen Vorstellungen. Die Neulinge hielten es für bloßes Glück oder vermuteten, die Anderen achteten auf ihn. Aber was sie auch von ihm denken mochten, er war kein Draufgänger und überlegte sich immer ganz genau, was er tat.

Das Knattern des Geigerzählers wurde lauter und aufdringlicher. Illin überkreuzte gespannt die Finger. Ein Vorkommen von Transuranerzen, das die geschäftige Plattform bisher übersehen hatte – noch dazu, wenn es ihr so nah war –, würde ihm einen Bonus und vielleicht sogar eine Beförderung einbringen. Andere Mineralien wurden mal gebraucht und mal wieder nicht, aber an radioaktiven Elementen bestand immer Bedarf, und sie würden auch Descartes einen guten Profit einbringen. Was hatte er nur für ein Glück! Er änderte den Kurs geringfügig in Richtung auf das Signal und glitt geschmeidig wie ein Kellner in einem Ballsaal zwischen den Brocken dahin, die hier im Raum einen gemächlichen Walzer tanzten.

Er war inzwischen nah genug, daß er den betreffenden Asteroiden auf seinem Detektornetz erfassen konnte. Plötzlich zerteilte sich der Brocken in einen unregelmäßig geformten Klumpen, der nach Backbord sanft abtrieb, und ein vier Meter langes, pyramidenartiges Gebilde, das geradewegs auf ihn zuschnellte. So verhielten sich Asteroiden aber nicht! Illin änderte erschrocken den Kurs, aber das Pyramidending paßte sich dem Richtungswechsel an. Der Geigerzähler spielte verrückt. Illin zündete die Impulstriebwerke, um das wendige kleine Spähschiff aus dem Weg zu schaffen. Aber das Pyramidending verfolgte ihn! Sekunden später erfaßten es die Außenkameras. Es war eine Thek-Kapsel.

Unter allen Lebensformen waren die Thek, eine Spezies auf Siliziumbasis, der Unsterblichkeit am nächsten gekommen. Sie waren zwischen einem und einigen Dutzend Metern hoch und wie ihre Raumschiffe pyramidenförmig. Illin sackte der Unterkiefer herab. Thek redeten langsam und benutzten nicht viele Worte, aber ihre knappen, gedrängten Äußerungen enthielten gewöhnlich mehr Informationen als hunderte Seiten menschlicher Rhetorik. Es war nicht viel über sie bekannt, außer ihrer unerklärlichen Neigung, kurzlebigere Rassen bei der Erforschung und Kolonisierung neuer Planetensysteme zu unterstützen. In jedem Mutterschiff, das die Abteilung Erkundung, Bewertung und Kolonisierung entsandte, reiste ein Thek mit. Aber was machte ein Thek hier draußen? Illin stellte die

Impulstriebwerke ab und wartete, daß ihn die Kapsel einholte.

Er wurde plötzlich wütend. O Krims! dachte er. Bin ich etwa so weit geflogen, nur um einen Thek zu finden? Die anderen Bergleute würden ihn auslachen. Er klopfte auf den Geigerzähler und richtete den Sensor in diese und jene Richtung. Das Gerät gab weiter ein hohes Sirren von sich, mit dem es offenbar auf ein starkes Signal aus unmittelbarer Nähe reagierte. Waren die Thek etwa radioaktiv? Illin hatte noch nie dergleichen gehört. Hatte er vielleicht etwas bislang Unbekanntes über die geheimnisvollen Thek herausgefunden, das er den anderen Bergleuten erzählen konnte? Es hatte ganz den Anschein. Aber zu seiner Erleichterung ließ das Signal des Asteroiden, den er entdeckt hatte, nicht nach. Ein Vorkommen! Und obendrein ein sehr konzentriertes. Eins, das einen guten Bonus wert sein müßte.

Binnen weniger Minuten war der Thek an seiner Seite. Das pyramidenartige Gebilde hinter dem Plasmaschild war glatt und erinnerte an ein Stück grauen Granit. Es stieß mit einem leichten Ruck gegen das Spähschiff und heftete sich an seinen Rumpf wie ein Magnet. Kurz darauf erfüllte ein tiefes Grollen die Kabine, das langsam an- und abschwoll. Der Thek redete mit ihm.

»Berrrrggggeeeeeeee… Shshshshshuuuuuttttlllleeeeee…«

»Shuttle? Welches Shuttle?« erwiderte Illin und fragte sich gar nicht erst, wie der Thek durch den Rumpf seines Spähschiffs mit ihm redete.

Statt zu antworten, bewegte sich der Thek vorwärts und zog sein Schiff mit sich.

»He!« rief Illin. »Ich bin gerade auf ein Erzvorkommen gestoßen! Ich habe hier zu arbeiten. Würdest du mich bitte loslassen?«

»Iiiiiiissssssttttttt… eiiiiinnnnnn… Beeeefffeeeehhh-llll…«

Illin zuckte die Achseln. »Ein Befehl, häh?« Er wartete einige Zeit ab, ob er weitere Informationen erhalten würde. Nun gut, mit einem Thek sollte man nicht streiten. Resigniert und verärgert ließ er es zu, daß er mit erstaunlicher Geschwindigkeit durch einen Schwarm winziger Asteroiden gezogen wurde, die von dem Thek abprallten und an der Nase seines Schiffs hängenblieben. Die äußerste Schicht einer Spähschiffnase bestand aus weichem Metall, das eine doppelte Lage superharten Titans bedeckte, die von einer weiteren Schicht weichen Metalls getrennt wurde, um kleine Meteoriten aufzuhalten oder zu absorbieren und größere abzubremsen oder abzulenken. Illin hatte erst vor einer Woche die weiche Schicht entfernt und die Einschlaglöcher im harten Kern ausgebeult. Es würde damit wieder von vorn anfangen müssen, wenn er für diesen Thek das Shuttle geborgen hatte – würde ihm überhaupt jemand glauben, wenn er die Geschichte erzählte? Er konnte sie selbst kaum glauben.

Hinter ihm verschwanden die Sterne. Er hatte den dichtesten Teil des Asteroidengürtels erreicht. Der Thek wußte offenbar genau, wohin er wollte; er bremste kein bißchen ab, obwohl immer mehr winzige Brocken gegen den Rumpf prasselten. Illin stellte die Außenkamera ein und fuhr die Schutzblende aus, um die Vorderluke zu schützen.

Ein mächtiger, mit rotem Eisenoxid durchwirkter Felsen tauchte hinter ihnen auf und trudelte majestätisch an ihnen vorbei, als der Thek, der im Vergleich zu seiner Masse wie eine winzige Speerspitze erschien, ihm auswich. Illins Analysegeräte zeigten, daß der meiste Schutt in unmittelbarer Nähe eisenhaltig war und der Großteil zudem magnetisch. Er mußte ständig die Instrumente neu kalibrieren, damit er präzise

Werte erhielt. Sie flogen eine Schleife um einen Ring von nahezu gleich großen Klumpen, die einen Planetoiden umkreisten, der – abgesehen von drei riesigen Einschlagskratern in der Nähe des ›Äquators‹ – einen fast regelmäßigen Umriß hatte.

In einem der Krater lag ein Gebilde wie ein Weizenkorn, das Illin sofort erkannte. Es war eine Fluchtkapsel. Als er ihr näher kam, konnte er die Beschriftung auf dem staubigen weißen Rumpf lesen: NM-EC-02.

»Na so was, Junge, jetzt bist du ein Held«, sagte er sich. Diese Kapseln wurden niemals leer abgeworfen; es mußte jemand im Kälteschlaf an Bord sein. Die Signalfeuer, sowohl das Lichtsignal wie der Sender, fehlten und waren wahrscheinlich von dem Meteor abgerissen, der die Kapsel in die Vertiefung abgelenkt hatte, in der sie lag. Illin kannte den Registriercode nicht, aber schließlich war er nicht persönlich mit allen Schiffen vertraut, die groß genug waren, um Fluchtkapseln mit sich zu führen.

Der Thek löste sich von ihm und flog einige Meter neben dem Spähschiff her. Er hatte nicht die Augen ausgefahren oder dergleichen, aber Illin hatte das Gefühl, das er ihn beobachtete. Er steuerte das Schiff von der Fluchtkapsel weg. Die magnetische Leine schoß aus dem Heck und schlang sich um die Kapsel. Das winzige schwarze Schiff erzitterte und zeigte, daß das Netz Halt gefunden hatte.

Mit Hilfe der ventralen Impulstriebwerke steuerte Illin das Schiff langsam und vorsichtig über den Ring der tanzenden Riesen hinaus. Der Thek blieb an seiner Seite.

Er folgte der kleinen Pyramide aus der dichten Ansammlung von Gesteinsbrocken zurück zu seinem Vektorpunkt. Sobald sie wieder freie Bahn hatten, schickte er Nachrichten an die Signalfeuer: *Spähschiff im Anflug, Fluchtkapsel NM-EC-02 im Schlepptau, intakt, aber Signalfeuer beschädigt. Thek beteiligt.* Er grinste frech vor sich hin. Diese kurze Nachricht würde die Leute auf der Plattform in helle Aufregung versetzen. Er konnte es kaum abwarten, sich ein Bild davon zu machen, welches Durcheinander er anrichtete.

Die Bergbauplattform Descartes Nr. 6 hatte sich in den vielen Jahren, seit man den ersten Modulzylinder in den Asteroidengürtel geschleppt und verankert hatte, sehr verändert. Während die ersten Arbeiter mit barackenartigen Gemeinschaftsunterkünften auskommen mußten, konnten Familien jetzt kleine Flügel für sich beanspruchen. Kleinigkeiten, die das Leben angenehmer machten und von reisenden Händlern früher praktisch aus dem Rucksack verkauft wurden, waren nun in einer ganzen Anzahl von Läden im Herzen des Korridors erhältlich, der den Zylinderkomplex in der Nähe des Freizeitzentrums verband. Wenn in fünf Jahren die Eindämmungskuppel für Dauerbewohner vollendet wurde, konnte Descartes Nr. 6 fast Koloniestatus für sich beanspruchen. Und das würde auch geschehen.

Erzzüge aus fünf bis acht versiegelten Containern, die von Drohnen geschleppt wurden, flogen zwischen den Schiffen hin und her, die in einer Reihe an den Andockpieren lagen. Einige transportierten rohen Fels von den Bergbauschiffen zu den Schlackeöfen und Scheuertrommeln, deren Rutschen aus der Flanke der Plattform ragten. Andere transportierten verarbeitete Mineralien zu den riesigen, mit drei Triebwerken ausgestatteten Erzfrachtern, die wie gewaltige hohle, von oben bis unten mit Impulstriebwerken gesprenkelte Kugeln aussahen. Diese großen, langsamen Kugeln wickelten den Großteil der Frachttransporte zwischen der Plattform und der Zivilisation ab. Trotz ihrer grobschlächtigen Erscheinung und ihrer offensichtlichen Schwerfälligkeit hatte die

Gesellschaft es bis heute nicht geschafft, sie durch etwas Besseres zu ersetzen.

Schiffe, die Kaufleuten von Planeten der Förderation Empfindungsfähiger Spezies gehörten, waren von den eigenen Schiffen der Bergbaugesellschaft leicht durch ihre farbenfrohe Lackierung zu unterscheiden. Sie waren hier, um Haushaltswaren, Nahrung und Textilien gegen kleine und größere Pakete mit Mineralien einzutauschen, die auf ihren eigenen Planeten nicht zu haben waren, und hofften auf einen besseren Preis als von Großhändlern. Als Illin heranflog, löste sich eines mit vier Containern im Schlepptau von seiner Andockbucht und drehte sich dem Signalfeuer zu, das es nach Alpha Centauri dirigieren würde, was selbst mit überlichtschnellem Antrieb viele Monate beanspruchte. Ein Personenshuttle in den Farben eines Gesellschaftsfunktionärs schoß aus einer Luftschleuse und flog zielstrebig auf einen großen Frachter des Paraden-Konzerns zu, der in einem entfernten Andockorbit irgendwo über Illins linker Schulter lag.

Illin sendete den Identifikationscode seines Shuttles, als er sich der Plattform näherte. Das Signal, das die Übertragung bestätigte, tönte schrill aus seinen Kopfhörern.

»Guten Tag, Rompsey. Ist das dein Thek auf 0.05 hinter dir?« fragte Flugdeckkoordinator Mavrona fröhlich, als sie auf Illins Monitor erschien, den er inzwischen auf das Kommunikationsnetzwerk umgeschaltet hatte. Sie war eine kräftig gebaute Frau mit nachtschwarzer Haut und klaren grünen Augen.

»Es ist nicht *mein* Thek«, erwiderte Illin mürrisch. »Er ist mir nur nach Hause gefolgt.«

»Das behaupten alle, Junge. Du hast dir eine Geode geangelt, habe ich gehört.«

»Stimmt«, gab Illin zu. Eine ›Geode‹ nannte man ein Kristallvorkommen, das einen vielversprechenden

Eindruck machte, aber nicht vor Ort untersucht werden konnte. Einige stellten sich als sehr profitabel heraus, andere als eine einzige Enttäuschung für die hoffnungsvollen Bergleute, die sie fanden. »Ich weiß nicht, wer drin liegt. Der Thek hat nichts gesagt. Die Kapsel ist immer noch versiegelt.«

»Der Thek hat nichts gesagt – ha, ha! Wann sagen sie je etwas? Ich schicke dir eine Mannschaft und Mediziner zum Deck runter. Paß bei der Landung auf. Der Boden ist eben erst poliert worden. Und vergiß nicht zu warten, bis die Sirene der Luftschleuse verstummt, ehe du die Luken öffnest.«

»Wartet auch ein 3d-Video-Team, um mich zu interviewen?« fragte Illin hoffnungsvoll.

»Schätzchen, du bist nicht der einzige, der etwas Interessantes zu berichten hat. Wart's ab. Du wirst schon noch erfahren, was los ist, wenn du drin bist. Ich habe keine Zeit für Geplauder.«

Mit einem kehligen Kichern unterbrach Mavrona die Verbindung. Ihr Bild auf dem Monitor wurde durch Angaben über die heutigen Frequenzen des Landesignalfeuers ersetzt. Illin drehte und steuerte sein Schiff auf die sich öffnende Luke zu, aus der strahlendes, simuliertes Tageslicht herausschien. Der Thek schwebte lautlos hinter ihm.

* * *

Winzige Mücken summten ihr in den Ohren. »Lnz. Lnz. Dtr Mspw«

Sie ignorierte sie und weigerte sich, die Augen zu öffnen. Ihre Haut schmerzte, vor allem ihre Ohren und Lippen. Sie streckte vorsichtig die Zunge aus und leckte sich die Lippen. Sie waren sehr trocken. Plötzlich berührte etwas Kaltes und Feuchtes ihren Mund. Sie zuckte zusammen, als ihr ein kalter Tropfen über die

Wange ins Ohr rann. Die Mücken summten wieder los, aber ihre Stimmen wurden tiefer und verständlicher. »Lunz. Lunzie. Dr. Mespil. Das ist doch Ihr Name, oder?«

Lunzie schlug die Augen auf. Sie lag auf einem Krankenbett in einem weißen Zimmer ohne Fenster. Drei Menschen standen an ihrer Seite, zwei in weißen Medizinerkitteln, einer im Overall eines Bergarbeiters. Außerdem war ein Thek zugegen. Sie war so erstaunt darüber, daß ein Thek an ihrem Krankenbett wachte, daß sie ihn anstarrte und die anderen ignorierte. Der große Mann in klinischem Weiß beugte sich über sie.

»Können Sie sprechen? Ich bin Dr. Stev Banus. Sie befinden sich auf der Bergbauplattform Descartes Nr. 6, und ich bin der Klinikchef. Wie geht's Ihnen?«

Lunzie holte tief Luft und gab einen erleichterten Seufzer von sich. »Ja, ich kann nicht klagen. Ein bißchen steif, und mein Kopf ist voller Sägespäne, aber ansonsten geht's mir gut.«

»Iiiiinnnnn Oooorrrrrddddnnuuuunnng?« rumpelte der Thek. Die anderen hörten respektvoll und aufmerksam zu und widmeten sich wieder Lunzie. Der Thek hatte offenbar eine Frage an sie gerichtet. Sie wünschte, sie hätte mehr Erfahrung mit den Thek, aber bisher hatte sich noch nie einer mit ihr unterhalten. Die anderen schienen zu wissen, was das Wesen fragte.

»Ja, mir ist nichts passiert«, erklärte sie. Sie wünschte, das Ding hätte ein Gesicht oder ein anderes äußeres Merkmal, an dem man seinen Gemütszustand ablesen konnte, aber da war nichts. Es sah wie ein Steinklotz aus. Sie wartete auf eine Antwort.

Der Thek sagte nichts mehr. Die Menschen sahen zu, wie die glatte Pyramide langsam zur Tür und aus dem Zimmer rollte.

»Was hat dieser Thek hier gemacht?« fragte Lunzie.

»Ich weiß es nicht«, erwiderte Stev verwirrt. »Ich habe keine Ahnung, was er da draußen im Asteroidenfeld gesucht hat. Es ist nicht einfach, sich mit ihnen zu verständigen. Der hier ist uns sicher freundlich gesonnen, aber mehr wissen wir nicht. Er hat geholfen, Sie zu finden. Er hat den jungen Bergmann Romsey auf Sie aufmerksam gemacht.«

»Tut mir leid, daß ich mich nicht bei ihm bedankt habe«, sagte Lunzie frech. Sie zog sich in eine sitzende Position. Der Mann in klinischem Weiß eilte herbei, um sie zu stützen, als sie sich gegen das Kopfende des Bettes zurücklehnte. Sie schickte ihn mit einem Wink weg. »Wo bin ich? Ist das die Bergbauplattform?«

»Ganz richtig.« Die Frau im weißen Kittel lächelte sie an. Sie hatte eine perfekte, glatte hellbraune Haut und dunkelbraune Augen. Ihr volles schwarzes Haar war im Nacken zu einem langen Zopf geflochten. »Mein Name ist Satia Somileaux. Ich bin hier geboren.«

Lunzie sah sie neugierig an. »Wirklich? Ich dachte, die Wohnquartiere auf der Plattform seien weniger als fünfzehn Jahre alt. Sie sind doch mindestens zwanzig.«

»Vierundzwanzig«, gestand Satia mit einem freundlichen und amüsierten Lächeln.

»Wie lang habe ich geschlafen?«

Die beiden Ärzte wechselten Blicke und versuchten zu entscheiden, was sie sagen sollten. Lunzie sah sie scharf an. Der dunkelhaarige junge Mann in dem Overall verlagerte sein Gewicht unbehaglich von einem Fuß auf den anderen und räusperte sich. Banus warf ihm aus dem Augenwinkel einen verstohlenen, wissenden Blick zu und drehte sich zu ihm um. »Ich habe Sie nicht vergessen, Illin Romsey. Sie wissen sicher, daß Ihnen für die Bergung einer Fluchtkapsel ein beträchtlicher Finderlohn zusteht.«

»Nun ja«, grinste der junge Mann und kniff nachdenklich die Augen zusammen. »Das entschädigt mich dafür, daß mir dieses Vorkommen entgangen ist. Zumindest halbwegs. Aber ich hätte sie sowieso mitgebracht. Wenn ich verschollen wäre, würde ich auch hoffen, daß sich jemand verpflichtet fühlt, mich heimzubringen.«

»Es ist nicht jeder so selbstlos wie Sie, junger Mann. Selbstsucht ist weit häufiger als Ihre lobenswerte Einstellung. Computer, weise Bergmann Romsey seine Prämie für die Bergung der Fluchtkapsel…?« Der hochaufgeschossene Doktor bat Lunzie mit einem Blick um die Nummer.

»NM-EC-02«, sagte sie.

»…für die Bergung der Fluchtkapsel NM-EC-02 an und bestätige mit meinem Stimmencode. Wenn eine Überprüfung nötig ist, leite die Anfragen an mich weiter.«

»Bestätigt«, sagte die ausdruckslose Stimme des Computers.

»Dann mal los, Bergmann«, sagte Stev. »Es gibt keine Geheimhaltungspflicht, also füttern Sie die Gerüchteküche mit Ihren Neuigkeiten…«

Illin Romsey grinste. »Danke. Ich hoffe, es fehlt Ihnen an nichts, Dr. Mespil.« Der junge Mann verbeugte sich höflich und verließ das Zimmer.

Stev trat wieder an Lunzies Seite. »Natürlich ist die Prämie nichts, verglichen mit der Gehaltsnachzahlung, die Ihnen zusteht, Dr. Mespil. Während Ihrer ganzen Tiefschlafzeit sind Sie Angestellte der Gesellschaft geblieben. Descartes legt Wert darauf, niemandem etwas schuldig zu bleiben. Wir unterhalten uns später über Ihren Kontostand.«

»Wie lang habe ich denn geschlafen?« wollte Lunzie wissen.

»Sie müssen verstehen, daß… ah… wo der Bergmann Sie gefunden hat… Nun, Ihre Kapsel wurde nicht entdeckt, als die beiden anderen Kapsel von der… äh… *Nellie Mine* geborgen wurden. Auch sie waren nur schwer aufzufinden. Die Suche hat drei Monate in Anspruch genommen.«

»Haben es alle heil überstanden?« fragte sie in plötzlicher Sorge um die vierzehn anderen Mannschaftsmitglieder der *Nellie.* Jilet hatte solche Angst davor gehabt, noch einmal in den Kälteschlaf zu müssen. Sie bedauerte, daß sie nicht befohlen hatte, ihm ein Beruhigungsmittel zu verabreichen, bevor er eingefroren wurde.

Dr. Banus schwenkte den Computermonitor auf dem Tisch zu sich herum und fuhr mit dem Finger über die Glasoberfläche. »O ja, den anderen ist nichts passiert. Ein vorschriftsmäßig herbeigeführter Kälteschlaf hinterläßt gewöhnliche keine gesundheitlichen Schäden. Sie müßten sich selbst eigentlich schon wieder ganz frisch fühlen.«

»Ja, das trifft zu. Darf ich Ihre Kommunikationszentrale benutzen? Ich nehme an, daß Sie meine Tochter Fiona verständigt haben, als wir von der *Nellie Mine* geflohen sind. Ich würde sie gern darüber unterrichten, daß man mich gefunden hat. Sie ist wahrscheinlich schon krank vor Sorge. Oder startet vielleicht bald ein FTL-Shuttle nach Tau Ceti? Ich muß ihr eine Nachricht schicken.«

»Meinen Sie, daß sie noch dort ist?« fragte Satia und sah Stev stirnrunzelnd an.

Lunzie bemerkte ihren Blickwechsel. »Ich habe sie dort bei einem Freund zurückgelassen, der auch praktischer Arzt ist. Sie war erst vierzehn…« Lunzie machte eine Pause. So wie die Ärzte miteinander redeten, mußten einige Jahre vergangen sein, bis man die Kapsel gefunden hatte. Gut, das war eines der Risiken der Raumfahrt. Lunzie versuchte sich vorzustellen, wie Fiona jetzt aussehen mußte, wenn ihre langen Beine weiter so schnell gewachsen waren. Die weiblichen Formen mußten inzwischen gereift sein. Lunzie hoffte, daß der Mentor soviel Geschmack bewiesen hatte, daß er dem Mädchen zeigte, wie man sich modisch kleidete statt so ausgefallen, wie es bei Teenagern üblich war. Dann fiel ihr das tiefe Schweigen der beiden Mediziner auf, denen offenbar mit jeder Minute unbehaglicher zumute wurde. Wenn eine FTL-Reise zwischen Sternensystemen zwei bis drei Jahre beanspruchte, konnte ein Kälteschlaf von gleicher Länge einem modernen Psychologen doch wohl kaum Sorgen bereiten. Oder länger? Fünf Jahre? Zehn?

»Sie sind meiner Frage einige Male sehr elegant ausgewichen, aber das werde ich nicht noch einmal zulassen. Wie lang habe ich geschlafen? Sagen Sie's mir.«

Die beiden Mediziner wechselten nervöse Blicke. Der große Arzt räusperte sich und seufzte. »Eine lange Zeit«, sagte Stev scheinbar locker, auch wenn Lunzie spürte, daß es ihm nur mit Mühe über die Lippen kam. »Lunzie, es ist nicht gut für Sie, daß ich es Ihnen verschwiegen habe. Ich hätte es Ihnen gleich nach dem Aufwachen sagen sollen, damit Sie sich an die Tatsachen gewöhnen können. Ich habe einen Fehler gemacht, und es tut mir leid. Es ist nur ein so ungewöhnlicher Fall, daß meine Ausbildung, fürchte ich, damit überfordert ist.« Stev holte tief Luft. »Sie waren zweiundsechzig Jahre im Kälteschlaf.«

Zweiundsechszig… Lunzies Gedanken überschlugen sich. Sie war darauf gefaßt gewesen, daß sie ein Jahr geschlafen hatte, oder zwei oder drei, sogar zwölf, wie es Jilet passiert war, aber zweiundsechzig! Sie starrte an die Wand und versuchte sich an Traumbilder zu erinnern, an irgend etwas, das ihr ein Gefühl für die verstrichene Zeit geben könnte. Aber es hatte keinen Sinn. Sie hatte im Kälteschlaf nicht geträumt.

Niemand träumte im Kälteschlaf. Sie fühlte sich innerlich taub und versuchte den Schock in Grenzen zu halten. »Das ist unmöglich. Ich habe das Gefühl, als sei der Zusammenstoß erst vor ein paar Minuten geschehen. Ich habe dort meine Augen geschlossen. Und hier habe ich sie wieder geöffnet. Es ist keine Lücke in meinen Wahrnehmungen zwischen jetzt und damals.«

»Sehen Sie, deshalb ist es mir so schwergefallen, Ihnen die Wahrheit zu sagen, Lunzie«, sagte Stev sanft. »Wissen Sie, es ist nicht so schwierig, wenn die Lücke weniger als zwei Jahre beträgt. Das ist die Zeitspanne, die hier auf der Plattform gewöhnlich vorkommt, wenn ein Bergmann draußen einen Unfall hatte und um Hilfe ersucht hat. Der Schläfer fällt ein wenig hinter das Tagesgeschehen zurück, aber es gibt selten ein Anpassungsproblem. Die kryogenische Technik ist knapp über hundertvierzig Jahre alt. Ihr... äh... Ihr Schlaf ist der längste, mit dem ich je zu tun hatte. Genauer gesagt, der längste, von dem ich je gehört habe. Wir werde Ihnen helfen, so gut wir können. Sie müssen nur fragen.«

Lunzies Gehirn weigerte sich immer noch, zweiundsechzig Jahre mit irgendeiner realen Erfahrung in Zusammenhang zu bringen. »Aber das heißt ja, daß meine Tochter...« Ihre Kehle zog sich zusammen, und ihre Stimme weigerte sich, den Gedanken auszusprechen. Sie streckte eine zitternde Hand nach dem Hologramm aus, das auf dem Klappregal neben dem Bett lag. Sie hätte eine siebzehn- oder achtzehnjährige Fiona an Stelle des kleinen Mädchens akzeptieren können, das sie zurückgelassen hatte, aber eine Sechsundsiebzigjährige, eine alte Frau, die mehr als doppelt so alt war wie sie selbst? »Wissen Sie, ich bin erst vierunddreißig«, sagte sie.

Satia setzte sich neben Lunzie auf die Bettkante und faßte sie voller Mitgefühl am Arm. »Ich weiß.«

»Das heißt, meine Tochter... ist ohne mich aufgewachsen«, schloß Lunzie gequält. »Sie hatte eine Karriere, Freunde, Kinder...« Der Lächeln des holographischen Bildes strahlte sie an, Erinnerungen stiegen auf, an ihr Lachen, an die unbewußte Eleganz eines langbeinigen Mädchens, aus dem eine große, elegante Frau werden sollte.

»Nun – mit Sicherheit«, pflichtete die Ärztin ihr bei.

Lunzie schlug die Hände vors Gesicht und weinte. Satia schloß sie in die Arme und streichelte ihr Haar mit sanften Händen.

»Vielleicht sollten wir Ihnen ein Beruhigungsmittel geben, damit Sie sich ausruhen können«, schlug Stev vor, aber Lunzies Schluchzer wurden leiser und verstummten schließlich ganz.

»Nein!« Lunzie funkelte ihn mit geröteten Augen an. »Ich will nicht wieder schlafen.«

Was rede ich da bloß? dachte sie und riß sich zusammen. Genau so hat Jilet es mir beschrieben. Unmut, Angst vor dem Schlafen, Angst davor, nie wieder aufzuwachen. »Vielleicht könnte mich jemand auf der Plattform herumführen, bis ich meine Orientierung wiedergefunden habe.« Sie lächelte die anderen beiden hoffnungsvoll an. »Ich habe mich schon genug ausgeruht.«

»Ich mach's«, meldete Satia sich freiwillig. »Ich habe diese Schicht frei. Wir können eine Anfrage zu Ihrer Tochter nach Tau Ceti schicken.«

Die Kommunikationszentrale befand sich in der Nähe der Administrationsbüros in Zylinder Eins. Satia und Lunzie spazierten aus der Medizinischen Zentrale in Zylinder Zwei kilometerweit durch überkuppelte Korridore. Lunzie nahm ihre Umgebung mit großen Augen in sich auf. Laut Satia bestand die Bevölkerung der Plattform aus achthundert Erwachsenen, darunter fünfundachtzig Prozent Menschen, außerdem Schwerweltler, Weber und die vogelartigen Ryxi, dazu einige andere Rassen, die Lunzie nicht kannte.

Schwerweltler waren auch Menschen, allerdings eine genetisch modifizierte Subspezies, die Planeten mit hoher Gravitation bewohnen konnten, welche sich ansonsten zur Kolonialisierung eigneten, für menschliche ›Leichtgewichte‹ aber zu schwierige Lebensbedingungen boten. Die Männer waren mindestens zwei Meter zehn groß. Ihre Gesichtszüge waren breit und grob, erinnerten fast an Neandertaler, und ihre Hände, selbst wenn sie wohlproportionierte schlanke Finger hatten, waren riesig. Die Frauen waren so stämmig, daß leichtgewichtige Frauen neben ihnen wie Püppchen wirkten. Sie machten Lunzie nervös, als seien sie eine überdimensionale Karnevalsattraktion. Sie hatte das unbehagliche Gefühl, als könnten sie jeden Moment über sie herfallen. Ihre ausgeprägten Augenwülste gaben den Schwerweltlern ein aggressives Aussehen, selbst wenn sie lächelten. Lunzie hielt sich in sicherem Abstand zu ihnen.

Satia plauderte fröhlich vor sich hin, während sie dahinspazierten, zeigte auf Leute, die sie kannte, und erzählte vom Leben auf der Plattform. »Wir sind eine kleine Gemeinschaft«, erklärte sie. »Es ist hier schwierig, jemandem aus dem Weg zu gehen, den man nicht leiden kann. Privatbereiche sind auf einer Plattform im Tiefenraum geradezu heilig. In den meisten Fällen helfen sie, aber Descartes betreibt ausführliche Persönlichkeitsanalysen, um die Personen auszusondern, die auf der Plattform nicht zurechtkommen. In jeder Freizeit finden gemeinschaftliche Spiele und andere Unternehmungen statt, und wir haben eine gut sortierte Video- und Textbibliothek. Langeweile gehört zum Schlimmsten, was einer geschlossenen Gemeinschaft passieren kann. Ich kenne jeden, weil ich die meisten Feiern für die Kinder organisiere.« Lunzie folgte ihr wie betäubt, lächelte Satias Freunde an und murmelte dies und das, ohne sich einen einzigen Namen zu merken, wenn das Gesicht wieder in der Menge verschwunden war.

»Lep! Domman Lepke! Warte mal!« Satia lief einem großen, sonnengebräunten Mann in einer Uniform mit hohem Kragen hinterher, der gerade zwischen zwei automatischen Schiebetüren verschwand. Er lugte um die Ecke, weil die Stimme seine Aufmerksamkeit erregte, und lächelte breit, als Satia winkte.

»Lep, ich möchte dir eine neue Freundin vorstellen. Das hier ist Lunzie Mespil. Sie ist gerade aus dem Kälteschlaf gerettet worden. Sie war über sechzig Jahre lang vermißt.«

»Ah, noch eine Dauerverschollene«, sagte Lepke abschätzig und schüttelte ihr die Hand. »Wie geht's Ihnen? Sind Sie eine von denen, für die sich nichts, oder eher eine, für die sich alles verändert hat? Jeder gehört entweder zur einen oder anderen Kategorie. Hör mal, Satia, hast du die Neuigkeiten von Signalfeuer Delta gehört? Schwerweltler haben Anspruch auf Phoenix erhoben. Der Planet muß von Piraten überfallen worden sein!«

Satia, die Lep gerade für seine Taktlosigkeit schelten wollte, blieb der Mund offen stehen, und sie riß entsetzt die Augen auf. »Aber auf Phoenix ist doch vor über sechs Jahren eine menschliche Kolonie gegründet worden.«

»Sie behaupten, sie hätten auf dem Planeten kein intelligentes Leben angetroffen, dabei hätten zu diesem Zeitpunkt dort Leichtgewichter leben müssen. Aber sie fanden keine Spur von ihnen oder ihrer Siedlung und nicht den geringsten Hinweis darauf, was mit ihnen passiert sein könnte. Sie waren vom Erdboden verschluckt, sofern sie es überhaupt bis dorthin geschafft hatten. Die FES hat gerade eine Liste der Kolonisten veröffentlicht, mit dem üblichen Aufruf: ›Wer etwas über den Verbleib dieser Personen weiß‹ und so weiter.« Lepke hatte offenbar seinen Spaß daran, daß er die Nachricht als erster weitererzählen konnte. »Eine Kolonie besteht von dem Moment an, wenn jemand sich vor Ort niedergelassen hat, deshalb kann ihnen niemand ihren Anspruch streitig machen, wenn es keine Beweise dafür gibt, daß der Planet vorher schon bewohnt war. Nur die Anderen wissen, wer die Wahrheit sagt.«

»O süße Mulah! Es müssen Piraten gewesen sein. Kommen Sie, Lunzie. Ich muß mehr darüber erfahren.« Die schlanke Kinderärztin lief auf die Kommunikationszentrale zu und zog Lunzie hinter sich her.

Als sie dort ankamen, hatte sich um den 3d-Projektor bereits eine größere Anzahl von Leuten versammelt, die laut durcheinander redeten und mit Armen, Tentakeln oder Klauen winkten.

»Sie hatten kein Recht, diese Welt an sich zu reißen. Sie war für leichtgewichtige Menschen bestimmt. Sie sind an Planeten mit hoher Schwerkraft angepaßt. Sollen sie die nehmen und uns unsere lassen!« protestierte ein Mann mit rotem Haar wütend.

»Es ist nicht der erste Planet, der ausgeplündert zurückgelassen worden ist«, sagte eine junge Frau mit den nahezu perfekten Gesichtszügen, die die Weber, eine Rasse von Gestaltwandlern, gewöhnlich annahmen, wenn sie unter Menschen lebten. Lunzie suchte nach den beiden Gefährten des Webers, denn sie reisten immer in Dreiergruppen. »Vor einiger Zeit hat ein Gerücht über Epsilon Indi die Runde gemacht. Alle Satelliten dieses Sterns wurden zugleich angegriffen. Phoenix ist nur der jüngste tote Planet, der bekannt geworden ist.«

»Was ist mit den Kolonisten geschehen, die auf Phoenix sein sollten?« fragte eine blonde Frau.

»Das weiß niemand«, sagte der Kommunikationstechniker und hantierte an den Bedienungselementen für das Holofeld. »Vielleicht sind sie nie dort angekommen. Vielleicht haben die Anderen sie erwischt. Hier kommt noch einmal der Bericht für diejenigen unter Ihnen, die ihn noch nicht gesehen haben. Ich übertrage die Dateien so schnell, wie es dem Signalfeuer möglich ist.« Die Zuschauer, die den Bericht schon kannten, gingen weg, die anderen rückten näher.

Eingezwängt zwischen einem breitschultrigen Mann in einem Overall und einem echsenartigen Seti in der Uniform eines Verwaltungsbeamten, verfolgte Lunzie den Bericht, der computergenerierte Bilder der Unterkunftsgebäude und der Industrieanlagen der neuen Kolonie zeigte. Was war mit den anderen Kolonisten geschehen? Sie hatten sicher Verwandte, die es wissen wollten. Menschen wuchsen nicht in einem Vakuum auf. Jeder dieser Menschen war Sohn oder Tochter irgendeines anderen.

»Der offizielle FES-Bericht klang kühl, aber man sollte zwischen den Zeilen lesen. Die Verantwortlichen sind zutiefst entsetzt. Jemand attackiert ihr System. Von der FES wird erwartet, daß sie junge Kolonien schützt«, beklagte sich die blonde Frau bei dem Mann, der neben ihr stand.

»Nur wenn sie sich als lebensfähig erweisen«, verbesserte sie der Weber. »Es kommt immer die Zeit, wenn die Kolonie auf eigenen Füßen stehen muß.«

»Sie sind das Risiko freiwillig eingegangen«, sagte der Seti selbstgefällig und steckte seine Klauen in die auf seine Uniform genähten Beutel. »Und sie sind gescheitert.«

»Was soll's denn, Leute, wenn die Schwerweltler ihre Kolonie in Gang bekommen, dann sollen sie den Planeten eben haben.« Zum Erstaunen des Mannes, der ihn aussprach – ein Mensch mit rosigem Gesicht in einem Overall –, wurde dieser Vorschlag sofort niedergebrüllt.

»Ein Glück, daß die FES nicht Ihre Einstellung teilt«, knurrte ein anderer. »Sonst könnten unsere Kinder nirgendwo mehr in Sicherheit leben.«

»Da draußen gibt's genug Planeten für uns alle«, beharrte der andere. »Die Galaxis ist riesengroß.«

»Hört mal, wir tun alle so, als wären das Neuigkeiten«, polterte der Rothaarige. »Alles, was wir erfahren, ist Monate oder Jahre alt. Es muß doch möglich sein, uns rascher über den Rest der Zivilisation zu informieren.«

»Über Lichtgeschwindigkeit geht's bei mir nicht«, erwiderte der Techniker schief lächelnd. »Es sei denn, Sie wollen für eine ordnungsgemäße FTL-Postsendung bezahlen. Oder die Flotte dazu überreden, daß in unseren Sender ein FTL-Verstärker eingebaut wird. Aber das wäre auch nicht viel schneller.«

Im Holotank sah Lunzie das triumphierende Gesicht des Leiters der Phoenix-Kolonie, einen Mann mit breitem Gesicht und dichten, verzweigten Brauen, die seine Augen beschatteten. Er sprach von Handelsvereinbarungen zwischen Phoenix und dem Paraden-Konzern. Um von der FES anerkannt zu werden, brauchte die Kolonie lediglich eine lebensfähige Bevölkerungszahl und einen Nachweis, daß sie in der galaktischen Gemeinschaft auf eigenen Beinen stehen konnte. »…obwohl es diesem Planeten offenbar an wertvollen Mineralien und Transuranen mangelt, gibt es trotzdem genügend interessante Erzvorkommen. Wir haben bereits mit der Fertigung von…«

»Die Schwerweltler sollten auf diesen Planeten verzichten, selbst wenn die ersten Kolonisten nicht überlebt haben«, erklärte Satia. »Es gibt mehr Planeten mit hoher Schwerkraft als solche, die in die schmale Toleranzspanne für gewöhnliche Menschen fallen.«

»In meiner Zeit…«, begann Lunzie und verstummte gleich wieder, als sie begriff, wie lächerlich es klingen mußte, daß sie trotz ihrer äußerlichen Jugend wie eine Greisin daherredete. »Ich meine, als ich Tau Ceti verlassen habe, hatten die Schwerweltler gerade erst damit angefangen, Kolonien zu gründen. Die meisten lebten immer noch auf Diplo, mit Ausnahme der Schwerweltler in den FES-Korps.«

»Wißt ihr, da muß es irgendeine Verbindung geben«, mutmaßte der Rothaarige. »Es gab keine Planetenpiraten, bevor die Schwerweltler mit der Kolonisierung begonnen haben.«

Eine riesige Hand faßte den Mann an der Schulter und drehte ihn um. »Das ist eine Lüge«, dröhnte die Stimme eines Schwerweltlers in der Uniform eines Technikers. »Schon Hunderte Jahre, bevor es uns gab, sind Planeten ausgeplündert worden. Wenn Sie jemanden beschuldigen wollen, dann beschuldigen Sie die Anderen. Sie sind verantwortlich für die toten Welten. Nicht wir.« Der Schwerweltler sah aus zwei Meter zehn Höhe finster auf den Mann herab und warf auch Lunzie und Satia verächtliche Blicke zu. Lunzie wich vor ihm zurück. Die Leute gingen auseinander, als sie bemerkten, daß sie einen Schwerweltler unter sich hatten. Keiner der Nörgler wollte über Phoenix mit einem der menschlichen Schwergewichte persönlich diskutieren.

Die Anderen. Eine mysteriöse Macht in der Galaxis. Niemand wußte, wer sie waren, ob tatsächlich eine Rasse von Anderen und keine natürlichen Katastrophen diese Planeten zerstört hatten. Lunzie spürte plötzlich etwas Kaltes zwischen den Schulterblättern, als ob sie jemand beobachtete. Sie drehte sich um. Zu ihrer Überraschung sah sie den Thek, der sie gerettet hatte, auf der anderen Seite des Korridors warten. Er hatte keine Gesichtszüge, kein Ausdrucksvermögen, aber sie fühlte sich von ihm angezogen. Sie spürte, daß er mit ihr reden wollte.

»Muuuuuuuttt ggeeehhhhaaaabbbbtttt... üüübb-eeeerrrrrleeebbbttt«, sagte er, als sie näher kam.

»Mut gehabt? Überlebt? Was soll das heißen?« wollte sie wissen, aber die steinerne Pyramide sagte nichts mehr. Sie glitt langsam davon. Lunzie wäre ihr am liebsten nachgelaufen und hätte sie gefragt, was diese rätselhafte Bemerkung zu bedeuten habe. Thek waren dafür bekannt, daß sie kein Wort zuviel sagten, vor allem nicht, wenn sie so bedeutungslosen Wesen wie Menschen etwas erklären wollten.

»Ich nehme an, das sollte eine Aufmunterung sein«, sagte Lunzie schließlich. »Schließlich hat er mir das Leben gerettet, in dem er den jungen Bergmann zu meiner Kapsel führte. Aber warum, in der Galaxis, hat er mich nicht früher gerettet, wenn er wußte, daß ich dort lag?«

In dem Zimmer, das man ihr zuwies, machte Lunzie es sich in einem tiefen, üppig gepolsterten Stuhl vor dem Computermonitor bequem. Sie warf gelegentlich einen Blick in die Schlafkoje, die mit frischem, angenehm duftendem Bettzeug zurechtgemacht war, hielt sich aber von ihr fern wie von einem gefürchteten Feind. Lunzie war nicht im mindesten schläfrig, und sie hatte immer noch die nagende Furcht im Hinterkopf, daß sie nie wieder aufwachen würde, wenn sie das Bewußtsein verlor.

Es war besser, wenn sie das Gehirn mit nützlichen Informationen fütterte. Nachdem sie diverse Gebrauchsanweisungen überflogen hatte, ging sie systematisch die medizinischen Zeitschriften in der Descartes-Bibliothek durch. Sie legte eine Datenbank mit allen Artikeln über neue Themen an, die sie lesen wollte. Während sie darüber nachgrübelte, was sie auswählen sollte, fühlte sie sich mehr und mehr verloren. Ihr Fachgebiet hatte sich weit über den Kenntnisstand ihrer Ausbildungsjahre hinaus entwickelt.

Wie versprochen setzte sich Stev Banus mit ihr zusammen, um zu besprechen, wieviel Descartes ihr schuldete. Es kam eine stattliche Summe zusammen, die weit über eine Million betrug. Er empfahl ihr, den Betrag anzunehmen und wieder zur Schule zu gehen. Stev erklärte Lunzie, daß auf Descartes immer ein Posten frei sei, wenn sie ihn annehmen wollte. Er war der Überzeugung, daß Lunzie auch ohne eine Ausbildung auf neustem Stand eine Bereicherung seines Personals sein würde. Wenn sie einige Auffrischungskurse hinter sich gebracht hatte, konnte sie möglicherweise zur Abteilungsleiterin unter Stevs Verwaltung befördert werden.

»Wir können Ihnen die verlorenen Jahre nicht zurückgeben«, sagte er, »aber wir können versuchen, Sie hier und jetzt glücklich zu machen.«

Lunzie fühlte sich geschmeichelt, aber sie wußte nicht recht, was sie tun sollte. Es war ihr zuwider, daß die Umstände ihr Leben auf eine so brutale Weise unterbrochen hatten. Sie mußte erst mit ihren Gefühlen ins Reine kommen, bevor sie eine Entscheidung treffen konnte. Stevs Vorschlag, sich weiterzubilden, klang vernünftig, aber Lunzie konnte nichts in Angriff nehmen, ehe sie erfahren hatte, was mit Fiona geschehen war. Sie wandte sich wieder der Datei mit den medizinischen Artikeln zu und versuchte ihre Zweifel zu verdrängen.

drittes kapitel

»Haben Sie gut geschlafen?« fragte Satia ihre neue Freundin Lunzie am nächsten Morgen. Die Ärztin beugte sich durch die Tür zu Lunzies Kabine und erweckte mit einem Winken ihre Aufmerksamkeit.

Lunzie wandte sich vom Computerbildschirm ab und lächelte. »Nein. Ich habe überhaupt nicht geschlafen. Ich habe mir die halbe Nacht Sorgen um Fiona gemacht, und die andere Hälfte habe ich mich mit dem Synthesegerät herumgeschlagen, damit es mir eine Tasse Kaffee zubereitet. Es hat den Befehl aber nicht verstanden. Wer kann mir das Gerät reparieren?«

Satia lachte. »Ach, Kaffee! Meine Großmutter hat mir erzählt, was Kaffee ist, als ich sie auf Inigo besuchte. Ist sehr selten, nicht wahr?«

Lunzie runzelte die Stirn. »Nein. Von wo – oder besser von wann – ich komme, gab's Kaffee an jeder Ecke. Einen ähnlichen Geschmack hat manchmal… Wollen Sie damit sagen, Sie haben noch nie Kaffee getrunken?« Lunzies Laune bekam einen Dämpfer. In den letzten Jahrzehnten hatte sich so viel verändert, aber es waren die kleinen Dinge, die ihr am meisten zu schaffen machten, vor allem wenn sie eine lebenslange Gewohnheit betrafen. »Ich brauche normalerweise etwas, damit ich morgens in Gang komme.«

»Oh, ich weiß durchaus, was Kaffee ist. Aber es trinkt ihn keiner mehr. Es gab Studien über die negativen Auswirkungen schwerer Öle und Coffein auf das Nerven- und Verdauungssystem. Wir haben heute andere Muntermacher.«

»Muntermacher?« Lunzie rümpfte abfällig die Nase. »Was soll das sein?«

»Ein ganz einfaches Stärkungsmittel. Ein mildes, völlig harmloses Stimulanz. Ich trinke es jeden Morgen. Es wird Ihnen gut tun.« Satia trat an das Synthesegerät, das in die Wand der Kabine eingebaut war, und kam mit einer vollen Kanne zurück. »Probieren Sie mal.«

Lunzie nippte an der Flüssigkeit und spürte ein Kribbeln, das ihr durch den ganzen Leib ging. Sofort vergaß ihr Körper, daß er eine ganze Schicht verkrampft in einer Haltung verbracht hatte. Sie keuchte. »Das ist äußerst wirkungsvoll.«

»Mhm. Manchmal komme ich anders einfach nicht aus dem Bett. Und es hat keine unangenehmen Nebenwirkungen, wie Kaffee sie laut meiner Großmutter hatte.«

»Na gut, damit feiere ich wohl meinen Einstand in der Zukunft.« Lunzie prostete Satia mit der Kanne zu. »Ach ja, das erinnert mich an etwas. Mit den Apparaten in der Küche komme ich nicht zurecht. Ich habe zwar herausgefunden, welcher davon der Müllschlucker ist, aber ich habe nicht die geringste Ahnung, wozu die anderen dienen.«

Satia lachte wieder. »Na gut. Darauf hätte ich von allein kommen können. Ich gebe Ihnen jetzt einen Crashkurs.«

Nachdem sie Lunzie mit den verschiedenen Haushaltsgeräten vertraut gemacht hatte, ließ Satia für beide eine Tasse Kräutertee zubereiten.

»Ich weiß zwar nicht so genau, wie dieser neumodische Kram funktioniert, aber wenigstens weiß ich jetzt, wozu er dient«, sagte Lunzie mit einem Anflug galliger Selbstironie.

Satia nippte an ihrem Tee. »All das gehört zu einer Zukunft, die uns das Leben angenehmer macht. Behauptet jedenfalls die Werbung. Aber was wollen Sie jetzt mit Ihrer Zukunft anfangen?«

»So wie ich die Sache sehe, habe ich zwei Möglichkeiten. Ich kann nach Fiona suchen, und ich kann mich mit Auffrischungskursen über den heutigen Stand der Medizin kundig machen und versuchen, sie dann zu finden. Ich habe den Computer nach Informationen über Forschungsgebiete recherchieren lassen, die kurz vor einem Durchbruch standen, als ich in den Kälteschlaf ging. Und heute sind diese Durchbrüche schon wieder ein alter Hut! Ich komme mir vor wie eine Primitive, die in einer Großstadt ausgesetzt wird und nicht einmal die Sprache beherrscht, um nach Hilfe zu fragen.«

»Vielleicht können Sie bei mir studieren. Ich beende gerade bei Dr. Banus meine Zeit als Assistenzärztin. Es kann sein, daß ich die Plattform verlasse und anderswo einen festen Posten antrete, um eine andere Perspektive von der Medizin zu bekommen. Ich beschäftige mich intensiv mit Pädiatrie, und dieses Gebiet ist in letzter Zeit ungemein wichtig geworden – wir erleben auf der Plattform gerade eine Bevölkerungsexplosion. Das würde natürlich bedeuten, daß ich meine Kinder zurücklassen müßte, und das möchte ich nicht. Nonya ist drei Jahre, und Omi ist erst fünf Monate alt. Sie machen mir soviel Freude, daß ich nichts von ihrer Kindheit versäumen will.«

Lunzie nickte traurig. »Wissen Sie, genau das ist mir passiert. Ich weiß nicht recht, was ich jetzt machen soll. Ich muß mir erst darüber klar werden, womit ich anfangen soll.«

»Begleiten Sie mich erst einmal.« Satia stand auf und stellte ihre Tasse in den Abfallschacht des Nahrungsprozessors. »Aiden, der 3d-Techniker, hat mir gesagt, er wollte Sie sprechen.« Lunzie stellte ihre Tasse weg und hastete Satia hinterher.

»In der letzten Schicht habe ich Ihre Anfrage nach Tau Ceti geschickt, Doktor«, sagte der Techniker, als sie ihn im Kommunikationszentrum ausfindig gemacht hatten. »Es dauert einige Wochen, bis wir hier draußen unter den Asteroiden eine Antwort erhalten. Aber ich wollte Ihnen sagen...« Der junge Mann tippte mit den Fingern auf der Konsole herum und strengte sein Gedächtnis an. »Ich glaube, ich habe Ihren Nachnamen schon einmal gelesen. Es ist mir gleich aufgefallen, aber ich weiß nicht mehr wo... doch, in einem der Nachrichtenartikel, die wir neulich empfangen haben. Vielleicht ist es ein Verwandter?«

»Wirklich?« fragte Lunzie interessiert. »Bitte zeigen Sie mir den Artikel. Ich müßte inzwischen in der ganzen Galaxis Großnichten und -neffen haben.«

Aiden tippte den Suchbefehl für den gesamten Tageseingang aller sechs Signalfeuer ein. »Da haben wir's. Achten Sie auf den Suchbegrif.« Sie las das Wort *Mespil* in einer klaren Type, die einen offiziellen Eindruck machte, gefolgt von ›Fiona, MD, DV‹, darüber und darunter andere Worte in derselben Schriftart.

»Meine Tochter! Das ist ihr Name. Schauen Sie, Satia! Wo ist sie, Aiden? Was ist das für eine Liste?« fragte Lunzie und überflog die vielen Namen. »Ist eine Videonachricht zugeordnet?«

Der Techniker blickte von seiner Konsole auf, und seine Miene schlug in einen Ausdruck des Entsetzens um. »O Krims. Es tut mir leid, Doktor, aber das ist die FES-Liste. Die Kolonisten, die seit dem Überfall auf Phoenix vermißt werden.«

»Nein!« keuchte Satia. Sie stützte Lunzie, der für einen Moment die Knie weich wurden. Lunzie nickte dankbar, gab ihr aber mit einem Wink zu verstehen, daß sie wieder von allein stehen konnte.

»Was geschieht mit den Leuten auf Planeten, die von Piraten überfallen wurden?« fragte sie tief erschüttert und versuchte sich nicht vorzustellen, welche schrecklichen Dinge ihrer armen Fiona zugestoßen sein könnten.

Der junge Mann schluckte. Es machte niemandem Spaß, schlechte Nachrichten zu überbringen, und er hätte viel dafür gegeben, diese nette Frau aufmuntern zu können. Sie hatte schon so viel durchgemacht. Er bedauerte es, daß er nicht gründlicher recherchiert hatte, bevor er nach ihr schickte. »Manchmal tauchen sie wieder auf, ohne sich daran zu erinnern, was mit ihnen geschehen ist. Manchmal arbeiten sie anderswo und haben keinen Schaden genommen, nur sind ihre Nachrichten nach Hause verloren gegangen. Das kommt bei Kommunikation über galaktische Entfernung häufig vor. Nichts funktioniert fehlerlos. Meistens aber hört man von diesen Menschen nie wieder etwas.«

»Fiona kann nicht tot sein. Wie erfahre ich, was aus ihr geworden ist? Ich muß sie finden.«

Der Techniker blickte nachdenklich drein. »Ich werde Chief Wilkins vom Sicherheitsdienst für Sie anrufen. Er müßte wissen, was Sie tun können.«

Chief Wilkins war ein kleiner Mann mit einem dünnen grauen Schnurrbart, der seine Oberlippe verdeckte, und braunen Augen, die wachsam schauten. Er bot ihr einen Platz in seinem kleinen Büro an, eine saubere, aufgeräumte Kabine, die viel über den Charakter des Mannes aussagte, der sie bewohnte. Lunzie erklärte ihm die Situation, aber er nickte so, als wüßte er schon alles über sie.

»Also, was wollen Sie tun?« fragte er.

»Ich werde natürlich nach ihr suchen«, sagte sie entschlossen.

»Schön.« Er lächelte. »Wo? Sie haben Ihre Nachzahlung erhalten. Sie haben genug Geld, um kreuz und quer durch die Galaxis zu reisen. Wo wollen Sie anfangen?«

»Wo ich anfangen will?« Lunzie blinzelte. »Ich... ich weiß nicht. Ich glaube, ich könnte mich zuerst auf Phoenix umschauen, wo sie zuletzt gesehen wurde...«

Wilkins schüttelte den Kopf und machte einen skeptischen Laut mit der Zunge. »Das wissen wir nicht mit Sicherheit, Lunzie. Sie wurde dort mit den übrigen Kolonisten erwartet.«

»Die EEC müßte doch wissen, ob sie auf Phoenix angekommen sind oder nicht.«

»Na gut. Es wäre zumindest ein Anfang. Aber es sind viele Lichtjahre bis dorthin. Was wollen Sie machen, wenn Sie sie dort nicht finden? Wo wollen Sie als nächstes suchen?«

»Äh...« Lunzie ließ sich in den Stuhl zurücksinken, der sich angenehm an ihr Rückgrat schmiegte. »Sie haben schon recht. Ich habe nicht darüber nachgedacht, *wie* ich sie finden will. In ihrer ganzen Kindheit konnte ich immer zu Fuß dorthin gehen, wo sie gerade war. Nichts war zu weit weg.« Vor ihrem geistigen Auge sah sie eine Sternkarte der besiedelten Galaxis. Jeder Punkt stand für mindestens eine bewohnte Welt. Es würde Wochen, Monate, vielleicht sogar Jahre dauern, um von einem Sonnensystem zum anderen zu reisen und jeden Menschen in jeder Stadt zu fragen. Sie schlang die Arme um sich und fühlte sich klein und hilflos.

Wilkins nickte anerkennend. »Sie haben die erste Schwierigkeit bei einer derartigen Suche begriffen: die Entfernung. Die zweite ist die Zeit. Seit dieser Bericht noch eine Neuigkeit war, ist viel Zeit vergangen. Es wird noch mehr Zeit kosten, um Anfragen zu schicken und Antworten zu erhalten. Sie müssen am anderen Ende der Geschichte anfangen und herausfinden, wo sie gewesen ist. Wo sie aufgewachsen ist, wen sie geheiratet hat und mit wem sie befreundet war. Außerdem dürfte sie in ihrem Leben den einen oder anderen Arbeitgeber gehabt haben. Das könnte Ihnen Hinweise liefern, wo sie jetzt ist.

Um ein Beispiel zu nennen: in welcher Funktion hat sie an dieser planetaren Expedition teilgenommen? Als Siedlerin? Als Fachkraft? Oder als Beobachterin? Die EEC führt Archive. Ihnen ist sicher aufgefallen«, er schaltete den Bildschirm auf seinem Schreibtisch ein und drehte ihn Lunzie zu, »daß auf ihren Namen die beiden Abkürzungen MD und DV folgen.«

Lunzie widmete sich noch einmal der FES-Liste und versuchte, sie nicht als Dokument einer Katastrophe zu betrachten. »MD. Das heißt, sie ist Ärztin. DV…« Lunzie strengte ihr Gedächtnis an. »Das könnte bedeuten, daß sie sich auf Virologie spezialisiert hat.«

»Dann muß sie auch irgendwo an einer Universität studiert haben. Gut. Ich bin mir sicher, Sie hätten sie zu einer akademischen Ausbildung ermutigt. Was hat sie mit ihren Abschlüssen angefangen? Sie haben jetzt einige Hinweise, mit denen Sie arbeiten können, aber es wird viele Monate, vielleicht sogar Jahre dauern, bis Sie Antworten erhalten. Das Beste wäre, wenn Sie von einem festen Standort aus arbeiten und Ihre Anfragen herumschicken.«

»Stev Banus hat den Vorschlag gemacht, ich sollte wieder in die Schule gehen und mich auf den neusten Stand bringen.«

»Ein vernünftiger Vorschlag. Wenn Sie es so machen, können Sie gleichzeitig Ihre Suche betreiben. Wenn ein Hinweis nicht weiterführt, gehen Sie einem anderen nach. Bitten Sie jede Agentur um Hilfe, die Ihnen nützlich sein könnte. Machen Sie sich keine Gedanken darum, daß Ihre Anstrengungen dadurch verdoppelt werden. Es kann gut sein, daß einem Unbeteiligten etwas auffällt, das Sie übersehen haben. Und es wird billiger, als wenn Sie sich in ein Schiff setzen und Hinweisen auf eigene Faust nachgehen. Es wird in jedem Fall eine kostspielige Suche, aber so bleiben Sie von der Kleinarbeit verschont und können versuchen, aus den Informationen, die Sie erhalten, Ihre Schlüsse zu ziehen, ohne darüber nachdenken zu müssen, aus welcher Perspektive diese Informationen gewonnen wurden.«

»Ich brauche eine Perspektive. Ich habe mich noch nie mit so umfangreichem Material beschäftigen müssen. Ihr Vater und ich haben regelmäßig miteinander korrespondiert, während sie aufwuchs. Ich habe mir nie Gedanken über die Übertragungszeit zwischen zwei Briefen gemacht, und es hat immer lang gedauert! Es geht schneller, mit FTL zu fliegen, aber wenn ich mir vorstelle, ich würde sie am Ende einer langen Reise doch nicht finden… Fiona ist mir zu wertvoll, als daß ich es mir erlauben würde, nüchtern darüber nachzudenken. Ich danke Ihnen für Ihre klaren Worte.« Sie stand auf. »Und, Wilkins? Danke, daß Sie nicht angedeutet haben, sie sei vielleicht schon tot.«

»Sie glauben doch nicht, daß sie tot ist. Eines Ihrer Indizien ist Ihr eigener Instinkt. Vertrauen Sie ihm.« Die Ränder des Schnurrbarts hoben sich zu einem aufmunternden Lächeln. »Viel Glück, Lunzie.«

* * *

Im Kindergarten herrschte ein fröhliches Durcheinander. Kleine Menschen jagten andere Kinder über den gepolsterten Boden, schrien durcheinander, sprangen von Schaumstoffmöbeln herunter und verfehlten nur knapp die beiden Erwachsenen, die in einem der Gesprächsringe hockten und versuchten, ihnen aus dem Weg zu bleiben.

»Vigul!« rief Satia. »Laß Tlinks Tentakel los, dann läßt er auch deine Haare los. Sofort!« Sie klatschte laut in die Hände und ignorierte das enttäuschte ›Mmmmm‹ von beiden Kindern. Sie entspannte sich, behielt die beiden Raufbolde aber im Blick. »Normalerweise sind sie brav, aber manchmal übertreiben sie's.«

»Vielleicht fühlen sie sich in Gegenwart einer Fremden besonders herausgefordert«, sagte Lunzie mit einem Lächeln.

Satia seufzte. »Ich bin froh, daß die Weber-Eltern das nicht gesehen haben. Er ist so jung, deshalb weiß er noch nicht, daß es in seinem Volk verpönt ist, in der Öffentlichkeit die Gestalt zu wechseln. Ich habe nichts dagegen, wenn er lernt, vor den anderen Kindern zu sich selbst zu stehen. Es beweist, daß er ihnen vertraut. Das ist gut.«

Neben Lunzie räkelte sich Satias kleiner Sohn Omi im Schlaf unruhig in seinem Kinderbett. Sie nahm ihn aus dem Bett, wiegte ihn sanft an ihrer Brust und barg seinen Kopf an ihrer Schulter. Er beruhigte sich wieder und saugte an seiner winzigen Faust, die er sich halb in den Mund gesteckt hatte. Lunzie lächelte ihn an. Sie erinnerte sich an Fiona in diesem Alter. Sie hatte zu dieser Zeit die medizinische Fakultät besucht und das Kind jeden Tag in den Unterricht mitgenommen. Lunzie genoß das Gefühl, das kleine Bündel nah bei sich zu tragen, Herzschlag an Herzschlag. Dieses makellose kleine Wesen, wie eine exotische Blume, die sie geschaffen hatte. Die Lehrer spielten mit einem Lächeln auf das jüngste Klassenmitglied an, das oft das erste Exemplar eines jungen Menschen war, das Studenten anderer Rasse überhaupt zu Gesicht bekamen. Fiona war so brav. Sie weinte nie während des Unterrichts, brummelte aber gelegentlich während einer Prüfung vor sich hin, weil sie Lunzies Anspannung spürte. Lunzie verdrängte mit Gewalt die Erinnerungen. Diese Tage waren längst vorbei. Fiona war inzwischen erwachsen, und Lunzie mußte lernen, sie so zu sehen.

Omi schmiegte sich an sie, zog die Faust aus dem Mund, um zu gähnen, und steckte sie wieder hinein. Lunzie legte die Arme um ihn und schüttelte unwirsch den Kopf. »Ich weigere mich zu glauben, daß Fiona tot ist. Ich kann und will die Hoffnung nicht aufgeben.« Sie seufzte. »Aber Wilkins hat recht. Ich muß Geduld haben, aber es wird das Schwerste sein, was ich je getan habe.« Lunzie grinste betrübt. »In meiner Familie ist keiner mit Geduld gesegnet. Deshalb sind wir alle Ärzte geworden. Ich habe viel zu lernen und viel wieder zu vergessen. Die Schularbeiten werden mir helfen, meine Gedanken in Ordnung zu halten.«

»Ich werde dich vermissen«, sagte Satia. »Ich glaube, wir sind Freunde geworden. Du wirst hier immer ein Zuhause haben, wenn du eins brauchst.«

»Ich glaube nicht, daß ich je wieder ein Zuhause haben werde«, sagte Lunzie, als sie an die unübersichtliche Sternkarte dachte. »Aber danke für das Angebot. Es bedeutet mir sehr viel.« Vorsichtig legte sie das Kind in sein Bettchen zurück. »Weißt du, ich habe Jilet besucht, den Bergmann, den ich wegen Platzangst behandelte, bevor die *Nelli Mine* getroffen wurde. Er ist mit zweiundneunzig immer noch rüstig und gesund und wird bestimmt noch dreißig Jahre leben. Er hat weißes Haar, und seine Brust ist in den Bauch gerutscht, aber ich habe ihn trotzdem auf den ersten Blick erkannt. Illin Romsey ist sein *Enkel*. Er hat fast fünfzig Jahre lang als Prospektor gearbeitet, nachdem sein Shuttle geborgen wurde, und jetzt arbeitet er als

Deckaufseher. Ich habe mich gefreut, daß er noch so gut aussieht.« Ihre Lippen verzogen sich zu einem traurigen Lächeln. »Er hat sich nicht mehr an mich erinnert.«

* * *

Die Universität Astris Alexandria nahm mit Vergnügen den Antrag auf Fortsetzung ihrer Ausbildung von einer ihrer früheren Studentinnen an, aber ihre Angestellten waren offensichtlich bestürzt, als Lunzie, lässig gekleidet und ihr Gepäck in der Hand, im Verwaltungsbüro erschien, um sich in die Seminare einzuschreiben. Lunzie entging nicht, daß die Sekretärin ihre Identifikationskarte mehrfach verstohlen ins Gerät steckte, um ihre Identität zu bestätigen.

»Entschuldigen Sie die etwas unhöfliche Begrüßung, Doktor Mespil, aber angesichts Ihres Alters haben wir, offen gestanden, eine Person von etwas reiferer Erscheinung erwartet. Wir wollten uns nur vergewissern, daß Sie es wirklich sind. Darf ich fragen, ob Sie sich einer radikalen Verjüngungskur unterzogen haben?«

»Was ist mit meinem Alter? Ich bin vierunddreißig«, entgegnete Lunzie schroff. »Ich habe im Kälteschlaf gelegen.«

»Ach so. Aber laut den Unterlagen sind seit Ihrer Geburt sechsundneunzig Jahre vergangen. Ich fürchte, Ihr ID-Armband und die Dokumente werden es bestätigen«, sagte die Registratorin voller Mitgefühl. »Wenn Sie wünschen, werde ich die Dateien mit einer Notiz versehen, die auf Ihr Schicksal und Ihr physisches Alter hinweist.«

Lunzie hob die Hand. »Nein, danke. So eitel bin ich nicht. Wenn es keine Verwirrung stiftet, würde ich gern ohne eine Fußnote leben. Es gibt aber etwas, wobei Sie mir behilflich sein könnten. Welche Unterkünfte bietet die Universität ihren Studenten? Ich suche nach einer möglichst preisgünstigen Unterkunft, die nur über Kommunikationseinrichtungen, einen Zugriff auf die Bibliothek und Lagerraum verfügen muß. Ich wäre sogar bereit, die sanitären Einrichtungen zu teilen. Ich habe wenig persönlichen Besitz, und ich komme gut mit anderen Leuten aus.«

Die Registratorin schien verwirrt. »Ich hatte angenommen... äh... Sie mieten sich ein Apartment oder eine Privatwohnung...«

»Unglücklicherweise nicht. Ich muß soviel Kapital wie möglich für eine Privatangelegenheit aufsparen. Ich verzichte auf alles, was nicht unbedingt nötig ist.«

Offensichtlich wurde die Sekretärin in ihrem Gefühl für die Würde und Fähigkeiten ehemaliger Studenten von Astris Alexandria durch Lunzies Verhalten herausgefordert. Sie war zu lässig gekleidet, achtete zu wenig auf sich. Ihre einzigen Gepäckstücke waren die beiden kleinen und schäbigen Kleidersäcke aus synthetischem Gewebe, die sie über die Rückenlehne des üppig gepolsterten Bürostuhls gehängt hatte, in dem sie saß. Das sah einer ehemaligen Absolventin dieser Eliteuniversität gar nicht ähnlich.

Lunzie war froh, daß sie ihre Koffer bei Vakuumtemperaturen im Lagerraum der Plattform untergebracht hatte, wo weder Witterung noch Parasiten den wertvollen Naturfasern etwas anhaben konnten. Es war ihr gleichgültig, welches Auftreten die Universität von ihr erwartete. Jetzt, da sie über ihre Ziele Klarheit gewonnen hatte, konnte sie ihr Leben wieder selbst bestimmen, so wie sie es immer getan hatte. Sie hatte nichts gegen Einfachheit. Sie bevorzugte eine karge Umgebung. Auf der Plattform Descartes hatte sie sich, so freundlich auch alle mit ihr umgegangen waren, hilflos gefühlt. Hier dagegen bewegte sie sich auf vertrautem Gelände. Hier wußte sie genau, wieviel Macht die Autoritäten hatten und was nur leere Einschüchterungsversuche waren. Sie behielt einen neutralen Gesichtsausdruck bei und wartete geduldig.

»Also gut«, sagte die Frau schließlich. »Wir haben da einen Viererschlafsaal, der zur Zeit nur von drei Webern bewohnt wird. Dann ein Doppelzimmer, in dem bald etwas frei wird. Der Mieter macht gerade seinen Abschluß und wird das Zimmer innerhalb von zwei Wochen räumen, wenn das neue Semester beginnt. Außerdem ein Zimmer in einer Sechsersuite in einem gemischtrassigen Wohnflügel…«

»Was ist am billigsten?« unterbrach Lunzie die Registratorin. Sie bedachte ihre ärgerlich gerunzelte Stirn mit einem freundlichen Lächeln.

Mit einem Ausdruck heftigen Widerwillens im Gesicht tippte die Sekretärin den Suchbefehl in ihren Computer. Der Bildschirm wurde unscharf, dann erschienen zentriert einige blinkende Textzeilen. »Da hätten wir einen Platz in einem universitätseigenen Apartment. Die anderen beiden Mieter sind Menschen. Aber es ist ziemlich weit weg vom Campus.«

»Das ist mir gleich. Solange ich ein Dach über dem Kopf und einen Platz zum Schlafen habe, bin ich zufrieden.«

* * *

Lunzie balancierte einen Armvoll Memokuben mit gespeicherten Dokumenten, Formulare aus Schreibfolie und ihre beiden Taschen, als sie das kleine Foyer ihres neuen Zuhauses betrat. Das Gebäude war alt und schon vor Lunzies erster Studienzeit gebaut worden. Sie hatte das angenehme Gefühl, heimzukehren, als sie endlich etwas sah, das sich nicht nennenswert verändert hatte. Auf der altmodischen Texttafel in der Eingangshalle blinkten persönliche Nachrichten für die Studenten, die hier wohnten, und unten war bereits eine neue Zeile hinzugekommen, die mit ihrem Namen versehen war und einen Willkommensgruß erhielt, gefolgt von einer typisch bürokratischen Mahnung, so schnell wie möglich ihre Eignungstests einzureichen. In dem Gebäude war es ziemlich ruhig. Die meisten Bewohner besuchten wahrscheinlich gerade Seminare oder hatten zu arbeiten.

Ihre Unterkunft lag im neunten Geschoß des fünfzigstöckigen Gebäudes. Der Turbolift sauste mit einem satten Brummen empor und hielt mit einem leichten Ruck und einem lauten Klirren vor ihrer Schwelle an, nicht so leise wie die nervigen Aufzüge an Bord der Plattform. Keiner ihrer Mitbewohner war zu Hause. Das Apartment war nicht zu klein, sauber, aber – wie nicht anders zu erwarten – unordentlich. Die Regale waren mit den typischen Habseligkeiten von Teenagern beladen. Lunzie hatte hier fast das Gefühl, als lebte sie wieder mit Fiona zusammen. Einer der Mieter beschäftigte sich offenbar mit Modellbau. Einige Basteleien hingen so tief von der Decke herunter, daß Lunzie froh war, nicht zehn Zentimeter größer zu sein.

Sie sah sich ein wenig um und stellte fest, daß die freie Schlafkammer die kleinste war und dem Nahrungssynthesizer am nächsten lag. Sie packte aus und legte ihre verschwitzte Reisegarderobe ab. Das Wetter – das hatte Lunzie immer an Astris Alexandria gemocht – war in der Universitätsprovinz die meiste Zeit des Jahres mild und warm, deshalb trennte sie sich gern von den schweren Hosen, die sie während der Reise getragen hatte, und legte sich einen leichten Rock raus.

Die Hosen waren völlig zerknittert und mußten unbedingt gewaschen werden. Lunzie hatte das Gefühl, daß sie auch eine anständige Dusche gebrauchen konnte. Sie ging davon aus, daß im Bad die üblichen Hygieneeinrichtungen zur Verfügung standen. Sie kramte Toilettenartikel, Wäsche und ihre staubigen Stiefel zusammen.

Lunzie konnte nicht fassen, welchen Luxus sie im Badezimmer vorfand. Statt der vertrauten Einrichtungen sah sie nagelneue vor sich. Offenbar waren im ganzen Gebäude die alten Sanitäranlagen durch nagelneue ersetzt worden, noch moderner und eigenartiger als die, mit denen Descartes seine Wohnquartiere ausstattete. Hätte Satia ihr auf der Plattform nicht geduldig geholfen, dann hätte sie nicht die geringste Ahnung gehabt, womit sie es hier überhaupt zu tun hatte. Zum Glück hatten die Armaturen auf der Plattform mit diesen hier genug gemeinsam, daß Lunzie sie benutzen konnte, ohne eine mittlere Katastrophe zu verursachen.

Während ihre Sachen gereinigt wurden, schlüpfte sie in frische Wäsche und setzte sich an die Konsole in ihrem Schlafzimmer. Sie loggte sich ins Bibliotheksystem ein und forderte eine ID-Nummer an, die ihr von jeder Konsole auf diesem Planeten Zugriff auf die Bibliothek gestatten würde. Bei dieser Gelegenheit beantragte sie gleich eine Vergrößerung des standardmäßigen, langfristigen Speicherplatzes, der Studenten zustand, von 320k auf 2048k, und legte sich ein Benutzerkonto für das Programm GBI an. Wenn über Fiona irgendwo Daten gespeichert waren, würde der Galaktische Bibliotheksindex, wie die Software offiziell hieß, sie finden. Als Glücksbringer stellte Lunzie Fionas Hologramm auf die Konsole.

Auf dem Bildschirm erschien die Meldung GBI LOGIN (2851,0917 Standard).

Lunzie tippte *Anfrage nach vermißter Person* NAME *Fiona Mespil* GEBURTSTAG/RASSE/GESCHLECHT/HEI-

MATPLANET *2775,0903/Mensch/weiblich/Astris Alexandria*. Fiona war hier an der Universität zur Welt gekommen, deshalb galt dies als ihr Heimatplanet. *Aktuellen Aufenthaltsorst ermitteln* LETZTER BEZEUGTER AUFENTHALTSORT? Lunzie überlegte einen Moment lang, dann gab sie ein: *Letzter nachgewiesener Aufenthaltsort: Kolonie Tau Ceti, 2789.1215. Letzter vermutlicher Aufenthaltsort: Kolonie Phoenix, 2851,0421.* Der Bildschirm wurde für einige Sekunden dunkel, während GBI ihre Anfrage bearbeitete. Lunzie tippte einen Befehl, der das Programm anwies, alle Fundstellen an ihren zugewiesenen Speicherplatz zu kopieren, und war schon im Begriff, wieder auszuloggen.

Doch plötzlich piepste der Bildschirm, und eine lange Liste von Datumsangeben und weiteren Informationen erschien, die mit folgenden Zeilen anfing:

MESPIL, FIONA
AUSBILDUNGSNACHWEIS (AKTUELLES ZUERST)
2802 ABSCHLUSSZEUGNIS IN BIOTECHNIK,
UNIVERSITÄT ASTRIS ALEXANDRIA
2797 ABSCHLUSSZEUGNIS IN VIROLOGIE,
UNIVERSITÄT ASTRIS ALEXANDRIA
2795 UNIVERSITÄT ASTRIS ALEXANDRIA,
ABSCHLUSS MIT AUSZEICHNUNG,
DOKTOR DER MEDIZIN (ALLGEMEIN)
2792 ALLGEMEINES ABSCHLUSSZEUGNIS,
SCHULBEHÖRDE MARSBASIS
2791 SCHULBEHÖRDE TAU CETI, VERSETZT
2787 GRUNDSCHULBEHÖRDE CAPELLA,
ABSCHLUSS

Es folgte eine Liste ihrer Kurse und Zensuren. Lunzie gab einen Freudenschrei von sich. Gleich hier in Astris Alexandria existierten Dokumente! Sie hatte nicht damit gerechnet, daß sie so schnell auf etwas stoßen würde. Sie wollte nur das Fundament für ihre Nachforschungen legen. Dabei trug die Suche jetzt schon Früchte. *Speichern*, befahl sie dem Computer.

»Ich hätte es wissen müssen«, sagte sie und schüttelte den Kopf. »Nach all den Lobeshymnen, die ich auf diese Universität gesungen habe, hätte ich mir denken können, daß sie nach Astris kommen würde.« Der erste nennenswerte Erfolg bei ihrer Suche! Zum ersten Mal hatte Lunzie wieder Vertrauen in sich. Sie schaute durchs Apartment und ging mit einem Lächeln auf den Nahrungssynthesizer zu.

»Und jetzt«, sagte sie und rieb die Hände ineinander. »Jetzt werde ich *dir* beibringen, wie man Kaffee kocht.«

Eine Stunde später hatte sie eine Kanne voll mit einem trüben Gebräu, das eine gewisse Ähnlichkeit mit Kaffee hatte, aber so bitter schmeckte, daß sie eine ordentliche Portion Süßstoff hinzugeben lassen mußte. Jedenfalls enthielt das Zeug Coffein. Sie war einigermaßen zufrieden, aber immer noch betrübt darüber, daß die Formel für Kaffee in den letzten sechzig Jahren in Vergessenheit geraten war. Aber es gab eine Fakultät für Lebensmittelkunde an der Universität. Irgend jemand hatte sicher immer noch Daten über Kaffee gespeichert. Sie überlegte, ob sie sich eine Mahlzeit bestellen sollte, aber sie entschied sich dagegen. Wenn das Essen hier noch ungefähr so schmeckte, wie sie es in Erinnerung hatte, dann hatte sie keinen großen Hunger. Synthetisierte Lebensmittel schmeckten für sie immer etwas fade, und die Synthesegeräte in Lehranstalten waren berüchtigt. Sie hatte keinen Grund zur Annahme, daß sich ihr Ruf – und ihre Leistungsfähigkeit – während ihrer Abwesenheit verbessert hatten.

Sobald es ihre Zeit zuließ, beschloß Lunzie, würde sie etwas auf diesem Planeten Gewachsenen essen gehen. Astris Alexandria hatte immer schmackhafte Hülsenfrüchte und grünes Gemüse produziert, und vielleicht, dachte sie hoffnungsvoll, kultivierte die Ackerbaukommune inzwischen sogar Kaffeesträucher. Wie alle zivilisierten Bürger der FES ernährte Lunzie sich ausschließlich vegetarisch und lehnte Fleisch als das Überbleibsel einer barbarischen Vergangenheit ab. Sie hoffte, daß sich keiner ihrer Mitbewohner als Rückfälliger herausstellte, vertraute aber darauf, daß der Wohnungsausschuß solche Studenten aus Rücksicht von den anderen isolierte.

Indem sie den Anweisungen auf den Printfolien folgte, loggte sie sich ins Computersystem der Universität ein und schrieb sich für eine Serie von Tests ein, die helfen sollten, ihre Fähigkeiten und Begabungen zu bewerten. Die Tastatur war angenehm zu bedienen, und Lunzie tippte bald zügig vor sich hin. Eine der Vorschriften, die es zu ihrer Zeit noch nicht gegeben hatte, sah eine Zugangsbeschränkung vor: für gewisse Seminare durfte sich nur einschreiben, wer sich vorher durch Prüfungen dafür qualifiziert hatte. Lunzie stellte mit einer gewissen Verärgerung fest, daß einige der Seminare, die sie besuchen wollte, in diese Kategorie fielen. Die vernünftige Begründung, die sich hinter dem bürokratischen Jargon verbarg, bestand darin, daß in diesen Seminaren extremer Platzmangel herrschte und die Universität garantieren wollte, wenigstens den Studenten, die sich für sie eingeschrieben hatten, das Bestmögliche zu bieten. Selbst wenn sie die Prüfungen bestand, hatte Lunzie keine Garantie, daß sie sofort teilnehmen konnte. Sie zuckte resigniert die Achseln. Solange sie keine heiße Spur von Fiona hatte, hing sie hier fest. Aber sie hatte keine Eile. Sie trug sich für die erste Prüfung ein.

»Hallo?« fragte eine zaghafte Stimme von der Tür.

»Ja?« erwiderte Lunzie und lugte über den Rand der Konsole.

»Friede, Kommilitonin! Wir sind deine Mitbewohner.« Der Sprecher war ein schlanker Junge mit glattem, seidig schwarzem Haar und runden blauen Augen. Er sah nicht älter als fünfzehn Standardjahre aus. Hinter ihm stand ein lächelndes Mädchen mit weichem braunen Haar, das sie auf dem Kopf zu einer flauschigen Haarrolle hochgesteckt hatte. »Ich bin Shof Scotny von Damarkis. Das ist Pomayla Esglar.«

»Willkommen«, sagte Pomayla mit warmer Stimme und hielt ihr die Hand hin. »Du hast das ›Privat‹-Schild nicht an die Tür gehängt, deshalb dachten wir uns, wir dürften reinkommen und dich begrüßen.«

»Danke«, erwiderte Lunzie, stand auf und schlug ein. Pomayla legte ihre andere Hand auf ihre. »Freut mich, euch kennenzulernen. Ich bin Lunzie Mespil. Nennt mich Lunzie. Äh… stimmt etwas nicht?« fragte sie, als ihr der verwunderte Blick auffiel, den Shof und Pomayla wechselten.

»Nein«, antwortete Shof locker. »Du siehst nur nicht aus wie sechsundneunzig. Ich habe erwartet, daß du wie meine Großmutter aussiehst.«

»Oh, vielen Dank. Und du siehst nicht alt genug aus, um schon auf die Universität zu gehen, mein Junge«, revanchierte sie sich amüsiert. Sie überlegte, ob sie die Registratorin nicht bitten sollte, ihre Unterlagen mit einer kurzen Erklärung zu versehen.

Shof seufzte gequält. Er hörte das offensichtlich nicht zum ersten Mal. »Ich kann nichts dafür, daß ich in so zartem Alter schon so überragend bin.« Lunzie grinste ihn an. Er war hoffnungslos süß und wahrscheinlich daran gewöhnt, auch mit den größten Dummheiten durchzukommen.

Pomayla stieß Shof mit dem Ellbogen in die Rippen, und er gab ein gepreßtes *Uff!* von sich. »Er ist die Bescheidenheit in Person. Leider bekommen angehende Computerwissenschaftler keinen Benimmkurs, weil die Maschinen sich nicht an schlechten Manieren stoßen. Ich nehme am Programm für interplanetares Recht teil. Und was studierst du?«

»Medizin. Ich mache einige Auffrischungskurse. Ich war… die letzten Jahres etwas weg vom Schuß.«

»Darauf könnte ich wetten. Aber das ist kein Problem, alte Dame«, sagte der Junge und strich sich eine Locke aus der Stirn. »Wir fangen augenblicklich an, dich wieder auf den neusten Stand zu bringen.«

»Shof!« Pomayla schob ihren unverschämten Mitbewohner durch die Tür. »Wie war das mit deinem Benehmen?«

»Habe ich schon etwas Falsches gesagt?« fragte Shof in aller Unschuld, während er in den Turbolift bugsiert wurde.

Lunzie folgte ihnen mit einem Kichern.

* * *

In den nächsten Wochen förderte der GBI nichts Nennenswertes zutage. Lunzie vertiefte sich in ihre neuen Seminare. Ihre Mitbewohner waren gesellig und freundlich und bestanden darauf, daß Lunzie an allem teilnahm, was sie interessierte. Ohne es recht zu wollen, wurde sie von ihnen und ihrer ›Bande‹, wie sie sich selbst nannten, zu studentischen Feiern und Konzerten mitgeschleift. Die ›Bande‹ war ein loser Haufen von Studenten aller Altersstufen und aller Rassen aus der ganzen Universität. Sie schienen nichts gemeinsam zu haben als ihre gute Laune und ihre Neugier. Ihre Ausflüge waren für Lunzie eine willkommene Erholung von den langen Studienstunden.

Kein Thema war der Bande heilig, weder die physische Erscheinung, noch das Verhalten, das Alter oder die Gewohnheiten eines anderen. Lunzie war es bald über, von Wesen als Oma bezeichnet zu werden, die selbst mit Sicherheit nicht einmal ihre vierunddreißig Standardjahre erreicht hatten. Ihr Kälteschlaf und die anschließende Suche waren immer noch ein zu traumatisches Thema, um es öffentlich zu diskutieren, deshalb lenkte sie das Gespräch immer von persönlichen Angelegenheiten ab. Sie fragte sich, ob Shef von ihrer Suche wußte. Schließlich hatte er schon in ihre Bewerbungsunterlagen Einsicht genommen. Wenn er davon wußte, verhielt er sich ungewöhnlich taktvoll und brachte die Sache nicht zur Sprache. Vielleicht war es Lunzie auch gelungen, ihre GBI-Datei vor seinen neugierigen Augen zu verbergen. Vielleicht hielt er die Sache auch einfach nicht für interessant genug. Wenn jemand versuchte, sie auszufragen, lenkte sie das Gespräch, zur Belustigung der Bande, die Lunzie gern in Aktion erlebte, immer wieder geschickt auf private Aspekte im Leben ihres Gegenübers.

»Du hättest Strafrecht studieren sollen«, meinte Pomayla. »Ich würde ungern im Zeugenstand sitzen, wenn ich etwas vor dir verbergen müßte.«

»Nein, danke. Ich bin lieber Doktor McCoy als Rumpole von der Bailey.«

»Wer?« fragte Cosir, der ein Seminar mit ihr belegte, ein affenähnlicher Brachianer mit weichem, pupurrotem Fell und funkelnden weißen Pupillen. »Wer ist dieser Rompul?«

»Wahrscheinlich jemand aus einem 3d-Film«, spekulierte Shof.

»Vielleicht eine historische Gestalt«, beschwerte sich Frega, die ebenfalls zur Bande gehörte, und polierte ihre schwarzlackierten Fingernägel am Ärmel ihrer Jacke.

»Jedenfalls keine, von der ich schon gehört habe«,

erwiderte Cosir. »Dieser Name ist im Forum seit mindestens hundert Standardjahren nicht mehr gefallen.«

»Da liegt ihr nicht ganz falsch«, sagte Lunzie ernst. »Man könnte sagen, daß ich etwas von einem Altertumsforscher habe.«

»Und das in deinem Alter!« lachte Shof. Er verschränkte die Hände über seinem flachen Bauch, schlug mit einer Faust auf die Bauchdecke und tat so, als lausche er dem Echo. »Hm, klingt ziemlich hohl. Gehen wir was essen.«

Die Vorlesungen war im allgemeinen so langweilig, wie Lunzie sie in Erinnerung hatte. Nur zwei Seminare hielten ihr Interesse wach. Ihr Praktikum in Diagnostik war interessant, so wie auch der vorgeschriebene Kurs in mentaler Disziplin.

Die Diagnostik hatte enorme Fortschritte gemacht, seit sie Medizin praktiziert hatte. Die computerisierten Tests, denen sich die Patienten unterziehen mußten, waren weniger unangenehm und zugleich umfassender, als sie je für möglich gehalten hatte. Ihre Mutter, von der Lunzie ihre ›heilenden Hände‹ geerbt hatte, war immer der Ansicht gewesen, daß ein guter Arzt nichts als gründliche Kenntnisse in der Diagnostik und ein ausgeprägtes Einfühlungsvermögen für den Patienten brauchte. Ihre Mutter wäre so erfreut wie sie darüber gewesen, daß Fiona der Familientradition gefolgt war und eine medizinische Karriere eingeschlagen hatte.

Die diagnostischen Instrumente waren nicht mehr so sperrig wie noch zu ihrer Zeit. Die meisten Geräte konnte man in einer Umhängetasche unterbringen, was in Notfällen Zeit und Platz sparte. Lunzies Favorit war der ›Kolibri‹, ein kleiner medizinischer Scanner, der keine manuelle Bedienung erforderte. Mit Hilfe von Antigravitationstechniken schwebte er einfach über den Patienten umher und zeigte seine Werte an. Das Gerät war besonders bei Nullgravitation sehr nützlich. Es war sehr beliebt bei Ärzten, die sich auf Patienten spezialisiert hatten, die sehr viel größer waren als sie selbst, und bei nichtmenschlichen Ärzten, die intime manuelle Untersuchungen als unhöfliche Annäherung empfanden. Lunzie mochte das Gerät, weil es ihre Hände für die Betreuung des Patienten frei hielt. Sie setzte den ›Kolibri‹ auf die Liste der Instrumente, die sie kaufen würde, wenn sie wieder praktisch tätig wurde. Er war teuer, aber nicht unerschwinglich für sie.

Wenn der moderne Arzt erst einmal Daten über den Zustand seines Patienten gesammelt hatte, standen ihm so mächtige Werkzeuge wie Computeranalysen zur Ermittlung möglicher Behandlungsmethoden zur Verfügung. Das Programm war ausgefeilt genug, um einem Arzt eine ganze Palette von Therapien anzubieten. In extremen, aber nicht unmittelbar lebens-bedrohlichen Situationen konnten rekombinantes Gen-Splicing, chemische Behandlungen und invasive oder nicht-invasive Chirurgie vorgeschlagen werden. Die Entscheidung, was im vorliegenden Fall am besten war, lag beim Arzt. Bestimmte Formen progressiver Therapie, die inzwischen gebräuchlich waren, machten viele Behandlungen überflüssig, die man früher für unabdingbar gehalten hatte, um das Leben eines Patienten zu retten.

Lunzie bewunderte die neuen Werkzeuge, aber ihr gefiel nicht, wie sich die Einstellung zu medizinischen Behandlungen in den letzten sechs Jahrzehnten verändert hatte. Zuviel von der realen Arbeit eines Arztes war dem Praktiker aus den Händen genommen und Maschinen überantwortet worden. Sie wandte sich offen gegen die Meinung ihrer Professoren, daß die neue Methode für die Patienten verträglicher sei, weil die Gefahr einer Infektion oder eines ärztlichen Kunstfehlers geringer war.

»Viele haben keinen Lebenswillen mehr, weil es ihnen an persönlicher Fürsorge mangelt«, bemerkte Lunzie zu einem Professor für Kardiovaskuläre Mechanik, als sie sich mit ihm privat in seinem Büro unterhielt. »Die Methode, um geschädigtes Herzgewebe zu reparieren, ist technisch perfekt, ja, aber was ist mit den Gefühlen eines Patienten? Die Stimmung und die seelische Verfassung Ihres Patienten sind ebenso wichtig wie die wissenschaftliche Behandlung seines Leidens.«

»Sie sind hinter der Zeit zurück, Doktor Mespil. Es ist die bestmögliche Behandlung für Herzpatienten, die unter schwachen Arterienwänden leiden, die sich krankhaft erweitern könnten. Der Robotechniker kann mikroskopische Maschinen durch den Blutkreislauf des Patienten schicken, um das Nachwachsen geschädigten Gewebes zu stimulieren. Er braucht sich keine Gedanken darum zu machen, was in dem Patienten vorgeht.«

Lunzie verschränkte die Arme und richtete einen tadelnden Blick auf ihn. »Es ist Ihnen also gleichgültig, was mit Ihrem Patienten geschieht? Natürlich gibt es Patienten, die ausschließlich mit unsensiblen Ärzten zu tun gehabt haben. Ich nehme an, in Ihrem Fall würde es keinen Unterschied machen.«

»Das ist ungerecht, Doktor. Ich will nur das Beste für meine Patienten.«

»Und ich will mehr, als nur die Maschinen betreuen, die die Patienten betreuen«, erwiderte Lunzie gereizt. »Ich bin Ärztin, keine Mechanikerin.«

»Und ich bin Chirurg, kein Psychologe.«

»Sehen Sie! Es überrascht mich nicht im mindesten, daß der Psychologieprofessor Ihrer Auffassung hundertprozentig widerspricht! Sie verbessern die Überlebenschancen Ihres Patienten nicht, wenn Sie ihn behandeln wie ein bewußtloses Stück Technik, das repariert werden muß.«

»Doktor Mespil«, sagte der Kardiologe verkniffen. »Wie Sie zurecht bemerkten, ist die seelische Verfassung eines Patienten ein wesentlicher Faktor für seine Genesung. Es ist seine Entscheidung, ob er leben oder sterben will, nachdem er eine qualifizierte medizinische Behandlung erhalten hat. Ich weigere mich, ihm den freien Willen abzusprechen.«

»Das ist eine lächerliche Ausflucht.«

»Ich nehme an, mit Ihrer altmodischen Ausdrucksweise wollen Sie andeuten, daß ich mich vor meinen Pflichten drücke. Ich bin mir bewußt, daß Sie in angesehenen wissenschaftlichen Zeitschriften publiziert haben und über Hintergrundwissen in medizinischer Ethik verfügen. Ich kann mich rühmen, daß ich Ihre Artikel in älteren Ausgaben des *Bioethik-Journals* gelesen habe. Aber darf ich Sie an Ihre Stellung erinnern? Sie sind meine Studentin, und ich bin Ihr Lehrer. Solange Sie in meinem Seminar sitzen, lernen Sie von mir. Und ich würde es sehr zu schätzen wissen, wenn Sie künftig darauf verzichten würden, mir vor Ihren Kommilitonen Vorträge zu halten. Es ist ganz allein Ihre Sache, von wie vielen Händen Sie auf die Schulter geklopft werden wollen, wenn Sie meinen Unterricht verlassen. Guten Tag noch.«

Nach diesem unerfreulichen Gespräch stürmte Lunzie in die Sporthalle und legte eine ausgiebige Übungsstunde in Mentaler Disziplin ein.

Mentale Disziplin war ein obligatorisches Studienfach für hochqualifizierte Ärzte, medizinische Techniker und alle, die an Weltraumexpeditionen teilnehmen wollten. Die Tests hatten Lunzies natürliche Begabung zur Selbstdisziplinierung bewiesen, aber es war ihr zuwider, daß sie sich eigens Stunden freihalten mußte, um den Kurs zu beenden. Sie hatte schon vor Jahren den Grundunterricht beendet und war zur Adeptenausbildung übergegangen. Mentale Disziplin war nicht nur zeitraubend, sondern auch anstrengend. Sie war entsetzt, als sie erfuhr, daß ihr Lehrer auf täglich mindestens sechs Stunden für Übungen, Meditation und Konzentrationstechniken bestand. Daneben blieb wenig Zeit für andere Aktivitäten. Die Zeit, die seit ihren letzten Unterrichtsstunden vergangen war, zeigte sich in abgeschlafften Muskeln und einer verkürzten Aufmerksamkeitsdauer.

Nach einigen Wochen stellte sie erfreut fest, daß die Übungen ihrer Gang elastischer gemacht und ihre Abhängigkeit von ihrem Kaffee-Ersatz verringert hatten. Sie kam jeden Morgen ohne Mühe aus dem Bett, selbst wenn sie wenig geschlafen hatte. Sie hatte vergessen, wie gut man sich fühlte, wenn man in Form war. Meditationstechniken sorgten für einen erholsameren Schlaf, weil sie es ihr möglich machten, ihre Sorgen um Fiona vorübergehend durch bewußte Anstrengung in ihren Hinterkopf zu verdrängen.

Ihre Gedächtnisleistung besserte sich merklich. Sie fand es einfach, neue Informationen wie die aktuellen politischen Strömungen und Gepflogenheiten sowie die neuen Stile und Alltagsausdrücke aufzunehmen, ganz abgesehen von ihrem Lehrstoff. Außerdem gab es keinen Zweifel, daß sie körperlich so gut in Form war wie seit Jahren nicht mehr. Ihr Hintern war um eine Kleidergröße geschrumpft, und ihre Bauchmuskeln hatten sich gestrafft. Sie berichtete Pomayla von ihren Beobachtungen, die gleich darauf ansprang und mit ihr neue Kleider einkaufen ging.

»Es ist ein dummer Vorwand. Ich wollte es bisher nicht erwähnen, Lunzie, aber deine Sachen sind hoffnungslos altmodisch. Wir waren uns nicht sicher, ob man sich auf deinem Heimatplaneten so anzieht oder ob du dir nichts Neues leisten kannst.«

»Wie kommst du darauf, daß ich's mir jetzt leisten kann?« fragte Lunzie ruhig.

Pomayla wurde rot und hatte Mühe, ihr die Wahrheit zu gestehen. »Es war Shof. Er sagt, du hättest jede Menge Credits. Weißt du, er kann wirklich gut mit Computern umgehen. Äh…« Sie wandte sich einem Synthesizegerät zu und ließ sich einen Muntermacher herstellen. Sie verbarg ihr Gesicht vor Lunzie, als sie zugab: »Er hat deine persönlichen Unterlagen eingesehen. Er wollte wissen, warum du für dein Alter so jung aussiehst. Hast du wirklich sechzig Jahre lang im Kälteschlaf gelegen?«

Lunzie war nicht schockiert. Sie hatte damit gerechnet, daß dergleichen früher oder später passieren würde. »Um ehrlich zu sein, kann ich mich nicht an das Geringste erinnern, aber gegen die Tatsachen komme ich wohl nicht an. Dieser verdammte Shof. Meine Unterlagen waren nicht für die Öffentlichkeit bestimmt.«

»Man kann nichts vor ihm verbergen. Wir kommen als Zimmergefährten gut miteinander aus, weil ich ihn genauso behandle wie meinen kleinen Bruder, seine Fähigkeiten respektiere und sein Ego ignoriere. Es ist ein Glück, daß er ein gesundes moralisches Empfinden hat, sonst könnte er jede Menge Credits scheffeln. Na, komm schon, kauf dir doch mal was. Du gibst dein Geld doch sonst nur für deine mysteriösen Nachforschungen aus. Die Mode hat sich sehr verändert, seit du dir dieses Outfit zugelegt hast. Keiner trägt mehr Hosen bis zu den Waden. Glaub mir, du wirst dich in neuen Sachen besser fühlen.«

»Na gut…« Offenbar war Shof noch nicht auf ihre GBI-Datei gestoßen. Gott sei dank. In ihren Unterlagen standen noch andere Dinge, die sie nicht an die große Glocke hängen wollte, unter anderem, daß sie als Studentin einer Ethikkommision für eine Klon-Kolonie angehört hatte. Die beschönigten Details des abgebrochenen Projekts waren inzwischen sicher an die Öffentlichkeit gedrungen, aber sie wußte nicht recht, wie die anderen reagieren würden, wenn sie von ihrer Beteiligung erfuhren. Klonen war für die meisten Menschen ein Reizthema. Lunzie wog den Preis einiger neuer Kleidungsstücke gegen die Kosten einer Datenrecherche ab. Vielleicht hatte sie zu streng auf ihren Kontostand geachtet. Obwohl sie den faden Geschmack von synthetischen Nahrungsmitteln verabscheute, hatte sie ausschließlich Synthetisches gegessen, um die Kosten für echte Mahlzeiten einzusparen. Jeder Bruchteil eines Credits mußte für ihre Suche nach Fiona zur Verfügung stehen. Vielleicht ließ sie es zu, daß ihre Obsession ihr ganzes Leben bestimmte. Bei dem Interesse, das ihr Vermögen erweckte, machte es sicher nicht viel aus, wenn sie ein wenig für sich selbst ausgab.

»Na gut, wir gehen ein wenig einkaufen, und danach kannst du mich beim 3d-Forum absetzen. Ich will mir die heutigen Nachrichten ansehen.«

Lunzie hatte sich Wilkins Rat zu Herzen genommen und nutzte jede Informationsquelle, die ihr zur Verfügung stand. Im EEC-Büro füllte sie Hunderte von Antragsformularen aus, um Zugriff auf alle Dokumente über Fiona zu erhalten, und erkundigte sich, was sie mit der verfluchten Kolonie auf Phoenix zu tun hatte.

›Verflucht‹ war nicht übertrieben. In der Zeit, seit sie den ersten Bericht über Phoenix gesehen hatte, war ein Schiff unabhängiger Kaufleute auf dem Planeten gelandet, um mit den Kolonisten zu handeln, und hatte seine Geschichte an die 3d-Produzenten verkauft. Das Handelsschiff hatte Videokuben mitgebracht, in denen Aufnahmen des Geländes gespeichert waren, die ein

›rauchendes Loch‹ an der Stelle zeigten, wo das Lager der Leichtgewichte gestanden hatte. Die Kaufleute hatten außerdem versichert, daß die menschlichen Schwergewichte, die dort jetzt lebten, über keine Waffen dieser Größenordnung verfügten und unmöglich für die Zerstörung der Kolonie verantwortlich sein konnten. Lunzie, die eine Abneigung gegen Schwerweltler entwickelte, welche sie selbst überraschte, mißtraute einer solchen leichtfertigen Versicherung, aber die Kolonisten hatten unter Eid geschworen, daß der Planet bei ihrer Ankunft unbewohnt gewesen war. Auf jeden Fall hatten sie die Lebensfähigkeit ihrer eigenen Siedlung bewiesen und nun Anspruch auf FES-Privilegien und -Schutz. Der GBI berichtete ihr ungefähr dasselbe.

Die Schwerweltler hatten auch ihre Enttäuschungen erlebt. Der ursprüngliche EEC-Erkundungsbericht, der zwölf Jahre vor der ersten Kolonisierung abgefaßt wurde, hatte behauptet, daß Phoenix über reiche Vorkommen an radioaktiven Erzen verfügte, die problemlos ausgebeutet werden konnten, weil sie in zutage liegenden Verwerfungen leicht zugänglich waren. Die Geigerzähler knatterten allerdings nur leise. Die Kruste des Planeten war weitgehend frei von Transuranen. Wenn die Siedler auf Phoenix gehofft hatten, mit einer neuen Quelle dieser stets knappen Erze zu einer bedeutenden Handelsmacht in der FES aufzusteigen, wurden sie bitter enttäuscht. Statt den Mangel den unbekannten Anderen anzukreiden, wie es die 3d-Talkshow-Moderatoren taten, vermutete die FES, daß der Erkundungsbericht fehlerhaft gewesen sei. Lunzie bezweifelte es. Ihre Abneigung vor den unbekannten Planetenpiraten wuchs. Ihre Hoffnung, Fiona lebend wiederzufinden, schwand stetig.

Das 3d-Forum der Universität war eine öffentliche

Einrichtung, die von jedem gebührenfrei benutzt werden konnte. Abgesehen von Freiluftkonzerten und 3d-Übertragungen gab es auf Astris kaum bezahlbare Unterhaltungsangebote, und die 3d-Übertragungen fanden als einzige bei jedem Wetter statt. Das Projektionsfeld schwebte einige Meter über dem Boden in einer hohen sechseckigen Kammer, die mit terrassenförmig angelegten Sitzbänken ausgestattet war. Das Forum war selten bis zum letzten Platz besetzt, außer wenn wichtige Sportereignisse übertragen wurden, aber es war auch nie völlig leer. Tag und Nacht wurden Nachrichtensendungen und interessante Berichte übertragen. Die Kommentare wurden im FES-Standard gesprochen, die Einspielungen lokaler Ereignisse in Standard untertitelt. Die Autoritäten der Universität versuchten zu verhindern, daß das Forum zum Zufluchtsort für Obdachlose wurde, und verwiesen die Unglücklichen an Gemeinschaftsunterkünfte, aber selbst bei Nacht sahen sich gewöhnlich einige Bürger die Übertragungen an: Leute, die an Schlaflosigkeit litten, Nachtmenschen, ein paar Studenten, die sich die Zeit zwischen den Nachtseminaren vertrieben, oder andere, die den Tag einfach nicht vorübergehen lassen wollten. Lunzie fiel auf, daß die meisten, die das Forum nutzten, älter und reifer waren als der Durchschnitt. Für die jüngeren, die sich nicht für das Tagesgeschehen interessierten, waren Unterhaltungsforen eingerichtet worden.

Lunzie besuchte das Forum immer, wenn sie nicht schlafen konnte, gewöhnlich aber sah sie sich die 3d-Nachrichten kurz vor dem Mittagessen an. Etwa ein Dutzend regelmäßiger Besucher lächelte oder begrüßte sie auf andere Weise, als sie nach dem Einkaufen mit Pomayla eintraf. Sie hielt den Kopf gesenkt, als sie ihren üblichen Platz fand. Sie gestand sich nur ungern ein, daß sie allmählich süchtig nach 3d-Übertragungen wurde. Lunzie schaute sich alle Nachrichten an, menschlich interessante Geschichten ebenso wie sachliche Dokumentationen. In den zweiundsechzig Jahren, die ihr entgangen waren, hatte sich nicht viel verändert außer die Namen. Piraterie, Politik, Katastrophen, Freude, Tränen, Leben. Neue Entdeckungen, neue Wissenschaftszweige, neue Vorurteile, die an die Stelle der alten traten. Neue Namen für alte Dinge. Am meisten bereitete ihr Schwierigkeiten, was aus den politischen Führern und Prominenten ihrer Zeit geworden war. So viele waren an Altersschwäche gestorben, und sie war immer noch vierunddreißig. Sie hatte das Gefühl, als täte sie etwas Unmoralisches, wenn sie diese Menschen aus der Perspektive ihrer eigenen verlängerten Jugend betrachtete. Sie nahm sich vor, daß sie nicht mehr jeden Morgen ins Forum gehen würde, wenn sie sich mit den Ereignissen ihrer verlorenen Jahre genügend vertraut gemacht hatte. Sie war sich allerdings nicht sicher, ob sie dieses Versprechen halten würde.

Der Tagesrückblick auf die jüngsten Schlagzeilen wurde mittags gesendet. Lunzie wartete immer bis dahin ab, um zu erfahren, ob irgendeine Geschichte etwas mit Fionas Schicksal zu tun haben könnte, und machte sich dann wieder an ihr Tagwerk. Heute war sie später als üblich im Forum eingetroffen. Die Zusammenfassung ging gerade zu Ende, als sie die abgedunkelte Arena betrat. »Seit gestern gab's nichts Neues«, flüsterte einer der regelmäßigen Besucher, ein Mensch, ihr zu, als er aufstand, um zu gehen.

»Danke«, murmelte Lunzie. Das 3d-Feld tauchte den Raum in Licht, als eine weitere Textdatei eingeblendet wurde, und bei dieser Gelegenheit sah sie dem Mann in die Augen. Er lächelte zu ihr herunter und schob sich zwischen den Bänken zum Ausgang. Lunzie machte es sich zwischen ihren Einkaufstaschen bequem. Sie hatte nichts dagegen, sich Wiederholungen früherer Sendungen anzuschauen. Sie betrachtete die 3d-Übertragungen als ein außerplanmäßiges Seminar über die Beziehungen lebendiger Wesen. Die Geschichte, die in dem Projektionsfeld inszeniert wurde, fesselte sie augenblicklich.

viertes kapitel

Lunzie hatte an diesem Nachmittag keine Seminare, deshalb suchte sie nach einem Abstecher ins Forum das EEC-Büro auf. Es war nahezu ein Standardjahr her, seit sie die Formulare ausgefüllt hatte, um Fionas Unterlagen anzufordern. Bisher hatte sich niemand bei ihr gemeldet, aber jedesmal, wenn sie vorbeikam, mußte sie weitere Formulare ausfüllen. Das bürokratische Hin und Her frustrierte sie allmählich, und sie vermutete eine Hinhaltetaktik, die ihr sehr zu denken gab. Ihre Laune war auf einem Tiefstpunkt.

»Sie lassen mich nur deshalb neuen Papierkram ausfüllen, damit Sie mir nicht sagen müssen, daß Sie nichts wissen«, warf Lunzie einem schmalgesichtigen Sekretär vor, der hinter einem keramikgefliesten Schalter saß. »Ich habe das Gefühl, Sie haben nicht einmal meine Anfrage für die FES-Datenbanken bearbeitet.«

»Na, hören Sie mal, Bürgerin, was sollen diese Vorwürfe? Solche Dinge kosten Zeit«, erwiderte der Mann geduldig und warf den anderen Sekretären nervöse Blicke zu.

Lunzie mußte sich mit aller Willenskraft beherrschen. »Ich habe Ihnen genug Zeit gelassen, Bürger. Ich bin Dr. Mespil, Fionas nächste Blutsverwandte, und ich will wissen, was sie auf dieser Expedition gemacht hat und wo sie jetzt ist.«

»Die Informationen werden Ihnen per Komnetz geschickt. Es ist nicht nötig, daß Sie jedesmal dieses Büro aufsuchen, wenn Sie eine Frage haben.«

»Mir ist noch keine einzige Frage beantwortet worden. Seit ich hier vorgesprochen habe, hat man mir noch keinerlei Informationen geschickt. Haben Sie meine Anfragen an die FES-Datenbank überhaupt abgesandt?«

»Ihr Sachbearbeiter müßte Sie über Einzelheiten auf dem laufenden halten.«

»Ich habe keinen Sachbearbeiter.« Lunzie Stimme steigerte sich von einem Knurren zu einem Kreischen. »Mit ist noch keiner zugewiesen worden. Man hat mir nicht einmal gesagt, daß ich einen brauche.«

»Aha. Na gut, wenn Sie bitte diese Formulare ausfüllen, um offiziellen Beistand zu beantragen, werde ich sehen, wer noch Kapazitäten für Sie frei hat.« Der Sekretär breitete freundlich einen Stapel Printfolien vor ihr aus und verschwand durch die Schwingtür, ehe Lunzie ihm eine wütende Erwiderung hinterherrufen konnte.

Sie murmelte wütend vor sich hin, nahm einen Stift und zog die Formulare zu sich herüber. Noch mehr von diesem Blödsinn. Diese bürokratischen Paragraphenreiter mit ihren Fischgehirnen…

* * *

Einige Tage später war sie wieder da und füllte noch ein Formular aus.

»Entschuldigen Sie, Dr. Mespil.« Lunzie blickte zu einem großen Mann auf, der unversehens vor ihr stand. »Mein Name ist Teodor Janos. Ich bin Ihr Sachbearbeiter. Ich… äh… kennen wir uns nicht?«

»Nein, ich glaube nicht, aber… Moment mal.« Sie blinzelte ihn an, versuchte ihn einzuordnen und lächelte. »Ich fürchte, wir sind uns noch nicht vorgestellt worden. Aber ich habe Sie im 3d-Forum gesehen.«

Teodor warf den Kopf in den Nacken und lachte. »Natürlich. Eine Mitguckerin. Ich glaube, meistens gehen Sie vor mir. Ich habe Sie vorhin beim Rausgehen gesehen. Gut, dann haben Sie ja schon etwas gemeinsam. Ich soll mich so gut um Sie kümmern, wie ich kann. Aber nicht zuviel. Zumindest offiziell.« Er hatte ein warmes und etwas schelmisches Lächeln.

»Sie sind neu in dem Job«, vermutete Lunzie.

»Ganz neu. Ich bin erst seit Anfang des Jahres hier. Würden Sie einen erfahreneren Sachbearbeiter vorziehen? Ich kann einen für Sie finden.«

»Nein. Sie sind mir schon recht. Sie sind der erste Mensch mit etwas Feuer, der mir in diesem Büro über den Weg gelaufen ist.«

Darüber lachte er wieder. »Manche würden das für einen Nachteil halten«, gestand Teodor verschmitzt und zeigte gerade, weiße Zähne. »Warten wir's ab. Sie suchen Auskünfte über ihre Tochter Fiona, die auch Ärztin ist und an der gescheiterten Phoenix-Expedition beteiligt war.«

»Genau.«

Er zog sein elektronisches Klemmbrett zu Rate. »Und zum letzten Mal hatten Sie Kontakt mit ihr, als sie vierzehn war? Und wie alt ist sie jetzt?«

»Siebenundsiebzig«, erklärte Lunzie und machte sich auf eine spöttische Bemerkung gefaßt. »Ein Unfall während meiner Reise hat mich zum Kälteschlaf gezwungen.«

Zu ihrer Überraschung nickte Teodor nur. »Aha. Dann sind diese Daten hier also richtig. Noch etwas, das wir gemeinsam haben, Lunzie. Darf ich Sie Lunzie nennen? Es ist ein so ungewöhnlicher Name.«

»Natürlich, Bürger Janos.«

»Ich heiße Tee. Teodor nur für meine Eltern und meinen Chef.«

»Danke, Tee.«

»Gut, dann gehen wir mal Ihre Fragen durch, wenn Sie nichts dagegen haben. Ich verspreche Ihnen, es ist das letzte Mal.«

Mit einem tiefen Seufzer sagte Lunzie ihre inzwischen vertrauten Sprüchlein noch einmal auf. »Als ich verschwand, wurde Fiona von Tau Ceti zu meinem Bruder Edgard auf die Marsbasis geschickt. Sie hat dort ihre Schule abgeschlossen und ist hierher gekommen, um Medizin zu studieren. Ihr erster Arbeitgeber war Dr. Clora, der für das Didomaki-Hospital tätig ist. Sie eröffnete eine Privatpraxis und hat geheiratet. Laut der Übertragungen, die der GBI für mich gefunden hat, bewarb sie sich einige Jahre später bei der FES. Das ist das letzte, was ich herausgefunden habe. Alles andere ist in den Datenbanken der FES versteckt, und niemand will mir etwas sagen.«

Tee runzelte vor Mitgefühl die Stirn. »Ich werde Ihnen diese Informationen beschaffen, Lunzie«, versprach er. »Ist das hier Ihr Kommunikationscode? Ich werde Sie verständigen, wenn ich etwas herausgefunden habe.«

Mit größerer Hoffnung, als sie seit Wochen empfunden hatte, trat Lunzie in die warme Luft hinaus. Sie war so guter Laune, daß sie beschloß, zu Fuß in ihre Unterkunft zurückzugehen. Es wurde ein langer Spaziergang, aber der Tag war klar und schön. Ihre Einkaufstaschen, die sie schon fast vergessen hatte, prallten ihr gegen den Rücken.

Sie warf reflexartig einen Blick auf das Nachrichtenbrett, als sie die Eingangshalle betrat. Unter den Fakultätsnachrichten und Einladungen, die die Bande der dreiköpfigen Wohngemeinschaft geschickt hatte, blinkte aufgeregt eine Nachricht mit dem Wortlaut ›Bitte Tee anrufen, Lunzie‹ und eine Codenummer. Lunzie lief zum Apartment hinauf, warf die Einkaufstaschen in die Ecke und hastete zur Kommunikationszentrale hinüber.

Sie tanzte ungeduldig von einem Fuß auf den anderen, während sie darauf wartete, daß die Verbindung hergestellt wurde.

»Tee, ich habe Ihre Nachricht erhalten. Was gibt's?« fragte sie außer Atem, das Gesicht auf dem Komgerät. »Was ist los? Sind Sie auf etwas gestoßen?«

»Auf nichts. Auf nichts außer Sie, schöne Frau«, erwiderte Tee.

»Was?« kreischte Lunzie fassungslos. Sie hatte ihn wohl falsch verstanden. »Können Sie das wiederholen? Nein, lassen Sie's lieber... Was hat das mit meinen Nachforschungen zu tun?«

»Es hat eigentlich nur soweit damit zu tun, daß ich die Antragstellerin näher kennenlernen möchte. Erst als Sie gegangen waren, ist mir in den Sinn gekommen, daß ich Sie heute abend gern zum Essen einladen würde. Aber es war zu spät, um Sie zu fragen. Sie waren schon fort. Deshalb habe ich angerufen und eine Nachricht hinterlassen. Sie haben doch nichts dagegen?« fragte er, und seine Stimme klang dabei wie ein Schnurren.

Ein Teil von Lunzie fühlte sich furchtbar vor den Kopf gestoßen, der andere aber geschmeichelt von seiner Aufmerksamkeit. »Ich habe eigentlich nichts dagegen, aber Sie hätten Ihre Nachricht etwas klarer formulieren können.«

»Kann sein, aber Sie haben schneller reagiert, weil sie so geheimnisvoll klang«, lächelte Tee unverschämt. »Ich mache bald Feierabend. Darf ich Sie abholen?«

»Es ist ein weiter Weg hierher. Ich wohne am Ende der Verkehrslinie 15. Warum treffen wir uns nicht irgendwo?«

»Warum nicht? Wo?« fragte Tee.

»Wo schon?« erwiderte Lunzie und hielt die Hand über den Knopf, um das Gespräch zu beenden. »Im 3d-Forum.«

Ungeachtet seiner Dreistigkeit erwies Tee sich als liebenswerter und charmanter Begleiter. Er wählte das Restaurant aus, eines der besten auf Astris, und erklärte unmißverständlich, daß er für beide zahlen würde, ließ aber Lunzie die Menüs aussuchen.

Lunzie, die ein Faible für Wein und gutes Essen und von dem synthetischen Studentenfraß genug hatte, überflog die Karte mit kritischem Blick. Das Angebot war sehr gut, sie war angenehm überrascht von der Vielfalt und zeigte sich begeistert darüber, daß auch einige ihrer früheren Lieblingsspeisen auf der Speisekarte standen. Zur Freude des Kellners, einem Menschen, stellte sie ein wohlausgewogenes Menü zusammen, das von Vorspeisen bis zum Dessert die raffiniertesten Genüsse umfaßte. »Meine Großmutter hat mit ein Familienrezept für Kartoffeln Vesuvio vererbt. Wenn das Essen hier nur halb so gut ist, lohnt es sich wirklich.«

»Sie müssen auch den Wein aussuchen«, versuchte Tee sie zu verführen.

»O nein, das geht nicht«, sagte Lunzie. »Das hier kostet ja schon ein Vermögen.«

»Dann mach ich es.« Und er suchte tatsächlich einen Wein aus, der Lunzie schmeckte und vom Knoblauch im Hauptgang nicht überdeckt wurde, und bestellte zum Dessert einen edlen altairianischen Weinbrand, dessen Preis er Lunzie nicht nennen wollte.

Lunzie genoß den Abend aus ganzem Herzen, sowohl das Essen wie die Gesellschaft. Weil sie sich beide für 3d-Übertragungen interessierten, konnten sie und Tee fast endlos über alle möglichen Themen plaudern, darunter galaktische Politik und die neuesten Trends. Ihre Meinungen gingen weit auseinander, standen zu Lunzies Erleichterung aber nicht in krassem Gegensatz. Abgesehen von den unverschämten Komplimenten, die er ihr den ganzen Abend machte –

und die Lunzie als Maskerade eines empfindsamen Menschen deutete, den man in der Vergangenheit schon oft verletzt hatte –, war Tee ein interessanter und intelligenter Tischgenosse. Sie unterhielten sich übers Kochen und verglichen verschiedene ethnische Küchen, die sie probiert hatte. Tee aß so gern wie sie, war aber von einer leptosomen Gestalt, die nie Fett ansetzte. Lunzie warf einen vorsichtigen Blick auf den schimmernden Seidenumhang, den sie am Nachmittag auf Pomaylas Drängen hin gekauft hatte. Er sah prachtvoll aus, betonte aber jede Rundung. Er würde nicht mehr lange passen, wenn Lunzie regelmäßig so schlemmen ging.

Tee war ein Mann, der mit Händen und Füßen sprach. Um die Wichtigkeit einer Bemerkung zu unterstreichen, vollführte er so ausschweifende Gesten, daß er dem Kellner einmal fast die Teller aus der Hand stieß, die er gerade an den Nachbartisch brachte. Lunzie achtete immer auf die Hände eines Mannes. Tees Hände waren lang, aber sehr breit in den Handflächen, und die Finger eckig an den Spitzen. Geschickte Hände. Sein kräftiges braunes Haar fiel ihm oft in die Augen und verfing sich in den Augenlidern, die für einen Mann ungewöhnlich lang waren. Lunzie wünschte, ihre eigenen sähen ohne Betonung genauso aus. Er war ein gutaussehender Mann. Sie fragte sich, warum ihr dies nicht viel früher aufgefallen war. Ihr wurde bewußt, daß sie schon seit langer Zeit – um genau zu sein: seit ihrer Trennung von Sion Mespil – nicht mehr abends mit einem Bewunderer ausgegangen war. Sie vermißte dieses Gefühl.

Tee erwischte sie dabei, wie sie ihn anstarrte, und faßte sie an den Händen. »Sie haben mir gerade überhaupt nicht zugehört«, warf er ihr heiter vor und küßte ihre Fingerspitzen.

»Nein«, gestand sie. »Ich habe gerade nachgedacht.

Tee, was meinten Sie damit, als Sie im EEC-Büro sagten, wir hätten noch etwas gemeinsam?«

»Ach, darum geht's. Wir haben beide Zeit verloren. Ich weiß nicht, ob Kryotechnik für die Galaxis als Ganzes ein Segen ist oder nicht. Für mich war sie's jedenfalls nicht. Ich wäre lieber gestorben oder wach geblieben, als von der Welt abgeschlossen zu sein. Zumindest wüßte ich dann, was während meiner Abwesenheit geschehen ist, statt es in einem einzigen Moment herauszufinden, als ich zurückkehrte.«

Lunzie nickte voll Mitgefühl. »Wie lang?«

Tee verzog heftig das Gesicht. »Elf Jahre. Zu dem Zeitpunkt, als mein Raumschiff wegen eines Lecks im Treibstofftank auf Eis gelegt wurde, war ich leitender Ingenieur eines FES-Projekts, das die Perfektionierung der Lasertechnik für Navigationssysteme und FTL-Kommunikation zum Ziel hatte. Ich war auf der Höhe der Zeit, wenn Sie mir den Scherz erlauben. Stellen Sie sich vor: Lichtstrahlen, die Informationen schneller und genauer zwischen Komponenten übertragen können als Ionenimpulse oder Elektronen. Als ich vor zwei Jahren aufwachte, war das Verfahren nicht nur alt, sondern überholt! Ich war der bestausgebildete Mann in der FES für ein Fachgebiet, das nicht mehr benötigt wurde. Sie haben mir eine Rente in Höhe meines früheren Gehalts und eine Nachzahlung angeboten, aber ich konnte das Gefühl nicht ertragen, nutzlos geworden zu sein. Ich wollte wieder arbeiten. Es hätte zu lang gedauert, mich in Raumfahrttechnik wieder auf den neusten Stand zu bringen – dafür hat sie einfach zu große Fortschritte gemacht.« Seine Hände illustrierten den Flug eines Raumschiffs. »Deshalb habe ich den ersten Job angenommen, den ich bekommen konnte. Sie sagten mir, ich habe das Trauma noch nicht überwunden, deshalb könnte ich nicht wieder im Weltraum arbeiten.«

»Es geschieht zu Ihrer eigenen Sicherheit. Es dauert im Durchschnitt drei bis fünf Jahre, um sich davon zu erholen«, bemerkte Lunzie und dachte an ihre eigene langwierige Therapie auf der Plattform Descartes und danach. An der Universitätsklinik wurde sie immer noch von Psychologen betreut, die sie regelmäßigen Tests unterzogen, um ihren Fortschritt zu überprüfen. »Bei mir wird's noch länger dauern, weil ich mehr aufzuholen habe. Ich bin ein Extremfall. Mein medizinisches Wissen ist für die heutigen Menschen so archaisch wie eine Bohrmaschine. Die Forscher finden mich faszinierend wegen meiner ›wunderlichen Einfälle‹. Ich kann von Glück reden, daß sich der menschlichen Körper nicht radikal verändert hat. Es gibt so viel zu lernen, daß ich besser wieder von Null angefangen hätte.«

»Ja, aber Sie können immerhin noch Ihren Beruf ausüben! Ich kann's nicht mehr. Ich habe ein Jahr lang für die Beschaffungsabteilung gearbeitet und den Papierkram für Ersatzteile erledigt, deren Funktion ich nicht kannte. Sie bezeichneten das als eine ›Fortführung‹ meiner früheren Tätigkeit, aber es war ihre Art, mich aus Schwierigkeiten rauszuhalten. Die Therapeuten taten so, als geschähe es zu meinem Nutzen. Am Ende wurde ich in die Forschungsabteilung versetzt, wo ich es mit Leuten zu tun hatte, die mich nicht bemitleideten. Außer Ihnen als Sachbearbeiter dienlich zu sein, kann ich auch Lasercomputer reparieren. Das spart Ihnen einen Anruf beim Wartungsdienst, wenn etwas defekt ist.« Tee trommelte launig mit den Fingerspitzen auf die Tischplatte. Die Gäste am Nebentisch warfen ihm mißtrauische Blicke zu, als sie ihre Creditchips in die Kassenschlitze im Tisch steckten und gingen.

Lunzie hielt aus guten Gründen den Mund. Selbstbeobachtung und persönliche Einschätzung waren ein wichtiger Teil des Heilungsprozesses. Mulah wußte, daß sie darauf schon genug Zeit verwendet hatte. Sie wartete einfach, beobachtete Tee beim Grübeln und fragte sich, welche Bilder ihm durch den Kopf gingen. Als der Kellner vorbeikam, machte Lunzie ihn auf sich aufmerksam und bedeutete ihm, noch zwei Gläser Weinbrand zu bringen. Der Ring aus Keramik auf Kristall weckte Tee aus seiner Träumerei. Er streckte die Hand aus und drückte ihre Finger.

»Verzeihen Sie mir, schöne Lunzie. Ich habe Sie eigentlich eingeladen, um mit mir zu essen, nicht um mich schmollen zu sehen.«

»Glauben Sie mir, ich verstehe Sie sehr gut. Ich grüble auch nicht immer in meinen eigenen vier Wänden vor mich hin. Es war so frustrierend, nichts von der EEC zu hören, daß ich jedem von meinen Sorgen erzähle und hoffe, von jemandem Hilfe zu bekommen.«

»Wenn Teodor Janos für Sie recherchiert, werden Sie in Zukunft keine Probleme mehr haben. Sie können sich bestimmt denken, daß Sie nur an einen Sachbearbeiter wie mich verwiesen werden, wenn man Sie anders nicht mehr los wird.«

Lunzie nickte eifrig. »Das dachte ich mir. Oh, wie ich Bürokraten verabscheue! Ich bin stolz auf den rebellischen Geist in meiner Familie. Fiona hat ihn auch... Entschuldigung, ich wollte nicht über Geschäftliches reden. Ich habe mich so gut mit Ihnen amüsiert.«

»Ich mich doch auch.« Tee warf einen Blick auf seinen Ärmelchronometer. »Es wird spät, und Sie haben morgen früh Seminare. Ich bring Sie in einem Privatshuttle nach Hause. Keine Widerrede, es ist mir ein Vergnügen. Sie können sich ja beim nächsten Mal revanchieren, wenn Sie möchten. Oder stellen Sie Ihre Kochkünste unter Beweis und bereiten Sie eins dieser herrlichen Gerichte aus der Datenbank Ihrer Familie zu.«

* * *

An der Tür zum Apartment wurde Lunzie von Pomayla, Shof und der halben Bande begrüßt, die allem Anschein nach mit Unterstützung verarbeiteter Kohlehydrate und synthetischem Bier gemeinsam gelernt hatten.

»Also, wer war es, und wie war er, sie oder es denn so?« wollte Pomayla wissen.

»Wer war was?«

»Tee natürlich. Wir waren den ganzen Abend neugierig.«

»Woher kennt ihr ihn denn?«

»Ich habe doch gewußt, daß es ein Er ist«, rief Shof neckisch von seinem Platz auf dem Boden. Er und Bordlin, ein gurnsanischer Student, arbeiteten an einem Maschinenbauprojekt, das etwas mit Lasern zu tun hatte. An der Wand über ihnen war ein frischer Brandfleck zu erkennen. »Frag Mr. Data. Das bin ich.« Bordlin schüttelte seinen gehörnten Kopf und schaute mit rinderartigen, traurigen Augen an die Decke.

»Du hast vergessen, die Nachricht auf der Tafel im Foyer zu löschen«, erklärte Pomayla. »Alle haben sie gelesen, als sie gekommen sind. Unsere Neugier ist mit uns durchgegangen.«

»Soll mir recht sein«, sagte Lunzie hochmütig. »Es tut euch gut, wenn ihr etwas zum Rätseln habt. Ich gehe jetzt ins Bett.«

»Das ist wahre Liebe!« krächzte Shof, als Lunzie die Schlafzimmertür vor ihnen schloß. Diesmal hatte sie keine Schwierigkeiten, entspannt in Schlaf zu sinken. Sie erinnerte sich an die kleine Geste, als Tee ihre Finger gedrückt hatte, und lächelte.

* * *

Wie Tee versprochen hatte, erhielt Lunzie mit seiner Unterstützung sehr viel schneller neue Informationen.

Fionas virologische Arbeit für die FES war weitgehend geheim. Ihr offizieller Rang war der einer Zivilen Fachkraft, und sie hatte sich im Laufe der Jahre kontinuierlich hochgearbeitet. Ihr Gehaltsregister verzeichnete mehrere Bonuszahlungen für riskante Einsätze. Sie hatte bis zu ihrer Heirat einige Jahre in zunehmend verantwortungsvolleren Positionen für die EEC gearbeitet. Sie hatte sich acht Jahre lang beurlauben lassen und danach den Außendienst wieder aufgenommen. Tee hoffte immer noch, ihr Dienstregister ausfindig zu machen.

Der Umfang an neuen Informationen wäre ihren Mitbewohnern dürftig vorgekommen, aber Lunzie freute sich maßlos darüber. Ihre Stimmung wurde besser, und nicht nur, weil die Mauer zwischen ihr und ihrer Tochter abzubröckeln begann. Sie traf sich auch viel öfter mit Tee.

Er richtete seine Arbeitszeit so ein, daß er Lunzie im 3d-Forum traf. Sie saßen nebeneinander auf der gepolsterten Bank, sahen sich die Nachrichten an und behielten ihre Beobachtungen für sich, um später beim synthetischen Mittagessen darüber zu diskutieren. Tee amüsierte sich über Lunzies Sparsamkeit, sah aber ein, daß die Beschaffung alter Dokumente und Aufzeichnungen beträchtliche Gebühren verschlang.

Wenn Lunzie keine Seminare oder Laborarbeiten dazwischenkamen, trafen sie sich zum Abendessen. Tees Unterkunft war größer als ihre und beanspruchte ein Viertel eines Stockwerks in einem altmodischen Wohnhaus, das man für hochrangige Regierungsbeamte gebaut hatte. Neben dem Nahrungssynthesizer standen ihm echte Küchengeräte zur Verfügung. »Ein kostspieliger Luxus«, gab Tee zu, »aber sie funktionieren. Wenn ich Zeit habe, bereite ich mir gern selbst etwas zu.«

Sie nahmen sich einen Tag in der Woche frei, um

eine echte Mahlzeit aus heimischen Zutaten zu kochen. Lunzie fand die Ackerbaukommune wieder, die sie vor Jahren finanziell unterstützt hatte, und suchte sich an den Straßenständen oder auf den Feldern, auf denen man selbst ernten durfte, Gemüse aus. Tee staunte über die gesunden Produkte, die hier sehr viel billiger als in den Ballungszentren zu bekommen waren. Er versicherte Lunzie immer wieder, wie gescheit sie doch sein mußte, um solche Angebote zu finden, und das noch so nah am Campus!

»Ach, ein Stadtjunge«, hänselte sie ihn. Ein Teil von ihr, den sie lang vernachlässigt hatte, erwachte wieder zum Leben und blühte in der Wärme seiner Bewunderung auf. Sie war nicht unattraktiv, das gestand ihre Eitelkeit ihr gern zu, und sie hatte wieder mehr Spaß daran, auf sich zu achten und Kleidungsstücke auszusuchen, die ihrer Figur schmeichelten, statt sie einfach nur bescheiden vor der Witterung zu schützen. Pomayla freute sich, daß Lunzie sie an freien Tagen auf ihren Einkaufstouren begleitete. Lunzie stellte fest, daß sie die kleinen Freuden wiederentdeckte, die dem Leben erst die Würze gaben.

Nach einigen freundschaftlichen Sticheleien und unüberhörbaren Anspielungen von ihren jungen Mitbewohnern ließ Lunzie sich schließlich überreden, Tee ins Apartment mitzubringen, damit sie ihn kennenlernen konnten.

»Du kannst ihn nicht lang vor der Bande verstekken«, bemerkte Pomayla. »Am besten bringt er's gleich hinter sich und springt ins kalte Wasser.«

Obwohl er Lunzie gern die Freude machte, hatte Tee gewisse Bedenken, ihre jungen Mitbewohner kennenzulernen. Von dem Moment an, als er das Apartmenthaus betrat, war er nervös und fragte sich, ob er sich allzu sehr blamieren würde, wenn er kein Blatt vor den Mund nahm.

»Du wohnst so weit vom Stadtzentrum entfernt, daß ich zuviel Zeit hatte, um mir Sorgen zu machen«, klagte er und strich noch einmal seine Jacke glatt, während sie im Turbolift nach oben sausten.

»Komm schon, es sind doch nur Kinder. Sei ein Mann, Junge.«

»Du verstehst mich nicht. Ich mag junge Leute. Vor zehn Jahren hätte ich keine Probleme gehabt, aber... na, du wirst schon sehen. Dir ist es noch nicht passiert.«

Shof, Pomayla und Pomaylas Freund Laren erwarteten sie im gemeinsamen Wohnzimmer. Das Apartment war sauber. Sie hatten keine Mühe gescheut, damit die Wohnung einen ordentlichen Eindruck machte, aber Lunzie wurde zum ersten Mal schmerzlich bewußt, in welch einer spartanischen Unterkunft sie lebte. Obwohl sie wußte, daß Tee die Gründe kannte, warum sie in einem so billigen Quartier wohnte, hatte sie den irrationalen Wunsch, sie könne ihm ein kultivierteres Zuhause bieten.

Tee reagierte zum Glück genau so, daß sie sich gleich wieder wohl fühlte. »Hier sieht's so aus, als ob etwas passierte«, sagte er, streckte die Arme aus und genoß die Atmosphäre. »Ein guter Arbeitsraum.« Er grinste die jungen Leute breit an, als seien sie alle mit für diese angenehme Atmosphäre verantwortlich.

»Du bist wohl nie um einen Spruch verlegen, was?« fragte sie und verzog einen Mundwinkel zu einem spöttischen Lächeln.

»Ich meine das ernst«, erwiderte Tee. »In manchen Unterkünften kann man nur schlafen. In manchen kann man schlafen und essen. Hier drin kann man leben.«

»Irgendwie schon«, gab Shof widerwillig zu. »Aber wir haben keinen nennenswerten Lagerraum, und, bei Krims, seine Verabredung kann man auch nicht mitbringen.«

»Wir hätten deutlich mehr Platz, wenn du nicht überall Modelle aufhängen würdest«, sagte Pomayla.

»Glaubt mir, an Bord von Schiffen ist es mir schon schlechter ergangen«, sagte Tee. »Da wird eine Koje manchmal von drei Leuten benutzt, die sich schichtweise abwechseln. An langes Schlafen ist nicht zu denken. Und man kann morgens auch nicht etwas länger im Bett bleiben, wenn der nächste schon wartet.« Er warf Lunzie durch seine dichten Augenbrauen einen übertrieben sehnsuchtsvollen Blick zu, und sie lachte.

»Also Junge, du hättest dir einfach die Mühe machen sollen, jemanden von der nächsten Schicht kennenzulernen, dann hättest du einfach in ihre Koje umziehen können.«

Pomayla, die etwas schüchtern war, was zwischenmenschliche Beziehungen anging, stand sofort auf und servierte Getränke.

»Hast du der FES angehört?« wurde Tee von Shof gefragt.

»Nur über einen Werkvertrag. Ich habe an der Entwicklung eines neuen interstellaren Navigationssystems mitgewirkt. Ich war auf computerbetriebene Lasertechnik spezialisiert.«

»Stark, Bürger«, erwiderte Shof begeistert. »Ich auch. Ich habe meinen ersten Lasercomputer aus Ersatzteilen gebaut, als ich vier war.« Er hielt seine rechte Hand hoch. »Dabei habe ich mir den Zeigefinger sauber abgetrennt. Mit diesem Finger hatte ich überhaupt nicht viel Glück. Er mußte inzwischen zweimal regeneriert werden. Aber inzwischen kann ich mit einer Lasersonde besser umgehen.«

»Eine Lasersonde?« fragte Tee. »Du benutzt doch wohl keine Lasersonde, um synaptische Verbindungen herzustellen?«

»Doch.«

»Kein Wunder, daß du dir den Finger abgebrannt

hast, Kleiner. Warum hast du nicht einfach die Winkel neu berechnet, bevor du den Strom eingeschaltet hast?«

Sie fingen an, über Forschung und Technik zu diskutieren, und gingen fast nahtlos von der Laiensprache, den die anderen drei verstehen konnten, zu einem verwickeltem technischen Jargon über. Für Lunzie und Pomayla klang es wie leeres Geschwätz, wahrscheinlich auch für Laren, der höflich nickte und lächelte, wenn ihm jemand in die Augen sah. Lunzie mußte sich daran erinnern, daß er Ökonomie als Hauptfach studierte.

»Also«, fragte Shof und schnappte nach Luft, »worauf beruht das neue System? Ionenantrieb mit mangelhaften Laserspeichern. Soviel weiß man inzwischen. Gravitationsantriebe sind immer noch Science Fiction. Die Lasertechnik ist einfach zu anfällig, um mit den neuen Materie/Antimaterie-Triebwerken mitzuhalten.«

»Aber warum?« fragte Tee, der ratlos wirkte. »Als ich für die FES gearbeitet habe, war das etwas ganz Neues. Man ging davon aus, daß das Lasersystem die Raumfahrt revolutionieren würde. Es hätte mindestens zweihundert Jahre lang im Einsatz bleiben müssen.«

»Ja. Aber es war genauso schnell wieder aus der Mode wie karierte Bundhosen«, erwiderte Shof herablassend. »Es hing mit dem Dopplereffekt zusammen, verstehst du. Gut, irgendwo muß man ja anfangen.«

»Irgendwo?« wiederholte Tee empört. »Unsere Technik war die fortgeschrittenste, die vielversprechendste...«

Shof breitete die Hände aus und bemühte sich, ruhig zu bleiben. »Ich habe nicht behauptet, daß das heutige System mit Lasertechnik nichts zu tun hat. Wo bist du die letzten zehn Jahre gewesen? Auf der Erde?«

Tees eben noch entspanntes und interessiertes Gesicht war plötzlich verkniffen und von tiefen Falten durchzogen. Sein Mund zuckte, als er eine gallige Erwiderung hinunterschluckte. Seine unfreiwillige Reise im Kälteschlaf war immer noch ein wunder Punkt. Lunzie verstand plötzlich, warum er so ungern mit anderen über seine Erlebnisse redete. Die Erfahrungskluft zwischen den Menschen, die die Zeit in einem normalen Tempo erlebten, und einem Kälteschläfer war nicht von der Hand zu weisen und ein Trauma für den Schläfer. Tee kam sich vor, als lebte er in der falschen Zeit, und Shof verstand es einfach nicht. »Frieden!« unterbrach Lunzie den Vortrag über moderne galaktische Antriebssysteme, zu dem Shof gerade anhob. »Das reicht. Ich erkläre Hathas Frieden über das Wasserloch. Ich werde hier keine Streitigkeiten dulden.«

Shof wollte etwas sagen, schluckte es aber hinunter. Er warf erst Tee, dann Lunzie einen ratlosen Blick zu. »Habe ich etwas Falsches gesagt?«

»Shof, benimm dich entweder oder mach dich dünne«, sagte Pomayla.

»Was habe ich denn gemacht?« Mit weinerlicher Miene zog Shof sich zum Nahrungssythesizer zurück, um das Abendessen vorzubereiten. Pomayla und Lunzie setzten sich an den Arbeitstisch und schälten und zerkleinerten frisches Gemüse, das sie als Beilage reichen wollten. Tee sah ihnen bei der Arbeit zu, als käme er sich überflüssig vor.

Lunzie stand auf. »Da wir jetzt sowieso eine Gesprächspause einlegen, werde ich Tee mal kurz herumführen.« Sie hakte sich bei Tee unter und zog ihn weg.

Als die Tür zu Lunzies Schlafraum hinter ihnen zufiel, sackten Tees Schultern herab. »Es tut mir leid. Aber hast du es bemerkt? Es hätten auch hundert

Jahre sein können. Ich bin weit zurückgeblieben. Alles, was ich kannte, die ganze komplizierte Technik, die ich entwickelt habe, ist heute Kinderspielzeug.«

»Ich muß mich bei dir entschuldigen. Ich habe dich da einfach reinschlittern lassen«, sagte Lunzie reumütig. »Ich glaube, du hast dich ganz gut gehalten.«

Tee schüttelte so heftig den Kopf, daß ihm eine schwarze Strähne in die Augen fiel. »Wenn ein Kind fröhlich etwas mit logischen Argumenten in der Luft zerfetzen kann, woran wir mit hundert Leuten acht Jahre lang gearbeitet, wofür einige ihr Leben gegeben haben, dann komme ich mir alt und dumm vor.« Lunzie wollte ihm die Locke aus der Stirn streichen, ließ es ihn dann aber doch selbst tun.

»Weißt du, mir geht's genauso«, sagte sie. »Junge Menschen, zumindest sehr viel jüngere als ich, die die neueste medizinische Technik im Schlaf beherrschen, während man mir noch zeigen muß, wo der Knopf zum Einschalten ist! Ich hätte begreifen müssen, daß ich dergleichen nicht allein durchmache. Ich habe wirklich nicht darüber nachgedacht.« Lunzie knetete mit ihren starken Fingern Tees Nackenmuskeln. Tee faßte ihre Hand und küßte sie.

»Aber dafür hast du deine heilenden Hände.« Er warf einen Blick auf die Konsole und lächelte das Hologramm eines hübschen jungen Mädchens an, das ihn anstrahlte. »Ist das Fiona?«

»Ja.« Lunzie streichelte liebevoll die Kante des Hologramms.

»Ihre Haarfarbe ist anders, aber ihr Charakter!«

»Was? Siehst du diese störrische Strähne da?« fragte Lunzie spöttisch.

»Sie fällt hier deinen Rücken entlang.« Seine Finger berührten ihr Rückgrat, und sie fuhr wohlig zusammen. »Fiona ist genauso schön wie du. Darf ich es mitnehmen?« fragte Tee, drehte das Hologramm in den Händen und bewunderte die Klarheit des Porträts. »Wenn ich ein Bild in die Computer eingebe, könnten Datenbanken reagieren, die bisher noch nicht auf meine Anfragen geantwortet haben.«

Lunzie hatte Bedenken, ihre einzige materielle Bande zu ihrer Tochter herzugeben, aber sie mußte sich der Logik beugen. »Na gut«, stimmte sie widerwillig zu.

»Ich verspreche dir, ihm wird kein Schaden zugefügt, und es könnte etwas Gutes dabei herauskommen.«

Sie stieg auf die Zehenspitzen, um ihn zu küssen. »Ich vertraue dir. Gehen wir jetzt wieder zu den anderen rein?«

Shof war in ihrer Abwesenheit offensichtlich heftig gerügt worden. Während des Abendessens am Arbeitstisch erkundigte er sich bei Tee respektvoll nach Einzelheiten seiner Forschungen. Die anderen schlossen sich der Konversation an, die sich bald um mehrere Themen drehte. Laren stellte sich auch als 3d-Zuschauer heraus. Lunzie und er verglichen ihre Eindrücke von den Modetrends, während die anderen beiden Männer ausgelassen lachten. Pomayla wurde rot, als sie ihre Meinung kundtat, und versuchte die Modeindustrie zu verteidigen.

»Damit unterstützt du sie ja praktisch«, neckte Shof sie, als sei sie eine Schwester.

»Was ist falsch daran, Sachen zu tragen, in denen man gut aussieht?« erwiderte sie kämpferisch.

»Wenn's nicht bequem ist, warum soll ich's dann tragen?« ergriff Lunzie für Shofs Seite Partei.

»Dem Stil zuliebe«, erklärte Pomayla verzweifelt.

Lunzie hob belustigt eine Augenbraue. »›Wer schön sein will, muß leiden‹? Und du nennst mich altmodisch?«

»Ich weiß nicht, woher sie die Ideen für diese neuen Klamotten haben«, sagte Laren. Mit einem kurzen Blick zu Pomayla fügte er hinzu: »Ich will dir nicht zu nahe treten, Schatz, aber manche dieser Sachen sehen wirklich komisch aus.«

»Willst du's wirklich wissen?« fragte Lunzie. »Wenn man für den Rest seines Lebens der Mode folgen will, sollte man seine alten Sachen nie wegwerfen. In den 3d-Nachrichten habe ich gesehen, daß die Sachen, die ich zum Grundschulabschluß getragen habe, in der nächsten Saison wieder in Mode kommen. Während ich im Kälteschlaf lag, waren sie wahrscheinlich schon einmal wieder aktuell, und jetzt sind sie's wieder. Für unsere Jugendlichen sind sie etwas ganz Neues und werden wahrscheinlich von niemandem getragen, der alt genug ist, um sich daran zu erinnern, wann sie das letzte Mal in Mode waren.«

»Darf ich mir deine Familienhologramme ansehen?« fragte Pomayla und gab sich mit einem boshaften Glitzern in den Augen geschlagen. »Ich will wissen, was im nächsten Jahr kommt. Dann bin ich der ganzen Bande um Jahre voraus.«

Die Essensreste wanderten in den Müllschlucker, und Tee stand auf, streckte die Arme über den Kopf und ließ seine Gelenke knacken. »Herrlich. Genauso habe ich Mensaessen in der Erinnerung.«

»War's so furchtbar?« fragte Pomayla mit einem Augenzwinkern.

»Entsetzlich. Ich beende diesen Abend ungern, aber ich muß jetzt gehen. Wie Lunzie richtig bemerkte, wohnt ihr mitten im Nirgendwo, und ich brauche einige Zeit, um nach Hause zu kommen.«

Lunzie ging ihre Memokuben holen. »Ich glaube, ich begleite dich. Meine Schicht im Krankenhaus fängt in vier Stunden an. Die Hygiene-Sammelstellen warten nicht. Solange ich noch wach bin, kann ich mich schon einmal auf den Weg machen. Vielleicht lege ich bei dir ein Nickerchen ein.«

Tee verbeugte sich vor ihr. »Es wäre mir eine Freude.« Er schloß die anderen in seinen Gruß ein. »Danke für einen schönen Abend. Gute Nacht.«

Pomayla und Laren wünschten ihm vom abgenutzten Knautschsofa in der anderen Ende des Zimmers eine gute Nacht. Shof holte sie an der Tür ein. »He«, rief er leise, als sie ins Turboliftfoyer traten. »Viel Glück auf der Suche nach Lunzies Tochter, ja?«

Lunzie sah ihn mit großen Augen an. »Du unverschämter Kerl! Du weißt davon?«

Shof lächelte die beiden auf seine elfenhafte Art an. »Natürlich weiß ich es. Ich plaudere nicht alles aus, was ich herausfinde.« Er zwinkerte Lunzie zu, als die Tür sich zwischen sie schob.

* * *

Während des restlichen Semesters machten Lunzies Studien zügig Fortschritte. Zu ihrer gegenseitigen Zufriedenheit legten sie und der Kardiologieprofessor einen Waffenstillstand ein. Sie mäßigte ihre unverhohlene Kritik an seinem Umgang mit den Patienten, und er sah über ihr, wie er es nannte, ›blutendes Herz‹ hinweg und lobte sie offen für ihre Auffassungsgabe. Die persönliche Einschätzung, die er am Ende des Semesters über sie abgeben mußte, war für seine Verhältnisse – wenn man seinen früheren Studenten glauben durfte – schmeichelhaft. Lunzie hielt die Beurteilung für die übelste Beschimpfung, die sie je gelesen hatte, aber die Note, die er unter die Schmähredc sctztc, bewies dann doch, daß er mit ihr zufrieden war.

Das neue Semester fing an. Der Kurs in mentaler Disziplin wurde durch die Semesterferien fortgesetzt, weil es sich um kein konventionelles Unterrichtsfach handelte. Im Universitätscomputer wurden keine Noten für mentale Disziplin gespeichert. Entweder hielt ein Student an dem Kurs fest, oder er ließ ihn fallen. Er nahm immer noch einen Großteil von Lunzies Tagen in Anspruch, die ohnehin immer ausgefüllter wurden.

Zu ihren neuen Seminaren gehörte unter anderem ein überwachtes Praktikum in der Universitätsklinik. Das Praktikum wurde doppelt so hoch bewertet wie andere Seminare, verlangte aber von ihr, daß sie sich ihre Zeit flexibler einteilte und bereit war, lang zu arbeiten. In den ersten Wochen begleiteten Lunzie und ihre Kommilitionen einen älteren Arzt, der im Hause wohnte, auf seinen Runden, beobachteten seine Diagnose- und Behandlungstechniken und arbeiteten dann unter ihm in der Klinik. Lunzie mochte Dr. Root, einen Menschen, der so ehrlich war, daß er zu seinen siebzig Standardjahren stand, und dessen feiste rosige Wangen und breiten Hände immer so aussahen, als seien sie eben geschrubbt worden.

Viele Patienten, die in die Klinik eingeliefert wurden, gehörten Spezies an, die Lunzie bisher nur in Lehrbüchern gesehen hatte, und manche erst vor kurzem. Unter den bewundernden Blicken seiner acht Lehrlinge entfernte Dr. Root aus dem Zellkern eines einsfünfzig großen protoplasmischen Wesens ein einziges Chromosom in der Größe von Lunzies Finger, modifizierte es und setzte es mit geschickten Bewegungen wieder ein, die andeuteten, daß er dergleichen jeden Tag tat. Noch bevor er die purpurne Zellwand versiegelt hatte, fing das Wesen an zu zittern.

»Wieder bei Bewußtsein?« sprach Dr. Root in den Stimmensynthesizer, den das Wesen um die Wurzel einer langen Wimper trug.

»...gut... ist gut... teile mich jetzt... gut...«

»Nein, auf keinen Fall. Du wirst keine Mitose einleiten, bevor wir uns sicher sind, daß dein Zellkern sich erfolgreich replizieren kann.«

»... ausruhen... gut...«

Root sah Lunzie mit fröhlich gerunzelter Stirn an. »Ist es nicht schön, wenn ein Patient den Rat seines Arztes annimmt?«

Immer, wenn Root Dienst hatte, führten seine Studenten die ersten Untersuchungen und, wenn es ihre Fähigkeiten erlaubten, die Behandlung durch. Wie Lunzie gehörten auch die übrigen älteren Semestern an. Die meisten würden im nächsten Jahr in einer der ausbildungstauglichen Kliniken oder medizinischen Zentren irgendwo in der FES eine Assistenzstelle antreten. Lunzie plante, sich in jedem Semester neu an der Universitätsklinik zu bewerben, bis sie angenommen wurde oder ihre Suche nach Fiona sie zwang, den Planeten doch zu verlassen. Ihr Studienberater erinnerte sie daran, daß sie dem Lehrplan nicht so zu folgen brauche, als sei sie eine neue Studentin. Lunzie hielt dagegen, daß sie soviel Auffrischung brauchte, wie sie mitnehmen konnte, um ihre Fähigkeiten wiederzuerlangen. Eine strapaziöse Assistenzstelle war die schnellste Art, sich den Facetten der medizinischen Praxis anzunähern.

Das Komgerät der Klinik schrillte, als Dr. Root gerade vorführte, wie man die eitrige Wunde eines gepanzerten Wesens behandelte. Der schildkrötenartige Alien lag geduldig auf dem Behandlungstisch, umgeben von zahlreichen Sonden und angeschlossen an Schläuche und Kabel, die unter seinem Panzer hervorragten. Mit Hilfe einer langgriffigen Klemme und zwei unabhängigen Kauterisierungsgeräten trug Root vorsichtig eine Schicht neuer Kunsthaut auf die gerade gereinigte Stelle auf und beobachtete seine Fortschritte dabei in einem 3d-Feld, das vor ihm schwebte. Er reichte die Klemme einem seiner Studenten. »Reinigen bitte.«

»Ein Notfall«, gab Root seinen Studenten ohne Aufregung bekannt, nachdem er den Anruf entgegengenommen hatte. »Montagearbeiter vom Raumhafen. Sie werden per Luftschlitten aufs Dach transportiert. Einige schlimme Wunden, viel Blutverlust und Patienten, die unter Schock stehen. Auf eure Stationen, Ärzte.«

Lunzie und ihr brachianischer Laborpartner Rik-ik-it eilten in den Behandlungsraum C, säuberten sich und halfen einander in frische chirurgische Kleidung. Sie hatten gerade noch genug Zeit, die Vorräte und die Stromversorgung zu überprüfen, ehe sie das Geschrei hörten.

»Mulah, wer ist das denn?«

»Ich kann noch lauter schreien«, spottete Rik.

»Laß es lieber«, erwiderte Lunzie und lauschte. »Pst.«

Die Tür zu ihrem Behandlungszimmer glitt auf, und zwei riesige Männer stolperten herein, wobei einer den anderen stützte. Schwerweltler. Lunzie blickte entsetzt zu ihnen auf.

»Hilf mir«, zischelte Rik und sprang vor, um den schwer Verwundeten auf den geneigten Tisch zu wuchten. Seine gewaltige Kraft ergänzte die des anderen Schwerweltlers, und gemeinsam brachten sie den Mann zum Liegen. Lunzie wollte ihnen zur Hand gehen, doch der andere Mann schob sie weg und half Rik, seinen Freund mit dem Gesicht nach unten auf die gepolsterte Oberfläche zu drehen.

Es war erstaunlich, daß der Schwerweltler es zu Fuß in die Klinik geschafft hatte. In seiner Rückenmuskulatur klaffte ein gewaltiger Riß. Eine Wade war offenbar von demselben herabgestürzten Objekt in der Mitte aufgeschlitzt worden. Aus beiden Wunden floß und spritzte Blut.

»Was ist passiert?« wollte sie wissen und drängte sich an den beiden anderen vorbei. Sie schnitt den schweren Stoff des Hosenbeins weg und säuberte die Wunde mit sterilen Tupfern. Rik riß mit roher Gewalt den Schlitz in der Jacke auf und untersuchte die Wunde mit einem mikroskopartigen Gerät. Lunzie warf die Stoffetzen in die Ecke und legte einen Druckverband an. Als das Blut zu spritzen aufhörte, befestigte sie mit einer elektronisch gesteuerten Klemme eine Schnellschiene. Die biegsame röhrenartige Schiene preßte die Wundränder zusammen, und der Riß würde nun von allein heilen.

»Ein Stück der Landebahn hat sich verzogen und ist auf uns runtergefallen«, sagte der andere Mann und faßte sich am Arm. »Zum Teufel, ich wußte doch, daß diese Streben nichts aushalten. Vertraut dem Plaststahl-Konzern, hat uns ihr Chef gesagt. So ein Schrott! Die Maschinen werden uns schon warnen, wenn ein Preßstück nicht hält. Ich lach mich tot!«

»Ich kann mich jetzt darum kümmern«, sagte Rik zu Lunzie.

Mit einem verständigen Nicken wandte sich Lunzie dem anderen Mann zu. Himmel, war der Kerl groß! Er knirschte hörbar mit den Zähnen. Lunzie wußte, daß er schreckliche Schmerzen haben mußte.

»Setzen Sie sich«, sagte sie rasch und schluckte ihre Nervosität hinunter. Ihr Magen bäumte sich auf. Sie wußte, daß sie nicht umhin kommen würde, ihn zu berühren, und sie hatte Angst davor. Diese zornigen Riesen kamen ihr mehr als menschlich vor: größer, lauter, eindringlicher. Sie erschreckten Lunzie. In den Tiefen ihrer Seele assoziierte sie Schwerweltler noch immer mit dem Verlust von Fiona, und sie war überrascht, wie nahe es ihr ging. Sie mußte sich an ihre Pflichten erinnern.

»Es ist mein Arm«, sagte der Schwerweltler und

knöpfte seine Jacke auf. Lunzie unterdrückte ihre Gefühle und riß den magnetischen Saum entlang des Ärmels auf. Sie versuchte, die Schwellung am Oberarm nicht zu berühren, als sie den Stoff herunterzog und ihm half, den Ärmel über das verletzte Glied zu ziehen. Seine Hand, die neben ihrer riesig wirkte, zuckte zusammen, als sie die Manschette aufknöpfte, und das Kunstleinengewebe flatterte gegen den Brustkasten des Mannes.

Auf den ersten Blick sah sie, daß der rechte Oberarmknochen gebrochen und die Schulter ausgerenkt war. »Ich gebe Ihnen etwas gegen die Schmerzen«, sagte Lunzie und gab dem Hypo-Arm ein Zeichen. Der Servomechanismus schwenkte seinen mehrfach bestücken Injektionskopf herunter, und die LEDs an seinem Bedienfeld leuchteten auf. »Warum nicht?« fragte sie, als der Schwerweltler den Kopf schüttelte.

»Sie werden mich nicht außer Gefecht setzen. Ich traue euch Knochenbrechern nicht. Ich will sehen, was Sie da machen.«

»Wie Sie wollen«, sagte Lunzie und stellte das Gerät ein. »Wie wär's mit einer örtlichen Betäubung? Das macht Sie nicht schläfrig, nimmt Ihnen aber die Schmerzen.«

»Na gut.« Er streckte ihr unvermittelt den Arm entgegen, und Lunzie wich erschrocken zurück. Der Schwerweltler sah sie mit einem Stirnrunzeln an und zog mißtrauisch die Augenbrauen zusammen.

Seine mißbilligende Aufmerksamkeit machte Lunzie noch nervöser, und sie stammelte nur, als sie dem Hypo-Arm eine Anweisung erteilte. »Äh… Untersuche auf Allergien und Unverträglichkeiten. Nur örtlich, rechter Oberarm und Schulter. Jetzt.« Der Kopf wurde zielstrebig ausgestreckt und berührte die Haut des Mannes. Das Ventil zischte kurz, dann drehte sich das Gerät weg und wurde wieder eingezogen. Lunzie betastete vorsichtig den Arm und untersuchte den Bruch. Der Knochen würde durch die dicken Muskelpakete nur schwer zu richten sein.

»Nun machen Sie schon!« knurrte der Mann.

»Tut sonst noch etwas weh?« fragte Lunzie, und ihre Hände zuckten zurück.

»Nein, aber wie Sie da rumfummeln, macht mich verrückt. Legen Sie mal einen Zahn zu!«

Lunzie war gekränkt und machte eine kurze Pause, um mit Hilfe ihrer mentalen Disziplin genug Kräfte tief aus sich herauszuholen, damit ihre Abneigung gegen den Schwerweltler sie nicht negativ beeinflußte. Sie würde es nicht zulassen, daß sie auf eine feindselige Weise reagierte. Ihr Atem verlangsamte sich soweit, daß er flach und gleichmäßig ging. Sie war schließlich Ärztin. Viele Leute hatten Angst vor Ärzten. Das war nichts Unnatürliches. Dieser Mann war durch den Unfall und die Schmerzen traumatisiert; es gab keinen Grund, sein Verhalten persönlich zu nehmen. Aber Lunzie sah dauernd die Videoaufnahmen von Phoenix vor sich, die kahle Senke, wo das menschliche Lager gestanden hatte…

Der für Disziplinierungstechniken typische Adrenalinschub schoß ihr durch die Adern, dämpfte ihre normalen Reaktionen, kompensierte ihre Schwächen und stärkte ihre Kräfte weit über das übliche Maß hinaus. Sie preßte beide Hände gegen die Muskelpakete des Schwerweltlers, spreizte die Finger und packte zu.

Der Schwerweltler schrie und stieß sie mit der freien Hand von sich, daß sie gegen die Wand taumelte. »Jetzt reicht's aber! Loslassen! Bei Krim, holen Sie mir einen Arzt, der mich wie ein menschliches Wesen behandelt, verdammt noch mal!« heulte er. Er faßte sich an die verwundete Schulter, und Schweiß strömte ihm über das vor Schreck kreideweiße Gesicht.

»Gibt's hier ein Problem?« fragte Rik-ik-it und sah kurzsichtig auf Lunzie herunter. Seine Augen mit den silbernen Pupillen blinzelten verwirrt, als er ihr aufhalf.

Der wütende Schwerweltler deutete mit dem Kinn auf Lunzie. »Dieses Weib da ist die reinste Metzgerin. Sie hat mir den Arm auseinandergerissen!«

Immer noch in der Trance, die ihre Selbstdisziplinierung hervorgerufen hatte, zog Lunzie sich zurück. Sie hatte sich nicht verletzt. Der Zorn des Schwerweltlers ängstigte sie nicht, Solange sie ihre Gefühle mit eiserner Beherrschung im Zaum hielt. Was war schief gegangen? Mit Hilfe ihres fotografischen Gedächtnisses ging sie noch einmal ihre Bewegungen durch. Zwei schnelle Drehungen, eine von hinten nach vorn, die andere in einem nach links gerichteten Bogen. Sie wußte, als hätte man eine Ultraschallaufnahme vor ihr in die Luft projiziert, daß die Schulter wieder eingerenkt und der gebrochene Knochen gerichtet war. Mentale Disziplin förderte auch die Sensibilität ihrer fünf Sinne.

Rik untersuchte den Arm sorgfältig und las die Anzeigen des Hypo-Arms. »Hier ist alles in Ordnung«, sagte er. »Die Frau Doktor hat Ihren Arm sauber eingerenkt. Er wird problemlos heilen. Das einzige Problem war, daß die Betäubung noch nicht gewirkt hat.« Er warf einen Blick auf die Wanduhr. »Die Wirkung müßte jetzt einsetzen.«

»Ich hätte den Zeitfaktor bedenken müssen«, tadelte Lunzie sich später selbst, als sie mit Tee allein war. »Aber ich habe die ganze Zeit nur daran gedacht, ihn möglichst schnell loszuwerden. Es war ein dummer Fehler, dumm und peinlich.« Sie fuchtelte hilflos mit den Händen, während sie auf und ab ging. Sie konnte nicht lang irgendwo sitzenbleiben. »Rik sagt, daß ich überreagiere. Er meint, ich hätte eine… eine Phobie gegen Schwerweltler, sonst hätte ich den Zeitfaktor nicht vergessen.« Mieser Laune ließ sie sich vom Nahrungssynthesizer eine Tasse Kaffeersatz zubereiten. »Weißt du, ich entwickle mich zurück. Vielleicht sollte ich in Therapie gehen. Ich war in Trance; ich hätte dem Mann den Arm abreißen können.« Sie schluckte den Kaffee und zog ein schiefes Gesicht.

»Aber du hast es nicht getan«, sagte Tee voller Mitgefühl und zog sie zu sich auf das breite Sofa hinunter, das im großen Zimmer seines Apartments stand. Sie sah weg, als er seine Hand um ihre schloß. Sie konnte das Mitleid in seinen Augen nicht ertragen.

»Ich sollte aufhören. Vielleicht kann ich in die Forschung gehen, wo ich's nicht mit Lebewesen zu tun habe, die größer als eine Mikrobe sind.« Ihre Mundwinkel zitterten, während sie ein mattes Grinsen beizubehalten versuchte und auf Tees Knie starrte. »Ich kann's einfach nicht ertragen, wenn ich es mit Idioten zu tun habe, vor allem wenn ich selbst einer bin.«

»Das hört sich nicht wie meine Lunzie an, die sich mit beiden Händen in dieser neuen Welt festgehalten hat, die mir eingeschärft hat, nicht den Mut zu verlieren, wenn kleine Jungs mehr über mein mühselig erlerntes Handwerk wissen als ich.«

Damit versetzte er Lunzies Selbstmitleid einen Schlag, und sie mußte lächeln. Zum ersten Mal sah sie Tee in die Augen. »Der arme Mann hat dauernd geschrien, ich soll mich beeilen, seinen Arm verarzten und mich zum Teufel scheren. Ich weiß, er hatte Angst vor mir, weil ich eine Ärztin bin, aber ich hatte noch mehr Angst vor ihm! Wie groß er auch gewesen sein mag, er war vor allem ein menschliches Wesen! Der Vater meiner Tochter war an der genetischen Evolution der Schwerweltler beteiligt. Lang nach unserer Trennung habe ich von Sion noch Intersystempost erhalten, in der er mir berichtete, welche Maßnahmen er und die anderen Forscher ergriffen haben, um ihre Forschungsobjekte besser an Planeten mit hoher Schwerkraft anzupassen. Ich weiß eine Menge über ihre technische Entwicklung, aber nichts über ihre Gesellschaft. Es ist schon seltsam, daß die Menschheit als einzige Spezies grundlegende Änderungen an sich selbst vornimmt. Einen Ryxi würde man nicht dabei erwischen, daß er an seinem Federkleid auch nur eine Daune ändert.«

»Niemals. Es muß an unserer Neugier liegen, was man mit einem gegebenen Rohmaterial, einschließlich uns selbst, anfangen kann«, überlegte Tee. »Mach dir nicht solche Vorwürfe. Es ist doch sinnlos.«

Lunzie wischte sich die Augenwinkel mit dem Ärmel ab. »Nein, es ist nicht sinnlos. Ich habe meine Kenntnisse mißbraucht, und ich kann es nicht vergessen – ich darf's nicht vergessen! Ich betrachte mich normalerweise nicht als bigott. Ich bin ein Rückfall. Ich gehöre nicht in dieses Jahrhundert.«

»O nein, da irrst du dich aber«, sagte Tee, nahm ihr die halbleere Tasse aus der Hand und stellte sie auf die schwebende Scheibe am anderen Ende des Sofas. »Es war ein Unfall, und es tut dir leid. Du hast dich nicht an seinem Schmerz geweidet. Du bist eine gute Ärztin und ein guter Mensch. Wer sonst wäre mit mir so liebevoll und geduldig umgegangen wie du? Du kannst diesen armen, ignoranten Menschen der Zukunft eine Menge beibringen.« Er legte sanft die Arme um sie und drückte sie fest an sich. Zwischen zärtlichen Küssen flüsterte er ihr ins Ohr: »Du gehörst hierher. Du gehörst zu mir.«

Lunzie schlang die Arme um seinen Brustkasten und legte den Kopf an seine Schulter. Sie schloß die Augen und fühlte sich geborgen und begehrt. Die Anspannung des Tages löste sich von ihrem Hals und ihren Schultern wie ein Blätterregen von einem Apfelbaum, als Tee mit zarten Küssen ihren Hals emporwanderte und ihr Ohr berührte. Er knetete die Muskeln in ihren Lenden mit seinen starken Fingern, und sie seufzte vor Wohlbehagen. Seine Hände umschlossen ihre Hüfte, streichelten aufwärts, öffneten Verschlüsse und schoben Stoff beiseite, bis sie nackte Haut berührten. Lunzie streichelte auch ihn und bewunderte das Muskelspiel seiner Schulter. Eine elastische Spirale dunklen Haars auf seiner Brust faszinierte sie durch ihren seidigen Glanz.

Tee faßte sie unters Kinn. Er hob ihr Gesicht. Seine tiefliegenden, dunklen Augen blickten ernst und besorgt. »Bleib immer bei mir, Lunzie. Ich liebe dich. Bitte bleib bei mir.« Er neigte den Kopf und strich immer wieder zärtlich mit seinen über ihre Lippen.

»Ich bleibe bei dir«, murmelte sie und ließ sich mit ihm in die tiefen Kissen zurücksinken. »Ich werde bleiben, so lang ich kann.«

fünftes kapitel

Fionas Hologramm bekam einen Ehrenplatz auf dem schwebenden Scheibentisch im Wohnzimmer von Lunzies und Tees gemeinsamem Apartment. Lunzie warf ihm von Zeit zu Zeit einen Blick zu, wenn sie Patientendateien durchging. Fionas strahlendes, nie verblassendes Lächeln war eine Herausforderung für ihre Mutter. Finde mich, schien es ihr zu sagen. Sonnenlicht schien durch das Bild und ließ wie durch rubinrote Kristalle gebrochene Lichtstrahlen über die cremefarbenen Wände des Zimmers tanzen. Lunzie war nun fast seit zwei Jahren auf Astris. Es war schwierig, das Versprechen zu halten, das sie Chief Wilkins gegeben hatte, und Geduld zu bewahren, wenn sie das Gefühl hatte, daß sie draußen in der Galaxis nach ihrer Tochter suchen sollte. Trotz der Zeit, die ihre vielen anderen Aktivitäten und ihre Übungen in mentaler Disziplin beanspruchten, ließ sie es sich nicht nehmen, hin und wieder den GBI und ihre anderen Informationsquellen daraufhin zu überprüfen, ob sie eine Spur von Fiona entdeckt hatten. Sie gab eine Menge Geld dafür aus, aber es war lang her, seit sie das letzte Mal etwas Neues erfahren hatte. Es war frustrierend.

Vor einigen Monaten hatten sie und Tee den Entschluß gefaßt, daß sie zusammenleben wollten, was günstigerweise mit Pomaylas scheuer Anfrage zusammenfiel, ob ihr fester Freund nicht zu ihr ins Apartment ziehen könne. Pomayla war außerordentlich schüchtern, was normale menschliche Beziehungen zwischen einvernehmlich handelnden Erwachsenen anging. Dabei gab es keinerlei Ressentiments dagegen, wenn Menschen ›ihre Wärme teilten‹, wie es so schön hieß, seit Jahrhunderten nicht mehr. Studenten – alle Bürger, um genau zu sein –, die ein aktives Geschlechtsleben führten, waren dafür verantwortlich, daß sie sich weder mit Krankheiten noch mit Parasiten ansteckten oder zumindest offen dazu standen, wenn sie ein Problem hatten, damit niemand ein Risiko einging, der sich mit ihnen einließ. Geschlechtspartner, die eine Krankheit verschwiegen, fanden bald heraus, daß sie gemieden wurden: es sprach sich herum und niemand traute ihnen mehr. Vor allem Medizinstudenten waren sich bewußt, welche schrecklichen Dinge geschehen konnten, wenn man nicht Wert darauf legte, ›sauber‹ zu bleiben, und achteten gewissenhaft darauf. Wenn nicht, konnte es vorkommen, daß einer ihrer eigenen Kollegen ihnen moralisch Feuer unterm Hintern machte, wenn sie später behandelt werden mußten. Lunzie mochte Laren, deshalb überließ sie ihm bedenkenlos ihr Schlafzimmer und schaffte ihre wenigen Habseligkeiten in Tees Wohnung.

Tee war ein rücksichtsvoller, geradezu unterwürfiger Mitbewohner. Er verhielt sich vom ersten Tag an so, als habe Lunzie ihm eine große Gefälligkeit erwiesen, als sie bei ihm einzog. Ohne seine eigene Meinung zu äußern, damit er ihre Entscheidung nicht vorwegnahm, bat er sie, sich in dem geräumigen Apartment umzusehen und zu überlegen, ob irgend etwas verändert werden müsse, damit sie sich wohler fühle. Alles sollte ihren Vorlieben entsprechen. Lunzie war ein wenig überwältigt von seiner Hingabe; sie war an die Gleichgültigkeit ihrer bisherigen Mitbewohner und an die unter Raumfahrern übliche Rücksichtslosigkeit gegen jeglicher Privatsphäre gewöhnt. Tee hatte wenig eigenen Besitz außer einigen Büchern auf Speicherchips und in Memokuben und einer großen Anzahl von Musikdisketten. Alle Möbel waren gebraucht, was in Universitätskreisen nicht selten vorkam. Der Großteil seines Eigentums, erklärte er, war seinem Testament entsprechend aufgeteilt worden, das automatisch eröffnet worden war, als er sich zehn Jahre lang nicht mehr beim zuständigen FES-Befehlsstand gemeldet hatte. Es war eine idiotische Regelung, fand er, denn in einer großen Galaxis konnte man noch länger unterwegs und immer noch da sein!

Mit Rücksicht auf seine Gefühle – und vielleicht auch, weil seine Beharrlichkeit ihre angeborenen rebellischen Instinkte weckte – änderte Lunzie so wenig wie möglich. Ihr gefiel die spärliche Einrichtung. Sie konnte sich hier besser konzentrieren als im gemütlichen Durcheinander des Studentenapartments. Als Tee ihr vorwarf, daß sie sich mehr wie eine Besucherin als wie eine Bewohnerin verhielt, nahm sie ihn zum Einkaufen mit. Sie suchten sich ein zweidimensionales Gemälde eines Universitätskünstlers und einige schöne holographische Drucke aus, die ihnen beiden gefielen, und Lunzie weigerte sich, Tee die Preise zu verraten, die sie dafür bezahlte. Sie hängten die Kunstwerke gemeinsam in dem Zimmer auf, in dem sie die meiste Zeit verbrachten.

»Jetzt merkt man, daß Lunzie hier wohnt«, erklärte Tee zufrieden und bewunderte die Art, wie die Farbtupfer in dem ansonsten vornehmlich weißen Zimmer das Mondlicht reflektierten. »Jetzt ist es unser Zuhause.«

Lunzie verstaute den letzten Memokubus. Sie mochte Tees Apartment. Es war für die Unterkunft einer einzelnen Person geradezu luxuriös geräumig, und seine breiten Fenster nahmen fast zwei Wände des großen Zimmers ein. Lunzie streckte sich so genußvoll, daß ihre Gelenke knirschten und die Aufschläge ihrer luftig gestrickten Sporthose über die Knöchel rutschten. Sie zerwühlte ihr Haar, als sie sich das weite Sweatshirt über den Kopf zog, und öffnete die Fenster, um die warme Nachmittagsbrise hereinwehen zu lassen. Mit einem Griff an die blinkenden Bedienungselemente justierte sie die Transparanz der Scheiben, damit möglichst viel Sonnenlicht auf den cremefarbenen Teppichboden fiel. Zu dieser Zeit am Nachmittag schien die Sonne auf beide Wände. Eine Kanne mit wohlriechendem Kräutertee stand auf der Platte in der Kochnische, in die man durch eine Tür sehen konnte. Der Nahrungssynthesizer, ein sehr viel besseres Modell, als ihr in dem universitätseigenen Apartment zur Verfügung gestanden hatte, verbarg sich hinter einer Ziertäfelung an der Küchenwand und war deshalb leicht zu ignorieren. Lunzie und Tee zogen es immer noch vor, füreinander zu kochen, wenn sie Zeit hatten. Lunzie hatte aber nichts dagegen, sich von den kleinen Annehmlichkeiten verderben zu lassen, die Studenten und Raumfahrer selten zur Hand hatten.

Im Laufe des Semesters war Lunzie zu Dr. Roots Assistentin in der Klinik befördert worden. Nachdem sie ihren Widerwillen gegen den Schwerweltler zugegeben und sich besorgt darüber gezeigt hatte, daß diese Einstellung auf ihren Patienten negative Auswirkungen gehabt haben könnte, hatte Root sie beraten und anschließend mit Rik-ik-it gesprochen. Er war davon überzeugt, daß nichts an ihr verkehrt war, was nicht durch etwas intensiveren Umgang mit solchen Patienten gerichtet werden könnte. Er milderte ihre Angst, womöglich fremdenfeindlich gesonnen zu sein. »Ein wütender Schwerweltler«, versicherte er ihr, »kann einen normalen Menschen leicht aus der Fassung bringen. Sie sollten hoffen, daß sie keinem ihrer Impunitaten begegnen.«

Sie war ihm dankbar, daß er den Vorfall nicht als eine größere Abweichung von der Normalität betrachtete, und schwor sich, in Zukunft einen kühleren Kopf zu bewahren. Bisher war ihre neue Entschlossenheit noch nicht auf die Probe gestellt worden, denn nur wenige Schwerweltler nutzten die medizinischen Einrichtungen.

Die Universitätsklinik behandelte alle Studenten kostenlos, und auch von Außenstehenden wurde nur eine symbolische Gebühr verlangt. Unfallopfer wie die Montagearbeiter wurden meistens direkt in die Universitätsklinik gebracht, weil sie dort nicht so lang auf ihre Behandlung warten mußten wie in privaten Einrichtungen. Die meisten Studenten, die Lunzie auf Astris sah, waren menschlicher Abkunft, doch nicht deshalb, weil nichtmenschliche Spezies weniger Interesse an einer akademischen Ausbildung hatten oder diskriminiert wurden, sondern weil die meisten Spezies in der Lage waren, ihren Nachkommen neue Kenntnisse schon im Mutterleib oder im Ei zu vermitteln und daher pro Familienzweig nur einer eine Ausbildung absolvieren mußte. Menschen brauchten eine Ausbildung nach ihrer Geburt, was manche andere Rassen in der FES, insbesondere die Seti und die Weber, für eine furchtbare Zeitverschwendung hielten. Lunzie empfand das Prahlen mit dem kollektiven Gedächtnis und anderen Vorzügen einer Rasse als Ausdruck eines Minderwertigkeitskomplexes und zog es vor, auf solche Bemerkungen nichts zu erwidern. Ein kollektives Gedächtnis war nur in Situationen nützlich, wenn die eigenen Vorfahren schon mit ähnlichen Umständen zu tun gehabt hatten. Sie behandelte zahlreiche Weber, die Maschinenbau studierten, gegen Dehydrierung, an der sie häufig während ihrer ersten Semester auf Astris litten. Junge Seti, die auf Astris interplanetare Diplomatie studierten, neigten dagegen zu Verdauungsbeschwerden und mußten erst lernen, welche auf Astris angebauten Nahrungsmittel sie zu meiden hatten.

* * *

Es war ein langweiliger Tag im Büro gewesen. Keine ihrer Krankengeschichten verlangte sofortige Aufmerksamkeit, deshalb stapelte sie die Unterlagen auf dem Sofa und trank eine Tasse Tee. Sie hatte noch etwas Zeit, um sich zu entspannen, bevor sie sich bei Dr. Root melden mußte. Er war ein guter und geduldiger Lehrer, der über ihre Abneigung gegen die medizinischen Apparate nur lächelte, statt sie für ihre altmodischen Ideale zu tadeln. Lunzie hatte wieder Vertrauen in ihre Fähigkeiten. Sie bestand immer noch darauf, eine persönliche Beziehung zu ihren Patienten aufzubauen, aber es gab immer weniger Arbeit für einen Heiler. Lunzie spürte, daß es ein Fehler war, wenn die Studenten lernten, sich zu sehr auf technische Hilfsmittel zu verlassen. Sie vertrat immer noch fest die Überzeugung, daß ein Heiler mehr als nur ein Techniker sein sollte. Leider stand sie mit ihrer Meinung allein da.

Ein Streifen Sonnenlicht kroch durchs Zimmer und blieb auf ihren Füßen liegen wie ein zufriedenes Haustier. Lunzie sah sehnsüchtig zu ihrem transportablen Lesegerät hinüber, das Tee ihr zum sechsunddreißigsten Geburtstag geschenkt hatte, und zu dem kleinen Regal mit Speicherchips voller klassischer Bücher, die sie in Antiquariaten erstanden hatte. Eine ungekürzte Werkausgabe von Rudyard Kipling, die ihre eigene heißgeliebte, verlorengegangene Ausgabe ersetzte, lag am Regalrand und lockte sie. Sie hatte zwar keine Zeit mehr, ein wenig in ihren Lieblingsbüchern zu schmökern, bevor sie an die Arbeit gehen mußte, aber zufälligerweise gerade noch genug Zeit, um ihre täglichen Übungen in mentaler Disziplin zu absolvieren. Mit einem Seufzer stellte sie die leere Tasse weg und machte sich warm.

»Erst die Arbeit, dann das Vergnügen, Kip«, sagte Lunzie mit Bedauern. »Du hättest es verstanden.«

Ihre Achillessehnen waren inzwischen so dehnbar, daß sie sich nach hinten über beugen, die Hände flach auf den Boden setzen und die Ellbogen entspannen konnte, ohne die Knie zu beugen. Alle Verspannungen in der Muskulatur verschwanden, als sie geschmeidig eine Reihe tanzartiger Kampfpositionen durchexerzierte. Lunzie achtete darauf, die Computerkonsole und die Sockel der Skulpturen nicht zu treffen, als sie leichtfüßig durchs Zimmer sprang und mit einem unsichtbaren Gegner kämpfte. Mentale Disziplin lehrte einen, die Fähigkeiten seiner Muskeln und Sehnen zu beherrschen und zu verbessern. Jede Haltung schulte nicht bloß die entsprechenden Körperpartien, sondern sorgte außerdem dafür, daß sie sich nach den Übungen frischer fühlte als vorher. Unter ihrer bewußten Kontrolle verursachten ihre Schritte kein Geräusch. Sie war so lautlos wie die schwarzen Schatten, die die Sonne an die Wand malte. Sie war im Gleichgewicht und jede Bewegung eine Reaktion, eine Antwort auf eine vorhergehende.

Sie hielt den Rücken kerzengerade und nahm mit überschlagenen Beinen vor dem Sofa, wo die Sonne ihr in den Schoß schien, eine Meditationshaltung ein. Sie streckte die Arme aus, drehte die Handflächen nach oben und ließ sie langsam zu beiden Seiten ihrer Knie auf den Boden sinken.

Lunzie schloß die Augen und konzentrierte sich ganz aufs Hier und Jetzt, bis sie nur noch ihren Körper spürte, die Muskeln, die den Rücken gerade hielten, den Druck ihres Gesäßes auf den Bogen, den ihre

Beine bildeten, die Wärme der Sonne auf ihren Beinen, den kratzigen Teppich an ihren Händen und Füßen.

Sie steigerte ihre Konzentration. Tief im Gaumen schmeckte sie die letzte Spur des Tees, den sie getrunken hatte, und spürte, wie die warme Flüssigkeit ihren Magen leicht ausdehnte. Lunzie spürte jeden Muskel, mit dem sie Luft einatmete, lockerte ihn und spürte die Entspannung in allen Teilen ihres Körpers, als frischer Sauerstoff das ermüdende, verbrauchte Kohlendioxid verdrängte. Die Haut ihrer Wangen und ihrer Stirn hingen schwer an den Gesichtsknochen. Sie entspannte ihren Unterkiefer.

Sie stellte sich ihre Organe und Blutgefäße als Kanäle vor und ließ ihre Gedanken hindurchfließen, um ihre Funktionen zu überprüfen. Alles war in Ordnung. Schließlich ließ sie ihr Bewußtsein in ihre Körpermitte zurückkehren. Es wurde Zeit, daß sie sich nach innen dem Frieden zuwandte, der die größte Kraftquelle der mentalen Disziplin und das Ziel darstellte, dem ihre Seele zustrebte.

Lunzie erwachte gerade noch rechtzeitig aus ihrer Trance, um das Surren des Turbolifts zu hören, der vor ihrer Tür anhielt. Ihr Körper war entspannt und lokker, ihr inneres Ich ruhig. Sie blickte auf, als Tee hereinstürmte. Sein gutgelauntes Gesicht strahlte.

»Ich habe tolle Neuigkeiten, Lunzie! Ich habe deine Fiona gefunden! Sie lebt noch!«

Lunzies Hände krallten sich in den Teppichboden, und sie hatte das Gefühl, als habe ihr Herz plötzlich zu schlagen aufgehört. Ihre innere Ruhe verflog in einem Ansturm von Hoffnung, Furcht und Aufregung. Konnte das wahr sein? Sie wollte die Freude teilen, die sie in seinen Augen sah, aber sie traute sich nicht.

»O Tee«, flüsterte sie, und plötzlich schnürte sich ihr die Kehle zu. Ihre Hände zitterten, als sie die Hände nach Tee ausstreckte, der vor ihr auf die Knie sank. »Was hast du herausgefunden?« Von einem Moment zum anderen waren alle ihre Ängste wieder da. Sie konnte es sich noch nicht gestatten, die Neuigkeit für wahr zu halten.

Tee zog einen kleinen keramischen Informationsspeicher aus der Tasche und ließ ihn in ihre Hand fallen. »Hier ist alles drin. Ich habe handfeste Beweise. Kurz bevor die Kolonie verschwand, wurde die medizinische Technikerin Fiona Mespil von der EEC abberufen. Sie wurde dringend an anderer Stelle gebraucht«, erklärte Tee. »Es war ein Notfall, und das Schiff, das sie abholte, gehörte nicht der FES-Flotte an – es war ein Handelsreisender, der gerade in der Gegend zu tun hatte –, deshalb wurde ihr Name nicht von der Personalliste der unglücklichen Phoenix-Kolonie entfernt. Sie lebt noch!«

»Sie lebt…« Lunzie machte keinen Versuch, ihre Freundentränen zurückzuhalten. Tee wischte sie weg, dann tupfte er seine eigenen strahlenden Augen ab. »Oh, Tee, danke! Ich freue mich so.«

»Ich freue mich auch – für dich. Es ist ein Geheimnis, das ich wochenlang zurückgehalten habe, weil ich auf eine Bestätigung warten mußte. Ich konnte mir nicht sicher sein. Ich wollte dich nicht mit vergeblichen Hoffnungen quälen, nur um dir später schlechte Nachrichten überbringen zu müssen. Aber jetzt bin ich froh, daß ich dir alles sagen kann!«

»Ich habe zwei Jahre lang gewartet. Da haben ein paar Wochen mehr nicht geschadet«, sagte Lunzie und sah sich nach einem Taschentuch um. Tee zog eins aus dem Ärmel und hielt es ihr hin. Sie wischte sich Augen und Nase ab und schnäuzte laut. »Wo ist sie, Tee?«

»Dr. Fiona hat fünf Jahre lang auf Glamorgan gearbeitet, viele Lichtjahre von hier in Richtung der Wega, um eine Virusseuche einzudämmen, die den Fortbestand der Kolonie gefährdete. Ihre Arbeit dort ist getan. Sie ist jetzt unterwegs nach Alpha Centauri, um ihre Familie wiederzusehen. Selbst mit einem FTL-Antrieb erfordert die Reise mehrere Sprünge, und sie wird wahrscheinlich zwei Jahre brauchen, um dort einzutreffen. Ich konnte nicht direkt mit ihr Kontakt aufnehmen.« Tee grinste schelmisch. Das Beste hatte er sich offenbar bis zum Schluß aufgehoben. »Aber deine drei Enkel, fünf Urenkel und neun Ururenkel sagten, daß sie sich sehr freuen würden, ihre erhabene Vorfahrin kennenzulernen. In diesem Kubus habe ich Hologramme von allen gespeichert.«

Lunzie hörte mit wachsender Begeisterung zu und fiel ihm um den Hals, als er mit einer schwungvollen Bewegung den Kubus hervorholte. »Mein Gott, Enkelkinder! An Enkelkinder habe ich überhaupt nicht gedacht. Zeig sie mir.«

»Das hier wurde aus dem Postspeicher kopiert, den der Zahlmeister an Bord des Handelsschiffs *Prospero* vom Alpha Centauri mitgebracht hat«, erklärte Tee, als er den Kubus in den Leseschlitz der Computerkonsole steckte. Lunzie kletterte aufs Sofa und sah mit glänzenden Augen zu, wie sie im Projektionsfeld langsam ein Bild aufbaute. »Es sind nur einige knappe Informationen über deine Verwandten. Die Nachricht ist kurz. Ich glaube, dein Enkel Lars ist ein Geizkragen. Es ist seine Stimme, die da spricht.«

Im Projektionsfeld der Konsole erschien das holographische Bild eines schwarzhaarigen Mannes Anfang Fünfzig. Lunzie beugte sich vor, um ihn näher zu betrachten. Das Bild sprach zu ihr. »Hallo, Lunzie. Ich heiße Lars und bin Fionas Sohn. Weil ich nicht weiß, wann dich diese Nachricht erreichen wird, nenne ich dir, statt der aktuellen Daten, einfach die Namen und Geburtsdaten in Standardjahren aller Familienmitglieder. Zuerst meine. Ich bin der Älteste. Ich wurde 2801 geboren.

Hier ist das letzte Bild, das ich von Mutter geschossen habe, bevor sie das letzte Mal aufgebrochen ist.« Seine Stimme klang vorwurfsvoll. »Wie du sicher weißt, arbeitet sie sehr emsig an ihrer Karriere.«

Vor Lunzie erschien das Bild einer Frau mittleren Alters. Es war unübersehbar eine scharfe und klare Studioaufnahme, die ein Profi aufgenommen hatte. Ihr dunkles Haar, das hier und dort von einer silbergrauen Strähne durchzogen war, war auf dem Kopf zu einem Knoten geflochten. Sie stand entspannt da und trug eine makellose Uniformjacke, deren strenger, förmlicher Schnitt einen Kontrast zu ihrer lockeren Haltung bildete. Sie hatte feine, gewellte Falten in den Augenwinkeln und betonte ihre Wimpern. Zwischen ihrer Nase und den Mundwinkeln hatten sich tiefe Lachfalten eingegraben, aber ihr Lächeln war immer noch das wundervolle, glückliche Grinsen, das Lunzie in Erinnerung hatte. Sie schloß die Augen, und für einen Moment stand sie wieder auf Tau Ceti in der Sonne, an jenem letzten Tag, bevor sie zur Plattform Descartes aufgebrochen war.

»O mein Mädchen«, murmelte Lunzie, überwältigt von Sehnsucht und Bedauern. Sie drückte sich die Hand vor den Mund, als sie Fionas Hologramm aus ihrer Teenagerzeit mit dem Bild verglich, das sie jetzt vor sich hatte. »Sie ist so anders. Ich habe sie nicht aufwachsen sehen.«

»Es geht ihr gut«, sagte Tee und hielt die Aufzeichnung an. »Sie war glücklich, hörst du? Möchtest du nicht des Rest deiner Familie sehen?«

Lunzie nickte knapp und schlug die Augen auf. Tee strich mit der Hand über den Selenschalter, und Fionas Bild verschwand. Es wurde durch das Bild eines sehr schlanken jungen Mannes in Flottenuniform ersetzt. »Das ist mein Bruder Dugal, geboren 2807«, erklärte Lars' Stimme. »Unverheiratet und keine nennenswerten Beziehungen. Er ist nicht oft zu Hause, weil er es in der FES-Flotte zum Kapitän gebracht hat. Manchmal transportiert er Mutter und ihre Hundeembryos von einem Einsatzort zum nächsten. Das ist oft die einzige Gelegenheit, daß sie einer von uns sieht.

Meine Frau ist kamerascheu, und sie weigert sich, für ein Bild stillzuhalten.« Im Hintergrund konnte Lunzie ein hohes Kreischen hören. »O Lars! Also wirklich!«

Lunzie grinste. »Sein Sinn für Humor kommt mir jedenfalls bekannt vor.«

Ein neues Bild erschien. »Meine Tochter Dierdre, geboren 2825. Ihr Mann Moykol und ihre drei Töchter. Ich nenne sie die drei Nornen. Das hier ist Rudi, geboren 2843, Capella, 2844, und Anthea Rose, 2845.

Meine zweite Tochter Georgia, 2828. Ein Sohn, Gordon, 2846. Ein kluger Kopf, wenn ich das als sein Großvater sagen darf.

Melanie, Tochter von Fiona, geboren im Standardjahr 2803.« Bei ihr handelte es sich um eine auffallend hübsche Frau mit Lunzies mittelbraunem Haar und Fionas Mund und Augen. Sie hatte eine angenehm frauliche Figur, ohne daß sie für ihre schmalen Knochen übergewichtig wirkte. Sie hatte einen Arm fest um die Hüfte eines sehr großen Mannes mit einem scharfgeschnittenen, schmalen, falkenartigen Gesicht gelegt, das gar nicht zu seinem weichen, blonden Haarschopf paßte. »Das ist ihr Ehemann Dalton Ingrich.

Und hier haben wir ihren dritten Sohn Drew, der 2827 geboren wurde. Drew hat zwei Söhne, die zur Zeit die Technische Universität auf Centauri besuchen. Von ihnen habe ich keine aktuellen Hologramme.

Melanies ältere Söhne Jai und Thad sind eineiige

Zwillinge und 2821 zur Welt gekommen. Das sind Thad und seine Tochter Cassia, geboren 2842.

Hier haben wir Jai, seine Frau und die beiden Rakker Deram, 2842, und Lona, 2847.«

Lars' Erklärungen wurden für einen Moment unterbrochen, als Melanies Bild wieder erschien. Sie trat im Holofeld vor, um etwas zu sagen, und streckte freundlich die Hände aus. »Wir würden uns freuen, dich kennenzulernen, liebe Großmutter. Bitte komm uns besuchen.«

Das Bild verblaßte. Lunzie starrte auf den leeren Konsolenkopf, während der Computer surrte und den Datenkubus ausspuckte.

Lunzie schniefte laut. »Na so was. Eben war ich noch eine Waise in der weiten Galaxis. Jetzt bin ich für eine Bevölkerungsexplosion verantwortlich!« Sie schüttelte ungläubig den Kopf. »Weißt du, ich glaube, ich habe es vermißt, eine Familie zu haben, zu der ich gehöre.«

»Du mußt sie besuchen«, sagte Tee leise. Er sah sie zärtlich an und achtete darauf, daß er sie nicht berührte, ehe sie es wirklich brauchte.

»Warum haben sie mir nicht gesagt, wo sie ist?« fragte Lunzie. Tee brauchte nicht zu fragen, welche ›sie‹ gemeint war.

»Sie können es dir nicht sagen. Sie wissen es selbst nicht. Sie hatte auf einem Planeten zu tun, der von einer tödlichen Seuche bedroht wurde, und wer weiß, wie viele Neugierige ihr gefolgt wären, nur um eine interessante Geschichte an die 3d-Nachrichten zu verkaufen.«

Lunzie erinnerte sich an die Geschichte über Phoenix. »Das ist wahr. Die Seuche könnte sich weiter verbreiten als der Bericht. Aber es ist so frustrierend!«

»Aber immerhin weißt du jetzt, daß du sie wiedersehen wirst. In zwei Jahren kehrt sie vom anderen

Ende der Galaxis wieder zurück.« Tee schien zufrieden mit sich. »Du kannst dort auf sie warten, um eure Wiedervereinigung und ihre Beförderung zu feiern, die öffentlich gemacht wurde. So bin ich überhaupt auf sie gestoßen, muß ich gestehen. Allerdings hätte ich den Artikel über ihre Beförderung wohl nicht entdeckt, wenn ich nicht danach gesucht hätte. Für ihre lange und verdienstvolle Tätigkeit in der FES ist Dr. Fiona zur Oberärztin im Eridani-System ernannt worden. Eine große Ehre.«

»Ist dir aufgefallen, daß einige der Kinder genauso wie sie aussehen?« Lunzie kicherte. »Und ein paar sehen so aus wie ich. Als ob eine von unserer Sorte nicht reichte.«

»Rede nicht so über dich, Lunzie. Du bist schön.« Tee lächelte sie warm an. »Du hast nicht das Gesicht eines Kosmetikmodels, aber diese Models könnten froh sein, wenn sie ein Gesicht wie du hätten.«

Lunzie hörte nicht zu. »Wenn ich mir überlege, daß diese ganze… diese ganze Frustration vermieden worden wäre, wenn Phoenix einfach gemeldet hätte, daß Fiona den Planeten verlassen hat. Es war der einzige Weg, der mir versperrt geblieben ist, ganz gleich, was ich tat. Die Planetenpiraten sind dafür verantwortlich, verantwortlich für zwei, fast drei Jahre, die ich in innerem Aufruhr verbracht habe, ohne zu wissen, ob ich… ob ich nicht einem Phantom nachjagte. Ich glaube, wenn ich auf meinem Untersuchungstisch einen Piraten liegen hätte, dem eine Kugel im Herzen steckte, die nur ich entfernen könnte… Also, ich glaube, dann würde ich glatt meinen hypokratischen Eid vergessen.« Lunzie schob den Kiefer vor, und Tee sah ihr an, daß in ihr wilder Haß tobte.

»Aber du würdest es nicht tun«, sagte Tee überzeugt und drückte ihre Hand. »Ich kenne dich.«

»Nein, würde ich nicht«, gab sie resigniert zu und

ließ ihren Zorn abflauen. »Aber ich würde mit mir kämpfen müssen. Und ich würde nie die Sorgen und die Frustration vergessen. Und die Einsamkeit.« Sie warf Tee einen dankbaren, liebevollen Blick zu. »Aber jetzt bin ich ja nicht mehr allein.«

Tee blieb beharrlich. »Aber du wirst doch fliegen, ja? Nach Alpha Centauri, meine ich.«

»Es würde ein Vermögen kosten.«

»Wen kümmert das Geld? Du hast viele Monate lang nur Geld dafür ausgegeben, um Fiona zu suchen, obwohl du gute Einkünfte hattest. Fast alles andere hast du gespart. Und wofür?«

Lunzie biß sich auf die Lippe, starrte in eine Zimmerecke und dachte nach. Sie hatte fast Angst, Fiona nach all den Jahren wiederzusehen, denn was sollte sie ihr sagen? Die ganze Zeit, in der sie nach ihr gesucht hatte, hatte sie im Kopf viele Möglichkeiten durchgespielt, wie ein glückliches, tränenreiches Wiedersehen aussehen könnte. Aber jetzt wurde es Wirklichkeit; sie würde Fiona tatsächlich wiedersehen. Was würde die echte Fiona zu ihr sagen? Fiona hatte ihr gesagt, als sie abreiste, daß sie fürchtete, ihre Mutter würde nie wiederkommen. Nachdem sie ihren Zorn überwunden hatte, mußte sie schon vor langer Zeit die Hoffnung aufgegeben und sich damit abgefunden haben, daß ihre Mutter tot war. Lunzie dachte über den Schmerz nach, den sie Fiona zugefügt hatte. Sie stellte sich eine wütende Fiona mit geröteter Nase und zusammengebissenen Zähnen vor, wie an jenem letzten Morgen auf Tau Ceti. Lunzie wurde blaß. Es war nicht ihre Schuld, daß der Raumfrachter einen Unfall gehabt hatte, aber hatte sie Fiona überhaupt verlassen müssen? Sie hätte einen Posten in geringerer Entfernung antreten können, der weniger gefährlich war, auch wenn er schlechter bezahlt wurde. Aber nein: trotz aller Selbstzweifel und späten Einsichten kam sie zu dem Schluß, daß zu dem Zeitpunkt, als sie Tau Ceti verlassen hatte, der Job bei Descartes die besten Zukunftsaussichten geboten hatte. Sie hatte nicht vorhersehen können, was geschehen würde.

Sie vermißte Fiona, aber für sie selbst hatte die Trennung nur einige Jahre gedauert. Sie versuchte sich vorzustellen, welch ein Gefühl es gewesen wäre, wenn sie, so wie ihre Tochter, ein ganzes Leben verloren hätte. Lunzie war nach all den Jahren eine Fremde geworden. Sie mußten sich wieder ganz neu kennenlernen. Würde sie die neue Fiona mögen? Würde Fiona sie nach all den Jahren, die hinter ihr lagen, noch gern haben können? Sie würde es einfach abwarten müssen.

»Lunzie?« Tees sanfte Stimme brachte sie wieder zu sich. Sie bemerkte, daß Tee sie mit seinen dunklen Augen besorgt ansah.

»Woran denkst du, meine liebe Lunzie? Du bist immer so beherrscht. Ich würde es vorziehen, wenn du weinen, lachen oder schreien könntest. Deine privaten Gedanken sind zu privat. Ich weiß nie, was in deinem Kopf vor sich geht. Habe ich dir keine guten Nachrichten überbracht?«

Sie holte tief Luft und zögerte mit einer Antwort. »Was… was ist, wenn sie mich nicht sehen will? Nach all den Jahren haßt sie mich vielleicht.«

»Sie wird dich lieben und dir verzeihen. Es war nicht deine Schuld. Du hast angefangen, nach ihr zu suchen, sobald es dir möglich war«, stellte er nüchtern fest.

Lunzie seufzte. »Ich hätte sie nie verlassen dürfen.«

Tee faßte sie an den Armen und drehte sie so, daß er ihr in die Augen sehen konnte. »Du hast das Richtige getan. Du mußtest dein Kind ernähren. Du wolltest, daß sie das Leben genießt und nicht nur das Nötigste hat. Sie wurde der besten Obhut anvertraut. Mach dem

Schicksal Vorwürfe. Mach Vorwürfe, wem du willst, aber nicht dir selbst. Also, wirst du sie besuchen? Willst du deine Tochter und deine Enkelkinder sehen?«

Lunzie nickte schließlich. »Ich werde sie besuchen. Ich muß einfach.«

»Gut. Dann haben wir einen Grund zum Feiern!« Er wandte sich dem Paket zu, das er mitgebracht hatte, und entnahm ihm eine Flasche seltenen cetianischen Wein und ein Paar langstielige Gläser. »Es ist unser gemeinsamer Triumph, und ich will mit dir darauf anstoßen. Du solltest wenigstens so tun, als wenn dir zum Feiern wäre.«

»Aber mir ist wirklich danach«, protestierte Lunzie.

»Dann spül dir diesen trübseligen Gesichtsausdruck weg und komm mit!« Tee nahm die Gläser in die Hand, die den Wein hielt, beugte sich vor und wuchtete sich Lunzie mit einem Ruck über die Schulter. Lunzie kreischte wie ein Schulmädchen, als er sie ins Schlafzimmer trug und auf das doppelbreite Bett fallenließ.

»Das geht nicht! Root erwartet mich.« Sie rollte herum und warf einen Blick auf die Digitaluhr am Kopfende. »Oh, Muhlah, ich bin viel zu spät dran!« Sie wollte aufstehen, aber er kam ihr zuvor.

»Darum kümmere ich mich schon.« Tee stakste hinaus. Das Komgerät klingelte, als er eine Verbindung herstellte. Lunzie mußte ein Kichern unterdrücken, als er nach Dr. Root fragte und mit ernster Stimme darum bat, daß Lunzie eine Schicht aussetzen durfte. »... wegen einer Familienangelegenheit«, sagte er so feierlich, daß Lunzie das Gesicht in die Kissen drücken mußte, um nicht laut loszulachen.

»Das war's«, sagte Tee, als er zurückkam. Er warf seine Jacke in die Ecke und schüttelte sich die Stiefel von den Füßen. »Du hast grünes Licht, und er läßt dir seine besten Wünsche ausrichten.«

»Ich weiß nicht, warum ich das zulasse. Ich sollte nicht schwänzen«, meckerte Lunzie und schämte sich ein wenig. »Gewöhnlich nehme ich meine Pflichten ernster.«

»Hättest du wirklich arbeiten und jemandem den Blutdruck messen können, wenn dir solche Gedanken durch den Kopf gehen?« fragte Tee skeptisch. »Fiona ist wieder da!«

»Eigentlich nicht...«

»Dann genieße es«, sagte Tee. »Ich werde es auch genießen.« Er kniete vor ihr, packte einen ihrer Füße und zog ihr die Trainingshose herunter. Als ihre Beine frei waren, bedeckte er Lunzie mit Küssen, indem er mit ihren Zehen anfing und sich langsam über ihre nackte Haut nach oben arbeitete. Er schob die Hände unter ihre Hüften, streichelte ihren Hintern und massierte mit den Daumen die Gruben ihrer Hüftknochen, als er mit den Lippen ihren Bauch erreichte. Sein warmer Atem schickte Schauer der Erregung durch ihren Unterleib. Lunzie ließ sich ins Bett zurücksinken und seufzte vor Wohlbehagen. Ihre Hände durchwühlten Tees Haar, kratzten mit den Fingernägeln zärtlich über seine Kopfhaut und die zarten Linien seiner Ohren entlang. Sie schloß die Augen und ließ sich von der Lust überwältigen, stöhnte leise, bis die Wellen der Extase verebbten.

Er hob den Kopf und kroch weiter nach oben, bis sein Gesicht über ihr schwebte. Lunzie öffnete die Augen und begegnete seinem tückischen Blick.

»O nein, das darfst du nicht«, warnte sie, als er nach unten rutschte, sie festhielt und mit der Zunge ihren Nabel kitzelte. »Ahh! Das ist unfair!«

Er bekam ihre Arme zu fassen, die wild um seinen Kopf herumfuchtelten. »O doch. In der Liebe ist alles erlaubt, meine Lunzie, und ich liebe dich.«

»Dann komm nach oben und kämpfe wie ein Mann,

du Mistkerl.« Lunzie befreite ihre Hände und packte ihn an den Schultern. Tee kroch nach oben und legte sich neben ihr auf die Seite. Sie öffnete den magnetischen Saum seiner Hose, als er den Hintern hob, und warf sie der Jacke in der Ecke hinterher.

Er war schon stark erregt. Lunzie streichelte ihn sanft mit den Fingerspitzen, als ihre Körper sich zu einem innigen Kuß umschlangen. Er berührte mit der Zunge ihre Brustwarzen, bedeckte ihre Brüste mit den Händen und spreizte die Finger, um ihren Brustkorb zu streicheln. Ihre freien Händen fanden sich, verhakten sich miteinander, lösten sich wieder, fuhren den Arm des anderen entlang und zeichneten sinnliche Muster auf die Haut von Kehle, Brust und Bauch. Tee rollte auf den Rücken und ließ Lunzie oben liegen, damit er sie streicheln konnte. Sie setzte die Hände auf seine Brust, massierte die Haut mit den Fingern und griff nach hinten, um sich auf die harten Muskeln seiner Oberschenkel zu stützen. Ihr Körper bäumte sich auf, als sie die Beine spreizte und sich so bewegte, daß ihre Körper miteinander verschmolzen und sich in zunehmendem Tempo in einem gemeinsamen Rhythmus wiegten.

Schließlich zog Tee ihren Oberkörper zu sich herunter, und sie umarmten sich fest und küßten einander Ohren, Hals und die geöffneten Lippen, als die Leidenschaft sie überkam.

Lunzie klammerte sich fest an Tee, bis ihr Herz wieder in einem normalen Tempo schlug. Sie rieb ihre Wange an seinem Kinn und spürte, wie er als Antwort darauf die Arme um ihre Schultern schlang. So sehr sie sich freute, daß ihre Suche Erfolg gehabt hatte, war sie doch traurig, daß sie Tee verlassen mußte. Sie paßten nicht nur körperlich zusammen, sie fühlten sich auch wohl beieinander. Sie und Tee waren mit den Vorlieben, Sehnsüchten und Gefühlen des anderen so vertraut wie zwei Menschen, die ihr ganzes Leben miteinander verbracht hatten. Sie war hin- und hergerissen zwischen dem Wunsch, eine Suche zu beenden, die sie vor Jahren begonnen hatte, und der Sehnsucht, bei dem Mann zu bleiben, der sie liebte. Wenn es nur eine Möglichkeit gäbe, daß er sie begleiten könnte… Er wollte ihr die Chance nicht nehmen, ihr Leben nach den Erfahrungen im Kälteschlaf neu zu ordnen, und sie durfte ihm die Chance nicht nehmen, seines neu zu ordnen. Er hatte so hart gearbeitet und so viel verloren. Lunzie fühlte sich schon schuldig bei dem Gedanken, ihn zu fragen, ob er sie begleiten wollte. Aber sie liebte ihn auch und wußte, wie sehr sie ihn vermissen würde.

Sie verlagerte ihr Gewicht von seinem Arm und rollte in etwas Hartes, das sich in den Falten der zerwühlten Bettdecke versteckte. Neugierig schlug sie die Decke zurück und fand die Weinflasche.

»Ah, ja. Ein Cetus, Jahrgang 2755. Dein Geburtsjahr, glaube ich. Diesen Jahrgang sollte man frühestens nach achtzig Jahren trinken.«

»Wo sind die Gläser?« fragte Lunzie. »Ein solcher Wein hat Kristallgläser verdient.«

»Wir trinken aus der Flasche«, antwortete Tee und drückte Lunzie wieder an sich. »Ich rühre mich nur von der Stelle, um dir ein wunderbares Festessen aus all den Zutaten zu kochen, die ich auf dem Heimweg mitgebracht habe.«

Er ließ sich in die Kissen zurücksinken und fuhr mit den Fingerspitzen ihr Kinn entlang. Lunzie träumte mit offenen Augen und genoß die Berührung. Plötzlich schoß ihr ein Gedanke durch den Kopf. »Weißt du«, sagte sie und stützte sich auf den Ellbogen auf, »vielleicht sollte ich als Bordärztin nach Alpha Centauri fliegen. Auf diese Weise könnte ich einen Großteil der Reisekosten sparen.«

Tee tat so, als sei er schockiert. »Wie kannst du in einem solchen Moment an Geld denken? Frau, du hast keine Seele, kein Gefühl für Romantik.«

Lunzie sah ihn mit zusammengekniffenen Augen an. »O doch.« Sie seufzte. »Tee, ich werde dich furchtbar vermissen. Es könnte Jahre dauern, bis ich zurückkomme.«

»Ich werde hier warten und mich von Herzen auf dich freuen«, sagte er. »Ich liebe dich. Weißt du das etwa nicht?« Er öffnete die Weinflasche und bot ihr den ersten Schluck an. Dann trank er und beugte sich hinüber, um ihr einen Kuß zu geben, der nach Wein schmeckte.

Sie liebten sich noch einmal, aber langsamer und behutsamer. Für Lunzie war jetzt jeder Augenblick kostbarer und wichtiger als der vorhergehende. Sie prägte sich das Gefühl ein, von Tee sanft berührt zu werden, das zunehmende Verlangen seiner Berührungen, sein heißes Begehren, das ihres weckte.

»Es tut mir leid, daß wir uns nicht unter anderen Umständen kennengelernt haben«, sagte Lunzie traurig, als sie hinterher ruhig nebeneinander lagen. Die Weinflasche war leer.

»Ich bedaure nichts. Wenn du die EEC nicht gebraucht hättest, dann hätten wir uns nie kennengelernt. Ich bin Fiona dankbar dafür, daß sie dich mir in die Arme getrieben hat. Wenn du zurückkommst, können wir für immer zusammenbleiben«, schlug er vor. »Und nicht nur das. Ich würde gern ein Kind mit dir großziehen. Oder zwei.«

»Weißt du, ich habe mir immer noch ein paar Kinder gewünscht. Jetzt hört sich das lächerlich an, weil mein einziges Kind über siebzig ist. Ich bin aber noch nicht zu alt dafür.«

»Es bleibt genug Zeit, wenn du zu mir zurückkommst.«

»Ich werde zurückkommen«, sagte Lunzie. »Sobald mit Fiona alles geregelt ist, komme ich zurück. Dr. Root will sich dafür aussprechen, daß ich eine niedergelassene Ärztin werde – das heißt, wenn er noch mit mir redet, nachdem ich mich vor einer Schicht gedrückt habe!«

»Wenn er die Wahrheit wüßte, würde er dir verzeihen. Soll ich uns ein Abendessen machen?«

»Nein. Ich bin zu faul, um mich zu bewegen. Halt mich fest.«

Tee zog Lunzies Kopf an seine Brust, und sie entspannten sich gemeinsam. Als Lunzie gerade einnickte, knatterte das Komgerät leise vor sich hin. Sie setzte sich auf und wollte den Anruf entgegennehmen.

»Geh erst morgen früh wieder dran«, sagte Tee und zog sie ins Bett zurück. »Vergiß nicht, du hast eine dringende Familienangelegenheit zu erledigen. Ich habe Reisebroschüren von allen Kreuzerlinien und Handelsschiffen angefordert, die in den nächsten sechs Monaten zwischen Astris und Alpha Centauri verkehren. Wir können sie morgen früh durchsehen. Ich laß dich nicht gern gehen, aber ich will wenigstens dafür sorgen, daß du sicher reist. Wir suchen dir das beste Schiff aus.«

Lunzie warf einen Blick auf den wachsenden Haufen von Plastikfolien, die aus dem Drucker rutschten, und fragte sich, wo sie anfangen sollte. »Ich nehme einfach das nächste. Das wird gut genug für mich sein.«

Tee schüttelte den Kopf. »Nichts ist gut genug für dich. Aber je eher du abreist, desto früher kannst du zurück sein. Ob zwei oder drei Jahre, mir wird's wie ein Jahrhundert vorkommen, bis wir uns wiedersehen. Aber denke morgen früh darüber nach. Jetzt aber, in dieser Nacht, gibt es in der ganzen Galaxis nur uns zwei.«

Lunzie hörte Tees Herzschlag unter ihrer Wange, als sie einschlief, und fühlte sich wohl.

* * *

Am Morgen saß sie auf dem Boden in einem Haufen holographische Reiseprospekte und sortierte sie in drei Kategorien: unbrauchbar, billig und Kurzreisen.

Die unbrauchbaren stopfte Tee sofort in den Recyclingschlitz des Druckers, wo die Emulsion entfernt und der Kunststoff für neue Faxübertragungen eingeschmolzen wurde. Glamouröse Hologramme, gewöhnlich Aufnahmen des Speisesaals, des Freizeitbereichs oder der Einkaufsarkaden, über die jedes Linienschiff verfügte, schwebten in der Luft, als Tee und Lunzie Preise, Komfort und Flugpläne verglichen. Lunzie beschäftigte sich ausgiebig mit den Angeboten, die sie als billig einsortiert hatte, während Tee die vielversprechenden Kurzreiseprospekte durchblätterte.

Aus den gut sechzig Prospekten, die in Frage kamen, war Tees Favorit die *Destiny Calls*, ein Verbundschiff der Destiny Cruise Lines.

»Es ist das schnellste von allen. Es legt zwischen hier und Alpha Centauri in fünf Monaten nur drei Zwischenstops ein.«

Lunzie warf einen Blick auf die fein bedruckte Printfolie unter dem Hologramm und wurde blaß. »Es ist zu teuer! Schau dir die Preise an. Selbst die billigste Kabine kostet einen Jahreslohn.«

»Sie verpflegen und unterhalten dich fünf Monate lang«, sagte Tee nüchtern. »Nach Abzug der Steuern keine schlechte Gegenleistung.«

»Nein, das geht nicht. Wie wär's mit der *Cymbeline* der Caravan Voyages? Sie ist sehr viel billiger.« Lunzie zeigte auf eine andere, mit bescheideneren Fotos geschmückte Broschüre. »Ich brauche diesen ganzen

Luxus in der *Destiny Calls* nicht. Schau mal, sie bieten dir kostenlos die Dienste eines persönlichen Psychotherapeuten an und lassen dir die Wahl zwischen einer Massagematratze und einer ausgebildeten Masseuse. Das ist doch lächerlich!«

»Aber sie sind so langsam«, nörgelte Tee. »Du willst doch nicht die ganze Zeit auf einen Kauffahrer warten müssen, der unterwegs in jedem Orbit Halt macht. Das kannst du doch nicht wollen. Wenn du mal für einen Moment die Kosten außen vor läßt, muß doch dein praktischer Verstand rebellieren, wenn du erfährst, daß die *Cymbeline* dreizehn Monate für eine Strecke braucht, die die *Destiny Calls* in fünf zurücklegt. Und außerdem hast du es dort nicht so bequem. Komm schon, überleg mal«, sagte er in schmeichlerischem Ton. »Was ist mit deiner Idee, unterwegs zu arbeiten? Dann ist die Kostenfrage nicht mehr so entscheidend.«

Lunzie gefiel die Idee, auf einem Verbundschiff zu reisen, das über Unterkünfte für Methan- und Wasseratmer sowie für gewöhnliche Sauerstoff-Stickstoff-Atmer verfügte. »Nun ja…«

Tee sah ihrem Gesicht an, daß er sie schon halb überredet hatte. »Wenn du einen Luxuskreuzer nimmst, warum nicht den besten? Du wirst viele interessante Leute kennenlernen, wunderbar essen und dich prächtig amüsieren. Denk erst gar nicht daran, wie sehr ich dich vermissen werde.«

Sie lachte kläglich. »Also gut. Rufen wir sie an und fragen, ob sie noch eine Kabine für mich frei haben.«

Tee tippte Destiny Lines Code ins Komgerät, um sich nach Kopplungsgeschäften für Reisende zu erkundigen. Während er mit einem Verkäufer plauderte, fragte er beiläufig, ob das Schiff einen medizinischen Offizier für die menschlichen Passagiere brauchte.

Zu Lunzies Freude und Erleichterung antworteten sie

umgehend, daß sie tatsächlich jemanden suchten. Ihr voriger Offizier war beim letzten Zwischenhalt von Bord gegangen, und sie hatten noch keine Zeit gehabt, einen Nachfolger einzustellen. Tee schickte sofort eine Kopie von Lunzie Zeugnissen und Referenzen, die an die Personalabteilung weitergereicht wurden. Sie wurde am selben Tag zu Gesprächen über das FTL-Komnetz mit dem Einsatzbüro, dem Captain des Schiffs und dem leitenden medizinischen Offizier eingeladen. Die Gespräche verliefen gut, und Lunzie wurde eingestellt. Das Schiff würde sie in weniger als einem Monat aus dem Orbit von Astris Alexandria abholen.

sechstes kapitel

»Passen Sie bitte auf, liebe Gäste. Diese Informationen könnten Ihnen eines Tages das Leben retten.«

Ein allgemeines Aufstöhnen ging durch den verschwenderisch ausgestatteten Speisesaal, als der Steward, ein Mensch, seinen oft gehaltenen Vortrag über Sicherheitsvorkehrungen und Evakuierungspläne an Bord eines Raumschiffs wiederholte. Er zeigte auf die Notausgänge, die zu den hinter Vakuumluken verankerten Rettungsbooten auf den Backbord- und Steuerbordseiten des luxuriösen Linienschiffs *Destiny Calls* führten. Auf holographischen Monitoren zu seiner Rechten und Linken wurde gezeigt, wie die Notbeatmungsausrüstung von den verschiedenen menschlichen und nichtmenschlichen Rassen benutzt werden mußte, die an Bord der *Destiny* reisten.

Keiner der fein herausgeputzten Gäste der Frühbewirtung für Sauerstoffatmer schien ihm nennenswerte Aufmerksamkeit zu widmen, mit Ausnahme einer Anzahl erschrocken wirkender, zweibeiniger Humanoider, die Lunzie von ihren Dienstbesprechungen als Stribaner kannte. Die meisten interessierten sich mehr für die in ihre Tische eingesetzten, rotierenden Holozylinder, in denen es solche erstaunlichen Dinge zu sehen gab wie Buketts, die binnen weniger Minuten von Knospen zu Blumen erblühten, einen Zauberstab, der Tricks vorführte, oder an Lunzies Tisch einen Bildhauer, der mit Hammer und Meißel an einer Alabasterstatue herumhämmerte. Der Steward hob die Stimme, um sich gegen das Gemurmel durchzusetzen, aber es wurde nur noch lauter. Lunzie mußte zugeben, daß der junge Mann sich gut in Szene setzte und eine angenehme Stimme hatte, aber die Rede war Wort für Wort dieselbe, die auf jedem Schiff beim Start gehalten wurde, und jeder, der häufig reiste, hätte sie mitsprechen können. Er beendeten sie mit dem ironischen Satz: »Danke für Ihre Aufmerksamkeit.«

»Dem Himmel sei Dank, daß es vorbei ist!« sagte Coromell, Admiral im Ruhestand, laut genug, daß der Steward es hören konnte. An den umstehenden Tischen kicherten einige. »Den Quatsch hört sich sowieso keiner mehr an. Für solche Vorträge kriegt man überhaupt nur noch beim Essen genug Leute zusammen. Da läuft keiner davon. Es sollten sowieso nur die überleben, die sich solche Informationen von allein beschaffen können. Die Schwachköpfe, die darauf warten, daß sie ein anderer rettet, sind sowieso so gut wie tot.« Er widmete sich wieder seiner vernachlässigten Vorspeise und kostete einen Löffel Fruchtsalat mit gesüßten Körnern. Der junge Mann packte seine Geräte zusammen und zog sich mit verstörtem Gesicht an einen Tisch im hinteren Teil des Saals zurück. »Wo war ich stehengeblieben?« fragte der alte Mann.

Lunzie legte ihren Löffel weg und rief ihm etwas ins Ohr. »Sie haben gerade von Ihrer Auseinandersetzung mit den Grünen Truppen aus dem antarischen Bürgerkrieg erzählt.«

»Ja, genau. Es gibt keinen Grund, zu schreien.« In großer Ausführlichkeit und mit entsprechender Lautstärke erzählte der Admiral den sieben Mitreisenden am Tisch von seinen Abenteuern. Coromell war ein großer Mann, der in seiner Jugend eine außerordentlich kräftige Figur gehabt haben mußte. Sein lockiges Haar war zwar grau und schütter, aber immer noch dicht. Er neigte dazu, die statistischen Daten jedes Manövers pedantisch zwei- oder dreimal zu wiederholen, damit die anderen ihn auch verstanden, ob sie nun an seiner Erzählung interessiert waren oder auch nicht. Er beendete seine Geschichte gerade noch rechtzeitig mit einer ausgiebigen Schilderung seines Triumphs, als die Suppe serviert wurde.

Lunzie war erstaunt, wieviel Arbeit noch von Kellnern aus Fleisch und Blut geleistet wurde statt von Servomechanismen und den Luken von Nahrungssynthesizern in der Tischplatte. Offensichtlich legten die Flugdirektoren wert darauf, daß niemand übersah, wie gründlich sie alles vorbereitet hatten, bis hin zu den Zutaten der einzelnen Gänge. Selbst wenn die Zutaten außer Sichtweite in der Küche synthetisiert wurden, gab eine persönliche Bedienung den Kunden das Gefühl, daß die Mahlzeiten mit importierten Gewürzen und exotischen Zutaten aus allen Teilen der Galaxis zubereitet wurden. Als sie an Bord gekommen war, hatte Lunzie die Lagerräume besichtigt, und sie staunte noch mehr als ihre Tischgenossen darüber, daß zum Salat Morcheln gereicht wurden, denn sie wußte, daß es sich um echte handelte.

Das vielfältige und reich garnierte Menü kam ihr wie ein verkleinertes Abbild des Schiffs selbst vor. Die verschiedenartigen Unterkünfte, die an Bord zur Verfügung standen, reichten von winzigen Kabinen der Touristenklasse, die tief im Innern des Schiffs lange Korridore säumten, bis zu ganzen Suiten aus eleganten Zimmern, die über große Bullaugen, durch die man ins All hinaussehen konnte, und 3d-Unterhaltungsanlagen verfügten und von eigenen Dienstboten betreut wurden.

Lunzie fand die Ausstattung ihrer eigenen Kabine phantastisch, um so mehr, weil sie nur ein Mitglied der Mannschaft war, eine von mehreren Ärzten an Bord der *Destiny*. Der Zahlmeister erklärte ihr, daß die Gäste auch außerhalb ihrer Dienstzeiten ihre Hilfe benötigen könnten. Die Illusion eines unerschöpflichen Reichtums durfte auf keinen Fall beeinträchtigt werden, und sei es um den Preis, daß man den Ärzten eine luxuriöse Unterkunft zubilligte, damit die reichen Passagiere nicht den Eindruck gewannen, es werde an irgendeiner Stelle gespart. Das war billiger, als mit den möglichen Folgen ihrer Verwirrung fertigwerden zu müssen. Lunzie war erstaunt, als sie feststellte, daß die Unterhaltungssysteme in ihrem Quartier ebenso komfortabel waren wie in den Kabinen der Ersten Klasse. Ihr stand eine Bar mit echten Weinbränden sowie ein Getränkesynthesizer zur Verfügung.

Das Computerterminal im angrenzenden Behandlungsraum war so programmiert, daß er ihr regelmäßig die medizinischen Profile aller Mannschaftsmitglieder und Gäste präsentierte. Obwohl es unwahrscheinlich war, daß sie einen nichtmenschlichen Passagier behandeln würde müssen, stand ihr ein vollständiger Satz von Schutzanzügen in ihrer Größe zur Verfügung, die es ihr bei Bedarf ermöglichten, sich in den verschiedenen Milieus zu bewegen, die man für Methanatmer, Wasseratmer und in extrem hohen oder extrem niedrigen Temperaturen lebende Spezies eingerichtet hatte. Natürlich gehörten auch die entsprechenden Übersetzungscomputer dazu.

Dr. Root hätte der Behandlungsraum gefallen. Er war mit sämtlichen Geräten ausgestattet, die Lunzie im medizinischen Katalog aufgelistet gesehen hatte. Ihr eigener Kolibri und ihre Sammlungen von Spezialinstrumenten waren in dieser Anhäufung von Technik überflüssig, und sie ließ beides in dem Koffer im Spind in ihrer Kabine liegen. Sie war begeistert von dem hochmodernen Chemielabor, das sie sich mit den anderen acht medizinischen Offizieren teilte. Die *Destiny* war sechs Tage in Astris' Orbit geblieben, nachdem Lunzie und fünfzehn andere Mannschaftsmitglieder an Bord gekommen waren, deshalb hatte sie reichlich Zeit gehabt, die Profile ihrer Kollegen und der Gäste zu studieren. Die Dateien erwiesen sich als eine faszinierende Lektüre. Die Besitzer des Schiffs gingen keine Risiken ein, was Notfälle während einer Reise anging, und führten deshalb ausführliche medizinische Unterlagen. Sobald ein neuer Passagier an Bord kam, wurde ein vollständiges Profil an die persönliche Computerkonsole jedes Arztes übermittelt.

Lunzie wandte sich Baraki Don zu, dem persönlichen Adjutanten des Admirals, einem gutaussehenden Mann zwischen siebzig und achtzig, dessen silbergraues Haar sich über erstaunlich strahlend blauen Augen und schwarzen Augenbrauen wellten. »Ich will damit nicht andeuten, daß ich den Eingriff vornehmen will, aber hätte man sein Innenohr nicht wiederherstellen sollen? Wenn jemand seine Zuhörer anschreit, ist das gewöhnlich ein deutliches Anzeichen dafür, daß sein eigenes Gehör versagt. Wenn ich mich recht entsinne, wird in der Datei des Admirals erwähnt, daß er über hundert Standardjahre alt ist.«

Don tat die Bemerkung mit einem Wink ab und zog ein Gesicht, als blicke er auf lange, leidvolle Erfahrungen zurück. »Das hat nichts mit dem Alter zu tun. Er hat immer so gebrüllt. Wenn er auf der Brücke war, konnte ich ihn ohne Gegensprechanlage im Maschinenraum hören.«

»Was für ein alter Langeweiler«, sagte eine ihrer Tischgenossinnen in einem der seltenen Momente, wenn sich der Admiral mit seinem Essen beschäftigte. Sie war eine Menschenfrau mit schwarzem, grüngesträhntem und pompös hochtoupiertem Haar und trug ein phantastisches silbernes Kleid, das sich eng an ihre Figur schmiegte.

Lunzie lächelte bloß. »Es ist faszinierend, was der Admiral in seiner Karriere erlebt hat.«

»Wenn etwas davon stimmt«, sagte die Frau und rümpfte die Nase. Sie probierte ein Stück Fruchtsalat und verzog das Gesicht. »Igitt, das ist ja widerlich.«

»Aber Sie müssen sich doch nur die vielen Orden an seiner Uniformjacke ansehen. Ich glaube nicht, daß sie ihm für sein gutes Benehmen verliehen wurden oder weil er seinen Spind in Ordnung gehalten hat«, sagte Lunzie und gab einer flüchtigen Laune nach. »Wofür ist Ihnen dieser Orden aus grünem Metall mit dem Doppelstern verliehen worden, Admiral?«

Der Admiral richtete seine scharfen blauen Augen auf Lunzie, die ganz aufmerksam zuhörte. Die grünhaarige Frau stöhnte fassungslos. Coromell lächelte und berührte die kleine Verzierung der Dreierreihe an seiner Brust.

»Junge Dame, das könnte Sie interessieren, weil Sie Medizinerin sind. Ich habe damals einen Sondereinsatz geleitet, bei dem wir den Befehl erhielten, ein Serum nach Denby IX zu bringen. Offenbar war dort ein Forschungsraumschiff abgestürzt, und ein Besatzungsmitglied nach dem anderen hat sich mit einer Krankheit angesteckt, die sie verkrüppelte. Die meisten waren zu schwach, um sich zu bewegen, als wir dort eintrafen. Unsere Wissenschaftler fanden heraus, daß der Staub, den sie mit ihren Atmosphärenanzügen hereintrugen, Spurenelemente enthielt, die das Bindegewebe reizten, Fieber und Schwellungen hervorriefen und schließlich zum Tod führten. Die Partikel waren so klein, daß sie durch die Poren der Haut eindrangen. Auch einige unserer Leute sind erkrankt, bevor wir alles in Ordnung gebracht haben. Keiner war ernstlich krank, aber man hat uns allen Orden verliehen. Und an die Casper-Mission erinnert mich heute dieses kleine Ding…«

Die Frau blickte angewidert zur Decke und roch kurz an der geschliffenen Parfümflasche, die sie am

Handgelenk trug. Eine Woge schweren Dufts rollte über den Tisch, und die anderen keuchten. Lunzie warf der Frau einen mitleidigen Blick zu. Privilegien und Reichtümer mußten etwas an sich haben, was das Leben langweilig machte. Und Coromell hatte ein solch bemerkenswertes Leben geführt. Wenn nur die Hälfte von dem stimmte, was er sagte, dann war er mehr als ein Held.

Der schwarzgewandete Oberkellner erschien am Kopfende des Speisesaals und schlug mit einem Porzellanklöppel eine winzige silberne Glocke an. »Verehrte Gäste, das Dessert!«

»He, was?« Zur Erleichterung einiger Tischgenossen unterbrach die Ankündigung Coromell mitten in einer wortgewaltigen Schilderung. Er machte eine Pause, während ein Kellner ihm einen Teller mit edlem Gebäck servierte, und kostete einen Bissen. Er steckte seine Gabel ins Dessert und strahlte seinen Adjutanten zufrieden an. »Kosten Sie, Don. Einfach köstlich.«

»In der Küche gibt's gurnsanische Blätterteigrollen.« Lunzie lächelte ihn an und führte einen Bissen köstlicher Cremetorte an den Mund. Er war der interessanteste Mann, den sie je kennengelernt oder in 3d-Sendungen gesehen hatte. Ihr fiel auf, daß er nur wenige Jahre älter war als sie. Vielleicht hatte er in seiner Jugend Kipling oder Service gelesen.

»Ja, ja, ich muß schon sagen, wirklich gut. Dagegen ist die Flottenverpflegung ein Dreck, was, Don?«

»Sie sagen es, Admiral.«

»Gut, sehr gut«, murmelte der Admiral zwischen den Bissen, während ihre Tischgenossen aufaßen und gingen.

»Ich sollte jetzt auch gehen«, entschuldigte sich Lunzie und wollte aufstehen. »Ich habe nach dem Essen Sprechstunde.«

Der Admiral blickte von seinem Teller auf, und seine

Augenwinkel legten sich in Falten, als er sie ansah. »Sagen Sie mir, Frau Doktor. Haben Sie zugehört, weil es Sie interessierte, oder nur, um einen alten Mann zu verulken? Mir ist nicht entgangen, daß diese grünhaarige Frau über mich gelästert hat.«

»Ich habe Ihnen wirklich gern zugehört, Admiral«, sagte Lunzie aufrichtig. »Ich stamme von einer langen Ahnenreihe erfolgreicher Flottenoffiziere ab.«

Coromell war erfreut. »Tatsächlich! Sie müssen sich später unbedingt zu uns gesellen. Während der zweiten Schicht trinken wir immer einen guten Likör im Holosaal. Sie können uns von Ihrer Familie erzählen.«

»Es wäre mir eine Ehre«, erwiderte Lunzie, und lächelnd machte sie sich auf den Weg.

* * *

»Das sieht schlimm aus«, sagte Lunzie, als sie den Techniker untersuchte. Sie zog das Hosenbein weg, betastete die zerkratzte Haut ober- und unterhalb des Knies, drückte einen Finger seitlich gegen die Patellasehne und runzelte die Stirn.

»Au!« knurrte der Techniker und zuckte zusammen. »Das tut weh.«

»Sie ist nicht abgerissen, Perkin«, versicherte Lunzie ihm und klappte den Ultraschallschirm über das Bein herunter. »Schauen wir's uns mal an.« Auf dem Bildschirm hoben sich Sehnen und Knochen von dunklen Muskelmassen ab. Dünne Linien, Venen und Arterien, in denen Blut pulsierte. In der Nähe des Knies waren die Venen angeschwollen, miteinander verwoben und unnatürlich geweitet. »Wenn Sie das schon schlimm finden, warten Sie mal ein paar Tage ab. Es gibt einige intramuskuläre Blutungen. Das kann nicht von einem gewöhnlichen Sturz herrühren – der Knochen ist auch angerissen. Wie ist das passiert?« Lunzie griff unter den Bildschirm, um das Knie in eine andere Position zu drehen, und sah neugierig zu, wie die Muskeln auf den Rücken ihrer skelettartigen Hände zuckten. Es waren erstklassige Geräte.

»Aber nicht fürs Protokoll, ja, Doktor?« sagte Perkin zögernd und schaute durchs Untersuchungszimmer.

Auch Lunzie sah sich um, dann schaute sie dem Mann ins Gesicht und versuchte herauszufinden, was ihn so nervös machte. »Eigentlich geht das nicht, aber wenn Sie's mir anders nicht sagen wollen…«

Der Mann gab einen Seufzer der Erleichterung von sich. »Also nicht fürs Protokoll. Ich habe mir das Bein in der Luke eines Lagerraums eingeklemmt. Sie hat sich unerwartet geschlossen. Das Ding ist sechs Meter hoch und fast fünfzehn Zentimeter dick. Es hätten eine Sirene tönen und Lampen blinken müssen. Aber nichts.«

»Wer hat sie ausgeschaltet?« fragte Lunzie und hatte plötzliche eine irrationale Angst um die Schwerweltler. Vielleicht war eine Intrige gegen den Admiral im Gange.

»Das war nicht nötig, Doktor. Wissen Sie nicht, wem die Destiny Cruise Line gehört? Dem Paraden-Konzern.«

Lunzie schüttelte den Kopf. »Um ehrlich zu sein, weiß ich nichts über sie. Ich glaube, ich habe den Namen schon einmal gehört, aber das ist schon alles. Ich bin nur befristet angestellt, bis wir in vier Monaten den Orbit von Alpha Centauri erreichen. Was ist denn mit dem Paraden-Konzern?«

Der Techniker verzog die Lippen. »Ich hoffe, daß es in diesem Raum keine Wanzen gibt. Der Paraden-Konzern läßt seine Schiffe so lang wie möglich verkehren, ohne sie zur Generalüberholung ins Dock zu bringen. Geringfügige Wartungsarbeiten werden zwar vorgenommen, aber größere Reparaturen werden so lang hinausgeschoben, bis sich jemand beschwert. Und derjenige wird sofort gefeuert.«

»Das hört sich ziemlich verantwortungslos an.« Lunzie war schockiert.

»Ganz zu schweigen von der Gefahr für Besatzung und Passagiere, Lunzie. Aber es war schon immer lukrativer, wenn man's einfach darauf ankommen läßt. Der Konzern gehört der Familie Parchandris, und die ist bekannt dafür, daß sie den größtmöglichen Profit aus ihren Investitionen quetscht. Die Destiny Line ist nur einer ihrer Aktivposten.«

Lunzie hatte von den Parchandris gehört. »Wollen Sie damit andeuten, daß dieses Raumschiff nicht raumtauglich ist?« fragte sie nervös. Jetzt fürchtete *sie* sich vor Abhörgeräten.

Perkin seufzte. »Wahrscheinlich schon. Sehr wahrscheinlich sogar. Aber die Wartung ist schon lang überfällig. Sie hätte schon durchgeführt werden müssen, als wir das letzte Mal auf Alpha waren. Der Hafenmeister hat uns nur widerwillig starten lassen. Das war schlecht für die Moral, kann ich Ihnen sagen. Wir alten Haudegen erzählen den neuen Mannschaftsmitgliedern gewöhnlich nichts von unseren Sorgen – wir haben Grund zur Befürchtung, daß sie entweder Konzernspione sind, die für Lady Paraden arbeiten, oder daß sie zuviel Angst haben, um an Bord zu bleiben.«

»Gut, aber wenn etwas schiefgeht, werden Sie mich doch sicher warnen, ja?« Sie sah seinem Gesicht an, daß er plötzlich vor ihr dicht machte. »Oh, bitte«, flehte sie ihn an. »Ich bin keine Spionin. Ich bin auf dem Weg zu meiner Tochter. Wir haben uns nicht mehr gesehen, seit sie ein Kind war. Ich will nicht, daß mir etwas dazwischenkommt. Ich hatte schon einmal einen Unfall.«

»Ganz ruhig«, sagte Perkin. »Ein Blitz schlägt selten zweimal an derselben Stelle ein.«

»Es sei denn, daß man ein Blitzableiter ist!«

Perkin wurde wieder locker und schämte sich ein wenig dafür, daß er sie verdächtigt hatte. »Ich halte Sie auf dem laufenden, Lunzie. Sie können auf mich zählen. Aber was ist nun mit meinem Knie?«

Sie deutete auf die Verfärbung seiner Haut. »Also, abgesehen von diesem Nordlicht – und davon braucht außer Ihnen und Ihren Mitbewohnern niemand etwas zu erfahren –, wird nichts zurückbleiben, was auf Ihren… Ihr kleines Mißgeschick hindeutet«, sagte Lunzie und drückte die magnetischen Säume wieder zu. »Es bleiben keine dauerhaften Schäden zurück. Das Bein wird steif bleiben, bis die Blutergüsse zurückgehen, und Sie könnten ein wenig Schmerzen haben. Wenn die Schmerzen zu stark werden, nehmen Sie das Analgetikum, mit dem ich den Synthesizer in Ihrer Kabine programmiere, aber nicht mehr als eine Tablette pro Schicht.«

»Macht mich das Zeug high?« fragte der Techniker und drückte sich vom Tisch hoch, wobei er besonders auf sein verletztes Bein Acht gab.

»Ein wenig. Aber was wichtiger ist: es stopft stärker als ein Haferbrei-Bananen-Sandwich«, sagte Lunzie und zwinkerte ihm zu. »Ich verschreibe diese Mischung niemals einem jungen Seti. Sie haben ohnehin schon genug Probleme mit von Menschen bestimmten Speiseplänen.«

Perkin kicherte. »Darauf können Sie wetten. Es hat einmal einer für mich gearbeitet. Er hat ständig gelitten. Der Köche haben für ihn Senna gezogen. Aber viel mehr weiß ich nicht über ihn. Ich kenne keine andere Spezies, die so verschlossen ist.«

»Wenn Sie wollen, gebe ich Ihnen auch eine Salbe, mit der Sie nach einem heißen Bad Ihr Bein einreiben können.«

»Danke, Lunzie.« Perkin nahm den kleinen Plastikbeutel, den Lunzie ihm hinhielt, und humpelte durch die Tür an dem nächsten Patienten vorbei, der auf die Doktorin wartete.

Von diesem Tag an fielen Lunzie immer häufiger Dinge auf, die mit dem Schiff nicht in Ordnung waren. Unter all dem Prunk konnte man es leicht übersehen, aber wer sich aufmerksam umschaute, stieß schnell auf Anzeichen dafür, daß Perkin recht hatte und die Schiffssysteme tatsächlich einer Wartung bedurften. Aus dem Methan-Milieu drang ständig etwas in die umliegenden Decks, und mehrere Passagiere beschwerten sich über den Geruch im Flur zum Fitness-Zentrum. Perkin und die anderen Techniker zuckten die Achseln, als sie die Risse provisorisch abdichteten, und versprachen, das Problem unter Kontrolle zu halten, bis sie den nächsten Raumhafen mit Wartungseinrichtungen erreichten. Doch bis Alpha Centauri waren es noch Monate.

Lunzie machte sich Sorgen, daß das Schiff auf dem Weg nach Alpha Centauri havarieren könnte. Die Aussichten, zweimal in einem Leben in einen Unfall im Weltraum verwickelt zu werden, standen eins zu einer Million, aber es machte ihr trotzdem zu schaffen. Es konnte ihr doch nicht noch einmal passieren, oder? Sie hoffte, Perkin hatte mit seinen Befürchtungen übertrieben. Mit dem unangenehmen Gefühl, daß ihr jeden Moment etwas Schreckliches zustoßen könne, gewöhnte Lunzie sich an, den Anweisungen zur Evakuierung aufmerksamer zuzuhören. Sie hielt ihr Versprechen und verriet niemandem, was Perkin ihr anvertraut hatte, aber sie hielt die Augen offen.

Die Sitzordnung im Speisesaal hatte sich im Laufe der letzten Monate geändert. Lunzie, Admiral Coromell und Baraki Don hatten Plätze am Tisch des Captains erhalten, eine Etage höher als ihre früheren

Plätze beim Ersten Offizier, einer auffälligen dunkelhäutigen Frau, die wahrscheinlich im selben Alter war wie Commander Don. Sharu, die Erste Offizierin, war von sehr kleiner Statur. Ihr Scheitel reichte Lunzie gerade bis zum Kinn. Sharu trug ein enganliegendes Kleid im selben Purpurrot wie ihre Uniform. Ihr militärisches Gebaren deutete an, daß sie in der Flotte gedient hatte, ehe sie zu den Destiny Cruise Lines gewechselt war. Das goldene Zierband um den einzigen Ärmel verriet ihren Rang und verbarg einen kleinen, leistungsfähigen Kommunikator, mit dem sie während des Essens mit der Schiffsbrücke Kontakt hielt. Der andere Arm, um den sie einen funkelnden Diamantarmreif trug, war nackt bis zur Schulter. Zu Lunzies Überraschung hatte auch Sharu etwas für abenteuerliche Geschichten übrig, so daß Coromell ein dankbares Publikum für seine Geschichten fand.

Aber offenbar wußte er es nicht besonders zu schätzen. Er war manchmal ziemlich mürrisch und schnauzte die beiden an, daß sie sich nicht über einen alten Mann lustig machen sollten. Nach einiger Zeit gab Lunzie es auf, ihre Unschuld zu beteuern, und drehte den Spieß um.

»Vielleicht mache ich mich wirklich nur über Sie lustig«, sagte sie leichthin zu Coromell, der mitten in seinem Redeschwall verstummte und sie fassungslos anstarrte. »Ich habe schon Vorlesungen besucht, wo intensivere Wortwechsel geführt wurden, als Sie sie zulassen. Wir haben auch unsere Meinungen. Von Zeit zu Zeit würde ich meine gern äußern.«

»Oho, oho! *Methinks I do protest too much,* was?« lachte Coromell beifällig. »Das ist von Shakespeare, falls ihr zu jung seid und ihn nicht mehr gelesen habt. Nun gut. Vielleicht habe ich ein Alter erreicht, in dem ich vom Wohlwollen meiner Umgebung abhängig bin, in einer Welt, in der ich nicht mehr viel zu sagen habe, und es gefällt mir nicht. Ich komme mir vor wie diese armen Schwerweltler.«

Lunzie sprang sofort auf die Bemerkung an. »Was ist mit den Schwerweltlern, Admiral?«

»Bei meinem letzten Kommando haben ein paar unter mir gedient. Wie lang ist das her, Don? Acht Jahre? Zehn?«

»Vierzehn, Admiral.«

Coromell schob den Kiefer vor und zählte die Jahre an der Decke. »Genau. Diese verdammten Schreibtischjobs. Man verliert einfach jedes Zeitgefühl. Schwerweltler! Was für eine törichte Idee. Man sollte Menschen nicht an fremde Welten anpassen. Man sollte fremde Welten an Menschen anpassen. So hat Gott es schließlich gewollt!«

»Terraformen dauert zu lang, Admiral«, gab Sharu zu bedenken. »Von der Schwerkraft abgesehen, sind sie Welten, auf denen die Schwerweltler leben, gut für menschliche Besiedlung geeignet. Diese Menschen wurden dafür geschaffen, sich an solche Bedingungen anzupassen.«

»Ja, geschaffen! Es wurde eine Minderheit geschaffen, das ist alles«, ereiferte sich der Admiral. »Wir haben in der Politik schon genug Probleme mit Vetternwirtschaft. Gerade wenn man alle Gruppierungen unter einen Hut bekommen hat, kommt eine neue dazu, und der ganze Ärger fängt wieder von vorn an. Man hört die Leute über die Katastrophe auf Phoenix jammern, daß die Schwerweltler auf den Gräbern der Leichtgewichte tanzten, die vor ihnen dort waren, aber man kann darauf wetten, daß sie jedem einen beträchtlichen Obolus gezahlt haben, der ihnen bei der Landung geholfen hat – wahrscheinlich einen nennenswerten Prozentsatz ihres Exporteinkommens.«

»Ich habe gehört, daß die Planetenpiraten die erste

Kolonie zerstört haben«, sagte Lunzie und dachte voller Groll an die qualvollen beiden Jahre zurück, die sie in der Annahme verbracht hatte, Fiona sei unter den Todesopfern auf Phoenix gewesen.

»Doktor, Sie können es glauben. Wahrscheinlich haben sie erst ihre Kommunikation zur Außenwelt abgeschnitten und dann ihre Lebenserhaltungsanlagen, Handelsschiffe und so weiter zerstört. Sobald die Bevölkerung eines Planeten sich nicht mehr selbst versorgen kann, gehen ihre Rechte an die nächste Gruppe über, die dazu imstande ist. Mein Schiff empfing einen Notruf von einem Handelsschiff, das außerhalb des Eridani-Systems von Piraten verfolgt wurde. Es war ziemlich schwer beschädigt, hatte aber immer noch Ionen im Schlepptau, als wir dazukamen. Mein Kommunikationsoffizier war drei Wochen lang ständig mit der Brücke in Kontakt, bis wir die Mannschaft retten konnten. Wer seinen Mut verliert, verliert den Krieg, sage ich immer!«

»Haben Sie die Piraten gefangen genommen?« fragte Lunzie interessiert und beugte sich vor.

Der Admiral schüttelte mit Bedauern den Kopf. »Zum Himmel, leider nicht. Das hätte mir einen schönen Stern auf dem Bug eingebracht. Wir haben sie in einen Kampf verwickelt, als sie gerade das Handelsschiff angreifen wollten. Die armen Teufel auf dem Handelsschiff haben dem Himmel dafür gedankt, daß wir aufgetaucht sind, und schnell das Weite gesucht, um nicht zwischen die Fronten zu geraten. Das Piratenschiff hatte keine Wahl. Es konnte uns nicht ignorieren. Es hat ein Loch in unser Schiff geschossen, aber wir hatten keine Verluste. Die Piraten hatten nicht so viel Glück. Ich habe Rumpfplatten und andere Bruchstücke mit ausgefransten, gewellten Rändern von ihrem Schiff wegfliegen sehen. Es muß eine Atmosphärenkammer explodiert sein, also hat es Besatzungsmitglieder erwischt. Ich bete zum Himmel, daß keine Gefangenen darunter waren.

Was immer sie in ihren Triebwerken hatten, unsere waren jedenfalls besser. Wir haben sie in den Strahlungsgürtel hinausgejagt, vorbei an den Kometen. Sie sind ein paar Runden auf einem Spiralkurs geflogen und dann wieder zu einem geradlinigen Kurs übergegangen, aber mein Geschützoffizier hat sie noch einmal erwischt. Das hat ihnen den Rest gegeben. Als wir ihnen zufunkten, daß wir sie mit einem Prisenkommando entern wollten, haben sie ihr Schiff selbst gesprengt.« Der Admiral streckte die Hände aus, als wollte er nach etwas Unsichtbarem greifen. »Ich war so nah dran! Es ist noch keinem Captain gelungen, ein Piratenschiff zu entern. Vielleicht schmeichele ich mir damit, aber wenn ich es nicht geschafft habe, dann schafft es keiner.«

»Sie schmeicheln sich nicht, Admiral«, bemerkte Sharu vorlaut. »Aber sehr wahrscheinlich haben Sie recht.«

Nachdem sie ihren Ambulanzdienst absolviert hatte, gesellte Lunzie sich abends gern zu dem Admiral und seinem Adjutanten im Holosaal. Coromell hatte zwei Lieblingshologramme, die er in dem kleinen Nebenraum abrief, in dem er und Don die Stunden bis zum Schlafengehen verbrachten. Das erste war die Brücke seines Flaggschiffs, der *Federation*. Das zweite schien er vorzuziehen, wenn Lunzie den Eindruck hatte, daß er in einer nachdenklichen Stimmung war. Es stellte ein prasselndes Feuer in einem breiten, gekachelten Kamin mit verziertem Kupferabzug in einer Backsteinmauer dar.

Die leistungsfähige holografische Anlage war sowohl mit visuellen wie auch mit Geruchs- und Temperaturkomponenten ausgestattet. Lunzie konnte die brennenden Hartholzscheite riechen und die Hitze der

Flammen spüren, als sie in dem dritten der drei tiefen, gepolsterten Armstühle Platz nahm, die in dem Nebenraum standen. Don stand auf, als er sie kommen sah, und bedeutete einem Kellner, ihr einen Drink zu bringen. Wie sie erwartet hatte, saß Coromell ruhig da, hatte einen Ellbogen aufs Knie gestützt, ein Weinglas in der anderen Hand, starrte in das Licht- und Schattenspiel und lauschte der leisen Musik im Hintergrund. Er hatte ihr Erscheinen nicht bemerkt. Lunzie wartete eine Weile und beobachtete ihn. Er sah nachdenklich und ziemlich traurig aus.

»Woran denken Sie, Admiral?« fragte Lunzie mit weicher Stimme.

»Hm? Ach, Doktor. An nichts. Nichts Wichtiges. Ich habe nur an meinen Sohn gedacht. Er ist im Dienst. Er muß auch weit raus, und er macht seine Sache gut.«

»Sie vermissen ihn«, sagte sie, weil sie instinktiv spürte, daß der alte Mann reden wollte.

»Verdammt, ja. Er ist ein prächtiger junger Mann. Sie sind ungefähr in seinem Alter, würde ich sagen. Sie… haben Sie auch Kinder?«

»Nur eins, eine Tochter. Ich treffe sie auf Alpha Centauri.«

»Ein kleines Mädchen, was? Sie sehen so jung aus.« Coromell hustete in einem Anfall von Selbstverachtung. »Natürlich, in meinem Alter sieht jeder jung aus.«

»Admiral, ich bin eher in Ihrem Alter als im Alter Ihres Sohnes.« Lunzie zuckte die Achseln. »Es steht alles in den Schiffsdateien, wenn Sie mehr wissen wollen. Ich habe im Kälteschlaf gelegen. Mein kleines Mädchen wird an ihrem nächsten Geburtstag achtundsiebzig.«

»Na so was! Deshalb verstehen Sie also die ganzen historischen Anspielungen, die ich von mir gebe. Sie waren dabei. Wir sollten uns mal über alte Zeiten unterhalten.« Der Admiral warf ihr einen Blick einsamer Qual zu, der Lunzie ans Herz ging. »Es gibt nur noch wenige Menschen, die sich an damals erinnern. Ich würde es als einen persönlichen Gefallen betrachten.«

»Admiral, ich würde es aus reinem Eigennutz tun. Ich bin erst seit zwei Jahren in diesem Jahrhundert.«

»Hm! Ich habe das Gefühl, als sei ich schon so lang auf diesem Schiff. Wohin sind wir unterwegs?«

»Zum Planeten Sybaris. Es ist eine Luxus...«

»Ich weiß Bescheid«, unterbrach Coromell sie ungeduldig. »Noch so ein Abstellplatz für nutzlose Reiche. Pah! Wenn ich einmal so hilflos sein sollte, können Sie einen Nachruf auf mich schreiben.«

Lunzie lächelte. Der Kellner verbeugte sich neben ihr und hielt ihr ein tiefes, rundliches Weinglas hin, das dem des Admirals ähnelte und einen Fingerbreit mit einer aromatischen, bernsteinroten Flüssigkeit gefüllt war. Es war ein hervorragender, seltener Weinbrand. Aus dem Glas stiegen ihr zarte Düfte in den Kopf, als die Hitze des Feuers das Getränk aufwärmte. Lunzie kostete einen Schluck und hatte das Gefühl, daß die Hitze ihre Kehle hinabfloß. Sie schloß die Augen.

»Schmeckt's Ihnen?« knurrte Coromell.

»Sehr gut. Normalerweise trinke ich solche starken Sachen nicht.«

»Mhm. Um ehrlich zu sein, ich auch nicht. Ich habe nie im Dienst getrunken.« Coromell bedeckte das Glas mit seiner großen Hand und schwenkte es sanft unter der Nase, ehe er es sich an die Lippen setzte. »Aber heute bin ich ein wenig nachsichtig mit mir.«

Lunzie bemerkte auf einmal, daß sich die Hintergrundmusik geändert hatte. Das leise Geklimper wurde nun von einem diskreten Klingeln begleitet, das ein Passagier vielleicht für einen technischen Fehler gehalten hätte. Mannschaftsmitglieder warnte es jedoch vor einer bevorstehenden Katastrophe. Lunzie stellte ihr Glas ab und sah sich in den Schatten um.

»Chibor!« Sie winkte eine Kollegin aus Perkins Personal zu sich, die gerade durch den geräumigen Saal ging. Die Frau blickte auf, als sie Lunzies Stimme hörte, und winkte.

»Ich habe dich gesucht, Lunzie. Perkin hat mir gesagt…«

»Ja! Der Alarm. Was ist denn los? Du kannst vor dem Admiral offen reden. Er hat so leicht vor nichts Angst.«

Coromell straffte sich und stellte sein Glas weg. »Nein, wirklich nicht. Was gibt's?«

Chibor gab ihr mit einer Geste zu verstehen, daß sie nicht zu laut reden sollten, und beugte sich ihr entgegen. »Du weißt doch, daß wir Probleme mit dem Triebwerk hatten. Es hat einige seltsame harmonische Schwingungen erzeugt, deshalb mußten wir es abschalten und den Warpraum früher verlassen. Bis es überprüft ist, können wir einige Zeit nicht wieder in den Warpraum zurück, und wir sind jetzt ausgerechnet einem Ionensturm in die Quere geraten. Er kommt ziemlich schnell auf uns zu. Der Navigator hat uns versehentlich in seinen Randbereich treiben lassen, und er läßt das Antimaterietriebwerke ganz schön verrückt spielen. Wir werden hinter dem Gasriesen dieses Systems Schutz suchen, um uns gegen den Sturm abzuschirmen.«

»Ob das funktioniert?« fragte Lunzie mit großen, besorgten Augen. Sie kämpfte gegen den Knoten der Furcht in ihren Eingeweiden an.

»Vielleicht ja«, antwortete Coromell ruhig und unterbrach Chibor. »Vielleicht auch nicht.«

»Wir bereiten uns darauf vor, auf Notaggregate umzuschalten. Perkin sagte, du solltest es wissen.« Chibor nickte und eilte davon. Lunzie sah ihr hinterher. Niemand sonst achtete auf sie, als sie den Holo-Raum verließ. Alle widmeten sich ihren eigenen Beschäftigungen.

»Ich gehe besser nach oben und erkundige mich, was los ist«, sagte Lunzie. »Entschuldigen Sie mich, Admiral.«

Der Gasriese des Carson-Systems war so gewaltig und spektakulär wie versprochen. Der schnell rotierende Planet verfügte über einen festen Kern tief in einer Tausende Kilometer dicken Hülle aus Gaswirbeln. Eine Handvoll Mitreisende hatte sich auf der Schiffsgalerie versammelt und beobachtete ihn durch die dicke Quarzluke.

Der Captain der *Destiny Calls* beschleunigte sein Schiff, um es der zweistündigen Umdrehungsdauer des Planeten anzupassen und einer auffälligen Stelle in der Gashülle zu folgen, dem Ausgangspunkt eines Paars horizontaler Streifen, die zur sonnengerichteten Seite des Planeten führten, wo das Schiff auf Abstand ging und eine Position hinter der schützenden Masse des Planeten einnahm. Der grüngelbe Riese war beinahe selbst ein Stern, und es fehlte ihm nur wenig Masse, um das nukleare Feuer zu zünden. Er umkreiste seine Sonne auf einer weit engeren Umlaufbahn, als es bei Gasriesen üblich war, und die Sonne selbst brannte in einem aktinischen Weiß auf den Bildschirmen. Die Telemetrie warnte vor ausschlagenden magnetischen Turbulenzen, die von der Gasoberfläche ausgingen. Es war der einzige ausgebildete Planet dieses Systems, und Schiffe, die hier entlangkamen, orientierten sich an ihm, wenn sie zum letzten Sprung durch die sternarme Region bis nach Sybaris antraten. Seine schnelle Rotation und die massiven magnetischen Felder, die er erzeugte, sorgten dafür, daß er selbst auf der dunklen Seite große Mengen an Gas und Strahlung emittierte. Lunzie vermutete, daß sie dem

Planeten, der die halbe Aussichtsluke ausfüllte, näher waren als üblich, sagte aber nichts. Andere Passagiere, die offenbar mehr Reiseerfahrungen hatten, schienen ebenso besorgt zu sein. Der Captain erschien wenige Minuten später, und sein gezwungenes Lächeln strafte seine Versuche Lügen, die Passagiere zu beruhigen.

»Liebe Gäste«, sagte Captain Wynline gequält und sah zu, wie der Gasriese unter ihm rotierte. »Aus technischen Gründen waren wir gezwungen, an dieser Stelle den Warpraum zu verlassen. Dafür können wir Ihnen aber einen einzigartigen Anblick bieten, den seit seiner Entdeckung nur wenige genossen haben: Carsons Riese. Dieser Gasriese hätte eine zweite Sonne werden können und dieses System zu einem Doppelsternsystem ohne Planeten gemacht, doch die nukleare Reaktion hat nie eingesetzt, und so blieb uns ein galaktisches Wunder zum Studieren und Spekulieren zurück. Oh… und es sollte bitte niemand ein Streichholz fallenlassen.«

Die Passagiere, die den riesigen Planeten beobachteten, lachten vergnügt und flüsterten untereinander.

Die *Destiny* wartete hinter dem Gasriesen, bis feststand, daß der ungewöhnlich heftige Ionensturm vorbeigezogen war und die Ekliptik verlassen hatte. Der erste Ausläufer des Sturms, vor dem eine unbemannte Sonde in dem Moment gewarnt hatte, als sie wieder in den Normalraum eingetreten waren, erfüllte den dunklen Himmel um den Riesen mit einem tanzenden Nordlicht.

»Captain!« Telemetrieoffizier Hord betrat die Galerie und blieb neben dem Captain stehen. »Noch eine große Protuberanz auf der Sonnenoberfläche! Das wird die Magnetfelder des Planeten ziemlich durcheinanderbringen«, erklärte er leise und machte eine Pause, um die Reaktion des Captains abzuwarten. Der Captain schien nicht allzu besorgt. »Das wird die Auswirkungen des Ionensturms verstärken, Sir«, fügte er hinzu, als eine Antwort ausblieb.

»Ich bin mir der Komplikationen bewußt, Hord«, versicherte ihm der Captain und tippte an sein Kragenmikro. Er sprach mit deutlich gesenkter Stimme. Lunzie bemerkte seinen ernsten Ton, trat näher und hörte zu. Der Captain beobachtete sie, sah in ihr aber nur ein weiteres Mannschaftsmitglied und fuhr mit seinen Befehlen fort. »Helm, versuchen Sie uns von den schlimmsten Ausbrüchen wegzumanövrieren. Benutzen Sie alle Triebwerke, die einsatzfähig sind. Telemetrie, geben Sie uns Bescheid, wenn der Sturm weit genug vorbeigezogen ist, daß wir uns wieder rauswagen können. Mir gefällt die Sache überhaupt nicht. Computersysteme, beschafft uns schnellstens die keramischen Back-up-Speicher unserer Programmierung. Nur für den Fall, daß wir sie brauchen. Informiert die Technik. Hard, wie lang dauert es, bis uns magnetische Turbulenzen von der Sonne erreichen?«

»Neun Stunden, Sir. Aber die Protuberanzen folgen ziemlich dicht aufeinander. Ich schätze, daß einige uns bald erreicht haben. Wir können es nicht genau sagen. Von der Sonde kommt zuviel Rauschen, um aus den Daten etwas Vernünftiges schließen zu können.« Beide Offiziere machten inzwischen einen besorgten Eindruck. Das Komgerät am Kragen des Captains piepste. »Technik hier, Captain. Wir haben starke magnetische Interferenzen in den Triebwerken. Die Antimaterie-Einschließung wird instabil. Ich bringe transportable Einheiten rein, um sie zu verstärken.«

Der Captain wischte sich die Stirn ab. »Es geht also schon los. Wir können uns nicht mehr auf die Einschließungssysteme verlassen. Bereiten Sie die Evakuierung des Schiffs vor. Lösen Sie den Alarm aus, aber starten Sie noch nicht. Liebe Gäste!« Alle Anwesenden auf der Galerie blickten erwartungsvoll auf.

»Es hat sich etwas Neues ergeben. Kehren Sie bitte sofort in Ihre Unterkünfte zurück und warten Sie auf die Durchsagen. *Sofort* bitte.«

Als sich die Galerie geleert hatte, befahl der Captain dem Kommunikationsoffizier, über die schiffsweiten Kommunikationssysteme eine Erklärung abzugeben. Als Lunzie sich der Tür der Galerie zuwandte, um in den Holosaal zurückzukehren, wurde plötzlich alles dunkel, und das Schiff schaltete auf Batteriestrom um. Für einen kurzen Augenblick glühte in den Ecken und um die Luke rot die Notbeleuchtung.

»Was, zum Teufel, war das?« fragte der Captain, als es wieder hell wurde.

»Eine Überlastung, wahrscheinlich durch die Protuberanzen«, rief Hord, der die Werte auf seinem transportablen Fernsteuermodul verfolgte. »Wir werden die Daten in den Computerspeichern verlieren, wenn das noch einmal passiert. Aufpassen, da kommt noch eine!«

Lunzie hetzte durch flackernde Lichter in ihre Kabine zurück. Interstellare Reisen sind sicherer, als ein Bad zu nehmen; Unfälle kommen in weniger als einem von einer Million Fällen vor, sprach sie sich selbst immer wieder die Werbesprüche vor. Niemand wird je in zwei Unfälle verwickelt, nicht in unserem modernen Zeitalter. Jedes Schiff, selbst ein so altes wie die *Destiny*, wird doppelt überprüft und verfügt für jeden Schaltkreis über drei Ersatzschaltungen.

»Achtung bitte«, unterbrach die ruhige Stimme des Kommunikationsoffiziers die Hintergrundmusik und alle Video- und 3d-Programme. »Achtung. Bitte verlassen Sie unverzüglich Ihren gegenwärtigen Aufenthaltsort und begeben Sie sich in die nächste Rettungsbootstation. Bitte verlassen Sie unverzüglich Ihren gegenwärtigen Aufenthaltsort und begeben Sie sich in die nächste Rettungsbootstation. Dies ist keine Übung.

Benutzen Sie auf keinen Fall die Turbolifte, sie könnten steckenbleiben. Ich wiederhole: benutzen Sie nicht die Turbolifte.«

Die Stimme wurde gelegentlich von einem Knistern unterbrochen und verstummte schließlich ganz.

»Was war das?« Ein Passagier bemerkte Lunzies Uniform und hielt sie am Arm fest. »Das Licht ist ausgegangen. Da stimmt doch etwas nicht, oder?«

»Bitte, Sir. Gehen Sie sofort in die Rettungsbootstation. Wissen Sie noch Ihre Mannschaftsnummer?«

»Fünf B. Ja, es war fünf B.« Der Mann riß die Augen weit auf. »Wollen Sie damit sagen, es ist ein echter Notfall?«

Lunzie fuhr zusammen. »Ich hoffe nicht, Sir. Bitte gehen Sie. Man wird Ihnen sagen, was los ist, wenn Sie dort sind. Beeilen Sie sich!« Sie drehte sich um und lief mit ihm ins Deck mit dem Speisesaal.

Die Durchsage wurde immer wieder über die Lautsprecher wiederholt.

Die Korridore füllten sich augenblicklich mit Hunderten von Menschen, die in alle Richtungen davonliefen. Manche schienen nicht nur vergessen zu haben, welchen Stationen sie zugeteilt waren, sondern auch, wo der Speisesaal lag. Die Kette der Notblinklichter war unterbrochen, aber sie wiesen den erschrockenen Passagieren trotzdem ungefähr den Weg, den sie gehen mußten. Es wurde geschrien und gestöhnt, während die Passagiere herauszufinden versuchten, was los war.

Die Menschen drängten sich in dem riesigen Holosaal vor den Metalltüren zum Speisesaal zusammen, wogten richtungslos hin und her und schrien ängstlich durcheinander. Der Holosaal war der größte offene Raum auf diesem Deck und bot genug Platz, um Tausende von Besuchern zu unterhalten. An einem Ende des Saals wehrten einige Dutzend Menschen, die von dem Durcheinander nichts mitbekommen hatten, mit echt wirkenden Schwertern holografische Räuber ab. In einer Höhle unmittelbar neben den Türen zum Speisesaal drängte sich ein Haufen kostümierter Höhlenbewohner um ein Holzfeuer zusammen. In diesem Moment fielen die Illusionsprojektoren in den Nebenräumen aus, was die Zuschauer zu lauten Protesten provozierte, weil ihre Phantasiewelten verschwanden. Der Saal wurde zur nackten, geisterhaft grauen Schale mit wenigen echten Möbelstücken. Die kostümierten Gestalten standen auf, hielten nach Schiffspersonal Ausschau, das den Schaden beheben sollte, und sahen die Menschenmenge, die ihnen den Platz im Saal streitig machte. Sie brachen in Panik aus und drängten zu den Ausgängen. Weitere Passagiere tauchten auf und versuchten schreiend, sich an ihnen vorbei in den Speisesaal zu schieben. Es brachen Kämpfe zwischen ihnen aus, in die die Kinderbetreuer mit ihren Schützlingen hineingerieten. Der Leiter der Kinderbetreuung, ein dünner Mann, sprach durch einen transportablen Lautsprecher und forderte pauschal alle Eltern auf, ihren Nachwuchs abzuholen.

»Hört zu!« Coromell trat mit Don im Gefolge aus seinem Nebenraum. »Hört zu!« Seine tiefe Stimme setzte sich gegen das Geschrei und das mechanische Heulen der überlasteten Lebenserhaltungsanlagen durch. »Alle zuhören! Beruhigt euch doch. Beruhigt euch, sage ich! Ihr habt alle die Vorschriften für Notfälle ignoriert. Wer von euch weiß, was zu tun ist, begibt sich auf seine Station, aber sofort! Und wer es nicht weiß, hält die Klappe, damit er die Anweisungen aus den Lautsprechern hört. Das war's! Los jetzt!«

»Die Türen sind geschlossen! Wir kommen nicht durch!« jammerte eine Frau.

»Fangen Sie nicht an zu weinen! Sehen Sie! Die Türen öffnen sich doch schon.«

Die Techniker erschienen in einem sich weitenden Spalt zwischen den riesigen metallischen Doppeltüren, die den Holosaal vom Speisesaal für Sauerstoffatmer trennten. Die Leute, die sich etwas beruhigt hatten, drängten sich hindurch und rissen den Mannschaftsmitgliedern, die sich auf beiden Seiten aufgestellt hatten, die Beatmungsgeräte aus den Händen. Stewards dirigierten sie zu den irisförmigen, offenen Luken der Fluchtkapseln und forderten sie auf, sich zu setzen.

Mit Dons Hilfe dirigierte Coromell weiter die Massen durch die Korridore, steckte Wasseratmer in Druckanzüge und schob Weber-Passagiere, die wie wild ihre Gestalt wechselten, zu den Treppen, die in das Wassermilieu führten.

»Achtung bitte, hier spricht der Captain«, dröhnte die Stimme des Captains aus der Lautsprecheranlage. »Bitte begeben Sie sich in aller Ruhe in Ihre zugewiesenen Fluchtkapseln. Dies ist eine vorübergehende Maßnahme. Bitte folgen Sie den Anweisungen der Mannschaft. Danke.«

Inmitten des lauten Stimmengewirrs hörte Lunzie hysterische Hilfeschreie. Sie zwängte sich durch das Gedränge zu einem kleinen Mädchen, das gestolpert und hingestürzt war und nicht mehr aufstehen konnte. Sie wäre um ein Haar totgetrampelt worden. Ihr Gesicht war zerkratzt, und sie weinte. Lunzie rief ihr tröstende Worte zu, hob sie hoch und reichte sie über die Köpfe der Menge zu ihrer kreischenden Mutter weiter. Don begleitete die Frau und ihr Kind in den Speisesaal und sorgte dafür, daß sie einen Platz in einer Kapsel bekamen. Als alle Plätze besetzt waren, schlossen sich die Irisluken, und die Kapseln wurden versiegelt. Es war der abrupte Wechsel vom Müßiggang in dem Luxusschiff zur Disziplin eines Notfalls, der den meisten Leuten Schwierigkeiten bereitete. Mit einem medizinischen Notset, das sie einer Luke hinter einem Wandteppich entnommen hatte, hastete Lunzie durch den riesigen Saal hin und her. Sie schiente die gebrochenen Glieder der Niedergetrampelten gut genug, daß sie sich an ihre Plätze begeben konnten, und bandagierte die Schnitte und Schürfwunden von Passagieren, die durch Deckenluken aus den Turbolif-ten klettern mußten. Sie verabreichte Passagieren, die sich am Rande der Hysterie befanden, milde Beruhigungsmittel.

»Nur so viel, um Sie zu beruhigen«, erklärte sie und trug ein sanftes Lächeln zur Schau, obwohl auch sie entsetzt war. »Es wird schon nichts passieren. Hier läuft alles standardmäßig ab.« Ein Unfall im Weltraum! Das konnte ihr unmöglich ein zweites Mal passieren.

»Mein Schmuck!« rief eine blauhaarige Menschenfrau, als sie von einem jungen Mann in feiner Garderobe in den Speisesaal gezogen wurde. »Es liegt alles noch in meiner Kabine. Wir müssen zurück!« Sie riß ihre Hand los und wollte in Richtung der Kabinen weglaufen.

»Haltet sie auf!« rief der Mann. »Madame Cholder, nein!«

Die Frau wurde von einer Welle in Panik geratener Passagiere wieder zu ihm zurückgetragen, versuchte aber immer noch, gegen den Strom anzukommen. »Ich kann meinen Schmuck nicht zurücklassen!«

Lunzie packte sie am Arm, sobald sie in Reichweite war, und drückte ihr die Injektionspistole auf die Schulter. Die Frau bewegte die Lippen, versuchte etwas zu sagen, brach dann aber zwischen Lunzie und dem jungen Mann zusammen. Er sah verwirrt zwischen Madame Cholder und Lunzie hin und her.

»Sie wird etwa eine Stunde schlafen«, erklärte Lunzie. »Das Beruhigungsmittel hat keine dauerhafte Wirkung. Bis dahin werden Sie weit draußen sein. Das Notsignalfeuer sendet schon. Versuchen Sie einfach ruhig zu bleiben.«

»Danke«, sagte er junge Mann aufrichtig, nahm Madame Cholder in die Arme und lief zu einer Fluchtkapsel.

Lunzie hörte hinter sich ein Poltern und Knirschen und fuhr herum.

»Es geht schon wieder los!« Zwei Schiffstechniker sprangen auf die Doppeltüren zu, die sich vor einer hysterischen Menge schlossen. Das Licht ging wieder aus. An der Decke blitze die Reihe roter Notlampen auf und tauchte alle in Schatten.

»Entfernen Sie diesen Schalter!« rief Perkin einem seiner Assistenten zu und deutete auf das offene Steuerpult neben der Tür. »Sie darf sich nur schließen, wenn ein Riß im Rumpf ist.«

»Die ganze Programmierung ist durcheinander, Perkin!« Der andere Techniker zog und drückte an den Hebeln am Steuerpult und versuchte im gedämpften Licht den Bildschirm zu lesen. »Wir müssen versuchen, sie manuell offen zu halten.«

»Wir haben nur ein paar Minuten. Stellen wir uns dazwischen!« Perkin sprang zwischen die schweren Metalltüren, die in diesem Moment zurollten, und versuchte eine zurückzuschieben. Seine Männer kämpften sich durch die Menge, um ihm zu helfen, konnten ihn aber nicht erreichen, ehe er aufschrie.

»Ich werde zerquetscht! Hilfe!« Die Türen hatten ihn eingeklemmt.

Seine Schreie elektrisierten Lunzie. Indem sie alle Kräfte mobilisierte, die ihr die mentale Disziplin zugänglich machte, bahnte sie sich einen Weg durch die Menge. Perkins Gesicht war schmerzverzerrt, als er sich den Türen zu entwinden versuchte, die ihn der Länge nach zweizuteilen drohten. Der Adreanalinschub durchfuhr sie in dem Moment, als sie die erste Reihe erreichte. Sie und die anderen Techniker packten die Türen und zogen sie auseinander.

Langsam und widerwillig rollten die Metalltüren in ihren Schienen zurück. Die Menge, die inzwischen noch erregter war, strömte vorbei an Perkin, der zusammengebrochen war, in den Speisesaal. Sobald die Türen aufgestemmt und die Schienen mit Klemmen blockiert waren, eilte Lunzie Perkin zu Hilfe und zog ihn aus dem Weg. Er konnte kaum noch laufen und wog gut die Hälfte mehr als sie, doch in ihrer Trance konnte Lunzie ihn ohne Mühe tragen.

Sie öffnete seine Uniformjacke, um seine Brust zu betasten, und schnaufte mitfühlend bei dem Anblick. Ihre Finger bestätigten, was ihre gesteigerte Wahrnehmungsfähigkeit schon registriert hatte: die linke Hälfte des Brustkorbs war eingedrückt und gefährdete seine Lunge. Wenn sie schnell arbeitete, konnte sie die Rippen richten, bevor dieser Lungenflügel kollabierte.

»Lunzie! Wohin gehen Sie?« rief Coromell ihr hinterher, als sie zur Treppe eilte, die auf die Oberdecks führte.

»Ich muß einen Gipsverband aus meinem Büro holen. Perkin wird sterben, wenn ich seine Rippen nicht fixiere.«

»Admiral! Wir gehen jetzt auch besser«, rief Don und schob ihn auf die Türen zu.

Coromell stieß die Hand seines Adjutanten weg. »Auf keinen Fall! Ich laß mich nicht in ein winziges Rettungsboot stecken, wo hundert hysterische Weiber über ihren Schmuck jammern! Es werden alle Hände gebraucht, damit dieser Kahn nicht in den Planeten trudelt. Wir können Leben retten. Ich bin vielleicht alt, aber ich kann immer noch meinen Teil tun. Der Captain hat noch nicht den Evakuierungsbefehl erteilt.« Plötzlich faßte er sich an die Brust und holte mit schmerzverzerrtem Gesicht tief Luft. Alle Farbe wich aus seinem Gesicht. »Nein, nicht jetzt! Wo sind meine Medikamente?« Mit zitternden Fingern knöpfte er seinen Kragen auf.

Don führte ihn zu einem Sofa am Rande des Saals. »Setzen Sie sich, Sir. Ich gehe die Frau Doktor holen.«

»Belästigen Sie sie nicht, Don«, schnauzte Coromell, als Don ihn auf die Sitzfläche hinunterdrückte. »Sie ist beschäftigt. Es ist alles in Ordnung mit mir. Ich bin nur alt.«

* * *

Lunzie rannte die Treppe hinauf. Als sie den ersten Absatz erreicht hatte, kam ihr ein weiterer Pulk aufgebrachter Passagiere entgegen, die aus ihren Kabinen in den Speisesaal hinunterliefen. Sie versuchte sich am Geländer festzuhalten, wurde aber von den Beinen gerissen und niedergetrampelt. Lunzie packte die Beine der Leute, die an ihr vorbeiliefen, und versuchte sich wieder hochzuziehen, aber man schüttelte sie ab. Ihre Trance verschaffte ihr noch so viel Kraft, daß sie sich zur Wand durchkämpfte und die Hände daran hochschob, bis sie wieder stand. An die Wand gelehnt, versuchte Lunzie, ihr Gleichgewicht zu halten, während sie sich durch den Mob schob, und gab nichts um die Proteste der Leute, die ihr im Weg standen. Noch ein Schub Menschen wälzte sich an ihr vorbei, so in Panik, daß sie übereinander hinwegkletterten, um sich in Sicherheit zu bringen. Lunzie hatte so viel Angst wie alle anderen, aber ihr Pflichtgefühl und ihre mentale Disziplin gestatteten ihr nicht, sie zu empfinden.

Das nächste Deck war praktisch verlassen. Die gewöhnlich versiegelte Notluke zum Methanmilieu war aufgedrückt worden und hatte die ekelerregende Atmosphäre ins übrige Schiff hinausdringen lassen. Die Rettungskapseln dieses Decks waren fort. Lunzie würgte und hustete von dem Geruch, während sie in ihr Büro lief.

Die Stromversorgung dieses Bereichs war mehrfach ausgefallen und wieder angesprungen. Luken, die von magnetischen Siegeln arretiert wurden, hatte ihre Kohäsionskraft verloren, waren heruntergefallen und hatten Boden und Wände zerbeult. Lunzie sprang über sie hinweg und stieß die Tür zum Behandlungsraum auf.

Weil sich die Korridore geleert hatten, konnte sie feststellen, daß es weitere Opfer der Tragödie gab. Nachdem sie Perkins Rippen ordentlich gerichtet und verbunden hatte, war er außer Gefahr. Sie ließ ihn auf dem weichen Sofa ausruhen. Unermüdlich suchte sie nach anderen verletzten Mannschaftsmitgliedern.

»Hierher, Lunzie!« Don winkte sie in die dunkle Ecke, wo der Admiral bewußtlos auf dem Sofa lag. »Es ist sein Herz.«

Als sie das verkniffene Gesicht des Alten sah, keuchte sie auf. Selbst im roten Licht konnte sie erkennen, daß seine Hautfarbe von einem käsigen zu einem blaugetönten Weiß überging. Sie fiel auf die Knie und kramte in ihrer Medikamententasche nach der Injektionspistole, die sie Coromell auf den Arm drückte. Sie und Don warteten bang ab, während sie immer wieder auf ihrem Scanner nachschaute, ob seine Vitalwerte sich besserten. Plötzlich rührte der Admiral sich, stöhnte und schickte die beiden mit einem ungeduldigen Wink weg.

»Ich verabreiche ihm eine Vitamininjektion mit Eisen«, sagte Lunzie und griff nach einer anderen Phiole. »Er muß sich ausruhen!«

»Ich kann mich nicht ausruhen, wenn Leute in Gefahr sind«, brummte Coromell.

»Sie sind im Ruhestand, Sir«, sagte Don geduldig. »Ich werde Sie stützen.«

»Sie begeben sich jetzt besser in die Kapseln«, rief Sharu, die Erste Offizierin, ihnen zu.

»Ich steige in keine Kapsel«, schaufte Coromell.

»Ich bleibe hier und helfe, Sharu«, rief Lunzie zurück.

Shru nickte dankbar und gab den übrigen Kapseln ein Zeichen, die Türen zu schließen. »Captain«, sprach sie in ihren Armbandkommunikator. »Sie können den Befehl geben.«

»Was können wir tun?« fragte Don, als sie den Admiral zur Treppe brachten. »Diese Situation wird seinen Zustand nur verschlimmern. Er wird helfen wollen!«

»Bringen wir ihn in eine der kryogenischen Kammern. Ich werde ihm ein Sedativum verabreichen, und er und die anderen kritisch Verletzten können im Kälteschlaf verbleiben, bis wir gerettet werden.« Lunzie trug den alten Mann fast allein zur Krankenstation und machte sich Sorgen, daß er nicht mehr lang genug leben würde, um die kryogenische Droge zu erhalten.

Ein weiterer Ruck durchfuhr den Schiffsrumpf, und alle Lichter gingen aus. Diesmal blieben sie für einige Sekunden aus. Nur die Notleuchtfeuer in einer Ecke des großen Holosaals sprangen an.

»Das war's dann«, knurrte Chibor. »Kein Antrieb mehr. Diese Lichter laufen auf Batterie.«

Ein Mann hämmerte seitlich gegen den Kontrollmonitor neben der Tür. »Die Steuercomputer sind abgestürzt. Wir müssen alle Programme wieder aus den keramischen Back-up-Speichern herunterladen. Es wird Monate oder Jahre dauern, um das ganze Schiff wieder in Gang zu bringen. Wir könnten alles verlieren, die Energieversorgung, die Lebenserhaltung...«

»Konzentrieren Sie sich erstmal auf eine Sektion des Schiffes, Nais, damit wir irgendwo überleben können«, befahl Sharu. »Ich schlage den hydroponischen

Bereich vor. Dort gibt's noch reichlich Sauerstoff für uns paar. Stellen Sie die Ventilatoren an, um für Luftzirkulation zu sorgen. Machen Sie ein Notsignalfeuer startklar.«

»Laut der Telemetrie sind wir dem Planeten zu nah. Niemand wird uns sehen können«, erwiderte Nais streitlustig. Seine Nerven lagen offensichtlich blank. »Wir dürften überhaupt nicht hier sein. Der Gasriese ist nur unser Orientierungspunkt in diesem System. Wir sind Millionen Kilometer von unserem avisierten Zwischenstopp entfernt.«

»Wollen Sie etwa nicht gefunden werden?« schnauzte Sharu zurück, packte ihn an der Schulter und schüttelte ihn durch. »Sprechen Sie mit Captain Wynline ab, was er unternehmen will. Er ist oben auf der Brücke.«

»Ja, Sharu«, keuchte Nais und hetzte zur Treppe.

»Es wird hier gefährlich sein, bis wir die Systeme wieder stabilisiert haben«, sagte Sharu zu Lunzie, die gerade in den Holosaal zurückkehrte. »Kann ich irgendwie helfen?«

»Bringen Sie mir eine batteriebetriebene Lampe hier herunter, dann kann ich weitermachen.« Lunzie war froh, daß sie sich von den technischen Spielzeugen der modernen Medizin nicht völlig abhängig gemacht hatte. Was würden ihre Ärztekollegen von Astris Alexandria jetzt ohne ihre elektronischen Skalpelle anfangen?

Sie arbeitete immer noch unter dem Einfluß des Adrenalinschubs, den sie ihrer mentalen Disziplin verdankte. Wenn er nachließ, würde sie fast hilflos sein. Bis dahin wollte sie den Verwundeten helfen.

Plötzlich hörte sie hinter sich ein Geräusch wie von einer gedämpften Explosion. Lunzie stand auf, um zu erkennen, was sich in dem Halbdunkel abspielte. Im düsteren Glühen konnte sie nur so eben ausmachen, wie die Metalltüren zuglitten und den leeren Speisesaal endgültig absperrten.

»Jetzt sind wir erledigt! Die Türen schließen sich!« schrie Chibor. »Paßt auf!«

Ein scharfkantiges Gewicht traf Lunzie an der Brust und warf sie um. Sie knallte gegen die Wand und sackte bewußtlos über einem Patienten zusammen. Chibor lief zu ihr, wischte ihr das Blut von den aufgesprungenen Lippen und fühlte nach ihrem Puls.

Sharu erschien wenige Minuten später und suchte mit dem Lichtkreis eines starken Handscheinwerfers nach ihr. »Lunzie, geht das? Lunzie?«

»Hier drüben, Sharu«, rief Chibor, ein formloser Umriß im roten Blinklicht.

Sharu folgte der Stimme. »Bei Krim!« seufzte sie. »Verdammt. Bringen Sie sie zu Admiral Coromell in die Kälteschlafkammer. Wir werden sie medizinisch betreuen lassen, sobald uns jemand rettet. In der Zwischenzeit wird sie sicher im Kälteschlaf liegen. Machen wir uns wieder an die Arbeit.«

drittes buch

siebtes kapitel

Lunzie schlug die Augen auf und schloß sie gleich wieder, weil ihr ein grelles Licht ins Gesicht schien.

»Entschuldigen Sie, Doktor«, sagte eine ruhige Männerstimme trocken. »Ich habe mir gerade Ihre Pupillen angesehen, als Sie aufgewacht sind. Hier...« Ein Tuch wurde ihr über die Hand gelegt, die die Augen bedeckte. »Sie müssen sich nach und nach an das Licht gewöhnen. Es ist nicht sehr stark.«

»Die Türklemme hat mich an der Brust getroffen«, erinnerte sich Lunzie. »Ich muß mir ein paar Rippen gebrochen haben, aber dann bin ich mit dem Hinterkopf auf dem Boden aufgeschlagen, und... Ich schätze, dabei habe ich das Bewußtsein verloren.« Mit der freien Hand tastete sie sich den Brustkorb ab. »Das ist komisch. Sie fühlen sich nicht so an, als hätte ich etwas abbekommen. Stehe ich unter örtlicher Betäubung?«

»Lunzie?« fragte eine andere Stimme zaghaft. »Wie fühlst du dich?«

»Tee?« Lunzie riß das Tuch weg und setzte sich auf. Von der plötzlichen Änderung des Blutdrucks schwindelte ihr. Starke Arme fingen sie auf und hielten sie fest. Sie blinzelte ins grelle Licht, bis sie die beiden Gesichter deutlich erkennen konnte. Der Mann links war ein kleiner, kräftig gebauter Fremder, ein medizinischer Offizier, der ein Rangabzeichen der Flotte trug. Der andere war Tee. Er nahm ihre Hand in seine und küßte sie. Sie umarmte ihn und plapperte fassungslos vor sich hin.

»Was machst du hier? Wir sind zehn Lichtjahre von Astris entfernt. Moment mal… wo sind wir hier eigentlich?« Lunzie kam plötzlich wieder zu sich und sah durch den Untersuchungsraum, dessen Wände aus poliertem Edelstahl bestanden. »Das ist nicht die Ambulanz.«

Der Fremde antwortete ihr. »Sie befinden sich auf dem Flottenschiff *Ban Sihde*. Ihr Schiff ist havariert. Erinnern Sie sich daran? Sie wurden verletzt und in den Kälteschlaf versetzt.«

Lunzies Gesicht wurde leichenblaß. Sie bat Tee mit einem Blick um Bestätigung. Er nickte schweigend. Sie bemerkte, daß sein Gesicht etwas faltiger war als zu dem Zeitpunkt, als sie ihn das letzte Mal gesehen hatte, und seine Haut blaß. Die Veränderungen schokkierten und besorgten sie. »Wie lang?«

»Zehn Jahre, drei Monate«, sagte der Flottenmediziner schroff. »Ihre Erste Offizierin wurde erst vor kurzem abgelöst. Sie und der Captain sind die ganze Zeit wach gewesen und haben das Signalfeuer gewartet. Wir hätten das Schiff um ein Haar übersehen. Es ist etwa sechzehn Prozent tiefer in die Atmosphäre von Carsons Riesen eingedrungen als zu dem Zeitpunkt, als der Notruf gesendet und die Fluchtkapseln gestartet wurden. Der Orbit wird immer enger. Es sieht jetzt wie ein riesiges Stück Schrott aus. Destiny hat entschieden, daß es nicht geborgen werden soll. In etwa fünfzig Jahren wird es in das Methan abstürzen. Schade drum. Es ist ein recht ansehnliches Schiff.«

»Nein!« keuchte Lunzie.

Der Mediziner klang fröhlich. »Sie haben nur ein bißchen Zeit verloren. Das passiert etwa einem Fünftel des Flottenpersonals einmal in seiner Karriere. Sie dürften keine Beschwerden haben. Was ist denn los?« Er schloß die Hand fest und professionell um ihr Handgelenk.

»Mir ist es jetzt das zweite Mal passiert«, stammelte Lunzie. »Ich hätte nicht gedacht, daß es mir noch einmal zustoßen könnte. Zwei Raumunfälle in einem Leben. Bei Muhlah!«

»Zweimal? Großer Gott, da hatten Sie wirklich mehr als Pech.« Er ließ ihre Hand los und fuhr mit einem Scanner über ihre Brust. »Alles normal. Sie haben sich schnell erholt. Sie müssen sehr stark sein, Doktor.«

»Du brauchst Essen und Bewegung«, sagte Tee. »Darf ich sie mitnehmen, Harris? Gut. Geh mit mir durchs Schiff. Wir haben alle siebenundvierzig Mannschaftsmitglieder gerettet, die zurückgeblieben sind, und zwei Passagiere. Einer von ihnen war dafür verantwortlich, daß wir nach dir gesucht haben.«

»Was? Wer ist denn mit uns an Bord geblieben?«

»Admiral Coromell. Komm. Gehen wir in die Messe, dann erzähl ich's dir.

Du warst kaum weg, als ich anfing, mir Sorgen zu machen«, erklärte Tee und verabreichte Lunzie einen dringend benötigten Muntermacher. Sie programmierten den Synthesizer mit ihren Menüs und setzten sich an einen Tisch an einer Wand des großen Saals. Die Wände waren weiß gestrichen. Lunzie fiel auf, daß es in den Gemeinschaftsräumen der Flottenschiffe offensichtlich nur zwei verschiedene Einrichtungsstile gab, polierten Stahl oder mattes keramisches Weiß. Sie hoffte, daß die Kojen etwas wohnlicher waren. Langeweile rief ihre speziellen Weltraumkrankheiten hervor. »Ich wußte, daß etwas nicht stimmte, hatte aber keine Ahnung, was es sein mochte. In zwei Jahren hattest du mir nur einmal geschrieben. Der AT-Techniker sagte mir, es sei die einzige Nachricht gewesen, die in der ganze Zeit deinem Zugangscode berechnet wurde.«

Nachdem sie das milde Stimulans getrunken hatte, fühlte Lunzien sich schon viel munterer. »Wie hast du das gemacht? Die Astris Telekom gibt solche Informationen gewöhnlich nicht heraus.«

Tee lächelte, und seine warmen Augen strahlten. »Shof und ich sind Freunde geworden, während du weg warst. Er und Pomayla wußten, wie einsam ich ohne dich war, so wie sie auch. Ich habe ihm viel über die praktische Anwendung der Lasertechnik beigebracht, und dafür hat er mir Einblick in die Computertricks gegeben, die er und seine Freunde ausgetüftelt haben. Er hat sehr gern von mir gelernt. Ich glaube, er hat bei seinem Techniklehrer einige Punkte gutgemacht, weil er detaillierte Berichte über die frühesten Prototypen des Systems abliefern konnte. Oh, und ich sollte dir ausrichten, daß er mit Auszeichnung abgeschlossen hat.« Er seufzte. »Das ist natürlich schon acht Jahre her. Er hat mir zum Abschluß ein Ticket geschickt. Ich habe ihn mit dem Rest der Bande besucht, der noch studierte, und wir haben hinterher eine Party gefeiert, wo mit gutem Wein auf dich angestoßen wurde. Ich habe dich furchtbar vermißt.«

Lunzie bemerkte die leichte Betonung auf »habe«, beachtete sie aber nicht weiter. Es schien sich eine Kluft zwischen ihnen aufgetan zu haben, aber das war nach all der Zeit, die vergangen war, wohl nicht anders zu erwarten. Zehn verlorene Jahre bedeuteten nicht einen solchen Schock wie zweiundsechzig, denn immerhin konnte sie die verstrichene Zeit überschauen. »Freut mich, daß Shof es geschafft hat. Danke, daß du's mir ausgerichtet hast. Aber wie bist du hierher gekommen?«

»Es lag an dem Video, das du mir geschickt hast, und die Tatsache, daß du danach nichts mehr geschickt hast. Das hat mich stutzig gemacht. Du bist mir so glücklich vorgekommen. Du hast von vielen Dingen erzählt, die dir an Bord aufgefallen waren. Die Kabine, in der du gelebt hast, war der Tagtraum eines

Reichen. Die anderen Ärzte waren nette Leute und hatten eine professionelle Einstellung. Du hattest gerade in dem Salzwassermilieu unter Wasser ein Delphinbaby auf die Welt gebracht. Du hast mich vermißt. Das war alles. Wenn du mir hättest sagen wollen, daß du einen anderen kennengelernt hast und es mit uns vorbei ist, hättest du eine zweite Nachricht geschickt. Du bist manchmal schwer zu durchschauen, Lunzie, aber nie unhöflich.«

»Nun ja«, sagte Lunzie und führte einen Bissen Kartoffelgratin zum Mund. »Ich umgebe mich nicht gern mit Luxus, aber du hast recht. Dann haben mir also meine guten Manieren das Leben gerettet? Meine Güte, nach dem Essen auf der *Destiny* ist dieses Menü ein regelrechter Schock. Es ist nicht schlecht, will ich damit sagen.«

»Nicht schlecht, nur uninteressant. Wie ich die Kochecke in unserem Apartment vermisse!« Tee blickte zur Decke. »Solange ich lebe, werde ich mich nie ganz an Synthetiknahrung gewöhnen. Von der Wasserkultur oben bekomme ich manchmal etwas frisches Gemüse für uns. Ich weiß nie, wann ich das nächste Mal etwas auf den Teller bekomme, das richtig gewachsen und nicht aus Kohlenhydratmolekülen zusammengesetzt worden ist.«

»Für *uns*?« Erst jetzt wurde Lunzie darauf aufmerksam, daß Tee eine Uniform trug. »Bist du auf der *Ban Sidhe* stationiert, Tee?«

»Vorübergehend, ja, aber das kommt erst am Ende der Geschichte, nicht am Anfang. Ich erzähl dir erst, was sonst noch passiert ist:

Ich bin nicht informiert worden, als das Raumschiff vermißt gemeldet wurde. Immer, wenn ich mich bei Destiny erkundigte, warum ich keine Nachrichten mehr von dir erhielt, wurde mir gesagt, daß interstellare Post nun einmal langsam ist und du vielleicht zu beschäftigt warst, um mir zu schreiben. Das konnte ich eine Zeitlang hinnehmen. Es dauert eine Weile, bis ein Nachrichtenspeicher von Alpha auf Astris eintrifft. Aber nach über zwei Jahren hätte ich doch schon von dir erfahren müssen, wie dein Treffen mit Fiona gelaufen ist. Selbst«, fügte Tee unsicher hinzu, »wenn's nicht mehr als ein Dankeschön für mich als deinem Sachbearbeiter gewesen wäre.«

»Wenn überhaupt jemand, dann hattest du ein Recht darauf, alles über unser Wiedersehen zu erfahren. Ich schulde dir viel mehr als das. Oh, ich habe dich vermißt, Tee. Großer Gott!« Lunzie faßte sich an den Kopf. »Wieder zehn Jahre verloren! Man hat mich erwartet. Fiona mußte vielleicht wieder zum Eridani aufbrechen! Ich muß Lars verständigen.«

Tee tätschelte ihre Hand. »Ich habe ihm schon eine Nachricht geschickt. Du müßtest bald eine Antwort bekommen.«

»Danke.« Lunzie rieb sich die Augen. »Ich bin immer noch etwas benebelt. Wahrscheinlich hatte ich eine Gehirnerschütterung, als man mich ins Eisfach gesteckt hat. Dein Doktor hätte am besten erst einmal den Schädel scannen sollen.«

»Brauchst du noch einen Muntermacher?« fragte Tee besorgt.

»O nein. Nein, danke. Einer reicht mir. Destiny meinte also, alles sei in Ordnung und nur die Post brauche ihre Zeit. Hörst sich so an, als hättest du es mit einem faulen Hund zu tun gehabt.«

Tee brachte ihre Tabletts weg und trug eine Kanne dampfenden Kräutertee an ihren Tisch. »Ja, ganz richtig, aber ich hatte keinen Beweis dafür. Ich habe ihm geglaubt, bis ich in einer 3d-Übertragung gesehen habe, daß die *Destiny Calls* in einem Ionensturm verschollen ist. Die Destiny Line hatte die Passagiere gerettet, die in Fluchtkapseln rausgeschossen wurden.

Einige wurden von den 3d-Sendern interviewt. Aber auch danach habe ich noch nichts von dir gehört. Von da an habe ich Himmel und Hölle in Bewegung gesetzt, um herauszufinden, was passiert ist. So wie es dir mit Fiona ergangen ist, habe ich eine Pleite nach der anderen erlebt. Niemand wußte, was mit der *Destiny Calls* geschehen ist, nachdem sie ihren ersten Zwischenstopp nach Astris verlassen hat. Die Mitarbeiter der Destiny Line behaupteten, sie würden mir gerne helfen, aber ich habe nie eine klare Auskunft von ihnen erhalten. Ich bestand darauf, daß sie für eine Suche bezahlen, um das Schiff zu bergen. Ich sagte ihnen, daß du noch an Bord sein mußt.«

»Das stimmt auch. Es sind viele Mannschaftsmitglieder verletzt worden, als alles zusammenbrach, und ich konnte sie nicht allein lassen.« Tee nickte. »Weißt du schon davon?« fragte Lunzie.

»Die Offizierin hat von dem Tag an, als der Strom auffiel, ein handschriftliches Logbuch auf Printfolien geführt und die Dateien in einem Textverarbeitungsprogramm gespeichert, sobald die Terminals wieder hochgefahren wurden. Als wir die *Destiny* erreichten, liefen die wichtigsten Systeme wieder, aber das Interface zwischen dem Maschinenraum und den Triebwerken war zerstört. Ich habe es mir selbst angesehen. Selbst für meine Begriffe war das System primitiv.«

»Wie konnte die Destiny Line ein Militärschiff dazu veranlassen, sich an der Suche nach einem kommerziellen Schiff zu beteiligen?« fragte Lunzie neugierig und pustete in ihre Tasse, um den Tee abzukühlen.

»Sie haben nicht darum gebeten. Ich hatte das Gefühl, daß etwas faul war an ihren Beteuerungen, die Suche käme gut voran. Mit Hilfe meiner eigenen Beziehungen – und einigen Tricks, die mir Shof beigebracht hat –, habe ich herausgefunden, daß der Paraden-Konzern die Versicherung der *Destiny Calls* in

Anspruch genommen hat und sich dabei auf die Aussagen der geretteten Passagiere berief, um zu beweisen, daß das Schiff verunglückt ist. Die Suche war nur ein Vorwand, um die Versicherungsleute zu überzeugen! Der Konzern hatte die Leute bereits abgeschrieben, die sich noch an Bord befanden, darunter dich. Ich war wütend. Ich habe persönlich die Büros auf der anderen Seite von Astris aufgesucht und war entschlossen, alles kurz und klein zu schlagen, wenn nicht ernsthaft nach dem Schiff gesucht würde. Ich bin den ganzen Tag lang dort geblieben und habe jeden angeschnauzt, der hereinkam und einen Flug buchen wollte. Ich bin sicher, ich habe Dutzende potentieller Passagiere abgeschreckt. Sie wollten mich entfernen lassen, weil ich ihr Geschäft schädigte, aber ich sagte ihnen, daß ich nicht gehen würde. Wenn sie einen Ordnungshüter riefen, würde ich in meiner Aussage die ganze Geschichte erzählen, und es würde sich draußen schnell herumsprechen – was ihrem Geschäft noch größeren Schaden zugefügt hätte.

Ich war nicht der einzige, der auf die Idee gekommen ist, dort persönlich aufzutauchen. Am nächsten Morgen habe ich dort Commander Coromell getroffen.«

»Commander Coromell? Das ist der Sohn des Admirals! Ich hatte keine Ahnung, daß er sich auf Astris aufhält.«

»Es war das nächstgelegene Büro der Destiny Lines, als er die Nachricht erhielt. Er und ich haben auf gegenüberliegenden Seiten im Empfangszimmer Platz genommen und schweigend darauf gewartet, daß einer der Konzernlakaien uns neue Lügen auftischt. Gegen Mittag haben wir uns beraten und unsere Notizen verglichen. Die Menschen, die wir vermißten, befanden sich auf dem gleichen Schiff. Der Tag ging vorbei, und es wurde deutlich, daß der Manager der Destiny Lines uns nicht empfangen wollte. Daraufhin haben wir uns zusammengetan und beschlossen, rechtliche Schritte gegen den Konzern einzuleiten.

Aber es war leider schon zu spät. Die Versicherungsgesellschaft hatte bereits gezahlt, und der Konzern war nicht daran interessiert, die Kosten für eine Suchaktion aufzubringen. Man war lediglich bereit, uns den Höchstbetrag auszuzahlen, der uns für den Verlust eines Angehörigen zusteht, mehr aber nicht. Coromell war außer sich. Er hat politische Schläge ausgeteilt und sich auf die Heldentaten seines Vaters und sein eigenes Ansehen berufen, um die Flotte einzuschalten. Die Flotte hat schließlich die *Ban Sidhe* für die Suche abgestellt. Admiral Coromell ist ein großer Held, und der Gedanke, ihn zu verlieren, gefiel den Verantwortlichen nicht.«

»Tolle Arbeit. Du solltest dir ein paar seiner Geschichten anhören. Wie bist du an Bord gekommen? Ich dachte, du dürftest keinen Posten auf einem Raumschiff antreten.«

»Dazu waren noch einige politische Schachzüge erforderlich. Commander Coromell ist ein sehr einflußreicher Mann. Seine Familie blickt auf eine lange, ehrenvolle Geschichte in der FES-Flotte zurück. Er hat meine Dienstakte neu geöffnet und meine Beförderung arrangiert. Commander Coromell hat mir die Chance gegeben, in den Weltraum zurückzukehren. Von dieser Chance habe ich immer geträumt, aber nie gedacht, daß ich sie wirklich bekommen würde. Ich bin ihm sehr dankbar.«

»Ich auch. Ich hätte nie gedacht, dich so bald wiederzusehen«, sagte Lunzie und berührte Tees Hand.

»So bald war es auch nicht«, erwiderte Tee traurig. »Wir haben viele Sprünge durch dieses System unternommen und sind dabei dem mutmaßlichen Kurs der *Destiny Calls* gefolgt. Es war meine Freundin Naomi, die als erste den Magnesiumausstoß auf der abgewandten Seite des Planeten bemerkt und uns dazu veranlaßt hat, den Gasriesen zu untersuchen. Ihr hättet nicht dort sein dürfen«, tadelte er.

Lunzie hob empört die Augenbrauen. »Du weißt doch wohl, daß wir uns vor einem Ionensturm in Sicherheit bringen mußten«, erwiderte sie. »Es war ein kalkuliertes Risiko. Wenn wir nur ein wenig früher oder ein wenig später in dieses System gesprungen wären, hätte uns der Sturm nichts anhaben können.«

»Du hast wirklich Pech gehabt, aber jetzt bist du in Sicherheit«, sagte Tee sanft, stand auf und streckte eine Hand nach ihr aus. »Komm, es wird Zeit für dich, den Rest der *Destiny*-Mannschaft wiederzusehen.«

* * *

»Das Schiff ist völlig hinüber. Ohne ein Back-up vom Hauptrechner eines der anderen Schiffe wird uns die Kiste nicht verraten können, wo's ihr weh tut, geschweige denn, was wir reparieren müssen«, erklärte Ingenieur Perkin trübsinnig.

»Gelten in diesem Fall die Bergungsrechte?« wollte einer der jungen Flottenoffiziere wissen und senkte verlegen den Blick, als sich ihm alle zuwandten. »Entschuldigung. Ich wollte nicht gierig klingen.«

»Zum Teufel, die Destiny Lines hatte uns doch schon aufgegeben«, sagte Sharu, die Erste Offizierin, und tat den Fauxpas mit einem Wink ab. »Nehmt euch, was ihr gebrauchen könnt, aber laßt uns bitte unsere persönliche Habe. Wir erhaben außerdem Anspruch auf Wertgegenstände, die von unseren Passagieren zurückgelassen wurden.«

»Ich... ich habe an frische Lebensmittel gedacht«, stammelte der Leutnant. »Mehr nicht.«

»Ach so.« Sharu grinste. »Die hydroponischen Anlagen sind noch intakt, Leutnant. Dort wächst genug, um Tausende Menschen zu ernähren. Die Grapefruits sind gerade reif. Außerdem die Papayas, Blattsalate, Stachelbeeren, Artischocken, Trauben, fünf Tomatensorten und etwa hundert verschiedene Kräuter. Und jeden Tag wird etwas Neues reif. Wir haben im Exil gut gegessen. Bedient euch.«

Die jungen Offiziere am Tisch jubelten, und einer warf seine Mütze in die Luft. Die älteren Offiziere lächelten nur.

»Wir nehmen Ihr freundliches Angebot gern an«, sagte der Flottenkapitän und lächelte freundlich. »Wie jedes andere Schiff, dessen Hauptanliegen es ist, keine überflüssige Fracht zu transportieren, beschränkt sich unsere Wasserkultur auf das, was zur Gesunderhaltung eines Organismus als unbedingt nötig erachtet wird.«

»Captain Aelock, wir schulden Ihnen viel mehr als ein paar Kisten Grünzeug. Ich bin mir sicher, wenn Captain Wynline mit Ihren Leuten vom Wrack der *Destiny* zurückkommt, wird er dasselbe sagen. Er wird vielleicht sogar persönlich dabei helfen, Aggregate auszubauen. Zu behaupten, daß er das Schiff nur sehr ungern aufgibt, ist eine maßlose Untertreibung. Ah, Lunzie! Geht's Ihnen schon besser?« Sharu lächelte, als Lunzie und Tee eintraten, und bedeutete der Ärztin, sich neben sie zu setzen.

»Mir geht's gut, danke.«

»Es scheint, wir verdanken unsere Rettung der Beharrlichkeit von Fähnrich Janos. Ist das richtig?«

»Teilweise«, sagte Tee bescheiden. »Eigentlich müssen wir uns bei Commander Coromell bedanken.«

»Ich bin allen dankbar. Ich habe einige der Fundstücke für Sie beiseite gelegt. Lunzie, würde Ihnen Madame Cholders Schmuck gefallen? Es ist eine armselige Entschädigung für den Verlust von zehn Jahren, aber er gehört Ihnen. Ich würde sagen, er ist zwischen einer halben und einer Million Credits wert.«

»Danke Sharu, das ist mehr als großzügig. Bin ich als letzte aufgewacht?« fragte Lunzie.

»Nein. Der Vater des Commanders und sein Adjutant sind als letzte aufgewacht«, antwortete Aelock. »Ich habe sie gebeten, sich zu uns zu gesellen, wenn sie im Kommunikationszentrum fertig sind.«

»Sie hätten mich fragen sollen«, sagte Lunzie etwas heiser. »Der Admiral ist herzkrank.«

»Das wußten wir schon von seinem Sohn«, entschuldigte sich Aelock. »Außerdem sind seine medizinischen Unterlagen in den Datenbanken der Flotte gespeichert.«

»Ah, da sind Sie ja«, sagte der alte Coromell mit voller Stimme, als er, gefolgt von seinem Adjutanten, den Raum betrat. »Wenn es je etwas geben sollte, das ich oder meine Nachkommen für Sie tun können, dann betrachten Sie es als unsere heilige Verpflichtung. Diese junge Dame hat mir das Leben gerettet, Captain. Ich habe es eben meinem Sohn erzählt.« Lunzie wurde rot. Der Admiral lächelte und fuhr fort: »Er ist sehr dankbar, daß ich noch lebe, aber nicht dankbarer als ich. Er hat sich furchtbar darüber aufgeregt, daß sein alter Herr mal wieder den Helden spielen mußte, und dann gesagt, daß er wahrscheinlich dasselbe getan hätte. Ich treffe ihn auf Tau Ceti. Ich übernehme die volle Verantwortung, wenn jemand fragen sollte, warum auf einem gesicherten Kanal ein so teures Gespräch geführt wurde.«

»Ich werde diese Angelegenheit vertraulich behandeln, Admiral, aber trotzdem Danke«, sagte Aelock gütig. »Und was geschieht jetzt mit Ihnen? Destiny hat Sie wohl abgeschrieben. Zumindest vorläufig. Ich würde die Gesellschaft vor ein FES-Gericht bringen, weil es ein Raumschiff auf unverantwortliche Weise im Stich gelassen hat.«

»Dürfte ich«, fragte Sharu, »mit Ihrer Erlaubnis unsere Zentrale anrufen? Weil ich es trotz ihrer Anstrengungen geschafft habe, noch zu leben, werden sich die Verantwortlichen vielleicht so sehr schämen, daß sie freiwillig für unsere Rettung und unsere Weiterreise von dort bezahlen, wo Sie uns absetzen werden.«

Captain Aelock nickte. »Natürlich.«

* * *

»Ach, und Doktor, über den FTL-Kanal ist eine Nachricht für Sie eingetroffen«, sagte der Admiral, als sich die Versammlung auflöste. »Sie möchten sie vielleicht ungestört anhören.« Mit einer so weichen Stimme hatte er sie noch nie angesprochen.

»Danke, Admiral.« Seine ungewöhnliche Behutsamkeit verwirrte Lunzie. Er lächelte und marschierte mit Captain Aelock den Korridor hinunter. Don und Aelocks Offiziere folgten ihnen.

»Komm«, sagte Tee. »Es ist leicht zu finden. Du solltest dich allmählich mit dem Grundriß des Schiffs vertraut machen.« Sie standen vor dem Sitzungssaal in einem Korridor von etwa zweieinhalb Metern Breite. »Das ist der Hauptdurchgang des Schiffs. Er führt von der Brücke bis hinten zum Maschinenraum. Man hielt es für unklug«, fügte er amüsiert hinzu, »den Maschinenraum direkt hinter der Brücke einzurichten. Eine Explosion dort würde alle Steuerpulte in Brand setzen, mit denen das Schiff gelenkt wird.«

»Das hört sich vernünftig an«, sagte Lunzie.

»Ich führe dich später überall herum. Hören wir uns erst einmal an, was Lars zu sagen hat.«

Es kam zu einem kleinen Tumult, als Tee Lunzie in die Kommunikationszentrale führte.

»Dann war das wohl die Dame, die tausend Rettungskapseln gestartet hat, was?« fragte ein Offizier mit einem Augenzwinkern und zwirbelte die Enden seines schwarzen Schnurrbarts.

»Das ist Lunzie, Stawrt«, bestätigte Tee mit einem unbehaglichen Unterton in der Stimme.

»Ist mir ein Vergnügen«, sagte Lunzie und schüttelte viele Hände. Es waren drei Offiziere im Dienst, der Kommunikationschef Stawrt und die beiden Weber, Fähnrich Huli und Fähnrich Vaer. Huli trug keine der standardmäßigen menschlichen Uniformen, die Weber in Gegenwart von Menschen bevorzugten, sondern hatte acht oder zehn tentakelartige Arme mit je zwei Fingern ausgestreckt, mit denen er das komplizierte Instrumentenpult vor sich bediente.

Huli tippte ihr mit einem der dünnen Finger seiner fünften Hand auf die Schulter. »Würden Sie jetzt gern Ihre Nachricht sehen? Dann gehen Sie bitte in eine der Kabinen.« Eine weitere Hand schnellte vor und zeigte auf eine Tür in einer Innenwand.

»Tee, hörst du sie dir mit an?« fragte Lunzie. Ihr war plötzlich unwohl zumute.

Die Kabine war eine äußerst enge Nische mit dikker, beiger Schallschutzisolierung an den Wänden, der Decke und auf dem Boden. Jedes Wort, das gesprochen wurde, schien von den perforierten Wandtafeln verschluckt zu werden. Mitten im Raum stand ein standardmäßiger Holoprojektor, umgeben von einigen Stühlen. Lunzie setzte sich, und Tee nahm neben ihr Platz. Sie rechnete fast damit, daß er ihre Hand nahm, aber er berührte sie nicht. Seit sie ihm nach dem Erwachen in die Arme gesunken war, hatte er sie überhaupt noch nicht angefaßt.

»Drück diesen roten Knopf, um anzufangen«, erklärte Tee und deutete auf ein kleines Tastenfeld auf der Armlehne. »Der schwarze unterbricht die Übertragung, der gelbe hält das Bild an, der blaue spielt alles wieder von vorn ab.«

Lunzie war sehr nervös, als sie den roten Knopf berührte.

Im Holofeld erschien ein Bild von Lars. So wie Tee war er leicht gealtert. Sein Haar war dünner, er hatte um die Hüften zugelegt, und die Falten in seinen Mundwinkeln waren tiefer.

»Liebe Großmutter«, begann Lars mit einer Verbeugung. »Ich bin froh zu hören, daß du gerettet worden bist. Als du nicht planmäßig eingetroffen bist, haben wir uns große Sorgen gemacht. Fähnrich Janos war so freundlich, mir die ganze Geschichte zu erzählen.

Es tut mir sehr leid, dir sagen zu müssen, daß Mutter nicht mehr hier ist. Sie ist planmäßig zwei Jahre später eingetroffen, nachdem wir von dir gehört hatten.« Das verdrießliche Gesicht lächelte bei dem Gedanken. »Sie hatte sich so gefreut, als wir ihr die Nachricht schickten, daß wir dich erwarteten. Sie hat noch achtzehn Monate auf dich gewartet, Großmutter. Weil wir nichts mehr von dir gehört haben, mußten wir schließlich annehmen, daß du es dir anders überlegt hattest. Heute weiß ich, daß es ein schlimmer Irrtum war, und es tut mir leid. Du bist immer noch mehr als willkommen auf Alpha Centauri. Meine Enkelkinder haben mich gebeten, zu erwähnen, daß sie dich auch gern kennenlernen würden. Also, die Einladung gilt auch in ihrem Namen.

Bevor sie nach Eridani abgereist ist, hat Mutter das folgende Hologramm für dich aufgenommen.« Lars' Bild verblaßte und wurde durch ein größeres Bild von Fionas Kopf und Schultern ersetzt, was bedeutete, daß man das Hologramm an einer Kommunikationskonsole aufgezeichnet hatte. Deutlicher als je zuvor konnte Lunzie jetzt die Ähnlichkeit zwischen der älteren Fiona und dem Kind erkennen. Das Alter hatte ihre schönen Gesichtszüge nur weicher gemacht, nicht entstellt. Die beschatteten Augen zeugten von Lebenserfahrung und Selbstvertrauen und einer tiefen, bohrenden Trauer, die Lunzie ans Herz ging. Ihre Augen füllten sich mit Tränen, als Fiona zu reden anfing.

»Lunzie, ich nehme an, daß du nicht kommst. Warum hast du es dir anders überlegt?

Ich wollte dich sehen. Wirklich. Es hat mir furchtbar weh getan, daß du mich als Kind zurückgelassen hast. Ich habe schon verstanden, warum du gehen mußtest, aber das hat es mir nicht leichter gemacht. Onkel Edgard hat mich nach dem Schiffsunglück abgeholt und auf die Marsbasis mitgenommen. Es war schön. Ich habe mit meinen Cousinen Yonata und Immethy, seinen beiden Töchtern, in einem Zimmer gewohnt. Ich habe mir viele Sorgen um dich gemacht, aber die Zeit verging, und irgendwann hörte ich damit auf, mir Sorgen zu machen, und führte mein eigenes Leben. Du weißt inzwischen, daß ich auch Medizin studiert habe.« Das Bild grinste, und Lunzie erwiderte das Lächeln. »Die Familientradition. Ich habe hart gearbeitet, gute Abschlüsse gemacht, und ich glaube, ich habe mir den Respekt meiner Professoren verdient. Ich hätte alles darum gegeben, um von dir zu hören, daß du stolz auf mich bist. Am Ende mußte ich stolz auf mich selbst sein.« Fiona hatte offenbar Schwierigkeiten, diese Worte über die Lippen zu bringen. Auch ihre Augen glänzten von Tränen.

»Ich war stolz auf dich, mein Mädchen«, flüsterte Lunzie mit trockenem Mund. »Bei Muhlah, ich wünschte, du wüßtest das.«

»Ich habe meine Arbeit ziemlich gut gemacht«, fuhr Fiona fort. »Ich bin der EEC beigetreten und habe mir eine respektable Personalakte erarbeitet. Jermold, der Bruder deiner Mutter, hat mich angestellt. Ich glaube, er hat immer noch denselben Schreibtischjob in der

Personalverwaltung, selbst in seinem fortgeschrittenen Alter. Ich war in der ganzen Galaxis im Einsatz, obwohl ich vor allem die neuen Kolonien in ihrer schlimmsten Verfassung gesehen habe – als sie unter epidemischen Krankheiten litten! –, aber es war eine tolle Zeit, und ich habe sie sehr genossen. Meine Vorgesetzten glauben wohl, sie tun mir einen Gefallen damit, wenn sie mir einen Schreibtischjob zuteilen.

Lunzie, es gibt tausend Dinge, die ich dir sagen will, all die Dinge, die ich gedacht habe, als du fortgegangen bist. Das meiste davon war das wütende Gejammer eines Kindes. Damit will ich dich verschonen. Aber es gab auch schöne Dinge, die ich entdeckte und gern mit dir geteilt hätte. Ich wünschte, du hättest meinen Mann Garmol kennengelernt. Ihr wärt gut miteinander ausgekommen. Aber vor allem solltest du wissen, daß ich dich liebe. Ich habe dich immer geliebt und werde dich immer lieben.

Ich muß jetzt nach Eridani abreisen und trete dort mein Amt als Chefchirurgin an. Ich habe meine neuen Kollegen so lang auf mich warten lassen, wie es ging, aber jetzt muß ich gehen.

Lunzie…« Fionas Stimme wurde sehr heiser, und sie hörte auf zu schlucken. Sie räusperte sich und hob entschlossen das Kinn. Ihr Blick traf Lunzie über Lichtjahre hinweg. »Auf Wiedersehen, Mutter.«

Lunzie schwieg eine ganze Zeit und starrte noch in das leere Holofeld, als das Bild längst verblaßt war. Mit einem tiefen Seufzer schloß sie die Augen und schüttelte den Kopf. Sie wandte sich Tee zu, fast blind und in ihren eigenen Gedanken verloren.

»Was soll ich jetzt machen?«

Er hatte sie beobachtet. Sie konnte ihm anmerken, daß Fionas Nachricht auch ihn tief berührt hatte, aber sein Gesichtsausdruck änderte sich schlagartig.

»Was du tun sollst?« wiederholte Tee spöttisch. »Ich

bin nicht für dein Leben verantwortlich. Du mußt eine eigene Entscheidung treffen.«

Lunzie rieb sich die Schläfen. »Zum ersten Mal in meinem Leben habe ich kein unmittelbares Ziel, auf das ich hinarbeiten kann. Ich habe die Schule verlassen. Fiona hat mich aufgegeben. Wer könnte ihr einen Vorwurf daraus machen? Aber jetzt hänge ich in der Luft.«

Tees Gesicht wurde weicher. »Es tut mir leid. Du mußt dich schrecklich fühlen.«

Lunzie runzelte die Stirn und dachte angestrengt nach. »Weißt du, ich sollte mich schrecklich fühlen. Aber ich fühle mich nicht so. Natürlich bin ich bekümmert, aber ich fühle mich nicht so vernichtet, wie ich... wie ich eigentlich sollte.«

»Du solltest deine Enkelkinder besuchen. Hast du nicht gehört? Sie wollen dich sehen.«

»Wie komme ich denn jetzt dorthin, Tee?« fragte Lunzie mit leiser Stimme. »Wo setzt die *Ban Sidhe* uns ab?«

»Wir warten auf unsere Befehle. Sobald ich es weiß, werde ich dir Bescheid geben.«

* * *

Captain Aelock hatte bereits die Flugbefehle für die *Ban Sidhe* erhalten und teilte Lunzie gern die Einzelheiten mit. »Wir sind für unbestimmte Zeit in den Zentralsektor versetzt worden, Lunzie. Zum Teil ist es dem Einfluß des Admirals zu verdanken, aber es kommt auch unserer Mission entgegen, daß wir erst nach Alpha Centauri und dann Richtung Sol fliegen. Hätten Sie etwas dagegen, wenn wir Sie dort absetzen? Es wäre unser erster Zwischenstopp.«

Lunzies Augen strahlten vor Dankbarkeit. »Danke, Sir. Das nimmt mir eine große Last von der Seele.

Ich muß zugeben, daß ich mir Sorgen darum gemacht habe.«

»Dafür gibt's keinen Grund mehr. Der Admiral hat fest darauf bestanden, daß Ihnen alle Wünsche erfüllt werden. Er ist sehr beeindruckt von Ihren Fähigkeiten und erzählt, daß Sie ihm das Leben gerettet haben. Sie können unseren medizinischen Offizieren assistieren, während wir unterwegs sind. ›Keiner soll untätig bleiben‹, lautet unser Motto.«

»Davon habe ich gehört.«

»Mit den Flüchtlingen von der *Destiny* an Bord wird's etwas eng, aber ich nehme Rücksicht auf meine Offiziere. Sie und Sharu teilen sich eine Kabine in den Offiziersunterkünften. Wenn es Probleme gibt«, Aelock lächelte sie väterlich an, »steht meine Tür Ihnen immer offen.«

* * *

»Ich habe mich noch nie so gefreut in meinem Leben wie in dem Moment, als wir hinter der dunklen Seite des Planeten hervorkamen und der Zerstörer aus dem Warpraum fiel«, sagte Sharu am nächsten Morgen, als sie mit einigen Unteroffizieren der *Ban Sidhe* an einem Tisch in der Messe saß, und nippte an einem Glas mit frischem Fruchtsaft. Lunzie saß zwischen der Ersten Offizierin und Captain Wynline. Tee hatte in dieser Schicht Dienst. »Wir hatten schon ein Magnesiumfeuer vorbereitet, das wir vor dem Panoramafenster auf dem Aussichtsdeck zünden wollten. Ich habe es entzündet und mich dann schnell davongemacht, weil es in silbernen Flammen wie eine Supernova hochging. Das Schiff war bereits tief in den Gravitationsschacht des Planeten gesunken und umkreiste ihn auf einer instabilen Umlaufbahn. Weil Carsons Riese so schnell rotiert, blieb uns wenig Zeit, auf uns aufmerksam zu machen. Unser Signal mußte schon spektakulär ausfallen.«

»Magnesium?« fragte Fähnrich Riaman. »Kein Wunder, daß das Deck verschlackt ist. Es hat wahrscheinlich Stunden später noch geglüht.«

»Ganz richtig. Ich hatte Brandwunden an Gesicht und Armen. Sie verheilen jetzt erst«, sagte Sharu und zeigte ihre Handgelenke. »Sehen Sie?«

»Das war's wert«, sagte Captain Wynline anerkennend. »Es hat doch funktioniert, nicht? Man hat Sie gesehen.«

»Und ob wir sie gesehen haben«, fügte Leutnant Naomi hinzu, eine blonde Frau Anfang Dreißig. »Ein kleiner Funken auf den Wolken des Planeten, wo eigentlich nichts sein sollte. Sie hatten Glück.«

»Oh, ich weiß«, gab Sharu zu. »Ich habe noch nie etwas Schöneres gesehen als Ihr Schiff, als es auf uns zukam. Wir haben so viele Schiffe vorbeifliegen sehen, die uns nicht bemerkten. Wir haben alles getan, außer auf und ab zu hüpfen und mit den Armen zu wedeln, um Ihre Aufmerksamkeit zu erregen. Wir hatten sehr viel Glück, daß Sie zur richtigen Zeit in die richtige Richtung geschaut haben.«

»Wir hätten auch Planetenpiraten sein können«, gab Fähnrich Tob zu bedenken.

Er wurde von seinen Kameraden niedergebrüllt. »Halt den Mund, Tob.« – »Wer könnte so dumm sein und uns mit denen verwechseln?« – »Das ist eine Beleidigung für die Flotte.«

»Sie sind doch verwundet worden, als das Schiff evakuiert wurde«, wandte Fähnrich Riaman sich an Lunzie, die gerade einen Klecks Marmelade auf eine Scheibe Toast strich. »War es ein Schock, als Sie aufwachten und feststellen mußten, daß Sie im Kälteschlaf gelegen hatten?«

»Eigentlich nicht. Ich bin schon einmal im Kälteschlaf gewesen«, erklärte Lunzie.

»Wirklich? Aus welchem Grund? Für ein Experiment? Oder eine Operation?« fragte Riaman eifrig. »Meine Tante hat zwei Jahre im Kälteschlaf gelegen, bis ein Ersatz für eine geschädigte Herzklappe gezüchtet werden konnte. Meine Familie hat ein seltenes Antikörpersystem. Ein Transplantat hätte sie abgestoßen.«

»Nein, nichts dergleichen«, sagte Lunzie. »Meine Familie ist guter Durchschnitt, wenn es um Organ- und Antikörperverträglichkeit geht. Ich war schon einmal in einen Unfall verwickelt, auf dem Weg zu einer Bergbauplattform des Descartes-Konzerns, wo ich eine neue Stelle antreten sollte.«

Zu ihrer Überraschung glotzte der junge Fähnrich sie fassungslos an und widmete sich gleich wieder seinem Essen. Sie sah die anderen an, die mit am Tisch saßen. Einige starrten sie an und schauten schnell weg, als sie es bemerkte. Die anderen waren eifrig mit ihrem Frühstück beschäftigt. Erschrocken und verwirrt machte auch sie sich ans Essen.

»Jonas«, hörte sie jemanden flüstern. »Sie muß ein Jonas sein.« Aus dem Augenwinkel versuchte Lunzie den Sprecher auszumachen. Ein Jonas? Was sollte das bedeuten?

»Lunzie«, sagte Sharu, um das Schweigen zu brechen. »Unsere Habseligkeiten werden in den nächsten Stunden an Bord gebracht. Würden Sie mich bitte begleiten und die Wertsachen aussortieren, die im Safe des Zahlmeisters zurückgelassen wurden? Wenn wir wieder im Orbit sind, werden wir zusammenpacken, was wir nicht für uns beanspruchen.«

»Natürlich, Sharu. Ich mach mich frisch und warte dann auf Sie.« In der Hoffnung, daß sie nicht so unbehaglich klang, wie sie sich fühlte, tupfte Lunzie ihre Lippen mit der Serviette ab und eilte zur Tür.

»Das Unglück kommt immer dreifach«, sagte eine Stimme hinter ihr, als sie durch die Tür ging, doch als sie sich umdrehte, sah niemand sie an.

»Es ist meine Schuld. Ich hätte Sie warnen sollen, nichts über das letzte Unglück zu erzählen«, entschuldigte sich Sharu, als sie und Lunzie allein waren. Vor ihnen standen Dutzende versiegelte Kisten aus dem Tresorraum des Zahlmeisters und einhundert leere Frachtkartons. »Ich war selbst einmal in der Flotte, deshalb weiß ich noch, wie das ist. Ein Unfall im Weltraum liegt im Bereich des Möglichen. Zwei zeugen von einer verhängnisvollen Pechsträhne. Niemand ist so abergläubisch wie ein Raumfahrer.«

»Sharu, was ist ein Jonas?«

»Haben Sie das gehört? Jonas war eine Gestalt aus der Alten Bibel von der Erde. Immer wenn er auf einem Schiff mitsegelte, bekam es Probleme. Einer der Seefahrer kam zu dem Schluß, daß Jonas ihren Gott Jehova gekränkt haben mußte und er deshalb mit einem Pechsträhne gestraft werde, die das ganze Schiff in Gefahr brachte. Sie warfen ihn über Bord, um sich selbst zu retten. Er wurde von einem Seeungeheuer verschluckt.«

»Huch!« Lunzie schluckte nervös und ließ eine Kette unbezahlbarer Perlen in einen gepolsterten Umschlag fallen. »Aber man würde mich doch nicht über Bord werfen? Ich meine, im Weltraum aussetzen?«

»Ich bezweifle es.« Sharu runzelte die Stirn, während sie den Schmuck sortierte. »Aber man wird Ihnen tunlichst aus dem Weg gehen. Erwähnen Sie es nie wieder, dann geht's vielleicht vorbei.«

Lunzie steckte den Umschlag in einen Karton und versah ihn mit dem Warnschild *Zerbrechlich – Keinen extremen Temperaturen aussetzen*, was sie an Illin Romsey erinnerte, den Kristallbergmann von Descartes, der sie gerettet, und den Thek, der ihn begleitet hatte. Sie hatte seit Monaten nicht mehr an diesen Thek gedacht. Es war Lunzie immer noch ein Rätsel, warum sich ein Thek für sie interessiert hatte.

»Natürlich, Sharu. Ich stecke nie bewußt den Kopf in den Rachen eines Löwen. Man weiß nie, wann er mal niesen muß.«

Unter den Juwelen und anderen Wertgegenständen fand sie das durchsichtige Hologramm von Fiona. Lunzie war schockiert, als sie feststellte, daß sie sich inzwischen an das Bild der erwachsenen Frau Fiona gewöhnt hatte und dieses liebe, lächelnde Kind eine Fremde war, eine längst verblaßte Erinnerung. Ganz behutsam versiegelte sie es in einem Plastikpolster und legte es weg.

Drei Tage später wartete Lunzie vor der Brücke, bis schließlich die Silbertür seiner Nische aufglitt. Captain Aelock hatte in ihrer Kabine eine Nachricht hinterlassen, daß er sie sprechen wollte. Bevor sie über die Schwelle trat, hörte sie ihren Namen und hielt inne.

»...Sie bringt dem Schiff Unglück, Sir. Wir sollten sie weit vor Alpha Centauri auf einem Planeten absetzen. Wenn wir's nicht tun, kommen wir vielleicht nie dort an.« Die Stimme gehörte Fähnrich Riaman. Der junge Offizier hatte sie in der Messe konsequent ignoriert und in den Korridoren hinter ihrem Rücken über sie geredet.

»Unsinn«, schnauzte Captain Aelock. Es klang so, als sei dies das Ende einer langen Auseinandersetzung und seine Geduld endgültig erschöpft. »Außerdem haben wir unsere Befehle, und die werden wir befolgen. Sie brauchen sich nicht mit ihr abzugeben, wenn Sie Ihnen unangenehm ist, aber für mich ist sie eine angenehme Gesellschaft. Ist das klar?«

»Ja, Sir«, erwiderte Riaman in einem demütigen Ton, der seinen Widerwillen nicht verhehlte.

»Dann weggetreten.«

Riaman verabschiedete sich mit einem zackigen Salut, aber Aelock hatte sich bereit wieder dem Sichtschirm zugewandt. Sichtlich zusammengestaucht marschierte der Fähnrich von der Brücke, vorbei an Lunzie, die beschlossen hatte, daß sie sich offen zeigen sollte, statt den Eindruck zu erwecken, sie belausche die anderen. Als ihre Blicke sich trafen, wurde er puterrot und stürzte aus dem Raum, als habe ihm jemand einen Tritt verpaßt. Lunzie zog trotzig ihre Schultern hoch und trat vor den Captain. Er begrüßte sie mit einem freundlichen Lächeln und bot ihr einen Platz neben dem Kommandostuhl im hinteren Teil der Brücke an.

»Dieser Jonas-Quatsch ist natürlich nur heiße Luft«, sagte er bestimmt. »Sie sollten sich keine Gedanken darum machen.«

»Ich verstehe, Sir«, sagte Lunzie. Dem Captain schien es peinlich zu sein, daß einer seiner Offiziere sie ins Gerede gebracht hatte, deshalb gab sie ihm mit einem offenen Lächeln zu verstehen, daß alles in Ordnung sei. Er nickte.

»Wir waren zu Manövern draußen, um mit den Planetenpiraten Schritt zu halten, und meine Leute sind immer noch nicht von ihrem Adrenalinschub runter. Nach einer Weile haben wir hinter jedem Asteroiden Radarschatten gesehen. Es wurde Zeit, daß wir wieder einen banaleren Auftrag bekamen. Vielleicht sogar ein bißchen Landurlaub.« Aelock seufzte und deutete mit einem Achselzucken auf die Tür, durch die der Fähnrich eben gegangen war. »Alpha Centauri wäre allerdings nicht meine erste Wahl. Ein wenig zu industrialisiert für meinen Geschmack. Ich würde gern die Naturschutzgebiete auf der Erde besuchen, aber meine Kameraden finden es dort langweilig.«

»Haben die Piraten wieder zugeschlagen?« fragte Lunzie entsetzt. »Der letzte Überfall, von dem ich gehört habe, geschah auf Phoenix. Ich habe anfangs befürchtet, meine Tochter sei von den Angreifern getötet worden.«

»Was, Doktor Fiona?« fragte Aelock und lächelte, als Lunzie der Unterkiefer herabsackte. »Es wird Sie vielleicht überraschen, Dr. Mespil, daß ich vor fünfzehn Jahre das Vergnügen hatte, die Dame und ihren Lebensgefährten zu Gast zu haben. Sie ist ebenso charmant wie Sie, muß ich sagen. Die Familienähnlichkeit ist nicht zu übersehen.«

»Wie klein ist doch die Galaxis«, sagte Lunzie und schüttelte den Kopf. »Das ist vielleicht ein Zufall.«

»Eigentlich nicht, wenn Sie bedenken, daß sie und ich demselben Teil der FES-Bevölkerung dienen. Wir werden beide vornehmlich von neuen Kolonien gebraucht, die gerade die Schwelle zur Selbständigkeit überwunden haben und daher unter dem FES-Protektorat stehen. Das medizinische Notpersonal, dem sie angehört, benutzt unsere Schiffe, weil sie die einzigen sind, die schnell genug zu Hilfe eilen können.«

»Zum Beispiel gegen die Planetenpiraten?«

Aelock wirkte beunruhigt. »Nun ja, es war in letzter Zeit sehr ruhig. Zu ruhig. Sie haben sich seit Monaten nicht sehen lassen – der letzte Vorfall liegt fast ein Jahr zurück. Ich glaube, sie planen einen neuen Schlag, aber ich weiß nicht wo. Wenn wir Alpha Centauri erreichen, hoffe ich, von einem meiner Kontaktleute zu hören, dem Freund eines Freundes eines Freundes eines Lieferanten, der an die Piraten verkauft. Wir wissen immer noch nicht, wer sie sind oder wer ihnen einen Basis, Wartungsanlagen, Docks und dergleichen zur Verfügung stellt. Ich hoffe, daß ich einen Durchbruch erzielen werde, bevor jemand die Kette meiner Informanten zu mir zurückverfolgt. Leute, die ihre Nase in die Angelegenheiten der Piraten stecken, überleben das meistens nicht.«

Lunzie schluckte und dachte an Jonas und die Luftschleuse. Der Captain schien ihre Gedanken zu ahnen und lachte.

»Ignorieren Sie die Abergläubischen in meiner Mannschaft. Es sind anständige Leute, und sie werden sich um Sie kümmern, solange Sie an Bord sind. Wir werden Sie wohlbehalten abliefern, und ehe Sie sich's versehen, werden Sie wieder die versmogte Luft von Alpha Centauri atmen.«

achtes kapitel

Während der kurzen Reise zum Alpha Centauri hatte sie keine Zeit, um sich über ihren neuen Ruf als Jonas Gedanken zu machen. Einige Mannschaftsmitglieder der *Destiny Calls* zeigten hysterische Symptome, die auf traumatischen Stress hindeuteten. Es kam unter ihnen zu einigen Streitigkeiten und handgreiflichen Auseinandersetzungen, die der Oberarzt des Schiffes als Reaktion auf die durchlittene Gefahrensituation diagnostizierte. Um Gewalttaten zu verhindern, wurde Lunzie von Dr. Harris damit beauftragt, eine Therapie zu entwickeln. Er hatte ihren Unterlagen entnommen, daß sie zur Behandlung von Geistesstörungen, wie sie im Weltraum vorkamen, ausgebildet war, deshalb vertraute er ihr die Patienten an.

»Jetzt, wo alles vorbei ist, fällt ihnen plötzlich ein, daß sie eine Reaktion zeigen müssen«, sagte Harris während einer Besprechung vertraulich zu Lunzie. »Das ist nach großen Belastungen nicht ungewöhnlich. Ich werde mich nicht in die Sitzungen einmischen. Ich werde nur beobachten. Die Leute kennen Sie und vertrauen Ihnen. Mir dagegen würden sie sich nicht richtig öffnen können. Vielleicht kann ich mir von Ihnen ein paar technische Kniffe abschauen.«

Lunzie veranstaltete Gruppensitzungen für die Mannschaftsmitglieder des *Destiny Calls.* Fast alle Überlebenden besuchten die täglichen Zusammenkünfte, wo sie mit einiger Leidenschaft über ihre Angstgefühle und ihren Unmut redeten. Lunzie hörte mehr zu, als daß sie selbst redete, machte sich Notizen und warf gelegentlich eine Frage oder eine Bemerkung ein, wenn das Gespräch ins Stocken geriet oder vom Thema abkam; und sie achtete darauf, welche ihrer Patienten noch eine ausgiebigere, persönliche Therapie benötigte.

Lunzie stellte fest, daß die Gruppensitzungen ihr ebenso gut taten wie den übrigen Mannschaftsmitgliedern. Ihre eigenen Ängste und Befürchtungen kamen zur Sprache und wurden gründlich diskutiert. Zu ihrer Erleichterung schien niemand den Respekt vor ihr als Therapeutin zu verlieren, wenn sie über ihre eigenen Gefühle sprach. Die anderen hatten Mitgefühl mit ihr und schätzten es, daß sie sich um ihr seelisches Wohlergehen sorgte, nicht aus einer klinischen Perspektive, sondern als eine von ihnen.

Die Energieanlagen- und Triebwerktechniker hatten die stärksten Belastungen ertragen müssen, aber die schlimmsten paranoiden Störungen kamen bei den Serviceleuten vor. Sie klagten über das Gefühl der Hilflosigkeit während der Zeit, als sie wach geblieben waren und geholfen hatten, die *Destiny Calls* zu säubern, weil sie nichts tun konnte, um die Situation für sich und die anderen erträglicher zu gestalten. Im Interesse der geistigen Gesundheit der Mehrheit hatte Captain Wynline angeordnet, daß alle seelisch angeschlagenen Mannschaftsmitglieder in den Kälteschlaf versetzt wurden. Damit weiter effektive Arbeit an den Systemen geleistet werden konnte, von denen ihr Überleben abhing, mußten die Techniker von zusätzlichen Belastungen abgeschirmt werden.

»Eben noch hatten wir unsere Arbeit, und von einem Moment zum anderen wurden wir gerettet, während wir schliefen«, klagte Voor, eine der gurnsanischen Köchinnen, mit ihrer sanften Stimme. »Wir hatten keine Zeit, uns an die neuen Umstände zu gewöhnen.«

»Keine Übergangsphase, meinen Sie?« fragte Lunzie.

»Genau«, sagte einer ihrer Vorgesetzten, ein Mensch. »Einfach betäubt und weggepackt zu werden wie ein Stück Gepäck – so behandelt man doch keine empfindungsfähigen Wesen.«

Perkin und die anderen leitenden Techniker verteidigten die Maßnahmen ihres Captains.

»Ganz im Gegenteil. Im Interesse der allgemeinen psychischen Verfassung mußte Hysterie im Keim erstickt werden«, beharrte Perkin. »Ich hätte mich nicht konzentrieren können. Ein Kälteschlaf ist schließlich nicht tödlich.«

»Es kann passieren! Leben und Tod – mein Leben und mein Tod – sind mir aus den Händen genommen worden.«

Lunzie ging auf diese Bemerkung ein. »Das hört sich so an, als habe Sie weniger der Kälteschlaf gestört als der *Befehl*, sich in den Kälteschlaf zu begeben.«

»Nun ja...« Der Mann dachte für einen Moment darüber nach. »Ich nehme an, wenn der Captain um Freiwillige gebeten hätte, wäre ich dabei gewesen. Ich gehe nicht gern drauf.«

Captain Wynline räusperte sich. »In diesem Fall muß ich mich entschuldigen, Koberly. Ich bin auch nur ein Mensch, und ich war selbst starken Belastungen ausgesetzt. Ich bitte Sie um Verzeihung.«

Es wurden lautstarke Proteste geäußert. Viele von den anderen brüllten Koberly nieder, einige bestanden aber kämpferisch darauf, daß Wynline sich entschuldigen müsse.

»Sind Sie damit zufrieden?« fragte Lunzie aufmunternd.

Der Mann zuckte die Achseln und schaute zu Boden. »Ich schätze schon. Geben Sie mir das nächste Mal die Gelegenheit, mich freiwillig zu melden, ja?«

Wynline nickte ernst. »Sie haben mein Wort.«

»Was ist mit dem Gerücht, daß wir für unsere Ausfallzeit nicht bezahlt werden?« fragte Chibor den Captain.

Wynline ging fast automatisch in die Defensive. »Es tut mir leid, Ihnen das sagen zu müssen, aber weil das Schiff als verloren eingestuft wurde, ist das Paraden-Konzern der Ansicht, daß die Mannschaft unnötigerweise ihr Leben riskiert hat. Nur die Mannschaftsmitglieder, die aus den Fluchtkapseln geborgen wurden, werden rückwirkend bezahlt. Unser Vertrag endete an dem Tag, als die Versicherungsgesellschaft für den Verlust der *Destiny Calls* bezahlt hat.«

Die Betroffenen schrien laut auf. »Das können sie uns nicht antun!« protestierte Koberly. »Wir müssen die zehn Jahre bezahlt bekommen!«

»Wo ist Gerechtigkeit, wenn man sie mal braucht?«

Dr. Harris räusperte sich. »Der Captain will den Paraden-Konzern auf Erstattung der Kosten für die Rettungsaktion verklagen. Sie können die Klageschrift alle mit unterschreiben. Wir werden vor dem Vernehmungsautomaten unsere Aussagen machen, wenn wir Alpha Centauri erreichen.«

* * *

Lunzie und eine Handvoll Mannschaftsmitglieder von der *Destiny Calls* sahen sich im Freizeitraum die Aufnahmen einer Außenkamera an, als die *Ban Sidhe* in einen stationären Orbit um Alpha Centauri eintrat. Es war das erste Mal, daß sie dem Mittelpunkt der besiedelten Galaxis so nah gekommen war. Die Infrarotaufnahmen von der Nachtseite des Planeten zeigten eine fast lückenlose Wärmeabstrahlung auf den Landmassen und teilweise sogar unter dem Meer, was auf Bevölkerungszentren hindeutete. Lunzie hatte noch nie einen so dicht bevölkerten Planeten gesehen. Und irgendwo da unten auf dieser Welt lebte ihre Familie. Lunzie konnte es nicht abwarten, sie kennenzulernen.

Zwei unvorstellbar lange Schichten später erhielt sie die Erlaubnis, im Landeshuttle hinunterzufliegen. Sie stopfte einen kleinen Reisesack mit Kleidungsstücken, Toilettenartikeln und Fionas Hologramm voll. Nachdem sie ihre neue Kurzhaarfrisur vor dem Toilettenspiegel hastig zurechtgemacht hatte, eilte sie in die Luftschleuse. Dort warteten bereits, umgeben von ihren Habseligkeiten, einige Köche von der *Destiny Calls* auf das Shuttle.

»Ich bleibe hier«, erklärte Koberly, »bis sich das Tribunal meine Vorwürfe gegen die Destiny Lines anhört. Ich werde es nicht zulassen, daß diese Gangster mich erst für zehn Jahre auf Eis legen und mir dann meine Rechte verweigern.«

»Ich bleibe einfach so«, sagte Voor und drückte den Koffer mit ihren Küchenutensilien an ihren erstaunlichen Doppelbusen. »Für gute Köche gibt's auf besiedelten Planeten immer gute Jobs. Ich werde mich in den größten und besten Hotels in Alpha City vorstellen. Sie werden sich eine Pastetenbäckerin, die kurzfristig für die Bewirtung von zehntausend Leute sorgen kann, nicht entgehen lassen.«

Koberly schüttelte über die selbstgefällige Einstellung der Gurnsanerin mitleidig den Kopf. »Seien Sie nicht dumm. Sie sind eine Künstlerin, Mädchen. Sie sollten sich nicht um einen Job bewerben, nur weil Sie schnell sind oder Ihre eigene Milch mitbringen. Servieren Sie ihnen eine Kostprobe. Wenn man erst Ihre köstlichen Desserts probiert hat, wird man Ihnen alles geben, damit Sie zusagen. Alles.«

»Sie sind zu freundlich«, protestierte Voor zaghaft und schüttelte ihren breiten Kopf.

»Ich bin seiner Meinung«, fügte Lunzie aufrichtig hinzu. »Vielleicht sollten Sie eine Vorführung veranstalten und Ihre Dienste an den Interessenten mit dem höchsten Gebot verkaufen.«

»Wenn Sie mögen, werde ich das Geschäftliche für Sie regeln«, sagte eine Stimme hinter Lunzie. »Darf ich Ihnen Gesellschaft leisten, während Sie warten? Ich habe jetzt auch einen Landurlaub vor mir.« Es war Tee, der in seiner weißen Ausgehuniform wie eine Nova strahlte. Lunzie und die anderen begrüßten ihn herzlich.

»Es wäre mir eine Freude, Fähnrich«, sagte Voor. »Sie haben mir das Leben gerettet. Ich werde mich immer freuen, Sie zu sehen.«

»Ich habe dich in den letzten Tagen nicht oft zu Gesicht bekommen«, sagte Lunzie und hoffte, daß es nicht wie ein Vorwurf klang.

Tee grinste und zeigte seine weißen Zähne. »Dafür habe ich dich gesehen! Du hast die Therapiesitzungen geleitet wie eine große Dirigentin. Ich habe hinten im Saal gestanden und zugehört, wie erst der eine das Wort ergreift, dann der nächste, und du am Ende ihre Probleme löst. Du bist so weise.«

Lunzie lachte. »In diesem Fall waren die Klagen leicht zu diagnostizieren. Ich habe dasselbe durchgemacht.«

Hinter der polierten Stahltür zischte etwas und Metall kreischte über Metall. Um den Rand der Luke fingen rote Lichter an zu blinken, und eine Sirene tönte. Lunzie und die anderen wichen erschrocken zurück.

»Es ist nur die Luftschleuse«, erklärte Tee. »Wenn ein echter Notfall einträte, wären wir ihr ohnehin zu nahe.«

Mit einem Zischen glitt die Tür zurück, und der Shuttlepilot erschien in der leeren Kammer. Er winkte die Passagiere herein. »Na los. Sind alle fertig?«

»Ja!« Der Pilot machte Platz, als seine Fluggäste sich an ihm vorbeizwängten.

* * *

»Frische Luft!« Lunzie trat aus dem Raumhafen in Alpha City und spürte zum ersten Mal, seit sie Astris verlassen hatte, den Hauch eines natürlichen Windes. Sie hielt ihr Gesicht in die Sonne und holte tief Luft – und stieß sie keuchend in einem Hustenanfall gleich wieder aus.

»Wa… was ist denn mit der Luft los?« fragte sie, schnüffelte mißtrauisch und runzelte die Nase über den Geruch. Er erinnerte an Chemikalien und verrottende Vegetation. Lunzie blickte zum Himmel auf und bemerkte, daß die Sonne von einem gräulichen Schleier umgeben war, der über den Dächern der Stadt schimmerte.

»Es gibt eine gute und eine schlechte Nachricht, Doktor Lunzie«, erklärte ein Flottenfähnrich. »Die gute Nachricht ist, daß es natürliche Luft ist, die nicht eine Millionen Mal neu mit Sauerstoff angereichert wurde. Die schlechte Nachricht ist, daß die Menschen, die auf Alpha Centauri leben, sie seit Jahrtausenden verseuchen. Die Luft ist voller Abgase.«

»Uff! Wie können sie sich das selber antun?« klagte Lunzie und wischte sich die tränenden Augen mit einem Taschentuch ab. »Es ist die Luft, die sie atmen!«

Tee nahm ihr Gepäck und winkte einen Bodenwagen heran. »Wenn wir weiter weg sind vom Raumhafen, dürfte es nicht mehr so schlimm sein. Na komm.« Er trieb sie die Betonrampe hinunter in den isolierten Wagen.

»Wohin fährt du?« wollte Lunzie wissen, als sie wieder sprechen konnte. Sie schnäuzte laut in ihr Taschentuch.

»Wir fahren zusammen. Ich werde mir auf keinen Fall deine Wiedervereinigung mit deiner Familie entgehen lassen. Ich habe eine Einladung von Melanie.«

»Ihr Ziel bitte«, sagte die roboterhafte Stimme des Bodenwagens. »Mit oder ohne Reiseführer?«

Tee nannte eine Adresse. »Was meinst du, Lunzie? Soll er uns unterwegs etwas über die Sehenswürdigkeiten erzählen?«

Lunzie warf durch die Scheiben einen Blick auf das unüberschaubare Panorama aus grauen Gebäuden, grauen Straßen und grauer Luft. Die einzigen Farbtupfer waren die Kleidungsstücke der wenigen Fußgänger. »Ich glaube nicht. Es sieht kilometerweit in jeder Richtung alles gleich aus, und es ist düster. Ich will einfach schnell ans Ziel kommen und meine Familie kennenlernen. Ich frage mich, wie sie sich in den zehn Jahren verändert haben. Meinst du, ob schon wieder neue Kinder geboren wurden?«

»Aber bestimmt! – Kein Reiseführer«, befahl Tee.

»Bestätigt.«

Tee plauderte lebhaft mit ihr, als sie über die Autobahn auf Melanies Haus zuschwebten. Nachdem sie die *Ban Sidhe* hinter sich gelassen hatten, war Tee wieder ganz er selbst, mitteilsam und herzlich. Lunzie kam zu dem Schluß, daß die militärische Atmosphäre an Bord eines Flottenschiffs ihn daran hinderte, sein gewöhnlich gutgelauntes Wesen auszuleben. Sie war erleichtert, daß er sich besser fühlte.

Es dämmerte schon, als sie endlich ihr Ziel erreichten. Der Bodenwagen spuckte sie in der Vorstadt Shaygo aus, nur zweihundert Kilometer von Alpha City entfernt. Lunzie hatte keinen Anhaltspunkt, wo die eine Stadt aufgehört und die andere angefangen hatte. Sie waren im Laufe der Jahre offensichtlich zusammengewachsen. Es gab keine offene Flächen, keine Parks, keinen freien Himmel, unter dem etwas wachsen konnte, nur verschlungene Straßen und Überführungen, über die Tausende ähnlicher, hülsenartiger Bodenwagen hinwegrasten. Die Triebwerkstrahlen von Flugzeugen überzogen den Himmel mit weißen Streifen zwischen den hohen Gebäuden. Lunzie fand den Anblick deprimierend.

Das Reihenhaus stand am Ende eines kleinen, ansteigenden Grundstücks. Zwischen zwei Baumreihen führte ein Gehweg zur Tür. Ein Geflirre winziger Lämpchen neben der Tür ergab den Namen ›Ingrich‹. Von den Gärten abgesehen waren alle Häuser identisch. Melanies Garten war ein Meer farbiger Blüten und hochwachsender Kräuter, die ihre Beete in dem gestutzten Rasen überwucherten, ein Tupfer von Individualität in einer Straße der Gleichförmigkeit.

»Bei Muhlah, hier möchte ich nicht betrunken nach Hause kommen«, sagte Lunzie und schaute die endlose Reihe auf und ab. Auf der anderen Straßenseite sah es genauso aus. Drei Geschosse mit verhangenen Fenstern ragten über ihnen auf.

»Das Robotertaxi würde dich sicher nach Hause bringen«, versicherte ihr Tee.

Sie hörte Geräusche aus dem Haus, als sie näher kamen, und plötzlich öffnete sich die Tür zu einem leuchtenden Rechteck. Eine füllige Frau mit weichem roten Haar stürmte heraus und faßte sie an der Hand. Lunzie erkannte sie sofort. Es war ihre Enkeltochter.

»Du bist Lunzie, nicht wahr?« Die Frau strahlte. »Ich bin Melanie. Willkommen! Endlich bist du da! Und Bürger Janos. Ich bin so froh, Sie zu sehen.«

»Tee«, sagte Tee und ließ sich umarmen.

»Wie schön, dich endlich kennenzulernen«, rief Lunzie. »Ich bin dir so dankbar, daß du deine Einladung aufrecht erhalten hast, nachdem ich euch das letzte Mal versetzt habe.«

»Aber natürlich. Wir wollten dich doch kennenlernen. Komm rein. Alle haben auf dich gewartet.« Melanie schlang einen Arm um Lunzies Hüfte und führte sie ins Haus. Tee folgte ihnen mit einem amüsierten

Lächeln. »Mutter war so enttäuscht darüber, daß du beim letzten Mal nicht erschienen bist. Aber als wir von dem Unglück erfuhren, waren wir sehr traurig darüber, daß sie mit dem falschen Eindruck abgereist war. Ich habe eine Nachricht nach Eridani geschickt, damit sie weiß, was geschehen ist und daß es dir gut geht, aber der Planet ist so weit weg, daß die Nachricht immer noch unterwegs sein könnte. Ich habe keine Ahnung! Nur die Götter des Chaos wissen, wann die Nachricht sie erreichen wird. Es gab in letzter Zeit viele Probleme mit der Übermittlung. Und keine Erklärung von den Verantwortlichen.«

Sie führte ihre Gäste in ein hell erleuchtetes Zimmer mit weißen Wänden und Teppichen, dekoriert mit farbigen Wandbehängen, die von einem guten künstlerischen Geschmack zeugten, und ausgestattet mit gemütlichen Polstermöbeln. An einer Wand stand ein elektronischer Herd, an der anderen eine 3d-Zuschauerplattform, umlagert von einigen Teenagern, die sich eine Sportveranstaltung anschauten. Lunzie bemerkte, daß das holographische Bild klarer und schärfer war als alles, was sie je gesehen hatte. Die Projektionstechnik hatte offenbar erhebliche Fortschritte gemacht, während sie im Kälteschlaf gelegen hatte.

Zwei schmächtige Männer mit dunklem, lockigem Haar, identische Zwillinge, und zwei Frauen, alle mittleren Alters, die sich unterhalten hatten, als Lunzie eintrat, standen auf und traten vor.

»Was habt ihr nur für ein schönes Haus«, sagte Lunzie begeistert und schaute sich um. »Ist das dein Mann?«

Der große Mann, der auf einem Sofa die Beine ausgestreckt hatte, legte sein Lesegerät weg, stand auf und streckte die Hand aus. »Für immer und ewig. Ich heiße Dalton. Wie geht's dir, Großmutter?«

»Sehr gut, danke«, sagte sie und schüttelte ihm die

Hand. Dalton hatte einen festen Händedruck, aber nicht so schmerzhaft kräftig, wie sie anfangs befürchtete, als sie die hervorstehenden Sehnen an seinen Handgelenken bemerkte. »Aber nenn mich doch bitte Lunzie.«

»Ich werde allen sagen, wie's dir am liebsten ist, aber Lars wird sich vielleicht nicht danach richten. Er kann sehr steif und spießig sein.«

»Ich habe sie alle sofort verständigt, als du uns mitgeteilt hast, daß du angekommen bist. Sie werden bald hier sein«, sagte Melanie eifrig und schob sie in den Gemeinschaftsraum hinein. »Darf ich dir etwas bringen, bevor ich dir dein Zimmer zeige? Etwas zu trinken vielleicht?«

»Ein Fruchtsaft wäre nett. Die Luft ist... ziemlich dick, wenn man nicht dran gewöhnt ist«, sagte Lunzie diplomatisch.

»Allerdings. Es gab heute eine Smogwarnung. Ich hätte dich warnen sollen, als wir miteinander gesprochen haben. Aber wir sind alle daran gewöhnt.« Melanie eilte davon.

»Das sieht ihr ähnlich, daß sie vergißt, die anderen vorzustellen«, sagte Dalton nachsichtig, als seine Frau das Zimmer verließ. Er umarmte Lunzie und deutete mit einem Wink auf die anderen Anwesenden. »Hört mal her! Das ist Lunzie. Sie ist endlich da!« Die Kinder, die die 3d-Übertragung verfolgten, standen auf, um sie zu begrüßen. Lunzie lächelte sie nacheinander an und versuchte sie anhand der Erinnerungen zu identifizieren, die sie von den zehn Jahre alten Hologrammen hatte. Sie konnte allen außer zweien einen Namen zuordnen. »Es sind nicht alles unsere Kinder«, erklärte Dalton, »aber wir haben die Enkelkinder oft zu Gast, weil unser Haus das größte ist. Lunzie, das sind meine Söhne Jai und Thad, und das ihre Frauen Ionia und Chirli.« Die Frauen, die eine mit einem kurzen roten Zopf, die andere mit glänzendem blonden Haar, lächelten sie an. »Drew arbeitet noch, aber er kommt zum Abendessen.«

Die Zwillinge schüttelten ihr feierlich die Hand. »Du kommst mir eher vor wie eine Schwester als wie… was? Eine Urgroßmutter?« sagte einer der beiden.

»Du mußt uns verzeihen, wenn wir mal aus der Rolle fallen sollten und dir nicht den Respekt erweisen, der deinem Alter gebührt«, sagte der andere ausgelassen.

»Ich nehm's euch nicht übel«, sagte Lunzie, umarmte sie und drückte auch die beiden Frauen an sich. Dann wollten die Kinder an die Reihe kommen. Es waren insgesamt neun, vier Mädchen und fünf Jungen. Lunzie stellte fest, daß sie alle ihr selbst und Fiona ähnlich sahen. Sie war so überwältigt vor Freude, daß sie innerlich fast platzte.

»Wie alt bist du?« fragte das jüngste Kind, ein Junge, der etwa elf oder zwölf Standardjahre alt war.

»Pedder, das ist keine höfliche Frage«, sagte Jais rothaarige Frau streng.

»Drew ist der Jüngste«, erklärte Dalton mit seiner tiefen Stimme über die Köpfe der Bagage hinweg, die sich um Lunzie versammelt hatte.

»Entschuldigung, Tante Ionia. Tut mir leid«, murmelte der Junge mit verdrießlicher Stimme.

»Du kannst ruhig fragen«, erwiderte Lunzie und erweckte gleich die Bewunderung des Jungen. »Ich wurde 2755 geboren, wenn dir das etwas sagt.«

»Mei… meine Güte«, sagte Pedder beeindruckt. »Das ist aber alt. Ich meine, du siehst gar nicht so aus.«

»Brend und Corrin«, sagte Dalton und zeigte mit dem Finger auf sie, »sind Pedders ältere Brüder und, hoffe ich, etwas taktvoller oder zumindest weniger neugierig. Evan, der Älteste, ist nicht da. Er arbeitet noch. Anthea, Dierdres Jüngste, ist in der Schule.«

»Es freut mich sehr, euch alle kennenzulernen«, sagte Lunzie glücklich. »Ich habe mir die Holos immer wieder angesehen.« Sie drückte Brends Hand und zerwühlte Corrin das Haar. Die Jungen wurden rot und ließen ihre Cousins und Cousinen vor.

»Ich bin Capella«, sagte ein attraktives Mädchen mit schwarzem Haar, das sie zu phantastischen Wellen und Schleifen auf dem Kopf hochgesteckt trug. Für Lunzies Geschmack hatte das Mädchen zuviel Makeup aufgetragen, und die mit Leuchtdioden besetzten Ohrringe blendeten sie fast.

»Du hast dich sehr verändert, seit das Bild aufgenommen wurde, das ich von dir gesehen habe«, sagte Lunzie diplomatisch.

»Oh, wirklich?« kicherte Capella. »Es ist zehn Jahre her, nicht? Damals war ich noch ein kleiner Hüpfer.« Tee, der hinter Capella stand, lächelte breit und richtete den Blick zur Decke. Lunzie erwiderte sein Grinsen.

Pedders Aufmerksamkeit wurde von der 3d-Sendung abgelenkt, als es einer Mannschaft gelang, einen hellroten Ball an der Verteidigung der gegnerischen Mannschaft vorbei ins Netz zu schießen. »Zeigt's ihnen, Centauri! Das war Spitze!«

Eine schlanke junge Frau mit langem Haar, das sie zu einem Band geflochten hatte, stand von der anderen Seite des Holofeldes auf und kam unsicher, mit ausgestreckter Hand auf Lunzie zu. Sie war schwanger. »Wie geht's dir, Lunzie? Ich bin Rudi.«

Lunzie begrüßte sie herzlich. »Lars' erste Enkeltochter. Es freut mich, dich kennenzulernen. Wann ist es denn soweit?«

»Oh, ziemlich bald«, erwiderte Rudi lächelnd. »In zweieinhalb Monaten. Weil es der erste Urenkel wird, hilft mir jeder, die Tage zu zählen. Das hier ist Gordon. Er ist schüchtern, aber das gibt sich. Schließlich gehörst du zur Familie.« Lars' einziger Enkel war ein untersetzter Achtzehnjähriger, dessen kurzes, mausbraunes Haar eng an seinem glatten Schädel anlag.

Lunzie faßte ihn an der Hand, drehte ihn sich zu und drückte ihm einen Kuß auf die Wange. »Es freut mich, dich kennenzulernen, Gordon.« Der Junge wurde rot, zog seine Hand zurück und lächelte verlegen.

Mit dem nächsten Tor war das Spiel offenbar beendet. Dalton beugte sich über die Kinder und schaltete das 3d-Feld den enttäuschten Jungs vor der Nase aus. »Das reicht jetzt! Keine Holos mehr. Wir haben Besuch.«

Cassia und Deram, die im Abstand von zwei Tagen zur Welt gekommen waren, nahmen die Plätze zu beiden Seiten von Lunzie ein, als sie es sich mit einem hohen Glas Fruchtsaft in dem tiefen Sofa bequem machte.

»Weißt du, damit sind wir fast Zwillinge«, erklärte Deram stolz. »So wie unsere Väter.« Er und Cassia sahen sich tatsächlich bemerkenswert ähnlich, soweit es bei einem jungen Mann und einer jungen Frau überhaupt möglich war.

»Wir sind von Geburt an immer die besten Freunde gewesen«, fügte Cassia hinzu.

»Also so was!« Lona, Derams jüngere Schwester, eine schlaksige Siebzehnjährige, fuhr hoch und strich ihr langes, glattes schwarzes Haar zurück. »Wie könnt ihr nur so lügen? Ihr streitet euch die ganze Zeit wie zwei Tokme-Vögel.«

»Lona, so etwas sagt man nicht«, tadelte Cassia und warf Lunzie einen nervösen Blick zu, aber die Teenagerin starrte sie mit störrischer Geringschätzung an.

Von allen Enkelkindern sah Lona ihrer Fiona am ähnlichsten. Lunzie fühlte sich im Laufe des Abends immer mehr zu dem Mädchen hingezogen und hatte dabei das Gefühl, als spreche sie mit ihrer eigenen, lang verschollenen Tochter. Die anderen Cousins und Cousinen wurden deswegen ein wenig neidisch und fanden, daß Lona die Aufmerksamkeit ihrer geschätzten neuen Verwandten nicht für sich allein beanspruchen sollte.

Lunzie hörte die geflüsterten Streitereien mit und erkannte, daß sie im Begriff war, einen Familienkrach auszulösen. Sie lenkte die Aufmerksamkeit behutsam auf ein anderes Thema und widmete sich nacheinander jedem ihrer Enkel. Alle lächelten zufrieden, als schließlich die Erwachsenen eintrafen.

Lars begrüßte sie und Tee mit großen Gesten. »Fünf Generationen unter einem Dach!« rief er. »Großmutter Lunzie, es ist uns eine Freude, dich bei uns zu haben. Willkommen!«

Lars war ein untersetzter Mann, der Fionas kantigen Kiefer und eine etwas kleinere Ausführung ihrer Augen geerbt hatte, die einen vertrauten widerspenstigen Ausdruck hatten, den Lunzies als ein Familienmerkmal erkannte. Sein Haar war dünn geworden, und Lunzie schätzte, daß er seinen siebzigsten Geburtstag völlig kahl feiern würde. Seine Frau Dierdre war modisch schlank, hatte aber einen knochigen Hals. Sie hatte sich nicht sehr verändert, seit Lunzie das erste Hologramm gesehen hatte. Drew, Melanies dritter Sohn, war eine stämmigere Ausführung seines fröhlichen älteren Bruders. Er begrüßte Lunzie mit einem schmatzenden Kuß auf die Wange.

»Wir haben auch eine Überraschung für dich«, fügte Lars hinzu und trat von der Tür weg, um noch jemanden einzulassen. »Unser Bruder hat erst letzte Woche Landurlaub bekommen.«

Dougal war ein stattlicher Mann. Er hatte Fionas gutes Aussehen und einige Gene von Lunzies Großvater mütterlicherseits geerbt, der auch groß und schlank gewesen war und breite Schultern gehabt hatte. Er ähnelte Lunzie mit seinem mittelbraunen Haar und den grünen Augen und hatte ihre kurze, gerade Nase. Seine Flottenuniform war makellos weiß wie die von Tee, aber er trug mehr Bänder um die Handgelenke und auf der linken Brustseite eine Reihe von Orden.

»Willkommen, Lunzie. Fiona hat mir viel über dich erzählt. Ich hoffe, es wird ein langer Besuch und der erste von vielen weiteren.«

Lunzie sah sich nach Tee um, der die Achseln zuckte. »Tja, ich weiß es nicht. Es gibt einige Dinge, um die ich mich wahrscheinlich kümmern muß. Aber ich werde so lang bleiben, wie ich kann.«

»Gut!« Dougal schloß sie so fest in die Arme, daß sie quietschte. »Ich habe mich schon darauf gefreut, daß du mir Geschichten erzählst.«

Lars wollte seinem Bruder Vorwürfe machen, aber Melanie ging dazwischen.

»Abendessen, Jungs.« Sie sah die beiden auf eine Weise an, die Lunzie nur als vielsagend beschreiben konnte, und führte sie ins Eßzimmer.

* * *

»Melanie, ich muß schon sagen, du hast das Kochtalent meiner Mutter geerbt. Das war einfach köstlich«, sagte Lunzie. Sie und Tee saßen sich an einem Ende des langen Tischs rechts und links von Dalton gegenüber. Lars saß am anderen Ende und nickte väterlich über den Wein hinweg. »Womit war dieses Karottenpürree gewürzt? Und die Sellerie-Kräuter-Suppe war ein Genuß.«

Melanie strahlte über Lunzies Lob. »Gewöhnlich sage ich, daß die Rezepte ein Familiengeheimnis sind, aber vor dir kann ich sie wohl nicht verbergen, was?«

»Ich hoffe nicht. Ich würde wirklich gern mal einen

Blick in deine Rezeptdatei werfen. Dafür kann ich dir einige meiner Tricks verraten.«

»Nimm sie beim Wort«, mischte sich Tee ein und wedelte mit dem Löffel. »Laß es nicht zu, daß sie es sich anders überlegt, Melanie. Lunzie ist eine hervorragende Köchin. Was mich angeht, habe ich jetzt viele Jahre lang synthetische Nahrung gegessen, und da ist das hier wie eine Offenbarung.«

»Ich weiß, was du meinst, Bruder«, sagte Dougal und kratzte geräuschvoll die letzten Reste des würzigen Käse- und Bohnengerichts vom Teller. »Je nachdem, wie lang sie unterwegs ist, vergißt die Mannschaft erst ihre Lieben, die sie zurückgelassen hat, dann die frische Luft und zuletzt das Essen. Zwischen den Einsätzen träume ich von gutem Essen, vor allem, wenn meine Schwester kocht.«

»Danke, Dougal«, sagte Melanie erfreut. »Es ist immer schön, wenn du nach Hause kommst.«

»Ich habe Nachtisch gemacht«, sagte Lona und stand auf, um die Teller abzuräumen. »Hat schon jemand Appetit?«

»Na klar!« riefen Pedder und seine Brüder im Chor und setzten sich hoffnungsvoll aufrecht, aber ihre Mutter schüttelte den Kopf. Sie seufzten schwer und ließen sich zurücksinken.

»Sollen wir den Nachtisch im Gemeinschaftsraum essen, Lona?« fragte Melanie.

»Gern. Gute Idee«, sagte Lona. »Da kann ich alles künstlerisch arrangieren.«

»Ach, wen kümmert das?« fragte Corrin schroff und stieß sich vom Tisch ab. »Es wird sowieso alles gekaut und runtergeschluckt.«

»Es fällt alles in ein schwarzes Loch!« Lona schlug mit einer leeren Kasserolle nach ihm, aber er wich ihr aus und flüchtete sich in den Gemeinschaftsraum. Lona schickte ihm ein Hohnlächeln hinterher und stapelte weiter Teller übereinander. Lunzie stand wie selbstverständlich auf und half beim Abräumen.

»Aber nicht doch, Lunzie«, ging Lars dazwischen. »Bitte, du bist unser Gast. Komm mit und setz dich. Laß die Gastgeberinnen abräumen. Ich kann's nicht abwarten, mehr über deine Abenteuer zu erfahren.« Er hakte sich bei Lunzie unter und dirigierte sie in den Gemeinschaftsraum.

»Nachtisch!« rief Lona und schob ein Schwebetablett ins Zimmer.

Die Beine des Tabletts schwebten eine Handbreit über dem Teppich, bis Lona einen Knopf berührte und es langsam auf den Boden sank.

»Na also.« Melanie wirbelte um das Tablett herum und verteilte Besteck und Serviettenstapel an den Seiten. »Es ist schön, Liebling.«

Lunzie nahm die Gelegenheit wahr, sich vor Lars' unermüdlichem Verhör zu retten, stand auf und sah sich an, was auf dem Tablett stand. Lona hatte kleine Obsttörtchen in einem Regenbogen von Farben vorbereitet. Sie waren zu einer Spirale arrangiert, die sich um drei Schalen mit Sahne wand. »Liebe Güte, was für eine Pracht. Das sieht aus wie Carmen Mirandas Hut!«

»Wessen Hut?« fragte Melanie verständnislos.

»Na, also…« Lunzie konnte sich gerade noch davon abhalten, daß sie sagte: *Jemand in deinem Alter erinnert sich doch bestimmt noch an Carmen Miranda.* »Ach, das ist schon lang her. Eine Frau, die berühmt geworden ist, weil sie Obst auf dem Kopf getragen hat. Sie war in den alten 2d-Filmen zu sehen, die Fiona und ich uns immer angeschaut haben.«

»Das ist doch blöde«, bemerkte Pedder. »Wie kann man nur Obst auf dem Kopf tragen…«

»Oh, wir schauen uns keine 2d-Filme an. Flache Bilder sind einfach nicht lebendig genug«, erklärte Melanie. »Ich ziehe Holografien vor.«

»Es gibt einige große 2d-Klassiker. Für mich war es immer so, als würde ich ein Buch lesen, in dem Bilder die Wörter ersetzen«, sagte Lunzie. »Besonders bei den alten monochromen 2ds. Ganz einfach, wenn man sich einmal daran gewöhnt hat.«

»Oh, ich verstehe. Nun ja, ich lese auch nicht viel. Ich habe keine Zeit dafür«, sagte Melanie heiter. »Ich habe einen vollen Terminkalender. Hier treffen sich alle, und ich muß sie bewirten. Lunzie, du mußt unbedingt diese grünen Früchte kosten. Die Soße besteht aus süßen Aprikosen, Sauerkirschen und Schokolade. Lona hat die Füllung selbst zubereitet. Sie schmeckt köstlich.«

»Ein echtes Kunstwerk, in jeder Hinsicht«, lobte Dougal. »Das wird mich auf der nächsten Reise vom Essen träumen lassen. Du bist als Köchin bald so gut wie deine Großmutter.«

Lona warf sich in Pose und strahlte. »Danke, Onkel Dougal.«

»O nein, nenn mich nicht Großmutter«, flehte Melanie und wischte sich unsichtbare Krümel vom Kleid. »Da fühle ich mich so alt.«

»Und denkt nur, wie Lunzie sich dabei erst fühlen muß«, sagte Lars mit mehr Gefühl für die Wahrheit als für den Takt. Lunzie warf ihm einen scharfen Blick zu, aber er schien es nicht zu bemerken.

»Wie läuft's in der Fabrik?« wurde Lars von Drew gefragt, der sich mit einem Glas Wein zurücklehnte.

»Ach, immer dasselbe. Momentan protestiert eine Abordnung des Alienrats für Freiheit und Einigkeit vor den Toren.«

»Der ARFE?« erwiderte Drew schockiert. »Können sie euch den Laden nicht dichtmachen?«

»Sie können es versuchen. Aber wir werden auf substantielle Verluste verweisen, die weit über die Einkünfte aus den Produktverkäufen hinausgehen, und sie können nicht mehr tun, als anzunehmen, was wir ihnen anbieten.«

»Warum protestieren sie denn?« fragte Lunzie beunruhigt.

Larts tat es mit einem Wink als unbedeutend ab. »Sie vertreten die Ssli, die wir letzten Monat aus den Unterwasser-Produktionsstätten entlassen haben. Sie sind für den Job nicht geeignet.«

»Aber die Ssli sind Meeresbewohner. Warum sollten sie ungeeignet sein?«

»Das würdest du nicht verstehen. Sie sind zu anders. Sie können sich nicht an die anderen Angestellten anpassen. Und es gibt Probleme, sie zu versichern. Wir müssen für jeden mobilen Tank, den sie als Unterkunft auf das Gelände mitbringen, einen Fahrer anstellen. Und dann gibt's noch etwas: sie leben unmittelbar auf dem Firmengelände. Wir hätten ihretwegen fast unseren Versicherungsschutz verloren.«

»Nun ja, sie können nicht jeden Tag aus dem Meer auftauchen«, bemerkte Tee bissig.

»Das sagen sie.« Lars tat die Ssli mit einem Stirnrunzeln ab. Tees Sarkasmus war ihm völlig entgangen. »In ein paar Tagen haben wir die Sache geregelt. Wenn sie nicht gehen, müssen wir die Produktionsstätte ganz schließen. Sie werden andere Arbeit finden. Wir haben angeboten, für sie unseren Vermittlungsdienst auszuweiten.«

»Ach so, ich verstehe«, sagte Lunzie zögernd. »Das ist sehr großzügig von euch.« Sie verlangte von der Firma zwar nicht, daß sie sich der Gerechtigkeit zuliebe in den Bankrott wirtschaftete, sie fand aber, daß Lars die moralischen Aspekte dieser Situation völlig zu mißachten schien.

Lars richtete einen wohlwollenden Blick auf sie. »Danke, Großmutter, freut mich, das von dir zu hören.«

Melanie und Lars' Frau strahlten über ihr Lob. Auch ihnen waren die zynischen Untertöne völlig entgangen.

»Wird es heutzutage als altmodisch betrachtet, wenn man Bücher liest?« fragte Lunzie Tee später, als sie allein im Gästezimmer waren. »Seit ich das erste Mal aus dem Kälteschlaf aufgewacht bin, war ich bisher nur auf der Plattform und auf Astris. Ich habe keine Ahnung, wie sich die Gesellschaft als Ganzes entwickelt hat.«

»Hast du dir darüber Gedanken gemacht?« fragte Tee, als er die Uniformjacke auszog. »Nein. Das Lesen ist in den letzten Jahren nicht aus der Mode gekommen, auch nicht in den Jahren davor, in denen du wach warst, und auch nicht in den Jahren, als du im Asteroidengürtel geschlafen hast. Deine Verwandten setzen sich einfach nicht gerne tiefgründigen Gedanken aus. Sie könnten sonst von ihnen beeinflußt werden.«

Lunzie zog ihre Stiefel aus und ließ sie auf den Boden fallen. »Was hältst du von ihnen?«

»Von deinen Verwandten? Sehr nett. Ein wenig protzig, sehr konservativ, würde ich sagen. Konservativ in jeder Hinsicht, außer daß sie uns zusammen in dieses Gästezimmer gesteckt haben, statt uns an gegenüberliegenden Enden des Hauses unterzubringen. Ich bin aber froh, daß sie es getan haben. Ich würde mich kalt und einsam fühlen, wenn ich nur diese trockenen Moralapostel um mich hätte.«

»Ich auch. Ich weiß nicht recht, ob ich mich über sie freue oder von ihnen enttäuscht bin. Sie zeigen so wenig Esprit. Alles, was sie tun, geschieht aus kleinlichen Motiven. Sie sind so seicht. Typische Bodenbewohner, einer wie der andere.«

»Außer das Mädchen, glaube ich«, sagte Tee nachdenklich und setzte sich auf einen flauschigen Stuhl neben dem Bett.

»O ja, Lona. Ich muß mich dafür entschuldigen, daß ich sie mit dem Rest dieser… dieser engstirnigen Bande in einen Topf geworfen habe. Sie ist die einzige mit ein bißchen Mumm. Ich hoffe, sie ist vernünftig und verschwindet von hier, sobald sie kann.«

»Das sollten wir auch.« Tee setzte sich hinter Lunzie und begann ihr den Nacken zu massieren.

Lunzie seufzte, entspannte ihren Rücken und lehnte sich gegen ihn. Er legte einen Arm um ihre Schultern und küßte ihr Haar, während er mit einer Hand ihre Muskeln knetete. »Ich glaube, ich werde nicht lang höflich bleiben können. Wir sollten ein paar Tage bleiben und uns dann eine Entschuldigung ausdenken, um abzureisen.«

»Wie du möchtest«, sagte Tee leise und spürte, wie sich die Knoten der Verspannung in ihrem Rücken lösten. »Ich hätte auch nichts dagegen, von hier zu verschwinden.«

* * *

Lunzie ging auf Zehenspitzen die Rampe von den Schlafzimmern in den Gemeinschaftsraum und das Speisezimmer hinunter. Es war kein Geräusch zu hören außer das ferne Summen der Luftaufbereitung. »Hallo?« rief sie leise. »Melanie?«

Lona tauchte vom Untergeschoß auf der Rampe auf. »Nein, das bin nur ich. Guten Morgen!«

»Guten Morgen. Müßtest du nicht in der Schule sein?« fragte Lunzie und lächelte über die Neugier des Mädchens. Lona war gleichermaßen hübsch wie lebhaft und sah eher wie ein Rückfall in Lunzies eigene Familie aus als wie eine Angehörige von Melanies konservativer Centauri-Sippschaft.

»Ich habe heute keinen Unterricht«, erklärte Lona und ließ sich neben ihr aufs Sofa fallen. »Ich mache eine Ausbildung in Kommunikationstechnik, weißt du noch? Unsere Kurs finden alle zwei Tage statt, dazwischen absolvieren wir Praktiken in Firmen oder Sendeanstalten. Ich hab heute frei.«

»Gut«, sagte Lunzie und sah sich um. »Ich habe mich schon gefragt, wo alle sind.«

»Ich bin dein Empfangskomitee. Melanie ist gerade einkaufen. Dalton arbeitet normalerweise zu Hause, aber er hat heute morgen eine Sitzung. Wo ist Tee?«

»Er schläft noch. Sein Schlafrhythmus ist auf eine Schicht eingestellt, die später anfängt.«

Lona schüttelte den Kopf. »Bitte mach dir keine Mühe, es mir zu erklären. Ich habe in Biologie geschwänzt. Ich habe mich auf Kommunikationstechnik spezialisiert. Ach ja, Melanie hat dir etwas dagelassen, das du dir anschauen sollst.« Lona zog etwas hervor, das in einen schwarzen Plastikbeutel eingepackt war. Lunzie wickelte es neugierig aus und fand ein Plastikkästchen, auf dem ihr Name gedruckt stand.

»Sie sind von Fiona. Sie hat sie liegengelassen, als sie abgereist ist«, erklärte Lona und schaute ihr über die Schulter, als Lunzie das Kästchen öffnete. Es enthielt zahlreiche 2d- und 3d-Bilder auf Bildfolien.

»Es sind ihre ganzen Babyfotos«, keuchte Lunzie. »Und meine auch. Ich dachte, sie seien verloren gegangen!« Sie nahm eines in die Hand, dann noch eines und plapperte vor Begeisterung.

»Nein, sind sie nicht. Melanie sagte, daß Fiona diese Sachen auf die Marsbasis mitgebracht hat. In den meisten Fällen wissen wir nicht, wer die Leute auf den Bildern sind. Würdest du mir sagen, wer wer ist?«

»Es sind deine Vorfahren und einige Freunde, die ich vor langer Zeit hatte. Setz dich, und ich zeige sie dir. Bei Muhlah, schau dir das an! Das bin ich mit vier Jahren.« Lunzie betrachtete mit zusammengekniffenen Augen ein kleines 2d-Bild, als sie sich aufs Sofa setzten und das Kästchen auf die Knie stellten.

»Dein Haar hat zu Berge gestanden wie bei Gordon«, sagte Lona mit einem Kichern.

»Seins sieht besser aus.« Lunzie legte das Bild ins Kästchen zurück und nahm das nächste. »Das ist meine Mutter. Sie war auch Ärztin. Sie wurde in England auf der alten Erde geboren. eine echte *Sassenach*, wie sie seit jeher in den Yorkshire Dales gelebt haben.«

»Was ist ein Sassenach?« fragte Lona und betrachtete das Bild einer zierlichen Frau mit schönen Haaren.

»Ein altes Dialektwort für einen zänkischen Engländer. Mutter war, was man eine willensstarke Frau nennen könnte. Sie hat mich mit den Werken von Rudyard Kipling vertraut gemacht, der immer mein Lieblingsschriftsteller gewesen ist.«

»Hast du ihn je kennengelernt?«

Lunzie lachte. »Aber nein, Kind. Warte mal, welches Jahr haben wir?«

»Vierundsechzig.«

»Also, dann nähert sich nächstes Jahr zum tausendsten Mal sein Geburtstag.«

Lona war beeindruckt. »Oh. Das ist sehr alt.«

»Das sollte dich aber nicht davon abhalten, ihn zu lesen«, mahnte Lunzie. »Er ist zu gut, als daß man es sich leisten könnte, ihn nie gelesen zu haben. Kipling war ein weiser Mann und ein guter Schriftsteller. Er hat Abenteuer- und Kindergeschichten und Gedichte geschrieben, aber am meisten mochte ich an ihm seinen Scharfsinn. Er konnte eine Situation ins Auge fassen und die Wahrheit darin erkennen.«

»Ich werde in der Bibliothek nach Büchern von Kipling suchen«, versprach Lona. »Wer ist dieser Mann?« fragte sie und zeigte auf ein Bild.

»Das ist mein Vater. Er war Lehrer.«

»Sie sehen nett aus. Ich wünschte, ich hätte sie kennengelernt, so wie ich dich jetzt kennenlerne.«

Lunzie legte einen Arm um Lona. »Du hättest sie

gemocht. Und sie wären ganz vernarrt in dich gewesen.«

Sie gingen das ganze Bilderkästchen durch. Lunzie blieb bei einem Bild hängen, das Fiona als kleines Kind zeigte, und betrachtete die Bilder des Mädchens aus der Zeit, als sie zur Frau reifte. Es waren Bilder von Fionas verstorbenem Mann und allen Babies darunter. Schon als Säugling hatte Lars einen ernsten, eingebildeten Gesichtsausdruck gehabt, der sie beide zum Kichern brachte. Lona zog das untere Schubfach des Kästchens heraus und entnahm ihm Lunzies Universitätsdiplome.

»Warum heißt du Lunzie Mespil und nicht einfach nur Lunzie?« fragte Lona, als sie die verschlungenen Buchstaben auf dem plastikbeschichteten Pergament las.

»Was hast du gegen Mespil?« wollte Lunzie wissen.

Lona zog verächtlich die Lippen hoch. »Nachnamen sind barbarisch. Sie veranlassen Leute, jemanden nach seinen Ahnen oder nach seinem Beruf zu beurteilen, nicht nach seinem Verhalten.«

»Möchtest du eine ehrliche Antwort hören oder eine, die deinem Onkel Lars lieber wäre?«

Lona grinste verschlagen. Sie teilte offenbar Lunzies Meinung, daß Lars ein rückständiger, alter Wichtigtuer sei. »Die Wahrheit.«

»Die Wahrheit ist, daß ich als Studentin eine befristete Ehe mit Sion Mespil eingegangen bin. Er war ein engelhafter, gutaussehender Charmeur, der die medizinische Schule zur selben Zeit besuchte wie ich. Ich war sehr in ihn verliebt, und er wohl auch in mich. Wir wollten zu dieser Zeit keine dauerhafte Ehe eingehen, weil wir beide noch nicht wußten, wie es nach der Schule mit uns weitergehen würde. Ich habe Psychologie studiert, und er Genetik und Reproduktionsmedizin. Es hätte sein können, daß wir zu entgegengesetzten Enden der Galaxis aufgebrochen wären – und so ist es auch geschehen. Wenn wir zusammengeblieben wären, hätte es natürlich eine dauerhafte Ehe werden können. Ich habe seinen Nachnamen behalten und ihn an Fiona weitergegeben, damit sie irgendwann in der Zukunft nicht aus Versehen einen ihrer Halbbrüder heiratet.« Lunzie lachte. »Ich schwöre, Sion hat nur deshalb Gynäkologie als Hauptfach belegt, damit er seinen eigenen Nachwuchs auf die Welt bringen kann. Mit Ausnahme der Zeit, als wir verheiratet waren, habe ich niemals einen Mann mit einem derart aktiven Liebesleben erlebt.«

»Wolltest du nicht, daß er Fiona mit aufzieht?« fragte Lona.

»Ich habe mich durchaus imstande gefühlt, allein auf sie aufzupassen. Ich habe sie sehr geliebt, und, um die Wahrheit zu sagen, Sion war besser darin, Kinder zu zeugen als sie aufzuziehen. Er war ganz froh darüber, daß ich mich darum gekümmert habe. Außerdem hat mein Fachgebiet es erforderlich gemacht, daß ich viel reiste. Ich konnte nicht von ihm erwarten, daß er ständig mit uns in Kontakt blieb. Es ist so schon für Fiona schwer genug gewesen.«

Lona saugte Lunzies Geschichte mit jeder Pore ein, als handle es sich um ein 3d-Abenteuer. »Hast du nach der medizinischen Schule je wieder von ihm gehört?« wollte sie wissen.

»O ja, natürlich«, versicherte Lunzie ihr mit einem Lächeln. »Fiona war sein Kind. Er hat uns jedesmal zehn K Daten geschickt, wenn er erfuhr, daß wieder eine Sammelnachricht für unsere System zusammengestellt wurde. Wir haben dasselbe getan. Natürlich mußte ich seine Briefe an Fiona bearbeiten. Ich glaube nicht, daß es in diesem Alter gut für sie gewesen wäre, wenn sie Einzelheiten über das Liebesleben ihres Vaters erfahren hätte, aber seine genetische Arbeit war interessant. Weißt du, er hat an den Schwerwelt-Mutationen mitgearbeitet. Ich glaube, er hatte nicht weniger Einfluß als ich darauf, daß sie sich der Medizin zuwandte.«

»Ist er das?« Lona zeigte auf einen der Männer auf Lunzies Abschlußfoto der medizinischen Schule. »Er sieht gut aus.«

»Nein. Er da.« Lunzie hielt die hohle Hand hinter Sions Hologramm, um es hervorzuheben. »Er hatte das Gesicht eines mildtätigen Geistes, aber sein Herz war so schwarz wie sein Haar. Er hat die bei weitem schlimmsten Scherze in der Galaxis angestellt. Einmal hat er in der Anatomiestunde mit einem Leichnam etwas wirklich Ekliges angestellt... Na ja, vergessen wir's.« Lunzie zuckte zusammen, wenn sie daran dachte.

»Erzähl's mir!« bettelte Lona.

»Diese Geschichte ist wirklich zu widerlich.«

»Bitte!«

Je klarer sie sich an die abstoßenden Details erinnerte, um so entschlossener wurde sie, nichts davon zu verraten. »Nein, auf keinen Fall. Es gibt viele andere Geschichten, die ich dir erzählen kann. Wann mußt du nach Hause?«

Lona tat die Frage mit einem Wink ab. »Zu Hause erwartet mich niemand. Ich hänge immer hier herum. Daran sind sie gewöhnt. Melanie und Dalton sind die einzigen interessanten Leute. Die anderen Cousins und Cousinen sind total langweilig, und ihre Eltern...« Lona verschluckte den Rest des Satzes und ließ vielsagend die Augen rollen.

»Das ist nicht sehr freundlich von dir. Schließlich sind sie deine Familie«, bemerkte Lunzie mit neutraler Stimme, obwohl sie Lona insgeheim zustimmte.

»Mag sein, daß du sie als deine Familie betrachtest, aber für mich sind es nur Verwandte. Immer wenn ich darüber rede, daß ich einen Job im Weltraum annehmen könnte, führen sie sich auf, als hätte ich Piraterie oder öffentliche Unzucht getrieben! Was für ein Theater. In unserer Familie geht niemand in den Weltraum, mit Ausnahme von Onkel Dougal. Er hält sich nicht an Onkel Lars' Vorschriften.«

Lunzie nickte verständig. »Du leidest an der Familienkrankheit. Sie treten dir auf die Füße. Aber gut, du mußt nirgendwo bleiben, wo du nicht bleiben willst. Du führst dein eigenes Leben.« Lunzie unterstrich ihre Sätze, indem sie mit ausgestrecktem Finger in die Luft stach, und ignorierte die Regung ihres Gewissens, das sie davor warnte, sich nicht in Dinge einzumischen, die sie nichts angingen.

»Warum hast du Fiona verlassen?« fragte Lona plötzlich und legte ihr eine Hand auf den Arm. »Ich habe mich immer gefragt warum. Ich glaube, deswegen haben alle so große Bedenken dagegen, daß Verwandte in den Weltraum ziehen. Sie kommen nie zurück.«

Es war eine Frage, die gestern abend unausgesprochen zwischen ihr und den anderen in der Luft gehangen hatte. Lonas ehrliche Einschätzung ihrer Familiensituation überraschte Lunzie nicht, und sie nahm sich einen Moment Zeit, um darüber nachzudenken.

»Ich habe mir immer wieder gewünscht, ich hätte es nicht getan«, antwortete sie nach einiger Zeit und drückte die Finger des Mädchens. »Ich konnte sie nicht mitnehmen. Das Leben auf einer Plattform oder in einer jungen Kolonie ist gefährlich. Aber sie zahlen horrende Summen für gute, qualifizierte Mitarbeiter, und wir brauchten Geld. Ich habe nie vorgehabt, länger als fünf Jahre draußen zu bleiben.«

»Ich habe schon gehört, daß die Bezahlung gut ist. Ich werde mich einer Bergbaukolonie anschließen, sobald ich meinen Abschluß habe«, sagte Lona und akzeptierte Lunzies Ausführungen mit einem scharfen Nicken. »Mein Freund ist Biotechniker mit Schwerpunkt Botanik. Der ursprüngliche grüne Daumen, wenn du mir die archaische Formulierung verzeihst. Was sage ich da nur?« Lona riß in gespielter Verlegenheit die Augen auf, und Lunzie lachte. »Wie auch immer, ich kann fast alles reparieren. Wir würden uns problemlos qualifizieren. Es heißt, man kann in einer neuen Kolonie reich werden. Wenn man überlebt. Fiona sagte immer, die Chancen ständen fünfzig zu fünfzig.« Lona runzelte die Nase, während sie die Bilder sortierte und wegsteckte. »Natürlich gibt's ein Problem mit dem O_2-Obolus. Wir haben beide kein eigenes Guthaben.«

Lunzie dachte einige Minuten angestrengt darüber nach, bevor sie wieder etwas sagte. »Lona, ich glaube, du solltest tun, was du tun mußt. Ich gebe dir das Geld.«

»Oh, das kann ich nicht annehmen«, keuchte Lona. »Es ist zuviel. Ein guter Posten würde einige hunderttausend Credits verschlingen.« Aber in ihren Augen funkelte ein Keim von Hoffnung.

Lunzie bemerkte es. Sie wurde sich plötzlich der vielen Generationen bewußt, die zwischen ihnen lagen. Sie hatte so viele Jahre verschlafen, daß dieses Mädchen, das vom Alter her ihre eigene Tochter hätte sein können, in Wirklichkeit die Enkeltochter ihrer Enkeltochter war. Sie betrachtete Lona ganz genau und bemerkte die Ähnlichkeit zwischen ihr und Fiona. Dieses Kind war im selben Alter, in dem Fiona gewesen wäre, wenn auf Descartes alles gut gegangen und sie rechtzeitig zurückgekehrt wäre. »Wenn dir nur das im Wege steht, wenn du unabhängig genug bist, um die Meinung deiner Familie und unerwünschte Ratschläge zu ignorieren, dann tu ich es gern. Es würde mich nicht arm machen, das versichere ich dir. Ganz und gar nicht. Ich habe von Descartes sechzig Jahre nachgezahlt bekommen, und ich weiß kaum, was ich mit dem ganzen Geld anfangen soll. Tu mir den Gefallen und nimm dieses Geschenk an – sagen wir, als Investition in zukünftige Generationen.«

»Gut, wenn dir das soviel bedeutet…«, begann Lona ernst, konnte aber ihren feierlichen Gesichtsausdruck nicht lang beibehalten. Als sie zu lachen anfing, lachte Lunzie mit.

»Deine Eltern werden mir sicher sagen, daß ich mich um meine eigenen Angelegenheiten kümmern soll«, seufzte Lunzie, »und aus ihrer Sicht hätten sie recht. Ich bin nicht mehr als eine Fremde für euch.«

»Wen kümmert es, was sie sagen?« erklärte Lona trotzig. »Ich bin volljährig. Sie können nicht mein Leben für mich führen. Also abgemacht, Lunzie. Ich bin einverstanden. Ich verspreche dir, die Investition an mindestens eine Folgegeneration weiterzugeben. Und vielen Dank. Ich werde es dir nie vergessen.«

»Einen schönen guten Morgen!« sagte Tee, als er mit wuchtigen Schritten die Rampe in den Gemeinschaftsraum herunterkam. Er küßte Lunzie und beugte sich über Lonas Hand. »Ich habe euch lachen gehört. Sind heute alle bei guter Laune? Darf ich auf ein Frühstück hoffen? Wenn ihr mir den Nahrungssynthesizer zeigt, bediene ich mich selbst.«

»Keine Chance!« tadelte Lona ihn. »Melanie würde mir die Wimpern ausreißen, wenn ich dir in ihrem Haus synthetische Nahrung servieren würde. Komm mit, ich koch dir etwas.«

* * *

Lonas Eltern waren nicht erfreut darüber, daß ihre Urahnin ein solches Interesse an der Zukunft ihrer Tochter zeigte. »Du solltest sie nicht zu etwas ermutigen, das die Stabilität gefährdet«, klagte Jai. »Sie will sich einfach davonmachen, ohne einen Gedanken an die Zukunft zu verschwenden.«

»Einen Posten im Weltraum anzutreten, gefährdet nicht die Stabilität«, erwiderte Lunzie. »Das ist die Grundlage des interstellaren Handels.«

»Wie auch immer. Wir wollen jedenfalls nichts davon wissen. Und bei allem Respekt, Lunzie, erlaube es, daß wir unsere Kinder so aufziehen, wie wir es für richtig halten, ja?«

Lunzie nahm den Vorwurf mit wortloser Verärgerung hin, aber Lona hob hinter dem Rücken ihres Vaters den Daumen. Offensichtlich wollte das Mädchen Lunzies Geschenk nicht erwähnen. Sie selbst würde es auch nicht tun. Es würde alle überraschen, wenn Lona sich eines Tages verabschiedete, aber Lunzie sah keinen Grund, sich schuldig zu fühlen. Es verhielt sich schließlich nicht so, daß sie nicht vorgewarnt wurden.

Nach drei weiteren Tagen hatte Lunzie genug von ihren Nachkommen. Sie erklärte beim Abendessen, daß sie noch am selben Abend abreisen würde.

»Ich dachte, du würdest bleiben«, jammerte Melanie. »Wir haben reichlich Platz, Lunzie. Bitte bleib hier. Wir hatten kaum Zeit, uns aneinander zu gewöhnen. Bleib wenigstens noch ein paar Tage.«

»Das geht leider nicht, Melanie. Tee muß auf die *Ban Sidhe* zurück, und ich auch. Aber ich weiß dein Angebot zu schätzen«, versicherte Lunzie ihr. »Ich verspreche, euch zu besuchen, wenn ich in der Nähe bin. Vielen Dank für eure Gastfreundschaft. Die Erinnerung an deine Familie wird mich immer begleiten.«

neuntes kapitel

Als sie am nächsten Morgen in einem Roboter-Bodenwagen nach Alpha City zurückfuhren, tätschelte Tee Lunzies Hand. »Ich möchte eigentlich noch nicht aufs Schiff zurück. Warum schauen wir uns nicht ein wenig die Sehenswürdigkeiten an? Ich habe mich mit Dougal unterhalten. Er sagt, es gibt hier ein gutes, klimatisiertes Antiquitätenmuseum. Es ist direkt mit einem großen Einkaufszentrum verbunden. Wir könnten dort einen Nachmittag verbringen.«

Lunzie kehrte aus den Fernen zurück, in die ihre Gedanken abgeirrt waren, und lächelte. Sie hatte aus dem Fenster in die graue Weite der Stadt hinausgestarrt und nachgedacht. »Sehr gern. Ein Spaziergang würde mir helfen, den Kopf wieder klar zu bekommen.«

»Was spukt denn da drin noch herum?« fragte Tee leichthin. »Ich dachte, wir hätten alles Unangenehme zurückgelassen.«

»Ich habe über mein Leben nachgedacht. Mein ursprüngliches Ziel, als ich das erste Mal aufwachte, nämlich Fiona zu finden und mich zu vergewissern, daß sie glücklich ist, habe ich eigentlich schon vor langer Zeit erreicht, noch bevor ich nach Alpha Centauri aufgebrochen bin. Ich glaube, ich bin nur hierher gekommen, um Fiona zu sehen, um sie um Verzeihung zu bitten. Aber ich wollte es für mich tun, nicht für sie. Sie ist fort und hat ein – sogar ziemlich erfolgreiches – Leben ohne mich geführt. Es wird Zeit, daß ich lerne, sie loszulassen. Es sind schon drei Generationen hinzugekommen, die so anders aufgewachsen sind als ich, daß wir uns nichts zu sagen haben.«

»Sie sind seicht. Du hast interessantere Menschen aus dieser Generation kennengelernt«, betonte Tee.

»Ja, aber es ist schon traurig, wenn man von seinen eigenen Nachkommen enttäuscht wird«, sagte Lunzie trübsinnig. »Ich weiß nicht, was ich als nächstes machen soll.«

»Warum denken wir nicht darüber nach, während wir einen Spaziergang machen?« bat Tee. »Es wird mir auf Dauer zu eng in diesem Wagen. Zum Museum für Galaktische Geschichte bitte«, befahl er dem Computer des Bodenwagens.

»Bestätigt«, sagte die mechanische Stimme. »Wird gemacht.« Der Bodenwagen bremste ab und bog von der Autobahn auf eine kleine Seitenstraße ab.

»Du könntest dich der Flotte anschließen«, schlug Tee vor, als sie durch die kühlen Hallen des Museums an Reihen von Plexiglasvitrinen vorbeischlenderten. »Ich bin dort sehr gut behandelt worden.«

»Ich bin mir nicht sicher, ob ich das will. Ich weiß, daß meine Familie eine Vergangenheit in der Flotte hat, aber ich bin mir nicht sicher, ob ich die ganze Zeit Befehle entgegennehmen oder an einem Ort bleiben könnte. Dafür bin ich zu unabhängig.«

Tee zuckte die Achseln. »Es ist dein Leben.«

»Wenn es tatsächlich mein Leben ist, warum kann ich dann nicht zwei Jahre am Stück verbringen, ohne daß mich jemand in den Kälteschlaf versetzt?« Sie seufzte und trat näher an die Wand heran, um eine Horde schreiender Kinder vorbeizulassen. »Ach, ich wünschte, wir könnten zurück nach Astris, Tee. Wir waren dort so glücklich. Dein schönes Apartment und deine Büchersammlung. Die Wiedersehensfeiern und die Neugier, ob es jemand schafft, überhaupt in die Flotte aufgenommen zu werden.« Lunzie lächelte ihn liebevoll an. »Kurz vor meiner Abreise haben wir über eigene Kinder gesprochen.«

Tee blinzelte in die Ferne und wich ihrem Blick aus. »Es ist so lang her, Lunzie. Ich habe dieses Apartment aufgegeben, als ich Astris verließ. Ich war über sechs Jahre auf der *Ban Sidhe*. Du erinnerst dich so gut an alles, weil es für dich erst ein paar Monate her ist. Für mich ist es nur eine angenehme Erinnerung.« Seine Stimme betonte es.

Lunzie fühlte sich sehr traurig. »Du wirst froh sein, wenn du wieder im Weltraum bist, nicht? Du bist in die Flotte eingetreten, um mich zu retten, aber jetzt bedeutet dir der Dienst selbst auch etwas. Ich kann dich nicht bitten, deinen Beruf aufzugeben.«

»Ja, ich habe meine Karriere«, bestätigte Tee leise. »Aber es gibt noch etwas.« Er machte eine Pause. »Du hast doch Naomi kennengelernt?«

»Ja, ich kenne sie. Sie behandelt mich sehr respektvoll«, sagte Lunzie betrübt. »Es macht mich halb verrückt, und ich habe es nicht geschafft, es aus ihr herauszubringen. Was ist mit ihr?« fragte sie und ahnte die Antwort schon, bevor sie die Frage stellte.

Tee sah sie an und richtete den Blick gleich wieder verlegen zu Boden.

»Ich bin verantwortlich für den Respekt, den sie dir entgegenbringt. In den Jahren, die ich an Bord war, habe ich viel über dich gesprochen. Wie sollte sie da keine hohe Meinung von dir haben? Sie ist die leitende Telemetrie-Offizierin an Bord der *Ban Sidhe*. Der Commander hat mich die Rettungsmission unter der Bedingung antreten lassen, daß ich einen Arbeitsvertrag unterschreibe. Er konnte keine Müßiggänger gebrauchen, und wer wußte schon, wie lang es dauern würde, um das Schiff zu finden und alle Besatzungsmitglieder zu bergen? Naomi hat mich in die Lehre genommen. Ich habe schnell gelernt, ich habe hart gearbeitet, und ich bin ein Experte in meinem Job geworden. Und ich habe gemerkt, daß sie mir nicht gleichgültig ist. Captain Aelock hat mir eine dauerhafte Stellung angeboten, falls ich bleiben wollte, und ich will bleiben. Ich kann mir nicht vorstellen, noch einmal auf einem Planeten zu arbeiten. Naomi hat mir gestanden, daß sie mich auch mag, also beruht die Sache auf Gegenseitigkeit. Wir haben beide vor, den Rest unserer Karriere im Weltraum zu verbringen.« Er blieb stehen und faßte Lunzie an beiden Händen. »Lunzie, ich fühle mich schrecklich. Ich habe das Gefühl, als hätte ich dich verraten, weil ich mich in eine andere verliebt habe, bevor ich dich wiedersah, aber das Gefühl ist zu stark.« Er zuckte vielsagend die Achseln. »Es waren immerhin zehn Jahre, Lunzie.«

Sie sah ihn traurig an und hatte das Gefühl, daß wieder ein Teil von ihr zu Staub zerfiel. »Ich weiß.« Sie zwang sich, zu lächeln. »Ich hätte es verstehen müssen. Ich mach dir keine Vorwürfe, mein Liebling, und ich konnte nicht erwarten, daß du so lang ohne Frau lebst. Ich bin dankbar, daß du so lang bei mir geblieben bist, wie du konntest.«

Tee war immer noch aufgewühlt. »Es tut mir leid. Ich wünschte, ich könnte dir eine größere Stütze sein.«

Lunzie atmete einmal tief durch. Sie sehnte sich danach, ihn in die Arme zu nehmen. »Danke, Tee, aber du hast mir alles gegeben, was ich wirklich brauchte. Du warst bei mir, als ich aufwachte, und du hast mich alles von der Seele reden lassen, damit ich mich wieder in der Gegenwart zurechtfinde. Und wenn ich in Melanies Haus nicht jemanden zum Reden gehabt hätte, wäre ich, glaube ich, durch die Decke gegangen! Aber das ist jetzt vorbei. Alles ist vorbei«, sagte Lunzie bitter. »Die Zeit ist an mir vorbeigegangen, und ich habe es nicht mitbekommen. Ich dachte anfangs, zehn Jahre im Kälteschlaf sind leichter zu verkraften als sechzig, aber es ist noch schlimmer. Meine Familie ist fort, und du bist weitergezogen. Ich nehme es hin, wirklich. Gehen wir aufs Schiff zurück, bevor ich mich als Ausstellungsstück in eine dieser Vitrinen stecken lasse.«

* * *

Sie trafen rechtzeitig ein, daß Tee wieder seine reguläre Schicht antreten konnte, und Lunzie ging in ihre Kabine zurück und schaffte den Rest ihrer Sachen hinunter in die Ledigenunterkünfte der Basis auf Alpha. Ganz gleich, was sie Tee glauben machen wollte, so hatten die letzten Tage doch an den Grundfesten ihrer Selbstachtung gerüttelt, und es tat weh.

Sharu war nicht da, deshalb gestand sich Lunzie fünfzehn Minuten zu, um ausgiebig zu weinen, und riß sich dann wieder zusammen, um ihre Situation neu einzuschätzen. Selbstmitleid war schön und gut, aber es beschäftigte sie nicht und sorgte auch nicht dafür, daß sich die Lufttanks mit Sauerstoff füllten. Das Shuttle war leer bis auf sie und den Piloten. Glücklicherweise war er nicht zum Reden aufgelegt. Lunzie konnte mit ihren Gedanken allein sein.

Die Basis bestand aus einer vollkommen geraden Reihe riesiger, kastenartiger Gebäude, die für Lunzie alle gleich aussahen. Ein Offizier, der mit einer Handvoll Memokuben vorbeitrabte, erklärte ihr den Weg zu den Ledigenunterkünften, wo die gestrandeten Angestellten der Destiny Lines bleiben konnten, bis sie vor dem Gericht ihre Aussagen gemacht hatten. Als sie die Ledigenunterkünfte erreicht hatte, trug sie ihr Gepäck in das Quartier, das man ihr zuwies, und ließ es dort stehen. Die nächsten Computerterminals, erklärte man ihr, waren im Freizeitraum zu finden.

An der unbenutzten Konsole im Freizeitraum loggte

sie sich in das Anzeigennetzwerk ein und sah die geeigneten Angebote durch.

Am Nachmittag fühlte Lunzie sich schon sehr viel besser. Sie war entschlossen, ihr Wohlergehen nicht mehr von einer einzigen Person abhängig zu machen. Sie fügte ihrem täglichen Meditationsprogramm eine ›Mahnung‹ hinzu, die ihr Selbstbewußtsein stärken sollte. Die Wunden des Verlustes würden noch eine Weile schmerzen. Das war ganz natürlich. Aber mit der Zeit würden sie heilen und kaum Narben zurücklassen.

Ganz plötzlich wurde ihr bewußt, daß sie seit dem Morgen nichts gegessen hatte und es bald Zeit fürs Abendessen wurde. Der ausgiebige Blick in ihr Inneres, ganz zu schweigen von der anstrengenden Übungsstunde in mentaler Disziplin, hatte ein leeres Gefühl im Bauch hinterlassen. Die Theken in der Messe waren inzwischen sicher wieder geöffnet. Sie ging in ihr Quartier zurück, zog frische Sachen an und stieg in ihre Stiefel, um einen guten Eindruck zu hinterlassen.

»Lunzie! Was für ein Zufall. Lunzie, darf ich Sie mal sprechen?« Captain Aelock eilte auf sie zu, als sie den Hauptkorridor des Gebäudes betrat.

»Natürlich, Captain. Ich war gerade unterwegs, um mir etwas zum Abendessen zu holen. Wollen Sie sich nicht zu mir setzen?«

»Nun ja...« Er lächelte etwas hilflos. »Ich wollte Sie selbst zum Abendessen einladen, aber nicht hier. Ich habe gehofft, wir könnten ein wenig plaudern, bevor die *Ban Sidhe* startet. Ich bin sehr dankbar dafür, daß Sie Dr. Harris so geholfen haben, seit Sie an Bord gekommen sind. Er läßt Sie nur ungern wieder gehen. Und mir geht's genauso. Ich kann Sie wohl nicht überreden, für uns zu arbeiten? Wir können immer Leute mit Ihren Qualifikationen gebrauchen.«

Es wäre sicher angenehm gewesen, unter einem Kommandeur wie Aelock zu dienen. Lunzie war versucht, das Angebot anzunehmen, doch dann fielen ihr Tee und Naomi ein. »Es tut mir leid, Captain, aber nein, danke.«

Der Captain war sichtlich enttäuscht. »Nun gut. Aber ich möchte Sie trotzdem zu einem Abschiedsessen hier auf Alpha einladen. Ich kenne hier einige hervorragende Lokale.«

Lunzie fühlte sich geschmeichelt. »Das ist sehr freundlich von Ihnen, Captain, aber ich habe nur meine Arbeit getan. Das mag sich wie ein Klischee anhören, aber es ist wahr.«

»Ich fände es in jedem Fall angenehm, mit Ihnen auszugehen, aber ich muß gestehen, daß ich einen dringenderen Grund habe, warum ich Sie heute abend zum Essen einlade.« Der Captain zog sie um eine Ecke, als eine Handvoll Mannschaftsmitglieder den Korridor entlanggingen.

»Ich bin ganz Ohr«, versicherte Lunzie ihm und erwiderte die freundlichen, aber neugierigen Blicke der Offiziere, die an ihr vorbeigingen.

Aelock hakte sich bei ihr unter und ging in die entgegengesetzte Richtung. »Ich weiß noch, daß Sie sehr interessiert waren, als ich Ihnen gegenüber die Planetenpiraten erwähnt habe. Oder irre ich mich?«

»Nein. Sie sagten mir, daß Sie unter anderem deshalb hier seien, um etwas über ihren Unterschlupf zu erfahren.« Lunzie sprach mit gedämpfter Stimme. »Ich wünsche mir aus sehr persönlichen Gründen, daß ihnen das Handwerk gelegt wird. Und ich habe persönliche Gründe dafür, daß ich mich an ihnen rächen will. Wie kann ich helfen?«

»Ich habe den Verdacht, daß eine Operation vom Raumhafen hier auf Alpha durchgeführt werden könnte, aber ich habe keinen Beweis dafür!« Lunzie wirkte schockiert, und Aelock nickte traurig. »Einer meiner… äh… Spitzel hat mir Ort und Zeit mitgeteilt, wann er mit mir Kontakt aufnehmen will, um mir die Information zu überbringen. Essen Sie bitte mit mir in diesem Lokal zu Abend. Wenn man mich dort allein sieht, wird man vermuten, daß etwas im Busch ist. Mein Kontaktmann wird bereits beobachtet und fürchtet um sein Leben. Über Sie steht nichts in den Flottencomputern. Sie sehen aus wie eine Frau, die ich hier kennengelernt habe. Es könnte sein, daß das die Spitzel der Piraten beruhigt. Kommen Sie mit?«

»Sehr gern«, sagte sie entschlossen. »Ich würde alles tun, um die Piraten aufzuhalten. Was soll ich anziehen?«

Aelock betrachtete die lässigen Hosen, die Jacke und die Polymer-Sportschuhe, die Lunzie trug.

»Sie können so kommen, wie Sie sind. Das Essen ist ziemlich gut, aber es ist ein eher zwangloses Restaurant. Unter anderen Umständen würde ich Sie nicht dorthin einladen, aber mein Kontaktmann wird dort nicht sonderlich auffallen.«

»Kein Problem für mich, Captain, wenn's bald etwas zu Essen gibt«, sagte Lunzie. »Ich verhungere fast.«

* * *

Der Inhaber von Colchies Cabaña setzte Lunzie und Aelock in den Schatten einer künstlichen Felswand. Das Lokal, ein verhältnismäßig preiswertes Abendrestaurant, war überreichlich mit tropischen Motiven dekoriert. In allen Fruchsaftgetränken, ob süßen oder sauren, steckten auf winzige Plastikschwerter gespießte Obststückchen. Lunzie nagte an den Früchten und nahm eine Handvoll salziger Nußknabbereien aus dem Korb auf ihrem Tisch, um den süßlichen Geschmack zu überdecken.

Lunzie studierte die Holospeisekarte mit Vergnügen. Die Auswahl an Gerichten war außergewöhnlich reichhaltig und appetitlich. Trotz des kitschigen Dekors und der geckenhaften Kostümierung der Kellner roch das Essen, das den anderen Gästen serviert wurde, einfach köstlich. Lunzie hoffte, daß man ihren Magen nicht knurren hörte. Das Restaurant war voll von Einheimischen, unter deren lautes Gerede sich Live-Musik mischte.

»Haben Sie sich die Band in der Ecke mal genauer angesehen?« fragte Lunzie und konnte sich ein Kichern nicht verkneifen, als sie sich Aelock entgegenbeugte und ihr Gesicht hinter der Speisekarte aus Printfolie versteckte. »Der Schlagzeuger scheint einen Baumstumpf mit zwei Händen voller Brokkoli zu spielen! Das paßt natürlich sehr gut zur übrigen Dekoration.«

»Ich weiß«, sagte Aelock und zuckte verlegen die Achseln. »Ich darf Ihnen versichern, daß das Essen sehr viel besser ist als die Einrichtung. Gut zubereitet und, mit ein paar Ausnahmen, mild gewürzt.«

Trotz seiner lässigen Kleidung war dem Verhalten des Captains immer noch anzumerken, welchen Posten er bekleidete, und das unterschied ihn von den übrigen Gästen. Lunzie hatte anfangs gewisse Bedenken deswegen, aber sicher konnten auch Offiziere außer Dienst hier essen, ohne größeres Aufsehen zu erregen.

»Das erleichtert mich«, erwiderte Lunzie trocken, als sie sah, wie ein Gast, der gerade einen Bissen mit einer dunkelroten Soße gegessen hatte, das Gesicht verzog.

Der Mann kippte ein Glas Wasser hinterher und griff hastig nach seiner Reisschale. Aelock folgte Lunzies Blick und lächelte.

»Wahrscheinlich ist er nicht regelmäßig hier Gast oder traut sich mehr zu, als es seinem Magen gut tut.

Auf der Speisekarte steht, welche Gerichte scharf sind und welche nicht. Und sagen Sie dem Kellner, wenn sie es milder gewürzt haben möchten. Dieser Mann hat offenbar seine Widerstandskraft gegen Chili überschätzt.«

»Möchten Sie noch etwas trinken oder möchten Sie jetzt bestellen?« Ein humanoider Kellner, einen elektronischen Notizblock in der Hand, stand an ihrem Tisch und verbeugte sich respektvoll. Sein Kostüm bestand aus einer bunten, knielangen Jacke über bauschigen Hosen und einem weichen Seidenumhang, den er um die Schultern trug. Auf seinem Kopf saß ein lockerer Turban, der von einer riesigen, edelsteinverzierten Spange zusammengehalten wurde. Er richtete einen aufmerksamen, freundlichen Blick auf Lunzie, die es schaffte, ihre Contenance zu bewahren. Der Mann hatte große, wie flüssige schwarze Augen, aber sein Gesicht war kalkweiß mit farblosen Lippen und stand in grellem Gegensatz zu dem farbenfrohen Kostüm. Von den lebhaften Augen abgesehen, sah dieser wahrscheinlich vollkommen gesunde Alien aus wie ein menschlicher Leichnam. Die Gäste diese Lokals brauchten nicht nur aus kulinarischen Gründen starke Magennerven.

»Ich bin soweit«, erklärte Lunzie. »Soll ich anfangen? Ich hätte gern die Samosas mit Pilzen, Salat mit Dressing nach Art des Hauses und das Spezialmenü Nr. 5.«

»Das ist ein scharfes Gericht, Lunzie. Sind Sie sicher, daß Sie es probieren möchten?« fragte Aelock. »Es ist ordentlich mit grünem und rotem Spanischen Pfeffer gewürzt. Man könnte das Zeug als Raketentreibstoff verwenden.«

»Machen Sie sich keine Sorgen. Ich habe selbst früher Pfeffer gepflanzt.«

»Gut. Das wollte ich nur wissen. Ich nehme den Tomaten-Käse-Salat und Nr. 9.«

»Vielen Dank, liebe Gäste«, sagte der Kellner und zog sich mit einer Verbeugung von ihrem Tisch zurück.

Lunzie und Aelock steckten die Speisekarten in den Auswurfschlitz zurück.

»Wissen Sie, ich bin überrascht, wieviel Arbeit auf Alpha von lebendigen Wesen geleistet wird«, bemerkte Lunzie, als der Kellner an einem anderen Tisch stehenblieb, um eine Getränkebestellung entgegenzunehmen. »Heute morgen im Museum gab es lebendige Führer, und der Kundendienst an den Drehkreuzen am Raumhafen ist nur halb automatisiert.«

»Alpha Centauri hat eine riesige Bevölkerung, und jeder braucht einen Job«, erklärte Aelock. »Zum Großteil sind es Menschen. Alpha Centauri war einer der ersten Außenposten der Erde und gilt als eine menschliche Heimatwelt. Die nichtmenschliche Bevölkerung ist größer als die Einwohnerschaft mancher Kolonie, aber auf Alpha ist es immer noch eine kleine Minderheit. In den kleineren Städten wachsen die meisten Kinder auf, ohne je einen Außenweltler zu sehen.«

»Hört sich so an, als würden hier die Vorurteile gedeihen«, bemerkte Lunzie und erinnerte sich an Lars.

»Ich fürchte schon. Bei der gewaltigen Anzahl an Leuten, die Arbeit suchen, und der begrenzten Anzahl an Jobs kommt es unweigerlich zu Streitigkeiten zwischen den Einwanderern und den Einheimischen. Deshalb bin ich in die Flotte eingetreten. Für mich gab es hier keine Garantie für einen Fortschritt.«

Lunzie nickte. »Ich verstehe. Deshalb hat man also ein arbeitsintensives System geschaffen und setzt billige Arbeitskräfte statt Automaten ein. Sie wären für neunzig Prozent der Jobs überqualifiziert und wahrscheinlich nicht bereit gewesen, einen der Jobs anzunehmen, die Zukunftsaussichten bieten. Wer ist die Person, auf die wir warten?« fragte sie mit gedämpfter Stimme, als eine Abendgesellschaft sich lautstark durch die Türen des Restaurants drängte.

Aelock sah in die Runde, um sich zu vergewissern, daß sie niemand belauschte. »Bitte. Er ist ein alter Freund. Wir waren zusammen auf der Grundschule. Können wir uns nicht über etwas anderes unterhalten?«

Lunzie besann sich darauf, daß sie hier nicht auffallen wollten. »Lesen Sie Kipling?«

»Jetzt schon«, erwiderte Aelock mit einem anerkennenden Grinsen. »Als wir ihn im Literaturunterricht in der Grundschule durchgenommen haben, hielt ich nicht viel von Bürger Kipling. Doch als ich von meinem ersten Militäreinsatz zur Verteidigung meiner Heimatwelt zurückkehrte und die halbgebildeten Idioten mich so respektlos wie einen Bodenwagen behandelten, ist mir ein Zitat aus seinem Werk eingefallen, das meine Situation ziemlich genau beschrieb: ›It's Tommy this, an' Tommy that, an' Chuck him out, the brute!‹«

»Hmmm«, sagte Lunzie nachdenklich, als sie die Bitterkeit in Aelocks Zügen bemerkte. »Kein Prophet im eigenen Land, schätze ich.«

»Alles andere als das.«

»Ich habe mit Leidenschaft aus ›If like a mantra today‹ zitiert, vor allem die Zeilen: ›If you can meet with Triumph and Disaster, And treat those two impostors just the same…‹«, zitierte Lunzie mit einem Seufzen. »Ich mag's gar nicht, wenn Rudy so treffend schreibt.«

Die Qualitäten des Dichters im Verhältnis zum Prosaautor Kipling beschäftigen sie, bis die Vorspeisen serviert wurden. Der Kellner fegte seinen bauschigen Umhang beiseite, um die gekühlte Schale mit dem Salat für den Captain und den dampfenden Holzteller mit Lunzies Vorspeise zu enthüllen.

»Das ist köstlich«, rief sie nach einer Kostprobe und lächelte den wartenden Kellner an.

»Es ist uns eine Freude«, sagte der Mann, verbeugte sich und ging mit schwungvollen Schritten davon.

»Er übertreibt's ein bißchen, nicht?« grinste Lunzie.

»Ich glaube, wer im Dienstleistungsgewerbe tätig ist, muß ein wenig exhibitionistisch veranlagt sein«, sagte der Captain amüsiert.

Er kostete eine Gabelvoll Salat und nickte anerkennend. Lunzie roch frische Kräuter im Dressing. Ein anderer geckenhaft gekleideter Restaurantmitarbeiter mit glühenden Augen erschien an ihrem Tisch und verbeugte sich.

»Bürger Ae-lock?«

Der Captain blickte von seinem Teller auf.

»Ja?«

»Ein Anruf für Sie, Sir. Der Anrufer sagte, es sei dringend. Wenn Sie mir bitte folgen würden?«

»Ja. Entschuldigen Sie mich bitte, meine Liebe?« fragte Aelock höflich und stand auf.

Lunzie gab sich ein wenig so geziert, wie es von ihr als Abendbegleitung erwartet wurde, und lächelte affektiert. »Aber beeilen Sie sich.« Sie wedelte ihm mit dem Zeigefinger spielerisch hinterher.

Der dunkelhäutige Angestellte sah sie an und fuhr sich mit einer blassen Zunge über die Lippen. Lunzie ärgerte sich über seine unverhohlenen Avancen und hoffte, daß er sich nicht zur Plage entwickeln würde, während Aelock unterwegs war. Sie wollte keine Aufmerksamkeit erregen, indem sie sich gegen Zudringlichkeiten verteidigte. Zu ihrer Erleichterung wandte sich der Mann ab und führte den Captain in den hinteren Teil des Restaurants.

In der kurzen Zeit, die sie allein blieb, hielt Lunzie es nicht für unhöflich, daß sie sich die anderen Gäste ansah und darüber Gedanken machte, welcher von ihnen der mysteriöse Kontaktmann sein könnte. Sie bemerkte niemanden, der aufstand, um Aelock nach draußen zu folgen, aber der Spitzel würde sicher darauf achten, daß genügend Zeit verstrich, bevor er hinterher ging. Sie bemerkte auch niemanden, der verstohlen ihren Tisch oder sie beobachtete.

Sie war eine kleine Mitspielerin in einem äußerst gefährlichen Spiel gegen skrupellose Gegner. Lunzie versuchte, sich keine Sorgen zu machen, sich auf ihre ausgezeichnete Vorspeise zu konzentrieren. Ein Leben mehr oder weniger bedeutete den Piraten, die Millionen rücksichtslos hingeschlachtet hatten, nicht das mindeste. Wenn herauskam, daß der Captain etwas wußte, war sein Leben verwirkt. Als Aelock schließlich unter den Hängepflanzen wieder auftauchte, sah Lunzie ihn fragend an. Er nickte bedächtig und neigte unmerklich den Kopf.

»Ich wollte mir zur Hauptspeise noch einen Drink bestellen. Wollen Sie auch?«

»Gute Idee. Ich weiß nicht, warum meine Kehle so trocken ist«, sagte Aelock. »Eine so angenehme Gesellschaft an einem so schönen Abend verlangt nach etwas Genußfreude.« Er drückte den Serviceknopf an der Tischkante. Er hatte Erfolg gehabt.

Lunzie unterdrückte einen Anflug von Neugier, als Diskretion ihre Einfalt überwog. Es war sehr viel klüger, zu warten, bis sie wieder sicher in der Basis waren.

»Übrigens, was wollen Sie in nächster Zeit machen?« fragte Aelock. »Sie sind ja jetzt nicht mehr Angestellte der Destiny Cruise Lines. Die meisten anderen sind schon unterwegs zu neuen Jobs. Das heißt, wenn sie nicht hierbleiben, um den Paraden-Konzern zu verklagen.«

Lunzie lächelte heiter. »Ich habe mir schon einige Angebote im Bibliothekscomputer angesehen«, sagte sie und faßte ihre Aktivitäten an diesem Nachmittag zusammen. »Ich weiß nur, daß ich auf keinen Fall auf diesem Planeten bleiben werde – aus allen Gründen, die Sie genannt haben, und anderen, aber vor allem wegen der Umweltverschmutzung. Ich habe den ständigen Drang, mir die Augen zu befeuchten.«

Aelock zog ein großes, sauberes Taschentuch aus der Tasche und legte es vor Lunzie auf den Tisch. »Das kann ich gut verstehen. Ich bin hier geboren, deshalb bin ich dagegen resistent, aber der unglückliche Besucher hat dieselbe Reaktion gezeigt. Sagen Sie, haben Sie gern als Ärztin auf einem kommerziellen Schiff gearbeitet?«

»Aber ja. Ich könnte mich an ein solches Leben schnell gewöhnen. Ich bin sehr gut behandelt worden. Man hat mir eine Luxuskabine zugewiesen mit allen Extras, die ein bescheidener Mensch wie ich gewöhnlich gar nicht braucht. Ganz abgesehen von einem Laboratorium, wie ich es mir immer erträumt habe, und einer kompletten medizinischen Bibliothek«, erwiderte Lunzie begeistert. »Ich hatte die Gelegenheit, einige Tests über neurologische Störungen durchzuführen, über die ich während meiner Recherchen nie etwas gelesen habe. Und ich habe interessante Leute kennengelernt. Mit dem General und den meisten anderen, mit denen ich in diesen zwei Monaten zu tun hatte, habe ich mich gern getroffen. Ein bißchen mehr davon würde mich nicht stören. Befristete Posten werden besser bezahlt als Festanstellungen.«

Aelock grinste, aber in seinem Blick war noch etwas anderes, das Lunzie rätseln ließ, ob es hier nur um lockere Konversation ging.

»Freut mich zu hören. So können Sie sich die Galaxis ansehen. Und Sie brauchen nicht lang bei einer Firma zu bleiben, wenn Ihnen nicht gefällt, wie man Sie dort behandelt.«

»Solange man mich nicht wieder in den Kälteschlaf versetzt. Ich hänge so weit zurück, daß mich, wenn ich noch einmal Zeit verlieren sollte, niemand mehr verstehen wird. Man müßte mich ganz neu ausbilden, oder ich könnte nur noch als medizinische Hilfskraft arbeiten und Medikamente zusammenmischen.«

»Es ist äußerst unwahrscheinlich, daß es Ihnen noch einmal passiert, Lunzie«, versicherte Aelock ihr.

»Die Chancen stehen für mich genauso wie für jeden anderen«, sagte Lunzie düster. »Und das Unglück kommt immer dreifach«, fügte sie hinzu, als ihr das Getuschel in der Offiziersmesse wieder einfiel.

Der Captain schüttelte den Kopf. »Das Glück sollte auch dreifach kommen.«

»Liebe Gäste, der Hauptgang.«

Plötzlich stand der Kellner wieder an ihrem Tisch und tippte sich zum Gruß an die Stirn. Lunzie und Aelock sahen ihn erwartungsvoll an. Der Mann war offensichtlich nicht an die Kellneruniform gewöhnt und hatte große Schwierigkeiten, als er den riesigen Umhang mit einer Hand zur Seite schob und mit der anderen eine kleine Waffe zum Vorschein brachte, die er unter seiner breiten Schärpe versteckt hatte.

Aber Aelock reagierte schnell. »Ein Nadelwerfer!« knurrte er, stieß Lunzie über den Tisch hinweg um, ließ sich auf der anderen Seite vom Stuhl fallen und rollte über den Boden.

Erschrocken zog der blaßgesichtige Humanoide den Abzug durch, und der lautlose Pfeil traf die Rückenlehne dort, wo noch vor Sekundenbruchteilen Aelock gesessen hatte. Mit einem Fauchen und einem Lichtblitz ging die Nische in Flammen auf. Der lächerliche Umgang wirbelte hinter dem Mann hin und her, als er sich herumwarf und davonrannte.

Ringsum fuhren entsetzte Gäste von den Stühlen

hoch und schrien durcheinander. Mit bemerkenswerter Behendigkeit sprang der Captain auf die Füße und verfolgte den bläßlichen Mann in den hinteren Teil des Restaurants. Dort liefen viele erschrockene Gäste und Musiker gleichzeitig zur Tür. Rauch und Ascheflöckchen schwebten in der Luft.

Mit Hilfe ihrer mentalen Disziplin schnellte Lunzie aus dem Schatten der künstlichen Felswand hervor, wohin Aelocks Stoß sie befördert hatte, und wollte Aelock folgen und mit ihm den Attentäter stellen. Als sie wieder stand, schlang ihr von hinten jemand einen Arm um den Hals, drückte zu und packte mit der anderen Hand ihr Handgelenk. Lunzie versuchte ihren Gegner aus den Augenwinkeln zu erkennen. Es war der andere blasse Kellner. Seine Augen funkelten, als er ihr die Luft abdrückte.

Sie versuchte die Arme freizubekommen, aber die Seidenfalten seines Kostüms verhinderten es. Polymerstiefel waren nicht besonders geeignet, um jemandem kräftig auf die Füße zu treten, deshalb entschied sie sich dafür, mit der Ferse über das Schienbein des Mannes zu kratzen und ihm die Sohle in die Sehnen zwischen Fuß und Knöchel zu treiben. Mit einem Schmerzensschrei ließ er ein wenig locker.

Lunzie stieß ihm sofort einen Ellbogen in den Bauch und wurde von einem deutlichen Keuchen belohnt. Sein Griff lockerte sich geringfügig, und sie drehte sich so, daß sie das Handgelenk freibekam. Mit einem Knurren drückte er so fest zu, als wollte er sie zermalmen. Sie stieß mit den Daumen gegen die Druckpunkte unter seinen Armen und rammte ihm das Knie zwischen die Beine in der Hoffnung, daß er sich nicht zu weit von seinen menschlichen Ahnen entfernt hatte, um an dieser Stelle nicht mehr empfindlich zu sein.

Als er zusammensackte, schlug Lunzie ihm mit der

Handkante kräftig in den Nacken. Er sank zu Boden, und sie lief zur Tür des Restaurants und rief nach einem Schutzpolizisten.

Die lokalen Autoritäten waren bereits über das Feuer und den Aufruhr in Colchies Cabaña unterrichtet worden. Ein Trupp uniformierter Beamter war in einem Bodenwagen eingetroffen und vernahm die erschrockenen, keuchenden Gäste, die sich auf der Straße versammelten.

»Ein Attentäter«, erklärte Lunzie aufgeregt dem Beamten, der ihr in das verrauchte Gebäude folgte. »Er hat mich angegriffen, aber ich habe ihn außer Gefecht setzen können. Sein Komplize hat versucht, meinen Begleiter mit einem Nadelwerfer zu erschießen.«

»Mit einem Nadelwerfer?« fragte der Beamte ungläubig. »Sind Sie sicher? Nadelwerfer sind illegal auf diesem Planeten.«

»Eine sehr vernünftige Maßnahme«, erwiderte Lunzie grimmig. »Aber mit einem solchen Ding ist unsere Nische in Brand gesetzt worden. Ach, da ist er ja! Nehmen Sie ihn fest!«

Sie zeigte auf die bunt kostümierte Gestalt, die sich mühsam aufrappelte. Mit wenigen Schritten hatte der Schutzpolizist Lunzies Angreifer eingeholt und packte ihn am Arm. Der Attentäter knurrte, riß sich los und zückte ein Messer – und sackte sofort wieder zusammen, als der Beamte ihn mit seinem Betäuber am Brustbein traf. Der Bewußtlose wurde von zwei Beamten hinausgetragen, die gerade als Verstärkung ihres Kollegen eingetroffen waren.

»Bürgerin«, sagte der erste zu ihr. »Ich brauche eine Aussage von Ihnen.«

Während Lunzie ihre Aussage machte, erschien Captain Aelock, den zweiten Attentäter im Polizeigriff, vor dem Restaurant. Der Uniformrock des Captains war zerrissen und sein dichtes graues Haar zerwühlt.

Sie sah Blutflecken in seinem Gesicht und an einem Ärmel.

Der Attentäter wurde zu seinem reglosen Komplizen in den Bodenwagen gesteckt, während der Captain den Einsatzleiter beiseite nahm und sich vertraulich mit ihm unterhielt.

»Ich verstehe, Sir«, sagte der Alphaner respektvoll und deutete einen militärischen Gruß an. »Wir werden uns an das Flottenkommando der FES wenden, wenn wir weitere Einzelheiten von Ihnen benötigen.«

»Dann können wir also gehen?«

»Natürlich, Sir. Danke für Ihre Unterstützung.«

Aelock nickte und führte Lunzie schnell vom Ort des Geschehens weg. Er sah erschüttert und unglücklich aus.

»Was ist noch passiert?« wollte sie wissen.

»Wir müssen schnell weg von hier. Die beiden waren wahrscheinlich nicht allein.«

Lunzie beschleunigte ihren Schritt. »Das ist nicht Ihre einzige Sorge.«

»Mein Kontaktmann ist tot. Ich habe ihn in der Gasse hinter dem Gebäude gefunden, als ich diesen Mann verfolgte. Verdammt noch mal, wie sind sie auf mich gekommen? Die ganze Sache war streng geheim und nur Leuten bekannt, die unbedingt davon wissen mußten. Das kann nur bedeuten – und ich möchte mir das ungern vorstellen –, daß die Piraten Spione in den höchsten Rängen der Flotte haben.«

»Was?« rief Lunzie.

»Es hätte sonst niemand von der Sache wissen können. Ich habe nur meinen Vorgesetzten von den Kontakten mit meinem Freund berichtet – sonst weiß niemand etwas davon. Das kann nur bedeuten, daß Aidkisagi in die Sache verwickelt ist.« Aelock sprach den letzten Satz gedämpft, mit einem besorgten Unterton aus, als sei er nur für seine eigenen Ohren bestimmt.

Sie bogen um eine weitere Ecke in eine leere Straße ab. Lunzie warf nervöse Blicke zurück. Die gelbe Straßenbeleuchtung wurde von den glatten Fassaden der Gebäude und dem Gehsteig reflektiert, als handele es sich um zwei rechtwinklig zueinander montierte Spiegel. Lunzie und Aelock zogen scharfumrandete Schatten hinter sich her, die ihr das Gefühl gaben, als werde sie verfolgt. Aelock legte für einen Raumfahrer ein flottes Tempo vor. Sie hörten keine Schritte hinter sich.

Als er die Gewißheit hatte, daß sie nicht verfolgt wurden, blieb Aelock mitten in einem kleinen öffentlichen Park stehen, wo er Rundumsicht hatte. Die niedrigen Büsche in zwanzig Metern Entfernung boten keine Deckung.

»Lunzie, es ist wichtiger denn je, daß ich Commander Coromell auf Tau Ceti eine Nachricht schicke. Er ist der Chefermittler im Nachrichtendienst der Flotte. Er muß über diese Sache Bescheid wissen.«

»Warum unterrichten Sie nicht den Admiral? Er sagte mir, er wollte seinen Sohn besuchen.«

Im Halbschatten des Parks sah Aelocks Grimasse eher feindselig als betrübt aus. »Er wäre genau der Richtige gewesen, aber er ist heute früh abgereist.« Aelock sah Lunzie hoffnungsvoll an und faßte sie an den Handgelenken. »Es wäre zu riskant, diese Nachricht auf normalem Wege zu übermitteln, aber Coromell muß sie irgendwie erhalten. Es ist lebenswichtig. Würden Sie sie überbringen?«

»Ich?« Lunzie spürte, wie sich ihr die Kehle zusammenzog. »Wie denn?«

»Sie sollen an Ihren Plänen nichts ändern. Nehmen Sie einen Posten als medizinische Offizierin an. Suchen Sie sich nur ein schnelles Schiff aus, das auf dem schnellsten Wege nach Tau Ceti fliegt. Morgen schon, wenn es geht. Alpha ist einer der geschäftigsten Raumhäfen in der Galaxis. Frachter und Handelsschiffe starten in Stundenabständen. Ich werde dafür sorgen, daß Sie makellose Referenzen nachweisen können, die Sie nicht mit mir in Verbindung bringen. Werden Sie es tun?«

Lunzie zögerte einen Herzschlag lang, und dabei erinnerte sie sich an die verwüstete Landschaft von Phoenix und an die dreispaltige Liste der toten Kolonisten.

»Darauf können Sie wetten!«

Der Ausdruck gewaltiger Erleichterung in Aelocks Gesicht war Belohnung genug. Aus einer kleinen Brusttasche seines Uniformrocks zog er eine winzige Keramikröhre und legte sie Lunzie in die Hand. »Überbringen Sie diesen Keramikspeicher an Coromell und sagen Sie ihm: ›Es ist Ambrosia.‹ Verstanden? Selbst wenn Sie dieses Ding verlieren, dürfen Sie den Satz nicht vergessen.«

Lunzie wog den Speicher, der kaum größer als ihr Daumennagel war, in der Hand. »›Es ist Ambrosia‹«, wiederholte sie Wort für Wort. »In Ordnung. Ich werde mir morgen ein Schiff suchen.« Sie steckte den Keramikspeicher in ihren rechten Stiefel.

Aelock faßte sie dankbar an den Schultern. »Danke. Und noch etwas. Sie sollten unter keinen Umständen mit diesem Speicher herumspielen. Er läßt sich nur in ein Lesegerät mit der richtigen Codierung stecken.«

»Wird er sonst gelöscht?« fragte sie.

»Allerdings.« Aelock lächelte über ihre Naivität. »Er explodiert. Es ist ein Keramikspeicher für geheime Daten. Die Sprengsatz, den er enthält, könnte das ganze Gebäude niederreißen, wenn ihn der Laserstrahl des falschen Geräts treffen würde. Verstehen Sie?«

»Oh, nach diesem Abend glaube ich's Ihnen aufs Wort, auch wenn ich das Gefühl hatte, ich habe in einem 3d-Abenteuer mitgespielt.« Sie grinste ihn beruhigend an.

»Gut. Und kehren Sie jetzt nicht in die Ledigenunterkünfte zurück. Es darf niemand merken, daß Sie etwas mit mir zu tun haben. Es könnte Ihnen das Leben kosten, wenn der Eindruck entsteht, daß Sie mit der Flotte in Verbindung stehen. Man hat meinen Freund umgebracht, einen harmlosen Burschen, der als Schweißer in der Schiffswerft arbeitet. Seine Familie ist auf Phoenix umgekommen. Er konnte keiner Fliege etwas zuleide tun, aber sie haben ihn trotzdem umgebracht.« Aelock schauderte, wenn er daran zurückdachte. »Ich sage Ihnen nicht wie. Ich habe Menschen auf verschiedenste Weise sterben sehen, aber diese Barbarei...«

Lunzie spürte, wie der Energieschub durch die Anwendung der mentalen Disziplin zurückging und daß sie kaum noch Kraftreserven hatte. »Dann will ich kein Risiko eingehen. Aber was ist mit meinen Sachen?«

»Ich lasse sie Ihnen schicken. Nehmen Sie einen Bodenwagen. Mieten Sie ein Zimmer im Alpha Meridian Hotel. Hier ist meine Kreditkarte.«

»Ich habe selbst genug Geld, danke. Kein Problem.«

Aelock sah einen Bodenwagen mit eingeschaltetem Freizeichen und winkte ihn heran. »Darin müßten Sie sicher sein, er kommt aus Westen. Jemand wird Ihnen Ihre Sachen ins Hotel bringen. Es wird jemand sein, den Sie kennen. Lassen Sie sonst niemanden rein.« Er öffnete die Wagenluke und half ihr hinein. »Wir werden uns nicht wiedersehen, Lunzie. Aber ich danke Ihnen aus tiefstem Herzen. Sie haben Leben gerettet.«

Dann verschwand er in den Schatten, als die gelben Lichtflecken der Straßenbeleuchtung über die gewölbten Fenster des anrollenden Bodenwagens hinwegtanzten. Lunzie schnallte sich an und nannte dem Computer ihr Ziel.

* * *

Das Alpha Meridian Hotel erinnerte Lunzie an die *Destiny Calls*. Im Hauptfoyer hingen Engel und andere wohltätige Geister an der Decke und stützten ein Dach aus Lichtbalken. Mit Blättermotiven verzierte, ebenfalls vergoldete Säulen ragten wie phantastische Bäume in dem Saal empor. Ein menschlicher Diener empfing Lunzie an der Tür und begleitete sie zur Rezeption. An ihrer lässigen Kleidung nahm niemand Anstoß, obwohl sie im Vergleich zu den kostspielig gekleideten Gästen, die in gepolsterten Armstühlen rings um das Foyer einen Abendimbiß zu sich nahmen, wie eine Bettlerin aussah.

Die Empfangsdame, hinter der Lunzie wegen ihres makellosen Aussehens einen gestaltwandelnden Weber vermutete, überprüfte teilnahmslos Lunzies Kreditcode. Als die Bestätigung erschien, änderte sich ihr Verhalten sofort. »Natürlich können wir Sie unterbringen, Doktor Lunzie. Benötigen Sie eine Suite? Wir haben eine sehr wohnliche Penthouse-Suite im vierhundertsten Stock frei.«

»Nein, danke«, erwiderte Lunzie amüsiert. »Nicht für eine Nacht. Wenn ich eine Woche oder mehr bliebe, würde ich natürlich eine Suite benötigen. Mein Gepäck wird von einem Boten gebracht.«

»Wie Sie wünschen, Frau Doktor.« Die Empfangsdame hob diskret eine Augenbraue, und an Lunzie Seite erschien ein Page. »Eins, null, sieben, zwölf für Frau Doktor Lunzie.« Der Page verbeugte sich und begleitete sie zu der Reihe von Turboliften.

Ihr Zimmer lag in einem mit seidig roten Teppichen ausgelegten Korridor und roch angenehm alt und moschusartig. Das Meridian gehörte zu einer großen Hotelkette im klassischen Stil, die den Ruf genoß, den Sternen die Hotelkultur der Erde gebracht zu haben. Der Page schaltete das Licht ein und wartete diskret an der Tür, bis Lunzie eingetreten war, dann zog er sich auf Zehenspitzen zurück. In ihrer Nervosität lief sie zur Tür und vergewisserte sich, daß er auch wirklich gegangen war. Der Page, der auf den Turbolift wartete, warf ihr einen neugierigen Blick zu. Sie verschwand wieder in ihrem Zimmer und schloß die Tür hinter sich zu.

»Ich muß mich beruhigen«, sagte sie laut. »Niemand folgt mir. Niemand weiß, wo ich bin.«

Sie ging in dem kleinen Zimmer auf und ab und hielt sich dabei von dem verhangenen Fenster fern, das ihr einen Ausblick auf einen winzigen Park und einen riesigen Industriekomplex erlaubte. Das Schlafzimmer war mit dunklen, glatten, an den oberen und unteren Rändern beschnitzten Holzpaneelen getäfelt. Das Himmelbett war tief, weich und mit einer dicken Decke aus Samt mit kastanienbraunen, goldbestickten Rändern bedeckt, die zur glatten Tapete paßte. Das Zimmer war geschaffen dafür, um darin zu schlafen und sich wohl zu fühlen, aber Lunzie war zu nervös, um es zu genießen. Sie hätte am liebsten das Komgerät benutzt und im Schiff nachgefragt, ob Aelock unbeschadet zurückgekehrt sei. Ein idiotischer Wunsch, der sie beide nur in Gefahr bringen konnte. Lunzie setzte sich auf die Bettkante und verschränkte die Hände im Schoß.

Jemand würde ihr später ihre Kleidung und Habseligkeiten bringen. Bis diese Person kam, konnte sie nicht schlafen, auch wenn ihr Körper nach den Strapazen der mentalen Disziplin nach Entspannung verlangte. Jedes Hotelzimmer verfügte über ein Lesegerät und eine kleine Bibliothek. Ihres stand auf einem an der Wand angebrachten Holzregal. Sie war viel zu unruhig, um zu lesen. Die Ereignisse des Tages gingen ihr immer wieder durch den Kopf. Selbst wenn die beiden Attentäter in Gewahrsam waren, bedeutete das nicht, daß ihr Verschwinden nicht auffallen würde. Bis dahin hätte sie aber Zeit, wenigstens ein Bad zu nehmen, und das war immerhin etwas Konstruktives, denn es würde ihr die Spannung aus dem Körper nehmen und sie auf den Schlaf einstimmen, den sie so dringend benötigte.

Während das parfümierte Wasser in die Wanne plätscherte, bildete Lunzie sich immer wieder ein, daß sie jemanden anklopfen hörte, und lief dauernd zur Tür.

»Das ist lächerlich«, schimpfte sie über sich selbst. »Ich kann auf mich selbst aufpassen. Sie würden es wohl kaum wagen, Aufmerksamkeit zu erregen, indem sie ein Hotel in die Luft sprengen, nur weil ich darin übernachte. Ich muß mich entspannen. Und das werde ich auch.«

Ihre Kleidung war schmutzig und schweißnaß, und an der Unterseite eines Ärmels hatte sie einen großen Saucenfleck. Sie warf die Sachen in den Waschautomaten und hörte sie leise herumwirbeln, während sie im warmen Badewasser lag.

Das Bad war mit jedem erdenklichen Luxus ausgestattet. Automatische Pflegeutensilien boten ihr im Bad selbsttätig ihre Dienste an. Eine Maske senkte sich über ihr Gesicht und blieb mit einem diskreten Summen schweben. »Nein, danke«, sagte Lunzie. Sie schwebte ihr aus dem Weg und verschwand unter einer Klappe in der marmorgetäfelten Decke. Als nächstes erschien ein Zahnpflegeset. »Ja, bitte.« Sie ließ sich von ihm die Zähne putzen. Weitere Geräte streckten sich ihr entgegen und wurden zurückgewiesen: eine Maniküre/Pediküre-Set, eine Haarschere, ein Hornhautentferner. Lunzie ließ sich von einem Haarpflegegerät etwas Shampoo und Pflegespülung spenden, dann stieg sie aus der Dusche und wickelte sich in ein Handtuch und einen Morgenmantel, die ihr von einem weiteren Automaten gereicht wurden.

Es war inzwischen kurz vor Mitternacht, und Lunzie stellte fest, daß sie Hunger hatte. Ihr Hauptgericht bei Colchie hatte sich als Attentäter mit einem Nadelwerfer herausgestellt. Sie überlegte, sich vom Zimmerservice eine Mahlzeit bringen zu lassen, hatte aber Bedenken, weil sie sich vorstellte, daß wieder blasse Kellner in Seidenumhängen in ihre Zimmer stürmen und Waffen zücken würden, die sie unter der Schärpe versteckt hatten. Sie hatte schon größeren Hunger gelitten. Sie stieg im Morgenmantel ins Bett und wartete auf den Boten, der ihre Taschen bringen würde.

Die meisten Buchspeicherchips auf den Regalen enthielten Bestseller aus dem Genre der romantischen Thriller. Lunzie fand unter dem Stapel eine unterhaltsame Kriminalgeschichte und steckte den Chip ins Lesegerät. Indem sie die Lesestütze übers Bett klappte, lehnte Lunzie sich zurück und versuchte sich auf die Fälle von Toli Alopa zu konzentrieren, einem Weber-Detektiv, der seine Gestalt wechseln konnte, um unauffällig einen Verdächtigen zu verfolgen.

Mitten in einer Verfolgungsjagd fiel Lunzie in einen unruhigen Schlaf, in dem blasse Kellner sie Jonas schimpften, durch die *Destiny Calls* jagten und sie schließlich in einer Warpflugphase aus dem Raumschiff warfen. Die Luke machte mit einem beharrlichen Warnsignal darauf aufmerksam, daß die Luke offen stand. Lunzie war in höchster Gefahr. Sie erwachte plötzlich und schrie auf, als der Schatten eines Armes über ihr Gesicht fiel.

»Lunzie!« rief Tee durch die Tür und betätigte noch einmal die Klingel. »Geht's dir gut?«

»Einen Augenblick!« Wieder ganz wach, stellte Lunzie fest, daß es sich bei dem Arm nur um den Halter des Lesegeräts handelte, das geduldig Seiten umblätterte. Sie schob ihn zur Seite und eilte zur Tür.

»Ich bin allein«, versicherte Tee ihr, trat rasch ein und schloß hinter sich ab. Er umarmte sie kurz, bevor ihm auffiel, daß sie Zivilkleidung trug. »Hier sind deine Taschen. Ich glaube, ich habe alles mitgenommen, was dir gehört. Sharu hat mir packen geholfen.«

»O Tee, ich bin so froh, dich zu sehen. Hat der Captain dir erzählt, was passiert ist?«

»Ja. Was für eine Katastrophe, Lunzie!« rief er. »Wer hat denn eben geschrien?«

»Ich habe nur eine etwas lebhafte Phantasie«, schimpfte Lunzie über sich selbst. Sie schämte sich, daß Tee sie in Panik erlebt hatte.

»Der Captain hat angenommen, daß du mir vertrauen wirst, wenn ich dir deine Sachen bringe. Es könnte natürlich sein, daß du mich gar nicht sehen willst, weil...« Er sparte sich den Rest.

»Unsinn, Tee. Ich werde dir immer vertrauen. Und dein Kommen bedeutet, daß der Captain sicher zurückgekehrt ist. Das erleichtert mich sehr.«

Tee grinste. »Und ich habe den Befehl, jedem an die Kehle zu gehen, der meinen besten Freunden Attentäter auf den Hals hetzt. Wenn ich von hier weggehe, setze ich mich ins örtliche 3d-Forum und schaue mir bis zum Morgengrauen die Nachrichten an. Dann suche ich eine Arbeitsvermittlung auf, um mir einen neuen Job zu suchen.« Tee hob einen Finger, als Lunzie den Mund öffnete und wieder schloß. »Das ist nur eine Finte. Ich gehe wieder aufs Schiff, wenn du in Sicherheit bist und keine Verbindung mehr zwischen uns besteht. Kann ich sonst noch etwas für dich tun?«

»Ja, allerdings«, sagte Lunzie. »Ich konnte gerade noch meine Vorspeise genießen und habe sonst nichts mehr gegessen, seit wir beide gefrühstückt haben. Ich traue dem Zimmerservice nicht, aber ich habe wirklich einen Mordshunger. Wenn die Holztäfelung nickt lakkiert wäre, würde ich sie anknabbern.«

»Rede nicht weiter«, sagte Tee, »denn es wäre eine schreckliche Demütigung für dieses Etablissemen, wenn sie wüßten, daß du dir einen Imbiß holen läßt, obwohl du die kulinarischen Genüsse aus ihren eigenen Luxusküchen in Reichweite hast.« Er küßte ihre Hand und verließ das Zimmer.

Kurz Zeit später kam er zurück und hatte den Arm voller kleiner Tüten.

»Hier sind Salat, Käse, Nachtisch und ein kaltes Tofu-Gericht. Das Obst ist für morgen früh, falls du immer noch Bedenken hast, in einem öffentlichen Restaurant zu essen.«

Lunzie nahm die Beutel dankbar entgegen und stellte sie auf den Nachttisch. »Danke, Tee. Ich schulde dir eine Menge. Richte Naomi meine besten Wünsche aus. Ich hoffe, du wirst glücklich mit ihr. Ich wünsch es mir.«

»Wir sind jetzt schon glücklich«, sagte Tee und vollführte eine seiner typischen ausladenden Gesten. »Ich verspreche es dir. Bis wir uns wiedersehen.« Er schloß sie in die Arme und küßte sie. »Ich werde dich immer lieben, meine Lunzie.«

»Ich dich auch.« Lunzie drückte ihn mit aller Zuneigung an sich und ließ ihn wieder los. »Auf Wiedersehen, Tee.«

Nachdem sie ihn hinausgelassen und die Tür abgeschlossen hatte, kramte Lunzie in ihren Kleidersäcken. Tief in einem vergraben fand sie das Hologramm von Fiona, das jemand sorgfältig in Luftpolstermaterial eingewickelt hatte. Sie löste eine Ecke der Verpackung und zog den Keramikspeicher aus ihrem Stiefel. Mit in das Polstermaterial eingepackt waren zwei Memokuben, die Lunzie besonders in Ehren hielt, weil sie die Nachrichten enthielt, die die Familie ihrer Tochter nach Astris und auf die *Ban Sidhe* geschickt hatten. Ein weiterer unbeschrifteter Keramikspeicher würde sicher kein Aufsehen erregen. Es sei denn, jemand versuchte, ihn mit dem falschen Lesegerät einzusehen. Sie hoffte, sie würde sich nicht in der Nähe aufhalten, wenn das geschah. Sie wünschte, man hätte sich einen weniger riskanten Schutzmechanismus ausgedacht; was wäre, wenn ein unschuldiger Schnüffler das Ding in die Hände bekam? Sie mußte äußerst vorsichtig sein. *Hmm,* überlegte sie. Vielleicht war genau das Sinn der Sache.

Lunzie versuchte zu schlafen, aber sie war wieder hellwach. Sie schaltete das Videogerät ein und schaute sich eine Weile auf dem Einkaufskanal um. Eins der Angebote war eine Reise-Alarmanlage mit einer kraftvollen Sirene und einem Blitzlicht, das man an die Türen von Hotelzimmern anbringen konnte, um die Sicherheit zu erhöhen. Lunzie kaufte eine auf Kredit und erhielt vom Vertreter des Einkaufskanals eine Nachricht, daß man ihr das Gerät am Morgen ins Hotel bringen würde. Das Paket wartete an der Rezeption auf sie, als sie früh am nächsten Morgen hinunterging, um sich abzumelden. Sie drückte es fest an sich, während sie zum Raumhafen fuhr, um eine Koje auf einem Express-Frachter nach Tau Ceti zu buchen.

zehntes kapitel

Zwei Wochen später stieg Lunzie am Raumhafen von Tau Ceti aus dem Frachter *Nova Mirage* und ging mit großen Augen durch die Korridore zum Empfangsbereich. Selbst für einen Kolonialplaneten hatte sich hier in fünfundsiebzig Jahren enorm viel verändert. Die gerillten Plastikhangare waren durch Dutzende genormter Steinbauten ersetzt worden, die auf Lunzie, hätte sie es nicht besser gewußt, den Eindruck gemacht hätten, als wuchsen sie direkt aus dem Boden.

Als sie ins Freie trat, durchfuhr sie ein gelinder Schock. Die ungepflasterten Straßen waren verbreitert und mit einer porösen, wasserableitenden Polyesterschicht überzogen worden. Die meisten Gebäude, an die sie sich erinnerte, waren verschwunden und durch doppelt so große Bauten ersetzt worden. Sie hatte die Kolonie von Tau Ceti in ihrem Anfangsstadium erlebt. Inzwischen war sie ganz aufgeblüht. Lunzie war ein wenig traurig darüber, daß man einer so makellosen Landschaft Gewalt angetan hatte, aber sie mußte zugeben, daß man die Erweiterungen mit Geschmack und Farbgefühl vorgenommen hatte, so daß sie die Umgebung eher ergänzten, als von ihr abzulenken. Tau Ceti war immer noch ein gesunder, angenehmer Planet, der nichts von der düsteren Nebligkeit Alpha Centauris hatte. Die kühle Luft, die Lunzie atmete, roch nach zwei Wochen Schiffsluft und einer Woche Smog davor frisch und natürlich. Die Sonne schien ihr warm ins Gesicht.

Lunzie schätzte die Ironie, die darin bestand, daß sie dieselben Kleidersäcke über der Schulter trug, die sie vor vielen Jahrzehnten getragen hatte, als sie Fiona auf Tau Ceti zurückließ. Sie waren seitdem erstaunlich wenig verschlissen. Nun, das lag alles hinter ihr. Sie fing ihr Leben wieder von vorn an. Mit einem Honorargutschein in der Hand suchte sie das Büro der *Nova Mirage*, um ihr Gehalt zu kassieren und nach dem Weg zu fragen.

Es war eine unruhige, aber dafür schnelle und gefahrlose Reise gewesen. Die *Nova Mirage*, ein überlichtschneller Frachter mittleren Fassungsvermögens, transportierte Rohrteile und Industriechemikalien nach Tau Ceti. Unterwegs hatten Teile der Mannschaft über Husten geklagt und Symptome gezeigt, die Lunzie als eine Form der Staublunge diagnostizierte. Bei einer Untersuchung kam heraus, daß einer der riesigen Tonnen im Frachtraum, der pulverisierte Kohlenstoffkristalle enthielt, undicht geworden war. Das wäre nicht weiter schlimm gewesen, hätte sie nicht unmittelbar neben einem offenen Einlaßventil des Belüftungssystems gestanden. So hatten sich die Staubteilchen übers ganze Schiff verteilt. Aber abgesehen davon, daß man dabei fünfzig Kilo Fracht verloren hatte, gab es keinen Grund zur Beunruhigung. Es war nur ein Unfall. Hinweise auf Sabotage gab es nicht. Die Patienten, die dem Staub eine Woche lang ausgesetzt gewesen waren, trugen keine bleibenden Schäden davon, so unangenehm die Symptome auch ausfielen.

Lunzie hatte die Alarmanlage während ihrer Schlafschichten an der Tür ihres Behandlungszimmers befestigt. Während der ganzen Reise hatte sie nicht einen Pieps von sich gegeben. Das Hologramm und die mit ihm eingewickelten Memokuben waren unberührt auf dem Boden ihres Kleidersacks liegen geblieben. Kein Mannschaftsmitglied hatte Grund zur Annahme, daß ihre freundliche Schiffsärztin ein Geheimnis verbarg. Und jetzt war sie unterwegs, die Nachricht an ihren Empfänger zu überbringen.

»Ich würde gern Commander Coromell sprechen«, sagte Lunzie im Oberkommando der Flotte. »Mein Name ist Lunzie.«

»Admiral Coromell ist in einer Sitzung, Lunzie. Wenn Sie warten möchten?« sagte der Empfangschef höflich und zeigte auf eine gepolsterte Bank an der Wand des spärlich möbilierten, weißgestrichenen Raums. »Sie müssen unterwegs gewesen sein, Bürgerin. Er ist kürzlich befördert worden. Er ist jetzt nicht mehr Leutnant Commander.«

»In seiner Familie scheint es viele Admirale zu geben«, bemerkte Lunzie. »Ich werde darauf achten, ihn richtig anzusprechen, Fähnrich. Vielen Dank.«

Wenig später erschien ein uniformierter Adjutant, der sie ins Büro des frischgebackenen Admirals Coromell begleitete.

»Da ist sie ja«, tönte eine wohlbekannte Stimme, als sie das Zimmer betrat. »Ich wußte doch, daß es keine zwei Lunzies geben kann. Ein ungewöhnlicher Name. Und eine ungewöhnliche Frau, die ihn trägt.« Der pensionierte Admiral Coromell stand auf und faßte ihre Hand. »Wie geht's Ihnen, Doktor? Ich freue mich, Sie wiederzusehen, obwohl ich nicht gedacht hätte, daß es so bald sein würde.«

Lunzie begrüßte ihn ebenso herzlich. »Ich bin froh, daß Sie in so guter Verfassung sind, Sir. Ich hatte leider nicht die Gelegenheit, Sie noch einmal gründlich zu untersuchen, bevor ich erfuhr, daß Sie abgereist waren.«

Der Alte lächelte. »Nun ja. Aber Sie haben doch sicher nicht den weiten Weg zurückgelegt, um mein Herz abzuhören, oder? Ich habe noch nie eine gewissenhaftere Ärztin erlebt.« Er sah besser aus als zu dem

Zeitpunkt, als Lunzie ihn das letzte Mal gesehen hatte und er sich gerade vom Kälteschlaf erholte, aber sie hätte ihn trotzdem gern mit einem Scanner untersucht. Ihr gefiel seine Hauttönung nicht. Die Falten in seinem Gesicht waren noch tiefer geworden, und etwas um seine Augen machte ihr Sorgen. Er war über hundert Jahre alt, was keinen Anlaß zur Sorge bot, wenn Menschen ein durchschnittliches Lebensalter von hundertzwanzig Jahren erreichten. Dennoch hatte er in letzter Zeit zusätzliche Belastungen durchstehen müssen, die sicher Einfluß auf seine Konstitution gehabt hatten. Er hatte eine gute Veranlagung, und das würde ihm sicher das Leben verlängern.

»Ich glaube, sie ist meinetwegen hier, Vater.«

Der Mann hinter dem Schreibtisch stand auf und kam hervor, um ihr die Hand zu schütteln. Sein Haar war dicht und kraus wie das seines Vaters, aber es war honigbraun statt weiß. Unter blaßbraunen Brauen drangen seine Augen, vom selben eindringlichen Blau wie die Augen des alten Coromell, mit Blicken in sie, als könne er ihre Gedanken lesen. Lunzie fühlte sich etwas überfordert von der Intensität dieses Blicks.

Er war so groß, daß sie den Kopf in den Nacken legen mußte, um mit ihm in Blickkontakt zu bleiben.

»Sie machen es einem offensichtlich leicht, Ihnen treu zu bleiben, Lunzie«, sagte der Admiralssohn mit einer sanfteren Variante der volltönenden Stimme seines Vaters. Er war ein attraktiver Mann und strahlte eine starke Persönlichkeit aus, die Lunzie als maßgeschneidert für einen verantwortungsvollen Posten im Nachrichtendienst empfand. »Ihr Freund Teodor Janos war entschlossen, die ganze Galaxis umzukrempeln, um Sie zu finden. Er kennt sich mit computergestützten Nachforschungen offenbar gut aus. Ohne ihn hätte ich nicht die Hälfte der Beweise gehabt, die nötig waren, um die Flotte zur Entsendung eines Schiffs zu überreden, obwohl mein Vater unter den Vermißten war. Es freut mich, Sie endlich kennenzulernen. Wie geht es Ihnen?«

»Sehr gut, Admiral«, erwiderte Lunzie verlegen. »Äh… entschuldigen Sie. Ich glaube, ich komme ein wenig durcheinander, weil Sie beide denselben Namen und denselben Rang haben.«

Der Alte strahlte sie beide an. »Ist er nicht ein feiner Kerl? Als ich fortging, war er noch ein Halbwüchsiger, der sich gerade seine Kapitänsstreifen verdient hatte. Vor zwei Tagen bin ich zurückgekommen, und man ernannte ihn zum Admiral. Ich könnte nicht stolzer auf ihn sein.«

Der junge Admiral lächelte auf sie herunter. »Soweit es mich betrifft, gibt es nur einen Admiral Coromell.« Dabei deutete er auf seinen Vater. »Zwischen uns, Lunzie, wird mein Name ausreichen.«

Lunzie war erschrocken über sich selbst, als sie sein Lächeln erwiderte. Hatte sie sich nicht gerade erst geschworen, niemanden mehr so nah an sich heranzulassen? Lag die schmerzhafte Trennung von Tee nicht gerade erst hinter ihr? Natürlich war Coromell ein gutaussehender Mann, und sie konnte sich weder seinem Charme noch seiner Intelligenz verschließen. Wie konnte sie nur so von ihm schwärmen? Sie hatte den Mann doch eben erst kennengelernt. Sie mußte sich mit Gewalt zusammenreißen und wieder auf ihre Mission besinnen.

»Ich habe eine Nachricht für Sie… äh… Coromell. Von Captain Aelock von der *Ban Sidhe*.«

»Tatsächlich? Ich habe eben erst über einen gesicherte FTL-Kanal mit ihm gesprochen. Er erwähnte nichts von einer Nachricht.«

Lunzie erklärte die näheren Umstände, erzählte von dem gewaltsam beendeten Abendessen, von dem Mord an Aelocks Kontaktmann und dem versuchten

Mord an ihr und Aelock. »Er hat mir diesen Memokubus mitgegeben«, sagte sie schließlich und hielt ihm den Keramikblock hin, »und mich gebeten, Ihnen zu sagen: ›Es ist Ambrosia.‹«

»Gütiger Himmel«, sagte Coromell fassungslos und nahm den Kubus an sich. »Wie haben Sie's nur ohne Zwischenfall bis hierher geschafft?«

Der alte Admiral lachte herzlich. »Ich wette, genauso wie sie mit mir gereist ist«, sagte er verschmitzt. »Als anonyme Ärztin auf einem nicht klassifizierten Schiff. Habe ich recht? Sie brauchen nicht so überrascht zu schauen, meine Liebe. Ich war selbst einmal Chef des Nachrichtendienstes. Es ist ein naheliegendes Täuschungsmanöver.«

Coromell schüttelte erstaunt den Kopf. »Ich könnte Sie in einer Festanstellung gebrauchen, Lunzie.«

»Es war nicht meine Idee. Aelock hat es vorgeschlagen«, protestierte Lunzie.

»Mag sein, aber er hat es nicht durchgeführt. Sie schon. Und niemand hat den Verdacht geschöpft, daß sie eine Botin sind, die im Rucksack streng geheime Informationen mit sich führt – das hier!« Coromell schüttelte den Kubus. Er fuhr herum und betätigte einen Schalter an dem Pult auf seinem Schreibtisch. »Fähnrich, bitte verständigen Sie die kryptographische Abteilung, daß sich jemand bereithalten soll.«

»Jawohl, Sir«, drang die Stimme des Empfangschefs aus einem verborgenen Lautsprecher.

»Wir werden uns gleich darum kümmern. Danke, Lunzie.« Coromell schob sie und seinen Vater hinaus. »Es tut mir leid, aber ich muß darauf achten, daß diese Nachricht an so wenige Ohren wie möglich dringt.«

»Wenn's sein muß«, sagte der Admiral und war ebenso überrascht wie Lunzie, als er plötzlich mit ihr im Korridor stand. »Darf ich Sie zum Essen einladen, meine Liebe? Was meinen Sie? Wir könnten uns über alte Zeiten unterhalten. Ich habe mir gestern etwas höchst Bemerkenswertes angeschaut, etwas, das ich seit vielen Jahren nicht gesehen hatte: einen Carmen Miranda-Film. In 2d.«

* * *

Lunzie verbrachte einige angenehme Tage auf Tau Ceti, besuchte Orte, die sie aus der Zeit kannte, als sie auf diesem Planeten gelebt hatte. Es war immer noch schön hier. Unterm Strich war es ein Jammer, daß sie hier vor vierundsiebzig Jahren keine Arbeit gefunden hatte. Das Wetter war angenehm sonnig, abgesehen von einem kurzen Regenschauer am frühen Nachmittag. Dem hemisphärischen Kalender zufolge war es Anfang Frühling. Das medizinische Zentrum, in dem sie gearbeitet hatte, war um eine Schwesternschule und eine gute Klinik erweitert worden. Es arbeitete niemand mehr dort, den sie kannte. Es war schmeichelhaft, daß ihr der Verwalter, als er ihre Unterlagen durchsah, einen Posten in der neuropsychologischen Abteilung anbot.

»Seit Tau Ceti ein Verwaltungszentrum der FES geworden ist, haben wir eine starke Zunahme der raumfahrtbedingten Traumata beobachtet«, erklärte er. »Fast ein Drittel des Flottenpersonals ist aus dem einen oder anderen Grund einmal im Kälteschlaf gelandet. Mit Ihrer Lebensgeschichte und Ihrer Ausbildung wären Sie als Expertin für Kälteschlaffälle prädestiniert. Es wäre uns eine Ehre, wenn wir Sie als Mitarbeiterin begrüßen dürften.«

Es war so verlockend, daß Lunzie ihm versprach, es sich zu überlegen.

Sie bewarb sich außerdem bei den auf Tau Ceti ansässigen Frachtkonzernen um eine neue Stelle als Schiffsärztin. Zu ihrer Verärgerung nahmen einige Anstoß an der Notiz in ihren Bewerbungsunterlagen, daß sie zwei Raumunfälle überlebt hatte, und setzten sie gleich wieder vor die Tür. Andere waren freundlicher und weniger abergläubisch. Sie versprachen, sich bei ihr zu melden, sobald sie Bedarf an ihren Diensten hatten. Drei Firmen mit Schiffen, die binnen eines Monats starten würden, waren interessiert, sie sofort einzustellen.

Sie verbrachte einige Zeit mit dem alten Admiral Coromell und plauderte über alte Zeiten. Sie stellte fest, daß es ihr sehr nahe ging, sich in einer vertrauten Umgebung aufzuhalten, wo niemand sich an die Ereignisse erinnerte, die ihr noch präsent waren. Für sie waren weniger als vier Jahre vergangen, seit sie Fiona zurückgelassen hatte. Der Admiral war der einzige andere Mensch, der sich an Ereignisse aus dieser Zeit erinnerte und ihr Gefühl der Isolation nachempfinden konnte.

Zwei Wochen später besuchte sie der junge Coromell in dem Gästehaus, in dem sie ein Zimmer gemietet hatte.

»Entschuldigen Sie, daß ich Sie und Vater neulich aus dem Büro geworfen habe«, sagte er mit einem entwaffnenden Lächeln. »Diese Information verlangte sofortige Aufmerksamkeit. Ich habe seitdem ausschließlich an dieser Sache gearbeitet.«

»Ich war nicht verletzt deswegen«, versicherte Lunzie ihm. »Ich war einfach nur total erleichtert, daß ich Ihnen die Nachricht überbracht hatte. Aelock hatte mir immer wieder eingeschärft, wie wichtig sie war. Auf verschiedene Arten.« Vor ihrem geistigen Auge blitzte für einen Moment das grimmige Gesicht des Attentäters auf.

Coromell lächelte jetzt etwas entspannter. »Lunzie, Sie sind ein so verständnisvoller Mensch! Mit einer dringenden Nachricht durch die ganze Galaxis zu reisen und von dem Empfänger dann auf eine so schroffe Weise abgefertigt zu werden! Darf ich die Sache jetzt wieder gutmachen, nachdem die ganze Aufregung vorüber ist, und Sie etwas herumführen? Aber vielleicht wäre es angebrachter, wenn Sie mich herumführen. Ich weiß, Sie waren kurz nach der Gründung der Kolonie schon einmal hier.«

»Das würde ich sehr gern. Wann?«

»Vielleicht heute noch? Nach den vielen Nächten, die ich in die Sache gesteckt habe, wird niemand etwas dagegen haben, wenn ich mir einen Nachmittag frei nehme. Deswegen bin ich vorbeigekommen.« Er hielt die Tür auf, und Sonnenlicht fiel herein. »Es ist, selbst für Tau Cetis Verhältnisse, ein zu schöner Tag, um ihn hinter geschlossenen Türen zu verbringen.«

Sie verbrachten den Tag in einem Naturschutzgebiet, das Lunzie immer gern besucht hatte. Die importierten Bäume, zu ihrer Zeit noch Schößlinge, waren inzwischen zu Riesen herangewachsen, die kühle Schatten über den Spazierweg am Flußufer warfen. Lunzie folgte ihren Erinnerungen, als sie Coromell an ihre und Fionas Lieblingsplätze führte. Der kurze Mittagsschauer hatte den Boden durchtränkt, und ein berauschender Geruch nach Humus hing in der Luft. Aus den Baumkronen konnten sie das Gezwitscher von Vögeln hören, die das schöne Wetter feierten. Lunzie und Coromell duckten sich unter den schweren Ästen hindurch und stiegen das Gefälle zu einem Felsüberhang hoch. Zu irgendeinem Zeitpunkt in der geologischen Geschichte des Planeten waren hier Gesteinsschichten aufeinander getroffen und hatten eine von ihnen zur Oberfläche emporgeschoben, so daß jetzt eine Felstafel über den Fluß hinausragte.

»Hier kann man gut sitzen, nachdenken und die Vögel füttern, falls man zufällig ein paar Brotkrumen dabei hat«, sagte Lunzie und ließ sich halb auf die große, sonnengewärmte Felstafel zurücksinken, um ins Wasser zu schauen, wo kleine Schatten einander durch die Strömung jagten. »Oder die Fischartigen.«

Coromell klopfte auf seine Taschen. »Tut mir leid. Keine Brotkrumen dabei. Vielleicht das nächste Mal.«

»Auch gut. Sonst werden wir noch von Bedürftigen bestürmt.«

Er lachte, setzte sich neben sie und sah zu, wie das getüpfelte Wasser über die Felsen tanzte. »Das habe ich gebraucht. Es war in letzter Zeit sehr hektisch, und ich kann so wenig Zeit in einer Planetenatmosphäre verbringen. Seit seiner Ankunft hat mein Vater mit niemandem außer Ihnen gesprochen. Er hat erst spät geheiratet und will nicht, daß ich denselben Fehler mache. Er ist einsam«, fügte Coromell nachdenklich hinzu. »Er hat sich Mühe gegeben, uns zu verkuppeln.«

»Ich hätte nichts dagegen«, sagte Lunzie, drehte den Kopf und lächelte ihn an. Coromell war ein attraktiver Mann. Er mußte über fünfundvierzig sein, hatte aber eine jugendliche Haut und legte außerhalb seiner Dienststelle mehr Enthusiasmus an den Tag, als Lunzie von sorgengeplagten oder karrieregeilen Admiralen gewohnt war.

»Also, ich auch nicht. Ich würde Sie nicht anlügen«, erwiderte er vorsichtig. »Aber ich muß Sie warnen. Ich kann keine enge Bindung eingehen. Ich bin ein Karrieremensch. Die Flotte ist mein Leben, und ich liebe sie. Alles andere würde an zweiter Stelle rangieren.«

Lunzie zuckte die Achseln, zupfte Moosstückchen vom Fels und ließ sie ins Wasser fallen, um die Wellen zu beobachten. »Und ich bin unstet, wahrscheinlich von Natur aus und durch meine Erfahrungen. Wenn ich keine Tochter gehabt hätte, dann hätte ich wahrscheinlich nie versucht, mir den O_2-Obolus zu verdienen, um mich einer Kolonie anzuschließen. Ich reise gern an neue Orte, lerne neue Dinge und neue Menschen kennen. Es wäre sicher das Beste für mich, keine lebenslangen Bindungen einzugehen. Es wäre sicher nicht gut für Ihren Ruf, wenn Sie sich mit einer zeitversetzten Ärztin treffen würden, die als Jonas verdächtigt wird.«

Coromell gab einen angewiderten Laut von sich. »Das schert mich einen Dreck. Vater hat mir erzählt, wie auf der *Ban Sidhe* hinter Ihrem Rücken getuschelt wurde. Man sollte diese Idioten dafür anzeigen, daß sie Ihnen mit ihrem dummen, abergläubischen Geschwätz die Reise schwer gemacht haben.«

Lunzie legte ihm eine Hand auf den Arm. »Nein, lassen Sie das. Wenn sie gemeinsame Ängste und Erfahrungen als Krücke brauchen, um eine Krisensituation zu bewältigen, dann sollten sie das tun. Sie werden darüber hinauswachsen.« Sie lächelte beruhigend, und er ließ sich zurückplumpsen und beschirmte mit einer Hand die Augen.

»Wie Sie wünschen. Aber wir können trotzdem Freude aneinander haben, solange wir zusammen sind, oder?«

»Aber natürlich.«

»Da bin ich froh. Ich kann Sie wohl nicht dazu überreden, für uns zu arbeiten?« fragte Coromell in halb scherzhaftem Ton. »Es würde Ihre Reputation erheblich verbessern, wenn Sie für den Nachrichtendienst der Flotte arbeiten würden. Sie kämen viel herum, würden neue Leute kennenlernen und neue Dinge sehen, während Sie Informationen für uns sammeln.«

»Was? Ist das eine Bedingung, damit ich Sie wiedersehen darf?« fragte Lunzie in gespielter Empörung. »Muß ich in die Flotte eintreten?« Sie hob eine Augenbraue.

»Nein. Aber wenn das die einzige Möglichkeit ist, um Sie zu einer Zusage zu überreden, werde ich vielleicht die Vorschriften ändern lassen«, lachte er spöttisch. »Bleiben Sie doch noch ein wenig auf Tau Ceti. Ich bin hier stationiert und muß die Sache vom Schreibtisch aus erledigen. Ich hoffe, ich kann Sie überreden, es sich noch einmal zu überlegen. Sie wären eine echte Bereicherung für die Flotte. Bitte bleiben Sie noch etwas.«

Lunzie zögerte und überlegte. »Ich würde mich nicht wohl dabei fühlen, wenn ich den ganzen Tag herumsäße und darauf wartete, daß Sie von der Arbeit kommen. Ich käme mir nutzlos vor.«

Coromell räusperte sich. »Haben Sie sich nicht im medizinischen Zentrum um einen Job beworben? Sie könnten dort arbeiten, bis Sie beschlossen haben, wie es weitergehen soll. Ähm... das Zentrum hat mich angerufen und gefragt, ob Sie zur Verfügung stehen. Man nimmt offenbar an, daß Sie schon zur Flotte gehören. Sie haben noch andere erstaunliche Talente. Sie haben meinem Vater zugehört, der so gern Zeit mit Ihnen verbringt. In seinem Alter gibt es nur wenige Menschen, mit denen er sich unterhalten kann.« Coromell machte ein hoffnungsvolles Gesicht, ein Ausdruck, der überhaupt nicht zu seiner Uniform und seinem Rang paßte.

Ihr letzter Widerstand verflog. Sie konnte den alten Admiral Coromell nur zu gut verstehen. »Also gut. Von den Angeboten, die mir am Raumhafen gemacht wurden, hat mir keines zugesagt. Aber das ist nicht der Grund, weshalb ich bleibe. Ich fühle mich einfach wohl.«

»Ich mag Sie, Doktor Lunzie.«

»Ich mag Sie auch, Admiral Coromell.« Sie drückte seine Hand, und sie saßen eine Zeitlang schweigend beieinander und genossen einfach das leise Plätschern des Bachs und das Vogelzwitschern in der Wärme des Nachmittags.

Von da an verbrachten sie soviel Zeit wie möglich miteinander. Coromell verbrachte einen entspannenden Nachmittag am liebsten, indem er einen Spaziergang machte, einige Stunden lang Musik hörte oder im 3d ein Klassikkonzert anschaute. Sie hörten zusammen Musik, lasen gemeinsam und unterhielten sich über ihre Lieblingsschriftsteller und -komponisten. Lunzie war gern mit ihm zusammen. Er war immer wieder sehr angespannt, wenn sie sich trafen, wurde aber schnell locker, wenn er den Tag hinter sich gelassen hatte. Ihre Beziehung war eine ganz andere als zwischen ihr und Tee. Coromell erwartete von ihr, daß sie ihre Meinung sagte, und hielt an seiner eigenen fest, selbst wenn sie davon abwich. Er war ungemein höflich, wie es von einem Offizier und Gentleman erwartet wurde, aber er konnte sehr störrisch sein. Selbst wenn sie in eine offene Meinungsverschiedenheit gerieten, fand Lunzie es erfrischend, daß er sich im Gegensatz zu Tee ihren Vorlieben nicht selbstlos beugte. Coromell vertraute ihr seine ehrlichen Ansichten an und erwartete dasselbe von ihr.

Coromell arbeitete unregelmäßig. Wenn Piraten gesichtet wurden, wurde er mit Berichten überschüttet, die bis ins letzte Detail analysiert werden mußten. Er hatte noch andere Pflichten, die man bisher noch keinem untergeordneten Offizier überantwortet hatte und die ihn manchmal vier oder fünf Schichten am Stück an den Schreibtisch fesselten. Lunzie, die noch keinen dauerhaften Posten annehmen wollte, hatte soviel Zeit für sich, daß nicht einmal ihre Übungen in mentaler Disziplin sie ganz ausfüllen konnten.

Coromell wußte, daß sie den Adeptenstatus in mentaler Disziplin hinter sich gelassen hatte. Auf sein Drängen hin und mit persönlicher Empfehlung des Gruppenmeisters schloß sie sich einem Fortgeschrittenenkurs an, der in einer Sporthalle tief im FES-Komplex stattfand.

Es nahmen zwei bis drei weitere Schüler an den Meditationssitzungen teil, aber es wurden nie Namen genannt, deshalb hatte sie keine Ahnung, wer sie waren. Ihre Vermutung, daß es sich um hochrangige Staffeloffiziere in der Flotte oder um altgediente Diplomaten handelte, wurde nie bestätigt oder entkräftet. Der Meister führte sie in faszinierende Methoden der geistigen Sammlung ein, die auf früheren, sogar einem Anfänger vertrauten Techniken aufbauten. Wer mit Hilfe mentaler Disziplin die Aufnahmefähigkeit seiner Sinne steigerte und der Entwicklung des Trancezustands einer Person folgte, konnte detaillierte posthypnotische Suggestionen hinterlassen. Die verkürzte Form der Tranceherbeiführung war erstaunlich in ihrer Einfachheit.

»Das wäre eine enorme Hilfe bei chirurgischen Eingriffen vor Ort«, bemerkte Lunzie am Ende einer Privatsitzung. »Ich könnte einen Patienten dazu bringen, daß er die schlechten Bedingungen ignoriert und ganz ruhig bleibt.«

»Ihr Patient würde Ihnen immer noch vertrauen müssen. Ein starker Wille kann jeden Suggestionsversuch vereiteln, wie Sie sicher wissen. Dasselbe gilt für Panik«, warnte sie der Meister und sah ihr in die Augen. »Betrachten Sie diese Technik nicht als eine Waffe, eher als ein Werkzeug. Der Rat der Adepten wäre nicht erfreut darüber. Sie sind keine Anfängerin mehr.«

Lunzie machte den Mund auf, um zu entgegnen, daß sie dergleichen nie tun würde, schloß ihn aber gleich wieder. Der Meister wußte sicher von Fällen, daß Studenten diese Technik dazu verwendet hatten, um einen Feind unter Kontrolle zu bringen, vielleicht um den Preis seines Lebens. Dann lächelte sie. Vielleicht funktionierte diese Technik zu gut, und sie mußte lernen, sie richtig und nur in ganz bestimmten Fällen anzuwenden.

Eine der erfreulichsten Änderungen, die während ihres zweiten Kälteschlafs eingetreten war, betraf den Kaffee, der eine Renaissance erlebt hatte. An einem schönen Nachmittag, als Lunzie nach den Übungsstunden vom Raumhafen nach Hause kam, programmierte sie das Synthesegerät für eine Kanne Kaffee. Die Mischung, die der Synthesizer herstellte, enthielt kein Koffein, schmeckte aber kräftig aromatisch und ziemlich genau so, wie Lunzie echten Kaffee in Erinnerung hatte. In den Lebensmittelgeschäften wurden gelegentlich echte Kaffeesorten angeboten, ein teures Vergnügen, daß sie sich angesichts ihres Guthabens aber bequem leisten konnte. Sie fragte sich, ob Satia Somileaux auf der Descartes-Plattform je welchen probieren würde.

Das Lämpchen an ihrem Komgerät blinkte. Mit einer heißen Tasse in den Händen ging Lunzie hinüber und drückte den Empfangsknopf. Auf dem Bildschirm erschien Coromells Gesicht.

»Entschuldige, Lunzie, wenn ich so kurzfristig anfrage, aber hast du ein Abendkleid für offizielle Anlässe? Es wird von mir erwartet, daß ich heute abend um 20.00 Uhr auf einem Delegiertenball erscheine, und wenn du dabei wärst, würde ich mich nicht so schrecklichen langweilen. Ich bin bis 17.00 Uhr im Büro und erwarte deine Antwort.« Das Bild verschwand mit einem Blinken.

»Verflucht, es ist schon 16.30!«

Indem sie ihren Kaffee hinunterstürzte, lief Lunzie zu ihren Koffern und durchwühlte sie nach ihren besten Sachen. Das Kleid ließ sich leicht zusammenfalten und nahm nicht viel Platz ein, deshalb war es schwer zu finden. Ja, sie hatte es noch. Es war sauber und in gutem Zustand und mußte nur etwas glattgestrichen werden. Sie teilte Coromell Büro sofort mit, daß sie Zeit hatte und kommen würde, und stellte den Kleiderauffrischer auf »Glätten«. Sie warf die schweißnasse Arbeitskleidung in eine Ecke und sprang unter den Ultraschallreiniger.

»Viel zurückhaltender, als ich es in Erinnerung habe.« Mit einem anerkennenden Nicken betrachtete sie ihr Spiegelbild und drehte sich noch einmal um die eigene Achse. Sie strich die Seiten des dünnen Stoffs glatt, der in der Abendsonne schimmerte, die durch ihr Fenster hereinschien, und bewunderte die straffen Rundungen ihres Körpers. »Bei all der Mühe, die ich mir mache, um für ihn gut auszusehen, würde man nicht glauben, daß ich mich für diesen Mann interessiere.«

Lunzie legte ihre Lieblingshalskette um, eine einfache Kupfer- und Goldkette, die zur Farbe ihres Kleides paßte und ihr Glanzlichter aufs Haar und in die Augen warf.

Coromell holte sie um 19.45 ab. Er sah in seiner dunkelblauen Ausgehuniform korrekt und etwas unbehaglich aus. Er begrüßte Lunzie mit bewundernden Blicken und schenkte ihr einen kleinen Strauß weißer Kamelien. »Blumen von der Erde. Einer unserer Botaniker züchtet sie als Hobby. Wie hübsch du aussiehst. Dieses schimmernde blaue Kleid ist ein Knüller. Ich habe noch nie etwas in diesem Stil gesehen«, sagte er, als er sie zu seinem chauffierten Bodenwagen führte. »Ist das die neueste Mode?«

Lunzie lachte. »Ich verrate dir ein Geheimnis: es ist ein zehn Jahre altes Kleid vom anderen Ende der Galaxis. Irgendwo ist es bestimmt der letzte Schrei.«

Die Party hatte noch nicht angefangen, als sie in der Ryxi-Botschaft eintrafen, einer Reihe identischer dreistöckiger Gebäude, die etwas abseits der diplomatischen Vertretungen der wichtigsten Rassen in der FES standen. Lunzie amüsierte sich über die Ähnlichkeit zwischen den Botschaften und den Ledigenunterkünften in der Flottenbasis. Einige der reizbaren, zwei Meter großen Flugwesen standen in der Tür und begrüßten ihre Gäste, flankiert von einer Schar Ryxi, die die überkreuzten Schärpen der Ehrenwache trugen.

»Sie sind immer groß darin, ihr Ehrgefühl zu demonstrieren, diese Ryxi«, sagte Coromell nebenher, während er mit Lunzie darauf wartete, eingelassen zu werden. »Aber wenn sie sich aufregen, vergessen sie alles, und dann würde ich mich mit einem dieser Vögel nicht anlegen.«

Ein storchenartigen Ryxi trat vor, um sich ruckartig vor Coromell zu verbeugen. »Ist mir ein Verrrgnüügen, Admiral«, flötete er. Die Ryxi sprachen normalerweise sehr schnell. Sie erwarteten, daß andere sie verstanden, aber gelegentlich, so wie an diesem festlichen Abend, waren sie so freundlich, verständlich langsam zu sprechen.

Coromell verbeugte sich. »Freut mich, Sie zu sehen, Botschafter Chrrr. Darf ich Ihnen meine Begleiterin Dr. Lunzie vorstellen?«

Chrrr verbeugte sich wie ein Glasbarometer. »Willkommen im Schwarm, Doktorrr. Bitte betrrrachten Sie mich nicht als den Gesandten von Rrryxi.«

»Das ist sehr freundlich«, erwiderte Lunzie und widerstand der Versuchung, wie ein Schotte des *r* rollen zu lassen.

Wegen ihrer steifen Beine zogen es die Ryxi vor, zu stehen, wenn Sitzen nicht unbedingt erforderlich war. Aus Rücksicht auf Menschen, Seti, Weber und etwa einem Dutzend anderer Rassen, die an diesem Abend vertreten waren, war ihre große Halle mit zahlreichen Sitzgelegenheiten für Kameraden ausgestattet worden, die unterlegenen Spezies angehörten.

»So schätzen Sie uns ein«, brummte Coromell, als er mit Lunzie die Halle betrat. »So wie jede andere Spezies, die nicht fliegen kann.«

»Und wie stufen sie die Thek ein?«

»Sie ignorieren sie, wann immer es möglich ist«, lachte Coromell. »Die Ryxi meinen, es sei eine Zeitverschwendung, ihnen zuzuhören.«

Ein älterer Seti, der persönliche Gesandte der Seti von Fomalhaut, hielt Hof in einem U-förmigen, lehnenlosen Stuhl, der Platz für seinen Reptilienschwanz bot. Er machte ein freundliches Gesicht, als sie ihm vorgestellt wurden.

»So so, Sie haben also in Astris Alexandria Ihren Abschluß gemacht«, zischte er. »Ich auch. Jahrgang 2784.«

»Ah, dann waren Sie vier Jahre hinter mir«, sagte Lunzie. »Erinnern Sie sich an Kanzler Grystone?«

»Allerdings. Für einen Menschen eine gute Führungspersönlichkeit. Es ist nur seltsam, Doktor, daß Sie nicht so alt zu sein scheinen, wie es Ihre Kenntnisse nahelegen«, bemerkte der Seti höflich. Seti waren sehr private Individuen. Lunzie hatte von einem Seti noch nie etwas gehört, das einer persönlichen Frage näherkam als diese Bemerkung.

»Oh, danke, verehrter Gesandter. Nett, daß es Ihnen aufgefallen ist«, sagte Lunzie und verbeugte sich, als Coromell sie zum nächsten weiterzog, dem sie vorgestellt werden sollte.

»Ich bin überrascht, daß hier keine Thek sind«, bemerkte Lunzie, während sie weitere Bekannte Coromells mit einem Nicken begrüßte.

Er räusperte sich. »Die Thek sind im Moment unter den Mitgliedern der FES nicht sonderlich beliebt. Auch wenn gewöhnliche Ryxi sich selten darum scheren, was andere denken, ist das diplomatische Korps sehr aufmerksam, was die öffentliche Stimmung angeht.«

»Macht sie das so ungewöhnlich?« fragte Lunzie.

»Du hast keine Ahnung«, sagte Coromell trocken.

»Hallo, Admiral. Freut mich, Sie zu sehen. Und wer ist Ihre charmante Begleitung?«

Lunzie wandte sich mit einem höflichen Lächeln dem Sprecher zu und schreckte sofort zurück. Eine dunkelhaarige Schwerweltlerfrau mit hervorspringenden Augenwülsten starrte finster auf sie herab. Aber sie hatte nicht gesprochen. Vor der riesigen Frau saß in einem eleganten, gepolsterten Armstuhl ein annähernd menschlicher Mann mit großen Augen, die wie schwarze Steine funkelten. Er war offenbar daran gewöhnt, daß die massige Frau wie eine Beschützerin hinter ihm stand. Lunzie erholte sich von dem Schreck und begrüßte den Mann im Stuhl mit einem Nicken.

»Ienois, das ist Lunzie«, sagte Coromell. »Lunzie, Ienois ist Oberhaupt der wohlbekannten Kaufmannsfamilie Parchandri, die für den Handel auf Tau Ceti eine große Rolle spielt.«

»Meine Bescheidenheit nimmt großen Schaden durch solche freundlichen Komplimente von unserem verehrten Admiral.« Der kleine Mann neigte höflich den Kopf. »Aber ich freue mich sehr, Sie kennenzulernen.«

»Das Vergnügen ist ganz auf meiner Seite«, erwiderte Lunzie so gelassen, wie sie konnte. Es wäre nicht ratsam gewesen, sich ihre Abneigung und ihre Überraschung anmerken zu lassen. Sie kannte den Ruf der Parchandris. Ienois hatte etwas an sich, das ihn ihr auf der Stelle unsympathisch machte. Ganz zu schweigen von der Auswahl seiner Begleiter.

Ienois deutete auf die Schwerweltlerfrau, die hinter ihm stand. »Meine diplomatische Adjutantin Quinada.« Sie verbeugte sich und richtete sich wieder auf, ohne den Blick von Lunzie abzulassen. »Wir hatten noch nicht das Vergnügen miteinander, Lunzie. Leben Sie auf Tau Ceti?«

»Nein. Ich bin gerade von Alpha Centauri eingetroffen«, antwortete sie höflich. Coromell hatte ihr versichert, daß es keinen Grund gab, ihre Herkunft mit Rücksicht auf den guten Geschmack zu verschweigen.

»Alpha Centauri? Wie interessant«, tönte der Parchandri.

»Die Familie meiner Tochter lebt in Shaygo«, erklärte Lunzie. »Ich kannte sie noch nicht, und sie haben mich zu einem Familientreffen eingeladen.«

»Ach ja! Die Familie! Sie ist einfach unersetzlich. In unserem Geschäft trauen wir zuerst der Familie und erst weit dahinter anderen Personen. Glücklicherweise haben wir eine sehr große Familie. Alpha Centauri ist eine staunenswert große Welt mit vielen Annehmlichkeiten und Wundern. Es muß Ihnen schwergefallen sein, es zu verlassen.«

»Nicht sehr«, erwiderte Lunzie trocken. »Die Atmosphäre ist so verschmutzt, daß man sie kaum atmen kann.«

»Daß man sie kaum atmen kann? Wie bitte?« Der Parchandri brach in ein unerwartetes Lachen aus. »Das ist wirklich gut. Aber Lunzie.« Von einem Moment zum anderen wurde er wieder ernst. »Die Luft auf einem Planeten ist doch wohl atembarer als auf einem Schiff?«

Lunzie erinnerte sich plötzlich an die Warnung des Ingenieurs Perkin vor den Besitzern der Destiny Cruise Lines. Sie gehörten einer Parchandri-Kaufmannsfamilie namens Paraden. Lunzie wußte nicht, ob Ienois ein Paraden war, zog es aber vor, ihn nicht zu provozieren oder seine Neugier zu wecken. Was wäre, wenn er einer der Verteidiger in der Verhandlung gegen die Destiny Cruise Lines war? Möglicherweise war Coromell auf das Wohlwollen dieses Mannes angewiesen.

»Auf dem Wege nach Alpha Centauri ist Lunzies Schiff havariert«, sagte Coromell. Lunzie war völlig überrascht, daß er diese Bemerkung auf eine so beiläufige Weise anbrachte, als wollte er nur Konversation machen.

»Ich verstehe. Wie schrecklich.« Die großen Augen des Parchandri glänzten, als fände er die Sache überhaupt nicht schrecklich, sondern als werde Lunzie dadurch auf eine verdrehte Weise viel interessanter für ihn. Das war eine unheimliche Perversion. »Waren Sie lang in diesem Zustand?« bedrängte sie der Parchandri. »Oder waren die Techniker in der Lage, Ihr Schiff zu reparieren? Es ist ein erschreckender Gedanke, im Tiefenraum dem Wohlwollen der Maschinen ausgeliefert zu sein. Sie scheinen diese mißliche Lage ohne bleibenden Schaden überstanden zu haben. Eine bemerkenswerte Widerstandskraft. Erzählen Sie einem bescheidenen Bewunderer alles davon!« Seine Augen funkelten vor freudiger Erwartung.

Lunzie zuckte die Achseln und war nicht im mindesten bereit, diesen seltsamen Mann zufriedenzustellen. Coromell hätte sie nicht in Verlegenheit gebracht, wenn dieser Mann ein Paraden und ein möglicher Verteidiger in der Verhandlung gegen die Destiny Cruise Lines wäre.

»Es gibt wirklich nicht viel zu erzählen. Wir wurden von einem militärischen Schiff, das zufälligerweise an dem Wrack vorbeikam, ins Schlepptau genommen.«

»Was für ein bemerkenswertes Schicksal.« Ienois' Augen funkelten. Seine... seine Aufpasserin – ganz gleich, ob er sie als seine diplomatische Adjutantin bezeichnete, sie war seine Leibwächterin, daran hatte Lunzie keine Zweifel – wandte ihren starren Blick nicht für einen Sekundenbruchteil von Lunzie ab. »Gestrandet im Weltraum, gelandet auf Alpha Centauri, und jetzt sind Sie hier. Wie tapfer Sie doch sind.«

»Überhaupt nicht«, sagte Lunzie und wünschte, sie könnte diesem abstoßenden Mann und seiner finsteren

Adjutantin den Rücken kehren, aber Coromells Hand an ihrem Ellbogen hielt sie unauffällig zurück. Seltsamerweise war ihm nicht aufgefallen, daß sie keine Einzelheiten über ihr Schiff verraten hatte. Wußte Ienois schon Bescheid? »Lange Reisen sind heutzutage etwas Alltägliches. Schiffe und Gerüchte durchqueren die Galaxis mit gleicher Geschwindigkeit.«

Ienois ignorierte ihre Frechheit. »Admiral«, sagte er und wandte sich Coromell zu. »Haben Sie schon die Erfrischungen probiert? Ich glaube, die Ryxi haben eigens für uns terranischen Wein besorgt. Aus Franzreich, hat man mir gesagt.«

»Frankreich«, verbesserte Coromell ihn mit einer Verbeugung. »Eine Provinz in der nördlichen Hemisphäre der Erde.«

»Ja, genau. Das ist eine der Welten, die ich bisher noch nicht besucht habe. Die Ryxi bewirten ihre Gäste wirklich ausgezeichnet. Rohe Nüsse und Samen sind nicht ganz nach meinem Geschmack, aber es gibt süße Cremespeisen, die selbst Personen mit einem anspruchsvolleren Geschmack als meine Wenigkeit entzücken würden. Und dann der Käse! Das reinste Ambrosia.« Der Parchandri küßte ihr die Hand.

Trotz Aufbietung aller Willenskraft zuckte Lunzie unwillkürlich zusammen. Ambrosia. Es konnte nur ein Zufall sein, daß Parchandri dieses Wort benutzt hatte. Nachdem sie es fast drei Monate lang gehegt und mit sich herumgetragen hatte wie ein ungeborenes Kind, hatte Lunzie ein offenes Ohr dafür, wo es fiel. Sie bemerkte, daß beide Männer sie prüfend ansahen. Coromell hatte nicht reagiert. Er kannte die Bedeutung des Worts, aber was war mit dem Kaufmann? Ienois beobachtete sie neugierig.

»Ist Ihnen die Temperatur unangenehm, Doktor?« fragte Ienois in einem mitfühlenden Ton. »Meiner Meinung nach halten die Ryxi den Saal zu warm, und ich bin von meiner Heimatwelt, wo ich in einer Bergregion gelebt habe, nicht daran gewöhnt. Dort ist es sehr viel kühler als hier.« Er gab seiner riesigen Leibwächterin ein Zeichen. Sie flüsterten kurz miteinander, dann verließ Quinada den Saal. Ienois zuckte die Achseln. »Ich brauche eine leichtere Jacke, sonst ersticke ich, bevor ich meine Gastgeber begrüßt habe.«

Ienois lenkte das Gespräch auf ein Thema von allgemeinem Interesse, an dem er charmant festhielt, aber Lunzie hatte keinen Zweifel, daß er sie genau beobachtete. Der kleine Kaufmann strahlte etwas Geheimnisvolles aus, das nichts mit angenehmen Überraschungen zu tun hatte. Sie fand ihn ebenso bösartig wie pervertiert, und am liebsten wäre sie mit Coromell wieder gegangen. Ienois' Aufmerksamkeit war Lunzie unangenehm, und sie versuchte, ihm nicht in die Augen zu sehen.

Schließlich schien Coromell Lunzies Zeichen zu bemerken, daß sie weitergehen wollte. »Verzeihen Sie mir, Ienois. Der Weber-Gesandte von Parok ist hier. Ich muß mit ihm sprechen. Würden Sie mich bitte entschuldigen?«

Ienois streckte beiden eine feuchte Hand entgegen. Trotz ihrer Abneigung schlug Lunzie kräftig ein und wurde mit einer Anflug von Belustigung belohnt. »Dürfen wir damit rechnen, Sie auf unserer kleinen Party in fünf Tagen zu sehen?« fragte der Kaufmann. »Die Parchandris wollen die Flamme unserer Wertschätzung in den Herzen unserer geschätzten Freunde und Kunden neu anfachen. Wollen Sie unser Leben mit ihrer Anwesenheit bereichern?«

»Ja, natürlich«, sagte Coromell freundlich. »Danke für die Einladung.«

Der Parchandri war inzwischen aufgestanden und verbeugte sich ausgiebig. »Ich danke Ihnen. Sie ehren meine Wenigkeit.« Er machte noch eine tiefe Verbeugung und setzte sich wieder.

»Müssen wir wirklich eine Party der skrupellosen Parchandri besuchen?« fragte Lunzie mit gedämpfter Stimme, als sie weitergingen.

Coromell wirkte überrascht. »Wir müssen freundschaftliche Beziehungen unterhalten. Warum nicht?«

»Der Kerl macht den Eindruck, als würde er für zehn Anteile seine Mutter an Progressive Galactic verkaufen.«

»Das kann schon sein. Aber komm trotzdem mit. Solche Parties können ohne Begleitung ziemlich langweilig sein.«

»Er hat etwas an sich, das mich sehr nervös macht. Er sagte ›Ambrosia‹. Ist dir aufgefallen, daß er darauf geachtet hat, wie ich reagiere? Es kann ihm nicht entgangen sein.«

»Er benutzte das Wort in einem passenden Zusammenhang, Lunzie. Du bist nur sehr hellhörig. Kein Wunder, nach allem, was du durchgemacht hast. Ienois ist zu träge, um sich mit etwas so Aufwendigem wie unsauberen Geschäften zu befassen.« Coromell hakte sich bei Lunzie unter und führte sie zum nächsten Botschafter.

* * *

»Sie hat gelogen«, murmelte Quinada ihrem Vorgesetzten zu, als sie sich hinunterbeugte und ihm die leichtere Jacke hinhielt. »Ich habe mich in der Zentrale erkundigt. Nach unseren Berichten von Alpha Centauri wurden in dem fraglichen Zeitraum keine havarierten Schiffe abgeschleppt. Dafür wurden eine Anzahl Personen in Zivilkleidung dabei beobachtet, wie sie den Militärkreuzer *Ban Sidhe* verließen. Eine davon entspricht ihrer Beschreibung. Das heißt, sie war zur entsprechenden Zeit auf Alpha, aber ihre Geschichte stimmt nicht.«

»Das reicht nicht«, sagte Ienois locker und beobachtete Lunzie und Coromell, die sich mit dem Botschafter der Weber und einem anderen angesehenen Kaufmann unterhielten. »Mit so schwachen Indizien kann ich nichts anfangen. Ich brauche mehr.«

»Es gibt mehr. Das Mann im Restaurant, mit dem sich der getötete Spion unterhalten hat, wurde den Berichten zufolge von eine Frau begleitet, deren Beschreibung auch der Dame in Blau entspricht, die unser Admiral mitgebracht hat.«

»Aha. Dann gibt es keinen Zweifel mehr.« Ienois lächelte weiter jeden an, der in seine Richtung schaute, aber seine Augen blieben halb geschlossen. »Es könnte sein, daß unsere Freunde... daß sie jetzt andere Pläne haben.« Er preßte die Lippen aufeinander. »Bringt sie um. Aber nicht hier. Es ist nicht nötig, aus einer so banalen Angelegenheit wie dem Tod eines Spions eine diplomatische Affäre zu machen. Aber sorgt dafür, daß sie uns keine Schwierigkeiten mehr bereitet.«

»Wie Sie wünschen.« Quinada zog sich zurück.

Eine Liveband in einer Ecke spielte Tanzmusik. Lunzie lauschte sehnsüchtig den lebhaften Rhythmen, während Coromell sich endlose Geschichten mit einem anderen Offizier und dem Repräsentanten einer Kolonie erzählte, die gerade geschützten Status erreicht hatte. Coromell drehte sich um und wollte ihr eine Frage stellen. Dabei stellte er fest, daß die Tanzfläche ihre Aufmerksamkeit fesselte. Er sah ihr in die Augen und machte cine förmliche Verbeugung.

»Darf ich um diesen Tanz bitten?« fragte er, entschuldigte sich bei seinen Freunden und führte sie mit schwungvollen Schritten unter die herumwirbelnden Paare. Er war ein hervorragender Tänzer. Lunzie fiel es leicht, sich von ihm führen zu lassen und ihren Körper nach der Musik zu bewegen.

»Verzeih mir, daß ich dich so gelangweilt habe«, entschuldigte sich Coromell, als sie seitlich zwischen zwei Paaren hindurch tänzelten. »Diese Parties werden aus dem Stegreif organisiert. Es ist ein Glücksfall, wenn ich Freunde treffe, mit denen ich plaudern kann.«

»Oh, du hast mich nicht gelangweilt«, versicherte Lunzie ihm. »Ich hoffe, ich habe keinen gelangweilten Eindruck gemacht. Das wäre unverzeihlich.«

»Wir werden nicht mehr lang bleiben«, versprach Coromell. »Ich bin selbst müde. Die Tradition verlangt, daß die Gastgeber ihre Gäste mit vielen Trinksprüchen ehren und daß die Gäste sich entsprechend revanchieren. Es müßte bald soweit sein.«

Die Tanzmusik verstummte, und der ältere Ryxi ging mit einem Becher in der Flügelklaue nach vorn. Er prostete seinen Gästen zu. Auf dieses Zeichen hin eilten Lunzie und die anderen zum Büffet. Coromell goß ihnen beiden ein Glas französischen Wein ein.

Als alle bereit waren, hob der Botschafter seine piepsige Tenorstimme. »Auf unsere verehrten Gäste! Auf ein langes Leben! Auf unsere Freunde in der Förderation Empfindungsfähiger Spezies! Auf ein langes Leben! Auf meinen alten Freund, den Sprecher der Weber!«

Coromell seufzte und lehnte sich Lunzie entgegen. »Das wird einige Zeit in Anspruch nehmen. Deine Geduld und Nachsicht sind gefragt.«

Lunzie unterdrückte ein Kichern und hob dem Ryxi ihr Glas entgegen.

* * *

»Ich kann nicht bei zwei diplomatischen Anlässen hintereinander dasselbe Kleid tragen«, sagte Lunzie am nächsten Tag beim Essen zu Coromell. »Ich geh mir ein neues kaufen.«

Nach ihrer Ankunft auf Tau Ceti hatte Lunzie sich eine gedankliche Notiz gemacht, daß sie das neue Einkaufszentrum besuchen wollte, das an den Raumhafen grenzte. Ursprünglich war das Gelände für die Reparatur großer Fahrzeuge und die Konstruktion von Unterkunftsmodulen genutzt worden, halb verborgen hinter einem Hügel aus aufgehäuftem Schutt, von dem die Kinder aus der Nachbarschaft gern hinuntergerutscht waren.

Der Hügel war immer noch vorhanden, inzwischen allerdings ein Stück abgetragen und nach den strengsten Standards des Gartenbaus bepflanzt. Dahinter lag eine wunderschön konstruierte Arkade aus dunkelrotem Backstein und dem weichen, grauen Stein, wie er auf Tau Ceti vorkam. Trotz der konservativen Erscheinung hallte das hohe Atrium vom Lachen der Kinder wider, die jenen, mit denen Fiona gespielt hatte, fünf Generationen später gefolgt waren. Lunzie hörte angeregte Gespräche durch die Korridore hallen, in denen sie spazieren ging.

Die meisten Geschäfte waren für Sauerstoffatmer eingerichtet, obwohl es im Erdgeschoß auch einige Läden mit Luftschleusen statt Türen für Kunden gab, deren Atmosphäre von der Norm abwich. Lunzie machte einen Schaufensterbummel durch ein Geschoß, stieg die Rampe ins nächste hinauf und überlegte sich schon, welche Größe ihr Kleid und andere Kleidungsstücke haben sollten. Die Auswahl war enorm, vielleicht zu eindrucksvoll. Sie bezweifelte, ob es hier auch nur drei Läden gab, die etwas Passendes für sie hatten. Ein Teil der neuesten Mode war extrem. Lunzie trat zurück, um sich die Schaufenster anzusehen.

In den Lexan-Scheiben erblickte sie flüchtig etwas sehr Großes, das von links auf sie zukam. Lunzie blickte auf. Eine Gruppe humanoider Schwerweltler stampfte den Spazierweg herunter und schob sich an ihr vorbei.

Sie erkannte den düsteren Mann an der Spitze als den Vertreter von Diplo wieder, auf den Coromell sie auf der Ryxi-Party aufmerksam gemacht hatte. Sie beanspruchten, weil sie nebeneinander gingen, auf der Rampe soviel Platz für sich, daß Lunzie sich in Finzers Modegeschäft zurückzog, bis sie vorbei waren.

»Was kann ich für Sie tun, Bürgerin?« Ein Mann mit elegant gekräuselten Ohren, der Lunzie kaum bis zur Schulter reichte, kam auf sie zu und verbeugte sich lächelnd. »Ich bin Finzer, der Inhaber dieses schönen Geschäfts.«

Lunzie blickte ins Atrium hinaus. Die Gruppe war verschwunden, abgesehen von einer Frau, die stehengeblieben war, um sich ein Schaufenster auf der anderen Seite des Korridors anzusehen. Sie gehört nicht zu Diplos Gefolge. Es war Parchandris Leibwächterin Quinada. Die Schwerweltlerin drehte sich um und fixierte Lunzie mit einem stupiden, dumpfen Ausdruck. Lunzie lächelte sie an und hoffte, daß eine höfliche Reaktion am unverfänglichsten war. Quinada starrte sie einen Moment lang ausdruckslos an, bevor sie weiterging. Verwirrt wandte sich Lunzie wieder dem Ladenbesitzer zu, der immer noch an ihrer Seite wartete.

»Ich suche nach Abendgarderobe«, erklärte sie Finzer. »Haben Sie etwas Klassisches in der Größe zehn?«

Finzer brachte ihr eine klassisch geschnittene, rosarote Kombination mit einem Leibchen, das ihren Brustkorb umschloß und einem langen Abendrock, der ihr um die Füße wirbelte.

* * *

Zwei Abende später raffte sie die Falten des Kleides auf den Schoß hoch, als sie mit Coromell zu Parchandris Residenz fuhr.

»Ich bilde es mir nicht ein, Coromell«, sagte Lunzie

bestimmt. »Quinada war überall, wo ich in den letzten zwei Tagen gewesen bin. Jedesmal, wenn ich mich umdrehte, war sie da. Sie verfolgt mich.«

»Ein Zufall«, sagte Coromell leichthin. »Der Bereich, in dem sich die Diplomaten von Tau Ceti bewegen, ist sehr klein. Du hattest in dieser Woche einfach ähnliche Dinge zu erledigen wie Quinada, das ist alles.«

»Das ist nicht alles. Sie starrt mich auf eine Weise an, die ich nur als hungrig beschreiben kann. Ich traue diesem perversen Halunken, für den sie arbeitet, nicht weiter, als ich ihn werfen könnte. Hast du nicht gesehen, wie seine Augen glitzerten, als ich meinen Unfall erwähnte? Er hat einen merkwürdigen Geschmack, wenn es um Unterhaltung geht.«

»Du interpretierst zuviel in einen Zufall hinein«, sagte Coromell vorsichtig. »Hier auf Tau Ceti drohen dir bestimmt keine Perversitäten. Eine Entführung wäre eine ernsthafte Verletzung der diplomatischen Immunität, die sich ein Mann von Ienois Rang und Position in seiner Familie nicht leisten kann. Was seine Adjutantin angeht, hast du selbst gesagt, daß du eine tiefsitzende Angst vor Schwerweltlern hast.«

»Ich leide nicht unter Verfolgungswahn«, sagte Lunzie todernst. »Lassen wir mal meine tiefsitzende Angst außen vor. Als ich den Verdacht hatte, daß Quinada mich verfolgt, habe ich versucht, sie abzuschütteln. Sag mir, warum sie in fünf verschiedenen Lebensmittelgeschäften gewesen ist, ohne etwas zu kaufen! Oder in drei verschiedenen Schönheitssalons! Und nicht nur das. Sie wartete sogar vor dem FES-Komplex, als ich meine Übungsstunden beendet hatte.«

Coromell wurde nachdenklich. »Du bist wirklich davon überzeugt, ja?«

»Allerdings. Und ich glaube, es hat wahrscheinlich etwas mit Ambrosia zu tun, auch wenn du mir in dieser Hinsicht keine Aufklärung verschaffen willst.«

Coromell lächelte über die Anspielung, sagte aber nichts, was sie unter diesen Umständen weiter verärgert hätte. Ambrosia mußte der Deckname für eine Geheimsache auf höchster Ebene sein, und sie war nur der Umschlag gewesen, der die Nachricht enthielt und nicht wissen durfte, was sie besagte. Störrisch fuhr sie fort: »Ich halte Ienois Bemerkung nicht für so beiläufig wie du, trotz seines unangreifbaren diplomatischen Status. Auf jeden Fall finde ich es unheimlich, von seiner Adjutantin verfolgt zu werden.«

»Auf persönlicher Ebene kann ich nicht viel tun, um das zu unterbinden, Lunzie. Wenn du allerdings«, er neigte sich ihr entgegen und hatte dabei ein durchtriebenes Funkeln in den Augen, »in den Nachrichtendienst der Flotte eintrittst, könnte ich dir Leute stellen, die dich beschützen.«

Lunzie warf einen langen, forschenden Blick in sein schönes Gesicht, um den abwegigen Gedanken zu verdrängen, der ihr im Kopf herumspukte. »Zu welchen Mitteln würdest du greifen, Coromell, um mich in den Nachrichtendienst der Flotte zu holen?«

»Ich will dich im Nachrichtendienst haben – du wärst eine große Bereicherung, und offen gestanden würde ich dich gern in meiner Nähe haben –, aber nicht um jeden Preis. Ich kann mich nicht über die Vorschriften hinwegsetzen – was ich ohnehin nicht will –, und ich kann dir keine besonderen Zugeständnisse machen, die du ohnehin nicht annehmen würdest. Das Wichtigste ist, Lunzie, daß du mitarbeiten willst. Selbst wenn ich dich dazu erpressen könnte, wärst du keine Rekrutin, wie wir sie uns wünschen. Ich weiß, daß du als Agentin zehnmal besser wärst als jemand wie Quinada… wenn du dich freiwillig dafür entscheiden würdest.«

Lunzie zögerte, dann nickte sie. »Also gut. Ich bin dabei.«

Coromell lächelte und drückte ihren Arm. »Gut. Ich muß mir deine Referenzen morgen früh ansehen. Es wird ein Gespräch folgen, aber ich habe die meisten Einzelheiten deines Lebenslaufs schon gespeichert. Ich hoffe, du wirst es nicht bereuen. Ich glaube es jedenfalls nicht.«

»Ich fühle mich jetzt schon sicherer«, sagte Lunzie ehrlich.

»Genau im richtigen Moment. Wir sind da.«

Die Parchandri-Villa lag in einem Vorort der Hauptsiedlung von Tau Ceti. Ienois und eine Anzahl von Parchandris warteten auf der Treppe, um ihre Gäste im verblassenden Sonnenlicht zu begrüßen. Aus Töpfen zu beiden Seiten der breiten Türen stiegen schwer duftende, bunte Rauchkringel in die Luft. Jeweils zwei Diener nahmen sich eines eintreffenden Fahrzeugs an. Einer öffnete die Tür, während der andere die Insassen begrüßte und den Gastgebern die Namen nannte. Lunzie konnte einen flüchtigen Blick auf glühende, dunkle Augen in kalkweißen Gesichtern werfen und schluckte. Das unerwartete Erscheinen von Vertretern derselben Rasse, der die Attentäter in dem Restaurant auf Alpha Centauri angehört hatten, war – gelinde gesagt – beunruhigend. In den glühenden Augen regte sich allerdings kein Wiedererkennen. Aber warum auch? Lunzie wurde allmählich mißtrauisch gegen diese vielen Zufälle.

Ienois begrüßte Lunzie und Coromell herzlich und stellte ihm seine Familie vor. Jeder trug ein Gewand von so maßvoller Eleganz, daß Lunzie unwillkürlich den Wert ihrer Kleidung schätzte. Wenn sie richtig lag, trug jeder Parchandri mehr Geld am Leib, als die Kleidung der übrigen Diplomaten zusammengenommen wert war. Weil es ein angenehm warmer Abend war, wurden in der Säulenhalle von livrierten Dienern Drinks gereicht.

»Admiral Coromell! Und Lunzie! Wie ich mich freue, Sssie wiederzusssehen«, sagte der Botschafter der Seti, entschuldigte sich bei dem Empfangskomitee und stieg schwerfällig die Eingangstreppe hinauf. »Admiral, ich hatte gehofft, Sie schon vor ein paar Tagen zu sssehen, aber ich habe die Gelegenheit verpassst.«

Lunzie merkte, wenn man ihr die Gelegenheit zu einem Rückzug gab, und entschuldigte sich. »Ich schau mich mal nach der Damenlounge um«, sagte sie zu Coromell und stellte ihr Glas auf das Tablett eines Dieners.

Lunzie fragte eine der Parchandri-Damen nach dem Weg und begab sich ins Gebäude. Ienois hatte ihr nicht mehr als einen desinteressierten ›Guten Abend‹ gewünscht, was sie beruhigte. Vielleicht waren ihre Befürchtungen nur auf ihre gesteigerte Aufmerksamkeit seit dem verhängnisvollen Abend mit Aelock zurückzuführen. Sie war froh, daß Ienois sie nicht weiter beachtete. Seit der Party bei den Ryxi waren ihr Gerüchte zu Ohren gekommen, die ihren Eindruck von seinen abartigen Neigungen bestätigten, aber die Wirklichkeit war noch viel schlimmer, als sie es sich vorgestellt hatte. Selbst wenn nur die Hälfte von dem stimmte, was man sich erzählte, war er ein Meister ausgesuchter Perversitäten.

Lunzie fand sich unversehens in der Großen Halle wieder, einem Saal mit hoher Decke und in einem eleganten, altmodischen Stil. Die Damenlounge für Humanoide befand sich am Ende eines mit rosarotem Marmor ausgelegten Korridors, unmittelbar rechts neben einer doppelt gewundenen Treppe mit goldplattierten Säulen, die sich in die drei Obergeschosse emporwand. In diesem Geschoß führten noch einige andere, durchweg abgedunkelte Korridore von der Halle weg.

»Wie schön! Die hier wissen ganz offensichtlich, wie

man lebt«, murmelte Lunzie. Ihre Stimme hallte durch den großen, leeren Raum. Das Licht war gedämpft, aber am anderen Ende des Korridors war es immer noch hell genug, daß Lunzie eine andere Frau erkennen konnte, die aus einer Schwingtür kam. »Ah, da ist es ja.«

Lunzie richtete im Spiegel ihr Make-up, strich ihr Kleid glatt und ließ sich dann auf ein Sofa unter den Wandleuchten sinken, die aus der Ecke den Raum beleuchteten. Im Moment benutze niemand sonst die Einrichtung, also war sie ganz allein. Sie konnte nur eine gewisse Zeit in der Damentoilette verbringen. Es war schade, daß sie keinen der anderen Diplomaten kannte. Sie hoffte, daß Coromell seine Unterredung mit dem Seti schnell beendete.

Wie auch immer, sie konnte sich nicht den ganzen Abend in der Lounge verstecken. Sie würde sich zeigen müssen. Mit einem Seufzen stieß sie die Tür auf, um zur Party zurückzukehren. Auf einmal stand sie vor Quinada, die ihr den Weg in den Flur versperrte. Erschrocken trat Lunzie zur Seite, um sie vorbei zu lassen, sich an ihr vorbeizuschieben und zu Coromell zurückzukehren. Doch die Schwerweltlerin füllte den ganzen Türrahmen aus und kam auf sie zu. Lunzie wich einige Schritte zurück und trat nach links, um hinauszuschlüpfen, sobald die Tür frei war. Quinada packte sie aber mit einer mächtigen Hand am Oberarm und schob sie gegen ihren Willen in die Lounge zurück.

»Da habe ich Sie endlich«, sagte sie und drängte das Leichtgewicht in eine Ecke. »Ich habe auf Sie gewartet.«

»Tatsächlich?« fragte Lunzie in einem überraschten, aber freundlichen Ton. Sie riß sich zusammen und suchte nach einer Möglichkeit, an der massigen Schwerweltlerin vorbeizukommen. »Warum?«

Quinadas dicke Augenwülste verfinsterten ihren Blick. »Mein Chef will Sie loswerden. Ich muß seine Befehle befolgen. Ich will's eigentlich nicht, aber ich bin seine Dienerin.«

Lunzie zitterte. Ihre Ahnungen hatten sie also nicht getrogen. Ienois verdächtigte sie. Aber warum sollte er ihren Tod befehlen, nur weil sie ein Wort erkannt hatte? Die Schwerweltlerin drückte sie mit dem Rücken an die Wand und sah sie selbstgefällig an. Quinada brauchte nur zuzudrücken, und es wäre mit Lunzie vorbei.

Lunzie meisterte ihre Furcht und sah der massigen Frau in die Augen. »Sie wollen mich also umbringen?« fragte sie einfach und hoffte, daß es nicht so klang, als ob sie bettelte. Damit würde sie möglicherweise sadistische Wesenszüge bei der Frau wecken. Quinada hatte sicher Spaß daran, ihr weh zu tun. Und Lunzie brauchte noch etwas Zeit, um ihre mentale Disziplin zu aktivieren. Sie hatte bereits einen taktischen Fehler gemacht, indem sie sich in eine ungünstige Lage manövriert hatte. Quinada und ihr Herr mußten auf eine Gelegenheit wie diese gewartet haben. Quinada hatte sie aus dem FES-Komplex kommen sehen. Wußte sie vielleicht, daß Lunzie eine Adeptin war?

»Nein, ich will Sie nicht umbringen«, säuselte Quinada mit etwas hellerer Stimme, in der Untertöne mitschwangen, die Lunzie noch mehr beunruhigten. »Nicht wenn ich muß. Wenn Sie nicht meine Feindin wären, müßte ich Sie überhaupt nicht umbringen.«

»Ich bin nicht ihre Feindin«, versuchte Lunzie sie zu beruhigen.

»Nein? Sie haben mich angelächelt.«

»Ich habe versucht, freundlich zu sein«, sagte Lunzie, der es überhaupt nicht gefiel, wie entschlossen und abschätzig Quinada sie anstarrte.

»Ich war mir nicht sicher. In dieser Stadt lächeln alle Diplomaten, um sich bei den Leichtgewichten einzuschmeicheln. Ihr Lächeln ist falsch.«

»Also, ich bin keine Diplomatin. Wenn ich lächele, dann ist es ehrlich gemeint. Ich werde nicht bezahlt, um Diplomatie zu betreiben.« Lunzie schätzte in aller Eile ihre Chancen ein, sich aus diesen beengten Umständen zu befreien. Wenn sie die mentale Disziplin anwandte, aber die Schwerweltlerin nicht tötete, wäre ihr Geheimnis gelüftet. Der nächste Angriff auf ihr Leben würde nicht mehr von Angesicht zu Angesicht erfolgen. Aber wenn sie die mentale Disziplin anwandte, um zu töten, würde die Wahrheit ans Licht kommen, wenn die Obduktion ergab, daß eine zarte Frauenhand die tödliche Schläge ausgeteilt hatte. Und dann würde sie sich einem Adeptentribunal stellen müssen.

»Gut«, sagte Quinada, kniff die Augen zusammen, um sie unter dicken Augenwülsten anzufunkeln, und beugte sich näher. Lunzie konnte die Wärme ihrer Haut fast auf ihrer eigenen spüren. »Das freut mich. Ich möchte, daß Sie freundlich zu mir sind. Mein Chef mag Sie nicht, aber wenn wir Freunde sind, kann ich Sie nicht als Feindin betrachten, nicht? Das ist wirklich ein schönes Kleid.« Quinada streichelte den Stoff, der Lunzies Schulter bedeckte, mit dem Rücken eines dikken Fingers. »Ich habe Sie gesehen, als Sie es gekauft haben. Es steht Ihnen gut und hebt Ihre Farbe hervor. Wir brauchen nicht auf dieser langweiligen Party zu bleiben. Kommen Sie mit mir. Vielleicht können wir unsere Wärme teilen.«

Lunzie war einerseits erschrocken, hätte andererseits aber am liebsten laut losgelacht. Die Schwerweltlerin wollte ihr Leben verschonen, wenn sie ihr dafür zu Willen war! Lunzie hätte die Situation brüllend komisch gefunden, wäre das Angebot nicht todernst gemeint gewesen. Wenn sie es schaffte, hier lebend herauszukommen, würde sie später darüber lachen können.

»Kommen Sie mit. Wir werden Freundinnen sein, und ich vergesse meine Anweisungen«, schnurrte Quinada. Ihr Blick war begehrlich geworden. Lunzie versuchte, nicht vor Ekel zu würgen.

Lunzie konnte ihren Abscheu vor Quinadas Berührung verbergen, fürchtete aber, daß die Schwerweltlerin, selbst wenn Lunzie auf das Angebot einginge, sie hinterher töten würde. Ienois war ein Mann, dessen Befehle niemand mißachtete. Wie sollte Quinada Lunzies Tod vortäuschen? Sie mußte hier weg und Coromell warnen. Lunzie überlegte sich ganz genau, was sie als nächstes sagte, und versprach gerade genug, um den Eindruck zu erwecken, daß sie auf das Angebot einging.

»Nicht jetzt. Der Admiral wartet auf mich. Ich erfinde eine Entschuldigung, und wir treffen uns später.« Lunzie zwang sich, Quinadas Arm sanft zu streicheln, obwohl sich ihre Hand dabei schleimig anfühlte. »Es ist wichtig, den äußeren Anschein zu wahren. Das wissen Sie doch.«

»Ein heimliches Treffen.« Quinada lächelte und verzog die Lippen. »Sehr gut. Das macht es noch aufregender. Wann?«

»Nach den Trinksprüchen«, versprach Lunzie. »Man würde mich vermissen, wenn ich nicht da wäre und Ihrem Herrn zuprostete. Aber danach können wir uns treffen, wo Sie wollen.«

»Das stimmt«, sagte Quinada und trat zurück. »So ist es Sitte. Ihr Verschwinden würde auffallen.«

Lunzie nickte aufmunternd und ging einen Schritt auf die Tür zu. Bevor sie den zweiten gemacht hatte, packte Quinada sie am nackten Arm und schlug ihr derb auf die Wange. Lunzies Kopf flog in den Nacken, und sie starrte mit großen Augen die Schwerweltlerin an, die stahlharte Fingerspitzen in ihr Fleisch bohrte und sie dann wieder losließ. Lunzie stolperte gegen die Wand und mußte sich abstützen.

»Wo treffen wir uns? Sie haben mir noch nicht gesagt, wo wir uns treffen. Wenn Sie mich belügen, werde ich Sie umbringen.« Quinadas Stimme klang zärtlich, durchfuhr Lunzie aber wie ein frostiger Schauer.

»Aber wir treffen uns doch hier«, sagte sie, als sei es eine Selbstverständlichkeit. »Hier ist es am sichersten. Sobald die Trinksprüche vorüber sind, komme ich wieder hierher und warte auf Sie. Dieser eingebildete Admiral wird glauben, daß ich mich für ihn hübsch machen will. Also, Quinada. Ich muß jetzt gehen. Ich bin schon zu lang weg.«

Ob Quinada ihr gefolgt wäre oder nicht, war eine müßige Frage, weil gerade fünf Menschenfrauen plaudernd durch den Korridor auf die Damentoilette zugingen und ihr eine Deckung boten.

Als Lunzie Coromell und den Botschafter fand, sprach der Seti gerade Coromell seinen Dank aus. Er verbeugte sich vor Lunzie, bevor er sich abwandte. Lunzie reagierte auf angemessene Weise, obwohl sie den Admiral schon zur Seite hinter die Räucherwerktöpfe zog.

»Ich muß mit dir reden«, flüsterte sie und sah sich um, ob Quinada ihr gefolgt war. Zu ihrer Erleichterung war die Schwerweltlerin nirgendwo zu sehen.

»Wo bist du gewesen?« fragte er und schnalzte besorgt mit der Zunge. »Was ist passiert? Du hast einen blauen Fleck am Arm. Und im Gesicht eine Schramme.«

»Das war die liebe Quinada, Parchandris Adjutantin«, sagte Lunzie. Der Ekel färbte ihre Stimme mit einem bitteren Sarkasmus. »Sie ist mir in die Damentoilette gefolgt und dort auf mich losgegangen.« Der

Schock in Coromells Gesicht, den er rasch unter Kontrolle brachte, erfüllte sie mit einer gewissen Befriedigung. »Sie hat den Befehl, mich umzubringen! Sie hat es nur deshalb nicht getan, weil ich ihr eine Gefälligkeit versprochen habe, die ich ihr auf keinen Fall erweisen will. Ich gehöre jetzt zur Flotte, Coromell. Beschütze mich. Bring mich hier raus! *Sofort!*«

viertes buch

elftes kapitel

Sie versteckte sich in einem Lagerhaus, das der Flotte gehörte, während Coromell alles arrangierte, damit ein Shuttle sie vom Planeten abholte. Außer ihrem Disziplin-Meister und Admiral Coromell senior gab es niemanden, der ihre plötzliche Abreise bedauerte – mit Ausnahme von Quinada vielleicht. Aber Lunzie wollte den anderen Adepten klarmachen, daß ihre Abreise unumgänglich war. Es war ein Gebot der Höflichkeit. In dem Fortgeschrittenenkurs war sie bis zu einem Punkt vorangekommen, an die sie keine direkte Unterweisung mehr benötigte, sie hatte aber auf die Genehmigung gehofft, das Erlernte an andere weitergeben zu dürfen. Unter den gegebenen Umständen würde sie Jahre brauchen, um die mächtigen neuen Techniken zu perfektionieren.

Am nächsten Tag hatte das Shuttle im Orbit ein Rendezvous mit dem Erkundungs- und Bewertungskorps *ARTC-10*, einem mit verschiedenen Milieus ausgestatteten Generationenraumschiff, das zahlreiche Erkundungsschiffe und Shuttles transportierte. Lunzie ging an Bord. Ihre Dateien waren in der Weise bearbeitet worden, daß man sie aus der Personalliste des Nachrichtendienstes gestrichen und einen falschen Eintrag über eine Anstellung am medizinischen Zentrum auf Tau Ceti eingefügt hatte. Sie war jetzt wieder eine gewöhnliche Ärztin, die das Team der *ARCT-10* verstärkte, das neue Planeten zur Kolonisierung erforschte und dokumentierte.

»Es sind Tausende Lebewesen an Bord«, versicherte Coromell ihr. »Du wirst nur eine von Hunderten menschlicher Spezialisten sein, die bei der EEC einen Dreijahresvertrag unterschrieben haben. Niemand wird einen Grund haben, sich näher mit dir zu beschäftigen. Wenn du dich eingewöhnt hast, kannst du mir auf dem Schiff als Fernsensor dienen. Halte die Augen offen.«

»Soll das heißen, ich bin an Bord nicht vollkommen sicher?«

»Sehr viel sicherer als auf Tau Ceti«, erwiderte er optimistisch. »Misch dich unter die Leute, aber lenke keine Aufmerksamkeit auf dich. Es wird schon nichts passiert. Was deine Sicherheit angeht, hast du mich in letzter Zeit ein wenig paranoid gemacht.« Er fuhr mit unruhigen Fingern durch ihr Haar und sah sie verärgert an. »Denke sicher, und du bist in Sicherheit! Sei einfach vorsichtig.«

»Ich bin völlig beruhigt!«

Als das Shuttle sich an die Geschwindigkeit der *ARCT-10* angepaßt hatte, umkreiste es das langgezogene Heck bis zur Andockbucht. Das Schiff bestand aus einer Anzahl zu einem Ring zusammengefügter Zylinder, wobei Bögen die Segmente miteinander verbanden. Auf der Oberkante des Schiffs konnte Lunzie eine teilweise abgedunkelte Quarzkuppel erkennen, die wahrscheinlich den Wasserkulturbereich enthielt. Die Triebwerke unter und hinter der Andockbucht hätten das winzige Shuttle problemlos ohne einen Rülpser verschlucken können. Die fünf Ausstoßkegel, die zusammen einen mit Eiskristallen überzogenen Ring bildeten, maßen fast dreißig Meter im Durchmesser. Die *ARCT-10* war angeblich zweihundertfünfzig Jahre alt. Sie strahlte aber eher majestätische Würde als greise Gebrechlichkeit aus. Es war das älteste Schiff der EEC-Gründergeneration, das immer noch flog.

In der Andockbucht wartete ein Thek, als sich mit einem Knirschen die Shuttleluken öffneten. Das mehrere Meter hohe Exemplar wartete ab, während Lunzie den Deckoffizier begrüßte, und verstellte ihr fast den Weg, als sie das Deck verlassen wollte, ohne es zur Kenntnis zu nehmen.

»Entschuldigen Sie«, sagte sie, hielt inne und wartete darauf, daß der Übersetzungsautomat, den der Thek um die Spitze trug, ihre Worte genug verlangsamt hatte, damit er sie verstehen konnte.

»Ttttoooooorrrrrrrr«, leierte das Wesen.

Tor. »Ihr Name?« fragte Lunzie. Eine Unterhaltung mit einem Thek verlief oft so wie das alte Kinderspiel, bei dem zwanzig Fragen gestellt wurden, nur wußte man nie, ob man auch zwanzig Antworten erhalten würde. Thek machten keine überflüssigen Worte, wenn ein oder zwei Silben denselben Zweck erfüllten.

»Jjjjaaaaaaa.« Gut, das war kurz und einfach. Dies mußte ein verhältnismäßig junger Thek sein. Es kam noch etwas. Lunzie konzentrierte sich, um Tors Stimme zu verstehen.

»Lllluuuuuu... nnnnzzziiiieeeeee... iiiinnnnn... Sssiiiicheeeheeiiiiit hiieeeerrr...«

Ja, Coromell sei Dank. Sie hatte keine Ahnung gehabt, daß er einen verbündeten Thek an Bord hatte. Wenn er es erwähnt hätte, wäre sie ruhiger gewesen.

»Danke, Tor«, sagte sie. Wenn sie darüber nachdenke, fragte sie sich, welche Hilfe ein Thek sein könnte, so schmeichelhaft ein derartiges Angebot von einem solchen Wesen auch war. Selbst der Thek, der Illin Romsey auf ihre Fluchtkapsel aufmerksam gemacht hatte, war nicht in der Lage gewesen, sie selbst zu bergen. Ihr kam ein Gedanke. Thek hatten keine ausgeprägten äußeren Merkmale, aber dieser Thek hier hatte ungefähr dieselbe Größe wie jener, dem sie ihre Rettung verdankte. »Sind Sie vielleicht der...

nein, das ist zu lang her, Tor… ich meine der Thek, der mich… damals auf Descartes?«

Ein kurzes Rumpeln, das wie eine verkürzte Fassung seines vorausgegangenen ›Ja‹ klang, kam aus den Tiefen des Silikatkegels. Na, das ist ja eine angenehme Überraschung, dachte Lunzie erleichtert. Tor schwebte zur Seite, als ein Offizier die Landebucht betrat und Lunzie die Hand entgegenstreckte, und verfiel in eine stumme Reglosigkeit.

»Willkommen an Bord, Doktor«, sagte der große Mann. Er hatte die schlanken Finger, Gliedmaßen und das lange Gesicht, wie sie für einen Schiffsgeborenen typisch waren, einen Menschen, der sein ganzes Leben im Weltraum verbracht hatte. Die geringe Gravitation bewirkte es häufig, daß Menschen größer wurden und schlankere, in größeren Abständen verwachsene Knochen als Planetengeborene hatten. Sie machte diese Menschen auch weniger anfällig gegenüber dem Kalziumverlust, unter dem planetengeborene Raumfahrer auf langen Reisen litten. Als sie seine Hand schüttelte, hatte Lunzie ein unangenehmes Déjà vu-Erlebnis. Abgesehen von den grünen und nicht braunen Augen, entsprach dieser junge Mann ganz dem Genotypus der verbotenen Kolonialklone, die sie vor siebzig Jahren als Medizinstudentin auf Astris und Angehörige der Untersuchungskommission in Augenschein genommen hatte. »Ich bin Leutnant Sanborn. Wir haben vor zwei Stunden Ihre Dateien erhalten. Es ist gut, jemanden mit Ihren Kenntnissen über Traumata an Bord zu haben. Raumfahrtbedingte Paranoia gehört zu den schlimmsten Dingen, mit denen wir zu tun haben. Sie wissen schon, diese Leute laufen mit offenen Wunden herum. Sie haben doch sicher auch eine allgemeine Ausbildung genossen?«

»Ich kann Wunden nähen und Babies zur Welt bringen, wenn Sie das meinen«, sagte Lunzie trocken.

Sanborn warf den Kopf in den Nacken und lachte. Er schien ein umgänglicher junger Mann zu sein. Sie ärgerte sich, daß sie ihn verspottet hatte. »Ich hätte keine so dumme Frage stellen sollen. Entschuldigen Sie. Ich zeige Ihnen jetzt die Besucherquartiere. Sie haben Glück. In der Besuchersektion ist eine abgeteilte Schlafkabine frei.« Er wuchtete sich ihre Taschen über die Schulter. »Hier entlang bitte, Lunzie.«

Ihre Kabine war klein und spärlich eingerichtet, aber gerade noch groß genug, um bequem zu sein. Lunzie verstaute ihre Sachen in einem Deckenspind, bevor sie Sanborn in den Gemeinschaftsraum folgte, wo sie ihre Schiffskameraden kennenlernte. Der Gemeinschaftsraum diente außerdem als sportliche Freizeiteinrichtung.

»Das letzte Drittel jeder Schicht ist nur zum Reden vorgesehen, damit uns keine Grav-Bälle um die Ohren fliegen«, erklärte Sanborn, als er Lunzie den anderen vorstellte. Die Gemeinschaftsräume in der Sektion für humanoide Sauerstoffatmer waren mit formbaren Möbeln ausgestattet, die sich gleichermaßen an die kleinsten Weber und die größten Schwerweltler anpassen ließen.

»Willkommen an Bord«, sagte der Mann im blauen Overall, der mit seinem Stuhl an der Wand lehnte. Er hatte eine glatte, dunkelbraune Haut und große, sanfte Augen.

Ein junger Man mit bläßlichem Gesicht, der einen blaßgrünen Laborkittel trug, hatte daneben die Ellbogen auf die Rückenlehne seines Stuhls gestützt und sah sie ausdrucksvoll an.

»Ich bin Coe. Setzen Sie sich doch zu uns. Spielen Sie Schach?« fragte der dunkle Mann.

»Später vielleicht, ja?« sprach Sanborn dazwischen, bevor sie antworten konnte. »Ich muß Lunzie zur Orientierung bringen.«

»Jederzeit«, erwiderte Coe und winkte.

Sein Sitznachbar sah Lunzie noch einmal in die Augen und sagte etwas zu Coe. Lunzie glaubte, ihren Namen und das Wort ›Ambrosia‹ zu hören.

Innerlich erfaßte sie Panik. O nein! dachte sie. Bin ich vom Regen in die Traufe geraten? Ich hänge auf diesem Schiff fest, und jemand weiß von Ambrosia!

»Wer ist dieser junge Mann, der neben Coe sitzt?« fragte sie Sanborn und zwang sich, ganz ruhig zu sprechen.

»Ach, das ist Chacal. Er ist ein Kommunikationstechniker. Für einen Kommunikationsfachmann ist er nicht sonderlich gesprächig. Coe ist der einzige, der mit ihm zurechtkommt. Außer Dienst ist er ein Einzelgänger.«

Das würde passen, wenn er ein Agent der Parchandri oder der Planetenpiraten wäre. Lunzie fragte sich, für welche von beiden er, wenn überhaupt, eher tätig werden würde. Sie wünschte, sie hätte mit Coromell reden können, aber er war außer Reichweite. Lunzie war auf sich allein gestellt, komme was wolle. Was sollte ›Ambrosia‹ aber überhaupt bedeuten? Oder zeigte sie auch Symptome der raumfahrtbedingten Paranoia, von der Sanborn gesprochen hatte?

Die *ARCT-10* war so riesig, daß man eher das Gefühl hatte, auf einem Planeten zu leben, als durch den Weltraum zu reisen. Sie funktionierte völlig autark und mußte jahrelang keinen Planeten anfliegen. Sanborn führte Lunzie in die Verwaltungsbüros, vorbei an der Kuppel mit den Lebenserhaltungsanlagen, wo frische Gemüse, Früchte und Getreide wuchsen, die Kohlehydrate für die Nahrungssynthesizer lieferten und die langweilige synthetische Nahrung ergänzten, daneben aber auch den Sauerstoff in der Atmosphäre auffrischten. Lunzie bewunderte die Anlage, die doppelt so groß war wie die Wasserkultur an Bord der *Destiny Calls*, aber bei weitem nicht mit derselben exotischen Vielfalt aufwarten konnte.

Eine Sektion des Schiffs enthielt das Generationenhabitat, in dem die Schiffsgeborenen abseits von den ›Besucher‹-Unterkünften lebten. Lunzie bekam schnell heraus, daß zwischen den beiden Gruppen eine unausgesprochene Rivalität herrschte. Die Schiffsgeborenen sahen auf die Besucher hinab, weil sie Schwierigkeiten hatten, sich an die weitgehend synthetische Nahrung und die beengten Lebensumstände an Bord zu gewöhnen. Die Besucher, die oft jahrelang der Schiffsbesatzung angehörten, konnten nicht begreifen, warum die Schiffsgeborenen so stolz darauf waren, unter solch eingeschränkten Bedingungen zu leben wie Labortiere, denen man nur das Nötigste zur Verfügung stellte. Für beide Gruppen galt es als selbstverständlich, daß ihre jeweilige Lebensweise die bessere war. Die Rivalität verlief allerdings meist in friedlichen Bahnen.

Weil die Besucher auf dem Schiff Auftragswissenschaftler oder Kolonisten waren, die darauf warteten, zu FES-sanktionierten Kolonien geschickt zu werden, überquerten nur wenige die sozialen Grenzen zwischen den beiden Gruppen. Soweit es die Besucher betraf, war es nur eine zeitweilige Sache. Im Durchschnitt blieben Besucher drei Jahre an Bord der *ARCT*. Wenn sie die Umstände nicht mehr ertrugen, kündigten sie.

Die Schiffsgeborenen fanden, daß sie jeden drei Jahre lang ignorieren durften, wenn sie es wollten. Bei einer Perspektive von Millionen Jahren, wie sie die Generationenraumschiffe kultivierten, waren drei Jahre nur ein Augenblick. Glücklicherweise gab es in der EEC geselligere Naturen wie zum Beispiel Lunzie, für die solche Grenzen allenfalls eine Formalität darstellten.

Einige der führenden FES-Spezies waren durch Gruppen in beiden Habitaten der *ARCT-10* vertreten. Die Schwerweltler bewohnten besondere isolierte Bereiche, in denen die Schwerkraft und die rauhen Witterungsbedingungen ihrer Heimatwelten simuliert wurden. Die Ryxi benötigten mehr Quadratmeter pro Individuum als die anderen Gruppen. Viele Besucher beschwerten sich über die scheinbar so geräumigen Quartiere, die die Ryxi für sich beanspruchten, aber die Schiffsgeborenen wußten, daß es der minimale Platz war, den man ihnen zumuten konnte.

Die Thek schwebten gemächlich, ohne sichtbare Antriebsquelle durch die Korridore wie Berge, die am Horizont zurückblieben. Sie variierten in der Größe von Tors einem Meter bis zu sieben Meter großen Exemplaren, die in der Wasserkultur-Sektion lebten und so langsam sprachen, daß es eine Woche dauerte, um ein verständliches Wort zu bilden. An Bord arbeitete auch eine kleine Abordnung von Brachianern. Lunzie erkannte sie in ihrer schwach beleuchteten Unterkunft an ihren langarmigen Silhouetten. Eine Familie Ssli, die im Meer lebte, bewohnte einen einzigen Tank im Habitat der Schiffsgeborenen. Diese Ssli hatten ihre ganze Nachkommenschaft dem Dienst in der EEC verschrieben, und die Verantwortlichen an Bord der *ARCT-10* waren dankbar für ihre Kenntnisse in Chemie und Energieforschung.

Wie auf der Bergbauplattform Descartes bemühte man sich, die Bewohner des Schiffes zu einer Gemeinschaft zusammenwachsen zu lassen, nicht bloß einer Ansammlung von Passagieren auf einem Forschungs- und Erkundungsschiff. Es wurde auf familiäre Bindungen Wert gelegt, die dafür sorgten, daß nicht nur dem Kind, das gute Noten erzielte, Lob zuteil wurde, sondern auch der Familie, die den Erfolg des Kindes ermöglicht und gefördert hatte. Individuelle Leistungen wurden nicht ignoriert, aber im Hinblick auf die Gemeinschaft gewürdigt. Aber Lunzie spürte nie eine starke administrative Hand, die sicherstellte, daß alle gleich behandelt wurden. Den Abteilungen wurden auf ihren jeweiligen Gebieten Autonomie eingeräumt. Die EEC-Verwaltung griff nur ein, wenn es nötig war, um die Verständigung zwischen ihnen zu verbessern. Die Bewohner des Schiffes wurden ermutigt, die Dinge selbst zu regeln. Lunzie bewunderte das System. Es förderte Leistungen in einer Atmosphäre der Kooperation.

Wenn sie nicht forschte oder im Behandlungszimmer Dienst hatte, hielt sich Lunzie im Gemeinschaftsraum auf und machte sich mit ihren Kameraden und dem Schiff vertraut. Die *ARCT-10* war seit hundertfünfzig irdischen Standardjahren im Weltraum. Einige der Schiffsgeborenen stammten von Familien ab, die sich seit dem Jungfernflug an Bord befanden. Eines Tages gesellte sich Lunzie zu einer lebhaften Diskussionsrunde, die mitten im Saal saß und die übliche Verteilung der Besucher aufs eine und der Schiffsgeborenen aufs andere Ende aufhob.

»Aber wie könnt ihr diese Nahrung vertragen?« fragte Varian und wälzte sich auf dem formbaren Polstersessel herum, um Grabone anzusehen. Varian war eine hochgewachsene Xenobiologin und eine Besucherin. »Das Zeug wird seit sieben Generationen durch die Röhren recycelt.«

»Das ist nicht richtig«, erwiderte Grabone. »Wir ernähren uns von frischen Kohlehydraten. Das recycelte Material wird für andere Zwecke verwendet, zum Beispiel als Dünger oder als Rohstoff für Printfolien.« Der rote Haarschopf des schiffsgeborenen Technikers unterstrich seine Empörung. »Wie kannst du ein System in Frage stellen, das in hundert Jahren weniger als vier Prozent Betriebsstörungen zu verzeichnen hatte?«

»Aber es fehlt etwas in ästhetischer Hinsicht«, schaltete sich Lunzie in die Diskussion ein. »Ich habe die synthetische Nahrung selbst nie gemocht. Sie ist nur eine Erinnerung an richtiges Essen, nichts Richtiges.«

»Wenn eure Köche das synthetische Zeug nur nicht so langweilig zubereiten würden!« sagte Varian angeekelt. »Es wäre ja noch erträglich, wenn es einen erkennbaren Eigengeschmack hätte. Ich wette, Grabone, daß du nie richtiges Essen gekostet hast. Nicht einmal das Gemüse, das auf dem Oberdeck angebaut wird.«

»Warum sollte ich?« fragte Grabone, streckte sich trotzig auf dem Boden aus. »Mit unhygienisch angebauten Lebensmitteln kann man sich vergiften. Du weißt doch wohl, daß synthetische Nahrung sicher und nahrhaft ist.«

»Hast du je etwas natürlich Gewachsenes gegessen?« wollte Varian wissen.

»Den Unterschied könnte ich nicht feststellen. Ich bin noch nie von Bord der *ARCT-10* gegangen«, gab Grabone zu. »Ich bin Triebwerktechniker. Es gibt, wenn ich darauf hinweisen darf, keinen Grund für mich, mich zu potentiell gefährlichen Einsätzen auf Planeten zu begeben. Riskiert meinetwegen euren eigenen Hals. Aber laßt meinen heil.«

»Das Leben kann deiner Gesundheit abträglich sein«, sagte Lunzie spöttisch zu Varian, die neben ihr saß. Sie mochte das lebhafte Mädchen mit den lockigen Haaren, das allenfalls für einige Minuten stillsitzen konnte. Während der Frühschichten absolvierten sie gemeinsam ihre Übungen in mentaler Disziplin. Lunzie stellte fest, daß sie noch eine Anfängerin war, auch wenn die Übungen für jeden, der noch nicht selbst den Adeptenstatus erreicht hatte, sehr schwierig aussahen. »Wie wird man für eine Mission auf einem Planeten ausgewählt?« fragte sie Varian. »Muß ich meinen Namen in einen Dienstplan eintragen?«

»O nein«, erwiderte Varian. »Nichts so Organisiertes. Jede Mission erfordert so unterschiedliche Fähigkeiten, daß die erste Person auf der Liste möglicherweise nicht qualifiziert wäre. Einige Tage vor dem Einsatz werden Details über den Personalbedarf der Mission herumgeschickt. Wenn man interessiert ist, informiert man die Kommunikationszentrale und wird als verfügbar geführt. Ein Einsatzleiter stellt dann die Mannschaft zusammen. Einige Missionen werden in der FES-Zentrale geplant. Andere entwikkeln sich aus den Umständen. Ich will's dir erklären. Die Aufgabe der *ARCT-10* besteht darin, sich über alle Forschungs- und Erkundungsschiffe in unserem Sektor auf dem laufenden zu halten und sie bei Bedarf mit Bodenmannschaften zu unterstützen. Deshalb weiß man eigentlich nie, was wann gebraucht wird. Die *ARCT-10* meldet sich außerdem regelmäßig bei den Nachrichtensonden, die von den ersten EEC-Spähschiffen in diesem Sektor ausgesetzt wurden. Sie senden ihre Nachrichten, sobald wir in Sendereichweite sind, und übermitteln Berichte an die FES-Zentrale. Wenn eine Wartungs- oder eine Rettungsmannschaft gebraucht wird, stellt die ARCT sie zur Verfügung. Und deshalb ...« – Varian zuckte die Achseln – »kann man während einer dreijährigen Vertragslaufzeit eigentlich eine Menge Erfahrungen auf fremden Welten sammeln.«

»Das da ist deine Absicht?« fragte Lunzie.

»Unbedingt! So habe ich bessere Chancen, einen guten Job auf dem Boden zu bekommen.« Dann änderte sich der Ausdruck ihres lebhaften Gesichts, und sie senkte die Stimme. »Es könnte sein, daß bald Leute für eine interessante Mission gebraucht werden. Ich habe einen Freund im Kommunikationszentrum, der mir geraten hat, die Augen offenzuhalten.«

»Dann macht dich das Gerede, das ich gehört habe, überhaupt nicht nervös?«

»Was für ein Gerede?« fragte Varian verächtlich.

»Das Gerücht, daß Kolonisten ohne ihre Einwilligung abgestellt werden sollen.«

»Ach das.« Varian klang spöttisch. »Weißt du, manchmal haben Gerüchte keinen konkreten Anlaß. Ich will es dir einmal nachsehen, Lunzie, weil du neu an Bord bist. Du ahnst nicht, wie oft dieses Getuschel schon durch die Schotts gedrungen ist.«

»Das ist beruhigend«, sagte Lunzie. »Es kommt mir für eine offizielle EEC-Erklärung ziemlich unwahrscheinlich vor.«

»Es wird viel Sternenstaub produziert«, fuhr Grabone fort. »Du hast das von den Schwerweltlern aufgeschnappt, nicht wahr? Es ist ihre liebste Wahnvorstellung. Sie meinen, wir würden sie bei erstbester Gelegenheit irgendwo zurücklassen. Aber es trifft nicht zu.«

»Nein, es war kein Schwerweltler«, sagte Lunzie langsam. Sie achtete darauf, daß niemand sonst in der Runde zuhörte. »Es war einer der wissenschaftlichen Besucher, der nur seine Arbeit beenden und rechtzeitig nach Hause zurückkehren wollte. Soviel ich weiß, hat er ein Enkelkind erwartet.«

»Zunächst einmal«, holte Grabone aus, um das Gerücht zu widerlegen. »Die *ARCT-10* kann niemanden einfach so absetzen. Es ist schwierig genug, die richtige Mischung von Leuten zu finden, die sich auf einem Planeten ansiedeln und friedlich zusammenleben können, von einer Zusammenarbeit ganz zu schweigen. Du weißt nicht, wieviel Antragsmaterial bei der EEC eingereicht werden muß, bevor eine Kolonie genehmigt wird.«

»Nun, eine zwangsweise Ansiedlung wäre eine schnellere, wenn auch gesetzwidrige Möglichkeit, mehr

Kolonien in Gang zu bekommen«, überlegte Varian. »Es gibt einige, die den Minimalanforderungen nicht entsprechen, aber wenn Leute dort leben würden, müßten sie wohl oder übel damit zurechtkommen.«

»Wird auf Planeten keine Geburtenkontrolle praktiziert?« fragte Lunzie und erinnerte sich dabei lebhaft an die Menschenmengen auf Alpha Centauri. »Man setzt doch nicht Dutzende Nachkommen in die Welt, ohne an die Umwelt zu denken und ihnen einen angemessenen Lebensstandard bieten zu können.«

»Selbst ein lineares Bevölkerungswachstum, wenn auf jeden Erwachsenen ein Kind kommt«, betonte Varian, »würde die verfügbaren Ressourcen in Kürze erschöpfen, von einer exponentiellen Zunahme ganz zu schweigen. Eine durchdachte Zwangsansiedlung würde einen Teil des Drucks wegnehmen. Das soll nicht heißen, daß ich dafür bin.«

Eines der Lämpchen an der Tafel mit dem Dienstplan blinkte. Unwillkürlich blickte jeder im Raum auf das blaue Licht, das auf einen medizinischen Notfall hinwies. Lunzie rappelte sich auf. »Ich kümmere mich drum.«

Sie legte einen Schalter an der Tafel um. »Lunzie.«

»Ein Unfall am Interface A-10. Ein Mannschaftsmitglied ist in einem kritischem Zustand, mehrere andere sind verletzt.«

Lunzie suchte in Gedanken den schnellsten Weg zum Unfallort und betätigte noch einmal den Schalter.

»Verstanden«, sagte sie. »Ich bin unterwegs.« Sie verabschiedete sich mit einem Wink von Grabone und Varian.

Die Interfaces waren der empfindlichste und am sorgfältigsten gewartete Teil des Multimilieusystems an Bord der *ARCT-10*. Während normale Schotts an den Druck einer einzigen Atmosphäre angepaßt wurden, mußten Interfaces das Gefälle zwischen zwei verschiedenen Atmosphären aushalten, die in den Druckverhältnissen manchmal erheblich voneinander abwichen und sogar zeitlich variieren konnten. A-10 befand sich zwischen dem menschlichen Milieu für Normalgewichtige und der Schwerkraftzone der Schwerweltler. Wäre dies in ihren ersten Wochen an Bord passiert, hätte Lunzie sich hoffnungslos verlaufen. Inzwischen kannte sie das Schema, das Decks und Sektionen nach Lage und Personal benannte und wußte, daß sie es bis A-10 nicht weit hatte. Sie fand ihr Ziel ohne Schwierigkeiten.

Dutzende andere Mannschaftsmitglieder hetzten durch die Korridore der Sektion A. An der Stelle, wo A-10 geborsten war, drang ein frostiger Wind von derselben Temperatur wie die Atmosphäre auf Diplo in den etwas wärmeren Bereich der Leichtgewichte. Ihre Instrumententasche an die Brust gedrückt, ging Lunzie durch eine eilig aufgebaute Scheidekammer, die die eisigen Winde vom Rest des Decks abschirmte und als provisorische Barriere fungierte, bis die hohe Gravitation wieder hergestellt war. Hinter der geborstenen Wand hoben Schwerweltler, die sich in ihrem Trainingsraum aufgehalten hatten, Gewichte und Sportgeräte hoch, die durch den Gravitationsabfall plötzlich leicht geworden waren. Arbeiter von unterschiedlichster Konstitution liefen in den Kammern ein und aus, schafften Schutt weg, klemmten durchgebrannte Schaltkreise ab und schlossen Rohrleitungen neu an, aus deren offenen Enden Frisch- und Abwasser auf den Boden quoll. Lunzie machte einen großen Bogen um zwei Arbeiter, die gerade die ausgezackten Überreste des geborstenen Schotts mit einem Laserschneider heraustrennten.

»Schnell, Doktor!« Eine Offizierin in der schwarzen Uniform der Umweltwissenschaftler, die an der Wand kniete, winkte sie zu sich. »Orlig ist zwar bewußtlos, aber er zuckt immer noch. Er hatte gerade die Wand überprüft, als sie durchbrach.«

Lunzie beeilte sich und ignorierte den Gestank von Abwasser und den Geruch von verbranntem Fleisch. Neben der Frau lag ein riesiger Schwerweltler, der einen Overall und eine Schutzbrille trug. Er war von herumfliegenden Metallsplittern schwer verletzt worden, und ein riesiger Bluterguß färbte die eine Gesichtshälfte. Obwohl er die Augen geschlossen hatte, schlug er wild um sich und murmelte vor sich hin. Lunzie griff in ihren Gürtelbeutel nach dem Kolibri.

»Ich kann es nicht riskieren, ihm ein Beruhigungsmittel zu verabreichen, bevor ich nicht weiß, ob ein neurologischer Schaden vorliegt, Truna«, erklärte Lunzie.

»Tu, was du tun mußt. Die anderen Schwerweltler haben nur oberflächliche Verletzungen davongetragen, als die Wand eingedrückt und sie in Richtung geringerer Schwerkraft gegen die Schotts geschleudert wurden. Sie sind weggegangen. Sonst hat sich niemand auf dieser Seite der Wand befunden. Orilig hat die Explosion mit voller Wucht abbekommen. Armer Teufel.« Die Milieutechnikerin stand auf, rief dem Arbeitertrupp Befehle zu und ließ Lunzie mit ihrem Patienten allein.

Orilig war eines der größten Exemplare seiner Subgruppe, die Lunzie je gesehen hatte. Ihre Hand bedeckte gerade seine Handfläche und die dritten Fingerglieder. Sie hatte keine Ahnung, was sie tun sollte, wenn er außer Kontrolle geriet.

»Verdammte Leichtgewichte«, knurrte er und schlug um sich. Lunzie wich vor seinem schwingenden Arm zurück, der sie knapp verfehlte und aufs Deck knallte. »Sie wollten mich umbringen! Ich mach sie alle kalt!« Der Arm fuhr hoch, die Finger verkrümmten sich wie Klauen, krallten sich in die Luft, fuhren wieder nieder und erschütterten das Deck. »Jeden einzelnen!«

Nervös, aber zugleich entschlossen, daß ihre Furcht vor den Schwerweltlern sie nicht davon abhalten sollte, einen Mann zu behandeln, der ihre Hilfe dringend brauchte, trat Lunzie wieder näher, um die Meßdaten ihres Kolibris abzulesen. Dabei kam heraus, daß Orlig innere Blutungen hatte. Er mußte Beruhigungsmittel bekommen und behandelt werden, bevor er verblutete.

Sie konnte seinen Arm nicht fixieren, solange er dermaßen um sich schlug. Der Kolibri kam zu keinem sicheren Ergebnis, was neurologische Schäden anging. Sie mußte es darauf ankommen lassen. Sie programmierte eine starke Dosis eines Sedativums ein und setzte die Injektionspistole auf den nächsten fleischigen Körperteil des Mannes, den sie erreichen konnte. Orlig stemmte sich hoch, als er die Injektionspistole an seinem Oberarm zischen hörte, und knurrte Lunzie mit gefletschten Zähnen an. Die Droge zeigte schnell Wirkung, und die Arme knickten unter ihm weg. Er knallte laut aufs Deck.

Mit zitternden Händen machte sich Lunzie daran, die Wunden zu reinigen und mit Kunsthautflicken zu versiegeln. Durch die groben Stoff des Overalls waren ihm Metallsplitter ins Fleisch gedrungen. Die Brille hatte seine Augen geschützt, obwohl die Gläser gesprungen waren. Bei der Wucht der Explosion und den herumfliegenden Trümmerteilen hatte der Mann Glück, überhaupt noch am Leben zu sein. Sie überlegte, welches Schiffssystem eine solche Explosion verursachen konnte.

Es war unglaublich, aber Orlig fing wieder an, sich zu bewegen. Wie konnte er sich bloß bewegen? Sie hatte ihm genug Beruhigungsmittel verabreicht, um sechs Schichten am Stück zu schlafen. Lunzie arbeitete schneller. Sie mußte die Versiegelung seines Overalls bis zur Hüfte aufknöpfen, um seine Wunden zu versorgen. Der Stoff war so schwer, daß sie sich in den Falten verhedderte. Plötzlich zuckte in einer nervösen Geste sein Arm hervor und schleuderte Lunzie durch den Raum.

Lunzie kroch zu ihm zurück und suchte im Schoß ihre Instrumente zusammen. Sie programmierte die Injektionspistole für eine weitere starke Dosis und setzte sie dem Schwerweltler an den Arm. In dem Moment, als sie den Knopf drücken wollte, schlug Orilig seine kleinen Augen auf und sah sie an. Seine riesige Hand schloß sich um ihre bis zum Handgelenk und hielt sie eisern fest, tat ihr aber nicht weh.

Er wird mich umbringen! dachte Lunzie nervös. Sie holte Luft, um die Techniker, die sich an der geborstenen Wand abmühten, um Hilfe zu rufen.

»Wer bist du?« fragte Orlig und hielt ihr die andere Faust unters Gesicht.

Lunzie hielt ihre Stimme ruhig. »Ich heiße Lunzie. Ich bin Ärztin.«

Orlig kniff die Augen zusammen, aber seine Faust sank herab. »Lunzie? Kennst du einen Thek?«

Er dreht durch, dachte Lunzie. »Orlig, bitte legen Sie sich hin. Sie sind schwer verletzt. Ich kann Sie nicht behandeln, wenn Sie weiter um sich schlagen. Lassen Sie meine Hand los.« Manchmal konnte eine entschlossene, sachliche Stimme einen Patienten beruhigen.

Seine Faust packte sie am Kragen ihres Kittels. »Kennst du einen Thek?«

»Ja. Er heißt Tor.«

Die Haltung des Schwerweltlers änderte sich auf subtile Weise. Er warf den Kopf herum, sah zu den zusammengelaufenen Arbeitern und Technikern hinüber und runzelte die Nase über den Gestank des Abwassers, das gerade aufgewischt wurde.

»Dann bring mich hier raus. Irgendwohin, wo mich niemand finden kann.« Mit diesen Worten ließ er sie los und sackte zu Boden.

Lunzie rief nach einer Trage und wartete neben Orlig, bis sie gebracht wurde. Dann schickte sie einen Helfer los, der ihr ein Antigrav-Modul holen sollte, damit sie die Trage trotz Orligs Masse allein bewegen konnte. Er knurrte, als ihr der Helfer einen Zentimeter näher kam als nötig. Diese Wunden mußten ihm heftige Schmerzen bereiten. Lunzie fragte sich, warum er es sich nicht anmerken lassen wollte. Irgendwie schaffte er es, seinen geschundenen Körper ohne fremde Hilfe auf die Trage zu rollen.

»Bring mich hier raus«, murmelte er, und in seinen Augen funkelten Schmerz und unterdrückte Angst.

Mit Hilfe des Antigrav-Moduls bugsierte sie die Trage aus dem Interface-Bereich und durch eine Luke und lief an der Seite ihres Patienten in einen Frachtlift.

»Folgt uns jemand?« wollte er wissen und faßte ihre Hand mit seinen riesigen Fingern.

»Nein, niemand. Nicht einmal eine Ratte.«

Er grunzte. »Beeil dich!«

»Das war alles Ihre Idee.« Aber sie sah schon, wonach sie suchte, eine der kleinen Erste-Hilfe-Stationen, die auf jedem Deck und in jeder Sektion zu finden waren, gewöhnlich für routinemäßige Gesundheitschecks, kurzfristige Quarantänen und Behandlungen, die keinen Aufenthalt im Hauptbehandlungsraum erforderten.

Als die Tür hinter ihnen zugeglitten war, grinste Orlig sie an.

»Bei Krims, ihr Leichtgewichte seid wirklich einfach zu erschrecken.« Er sah sich mißtrauisch in dem Raum um, während Lunzie die Trage an den gepolsterten

Untersuchungstisch schob, der auch als Krankenbett dienen konnte, wenn die Seiten hochgeklappt wurden. Orlig hob eine Hand, als Lunzie ihm mit der Injektionspistole zu Leibe rücken wollte. »Nein, keine Beruhigungsmittel mehr. Ich bin praktisch schon bewußtlos.«

Lunzie starrte ihn an. »Ich dachte, Sie sind immun dagegen.«

Orlig zog eine Grimasse. »Ich brauchte den Schmerz, um wach zu bleiben. Jemand hat die Wand so manipuliert, daß sie auf mich gestürzt ist. Man will mich umbringen.«

Mit einem Seufzen erkannte Lunzie die klassischen Symptome der agoraphoben Paranoia. Sie steckte die Injektionspistole weg und hielt den Hautnäher hoch.

»Also, ich bin Ärztin, und da ich Sie noch nie gesehen habe, bin ich nicht darauf versessen, Sie umzubringen.« Noch nicht, dachte sie. »Und weil ihr Schwerweltler solche Machotypen seid, werde ich Sie bei vollem Bewußtsein wieder zusammenflicken. Beruhigt Sie das?«

»Coromell hat mir nicht gesagt, daß Sie so dumm sind, Doktor.«

Lunzie ließ fast das Instrument fallen, das sie in der Hand hielt. »Coromell?« wiederholte sie. »Erst wollen Sie wissen, welchen Thek ich kenne, und dann kommen Sie mir mit dem Admiral. Wer sind Sie eigentlich?«

»Ich arbeite auch für ihn. Und ich habe eine Information, die er unbedingt erhalten muß. Das ist nicht der erste Anschlag auf mein Leben. Ich habe mir die ganze Zeit einen Vorwand überlegt, um mit Ihnen Kontakt aufzunehmen. Aber ich mußte vorsichtig sein. Ich durfte keinen Verdacht auf Sie fallen lassen…«

»So wie die Wand auf Sie gefallen ist?«

»Ja, aber es hatte auch etwas Gutes, nicht wahr? Ich

kann nicht riskieren, daß diese Information verlorengeht.« Er stöhnte. »Ich habe versucht, mit Tor Kontakt aufzunehmen. Ich glaube, damit habe ich mich verraten. Wir Schwerweltler meiden gewöhnlich die Thek.« Er zuckte zusammen. »Na gut, ich glaube, gegen eine örtliche Betäubung habe ich nichts einzuwenden, wenn sie auf meinen Rippen Klavier spielen. Es fühlt sich an, als hätten mich Meteore getroffen. Wie sieht es aus?«

Lunzie betrachtete seine Brust und hielt den Kolibri darüber. »Als hätten Sie Meteore getroffen. Vielleicht kann ich Tor erreichen, ohne daß jemand Verdacht schöpft. Ich weiß nicht warum, aber er mag mich.«

»Das Glück haben nur wenige. Aber Sie müssen den richtigen Thek finden, ohne nach dem Namen zu fragen. Das ist das Schwierige daran. Bei der Größe, die sie in der *ARCT* haben dürfen, sehen die Thek alle gleich aus. Schauen Sie…« Orligs Stimme wurde schwächer, als der Schock allmählich seine widerstandsfähige Physis erfaßte. Er fummelte an seinem linken Ohr herum und hielt den Kopf schräg. »Verflucht. Haben Sie eine Pinzette? Die Explosion muß ihn mir reingedrückt haben.«

»Wonach suche ich?«

»Einen Keramikspeicher.« Er drehte den Kopf so, daß sie aus einem günstigeren Winkel suchen konnte.

»Sie hätten Ihr Gehör irreparabel schädigen können«, tadelte sie ihn, als sie den Kubus endlich entfernt hatte.

»Das war's wert. Er ist nicht beschädigt«, erwiderte Orlig ungerührt. »Wenn Sie nicht an Tor herankommen, warten Sie, bis Zebara zurückkommt. Sie können ihm ausrichten, er soll sich AidkisagI VIII vornehmen, den Seti von Fomalhaut. Der Kubus enthält die restlichen Details.«

»Der Seti von… ihr Regierungsoberhaupt?« Lunzie Stimme wurde zu einem überraschten Piepsen.

»Psst! Behalten Sie's für sich!« zischte Orlig. »Wer immer sich an dieser Wand zu schaffen gemacht hat, behält mich jetzt vielleicht im Auge, weil er mich noch nicht erledigt hat.«

»Wer?«

Orlig rollte mit den Augen über ihre Naivität.

»Entschuldigung.«

»Machen Sie sich kundig, Doktor, sonst enden Sie so wie ich. Und Sie werden es sicher nicht aushalten, wenn eine Wand auf Sie niederfällt.« Seine Stimme war jetzt nur noch ein dünnes Flüstern.

Sie steckte den Kubus in ihren weichen Schiffsstiefel. »Tor oder Zebara. Verlassen Sie sich auf mich. Aber jetzt bin ich keine Botin mehr, sondern wieder Ärztin.«

Als sie mit ihm fertig war und die Wunden mit Kunsthaut verschlossen hatte, fielen ihm die Augen zu. Das Beruhigungsmittel und der Schock hatten ihn endlich überwältigt.

»Sie sind jetzt in Sicherheit«, murmelte Lunzie. »Ich schiebe Ihnen den Nahrungssynthesizer in Reichweite, damit Sie nicht aufstehen müssen, wenn Sie hungrig oder durstig sind. Ich schließe das Zimmer ab, damit niemand reinkommt. Und ich werde klopfen, wenn ich reinkommen will.«

Orlig nickte schläfrig. »Benutzten Sie eine Losung. Sagen Sie ›Ambrosia‹. So weiß ich, daß Sie es sind oder jemand, den Sie geschickt haben.«

»Dieses Wort macht mir immer wieder Schwierigkeiten. Ich nehme lieber ›Whisky‹.«

Sobald sie die Tür versiegelt hatte, ging Lunzie in ihr Quartier zurück, um ihre blutbefleckte Kleidung zu wechseln. Sie behielt den Kubus im Stiefel, beschloß aber, sich die ID-Plakette der Flotte unter der

Kleidung auf die Haut zu kleben. Es war sicherer, sie bei sich zu haben, als zu riskieren, daß jemand sie unter ihren Sachen fand. Orligs ›Unfall‹ brachte ihren Verfolgungswahn wieder zum Aufleben. Den Kurieren, die Nachrichten an Coromell überbrachten, stießen einfach zu viele seltsame Dinge zu.

»Wie geht's dem Patienten?« fragte Truna, als Lunzie in den Gemeinschaftsraum zurückkam. Die Technikerin und ihre Assistenten hockten an einem Tisch und hielten dampfende Becher in der Hand.

»So gut, wie man es von einem Mann erwarten kann, dem eben ein Schott vor der Nase explodiert ist«, antwortete Lunzie und programmierte sich selbst eine Tasse Kaffee. »Wie kommt ihr mit den Reparaturen voran?«

»Wir haben die Wand provisorisch wieder zusammengefügt. Es wird mindestens ein paar Tage dauern, um die Komponenten herzustellen, die man zur Reparatur der defekten Systeme braucht. Die Schaltkreise sind regelrecht geröstet worden!« sagte Truna und trank einen kräftigen Schluck aus ihrem Becher. Die Augen der Frau waren aufgequollen und rot gerändert.

»Was hat die Explosion ausgelöst?« fragte Lunzie und setzte sich zu den anderen an den Tisch. Erst als sie saß, spürte sie, wie sehr Orligs Behandlung ihre Muskulatur beansprucht hatte.

»Das wollte ich dich gerade fragen. Konnte Orlig sagen, was passiert ist?«

»Nichts Näheres«, sagte Lunzie. »Er stand zu sehr unter Schock, um sich klar auszudrücken. Wenn ich allerdings darüber nachdenke, fluchte er über das Chemielabor. Könnte etwas, das nicht hineingehört, ins Abwasser geraten und in dem Rohr explodiert sein?«

»Nun ja, die Abwasserrohre sind jedenfalls zu einem

Schwarzen Loch detoniert«, nickte Truna. »Ich setze mich mit der biochemischen Abteilung auf dem neunten Deck in Verbindung. Sie verwenden dieses Abwassersystem. Danke für den Hinweis.«

»Wird Orlig sich wieder erholen?« fragte ein Mann.

»Oh, ich denke schon«, erwiderte Lunzie spontan. »Selbst Schwerweltler können einmal körperlichen Schaden nehmen. Er wird sich eine Weile damit herumplagen.«

Lunzie saß noch einige Zeit bei Truna und ihrer Mannschaft, plauderte mit ihnen und forderte sie auf, von ihren Erlebnissen zu berichten. Während sie so tat, als hörte sie zu, fragte sie sich, wie sie an Tor herankommen konnte und wie lang es dauern würde, bis ›jemand‹ herausfand, daß Orlig nicht im Behandlungszimmer lag. Dann drehten ihre Gedanken sich wieder um den erstaunlichen Verdacht, daß ein Seti von Fomalhaut mit den Planetenpiraten zu tun haben könnte. Diese Nachricht würde einige Grundfesten erschüttern. Darauf hatte Orlig angespielt. Gut, es war bekannt, daß Seti gern etwas riskierten. Und es würde viel auf dem Spiel stehen, sofern die Phoenix-Affäre einen Maßstab bot.

Im Hinterkopf ging sie verschiedene Möglichkeiten durch, wie sie Tor ausfindig machen konnte. Zuerst mußte sie herausfinden, wo die Thek untergebracht waren. Sie konnte sich nicht einfach über den Email-Kanal der *ARCT* erkundigen.

»Ich muß nach meinem Patienten sehen«, erklärte sie den Umwelttechnikern, mit denen sie gegessen hatte. »Ich habe ihn allein schlafen lassen, aber er ist wahrscheinlich bald wieder wach.«

»Gute Idee«, sagte Truna. »Sag ihm, ich hoffe, daß er sich schnell wieder erholt.«

Sie ging auf einigen Umwegen zu Orlig, bemerkte aber niemanden, der ihr folgte.

»Hier ist Lunzie«, sagte sie mit tiefer Stimme und klopfte mit den Knöcheln an die Tür. »Äh… Whisky, meine ich.«

Die Tür wurde aufgeschoben. Dahinter stand Orlig, der mit einem Arm seine verletzten Rippen hielt. »Ich habe mich gefragt, wie lang es dauern würde, bis Sie zurückkommen. Ich konnte mich nicht entspannen. Selbst mit dem Schlafmittel, das Sie mir injiziert haben, habe ich mich dauernd herumgewälzt.«

Lunzie schob ihn in einen Stuhl, damit sie seine Pupillen betrachten konnte. »Tut mir leid. Das kommt vor, wenn ein Patient einen Schock erlitten hat. Dann wirkt das Sedativum eher als Aufputschmittel. Ich versuch's mal mit Calcium und L-Tryptophan. Es ist eine Aminosäure, die der Körper nicht selbst produzieren kann. Das dürfte Ihnen beim Einschlafen helfen. Sind Sie gegen irgendwelche Mineralpräparate allergisch?«

»Sie wissen nicht viel über Schwerweltler, was? Ich muß die ganze Zeit Mineralpräparate einnehmen, damit meine Knochen in eurer mickrigen Schwerkraft nicht spröde werden.« Orlig holte einige unbeschichtete Vitamintabletten aus einem angesengten Bauchbeutel und legte sie ihr in die Hand.

Lunzie analysierte eine mit dem Spürgerät. »Eisen, Kupfer, Zink, Calcium, Magnesium, Bor. Gut. Und ich werde dafür sorgen, daß Ihre Nahrung in den nächsten Tagen um die Aminosäure ergänzt wird. Das wird Ihnen helfen, sich zu entspannen und natürlich zu schlafen.«

»Hören Sie, während Sie unterwegs waren, habe ich mir überlegt, wie wir den Kerl schnappen können, der hinter mit her ist. Sie können herumerzählen, daß ich lebensgefährlich verletzt wurde und möglicherweise nicht überleben werde«, schlug Orlig grimmig vor. »Vielleicht kann ich so meinen Attentäter hervorlokken. Er soll ruhig glauben, daß er noch eine Chance bei mir hat, solange ich schwach bin.«

»Das ist nicht nur gefährlich, sondern einfach dumm«, erwiderte Lunzie, aber er sah sie so entschlossen an, daß sie resigniert die Achseln zuckte. »Sie machen zwar Fortschritte, aber Sie sind schwer verletzt worden. Sie halten sich vielleicht für stark, aber Sie könnten einen Kampf kaum durchstehen. Nehmen Sie sich die Zeit, um wieder zu Kräften zu kommen. Dann kann ich Sie ins Behandlungszimmer verlegen – und habe wenigstens Hilfe zur Hand, wenn Sie das nächste Mal einen so verrückten Plan aushecken.«

»Ich erledige das auf meine Art«, sagte Orlig schroff. »Raus! Ich will jetzt schlafen.« Er setzte sich auf den Untersuchungstisch, schwang die Beine hoch und ignorierte sie.

Irritiert von seiner Unfreundlichkeit ging sie. Die Tür schlug hinter ihr mit dem doppelten Zischen zu, das darauf hindeutete, daß die Versiegelung zugeschnappt war.

Orlig und Lunzie hatten beide vergessen, daß sie im Behandlungsprotokoll als die Ärztin geführt wurde, die für diesen Vorfall zuständig war. Der leitende Medizinische Offizier erkundigte sich nach dem Zustand des Opfers. Lunzie füllte die entsprechenden Formulare aus, bat den Commander aber, sie vertraulich zu behandeln.

»Der Mann leidet an einer leichten Paranoia.«

»Das kann ihm keiner verdenken, wenn ihm eine Wand vor der Nase explodiert ist. Diese Schwerweltlerfehden sind ziemlich kostspielig.«

»Ich habe ihn in einen der kleinen Ambulanzräume gesteckt. Er fühlt sich dort sicherer, aber ich versuche ihn in den großen Behandlungsraum zu verlegen. Dort ist er sicher vor Racheakten.«

Ihr nächster Besuch fiel auch nur kurz aus. Orlig hatte sich soweit erholt, daß er an Kabinenkoller litt und Lunzie gleich anfauchte.

»Warum haben Sie den Keramikspeicher nicht an Tor weitergegeben? Worauf, zum Kometenschweif, warten Sie?«

»Soll ich's einfach ans Schwarze Brett hängen, daß Doktor Lunzie den Thek Tor sprechen will?« schnauzte Lunzie zurück. »Sie haben mir gesagt, daß ich kein Aufsehen erregen soll, und das werde ich auch nicht.«

»Ich habe für diese Information mein Leben riskiert. Ihr Leichtgewichte seid doch sonst so clever. Denken Sie sich einfach einen plausiblen Vorwand aus, um die Information an ihn weiterzugeben.«

»Erst wenn die Umstände es zulassen!«

Sie hatten eine lautstarke Auseinandersetzung, bei der Lunzie zu ihrer Überraschung die Oberhand behielt. Als Revanche warf Orlig ihr einige sehr persönliche Beleidigungen an den Kopf, die ihre Herkunft und ihre persönlichen Gewohnheiten betrafen. Dabei bewies er intime Detailkenntnisse über ihr Leben. Hatte Coromell ihm etwa Zugriff auf ihre Datei gestattet? Schockiert und gekränkt marschierte sie hinaus und schwor sich, daß erst an Bord warm und hell die Sonne scheinen mußte, bevor sie zurückkäme.

Drei weitere Schichten vergingen. Lunzie fühlte sich schuldig, weil sie vor Orlig die Nerven verloren hatte. Er stand ebenso unter Belastung wie sie, und es war falsch, sich auf seine Kosten Luft zu machen. Sie kehrte in den Ambulanzraum zurück und klopfte an die Tür.

»Orlig? Hier ist Lunzie. Äh… Whisky! Orlig? Lassen Sie mich rein.«

Sie klopfte an das Türschild, und die Tür glitt halb auf. Sie war weder abgeschlossen noch versiegelt. Erschrocken und neugierig beugte sich Lunzie in den Raum. Es war dunkel, und ein eigenartiger, schwerer Geruch hing in der Luft. Sie berührte den Lichtschalter und keuchte auf, als sie es sah.

Es hatte ein Kampf stattgefunden. Die meisten Möbel waren zertrümmert oder verbeult und die Wände mit Blut beschmiert. Das Becken war aus der Wand gerissen und halb in den Abfallschacht gesteckt worden. Jemand hatte die Instrumentenschränke aufgebrochen und den Inhalt im Raum verstreut. Der Handtrockner hing zwar noch an der Wand, stotterte aber unstet vor sich hin und versprühte heiße Funken.

Orig lag auf dem Boden. Im ersten Moment dachte Lunzie, sie hätte etwas übersehen und die inneren Blutungen hätten wieder angefangen. Doch die Todesursache war zu offensichtlich. Orlig war erwürgt worden. Sein Gesicht war dunkel von ausgeflossenem Blut, und seine Augen waren aus den Höhlen getreten. Lunzie sah nicht zum ersten Mal einen Toten, auch nicht zum ersten Mal jemanden, der eines gewaltsamen Todes gestorben war. Aber zum ersten Mal das Opfer eines unglaublich brutalen Mordes.

Die Fingerabdrücke am Hals des Toten waren deutlich zu erkennen. Jemand hatte Orlig mit ungeheurer Kraft durch den Raum geschleudert, ehe er ihn zu Boden gedrückt und ihm den Hals zugedrückt hatte. Lunzie wurde schlecht.

Nur ein anderer Schwerweltler konnte das Orlig angetan haben. Dabei hatte sie angenommen, er sei der Größte auf der *ARCT-10*. Also wer? Und was wußte oder vermutete diese Person von ihr? Sie sah sich die Tür genauer an, um herauszufinden, wie der Mörder sich Einlaß verschafft hatte. Die Versiegelung war nicht gesichert. Orlig hatte seinen Mörder selbst eingelassen. War der Mörder ihr unbemerkt gefolgt und hatte die Losung aufgeschnappt? Oder hatte Orlig seine wiedergewonnene Kraft überschätzt? Manchmal war man als Leichtgewicht im Vorteil – es fiel einem leichter, körperliche Einschränkungen zu erkennen.

Wenn der Mörder beschließen sollte, Orligs Ärztin auf den Verdacht hin umzubringen, daß der Tote sein Wissen an sie weitergegeben hatte, drohte ihr erneut Gefahr von einem Schwerweltler. Seit wann war Orlig tot? Wie lang blieb sie noch ›in Sicherheit‹?

»Ich muß von diesem Schiff runter. Nur Tor zu finden und den Keramikspeicher an ihn weiterzugeben, wird mir nicht helfen. Aber wie?«

Zuerst mußte sie den Todesfall dem Medizinischen Offizier melden, der über den Todesfall zwar bestürzt, aber nicht völlig überrascht war.

»Wissen Sie, diese Burschen sind sehr aufbrausend. Ihre Fehden entwickeln sich aus den belanglosesten Kleinigkeiten.« Der Medizinische Offizier konnte aber eine Nachrichtensperre über die Details verhängen und tat es auch.

Weil der Offizier ihr keine weiteren Fragen stellte, wagte es auch Lunzie nicht. Genug Leute hatten gesehen, wie grob Orlig sie nach dem Unfall behandelt hatte, weshalb wohl kaum jemand vertrauliche Kenntnisse bei ihr vermuten würde. Aber auf dieser Annahme würde sie sich nicht ausruhen. Sie fühlte sich immer noch verwundbar. Zu ihrer eigenen Überraschung fühlte sie mehr Zorn als Entsetzen.

Als Vorsichtsmaßnahme brachte sie nachts die Alarmanlage an der Tür ihrer Kabine an. Sie war so vorsichtig, daß sie sich ständig in der Gesellschaft anderer aufhielt.

Man wollte, daß ich ihn finde, soviel ist klar, grübelte Lunzie düster, als sie am nächsten Tag an die Arbeit ging. Andernfalls hätten sie die Leiche in den Abfallschacht gesteckt und sie dem Recyclingsystem überlassen. Vielleicht wäre niemandem aufgefallen, daß er verschwunden ist. Vielleicht sollte ich mich über Patienten beschweren, die sich ohne Erlaubnis ihrer Ärzte körperlich betätigen. Sie bezweifelte aber, daß es etwas nützen würde, und überflog mit aufmerksamem Blick die aktualisierte Personalliste. Vielleicht konnte sie bei der nächsten Aktualisierung etwas an den medizinischen Einträgen drehen. Selbst wenn sie sich dafür als Mitarbeiterin des Nachrichtendienstes offenbaren mußte.

zwölftes kapitel

»Es ist Ambrosia!« wurde sie am nächsten Morgen im Gemeinschaftsraum begrüßt. Sie fuhr entsetzt zusammen. »Es ist Ambrosia!« riefen die Leute im Chor. »Es ist wirklich Ambrosia.«

Lunzie konnte es nicht fassen, daß sie diesen gefährlichen Satz als Singsang hörte, in den jeder Neuankömmling einstimmte.

»Was ist Ambrosia?« fragte sie Nafti, einen der Wissenschaftler. Er faßte sie an den Händen und tanzte mit ihr begeistert durch den Saal. Sie beruhigte ihn soweit, daß er ihr eine Erklärung geben konnte.

»Ambrosia ist ein neuentdeckter, kolonisierbarer und für Menschen geeigneter Planet«, erklärte Nafti und verzog sein schlichtmütiges Gesicht zu einem idiotischen Grinsen. »Eine EEC-Mannschaft ist unterwegs. Das Komnetz liefert ständig neue Nachrichten über den spektakulärsten Fund seit Jahrzehnten. Ob du's glaubst oder nicht, es ist ein Planet der E-Klasse mit einer Stickstoff/Sauerstoff-Atmosphäre im Verhältnis von drei zu eins und einer Schwerkraft von 0,96 Ge.«

Alle verlangten lautstark nach weiteren Einzelheiten, aber der Captain der EEC-Mannschaft war so klug, daß er alles Nähere für sich behielt, bis der Labors der *ARCT-10* den Fund bestätigten. Die abenteuerlichsten Gerüchte machten die Runde, die meisten Berichte stimmten aber darin überein, daß es sich um den erdähnlichsten Planeten handelte, den die EEC je entdeckt hatte.

Lunzie wußte nicht recht, wie sie auf die Neuigkeiten reagieren sollte: mit Erleichterung, weil ›Es ist Ambrosia‹ nun eine öffentlich zugängliche Information war, oder mit Verwirrung. Die Phrase, die bereits mehrere Leben gekostet und ihr eigenes stark beeinflußt hatte, stand vielleicht in keinem Zusammenhang mit dem neuen Planeten. Es konnte ein lächerlicher Zufall sein. Es war aber durchaus möglich, daß der neue Planet das nächste Ziel der Planetenpiraten sein würde. Aber wie wollten sie, selbst unter Anwendung der brutalsten Mittel – was man ihnen nach den Überfällen in der Vergangenheit durchaus zutrauen konnte –, vor der Nase legitimer FES-Vertreter einen Planeten ausplündern, der jetzt tausenden Besatzungsmitgliedern der *ARCT-10* ein Begriff war?

Die Ankunft der Mannschaft hielt für Lunzie eine angenehme Überraschung bereit. Der Captain hieß Zebara und war deshalb leichter zu finden als ein Thek namens Tor. Sie bat einen Kommunikationstechniker, ihren Namen auf die Liste der Leute zu setzen, die ihn nach seiner Ankunft sprechen wollten. Ein kurzes Gespräch unter vier Augen, und sie hätte ihr Versprechen gegenüber Orlig gehalten.

Wie die meisten ihrer Pläne in jüngster Zeit mußte sie auch diesen aufgeben. Als Captain Zebara an Bord eintraf, wurde er von unzähligen Leuten bestürmt, die unbedingt als erste nähere Einzelheiten über Ambrosia wissen wollten. Lunzie erfuhr, daß er zum eigenen Schutz in die Messe der Tagesoffiziere eingeschlossen werden mußte. Kurz darauf gab der zuständige Offizier bekannt, daß Zebara aus dem Gemeinschaftsraum der Sauerstoffatmer zur ganzen Besatzung sprechen würde. Die Rede sollte ins ganze Schiff übertragen und übersetzt werden, damit jeder aus erster Hand die Neuigkeiten erfuhr.

Lunzie wartete mit Coe in einer aufgeregt murmelnden Menge, die den Gemeinschaftsraum füllte. Es kam etwas Unruhe auf, als der Captain der EEC-Mannschaft den Saal betrat. Lunzie sah sich unter den Umstehenden um, entdeckte einen struppigen Blondschopf und bemerkte, daß der Mann die meisten Anwesenden um gut einen Kopf überragte.

»Er ist ein Schwerweltler«, sagte sie ungläubig.

»Zebara ist in Ordnung«, sagte Grabone, als er Lunzies feindseligen Ton bemerkte. »Er ist anders. Ein freundlicher Bursche. Er ist nicht so angriffslustig wie die meisten Schwerweltler.«

»Außerdem stammt er nicht von Diplo«, fügte Coe hinzu. »Er ist in einer der Schwerweltkolonien aufgewachsen, in der einigermaßen normales Klima herrscht. Ich hätte nie gedacht, daß das Klima Menschen so beeinflussen kann, aber er ist nicht halb so schlimm wie die Diplos.«

Lunzie behielt ihre Zweifel für sich, aber Coe sah ihren skeptischen Gesichtsausdruck.

»Komm schon, Lunzie, er ist ein netter Kerl. Ich werde ihn dir später vorstellen«, schlug Coe vor. »Zebara und ich sind alte Freunde.«

»Danke, Coe«, murmelte Lunzie höflich. Zebara konnte bei der Auswahl seiner Freunde nicht besonders wählerisch sein, wenn sowohl Orlig wie Coe dazugehörten.

»Ruhig, er spricht jetzt.«

Zebara war ein guter Redner. Er hatte die Masche, immer erst zu lächeln, bevor er eine besonders erfreuliche Information preisgab. Sein Publikum hörte bald aufmerksam zu und hielt fast den Atem an, während es auf das nächste Grinsen wartete. Für einen Schwerweltler, die sich gewöhnlich durch grobe Gesichtszüge auszeichneten, hatte Zebara ein erstaunlich schmales Gesicht, eine schnabelartige Nase mit hohem Nasenbein und klare blaue Augen.

Lunzie kam zu dem Schluß, daß er seine Gefaßtheit nur spielte. Er war über die Neuigkeiten ebenso aufgeregt wie seine Zuhörer.

»Ambrosia! Die Speise der Götter! Luft, die man gleichermaßen trinken wie riechen will. Nur riecht sie nicht. Sie füllt leicht die Lungen aus und umgibt einen mit belebender Frische. Ambrosia ist der vierte Planet einer Sonne der M-Klasse. Ihr blauer Himmel wölbt sich über sechs kleine Landmassen, die nur etwa ein Drittel der Oberfläche bedecken. Der Rest besteht aus Wasser. Süßwasser! Wasserstoffdioxid!« Das Publikum jubelte, als Zebara ein Fläschchen aus seinem Beutel zog und hochhielt. »Natürlich kommen Spurenelemente vor«, fügte er hinzu, »aber weder das Meereswasser noch die Meeresfauna enthalten irgendwelche toxischen Mineralien. Keine freien Zyanide. Zwei kleine Monde auf einer weiten und einer auf einer engen Umlaufbahn sorgen für spektakuläre Gezeiten. Es gibt einige aktive Vulkane, aber das macht den Planeten nur noch interessanter. Auf Ambrosia gibt es keine einheimischen empfindungsfähigen Lebensformen.«

»Sind Sie sicher?« rief einer der Schwerweltler in der Menge.

Die Suche nach empfindungsfähigen Lebensformen war der letzte Test, dem ein Planet unterzogen wurde; die EEC verbot die Kolonisierung eines Planeten, wenn er bereits von einer sich entwickelnden intelligenten Spezies bewohnt wurde. »Brock, wir haben dort zwei Jahre verbracht, und keine getestete Lebensform hat Intelligenzwerte gezeigt, die in den soziologischen Bereich hineinreichen. Eine der insektenartigen Spezies, die wir als Steinmetzkäfer bezeichnen, bildet komplizierte Staatengesellschaften, aber die Forscher sind mehr an der Chemikalie interessiert, die sie bei der Jagd absondern. Sie kann soliden Fels schmelzen. Außerdem gibt es eine sehr freundliche Spezies, die meine Xenobiologen als Zwergschlange bezeichnen, aber sie zeigt nicht einmal eine besonders ausgeprägte tierische Intelligenz. Und es gibt viele schöne Flugwesen«, von den Ryxi im Saal kam ein aufgeregtes Kreischen, »aber keine intelligenten Vögel.« Aus dem Kreischen wurde ein Gurren. Die Ryxi wachten eifersüchtig über ihre Stellung als einzige vernunftbegabte Flugwesen in der FES.

Zabara stellte sich schließlich für Fragen zur Verfügung, und ein lauter Chor von Stimmen versuchte sich gegenseitig niederzubrüllen.

»Ich schätze, das wird Stunden dauern«, seufzte Coe. »Ich schlage vor, wir hinterlassen ihm eine Nachricht und besuchen ihn während der nächsten Schicht.«

»Nein«, sagte Lunzie. »Wir bleiben noch eine Weile und hören zu. Dann warten wir unten neben der Kabine des Captains auf ihn. Ich bin mir sicher, er wird dort als nächstes auftauchen, um ihn persönlich zu unterrichten.«

Coe sah sie voller Bewunderung an. »Für jemanden, der noch nicht lang bei der EEC ist, hast du schnell begriffen, wie die Sache läuft.«

Lunzie grinste. »Die Bürokratie funktioniert überall auf die gleiche Weise. Nachdem er dem Mob genug hingeworfen hat, um ihn zufriedenzustellen, wird er von den hohen Tieren in Beschlag genommen, um ihre Neugier zu stillen.«

Sie trafen genau zum richtigen Zeitpunkt ein und erwischten den Schwerweltler, als er unweit der Verwaltungsbüros aus dem Turbolift trat.

»Diesmal hast du wirklich etwas gerissen, Zeb, was?«

»Coe! Schön, dich zu sehen.« Zebara und der braunhäutige Mann schlossen sich freundschaftlich in die Arme. Der große Mann beugte sich herunter, um dem kleineren den Kopf zu tätscheln. »Ich muß sofort zu den hohen Herren rein. Wartest du auf mich?«

»Klar. Ach, Zebara, das ist Dr. Lunzie Mespill. Sie würde dich gern kennenlernen.«

»Ist mir eine Freude, Doktor.« Seine kalten blauen Augen sahen sie an.

Lunzie war so eingeschüchtert, daß es ihr kalt den Rücken hinunterlief. Trotzdem mußte sie ein Versprechen halten. Sie hielt dem Schwerweltler eine Hand hin, und Zebara schlug höflich ein. Er spürte die ID-Plakette der Flotte, die sie ihm in die Hand gedrückt hatte.

»Gratuliere zu Ihrer Entdeckung, Captain. Ich hatte kürzlich einen Patienten, der mir sagte, daß ich Sie unbedingt bei nächster Gelegenheit sprechen soll.«

»Sobald die hohen Tiere mit mir fertig sind, Lunzie Mespil«, sagte er und sah ihr eindringlich ins Gesicht. »Das verspreche ich Ihnen. Wenn Sie mich jetzt bitte entschuldigen… Lunzie Mespil.« Er sah sie noch einmal prüfend an, ehe er sich mit einem Griff an die Schalttafel Einlaß verschaffte.

»Na, wenigstens kann er deinen Namen richtig aussprechen«, sagte Coe ein wenig säuerlich.

»Wer kann die hohen Tiere ignorieren, wenn sie nach einem verlangen? Ich werde ihn später anrufen. Danke, daß du mich vorgestellt hast, Coe.«

»War mir ein Vergnügen«, erwiderte Coe und sah sie verwirrt an.

Sie ließ Coe im Flur stehen und ging in ihre Kabine zurück, um auf eine Mitteilung von Zebara zu warten. Die Plakette allein kam schon einer stillschweigenden persönlichen Einladung gleich. Warum hatte sie nicht vorhergesehen, daß er ein Schwerweltler sein könnte? Ganz einfach, weil sie Schwerweltler nicht mochte, vor allem seit ihrer Begegnung mit Quinada. Vielleicht sollte sie Tor suchen. Sie vertraute den Thek, obwohl sie nicht recht wußte, warum. Vielleicht weil sie von allen bekannten Lebewesen leibhaftigen Göttern am nächsten kamen. Aber wie auch immer, nach dem Handschlag und den rätselhaften Bemerkungen steckte sie mittendrin.

Der Flur, der zu ihrer Kabine führte, war für diese Tageszeit erstaunlich leer, aber sie bemerkte es allenfalls daran, daß sich keine Augenbrauen oder Federbüschel hoben, als sie frustriert gegen die Wand trat.

Coe und Grabone hatten sich beide positiv über Zabara geäußert, was auf andere Schwerweltler nicht zutraf. Das sagte etwas über diesen Mann aus. Sofern er der EEC überhaupt loyal gesonnen ist, dachte sie. Aber wenn er sich nicht bei mir meldet, sobald die Besprechung vorbei ist, werde ich einen Thek namens Tor suchen.

Dann fiel ihr etwas ein, das Zebara vorhin gesagt hatte. Zebara war zwei Jahre lang auf Ambrosia gewesen. Lunzies erster Kurierdienst lag weniger als ein Jahr zurück und hatte sich um Ambrosia gedreht. Hatte Zebara auf seinem Spähschiff einen Informanten gehabt?

Solche und ähnliche Gedanken machten ihr zu schaffen, als sie ihre Kabine aufschloß und die Uniformjacke für die Schicht im Behandlungsraum anzog. Sie warf die Freizeitjacke in den Synthesizerluke, wo sie in einzelne Fasern zerlegt, gereinigt und zu neuem Stoff verarbeitet wurde. Das kühle, effiziente Arbeiten der Maschine erinnerte Lunzies an Orligs Leiche auf dem Boden des Ambulanzraums. Warum hatte sein Mörder die Leiche dort zurückgelassen? Was hatte er erwartet, daß sie tun würde, wenn sie Orligs Leichnam fand? Vielleicht hätte sie ihrem ersten Impuls folgen, schreiend aus der kleinen Kammer rennen und jeden in Rufweite alarmieren sollen, daß sie ein Mordopfer gefunden hatte. Vielleicht wäre das klüger gewesen. Vielleicht hatte sie sich selbst überlistet.

Das Kommunikationspult blinkte und fing ihr grimmiges Spiegelbild ein. Es klickte laut, als irgendwo im Schiff ein Mikrofon eingeschaltet wurde.

»Lunzie«, sagte die Stimme des leitenden Medizinischen Offiziers. »Bitte antworten.«

Sie beugte sie hinunter und tippte auf das Pult. »Hier Lunzie, Carlo.«

»Wo sind Sie? Ich habe hier eine Brachianerin, die seit ein paar Minuten in den Wehen liegt. Sie geht mir buchstäblich die Wände hoch. Jemand sagte, daß Sie sich mit dieser Spezies gut auskennen.«

»Wer sagte das?« fragte Lunzie überrascht. Sie konnte sich nicht daran erinnern, daß jemand an Bord von ihren gynäkologischen Kenntnissen wußte.

»Ich weiß es nicht.« Das überraschte sie nicht, denn der Offizier hatte ein notorisch schlechtes Namensgedächtnis. »Aber wenn es zutrifft, dann brauche ich Sie umgehend.«

»Ich bin unterwegs, Sir«, antwortete sie und knöpfte den Kragen der Jacke zu. Jeder andere wäre als Hebamme für eine Brachianerin besser geeignet gewesen als ihr Chef.

Lunzie schlüpfte in den leeren Korridor hinaus. Ihre schnellen Schritte hallten durch den langen metallischen Flur, obwohl sie Stiefel mit weichen Sohlen trug. Wo waren die anderen bloß? Sie hatte zu beiden Seiten Nachbarn mit kleinen Kindern. Wahrscheinlich waren sie alle noch im Gemeinschaftsraum und debattierten über Zebaras Ansprache. Sie hörte nichts außer das *Uisch-uisch* ihrer Schritte. Neugierig erhöhte sie ihr Tempo, um zu hören, wie sich das Geräusch veränderte. Unmittelbar vor ihr lag die Mündung in einen anderen Gang. Von dort mußten ihre Schritte klar widerhallen. Sie verlängerte abrupt ihre Schritte, und das Geräusch wurde kürzer und unsteter. Es war kein Echo ihrer eigenen Schritte. Jemand verfolgte sie und richtete sich dabei nach ihrer Schrittfrequenz.

Sie fuhr herum und sah zehn Schritte hinter sich einen Mann stehen, der einen Kopf größer war als sie. Er war stämmig, hatte drahtiges, braunes Haar und einen breiten, affenartigen Kiefer.

»Wer sind Sie?« fragte Lunzie.

Der Mann grinste sie nur an, streckte drohend die Hände aus und kam auf sie zu. Lunzie wich vor ihm zurück, machte kehrt lief auf den Quergang zu. Der Mann gab ein ohrenbetäubendes Pfeifen von sich und jagte hinter ihr her.

Er konnte nicht Orligs Mörder sein, dachte sie. Er war nicht groß genug, um den Schwerweltler ermordet zu haben. Aber er war groß genug, um sie umzubringen, wenn sie nicht aufpaßte. Sie versuchte sich in Trance zu versetzen, auch wenn es in Bewegung nicht so gut funktionierte. Sie brauchte einige Zeit. Lunzie überlegte angestrengt, ob eine der beiden Hälften des Korridors in einer Sackgasse endete. Ja, rechts ging es zu einer schweren Stahltür, hinter der sich ein Reservegenerator verbarg. Sie bog nach links ab. Als sie um die Ecke kam, sah sie einen bunt gefärbten weiblichen Ryxi auf sich zustaksen.

»Helfen Sie mir«, keuchte Lunzie und zeigte auf den Mann, der sie verfolgte. »Er will mir etwas tun.«

Die Ryxi-Frau sagte nichts. Statt dessen sprang sie mit dem Rücken gegen ein Schott und streckte ein langes, hageres Bein aus. Lunzie versuchte darüber hinwegzuspringen, aber die Ryxi hob einfach den Fuß. Lunzie stürzte kopfüber zu Boden und rutschte über den Metallboden gegen die Wand.

Wer hätte damit rechnen können, daß ein Flugwesen Komplize eines Menschen war? Man hatte sie in einen Hinterhalt getrieben. Ihr wurde schwarz vor Augen, als sie nach einer Drehung um die eigene Achse gegen das harte Schott knallte. Sie schob die Hände an der Wand hoch und versuchte sich aufzurichten.

Bevor sie wieder aufrecht stand, packten sie von hinten zwei starke Hände.

Reflexartig trat Lunzie nach hinten aus, aber in ihrem Tritt steckte keine sonderliche Kraft. Sie erhielt dafür einen derben Schlag in den Nacken. Ihr wurde schwindlig, und für einen Moment knickten ihr die Knie ein. Verdammt, wo waren all die Adeptentricks, die sie so fleißig geübt hatte?

»Paß auf, Birra, sie hält sich für stark.«

Die Stimme des Mannes klang höhnisch, als er sie umdrehte, ohne ihre Oberarme loszulassen. Lunzie bäumte sich kraftlos auf. Sie versuchte, ihre mentale Disziplin aufzubieten, aber ihr war zu wirr im Kopf. Die Ryxi war für ihre Spezies ungewöhnlich groß, und die Muskelmassen am Ende ihrer stelzenartigen Beine dick und sehr sehnig. Sie hob einen Fuß mit langen Klauen, umklammerte Lunzies Bein und riß es unter ihr weg. Lunzie, die sich auf den Arm ihres Angreifers stützte, trat nach der Ryxi und versuchte sich zu befreien.

Sie schrie laut los in der Hoffnung, andere Bewohner des Korridors auf sich aufmerksam zu machen. Wo waren sie nur alle?

»Halt's Maul!« knurrte der Mann. Er schlug ihr in den Magen, daß ihr die Luft wegblieb.

Lunzie Hilfeschreie verstummten, dafür bekam sie aber einen Arm frei. Sie ließ sich rücklings aufs Deck fallen und entwand sich dabei dem Griff der Ryxi. Sie hakte einen Fuß hinter das dünne Bein der Ryxi ein und trat mit dem anderen kraftvoll zu. Mit einem schmerzerfüllten Kreischen ließ Birra von ihr ab und hielt sich das Knie. Der Mann setzte nach und trat Lunzie in die Rippen. Lunzie rollte unbeholfen weg.

»Brrrring sie um«, tschirpte die Ryxi wütend und hüpfte auf einem Bein herum. »Bring sie um, Knorradel. Sie hat mich verrrletzt.«

Der Mann trat noch einmal nach Lunzie, die feststellte, daß sie am Schott in der Falle saß. Die Ryxi kratzte mit einem Klauenfuß über Lunzies Schulter und versuchte ihn um ihren Hals zu schließen. Lunzie zog die Knie an, um Brust und Bauch zu schützen, und versuchte die knotigen Zehen mit beiden Händen auseinanderzureißen. Das Atmen fiel ihr immer schwerer, und die Klauen waren unter ihren hilflosen Fingern so zäh wie Baumwurzeln. Lunzie fühlte eine Schramme an ihrer Schläfe, die zu pulsieren anfing. Von dieser Seite zog ein schwarzer Schleier über ihr Blickfeld auf. Sie wußte, daß sie gleich das Bewußtsein verlieren würde. Der Mann lachte gemein, stieß ihr wieder in die Seite und trat ihren erhobenen linken Arm nieder. Der Knochen knirschte hörbar. Lunzie preßte mit einem Schrei den letzten Rest Luft aus ihrer Lunge.

Er hob noch einmal den Fuß – und zu ihrer Erleichterung und ihrem Erstaunen erweckte der Adrenalinschub, den Furcht und Schmerz hervorriefen, ihre mentale Disziplin.

Erbarmungslos ignorierte sie den Bruch ihres Unterarms, als sie mit beiden Händen die Zehen der Ryxi packte. Mit einer Kraft, wie man sie nur in Trance aufbringen konnte, bog sie die Klauen auseinander und verdrehte dem Flugwesen ein Bein. Ryxi hatten notorisch schwache Kniegelenke. Sie ließen sich nur nach vorn und nach außen beugen, aber nicht nach innen. Die Ryxi, die aus dem Gleichgewicht gebracht wurde, spreizte die Klauen und suchte nach Halt. Das Geschöpf stolperte gegen den Mann und riß ihn um, bevor es auf dem Boden zu einem bunten, fluchenden Federhaufen zusammenbrach.

Mit einer geschmeidigen Bewegung war Lunzie wieder auf den Beinen und stand kampfbereit zwei Meter vor ihren Angreifern. Sie war jetzt hellwach, und ihre Brust wölbte sich wie ein Blasebalg, während sie eiskalt ihre Gegner einschätzte. Die Ryxi war flexibler, was sie durch ihre Reaktion auf Lunzies Bewegungen schon bewiesen hatte, aber Lunzie kannte die schwachen Stellen des Flugwesens, und in diesem Korridor war nicht genug Platz zum Fliegen. Obwohl der Mann kräftiger war als Lunzie, war er kein methodischer Kämpfer.

Lunzies Erholung verblüffte Knoradel. Das verschaffte ihr einen ersten Vorteil. Sie wollte die beiden nur umbringen, wenn es gar nicht anders ging. Wenn sie die beiden außer Gefecht setzen, bewußtlos schlagen und einsperren könnte, wäre sie außer Gefahr. Indem sie eine Hand an den Bruch hielt, führte Lunzie einen Scheinangriff gegen den Mann. Eher reflexartig als bewußt ballten sich ihre Hände zu Fäusten. Er tänzelte vor ihr weg und stellte einen Fuß vor den anderen. Er hatte also auch Kampfkünste trainiert – aber nicht auf so hohem Niveau wie Lunzie ihre mentale Disziplin.

Lunzie war im Vorteil. Ihre linke Hand, der es wegen des gebrochenen Knochens an Muskelspannung fehlte, verkrampfte sich zu einer Klaue. Sie verschränkte sie mit der anderen Hand, damit es so aussah, als habe sie zwei einsatzbereite Hände. Sie mußte sich vor ihren Angreifern zurückziehen, ehe der Adrenalinschub nachließ und sie wieder die Schmerzen spürte. Solange sie den Eindruck machte, als störe sie der gebrochene Knochen überhaupt nicht, war Knoradel verwirrt.

Die Ryxi war auch wieder auf den Beinen. Lunzie mußte sich zuerst mit dem Mann befassen, bevor sie sich wieder dem Flugwesen mit seiner langen Reichweite zuwandte. Der Mann schwitzte. Sein Plan war fehlgeschlagen, und er hatte weder den Verstand noch die Erfahrung, um sich etwas Neues einfallen zu lassen. Lunzie täuschte links an, dann rechts, dann einen Doppelschlag links, und Knoradel verstellte seiner Verbündeten unwillkürlich den Weg, um Lunzie Schläge zu kontern. Als er weit genug vor der Ryxi stand, um ihren Angriff zu verhindern, wirbelte Lunzie auf einem Bein herum und holte zu einem schwungvollen Tritt aus. Sie erwischte den Mann am Kinn und schleuderte ihn gegen die Wand. Sein Kopf knallte mit einem *Wumms* gegen das Metallschott. Er sackte zu Boden und verdrehte die Augen. Wenn Lunzie die Ryxi schnell erledigte, würde er nicht in der Lage sein, sie zu verfolgen.

Aber Birra sprang schnell in die Bresche, als ihr Partner aus dem Weg war. Sie benutzte ihre klauenbewehrten Füße und die Klauen an den schweren, breiten Schwingen als Waffen und hielt die zerbrechlichen, dreifingrigen Greifextremitäten an den Flügelspitzen außer Reichweite. Lunzie versuchte eine dieser Hände zu packen, weil sie wußte, daß Birra alles daran setzen würde, sie zu schützen.

»Du flügellose Mutantin«, zischte Birra schrill und kratzte Lunzie mit einer Klaue über den Bauch. Sie riß die Uniformjacke vom Mittelteil bis zum Saum auf, als Lunzie zurücksprang. Lunzie setzte sofort mit einem Tritt gegen die knochigen Knie des Flugwesens nach. Als die Ryxi eine Abwehrbewegung machte, packte Lunzie einen Flügel, der über sie hinwegflatterte, legte einen Arm um Birras Körper und warf sie herum.

Reflexartig breitete die Ryxi die Flügel auseinander, um ihren Sturz abzubremsen. Birra kreischte, als ihre Hände gegen die Wände des schmalen Korridors schlugen. Ihre Flügelspannweite war zu groß. Sie zog die Flügelspitzen ein, so daß die tödlichen Klauen an den Mittelgelenken wieder über die Schultern auf Lunzie gerichtet waren. Sie hackte mit dem scharfen Schnabel nach ihr. Lunzie riß die überkreuzten Arme hoch, um den Biß abzuwehren, und traf das Flugwesen von beiden Seiten am Kopf.

»Verdammt, ich mache das wirklich nur ungern«, entschuldigte sie sich. Sie ballte beide Hände zu Fäusten und rammte sie Birra unter den Flügeln in den bloßliegenden Brustkorb. Sie zuckte zusammen, als sie die zarten Knochen brechen hörte.

Die Ryxi kreischte, und ihre Stimme erreichte immer höhere Tonlagen, als sie blind auf Lunzie zuflatterte.

»Du bist noch nicht verloren«, sagte Lunzie, wich zurück und konterte den Angriff. »Wenn du sofort behandelt wirst, können diese Knochen noch gerichtet werden, damit sie dir nicht die Lunge durchbohren. Laß mich gehen, oder ich muß dich solange hier festhalten, bis es zu spät ist.«

»Widerlicher Zweibeiner! Du lügst!« Birra hielt sich erst die eine, dann die andere Seite. Sie keuchte, und ihr stand der Schnabel offen.

»Ich lüge nicht. Du weißt, daß ich Ärztin bin. Das wußtest du schon, als du auf mich angesetzt worden bist«, erwiderte Lunzie. »Wer hat dir befohlen, mich anzugreifen?«

Die Ryxi japste vor Wut und verschränkte beide Flügel über dem Leib. »Ich sterbe.« Ihre runden schwarzen Augen wurden bereits glasig, und sie ruckte vor und zurück.

»Nein!« rief Lunzie. »Du dämlicher Vogel.«

Die Ryxi kämpfte gegen einen Schock. Sie war für Lunzie keine Gefahr mehr, konnte sich selbst aber in ein tödliches Koma versetzen.

Angewidert von dem moralischen Dilemma, in dem sie auf einmal steckte, hinkte Lunzie zur nächsten Kommunikationstafel und schlug auf den blauen Knopf.

»Notfall, Deck 11. Höchste Priorität. Ein Ryxi ist am Brustkorb verletzt worden und hat einen Schock erlitten. Notfall.« Lunzie wandte sich von der Tafel ab. »In wenigen Minuten wird jemand hier sein. Ich wollte dir keine bleibenden Verletzungen zufügen, aber ich werde jetzt verschwinden, falls die Person, die dich beauftragt hat, hier als erstes auftauchen sollte. Du hältst meinen Namen aus der Sache heraus, verstanden? Viel Glück.«

Die Ryxi schwankte vor und zurück und ignorierte Lunzie, die durch die Zugangsluke am Ende des Korridors die Treppe betrat.

Ungeduldig tippte Lunzie den Code der Offizierslobby in ihr Komgerät. Sie konnte sich dort nicht sehen lassen, selbst wenn sie die blutverschmierten Fetzen ihrer Uniform unter einem großen Kittel versteckte. Aber sie betete zu allen Göttern, daß Zebara erreichbar war. Der Adrenalinschub, den sie ihrer Trance verdankte, flaute ab, und sie würde bald in die Ermattung sinken, die stets darauf folgte. Sie mußte den Memokubus sofort übergeben.

»Offizierslobby.« Zu ihrer unendlichen Erleichterung erkannte sie Leutnant Sanborns helle Tenorstimme.

»Ist Captain Zebara da?« fragte sie und versuchte sich nichts anmerken zu lassen. »Hier ist Lunzie Mespil. Es hat sich etwas ergeben, und ich würde ihn gern sprechen.«

»Ja, er ist gerade von der Sitzung zurück. Er will etwas trinken und hat es wirklich nötig, Lunzie. Ist es dringend?«

»Das soll er beurteilen. Sagen Sie ihm, ich bleibe in der Leitung, ja?«

»Mach ich«, erwiderte Sanborn artig.

Lunzie zappelte nervös herum. Von der Wunde an ihrer Schläfe tropfte Blut. Die Haut war außerordentlich empfindlich. Im Handumdrehen würde sie einen schweren Bluterguß haben, und es gab nicht viele Möglichkeiten, um eine solche Verletzung zu verstekken. Warum brauchte Sanborn so lang? Die Lobby war doch nicht so groß.

»Zebara.« Er meldete sich mit einer tiefen Stimme, die den Bordfunk schnarren ließ. »Ich wollte Sie eben in Ihrem Quartier erreichen. Wo sind Sie?«

»Ich habe mich versteckt, Captain, und ich muß Sie so bald wie möglich treffen.« Sie hörte ihn seufzen. Gut, er konnte die schlechten Neuigkeiten auch gleich erfahren. »Erst hat man Orlig unter einer Wand begraben, dann ist er in dem Ambulanzraum erwürgt worden, in dem ich ihn untergebracht hatte. Ich hatte gerade eine unangenehme Begegnung mit einem Duo, das mir ans Leder wollte, und ich würde den verfänglichen Gegenstand gern übergeben, bevor ich abtrete.«

»Wo sind Sie?« wiederholte er.

Sie nannte ihm das Deck, die Sektion und den Korridor.

»Wie gut kennen Sie dieses Schiff?«

»So gut wie die meisten. Ärzte müssen immer schnell zur Stelle sein.«

»Dann begeben Sie sich auf schnellstem Wege in die Spähschiffbucht 5 und warten dort auf mich. Ich habe einen guten Grund, auf mein Schiff zurückzukehren. Ende und aus.«

Seine forsche Stimme beruhigte sie. Sie klang nicht annähernd so undeutlich und nuschelig, wie man es von Schwerweltlern gewohnt war. Sein Vorschlag war vernünftig, denn so würde sie jedem aus dem Weg gehen, der ihr vielleicht auf den Fersen war, und sicher würden ›die anderen‹ sie am allerwenigsten in dem Spähschiff vermuten.

Sie kletterte durch die Fluchtschächte ins Flugdeck hinunter, was ihr durch die halbierte Schwerkraft dort erleichtert wurde. Zuerst erwischte sie die falsche Bucht, als sie in den Hauptzugangskorridor kletterte, aber es hielt sich niemand dort auf, deshalb schlich sie weiter bis Nr. 5. Zebara kam aus dem Hauptturbolift und verlangsamte nicht einmal seinen Schritt, als er sie am Arm mitzog. Er holte ein kleines Komgerät hervor und brummte etwas hinein, als er ihr die Rampe hinauf in das erstaunlich große Spähschiff half.

»Wenn ich mir Ihr Gesicht ansehe, scheinen Sie ziemlichen Ärger gehabt zu haben«, sagte er und blieb an der Luftschleuse stehen, um Lunzie näher in Augenschein zu nehmen. Er lüpfte ihre Jacke und hob die Augenbrauen. »Orlig hat es also erwischt. Was hat er Ihnen gegeben?«

»Einen dieser hübschen kleinen Keramikspeicher, der am besten möglichst schnell sein Ziel erreichen sollte.«

»Wird der Speicher gewöhnlich nicht mit einer Losung übergeben?« Er hob fragend eine Augenbraue, was ihm einen ausgesprochen teuflischen Blick verlieh.

»Ich bin im Moment ein wenig paranoid. Ich werde das Gefühl nicht los, daß man mich umbringen will.« Ihr Sarkasmus brachte ihn sogar ein wenig zum Lächeln.

»Sie überbringen jetzt Ihre Nachricht, dann gibt es vielleicht einen Schwerweltler, dem Sie vertrauen können. Na los!«

Er nahm sie an der Hand und führte sie durch die schmalen Korridore des Spähschiffs aufs Kommandodeck. Ein Zentimeter weniger auf jeder Seite und an der Decke, dachte Lunzie, und er würde nicht mehr hineinpassen. Dann schob er sie in eine kleine Kommunikationskabine, zog die Tür zu und ging auf die Brücke weiter. Lunzie blieb benommen sitzen, während er kurz mit der Schwerweltlerin sprach, die gerade Dienst hatte. Sie wandte sich sofort mit einer schwungvollen Bewegung Lunzie zu, grinste sie an und tippte mit flinken Fingern etwas in die Kommunikationskonsole.

»Dies ist ein sicherer Kanal«, sagte ihre Stimme aus einem Wandlautsprecher. »Stecken Sie den Keramikspeicher einfach in den entsprechenden Schlitz vor Ihnen. Sie sind gewöhnlich auf die richtige Codierungsfrequenz eingestellt. Ich bleibe draußen.« Sie setzte ihren Kopfhörer ab und hielt beide Hände hoch. Für eine Schwerweltlerin hatte sie ein sehr freundliches Grinsen.

Lunzie mühte sich mit dem Keramikspeicher ab, schaffte es aber schließlich doch, ihn in den Schlitz zu stecken, der sich hinter ihm wie eine seltsame Mundöffnung eines Aliens schloß. Es gab keinen Hinweis darauf, daß irgend etwas geschah. Sekunden später öffnete sich der Schlitz wieder und spuckte den Speicher aus. Als Lunzie hinsah, löste sich das Ding auf. Es rauchte, schmorte oder schmolz nicht. Es löste sich einfach zu einem Häufchen schwarzen Staub auf.

Sie gab der Kommunikationsoffizierin mit einer Geste zu verstehen, daß alles erledigt sei, und ließ sich mit einem erleichterten Seufzen zurücksinken. Zebara stand von seinem Platz neben der Kommunikationstechnikerin auf und kam zu Lunzie in die kleine Kammer.

»Wie ich sehe, wurde die Mission mit dem üblichen Häufchen Staub beendet«, sagte er und fegte ihn mit der Hand auf den Boden. Dann zog er eine Handvoll Mineraltabletten aus der Tasche und ließ sich ein paar in den Mund fallen.

Lunzie blickte müde zu ihm auf. »Muhlah sei dank!«

»Und jetzt werden wir uns um Sie kümmern.« Es klang mehrdeutig.

Lunzie fuhr für einen Moment in einem Anflug schierer Panik zusammen, für die es keinen Anlaß gab, außer daß Zebara mit einer wuchtigen Hand an das Quarzfenster klopfte.

»Flor, sag Bringan, daß er sofort hier raufkommen

soll. Sie sehen furchtbar aus, Lunzie Mespil. Bleiben Sie sitzen. Der Arzt kommt gleich.«

Lunzie zwang sich zur Entspannung, während Zebara sie mit einer gewissen Belustigung ansah.

»Was machen wir jetzt nur mit Ihnen?« fragte er rhetorisch. »Selbst auf einem so riesigen Schiff wie der *ARCT-10* können Sie sich nicht mehr verstecken. Sie sind einmal entkommen, aber jetzt ist man Ihnen mit Sicherheit auf den Fersen.« Sie wünschte sich, er würde sitzen, statt über ihr zu stehen. »Haben Sie Ihre Angreifer sehen können?«

»Es war ein weiblicher Ryxi namens Birra und ein männlicher Mensch, den sie Knoradel nannte.« Sie rasselte eine Beschreibung herunter. »Der Ryxi habe ich den Brustkorb eingedrückt. Der Mann hat auch ein paar Schrammen abbekommen.«

»Die beiden dürften nicht allzu schwierig zu fassen sein«, sagte Zebara und drückte einen Schalter am Pult. Sie hörte, wie er der Schiffspolizei eine Beschreibung durchgab. »Sie haben doch sicher nichts dagegen hierzubleiben, bis man die beiden aus dem Verkehr gezogen hat? Nein? Das ist sehr nett von Ihnen.« Er betrachtete sie einige Sekunden lang, dann grinste er und sah dabei mehr wie ein Raubfisch als wie ein belustigter Mensch aus. »Es wäre noch netter, wenn Sie gar nicht an Bord der *ARCT-10* zurückkehren würden.«

»Im Tiefenraum gibt es nicht viele Alternativen«, bemerkte Lunzie. Sie spürte die Ermattung, die sie nach einer Trance immer erfaßte.

»Ich kann mir eine vorstellen.« Er sah sie erwartungsvoll an, und als sie nicht reagierte, seufzte er enttäuscht. »Sie können uns nach Ambrosia begleiten.«

»Ambrosia?« Lunzie wußte nicht recht, ob ihr der Planet überhaupt zusagte.

»Eine hervorragende Lösung, weil Sie ohnehin schon

bis zum Hals in der Sache drinstecken. Fänden Sie das nicht passend? Auf einem Schiff, das ich kommandiere, werden die Attentäter keine Chance mehr haben, einen Anschlag auf Ihr Leben zu unternehmen. Ich werde Ihre Versetzung mit den Verantwortlichen der *ARCT-10* abklären.«

Lunzie war wirklich überrascht. Aus irgendeinem Grund hätte sie von einem Schwerweltler ein solches Maß an Kooperationsbereitschaft und Anteilnahme nicht erwartet. »Weshalb?«

»Sie sind in ernster Gefahr. Teilweise deshalb, weil Sie einem anderen Schwerweltler selbstlos Hilfe geleistet haben. Ich habe Orlig gut gekannt. Von den Risiken, die Sie eingegangen sind, profitieren meine Leute genauso wie Ihre. Haben Sie irgendwelche Einwände?«

»Nein«, erwiderte Lunzie. »Es wird eine große Erleichterung sein, wieder ruhig schlafen zu können.« Sie begann sich schwerelos zu fühlen, ein deutliches Zeichen für die Erschöpfung ihrer Adrenalindepots.

Zebara grinste wieder wie ein Hai und zerbiß noch eine Tablette. »Wenn der Mord an Orlig und das Attentat auf Sie ein Hinweis sind – und davon bin ich fest überzeugt –, dann ist Ambrosia vielleicht in noch größerer Gefahr, als ich dachte. Orlig hat für mich auf der *ARCT-10*, die meine Berichte empfangen und gesendet hat, die Augen offengehalten. Deshalb waren wir schon vorgewarnt, daß dieses Ding hier in die falschen Hände geraten könnte. Sie bestätigen das. Ich bin zurückgekommen, um militärische Verstärkung anzufordern, die uns dort gegen einen möglichen Piratenüberfall verteidigen soll, bis mit dem üblichen Bimborium eine offizielle Kolonie gegründet werden kann. Entspannen Sie sich, Lunzie Mespil.«

»Danke«, brachte Lunzie müde über die Lippen. Jetzt, da ihr endlich jemand glaubte, fielen Unsicherheit und Unentschlossenheit von ihr ab wie eine Last, die ihr von den schlaffen Schultern genommen wurde. Sie ließ den Kopf gegen den gepolsterten Stuhl sinken.

Wenig später wurde ihr bewußt, daß sich jemand mit ihr in der winzigen Kabine aufhielt.

»Ah, Sie sind wach. Bewegen Sie sich nicht zu schnell. Ich schiene gerade Ihren Arm.« Ein untersetzter Mann mit kurzgeschorenem rotblonden Haar kniete an ihrer Seite. »Ich bin Doktor Bringan. Normalerweise bin ich nur der Xenobiologe, aber ich habe nichts dagegen, meine Kenntnisse auf *bekannte* Spezies anzuwenden. Ich untersuche und verarzte die Mannschaftsmitglieder. Ich habe gehört, Sie sind unsere neue medizinische Offizierin.« Ganz vorsichtig zog er ihr Handgelenk und ihren Unterarm auseinander. Die verkrampften Finger streckten sich langsam. »Das erleichtert mich«, fügte er mit einem freundlichen Lächeln hinzu. »Es könnte durchaus einmal vorkommen, daß ich die falschen Teile zusammenflicke, und das wäre für den Betreffenden verheerend.«

»Ähm… ja«, sagte Lunzie und beobachtete ihn aufmerksam. Glücklicherweise war der Arm taub. Der Doktor hatte offenbar eine Leitungsanästhesie vorgenommen. »Warten Sie mal, ich habe die Knochen noch nicht ineinander schnappen hören.«

»Ich habe nur überprüft, ob Bänder gerissen sind. Nein. Alles in Ordnung.« Bringan wedelte mit einem kleinen Diagnosegerät über ihren Arm. »Sie haben Glück, daß Sie eine Jacke mit einem engen Ärmel getragen haben. Die Schwellung wäre ansonsten sehr viel schlimmer gewesen.«

»Den Eindruck habe ich auch«, sagte Lunzie und betrachtete die rötliche Verfärbung an ihrem Arm, die auf subkutane Blutungen hindeutete. Sie würde bald, wenn das Blut sich ausbreitete, als ein blasser Regenbogen an die Oberfläche treten. Sie drückte prüfend einen Finger in die Haut und spürte mit sonderbarer Gleichgültigkeit, wie sie nachgab.

Bringan steckte das Diagnosegerät in seine Gürteltasche und drehte ihren Arm einmal ruckartig herum. Lunzie hörte Elle und Speiche leicht aneinander kratzen, als sie gerichtet wurden.

»Ich werde Ihnen einen Stützverband anlegen, der Sie in Ihren Bewegungen nicht einschränkt. Sie können sich auch vorsichtig waschen. Der Arm wird sehr empfindlich sein, wenn die Leitungsanästhesie abgeklungen ist.« Er bog ihre Finger hin und zurück. »In ein paar Stunden sollten Sie sich wieder normal bewegen können.« Dann gab er ein rauhes Kichern von sich und sah sie an. »Was soll ich Ihnen auch anderes sagen?«

Sie brachte ein schwaches, aber dankbares Lächeln zustande. »Bringan, fliegen wir nach Ambrosia?«

Der Doktor sah sie mit überrascht gehobenen Brauen an. »Ja, aber natürlich. Ich persönlich kann's gar nicht abwarten, wieder dort zu sein. Wenn ich in den Ruhestand gehe, werde ich mich dort niederlassen. Ich habe noch nie einen so perfekten Planeten gesehen.«

»Ich meine, fliegen wir bald?« Sie betonte das letzte Wort.

»Das habe ich gemeint.« Er sah sie forschend an. »Zebara hat mir nichts über Sie erzählt, auch nicht, warum Sie so aussehen, als hätten Sie sich gerade geprügelt, aber er hat Sie für den FTL-Flug eingetragen. Also darf ich mir ein paar vage Vermutungen erlauben, die sich im wesentlichen um die Planetenpiraten drehen.« Er blinzelte sie an. »Und das ist ein triftiger Grund, möglichst bald nach Ambrosia zurückzukehren. Die FES braucht Augenzeugen. Vielleicht wird das Ihre Rolle an Bord sein.«

»Ich werde eine Zeugin sein, glauben Sie mir. Ich werde eine Zeugin sein«, sagte Lunzie mit aller

Entschlossenheit, die ihr ausgezehrter Körper noch hergab.

Bringan lachte, als er seine Instrumente zusammensuchte. »Wenn wir durch irgend etwas, von irgendwem aufgehalten werden, dann würde Zebara wahrscheinlich persönlich die Treibstofftanks austrinken und ohne Schiff zurückfliegen. Er reagiert allergisch auf Piraten. Und diese verdammten Planetenpiraten werden allmählich zu einer Plage. Ich habe den Eindruck, daß in den letzten hundert Jahren, wann immer ein echter Treffer gelandet wurde, die Planetenpiraten zur Stelle waren, um den rechtmäßigen Findern die Rosinen vor der Nase wegzuschnappen. Und das mit einer skrupellosen Gewaltanwendung, die die übelsten Aliens wie Schoßtierchen erscheinen läßt.«

»Bringan«, fragte Lunzie zaghaft. »Was ist Zebara für ein Mensch?«

»Sie meinen, ob er der übliche Schwerweltler-Macho ist? Nein. Er ist ein guter Vorgesetzter und ein guter Freund. Ich kenne ihn jetzt seit dreißig Jahren. Sie werden seine faire Behandlung zu schätzen lernen, aber achten Sie auf das Grinsen. Wenn er so grinst…« – er zog ein Gesicht – »ist Ärger im Anzug.«

Lunzie hob eine Augenbraue. »Sie meinen, wenn er dieses Haifischgesicht macht? Ich hab's schon gesehen.«

»Ho, ho! Dann hoffe ich, daß es nicht Ihnen gegolten hat!« Der Doktor stemmte sich hoch. »Insgesamt sind Sie in guter Verfassung. Kommen Sie mit, und wir schauen uns nach einer Koje für Sie um. Sie müssen sich ausruhen, damit die Verletzungen heilen können.«

»Wann verlassen wir die *ARCT-10*?« fragte Lunzie und folgte ihm mit halbwegs sicheren Schritten auf ihren kraftlosen Beinen. Ist der Ryxi vor dem Lungenkollaps geholfen worden?

»Sobald Zebara wieder an Bord ist.«

Auf dem Weg in die Koje wurden Lunzie in aller Kürze die übrigen Besatzungsmitglieder des Spähschiffs vorgestellt. Außer Flor, der schiffsgeborenen Kommunikationstechnikerin, die auch als Historikerin arbeitete, und Bringan, dem Xenobiologen, gab es sieben weitere. Dondara und Pollili, ein liiertes Paar, waren Schwerweltler von Diplo. Pollili war Telemetrie-Offizierin und Dondara Geologe. Anders als die meisten anderen Schwerweltler, die für mehrere Missionen dienten und sich dann auf ihren kalten, kahlen Heimatwelten zur Ruhe setzten, dienten Pollili und Dondara schon seit sieben Jahren in Zebaras Erkundungsmannschaft und waren fest entschlossen, auch in Zukunft mitzuarbeiten. Sie verbrachten ein bis zwei Monate pro Jahr im Schwerweltlermillieu an Bord der *ARCT-10*, wo sie ein intensives Training absolvierten, um ihre Muskeltonus zu erhalten. Die anderen fünf Mannschaftsmitglieder waren normale Menschen. Der dunkelhäutige, kurzsichtige Scarran war Systemtechniker. Vir, Abkömmling einer goldsträhnigen Rasse mit schweren Augenlidern, war Umweltspezialist, der sich mit Dondara die Sicherheitsaufgaben teilte. Elessa, eine charmante, aber nicht unbedingt hübsche Frau, diente als Synthesetechnikerin und Botanikerin. Timmins war Chemiker. Wendell, der Pilot, hatte Zebara auf die *ARCT-10* begleitet.

Die Fachkenntnisse der Mannschaftsmitglieder überschnitten sich in gewissem Maße, damit die kleine Mannschaft im Notfall nicht ohne bestimmte Fähigkeiten auskommen mußte. Das kleine Schiff war kompakt gebaut, aber erstaunlicherweise nicht klaustrophobisch eng. Überall, wo Platz blieb, waren Wasserkulturtanks untergebracht, in denen eßbare Pflanzen gezogen wurden, und das zusätzliche Licht ließ die Räume gemütlicher und wohnlicher erscheinen.

Bringan erklärte, daß das Schiff bei Unterlichtgeschwindigkeit unbegrenzt aus der eigenen Energieversorgung schöpfen oder einen einzigen Warpsprung durchführen konnte, ohne daß es neu aufgeladen werden mußte.

Eine Reise nach Ambrosia erforderte einen langen Sprung bis an den Rand des erforschten Weltraums. Ein Spähschiff konnte sich nie darauf verlassen, daß es auf einem Planeten verträgliche Nahrung vorfinden würde, deshalb mußte die Mannschaft in der Lage sein, ihre eigenen Kohlehydrate für die Synthesizer zu erzeugen.

Lunzies Koje lag in derselben Nische wie die von Elessa. Lunzie lag auf dem Polster, den Arm vor die Brust gebunden, und starrte an die Kojendecke. Bringan hatte ihr befohlen, sich auszuruhen, aber sie konnte die Augen nicht schließen. Sie war froh, in Sicherheit zu sein, aber irgendwie wurmte es sie, daß ihr Retter ein Schwerweltler war. Zebara schien ein anständiger Kerl zu sein. Sie konnte aber die Befürchtung nicht abschütteln, daß er sie, sobald sie sich im Tiefenraum befanden, aus der Luftschleuse werfen würde. Aber das paßte nicht zu ihm – nicht bei einer gemischtrassigen Mannschaft, die ihm treu ergeben war.

Plötzlich flaute der letzte Adrenalinschub ab, der ihr noch etwas Antrieb verliehen hatte. »Ja, ich sollte wirklich dankbar sein«, tadelte sie sich selbst. »Und seine Mannschaft hält große Stücke auf ihn. Diese Quinada! Ich hatte mich gerade an Schwerweltler gewöhnt, da mußte mir jemand wie sie über den Weg laufen! Ich schätze, auf jeder Platine sitzt ein defekter Chip.«

Lunzie empfand immer noch ein vages Unbehagen, als sie langsam einschlummerte.

Als sie aus dem Schlaf schreckte, sah sie Zebara, der

auf sie herunterstarrte. Sie brauchte einen Moment, um sich zu erinnern, wo sie war.

»Wir sind unterwegs«, erklärte er. »Ich mußte Sie zu einem offiziellen Mitglied meiner Mannschaft machen. Sonst hat niemand auf die kleinen Chefs Druck ausgeübt, um an dieser Reise teilzunehmen, deshalb vermute ich, daß Ihre Verfolger entweder aufgegeben haben oder… oder daß uns allen noch eine böse Überraschung bevorsteht.«

»Sie klingen so zuversichtlich«, witzelte Lunzie. Sie war entschlossen, ihre Einstellung zu ändern, jedenfalls gegenüber einem Schwerweltler namens Zebara. »Wie lang habe ich geschlafen?«

Der Captain drehte die Handflächen nach oben. »Woher soll ich das wissen? Wir sind seit etwa fünf Stunden unterwegs. Bringan hat mich gebeten, Sie schlafen zu lassen, und daran habe ich mich gehalten. Aber jetzt muß ich mit Ihnen reden. Fühlen Sie sich stark genug?«

Lunzie spannte versuchsweise ihre Muskeln an und setzte sich auf. Ihr Arm schmerzte, aber inzwischen konnte sie die Finger bewegen. Bringans Verband hielt den Unterarm ruhig, ohne auf die verletzten Muskeln Druck auszuüben. Ihr restlicher Körper fühlte sich zerschunden an, aber im Schlaf hatte sie sich schon ein wenig erholt.

»Reden? Ja, mir ist zum Reden zumute.«

»Dann kommen Sie in mein Quartier. Dort können wir uns ungestört unterhalten.«

* * *

»Ich habe schon damit gerechnet, daß man mich auf der *ARCT-10* angreifen würde«, sagte Zebara und goß zwei Gläser sverulanischen Weinbrands ein. Sein Quartier war geradezu geräumig; das heißt, es maß zehn mal acht Schritte, statt nur viermal drei. Ihm stand eine Computerkonsole zur Verfügung, die mit einer Erweiterung ausgestattet war, die Lunzie als privaten Datenspeicher erkannte. Seine Dateien waren weder dem Kommunikationsnetzwerk des Schiffs noch einem anderen Besatzungsmitglied zugänglich. »Die genaue Position von Ambrosia ist nur mir, meiner Mannschaft und bedauerlicherweise auch den Administratoren der *ARCT-10* bekannt.« Er zeigte seine Zähne. »Ich vertraue meiner Mannschaft. Ich fürchte aber, daß es auf der *ARCT-10* eine undichte Stelle gibt, die sich nicht flikken läßt.«

»Eine undichte Stelle, durch die Informationen an die EEC-Verwaltung dringen?« Lunzie fügte allmählich die Teile des kleinen Puzzlespiels zusammen, in dem sie selbst eine Rolle spielte. Das Ganze war aber nur Teil eines sehr viel größeren Puzzles.

»Dieses Risiko muß ich eingehen. Wenn die Piraten Ambrosia vor uns erreichen, bedeutet das, daß Ambrosias genaue Position ihnen in diesem Moment übermittelt wird. Ich brauche den Schutz der Flotte, ja, aber ich will auch die Piraten hervorlocken. Vielleicht wird diesmal nur der Spion in der Verwaltung geschnappt.« Zebara rümpfte die Nase.

»Der Spion nimmt vielleicht einen zu hohen Rang ein, um ihn zweifelsfrei zu entlarven.« Auf den Seti von Fomalhaut traf dies mit Sicherheit zu. Hastig trank Lunzie einen Schluck aus ihrem Glas und spürte die Wärme des Weinbrands im Bauch. Zebara hatte einen exzellenten Geschmack, was Alkoholika anging. »In der Vergangenheit scheinen die Schwerweltler die Hauptnutznießer der Piratenüberfälle gewesen zu sein«, sagte sie vorsichtig. »Ist es möglich, daß die von FES glauben wollen, *Sie* hätten ihnen mitgeteilt, wo dieser Planet zu finden ist?« Diesmal galt das gefährliche Grinsen ihr. Lunzie lief es kalt den Rücken hinunter. »Verstehen Sie mich nicht falsch«, fügte sie eilig hinzu. »Ich spreche als des Teufels Advokatin, aber wenn *ich* einen solchen Verdacht äußere, könnten es auch andere tun, und sei es nur, um den Verdacht von sich selbst abzulenken.«

»Eine mögliche Erklärung, das muß ich Ihnen lassen. Zu meiner Verteidigung muß ich gestehen, daß mir der Gedanke überhaupt nicht gefällt, mein eigenes Volk könnte irgend etwas mit Massenmorden zu tun haben.« Er leerte sein Glas und goß beiden ein zweites Gläschen ein. Tief genug, dachte Lunzie, um darin zu baden. Er mußte wirklich außergewöhnlich tolerant sein. Dennoch trank sie einen kräftigen Schluck, natürlich nur, um ihr Rückgrat wieder aufzutauen.

»Ich sollte erwähnen, daß ich einige Jahre annahm, meine Tochter sei bei dem Piratenüberfall auf Phoenix umgekommen«, sagte sie. »Zunächst wurde nur bekannt, daß die ursprünglichen Siedler verschwunden waren und die Schwerweltler den Planeten für sich beansprucht hatten. Ich hegte einen tiefen Groll gegen sie, weil sie auf diesem strahlenden neuen Planeten lebten, während ich um meine Tochter trauerte. Das hat mein Urteilsvermögen seitdem ein wenig beeinträchtigt.« Lunzie schluckte. »Es tut mir leid, daß ich mich zu einer solchen idiotischen Verallgemeinerung habe hinreißen lassen. Ich sollte die Piraten hassen, und das tu ich auch.«

Zebara lächelte schief. »Ich schätze Ihre Offenheit und kann Sie verstehen. Idiotische Verallgemeinerungen sind nicht auf Ihre Spezies beschränkt. Ich habe etwas gegen Leichtgewichte im Allgemeinen, weil sie meinen Leuten ständig untergeordnete Positionen zumuten, in denen sie die schlimmsten Arbeiten verrichten oder in gemischten Gruppen unter Leichtgewichten arbeiten müssen. Meines Erachtens gibt es bei der Zuteilung der kolonisierbaren Planeten keine wirkliche Gerechtigkeit. Viele von uns, besonders Gruppen von Diplo, sind der Ansicht, daß Phoenix uns von Anfang an zugestanden hätte. Eine unserer unschätzbaren Stärken ist Bergbautechnik und Produktion. Unter meinen Leuten hat sich herumgesprochen, daß die Schwerweltler, die auf Phoenix gelandet sind, erhebliche Bestechungsgelder an einen Kaufmann zahlen mußten, der ihnen versicherte, daß der Planet unberührt und unbewohnt sei. Sie sind betrogen worden«, fügte Zebara hitzig hinzu. »Man hat ihnen Transurane versprochen, aber der Planet war schon ausgebeutet worden, bevor sie dort ankamen. Er war nicht mehr als ein Lebensraum, der wenig bot, was eine junge Kolonie für den Tauschhandel in der galaktischen Gemeinschaft gebrauchen konnte.«

»Dann hat jemand aus Phoenix einen doppelten Profit herausgeschlagen. Einen dreifachen sogar, wenn man die Güter und Maschinen mitzählt, die die ersten Siedler bei sich hatten.« Der Weinbrand hatte Lunzie soweit entspannt, daß sie keine Hemmungen hatte, ihr Glas nachzufüllen. »Kennen Sie die Parchandri?«

Zebara tat die Frage mit einem Wink ab. »Profitgeier allesamt, und sie sind eine große Familie. Selbst nach den Maßstäben der Leichtgewichte sind die meisten Parchandri Schwächlinge, aber sie haben zu wenig Rückgrat, um mit derselben Rücksichtslosigkeit wie die Piraten zu töten.«

Auch die Seti könnten erbarmungslos sein, aber Lunzie traute ihnen die Rolle nicht recht zu, die bedauerlicherweise eher zu den Schwerweltlern paßte. »Wer ist es dann? Abtrünnige Menschen? Captain Aelock vermutet, sie könnten eine Basis auf Alpha Centauri haben.«

»Aelock ist ein besonnener Mann, aber ich wäre überrascht, wenn die Centauris in die Sache aktiv verwickelt wären. Sie haben zuviel Tünche aufgetragen.

Sie sind zu zivilisiert, zu vorsichtig.« Eine Auffassung, der Lunzie insgeheim zustimmte. »Centauris denken nur an ihren Profit. Jede Person, jede Maschine ist nur ein Zahnrädchen in ihrer Geldmaschinerie.«

Lunzie trank einen Schluck von dem warmen braunen Weinbrand und starrte ihr Spiegelbild in der Tiefe des Glases an. »Das haben Sie gut erkannt. Die Nachkommen meiner Tochter leben alle auf diesem Planeten. Ich habe in meinem ganzen Leben noch keinen so bedauernswerten Haufen ignoranter, bigotter, kurzsichtiger Dummköpfe kennengelernt. Ich war darüber so erschrocken, weil meine Tochter immer sehr motiviert war. Sie kann wirklich etwas auf die Beine stellen. Sie hat keine Angst, Risiken einzugehen…«

»So wie ihre Mutter«, fügte Zebara hinzu. Lunzie blickte überrascht zu dem Schwerweltler auf. Er sah sie freundlich, ohne eine Spur von Sarkasmus oder Herablassung an.

»Oh, danke, Captain. Nur ärgert es mich, daß keins ihrer Kinder, von einem abgesehen, unglücklich darüber ist, in einem technischen Slum zu leben, umgeben und verseucht von Mittelmäßigkeit und Gleichschaltung.«

»Selbstgefälligkeit und Ignoranz«, ergänzte Zebara und goß nach. »Eine sehr gute Methode, um eine so große Bevölkerung fügsam zu halten, damit das Volk nicht rebelliert.«

»Aber sie haben weder physisch noch mental Raum, in den sie hineinwachsen könnten, und sie wissen nicht, was ihnen fehlt. Es macht mich traurig, daß sie in ihrer Ignoranz auch noch glücklich sind. Aber ich bin von Alpha Centauri wieder abgereist, so schnell ich konnte, und nicht bloß, weil mein Leben in Gefahr war. Ich reise ungern so herum, weil ich dabei die Menschen verloren habe, die ich liebe, einen nach dem anderen.« Lunzie verstummte, erschrocken über ihre eigene Geschwätzigkeit. »Entschuldigen Sie. Es muß an dem Weinbrand liegen. Oder ist es Natriumpentathol? Ich wollte wirklich nicht meine persönlichen Probleme auf Sie abladen.«

Der Captain schüttelte den Kopf. »Es hört sich so an, als hätten Sie lange Zeit keinen zum Reden gehabt. Überlegen Sie mal«, fuhr er fort und grübelte laut, »solche gedankenlosen Zahnrädchen sind doch ideal dazu geeignet, um einen großen, komplexen Mechanismus in Gang zu halten. Die Piraten brauchen nicht bloß ein Schiff, nicht einmal nur eine ganze Schwadron. Die Schiffe müssen ausgerüstet, mit Proviant und Waffen versorgt, mit eigens ausgebildetem Personal besetzt werden.« Er ignorierte Lunzies Schaudern, als sie sich vorstellte, worin diese Ausbildung bestehen mochte. »Und das setzt ausgeprägte administrative Fähigkeiten voraus, nicht bloß privilegierte Informationen.«

Lunzie sah ihn nachdenklich an. Er klang so paranoid wie sie, mißtraute allem und jedem. »Das wird ja immer verwickelter und undurchschaubarer.« Ihre Aussprache litt unter dem Alkohol. »Ich weiß nicht, ob ich all dem gewachsen bin.«

Zebara lachte. »Ich glaube, Sie sind dem außergewöhnlich gut gewachsen, Doktor Mespil. Sie leben immer noch!«

»Und das seit hundertneuneinhalb Jahren!« O ja, der Weinbrand stieg ihr zu Kopf. »Aber ich lerne dazu. Ich lerne immer mehr. Ich bin außerordentlich lernbegierig.« Sie mahnte ihn mit ausgestrecktem Zeigefinger. »Ich lerne nach und nach, jede Person als Individuum zu betrachten, nicht als Vertreter seiner Subgruppe oder Spezies. Jeder oder jede ist ein Individuum für sich und kann nicht mit seiner ganzen Rasse über einen Kamm geschert werden. Ich glaube, mein Disziplin-Meister wäre jetzt sehr stolz auf mich. Ich habe die Lektion gelernt, die er mir mit aller Mühe eingebleut hat.« Sie trank den letzten Schluck sverulanischen Weinbrand und richtete den Blick auf sein teilnahmsloses Gesicht. »Wir sind also unterwegs nach Ambrosia, Captain. Was, glauben Sie, werden wir dort finden?«

»Wir werden vielleicht nur Zwergschlangen finden, die sich gegenseitig auf die Bäume jagen. Aber wir sind auf jede Überraschung gefaßt.« Der Captain stand auf und streckte einen Arm nach Lunzie aus, die Mühe hatte, sich aus dem tiefen Lehnstuhl hochzustemmen. »Schaffen Sie's allein zurück in Ihre Koje?«

»Captain Zebara, wir Mespils sind seit Jahrhunderten dafür bekannt, daß wir etwas vertragen können. Ein verdammt guter Weinbrand. Danke für den Drink, Captain, und daß Sie mir zugehört haben.«

dreizehntes kapitel

Das Spähschiff bremste auf Unterlichtgeschwindigkeit ab und tauchte am Rande eines scheibenförmigen Sonnensystems aus dem Warpraum. Lunzie hatte sich auf der Brücke an den vierten Sitz geschnallt und beobachtete die Sterne, die sich vor ihnen aus einem einzigen Punkt ausbreiteten, bis sie den ganzen Himmel ausfüllten. Nur ein einziger gelblich-weißer Stern blieb direkt vor dem Schiff hängen.

»Da ist er, Captain«, sagte Pilot Wendell mit tiefer Befriedigung. »Ambrosias Stern.«

Zebara nickte ernst und trug einige Notizen ins elektronische Logbuch ein. »Irgendwelche Energiespuren in unserer Reichweite?« fragte der Schwerweltler.

»Nein, Sir.«

»Ist Ambrosia selbst von dieser Position aus sichtbar?« fragte Lunzie neugierig.

»Nein, Doktor, ist sie nicht. Laut den Systemkoordinaten befindet sie sich gerade hinter der Sonne. Wir lassen uns unter die Ebene der Ekliptik fallen und steigen dann wieder auf. Es gibt einen Asteroidengürtel, den wir besser nicht durchfliegen sollten, solange es sich vermeiden läßt.«

»Warum bezeichnen Sie Ambrosia als ›sie‹?«

Wendell lächelte ihr über die Schulter zu. »Weil sie schön wie eine Göttin ist. Sie werden schon sehen.«

»Irgendwelche Spuren?« fragte Zebara wieder, als sie in einem Bogen durch die Ekliptik zu einer blauweißen Scheibe emporflogen.

»Nein, Sir«, wiederholte Wendell.

»Sobald wir in die Atmosphäre eintreten, sind wir verwundbar«, erinnerte Zebara ihn. »Unsere Sensoren liefern dann keine klaren Werte mehr. Die Piraten könnten sich das zunutze machen.«

»Sir, warum kehren wir ohne militärische Verstärkung zurück, wenn Sie mit einem Angriff der Piraten rechnen?« fragte Lunzie vorsichtig und hoffte, daß sie mit ihrer Frage nicht ganz daneben lag. »Dieses Spähschiff verfügt über keine Defensivbewaffnung.«

Zebara runzelte die Stirn. »Ich will nicht, daß uns jemand Ambrosia streitig macht. Es ist unsere Provinz«, sagte er und fuchtelte mit dem Arm durch die Luft. »Wenn wir nicht hier sind, um unseren Anspruch zu bekräftigen, dann wird jemand anderes – jemand, der nicht Jahre mit der Suche verbracht hat... Bei Krims«, sagte Zabara und schlug mit der Faust auf die Konsole. Er fuhr sich mit einer Hand über die Stirn und wischte imaginäre Schweißtröpfchen weg. »Eigentlich müßte ich mich über diese Reise freuen. Ich fürchte, ich wache zu eifersüchtig über unsere Entdeckung. Schauen Sie, Lunzie, das ist die Quelle all unserer Mühen und Schmerzen. Ambrosia.«

Die blauweiße Scheibe gewann beim Näherkommen schärfere Konturen. Lunzie hielt den Atem an. Ambrosia sah tatsächlich aus wie die Holos, die sie von der Erde gesehen hatte. Über die Oberfläche trieben Wasserdampfwolken. Lunzie konnte vier der sechs kleinen Kontinente als verschwommene grau-grüne Flekken inmitten der schillernden blauen Meere erkennen. Eine wild zerklüftete Eiskappe bedeckte den Südpol des Planeten. Ein kleiner, sich schnell bewegender Körper löste sich von der Wolkenschicht und verschwand hinter dem Rand des Planeten. Es war der kleinste Mond, einer von dreien. »Der große Satellit versteckt sich hinter dem Planeten«, erklärte Wendell. »Auf der Nachtseite ist heute Vollmond. Sehen Sie, da auf der linken Seite kommt der zweite kleine hervor.« Ein winziger Edelstein, der im Sternenlicht erstrahlte, lugte hinter Ambrosia hervor.

»Sie ist wirklich schön«, hauchte Lunzie und nahm den Anblick in sich auf.

»Bereit machen für die Umlaufbahn und den Abstieg«, befahl Zebara. »Wir gehen runter. Im Orbit ist ein so kleines Schiff ein leichtes Ziel. Auf dem Planeten haben wir Gelegenheit, noch einige Experimente durchzuführen, bis die Verstärkung eintrifft.«

»Jawohl, Sir.«

* * *

»Kurz nach Mittag lokaler Zeit«, hatte Wendell versichert, als er das Spähschiff auf einem niedrigen Plateau mit dichter, pelziger Vegetation aufsetzte. Die EEC-Vorschriften sahen vor, daß eine Bewertungsmannschaft auf einem Planeten, der zur Kolonisierung vorgesehen war, mindestens fünf potentielle Landeplätze lokalisierte. Die Planetenkarte verzeichnete nicht weniger als zehn, einer auf der Hauptinsel eines großen Archipels im Südmeer, eine auf jedem kleineren Kontinent und weitere auf den großen.

Als sich die Luke öffnete, hörte Lunzie das Trippeln und Rascheln kleiner Tiere, die vor dem lärmenden Eindringling flohen. Eine einladende Brise frischer, süßer Luft wehte herein. Mit eingeschalteten Hemmfeldgürteln suchten Dondara und Vir die Peripherie des Landeplatzes ab, damit sich keine einheimischen Lebensformen innerhalb des Schutzschildes befanden, wenn es eingeschaltet wurde. Sie gaben ihr Okay, und Pollili schaltete den Generator ein. Ein lautes, schrilles Summen schwoll an und fiel fast sofort wieder in einen fürs menschliche Ohr unhörbaren Frequenzbereich ab.

War der Anblick aus dem All schon bezaubernd gewesen, sah die Oberfläche von Ambrosia wie die Vision eines Künstlers vom perfekten Planeten aus. Die Luft war frisch und klar und trug einen Hauch exotischer Düfte heran. Die Farben reichten von lebhaften Grundfarben bis zu zarten Pastelltönen und wirkten sehr rein.

Lunzie trat aus dem Shuttle in den strahlenden Sonnenschein der Tagseite. Der Himmel war blaßblau und die Kumuluswolken von einem reinen, flauschigen Weiß. Von der Hügelkuppe aus bot sich dem Spähschiff ein atemberaubender Ausblick auf einen alten Laubwald. Die Baumspitzen waren in allen erdenklichen Grüntönen gefärbt, hier und da gesprenkelt mit dem hellen, rosaroten Blattwerk einer anderen Art. Am Rande des Plateaus wuchsen kleinere Schößlinge und klammerten sich in absurden Winkeln an die Felswände, als fürchteten sie den Absturz.

Zur Linken glitzerte ein eiförmiger See in der Sonne. Lunzie konnte so eben die silbrigen Bänder der beiden Flüsse erkennen, die ihn speisten. Einer wand sich den Hang des Hügels hinunter, auf dem sie gerade stand. Lunzie ruhte sich nah beim Schiff in der Sonne aus, während die anderen Besatzungsmitglieder sich ein Stück weiter auf dem Hang verteilten und Messungen vornahmen. Unter ihren Füßen wuchs ein blaugrünes, grasartiges Gewächs, dessen Stengel einen kreisrunden Querschnitt hatten.

»Mehr Schilf als Gras, aber es ist hier die vorherrschende Oberflächenpflanze«, erklärte Elessa. »Es wächst praktischerweise nicht höher als fünfzehn Zentimeter. Wir müssen uns keinen Weg durch Dickichte von dem Zeug bahnen, anders als auf anderen Planeten, die ich nennen könnte. Sie müssen es zur Seite drücken, um darauf sitzen zu können, sonst piekst es Ihnen Löcher in den Hintern. Sehen Sie diesen Baum dort mit den rosafarbenen Blättern? Seine Früchte sind eßbar, richtig saftig sogar, aber essen Sie nur die, deren Schale sich schon ganz braun gefärbt hat. Wir haben diesen Hinweis von den heimischen Flugwesen, die in Scharen darauf warten, daß die Früchte reif werden. Die unreifen verursachen üble Bauchschmerzen. Oh, sehen Sie. Von dieser Blume habe ich noch kein Exemplar.« Sorgfältig riß sie mit einem gegabelten Werkzeug eine winzige, sternförmige Blume zwischen den Graspflanzen aus und ließ sie in ein Plastikgefäß fallen. »Sie haben eine einzige tiefe Pfahlwurzel statt einem Knäuel kleiner Wurzeln, deshalb sind sie leicht zu ernten. Es ist der steife Stengel, der sie wie die Graspflanzen aufrecht hält. Man könnte diesen ganzen Hügel mit einer Pinzette roden.«

Plötzlich fiel ein ovaler Schatten auf Lunzie und die Botanikerin, die auf dem Boden knieten.

»Sie sollten sich nicht nur diese eine Wiese anschauen, Doktor«, schimpfte Dondara über ihren Köpfen und verließ mit einem Zweimann-Schweber das Heck des Schiffs. »Sie genießen ein seltenes Privileg. Bisher hat noch kein Dutzend intelligenter Lebensformen diese Landschaft gesehen. Kommen Sie.« Er winkte sie zu sich in den Schweber. »Ich muß einige Messungen vornehmen.«

Lunzie mußte sich erst an ihr beim Wein abgegebenes Versprechen erinnern, daß sie Individuen jeder Subgruppe Vertrauen entgegenbringen wollte, bevor sie aufstand und hinter ihm einstieg. Elessa blickte auf, als sie an ihr vorbeiging, und schien etwas sagen zu wollen, überlegte es sich aber anders. Lunzie sah die Botanikerin fragend an, aber das Mädchen warf ihr einen Blick zu, als sei sie unschlüssig, was sie ihr anvertrauen könne. Während des langen Fluges hierhier hatte Lunzie der Botanikern ihr Mißtrauen gestanden, und Elessa verstärkte nur den Eindruck, daß Zebara und seine Spähschiff-Mannschaft eine Klasse für sich waren.

Lunzie staunte, als sie mit Dondara das Kraftfeld durchquerte und über die Wiese hinausflog. In weniger als einem Kilometer Abstand von dem grasbewachsenen Landeplatz änderte sich die Landschaft dramatisch. Hinter dem knotigen Hügel, der von der anderen Seite an den See grenzte, sah es ganz anders aus. Der Pflanzenwuchs war sehr viel spärlicher, dünnte sich von einem üppigen Wald zu einem schwachen Bewuchs von Moorpflanzen aus. Wasser strömte über verwitterte, mit rotbraunem Eisenoxid befleckte Felstafeln und sammelte sich in Teichen, in denen es von Leben wimmelte. Pyritbrocken im Fels glitzerten in der Mittagssonne. In den flachen Teichen unweit einer breiten Stromschnelle, die um mächtige Felsen rauschte und schäumte, bekam Lunzie gelegentlich ein paar Wassertiere zu sehen. In der Ferne bedeckten weitere Wälder die Flanken rauher, nackter Berggipfel.

»Ein ziemlicher Unterschied. Das hier könnte eine andere Welt sein«, bemerkte Lunzie heiter und rutschte für eine bessere Sicht auf ihrem Sitz herum.

Dondara aktivierte seinen Hemmfeldgürtel und bedeutete ihr, dasselbe zu tun, als er den Schweber aufsetzte.

»Wir befinden uns auf einer anderen Kontinentalplatte als am Landeplatz«, erklärte Dondara und watete durch einen Teich.

Lunzie ging um den Teich herum. Dondara zeigte auf einige geologische Merkmale, die seine Theorie stützten, darunter ein zutageliegendes Stück Sedimentgestein, das grau gefärbt war, mit einem rostroten Stich, und damit in starkem Gegensatz zum funkelnden Granit der Hügellandschaften dieses Kontinents stand.

Mit überraschender Höflichkeit half Dondara ihr auf eine ausgewaschene, mit kleinen Teichen übersäte Felsplatte hinauf.

»Diese Landschaft hing früher mit einer Landmasse auf der anderen Seite des Ozeans nordöstlich von hier zusammen. Beide Teile haben sich im Laufe von einigen Millionen Jahren von einem gemeinsamen Ausbreitungszentrum entfernt. Diese Platte ist zerbrechlicher. Aber sie hat eigene interessante Lebensformen hervorgebracht. Kommen Sie her.« Er winkte sie zu einem röhrenförmigen Hohlraum im Fels.

Lunzie spähte in das Loch. Es war so glatt, als sei es von einem Laser gebohrt worden. »Was ist da unten drin?«

»Eine sehr scheue Art von Warmwasser-Krebstier. Es wagt sich nur hervor, wenn der Himmel bedeckt ist. Wenn Sie sich über das Loch beugen, glaubt es, es stünden Wolken am Himmel.« Lunzie beugte sich neugierig vor. »Passen Sie genau auf und haben Sie Geduld.«

Dondara trat zurück und setzte sich ein Stück weiter auf eine trockene Felstafel. »Sie müssen Ihren Hemmfeldgürtel ausschalten, sonst kommt es nicht raus. Die Schwingungen stören es.«

Sobald sie den Gürtel ausgeschaltet hatte, bewegte sich tief in dem Loch etwas. Lunzie kniete nieder, so daß ihr Schatten über das Loch fiel. Sie hörte ein leises Klappern, das an ein fernes Klirren von Porzellan erinnerte. Plötzlich wurde sie von einer kleinen Fontäne warmen Wassers im Gesicht getroffen. Lunzie sprang auf und spuckte aus. Das Wasser tropfte ihr von der Jacke.

»Was, zum Teufel, war das?« fragte sie und wischte sich das Gesicht ab.

Dondara lachte so laut, daß es von den Felsen widerhallte. Er rollte auf der Felszunge hin und her und klopfte mit einer Hand ausgelassen auf den Stein.

»Nur eine scheue ambrosianische Steinkrabbe!« amüsierte er sich. »Das machen sie immer so, wenn jemand ihren Unterschlupf versperrt. Ambrosia hat Sie getauft! Sie sind jetzt eine von uns, Lunzie!«

Nachdem sie sich von dem Schreck erholt hatte, begriff Lunzie, daß sie auf einen der ältesten Witze hereingefallen war. Sie stimmte in Dondaras Lachen ein.

»Wie viele Leute haben Sie noch mit Ihrem ›scheuen Krebstier‹ reingelegt?« fragte sie neugierig.

Der Schwerweltler freute sich. »Alle außer Zebara. Er hat Lunte gerochen und sich geweigert, nah genug ranzugehen.« Dondara grinste. »Sie sind mir nicht böse?«

»Warum? Aber Sie können sicher sein, daß ich mich nicht noch einmal reinlegen lasse. Weder hier auf Ambrosia noch sonstwo«, versprach Lunzie. Aber sie war außerordentlich froh darüber, daß sich jemand einen Scherz mit ihr erlaubt hatte. Sie hatte einen subtilen Test bestanden. Außerdem war sie triefnaß und die Luft für ein schwaches Leichtgewicht wie sie ziemlich kühl. Sie streifte sich einen Teil der Feuchtigkeit von Hemd und Händen ab.

»Sie haben eine Menge abbekommen. Sie müssen den alten Knaben ziemlich geärgert haben. Wenn ich ein sensibles Leichtgewicht wie Sie damit nicht beleidige, würde ich vorschlagen, daß Sie ins Spähschiff zurückfliegen. Nehmen Sie den Schweber.« Sie gewann den Eindruck, daß eine solche Fürsorge von Zebaras Mannschaftsmitgliedern einfach erwartet wurde. »Ich muß noch einige Temperaturmessungen in den heißen Quellen flußaufwärts vornehmen. Die Anstrengung wird mir gut tun. Ich habe mein Komgerät bei mir.« Mit einem freundlichen Wink watete der große Humanoide den Fluß hinauf.

Lunzie aktivierte die Energiezellen des Schwebers, um den Hügel hinauf zum Schiff zurückzufliegen. Erst unterwegs dämmerte ihr die ganze Bedeutung dieses kleinen Scherzes. Dondara hatte sie ›getauft‹, was er wahrscheinlich mit jedem anderen an Bord des Spähschiffs auch getan hatte – und er hatte seinen Spaß daran gehabt. Sie hatte keinen Anstoß daran genommen und nicht um Schonung gebeten. Aber er war rücksichtsvoll gewesen, ohne gönnerhaft zu wirken, und hatte gewisse Probleme von Leichtgewichten beachtet, die für Schwerweltler selten ein Thema waren – zum Beispiel die Neigung, sich leicht zu erkälten.

»Werden solche kleinen Wunder nie aufhören?« fragte sie sich und schüttelte ihr langsam trocknendes Haar.

»Was ist denn mit Ihnen passiert?« fragte Vir, als sie in Sicht kam.

»Dondara hat mich auf ambrosianische Art getauft«, rief Lunzie und zog mit der unverletzten Hand an ihrer feuchten Jacke.

Als sie Elessa erreichte, sah sie die Botanikerin grinsen. »Sie haben gewußt, was er vorhatte.«

»Es tut mir leid.« Das Mädchen lachte. »Ich wollte Sie aufhalten. Er macht immer so üble Scherze. Als Wiedergutmachung habe ich Ihnen eine Zwergschlange gefangen, die Sie untersuchen können. Ist sie nicht niedlich? Und so freundlich.« Sie hielt ein kleines, schwarzes Fellknäuel hoch.

»Bleiben Sie für mich dran«, rief Lunzie.

Sie landete den Schweber neben dem Spähschiff. Elessa kam ihr auf halbem Wege entgegen und wickelte ihr das Tier um die Hand.

»Zwergschlangen gehören zu den häufigsten Lebensformen auf Ambrosia«, erklärte die Botanikerin. »Und seltsamerweise sind sie Allesfresser. Eigentlich fallen sie in Bringans Fachgebiet, aber sie mögen das Gefühl, daß sie unwiderstehlich sind.«

Die Zwergschlange hatte ein kleines, rundes Gesicht, eine runde Nase und runde Ohren, die aus dem glatten, schwarzen Fell herausragten. Sie hatte keine

Gliedmaßen, aber es war zu erkennen, an welcher Stelle der dickere Körper in den schlankeren Schwanz überging. Plötzlich öffneten sich zwei helle grüne Augen mit runden schwarzen Pupillen und sahen Lunzie ausdruckslos an. Die Schlange öffnete das Maul, zeigte zwei Reihen nadelspitzer Zähne und gab ein hauchendes Zischen von sich.

»Sie mag Sie«, erklärte Elessa eine Reaktion, die Lunzie mißverstanden hatte. »Streicheln Sie sie. Sie wird Sie nicht beißen.«

Die Schlange genoß offenbar die Berührung und zog sich zu verschlungenen Knoten zusammen, als Lunzie ihren Körper streichelte. Sie grinste die Botanikerin an.

»Sie sind lieb, nicht wahr? Gute Botschafter für einen florierenden Touristenhandel auf Ambrosia.«

Während Lunzie sich mit der Zwergschlange anfreundete, frischte eine leichte Brise auf. Spontan entschied Lunzie, daß sie eine wärmere Jacke über ihrem verletzten Arm brauchte. Obwohl Bringan die Knochen bereits geschient hatte, mußte das umliegende Gewebe erst noch abschwellen. Lunzie spürte, daß sie eine Gänsehaut bekam.

»Entschuldigen Sie mich bitte«, sagte sie zu der Botanikerin.

Sie zwängte sich an Zebara vorbei, der in der offenen Luke des Spähschiffs balancierte. Er begrüßte Lunzie und nahm ihre nassen Haare und Kleidung mit einem Stirnrunzeln zur Kenntnis.

»Dandara hat ihnen das Biest gezeigt, was?«

»Nach der Menge an Taufwasser zu urteilen, ein ziemlich altes Biest.« Sie grinste den Schwerweltler an.

»Haben Sie die Flotte noch nicht erreicht, Flor?« fragte der Captain und wandte sich der halbrunden Pilotenkanzel zu. Die Kommunikationsstation beanspruchte ein weiteres, zwischen Telemetriestation und Korridor dem Heck zugewandtes Segment des Kreises.

»Jawohl, Sir«, rief die Kommunikationstechnikerin. »Die Sonde überträgt mir gerade eine Nachricht. Man bestätigt Ihre Anfrage und hat die *Zaid-Dayan* entsandt.«

»Wie? Diese Bezeichnung kenne ich noch nicht«, knurrte Zebara. Lunzie bemerkte einen mißtrauischen Unterton in seiner Stimme.

»Freuen Sie sich, Sir. Ein brandneues Schiff auf dem Jungfernflug«, erklärte Flor. »Ein schwerer Kreuzer vom Typ ZD-43, wie es in der Registrierung heißt, ausgestattet mit zahlreichen neuen Aggregaten und Waffen.«

»Was? Ich will doch keinem zusammengewürfelten Haufen von unerfahrenen Leichtgewichten die Windeln wechseln!« Zebara seufzte, ging in die Kommunikationskabine und sah Flor über die Schulter.

Lunzie schlüpfte hinter ihm hinein. »Zeigt die Telemetrie nicht schon etwas an?« fragte sie, als sie das Echozeichen auf dem Bildschirm bemerkte.

»Ist das schon die ZD-43? Moment mal, da kommt ein Echo. Ich sehe zwei Echozeichen.« Zebara schob sie mit einer riesigen Hand zur Seite und setzte sich in den Stuhl des Telemetrieoffiziers. »Oh-oh! Pollili!« brüllte er. Seine Stimme hallte über den Hügel hinaus. Die blonde Frau mit dem breiten Gesicht erschien auf der Hügelkuppe und lief auf das Shuttle zu. »Sagen Sie mir, was das ist«, befahl er. »Könnte es irgendein FES-Schiff sein? Ein neuer Kreuzer?«

Pollili setzte sich neben Flor, als ihr Captain Platz machte. Sie warf einen Blick auf die Instrumente und führte eine Computeranalyse durch. »Auf keinen Fall. Es ist kein FES-Schiff. Es hat einen ungleichmäßigen Triebwerksausstoß, der außerdem zu stark für seine Größe ist. Ich würde sagen, es ist ein Eindringling.«

»Ein Pirat?« fragte Lunzie unwillkürlich.

»Zwei, um genau zu sein.« Zebara zog ein grimmiges Gesicht. »Sie müssen sich im Asteroidengürtel versteckt oder sich vor uns hinter die Sonne zurückgezogen haben. Wann können sie in die Umlaufbahn eintreten?«

»In einer Stunde etwa. Ich empfange auch Emissionen großer Strahlenwaffen«, sagte Pollili und deutete auf eine Anzeige auf ihrem Bildschirm. »Eine verliert soviel an Energie, daß sie ebenso eine Gefahr für das Schiff ist, das sie mit sich führt, wie für uns.«

»Werden sie landen?« fragte Lunzie beunruhigt.

»Ich bezweifle es«, erwiderte Zebara. »Wenn wir sie sehen können, dann können sie uns auch sehen. Sie wissen, daß hier unten jemand ist, aber sie wissen nicht wer oder was.«

»Verzeihen Sie mir, wenn ich auf ein kleines Problem hinweisen muß, Sir«, sagte Flor in einem bemerkenswert gleichmütigen, fast scherzhaften Ton. »Aber sie können uns aus dem Weltraum erledigen. Die ZD-43 liegt mindestens drei Tage hinter uns«, fügte sie hinzu, und ihre gesunde Gesichtsfarbe begann zu verblassen. »Wenn sie merken, daß wir hier allein sind, werden sie uns umbringen. Können wir nichts tun?«

Zebara lächelte und bleckte die Zähne.

Was hatte Bringan gesagt? – Wenn er grinste wie ein Hai, mußte man auf der Hut sein.

»Wir werden bluffen. Flor, schicken Sie noch eine Nachricht an die *Zaid-Dayan*. Melden Sie, daß Ambrosia von zwei Piratenschiffen umkreist wird. Sagen Sie, die *Zaid* soll alle Abkürzungen nehmen, die sie nehmen kann. Verlangen Sie Mehrfachsprünge. Wenn die *Zaid* sich nicht beeilt, wird von uns nur noch ein verkohlter Krater in der Landschaft übrig sein. Wir werden alles tun, um das Unvermeidliche so lang wie möglich aufzuschieben.«

»Und wie wollen wir das anstellen?« fragte Lunzie und wünschte, sie wäre so zuversichtlich wie Zebara.

»Wir müssen uns eben etwas einfallen lassen, Doktor. Flor, haben Sie es gesendet? Gut. Und jetzt rufen Sie über den Sammelkanal die Mannschaft zu einer Konferenz zusammen.«

* * *

»Ich möchte, daß ihr euch alle konstruktive Gedanken darüber macht, wie wir die Piraten vom Planeten fernhalten können«, begann Zebara, als sich die Mannschaft in der Messe versammelt hatte.

»Könnten diese Echozeichen vielleicht eine andere Ursache haben?« fragte Bringan, nachdem er sich geräuspert hatte.

Zebara lachte auf. »Diese Schiffe haben auf keine Grußbotschaft geantwortet, und ihr Profil entspricht keinen bekannten Schiffen in unseren Datenbanken. Und was sie ausstrahlen, deutet nicht gerade auf gut nachbarschaftliche Absichten hin. Denkt nach, Freunde. Strengt euren Kopf an. Wie halten wir sie hin?«

»Keine Black Box, was?« fragte Vir, ein dünner Mensch mit glattem schwarzen Haar und einem trübsinnigen Gesicht.

Flor schüttelte den Kopf. »Sie müßte schon seit langer Zeit abgeklemmt sein.« Ohne das Black-Box-Interface zwischen Steuersystemen und Triebwerken, das automatisch Identifikationssignale sendete, würde kein legitimes Schiff in den Weltraum aufbrechen. Wenn man es abklemmte, setzte man damit zugleich den Antrieb außer Funktion. Es war bekannt, daß skrupellose Techniker herausgefunden hatten, wie man diese Komponenten umgehen konnte, aber ein solches Schiff würde niemals in einem FES-lizensierten Raumhafen andokken dürfen.

Zebara schlug sich mit der Faust in die Hand. »Redet nicht um den heißen Brei herum. Denkt nach. Wir müssen die Piraten lang genug aufhalten, damit die *Zaid-Dayan* den Orbit vom Ambrosia erreichen kann.«

Eine Zeitlang sagte niemand etwas. In der angespannten Atmosphäre der Offiziersmesse wurden nicht einmal Blicke gewechselt.

»Was ist, wenn wir abheben? Könnten wir ihnen nicht entkommen?« wandte Vir sich an Wendell, den Piloten.

»Keine Chance«, sagte Wendell traurig. »Unsere Motoren bringen nicht genug Leistung, um uns für einen Warpsprung weit genug hinauszukatapultieren. Sie würden uns unterwegs erwischen.«

»Also hängen wir auf diesem Planeten fest, während die Jäger uns ins Visier nehmen«, knurrte Dondara und fuhr sich mit beiden Händen durchs staubige Haar. Er hatte die Strecke von den Teichen bis zum Schiff in dreißig Minuten zurückgelegt, nachdem er Flors Notruf erhalten hatte. Lunzie bewunderte die Kondition des Schwerweltlers außerordentlich.

Scarran räusperte sich. Mit seinen ständig geröteten Augen wirkte er abwechselnd cholerisch oder schläfrig, dabei hatte er von Natur aus ein sanftes Wesen.

»Wie wär's mit einer gefährlichen Krankheit? Wir sind alle tot oder sterben gerade daran«, schlug er mit wenig überzeugender Stimme vor. »Eine äußerst ansteckende Krankheit, für die wir kein Gegenmittel finden.«

»Nein, das würde nicht funktionieren«, spottete Pollili und zog die Brauen zusammen. »Selbst wenn sie einer Spezies angehören, die uns ähnlich genug ist, um sich anzustecken, würden sie eher unser Schiff in die Luft jagen, um den Erreger auszurotten, und danach landen, wo es ihnen paßt.«

»Wie wär's mit einer Naturkatastrophe?« fragte Elessa. Flor und Scarran nickten. »Instabile Tektonik? Ein Erdbeben! Ein Vulkan, der in Kürze ausbrechen wird? Die Piraten haben einen Teil ihrer Sensorenkapazität für eine stärkere Bewaffnung geopfert.«

»Möglich«, sagte Pollili gedehnt. »Aber selbst die einfachsten Telemetriesysteme warnen einen, wenn man auf einem unsicheren Untergrund landen will. Und aktive Vulkane zeigen sich im Infrarot als heiße Flecken.«

»Wie wär's mit einer feindlichen Lebensform?« fragte Lunzie und wurde von den anderen niedergebrüllt.

»Was denn, angriffslustige Frettchen?« Elessa hob die Zwergschlange mit dem schwarzen Fell hoch, die sich um ihr Handgelenk wand und mit einem hauchenden Gurren zu verstehen gab, wie wohl sie sich fühlte. »Wenn die Piraten es auf Ambrosia abgesehen haben, obwohl die FES die Existenz des Planeten noch kaum zur Kenntnis genommen hat, dann wissen sie schon, was hier unten kreucht und fleucht – außer uns. Tut mir leid, Leute.«

»Moment mal«, sagte Bringan und hob die Hand. »Lunzie hat einen vernünftigen Vorschlag gemacht, der eine Diskussion verdient. Lunzie…«

»Ich hatte ein freies Bakterium im Sinn, das in unsere Atemorgane eindringt und sie mit Schleim verstopft«, warb Lunzie für ihre Idee. »Fünf unserer Offiziere sind bereits ausgefallen. Nichts, nicht einmal Atemmasken, scheinen es ausfiltern zu können. Ich fürchte, daß es nur eine Frage der Zeit ist, bis die Männer an Sauerstoffmangel sterben. Der Organismus wurde in unseren ersten Berichten nicht erwähnt, weil er während der Wintermonate inaktiv ist. Wenn sich das Klima in den Sommermonaten aufwärmt, vermehrt sich der Erreger wie verrückt. Wir sind alle infiziert. Ich habe gerade entdeckt, daß er ins Belüftungssystem eingedrungen ist und sich in den Filtern festgesetzt hat. Ich bezweifle, ob wir mit einer verseuchten Luftwiederaufbereitungsanlage je wieder starten können. Ich stelle Ambrosia für unbegrenzte Zeit unter Quarantäne. Für einen Mediziner ist es die einzige moralisch vertretbare Maßnahme. Ich bin als Expertin sogar der Ansicht, daß die *ARCT-10* in echter Gefahr schwebt, weil Zebara und Wendell an Bord waren, um der Administration Bericht zu erstatten. Ihre Lungen waren bereits kontaminiert, und die Luft, die sie ausgeatmet haben, zirkuliert jetzt im Belüftungssystem der *ARCT-10*. Lungen sind immer warm – zumindest solange der Wirt noch nicht gestorben ist.«

»Was? Wovon reden Sie?« fragte Vir und wurde blaß.

»Was ist dieses Bakterium?« wollte Elessa wissen. »Ich habe hier nie eines beobachtet, und ich habe alle Proben präpariert!«

»Er heißt *Pseudococcus pneumonosis*.« Lunzie lächelte verschmitzt. Sie freute sich über die erstaunlichen Reaktionen auf ihre kleine Lügengeschichte. »Verstehen Sie, ich habe ihn gerade entdeckt. Ein hübscher, inexistenter, aber äußerst ansteckender Erreger, der unvermeidlich zu einem schmerzhaften Tod führt. Vielleicht können wir die Piraten auf diese Weise hinhalten. Zumindest werden sie eine Weile zögern, wenn wir überzeugend genug sind.« Dann lachte sie. »Wenn wir aus dieser Sache lebend herauskommen, fragen wir besser bei der alten *ARCT* nach, ob jemand ins Behandlungszimmer gekrochen ist und gegen eine schwere Lungenkrankheit behandelt werden muß.«

Zebara und Bringan lachten, und als der Rest der Mannschaft merkte, daß sie nur eine Lüge ausgesponnen hatte, erhielt Lunzie allgemeinen Applaus. Das Lachen löste die Spannung und verlieh neue Hoffnung.

»Das könnte tatsächlich funktionieren«, sagte Bringan, nachdem er für einige Sekunden angestrengt nachgedacht hatte. Er gönnte Lunzie ein warmes Lächeln. »Aber könnte es nicht sein, daß die Piraten das medizinische Kauderwelsch gar nicht verstehen?«

Lunzie zuckte die Achseln. »Wenn ich euch für ein paar Minuten an der Nase herumführen kann, dann auch die Piraten. Bringan ist ja nur ein Xeno-Mediziner. Er hat die Krankheit als ein Urlaubsfieber diagnostiziert: er glaubte, das Personal habe sich nur krank gemeldet, um faul in der Sonne liegen zu können. Doch nachdem wir mit mir, einer auf Menschen spezialisierten Ärztin, hier eingetroffen waren, dämmerte mir der Verdacht, daß ein ernstes medizinisches Problem vorlag. Aber da war es bereits zu spät, um das Bakterium zu bekämpfen. Es hatte sich bereits zu sehr ausgebreitet. Und nach allem, was ich weiß, ist es auch auf der *ARCT-10* freigesetzt worden.

Es tut mir zwar leid, Leute, aber ich werde eine Behauptung aufstellen müssen, die euch sicher nicht gefällt: Schwerweltler sind von der Krankheit am schwersten betroffen.« Sie mußte sich gegen heftige Proteste verteidigen, bis Zebara lautstark um Ruhe bat.

»Sie hat einen triftigen Grund, auf uns anzuspielen.«

»Ich sagte schon, es tut mir leid, Schwerweltler. Ich will euch nicht verunglimpfen, aber es ist eine Tatsache, daß die Piraterie viele Schwerweltler angezogen hat. Hört zu, ich will keinen Streit vom Zaum brechen…«

»Und ich werde ihn gleich wieder beenden«, sagte Zebara und zeigte seine Haifischzähne. Das Gemurmel verstummte augenblicklich. »Was Lunzie sagt, klingt vernünftig. Wir werden in den sauren Apfel beißen.«

»Woher wissen Sie soviel über die Planetenpiraten?« wollte Dandara wissen. Er hatte die Augen mißtrauisch zusammengekniffen.

»Ich habe mich nicht darum gerissen, so viel über sie zu erfahren. Tut mir leid.«

»Ich verzeihe Ihnen, wenn es funktioniert«, sagte Dondara, lächelte sie aber schief an.

»Ich glaube, sie hat die beste Idee gehabt«, sagte der Xenobiologe anerkennend. »Es sei denn, jemand hat sich inzwischen noch etwas Besseres einfallen lassen. Wer überbringt den Piraten die verhängnisvolle Nachricht?« Er sah Zebara an.

»Ich würde sagen, ich mache es«, erwiderte Zebara. »Damit will ich Lunzies schauspielerische Fähigkeiten nicht in Frage stellen, aber der Bericht eines Schwerweltlers wird den Piraten glaubhafter erscheinen als alles, was ein Leichtgewicht sagen könnte.«

»Mir sind solche Finten zuwider.« Mit zornigem Gesichtsausdruck sprang Dondara auf die Füße. »Müssen wir wirklich alle ehrbaren Schwerweltler beleidigen, die die Praxis der Piraterie verabscheuen?«

Mit traurigem Gesicht sah Zebara den Geologen an und schüttelte den Kopf. »Don, wir wissen beide, daß einige von Diplos Kindern in den Dienst skrupelloser Verbrecher getreten sind, damit die Bevölkerungen unserer Heimatwelten schneller anwachsen können.« Dondara wollte protestieren, aber Zebara schnitt ihm das Wort ab. »Das reicht! Solche Schwächlinge machen uns allen Schande, und die anständigen Schwerweltler sind ebenfalls mit diesem Makel behaftet, bis die wahren Schuldigen gefunden werden. Ich will an dieser Enthüllung beteiligt sein. Und diese List in ein Schritt in die richtige Richtung.« Er wandte sich Lunzie zu. »Sagen Sie mir, wie sie's machen wollen, Doktor.«

Der Plan durchlief, wie es bei Plänen so üblich ist, beträchtliche Korrekturen, bis man sich endlich auf ein glaubhaftes Vorgehen einigte. Mit Hilfe eines Gewebesynthesizers und Flors umfangreichen historischen Datenbanken wurde Zebara als ein Attaché von Diplo hergerichtet, der Heimatwelt der Schwerweltler. An eine einfache blaue Uniformjacke brachte Flor silberne

Schulterbände und einen steifen, aufrechten Kragen aus Silber an, den eine Kette zwischen zwei Knopflöchern zusammenhielt. Während Zebara angezogen wurde, studierte Lunzie mit ihm die Einzelheiten ein.

In der Zwischenzeit werkelten Flor und Wendell an der Black Box des Spähschiffs herum und versuchten das Identifikationssignal zu maskieren, abzuschirmen, elektronisch zu modifizieren oder zu stören. Keiner von beiden wagte es, in die Black Box selbst einzugreifen, was zu weiteren Problemen geführt hätte.

Mit einem prothetischen Kitt formte Bringan eine neue Nase für Zebara und verbreiterte seine Wangenknochen, um ihn einem typischen Schwerweltler ähnlicher zu machen. Lunzie staunte über das Ergebnis. Er sah jetzt genauso wie einer der dumpfen Kolosse aus, die Lunzie von der Bergbauplattform kannte.

»Zebara, sie sind in eine stationäre Umlaufbahn eingetreten«, rief Flor. »Das führende Schiff ist in sechs Minuten direkt über uns.«

Nachdem er sein Kostüm noch einmal zurechtgerückt hatte, stolzierte der Captain in die Kommunikationskabine und setzte sich vor die Kamera. Lunzie setzte sich außer Sichtweite neben Flor und sah zu, wie den beiden fremden Schiffen eine Grußbotschaft gesendet wurde.

»Warnung an die Schiffe im Orbit«, sagte Zebara mit einer kratzigen, monotonen Stimme. »Hier spricht Arabesk, Attaché Seiner Exzellenz Lutpostig dem Dritten, dem Gouverneur von Diplo. Dieser Planet ist auf Befehl Seiner Exzellenz für gefährlich erklärt worden. Die Landung ist verboten. Identifizieren Sie sich.«

Auf dem Bildschirm vor ihnen sahen Lunzie und Flor ein Muster, das allmählich konkrete Formen annahm. Es war kein Gesicht, eher eine abstrakte, computergenerierte Graphik.

»Sie können uns also sehen, wir aber sie nicht«,

brummte Flor. »Das gefällt mir nicht«, fügte die Kommunikationsoffizierin verdrießlich hinzu.

Aus den Lautsprechern drang eine elektronisch verfremdete Stimme. Lunzie versuchte zu erraten, welcher Spezies der Sprecher angehörte, aber er sprach einen sehr klaren Basisdialekt ohne verräterische Eigenarten. Wahrscheinlich computergeneriert, so wie die Graphik, vermutete sie.

»Wir wissen von keinem Bann über diesen Planeten. Wir werden entsprechend unseren Befehlen landen.«

Zebara gab ein rauhes Husten von sich, wobei er nur halb mit der Hand den Mund bedeckte. »Die Mannschaft dieses Schiffs hat sich mit Bakterien angesteckt, die auf dem Luftwege übertragen werden. *Pseudococcus pneumonosis*. Diese Lebensform wurde in den ursprünglichen Landeberichten nicht, ich wiederhole: *nicht* erwähnt.«

»Lassen Sie sich etwas Besseres einfallen, Attaché. Dieser Bericht ist im Umlauf gewesen.«

Beim nächsten Mal hustete Zebara so ausgiebig, als wollte er sich die Lunge aus dem Leib keuchen. Lunzie war beeindruckt.

»Natürlich, aber Sie sollten auch wissen, daß er während der Kältezeit auf diesem Planeten abgefaßt wurde. Als das Wetter wärmer wurde, ist das Bakterium aktiv geworden, hat sich explosionsartig vermehrt und ist in jeden Bereich unseres Schiffs eingedrungen.« Um es zu unterstreichen, gab er ein brachiales Keuchen von sich.

Die Stimme klang etwas weniger mißtrauisch. »Ist für Ihren Zustand dieses Sommerbakterium verantwortlich?«

»Es befällt die Bronchien und ruft einen Zustand hervor, der mit einer Lungenentzündung vergleichbar ist. Das erste Symptom ist ein hartnäckiger Husten.« Zebara demonstrierte es mit einem dramatischen Würgen.

»Dieser Zustand hat qualvolle Erstickungsanfälle zur Folge, die zum Tode führen. Fünf meiner Mannschaftsmitglieder sind bereits gestorben.

Wir Schwerweltler scheinen wegen unseres erhöhten Lungenvolumens besonders anfällig zu sein«, fuhr Zebara fort und ließ eine Spur Panik seine Stimme färben. »Anfangs haben wir versucht, das Bakterium mit Atemmasken auszufiltern, aber es ist kleiner als ein Virus. Es läßt sich nicht fernhalten. Es gedeiht überall, wo es warm ist. Es hat sich im Belüftungssystem vermehrt, und die Filter sind so verdreckt, daß wir sie, fürchte ich, nicht ausreichend reinigen können, um wieder zu starten. Und das, obwohl die Kälte die Aktivität der Bakterium dämpfen und sie abtöten würde. Sie überleben sogar in der Lunge eines Toten, bis der Körper kalt ist.«

Die wirbelnden Farbmuster auf dem Bildschirm wurden von einem Murmeln begleitet, bis die Audioverbindung ganz abbrach.

»Zebara«, meldete sich Pollili über den Privatkanal. »Ich habe jetzt Meßwerte ihrer Schiffe vorliegen. Sie sind sehr groß. Eines ist ein voll beladener Frachtlogger, der etwa fünfhundert Tiefschläfer an Bord hat. Das kleinere Schiff ist dasjenige, das Energie verliert. Ein Begleitschiff, das über genug Feuerkraft verfügt, um diesen Planeten in Stücke zu schießen.«

»Können Sie die Lebensformen identifizieren?« fragte Lunzie.

»Negativ. Sie sind abgeschirmt. Ich empfange Wärmespuren von etwa hundert Körpern, aber meine Instrumente sind nicht empfindlich genug, um außer der Wärmeabstrahlung auch noch den Typ zu identifizieren.« Pollilis Stimme verstummte, als sich der Pirat wieder meldete.

»Wir werden diese Information berücksichtigen.«

»Ich warne Sie im Namen von Diplo«, beharrte Zebara, »nicht auf diesem Planeten zu landen. Das Bakterium kommt in der ganzen Atmosphäre vor. Landen Sie nicht.«

Zebara ließ sich in den gepolsterten Stuhl zurückfallen und wischte sich die Stirn ab. Flor unterbrach eilig die Verbindung.

»Bravo! Gut gemacht«, gratulierte Lunzie und reichte ihm ein Stärkungsmittel.

Der Rest der Mannschaft drängte sich in die Kommunikationsstation.

»Was werden sie machen?« fragte Vir nervös.

»Was er sagte. Sie werden die Information berücksichtigen.« Zebara trank einen kräftigen Schluck von dem Stärkungsmittel. »Eines ist sicher. Verschwinden werden sie wohl nicht.«

»Zuerst werden sie in ihren Datenbanken nachsehen, ob das Bakterium irgendwo erwähnt wird.« Bringan zählte mit den Fingern ab, was alles geschehen würde. »Das allein dürfte sie schon gegen die Leute aufbringen, die ihnen die Information verkauft und ein potentiell lebensgefährliches Bakterium zu erwähnen vergessen haben. Zweitens werden sie versuchen, eine Bakterienprobe zu bekommen. Ich glaube, wir werden eine unbemannte Sonde beobachten können, die den Luftraum durchkämmt und nach Proben sucht.«

»Drittens könnten sie eine Mannschaft aus Freiwilligen herunterschicken, die die Auswirkung auf lebende Wesen testet«, sagte Elessa trübe.

»Das ist durchaus möglich«, sagte Flor. »Ich werde einfach das Warnsignal auf ihrer Frequenz immer wieder automatisch wiederholen lassen. Vielleicht wird sie das ein klein wenig nervös machen.«

Ihre Finger flogen über die Konsole, und zuletzt drückte sie einen Knopf in der linken oberen Ecke. »Das wär's. Es wird ziemlich laut sein.«

Lunzie grinste. Sie war von Minute zu Minute mehr

beeindruckt von der Phantasie und dem Einfallsreichtum dieser EEC-Mannschaft. »Ich kann mir nicht vorstellen, daß die ›Freiwilligen‹ Schlange stehen werden. Aber die Piraten werden bald feststellen, daß an der Sache nichts dran ist. Sollten wir uns nicht ein wenig ausruhen, solange wir noch können?«

»Also, ich habe keine Zeit dafür«, sagte Bringan. »Wenn sie nicht finden, was sie erwarten, werden sie uns auffordern, das Bakterium zu identifizieren, also sollte ich besser einen künstlichen Organismus entwerfen. Vir, du bist fleißig, du kannst mir helfen.«

»Ich helfe auch«, meldete sich Elessa freiwillig. »Ich kann ohnehin nicht schlafen, solange diese Geier über uns kreisen und jeden Moment herabstoßen können.«

»Ich werde jedem ein Beruhigungsmittel verabreichen, der glaubt, daß er sonst nicht schlafen kann«, sagte Lunzie mit einem Blick auf Zebara. Der Captain nickte.

Wer nicht mit der Entwicklung des Pseudobakteriums beschäftigt war, zog sich in seine Schlafkoje zurück und ließ die anderen über mausgesteuerten 3d-Graphikprogrammen grübeln.

Lunzie legte sich in ihre Koje und wandte die entsprechenden mentalen Techniken an, um sich soweit zu beruhigen, daß sie schlafen konnte. Sie konnte sich einige Stunden lang ausruhen, bevor die Anspannung sie wieder weckte. Die anderen hatten Wetten abgeschlossen, ob die Piraten sich noch einmal melden würden, bevor ihr Schiff eintraf.

Nach einer vierundzwanzigstündigen Galgenfrist machte sich schlechte Laune breit. Das Entwicklungsteam hatte einen Streit, der damit endete, daß Elessa aus dem Spähschiff stürmte, sich weinend hinter einen Baum setzte und zittrig ihre Zwergschlange streichelte.

Wendell machte ein Nickerchen, aber er war so angespannt, als er aufwachte, daß er Lunzie um ein Beruhigungsmittel bat. »Ich kann nicht einfach rumsitzen und warten«, sagte der Pilot und verschränkte nervös die Hände. »Aber solange die Möglichkeit besteht, daß wir starten, kann ich es mir nicht erlauben, daß ich erschöpft oder wirr im Kopf bin.«

Lunzie verabreichte ihm eine hohe Dosis eines milden Entspannungsmittels und ließ ihn mit einem komplizierten Puzzlespiel zurück, das seine Hände beschäftigte. Die meisten anderen ertrugen die Spannung sehr viel stoischer. Zebara kaute abwechselnd Mineraltabletten, trommelte zerstreut mit den Fingern auf einem Tisch herum oder verglich die Profile der Piratenschiffe mit den Computerarchiven. Er plagte Flor damit, daß er regelmäßig aktuelle Daten über die Position der *Zaid-Dayan* verlangte.

Die beiden anderen Schwerweltler marschierten wie Raubtiere in Käfigen durch die Gemeinschaftsräume auf und ab. Schließlich entschuldigte Dondara sich nervös. Er verließ das Schiff und fuhr in einem Schweber den Hang hinunter.

»Wohin will er?« fragte Lunzie.

»Er geht Steine klopfen«, erklärte Pollili und drehte die Handflächen zum Himmel. »Er wird zurückkommen, wenn er seine Frustration in Zaum halten kann.«

Dondara war seit fast zwei Stunden unterwegs, als Flor in der Tür des Gemeinschaftsraums erschien. Zebara hob den Kopf. »Und?«

Sie zog eine Grimasse. »Sie haben eine unbemannte Sonde gestartet. Sie zieht die üblichen Schleifen.« Dann grinste sie. »Ich habe auch eine gute Nachricht.« Alle Anwesenden hörten aufmerksam zu. »Die Nachrichtensonde hat mir soeben eine Antwort von der *Zaid-Dayan* übertragen. Sie sagen, wir sollen durchhalten. Sie müßten innerhalb von drei Stunden hier sein.«

Die Mannschaft brach in wilden Beifall aus, als aus

dem vorderen Bereich des Schiffs plötzlich ein tiefes Piepsen tönte.

»Oh-oh«, sagte Flor. »Unsere Nachbarn von oben sind zu früh dran!« Sie machte kehrt und lief nach vorn, gefolgt vom Rest der Mannschaft. Aus den Lautsprechern dröhnte eine verzerrte Stimme.

»Diplomat Arabesk. Ich will sofort mit dem Diplomaten Arabesk sprechen.«

Zebara griff nach der Uniformjacke mit dem silbernen Kragen, aber Lunzie faßte ihn am Ärmel.

»Sie können nicht mit ihnen reden, Zebara. Sie sind tot. Schon vergessen? Schwerweltler sind anfälliger. Die Bakterienseuche hat ein weiteres Opfer gefordert. Pollili, reden Sie mit ihm.«

»Ich?« winselte der Telemetrieoffizier. »Ich kann mit solchen Leuten nicht reden. Er wird mir kein Wort glauben.«

Flor knetete nervös ihre Hände. »Jemand muß mit ihm sprechen. Und zwar gleich. Also bitte.«

Lunzie zog Pollili an der Hand in die Kommunikationskabine. »Poll, das kann uns allen das Leben retten. Wollen Sie mir vertrauen?«

Die Schwerweltlerin sah sie flehend an. »Was wollen Sie tun?«

»Ich will Sie davon überzeugen, daß das, was Sie sagen werden, hundertprozentig der Wahrheit entspricht.« Lunzie beugte sich vor und legte ihr eine tröstende Hand auf den Arm. »Vertrauen Sie mir?«

Pollili warf einen verzweifelten Blick auf die piepsende Konsole. »Ja.«

»Gut. Zebara, schicken Sie bitte alle anderen für einen Moment raus?«

Der Captain nickte verwirrt. »Aber ich bleibe«, erklärte er, als die anderen gegangen waren.

»Wie Sie wünschen.« Lunzie fand sich mit seiner Anwesenheit ab. »Flor kann uns nicht hören, oder?«

Zebara warf einen Blick auf die Lampen über der dicken Quarzglasscheibe. »Nein.«

»Gut. Poll, schauen Sie mich an.« Lunzie sah der Schwerweltlerin in die Augen und machte von den mentalen Techniken Gebrauch, die sie auf Tau Ceti gelernt hatte. Sie achtete darauf, daß Flor die kleine Injektionspistole nicht sehen konnte, die sie Pollili zeigte. »Das wird Ihnen nur helfen, sich zu entspannen. Ich verspreche Ihnen, daß es nicht schädlich ist.« Pollili nickte unbehaglich. Lunzie drückte ihr den Kopf der Injektionspistole auf den Unterarm. Pollili sackte zurück, und ihre Augen wurden glasig. Flor sah von der anderen Seite der Scheibe aufmerksam zu und streckte die Hand nach einem Instrument aus. Zebara kam ihr mit einer Geste zuvor, und sie ließ sich in ihren Stuhl zurücksinken.

Lunzie sprach sanft und mit gedämpfter Stimme. »Entspannen Sie sich. Konzentrieren Sie sich. Sie sind jetzt Quinada, Dienerin und Adjutantin von Ienois, Angehöriger der Kaufmannsfamilien Parchandri. Sie sind hier mit einer fünfundzwanzigköpfigen Besatzung gelandet. Acht Mann, ausschließlich Schwerweltler, sind bereits an der Bakterienseuche gestorben. Arabesk, der persönliche Stellvertreter des Gouverneurs, ist soeben verschieden. Neun Leichtgewichte, die ältesten und schwächsten, sind ebenfalls tot, und die Klone zeigen zumindest die ersten Symptome einer Infektion. Sie selbst leiden an einem hartnäckigen Husten, der immer ausbricht, wenn Sie sich aufregen. Das Bakterium kommt nur bis in eine Höhe von zehn Metern über dem Boden vor.« Lunzie wandte sich Zebara zu. »Tiefer kann eine Sonde nicht gefahrlos fliegen. Bei topologischen Abweichungen ist es möglich, daß sie an einem Baum oder einem Felsen zerschellt.« Zebara zeigte sich mit einem Nicken einverstanden.

Lunzie wandte sich wieder der Konditionierung von Pollili zu. »Die Bakterien vermehren sich in einem proportionalen Verhältnis zur Temperatur. Hier unten herrschen im Moment 22 °C, die ideale Fortpflanzungstemperatur. Sie, Quinada, haben Kontakt zu den Leuten im Tau Ceti-Sektor. Sie genießen hohe Autorität und haben es deshalb nicht nötig, sich von untergebenen Handlangern auf irgendeinem Piratenschiff Vorschriften machen zu lassen.« Lunzie gab Flor ein Zeichen, daß sie den Kanal zur Kommunikationskabine öffnen sollte. »Vergessen Sie nicht, Sie heißen Quinada, und Sie lassen sich von niemandem Märchen erzählen, schon gar nicht von schwächlichen Leichtgewichten. Wir sind Ihre Kameraden und Geschäftsfreunde. Wenn Sie Ihren richtigen Namen wieder hören, werden Sie Ihre ursprünglichen Erinnerungen zurückerhalten. Ich werde Sie jetzt berühren, und Sie werden so antworten, wie es die Umstände erfordern.«

»Wir wollen Diplomat Arabesk sprechen«, wiederholte die dünne Stimme. Pollili stand im selben Moment auf, als Lunzie sie am Arm berührte. Lunzie lehnte sich soweit zurück, daß die Kameras sie nicht erfassen konnten, und schlich weg.

»Arabesk ist tot. Wer ist am Apparat?«

»Wer spricht da?« fragte die Stimme überrascht.

»Quinada!« sagte Pollili mit großer Autorität und einiger Verärgerung.

»Wer ist diese Quinada?« fragte Zebara mit gesenkter Stimme, als Pollilis Gesicht einen finsteren Ausdruck annahm, der Quinada sehr nahe kam.

»Wie ich schon sagte«, flüsterte Lunzie und überkreuzte die Finger, als die Schwerweltlerin sich in einer Haltung vorbeugte, als wollte sie Befehle erteilen. »Sie arbeitet für einen Kaufmann, der schon über Ambrosia Bescheid wußte, zwei Wochen bevor ich Tau Ceti verließ und auf die *ARCT-10* kam. Ich kann inzwischen annehmen, daß Ienois über die *ARCT-10* und Alpha Centauri direkte Verbindungen zu den Piraten hat. Und weil er einer weitverzweigten Familie angehört, würde ich wetten, daß einer seiner Verwandten bei dem Phoenix-Deal die Hände im Spiel hatte.«

»Diese Quinada muß einen starken Eindruck auf Sie gemacht haben«, erwiderte Zebara gallig. »Wie haben Sie Poll in ihre Rolle versetzt?«

»Eine Disziplintechnik.«

»Jedenfalls keine, von der ich schon gehört habe. Sie müssen eine Adeptin sein. Oh, keine Sorge«, beruhigte er sie, als sie protestieren wollte. »Ich kann Geheimnisse für mich behalten. Mehr als eins, wenn Ihre Information über diesen Kaufmann der Wahrheit entspricht.«

»Muß ich euch jedes Wort einzeln in den Schädel hämmern? Ich bin Quinada«, knurrte Pollili und zog die Brauen auf eine Weise zusammen, daß sie ihrem Vorbild zum Verwechseln ähnlich sah. »Dienerin von Ienois, Senioradministrator der bedeutenden Kaufmannsfamilien Parchandri. Wie können Sie es wagen, mich in Frage zu stellen?« Es trat eine lange Pause ein, in der die Audioverbindung unterbrochen war.

»Wir kennen Ihren Herrn und wir kennen Ihren Namen«, erklärte die Stimme schließlich, »allerdings nicht Ihr Gesicht. Was tun Sie auf diesem Planeten?«

»Ich vertrete hier meinen Herrn. Ich führe meinen letzten Auftrag für ihn durch«, sagte Pollili schroff. »Mehr nicht. Arabesk ist tot, und ich spreche für die, die noch am Leben sind.«

»Wo ist Ihr Herr?«

»Die Lungenkrankheit ist gestern bei ihm ausgebrochen. Er stammt von einer schwächlichen Leichtgewicht-Sippe ab, deshalb wird er wahrscheinlich vor Ende der Woche daran sterben.« Pollili sprach den letzten Satz mit einem Anflug von Ekel aus, der ihre vordergründige Trauer überwog. Lunzie nickte aus der Ecke anerkennend. Pollilis Psyche wob das Muster weiter, das Lunzie ihr eingeprägt hatte. Glücklicherweise verfügte sie nicht über dieselbe gefährliche Veranlagung, die Lunzie an der echten Quinada so abstoßend gefunden hatte, aber trotzdem klang die Telemetrieoffizierin sehr überzeugend.

›Quinada‹ beantwortete sicher das Kreuzfeuer an Fragen, das die Stimme auf sie abfeuerte. Um ihre Aussagen zu unterstreichen, blendete ›Quinada‹ auf dem Bildschirm die genetische Struktur des Bakteriums ein, das Bringan und die anderen entworfen hatten. Sie erklärte, was sie darüber wußte. Als Pollili wußte sie eine Menge über Bakterien, aber die Persönlichkeit Quinadas, die von ihr Besitz ergriffen hatte, konnte mit den vielen biologischen Details sicher nichts anfangen.

Den Kopfhörer an ein Ohr gedrückt, winkte Flor ihren Captain aufgeregt zu sich in den schalldichten Kommandostand. »Sir, ich empfange gerade eine Live-Übertragung von der *Zaid-Dayan*. Sie haben einen dreifachen Sprung durchgeführt und nähern sich hinter der Sonne! Offensichtlich verfügen sie über kraftvolle neue Triebwerke. Sie werden in wenigen Minuten hier sein!«

Zebara gab Pollili durch die Scheibe ein Zeichen, daß sie weiterreden sollte.

Die Frau nickte unmerklich und löschte den Bildschirm.

»Es wird Sie vielleicht interessieren, Bürgerin Quinada«, sagte die Stimme, »daß wir atmosphärische Proben genommen und keine Spur des Organismus gefunden haben, der angeblich ihre fünf Kollegen umgebracht hat.« Die Stimme hatte einen triumphalen Unterton.

»Acht«, verbesserte ›Quinada‹ ihn. »Inzwischen haben wir acht Tote. Der Organismus schwebt maximal zehn Meter über der Oberfläche. Ihre Sonde ist nicht tief genug vorgedrungen.«

»Vielleicht ist Ihre ganze Besatzung wohlauf, und von Husten kann keine Rede sein. Wir haben keinen Unterschied in den Infrarotemissionen Ihrer Gruppe zwischen unserem ersten Gespräch und jetzt festgestellt.«

»Verdammt«, knurrte Bringan. »Ich wußte doch, daß wir etwas vergessen haben.«

›Quinada‹ wußte eine Antwort darauf. »Wir haben einige der Kranken in den Kälteschlaf versetzt. Sie registrieren die Wärmeabstrahlung der Maschinen.« ›Quinada‹ hustete qualvoll.

»Wir lassen uns nicht reinlegen«, schnaubte der Pirat. »Das Identifikationssignal Ihres Schiffes ist manipuliert worden. Wir vermuten, es ist ein EEC-, kein Parchandri- oder Diplo-Schiff. Wir haben Zweifel an Ihrer Identität, Quinada. Ihre Biodatei müßte in unserer Datenbank zu finden sein. Sofern es wirklich *Ihre* ist.«

Zebara trommelte nervös mit den Fingerspitzen auf den Türrahmen. Das Geräusch ging Lunzie auf die Nerven. In ihrem Innern wuchs die Anspannung. Sie zwang sich zur Ruhe, um den anderen ein Beispiel zu geben. In der Kommunikationskabine war Flor vor Angst blaß geworden. Bringan ging im Korridor unruhig auf und ab.

Unter dem Druck ihres Gegenübers fing ›Quinada‹ an zu husten. »Wenn Sie hier vor mir stünden, würden Sie es nicht wagen, mich der Lüge zu bezichtigen! Kommen Sie runter, dann werden Sie sterben!«

»Nein, *Sie* werden sterben. Wir werden Sie und Ihren angeblichen Erreger rösten!« Die Stimme klang schrill und triumphierend. »Wir lassen uns nicht von euch an der Nase herumführen. Wir beanspruchen diesen Planeten für uns.«

Die Mannschaftsmitglieder sahen einander erschrokken an.

»Achtung, unbekanntes Schiff.« Eine forsche Frauenstimme schaltete sich in die Übertragung ein. »Hier spricht Captain Vorenz vom Flottenkreuzer *Zaid-Dayan*. Mit Autorität der FES fordern wir Sie auf, sich zu ergeben und Ihr Schiff aufs Entern vorzubereiten.«

Pollili starrte auf das Wirbelmuster auf dem Bildschirm und zeigte keine Reaktion. Scarran lief zur Telemetriestation, die anderen folgten ihm.

»Da ist noch ein Echozeichen! Junge, ist die *Zaid-Dayan* ein Riesending«, sagte er.

Das Blinklicht, das das FES-Kriegsschiff darstellte, näherte sich dem Planeten mit hoher Geschwindigkeit von der Sonne her. Auf dem Bildschirm erschien es ebenso hell wie das Transportschiff, strahlte aber sehr viel mehr Energie ab. Neben jedem Echozeichen wurden Meßdaten angezeigt. Die Feinde erhielten offenbar dieselbe Daten, denn die beiden Piratenschiffe drehten plötzlich ab, verließen den Orbit und flogen in verschiedene Richtungen davon.

Winzige Funken sprühten, als das Begleitschiff der Piraten sich dem FES-Kreuzer näherte, während das Transportschiff zum Rande des ambrosianischen Systems beschleunigte.

»Was ist das?« fragte Lunzie und deutete auf die Blitze.

»Geschützfeuer«, erklärte Timmins. »Das Begleitschiff nimmt die *ZD* unter Beschuß, damit der Lugger entkommen kann.«

Das FES-Schiff antwortete mit einem Flackern seiner Geschütze, als es sich mit zunehmender Geschwindigkeit dem Piratenschiff bis auf einen Fingerbreit näherte.

»Der Lugger muß unbedingt aufgehalten werden!« rief Elessa.

»Die *Zaid* kann nicht beide erwischen«, erwiderte Vir.

»Mir wäre es auch lieber, wenn die *ZD* das bewaffnete Schiff ausschaltet. Wir sind noch nicht in Sicherheit.«

»Oh, zum Teufel«, maulte Flor. »Den Koordinaten zufolge sind die beiden Schiffe Kilometer voneinander entfernt, aber mit diesen veralteten Instrumenten bekommt man keine richtige Perspektive.«

Das Transportschiff sauste binnen Sekunden bis zum Rand des Bildschirms. Die beiden verbliebenen Echozeichen überschnitten sich. Einen Moment lang war nicht zu erkennen, welches zu welchem Schiff gehörte, dann berührte Scarran ein Bedienungselement.

»Jetzt sind sie unterschiedlich gefärbt. Das rote ist das Piratenschiff, das blaue ist die *Zaid-Dayan*.«

Rot entfernte sich von Blau und feuerte schnelle Lasersalven auf das größere Schiff ab. Der blaue Fleck steckte einige Treffer ein, aber nicht genug, um ihn von der Verfolgung des roten abzuhalten. Jetzt war Rot an der Reihe, mit Lasersalven beschossen zu werden. Dann stieß der blaue Punkt einen großen Lichtblitz aus.

»Ein Torpedo!« rief Scarran.

Ein winziges Echozeichen bewegte sich langsam vom blauen auf das rote Licht zu. Das Piratenschiff begann mit verzweifelten Ausweichmanövern, die offenbar nichts gegen die mechanische Intelligenz ausrichten konnten, die seine Nemesis steuerte. Schließlich mußte Rot seine Geschütze lang genug von Blau abwenden, um das Lichtpünktchen loszuwerden, das ihm unermüdlich nachsetzte.

Der *Zaid-Dayan* landete einen Treffer in den Triebwerksbereich des Piratenschiffs. Das rote Echozeichen pulsierte von dem Treffer, überstand ihn aber; das Piratenschiff war außerordentlich wendig. Trotzdem verringerte der FES-Kreuzer unerbittlich den Abstand zwischen ihnen.

Die Lautsprecher knisterten wieder. »Ergeben Sie sich, oder wir sehen uns gezwungen, Ihr Schiff zu zerstören«, wandte sich die ruhige weibliche Stimme an die Piraten. »Geben Sie auf. Das ist unsere letzte Warnung.«

»Wir werden *euch* vernichten«, erwiderte die mechanische Stimme aus dem Piratenschiff.

»Sie wollen in die Atmosphäre eindringen«, sagte Flor, und es hatte tatsächlich den Anschein, als wagten die Piraten eine letzte verzweifelte Finte, ein Spiel mit dem Tod.

»Optoscanner einschalten«, befahl Zebara.

Die Kommunikationsoffizierin schaltete einen weiteren Bildschirm ein, der nichts als den Himmel zeigte. Nach einiger Zeit konnten sie einen flimmernden Lichtpunkt ausmachen, der am nördlichen Himmel immer größer wurde.

»Kontrast erhöhen«, sagte Flor, und der Lichtfleck löste sich in zwei Punkte auf, die einander verfolgten. »Da kommen sie.«

Selbst aus tausend Kilometern Entfernung konnte die Spähmannschaft die Motoren dröhnen hören, als die beiden Schiffe in einem kontrollierten Absturz in die Atmosphäre eindrangen. Auf dem Bildschirm ähnelten sie glühenden weißen Kometen, die in einem Bogen über den Himmel zogen. Sie feuerten rote Laserblitze aufeinander ab.

»Sie kommen direkt auf uns zu!« schrie Flor.

Eine rote Flammenspitze zuckte aus dem führenden Schiff auf dem Bildschirm. Statt auf das Schiff, das es verfolgte, war der Schuß auf die Planetenoberfläche gerichtet. Von draußen waren ein lautes Zischen und eine Explosion zu hören. Felsbruchstücke flogen an der offenen Luke vorbei. Das Kraftfeld schützte die Mannschaft, aber es würde nicht lang halten. Der Geruch von geschmolzenem Fels erfüllte die Luft.

»Verdammte Piraten!« brüllte Zebara. »Evakuiert das Schiff! Sofort!« Er sprang zur Kommandokonsole, riß sie aus ihrer Verankerung und lief zum Ausgang.

»Also, mit einer Vergeltung habe ich schon gerechnet«, erwiderte Bringan und drückte sich etwas an die Brust, als er dem Captain folgte. »Alle raus!«

Der Rest der Mannschaft verzichtete darauf, das Nötigste zu retten, und stürzte gleich durch die Luke. Lunzie war schon fast unten, als ihr auffiel, daß Pollili sich immer noch nicht bewegt hatte.

»Komm schon!« rief sie in Panik. »Beeil dich! Na los – *Pollili*!«

Die Frau sah verwirrt und ungläubig umher.

»Lunzie? Wo sind die anderen?«

»Wir evakuieren das Schiff, Poll. Komm sofort raus!« rief Lunzie und winkte ihr zu. »Die Piraten feuern auf uns.«

Die Schwerweltlerin schnellte aus der Kabine wie ein abgefeuertes Projektil. Als sie die Rampe hinunterlief, schlang sie Lunzie einen muskulösen Arm um die Hüfte und sprang mit ihr die Luke hinaus. Sie landeten im Dreck und rollten den Hügel hinunter, als ein weiterer roter Lichtblitz in eine Baumgruppe links neben dem Schiff einschlug. Der nächste Schuß war direkt auf die Triebwerke des Spähschiffs gerichtet. Lunzie rollte immer noch den Hang hinunter, als die Explosion den Boden unter ihr gut einen Meter absacken ließ. Sie landete schmerzhaft auf der Armschiene und schlitterte in den Wasserlauf am Fuß des Hügels hinein, wo sie zerschrammt und keuchend liegenblieb. Der einzige Teil von ihr, den sie nicht aufgescheuert hatte, war der Unterarm in der Schiene.

Pollili landete neben ihr. Sie schalteten ihre Hemmfeldgürtel ein und bedeckten ihre Köpfe mit beiden Armen. Das Begleitschiff der Piraten sackte mit lärmenden Motoren ab und näherte sich der Oberfläche bis auf fünfzehn Meter. Über ihre Triebwerke zuckten blaue Lichtblitze wie Elmsfeuer hinweg. Das Schiff hatte erhebliche Beschädigungen davongetragen.

Die Piraten wurden von einem derart großen Schiff verfolgt, daß Lunzie Zweifel hatte, ob es einen Absturz vermeiden konnte.

»Die *Zaid-Dayan*!«

Die beiden Schiffe feuerten aufeinander, während sie die Richtung wechselten, erst auf Dondaras Felstafeln zuhielten und dann wieder zur Sonne emporstiegen. Ihre Triebwerksstrahlen setzten Bäume am Rande des Plateaus in Brand. Das Piratenschiff und der Kreuzer beschleunigten sogar noch, als sie den tiefsten Punkt ihrer parabelförmigen Flugbahn erreicht hatten und wieder in den Himmel emporjagten. Sie waren in der oberen Atmosphäre verschwunden, als Lunzie und Pollili plötzlich einen gewaltigen Zug spürten, der ihnen die Luft aus den Lungen saugte, und dann einen ohrenbetäubenden Knall hörten. Mitten am Himmel explodierte ein Feuerball, der sich zu einer riesigen glühenden, mit schwarzem Rauch gesäumten Wolke ausdehnte. Die Explosion ging in ein langgedehntes Donnern über, das in einem lauten, bedrohlichen Zischen ausklang.

»Ins Wasser, schnell!« keuchte Lunzie.

Die beiden Frauen waren gerade untergetaucht, als ringsum glühende Metallsplitter niederregneten und mit scharfem Zischen ins Wasser eintauchten. Die Bruchstücke waren immer noch heiß, als sie die Hemmfelder berührten und durchdrangen.

Lunzies Lungen schmerzten allmählich, und ihr

wurde schwarz vor Augen, als der metallische Regen aufhörte. Als sie schließlich das Ufer hinaufkroch, die Beine noch im Wasser, atmete sie dankbar durch.

Pollili tauchte neben ihr auf und drehte sich auf den Rücken. Wasser lief ihr aus den Haaren und den Augen. Ihre Uniformjacke war stellenweise angesengt, und auf einem Handrücken hatte sie eine üble Brandwunde.

»Es ist vorbei«, japste Lunzie. »Aber wer hat gewonnen?«

»Ich hoffe doch wir«, keuchte Pollili und blickte zum Himmel auf, als über ihnen das Dröhnen von Triebwerken anschwoll.

Lunzie rollte sich herum und blickte vorsichtig auf. Das FES-Kriegsschiff, dem der feindliche Laserbeschuß die neuen, buntlackierten Rumpfschotts angesengt und verkratzt hatte, schwebte majestätisch über das Plateau hinweg, wo das zerstörte Spähschiff gestanden hatte, und landete triumphierend.

»Ja, wir haben gewonnen«, verkündete Pollili stolz.

»Das ist das Schönste, was ich je gesehen habe«, erklärte Lunzie. »Ein bißchen angesengt, ein bißchen verkohlt, aber schön!«

* * *

Die *Zaid-Dayan* transportierte die Mannschaft des Spähschiffs zu einem Rendezvous mit der *ARCT-10*. Zebaras Leute wurden von den Flottenoffizieren als Helden gefeiert, weil sie die Pirateninvasion abgewendet hatten, bis Hilfe eingetroffen war. Vor allem Pollili wurde ausgezeichnet, weil sie ›einen Einsatz gezeigt hatte, der weit über ihre Pflichten hinausging‹.

»Man hätte sie für ihren Einfallsreichtum loben sollen«, brummte Dondara im Flüsterton.

Pollili war das viele Lob unangenehm, und sie bat Lunzie, ihr zu erklären, was sie getan hatte, daß alle sie für so brillant hielten.

»Ich habe Ihnen vertraut. Und jetzt sagen Sie mir, was Sie mit mir angestellt haben«, sagte Pollili. Als Lunzie das Geschehen kurz zusammenfaßte, sah Poll sie stirnrunzelnd an und versetzte sich für einen Moment in ihren ›Quinada‹-Zustand zurück. »Dann gebührt Ihnen ein Teil des Lobes. Sie haben sich die Finte ausgedacht.«

»Kein bißchen«, sagte Lunzie. »Sie haben alles allein gemacht. Ich habe nur Ihre latente Erfindungsgabe mobilisiert. Schreiben Sie es der Tatsache zu, daß Menschen erstaunliche Dinge leisten können, wenn sie unter Druck stehen. Genau genommen wäre ich Ihnen Dank schuldig, wenn Sie meinen Anteil überhaupt erwähnen würden.«

Pollili schüttelte den Kopf, aber Lunzie sah sie auf eine rührend flehentliche Art an. »Na gut, wenn Sie es so wünschen. Zebara sagt, ich darf Sie nicht fragen, wie Sie's gemacht haben. Verraten Sie mir aber wenigstens, was ich gesagt habe und woran ich mich nicht erinnere, damit ich's Dondara erzählen kann.«

Lunzie versicherte Dondara auch, daß seine Gefährtin nicht in ihre ›Quinada‹-Rolle zurückfallen konnte. Er hatte nichts mitbekommen, weil er gerade zum Spähschiff zurückgekehrt war, als es in die Luft flog. Er hatte sich in das geschmolzene Wrack gewagt und nach Spuren von Pollili gesucht. Er war sehr stolz darauf, daß seine Gefährtin als Heldin des Tages gefeiert wurde und murrte ständig darüber, daß das Computerprotokoll ihrer schaupielerischen Glanzleistung zusammen mit dem Spähschiff zerstört worden war. Lunzie war eher erleichtert als verärgert darüber und lieferte Dondara schließlich eine gekürzte Schilderung der Ereignisse.

Die anderen Mannschaftsmitglieder hatten auf ihrer Flucht nur Schrammen und leichte Verbrennungen davongetragen, die im hochmodernen Behandlungsraum der *Zaid-Dayan* von medizinischen Offizieren behandelt wurden. Bringans Hände und Füße waren versengt und von den Ärzten in Kältepakete eingewickelt worden. Als er aus dem Spähschiff gekrochen war, hatte er sich so um die Aufzeichnungen gesorgt, die er retten wollte, daß er vergessen hatte, seinen Hemmfeldgürtel einzuschalten. Er hatte nicht einmal bemerkt, daß er über geschmolzenen Fels kletterte, bis seine Sohlen zu rauchen anfingen. Er hatte einige Mühe gehabt, sich die Stiefel mit bloßen Händen von den Füßen zu pellen.

Zebara hatte eine lange Brandwunde auf dem Rükken, wo sich ein umherfliegendes Metallstück von dem explodierenden Spähschiff in sein Fleisch gebohrt hatte. Er lag die ersten acht Tage an Bord des Marinekreuzers auf dem Bauch in einem Krankenbett. Lunzie leistete ihm Gesellschaft, bis er aufstehen durfte. Sie rief Musikprogramme aus dem gut sortierten Musikarchiv ab oder spielte Schach mit ihm. Die meiste Zeit redeten sie einfach über alles außer die Piraten. Lunzie stellte fest, daß sie den geheimnisvollen Schwerweltler ins Herz geschlossen hatte.

»Ich werde Ihnen nicht den Schutz bieten können, den Sie brauchen, wenn wir wieder auf der *ARCT-10* sind«, sagte Zebara eines Tages. »Ich würde Sie gern unter meinen persönlichen Schutz stellen, aber ich habe leider kein Schiff mehr.« Er zog eine Grimasse, und Lunzie beeilte sich, seine Bandagen zu überprüfen. Der Schwerweltler schaffte sie sich mit einem Wink vom Hals. »Ich habe eine Nachricht von der EEC erhalten. Ich habe Anspruch auf das nächste verfügbare Spähschiff, das aus der Werft kommt, aber wenn ich mein Spielzeug kaputt mache, kann ich nicht erwarten, gleich wieder ein neues zu bekommen.« Er gab ein ungehöriges Geräusch von sich.

Lunzie lachte. »Es würde mich nicht wundern, wenn man es Ihnen genau in diesem Wortlaut gesagt hat.«

Zebara wurde wieder ernst. »Ich würde Sie gern in meiner Mannschaft behalten. Die anderen mögen Sie. Sie passen gut zu uns. Um die Gefahr für Ihr Leben vorläufig zu verringern, würde ich empfehlen, daß Sie an der nächsten Mission teilnehmen, die die *ARCT* anbietet. Bis Sie zurück sind, dürfte es mir möglich sein, Sie dauerhaft für mich zu beanspruchen.«

»Das würde ich gern tun«, gestand Lunzie. »Ich würde auf der besten aller Welten leben, eine große Vielfalt genießen können und hätte zugleich einen Kreis verläßlicher Freunde um mich. Ich glaube, ich würde mich auf Ambrosia wohl fühlen. Aber wie schummele ich mich an den anderen Fachleuten vorbei, die schon länger als ich auf einen Einsatz warten?«

Zebara grinste sie auf seine raubtierhafte Art an. »Man schuldet uns einen Gefallen, nachdem wir ein Piratenschiff ins Verderben gelockt haben. Entweder bekommen Sie im nächsten verfügbaren Erkundungsschiff eine Koje, oder ich werde ein paar Administratoren ordentlich zurechtstutzen.« Er schlug sich mit einer mächtigen Faust in die Hand, um seine Entschlossenheit zu unterstreichen, wenn auch nicht seine Kompromißbereitschaft.

vierzehntes kapitel

Zebara behielt recht, was das Maß an Dankbarkeit anging, das die EEC der Mannschaft entgegenbrachte.

»Die Vorschriften sehen nach einer planetaren Mission mindestens vier Wochen Dienstpause vor, Lunzie«, sagte der Missionsoffizier der *ARCT-10* während einer privaten Besprechung in seinem Büro, »aber wenn Sie sofort aufbrechen wollen, haben Sie unter diesen Umständen meinen Segen. Sie haben Glück. Es steht eine dreimonatige, kombinierte geologisch-xenobiologische Mission auf Ireta an. Ich setzte Sie auf die Dienstliste für Ireta. Wenn Sie die Ärztekoje bekommen, sind nur noch zwei Plätze frei. Die Mission startet in zwei Wochen. Die Reisezeit hält sich in Grenzen…«

»Danke, Sir. Das erleichtert mich sehr«, sagte Lunzie aufrichtig. Nach dem Gespräch mit Zebara hatte sie sich sofort an ihn gewandt. Der Captain des Spähschiffs hatte an den richtigen Fäden gezogen.

Anschließend mußte sie dem Missionsoffizier einen eigenen detaillierten Bericht über die Vorfälle auf Ambrosia erstatten. Er ließ während des ganzen Gesprächs den Recorder laufen und machte sich zusätzliche Notizen. Sie fühlte sich ziemlich erschöpft, als er sie schließlich entließ.

Später erfuhr sie, daß er jedes einzelne Mannschaftsmitglied sowie die Offiziere der *Zaid-Dayan* befragt hatte. Offenbar beunruhigte ihn die Tatsache, daß der Lugger mit den tiefgekühlten Invasionstruppen entkommen war, nicht halb so sehr, wie es ihn freute, daß es das schwer bewaffnete Begleitschiff erwischt hatte. Die meisten Schiffsgeborenen auf der *ARCT-10* empfanden es genauso. »Eins dieser aufgemotzten Kriegsschiffe weniger macht den Weltraum für uns schon etwas sicherer.«

Der Rest von Zebaras Mannschaft wurde vorübergehend auf anderen Schiffen untergebracht, bis ein neues Spähschiff zugeteilt werden konnte. Lunzie, die zwei Wochen warten mußte, bis sie nach Ireta aufbrechen konnte, verbrachte viel Zeit mit den beurlaubten Mannschaftsmitgliedern und vor allem mit Zebara selbst. Es amüsierte sie, daß ein Gerücht die Runde machte, sie und Zebara hätten etwas miteinander. Sie taten beide nichts, um diesen Eindruck zu widerlegen. Lunzie fühlte sich sogar geschmeichelt. Zebara war attraktiv, intelligent und ehrlich, drei Qualitäten, die sie nur bewundern konnte. Sie wurde von ›interessierten‹ Freunden pflichtbewußt darüber informiert, daß der Geschlechtsverkehr zwischen Schwerweltlern gewöhnlich brutal und sehr anstrengend verlief. Sie hatte keinen Bedarf, es am eigenen Leibe auszuprobieren.

Während seiner Genesung durchstöberte Zebara die Datenbanken des Schiffs und versuchte Dateien aufzufinden, an denen man herumgepfuscht hatte. Das Gerücht, daß ein Bakterium die Landemannschaft auf Ambrosia einen nach dem anderen umbrachte, hatte auf der *ARCT-10* tatsächlich schon die Runde gemacht, bevor die *Zaid-Dayan* einen Bericht gesendet hatte. Es ließ sich mühsam bis zu Chacal zurückverfolgen, Coes ungeselligem Freund vom Kommunikationsdienst. Er wurde zum Verhör festgenommen, starb aber in der ersten Nacht in seiner Zelle. Obwohl offiziell von Selbstmord gesprochen wurde, erzählte man sich hinter vorgehaltener Hand, daß er sich die Verletzungen nicht selbst zugefügt haben konnte. Lunzie empfand

Mitleid für Coe, der sich durch die konspirativen Aktivitäten seines ›Freundes‹ kompromittiert fühlte.

»Das Ganze bringt uns wieder keinen Schritt weiter«, bemerkte Bringan auf Lunzies Abschiedsfeier, die am Vorabend ihrer Abreise nach Ireta stattfand.

»Jemand sollte etwas Konkretes gegen diese widerwärtigen Piraten unternehmen«, sagte Pollili und sah finster in die Runde.

Lunzie wünschte allmählich, daß sie Pollili niemals Quinadas Persönlichkeit aufgebürdet hätte. Irgend etwas blieb doch hängen. Sie hoffte inständig, daß sich dieser Rest verflüchtigt hätte, wenn sie in drei Monaten von Ireta zurückkehrte.

* * *

Während sie in der Andockbucht darauf wartete, daß die *ARCT-10* das Flugfenster für das Shuttle erreichte, das auf die Oberfläche von Ireta hinunterfliegen sollte, wurde ihr für einen Moment mulmig, als sechs Schwerweltler hereinmarschierten. Hör auf damit, sagte sie sich. Sie war mit den Schwerweltlern in Zebaras Mannschaft gut zurechtgekommen. Vielleicht waren diese Burschen hier genauso umgänglich, angenehm und interessant.

Sie konzentrierte sich angestrengt auf die Aktivitäten in der Andockbucht, denn es wurden mehrere Missionen in dieses System geschickt. Eine Gruppe Thek, darunter der allgegenwärtige Tor, sollte auf dem siebten Planeten abgesetzt werden. Eine große Gruppe von Ryxi wartete auf einen Transport zum fünften Planeten von Arrutan, um ihn darauf zu untersuchen, ob er für eine Kolonisierung durch ihre Spezies geeignet war. Ireta, der vierte Planet einer Sonne, die der dritten Generation angehörte, bot gute Aussichten – erschien manchen geradezu als ein Schulbeispiel – auf

Transuranvorkommen, weil er offenbar im Mesozoikum hängengeblieben war. Xenobiologische Erkundungen sollten die zahlreichen, von Hochlagensonden beobachteten Lebensformen untersuchen, aber diese Untersuchungen wurde hinter den Rohstoffstudien als zweitrangig eingestuft.

Die Mannschaften sollten in vereinbarten Abständen miteinander Kontakt aufnehmen und regelmäßig über eine Satellitensonde, die in einer stationären Umlaufbahn senkrecht zur Ekliptik kreiste, der *ARCT* Bericht erstatten. Die *ARCT-10* selbst hatte Spuren eines gewaltigen Ionensturms zwischen dem arrutanischen und dem Nachbarsystem entdeckt. Es war geplant, ihn zurückzuverfolgen und seinen Verlauf zu kartografieren.

»Wir sind wieder bei euch, bevor ihr's gemerkt habt«, versicherte ihnen der Deckoffizier über sein Komgerät, als das Shuttle nach Ireta abhob und aus der Landebucht schwebte. »Weidmannsheil, Freunde.«

Ireta war nach der Tochter eines FES-Ratsherrn benannt, der sich immer wieder für die Bewilligung von Geldern für die EEC ausgesprochen hatte. Anfangs schien es so, als habe der Ratsherr ihr damit ein großes Kompliment gemacht. Die Messungen erster Sonden deuteten darauf hin, daß Ireta ein großes Potential hatte. Es herrschte allgemein die Hoffnung, daß Ireta die Glückssträhne fortsetzen würde, die mit Ambrosia angefangen hatte. Der Planet verfügte über eine Sauerstoff/Stickstoff-Atmosphäre und eine einheimische Pflanzenwelt, die Kohlendioxid vertilgte und Sauerstoff ausschied. Die Sonden hatten in den überflogenen Gebieten beträchtliche Transuranvorkommen und zahlreiche interessante Lebensformen entdeckt, von denen aber keine intelligent zu sein schien.

Auf einer felsigen Anhöhe wurde ein Basislager errichtet und das Shuttle auf einer mächtigen Felstafel aus Granit abgestellt. Ein kuppelförmiges Kraftfeld umschloß das ganze Lager, und ständig sprühten bläuliche Funkenregen über den Schleier, wenn Schwärme einheimischer Insekten in die elektrische Matrix gerieten. Kleinere Kuppeln wurden errichtet, um den Expeditionsteilnehmern etwas Privatsphäre einzuräumen, und eine größere für die Messe, während das Shuttle als Laboratorium und Probenlager diente.

Eine Plage war allerdings der ungewöhnliche Geruch. Die Luft war mit Hydrotellurid gesättigt, einer übelriechenden Substanz, die an verrottende Vegetation erinnerte. Die Quelle war eine kleine Pflanze, die überall wuchs und wie ein Super-Knoblauch roch. Niemand konnte dem Gestank entgehen. Nach einem ordentlichen Luftzug, als die Shuttleluken sich ihrem Zuhause für die nächsten drei Monate geöffnet hatten, verlangte jeder nach Nasenfiltern, die in einer heißen, feuchten Umgebung nicht unbedingt angenehm zu tragen waren. Verschmutzte Arbeitskleidung wurde vor den Schlafquartieren aufgehängt. Nach einer Weile konnte keine Reinigung mehr den Geruch Iretas, der an Kleidung und Stiefeln haftete, ganz beseitigen.

Der Gestank beunruhigte Lunzie sehr viel weniger als das Gefühl, daß sie heimlich beobachtet wurde. Diesen Eindruck hatte sie vom dritten Tag an, als die beiden Expeditionsleiter Kai, der für die geologischen Untersuchungen zuständig war, und seine junge Bekannte Varian, die die Xenobiologen vertrat, die Aufgaben verteilten.

Die restliche Mannschaft war ein gemischter Haufen. Lunzie kannte keinen von ihnen besonders gut, einige aber immerhin vom Sehen. Zebara hatte persönlich die Unterlagen aller Personen durchgesehen, die an dieser Mission teilnehmen sollten, und Lunzie hatte mit Freude zur Kenntnis genommen, daß sowohl Kai und Varian wie auch ein Mann namens Triv die mentale Disziplin praktizierten. Sie war ebenso überrascht wie Kai und Varian, daß man auch drei Kinder für diese Bodenmission eingeteilt hatte. Bonnard, ein lebhafter Zehnjähriger, war der Sohn der dritten Offizierin der *ARCT-10.* Es wurde allgemein angenommen, daß die Offizierin froh war, ihn vom Hals zu haben, während die *ARCT* den Ionensturm untersuchte. Die beiden Mädchen Cleiti und Terilla, die ein Jahr jünger waren als Bonnard, waren fügsamer und wollten unbedingt helfen.

Kai und Varian hatten beide versucht, die Kinder aus allem herauszuhalten.

»Es ist ein unerforschter Planet«, hatte Kai vor dem Missionsoffizier protestiert. »Diese Mission könnte gefährlich sein. Das ist nichts für Kinder.«

Lunzie war gegen die tiefe Enttäuschung in den jungen Gesichtern nicht gewappnet. Das Lager sollte von Kraftfeldern abgeschirmt werden; es würden viele Erwachsene dabei sein, die die Aktivitäten der Kleinen beaufsichtigen konnten. »Warum eigentlich nicht? Ireta ist klassifiziert. Kein Planet ist jemals völlig sicher, aber für eine begrenzte Zeit dürfte es dort nicht allzu gefährlich sein.«

»Wenn«, hatte Kai betont und dabei vor den Kindern einen warnenden Zeigefinger erhoben, »wenn sie sich vernünftig aufführen! Und vor allem: wenn sie niemals ohne einen Erwachsenen das Lager verlassen.«

»Das werden wir nicht!« rief die drei Kleinen im Chor.

»Wir verlassen uns darauf«, sagte Kai wie zu drei Erwachsenen. »Es ist nicht üblich, daß Kinder an einer solchen Expedition teilnehmen«, sagte er zu den anderen. »Wir können die zusätzlichen Hände gebrauchen, wenn wir alles schaffen wollen.«

»Wir werden helfen, wir werden helfen!« hatten die

Mädchen im Chor gerufen. »Wir waren noch nie auf einem Planeten«, hatte Bonnard sehnsüchtig hinzugefügt.

Der kurzfristige Entschluß, die Kinder auf die Expedition mitzunehmen, hatte Lunzie auf seltsame Weise getröstet. Sie hatte soviel von Fionas Kindheit versäumt, daß sie sich auf die Gesellschaft der Kleinen freute. Lunzie machte gern neue Bekanntschaften, denn Fremde wußten nichts Näheres über ihr Leben. Die Expeditionsleiter wußten natürlich, daß sie im Kälteschlaf viele Jahre versäumt hatte, denn es stand in ihren Dateien. Varian betrachtete sie als etwas Geheimnisvolles.

Gaber war der Kartograph der Mannschaft und klagte ununterbrochen über die primitive Ausrüstung und die strapaziösen Arbeitsbedingungen. Lunzie nahm die Litanei gewöhnlich nur mit gehobenen Augenbrauen zur Kenntnis. Nach dem beengten Spähschiff auf Ambrosia kamen ihr die Quartiere, von den Annehmlichkeiten einer eigenen kleinen Energiekuppel ganz zu schweigen, geradezu luxuriös vor. Dennoch war Lunzie bereit, Gabors Klagen zu tolerieren, weil er es geschafft hatte, mit den ältesten Thek auf der *ARCT-10* langfristige Freundschaften (langfristig zumindest für einen Außenstehenden) aufzubauen, und sie wollte sein Gejammer hinnehmen, weil seine Beziehungen sie faszinierten. Sie achtete in Kais Auftrag darauf, daß er seinen Hemmfeldgürtel und andere Sicherheitsausrüstung anlegte. Aus ihrer Sicht geschah dies jedoch aus reinem Egoismus, weil Gabor ständig gegen Insektenstiche und kleinere Rißwunden behandelt werden mußte.

Trizein war ein Xenobiologe, dessen ansteckender Enthusiasmus ihn bei allen beliebt machte, vor allem bei den Kindern, deren Fragen er geduldig beantwortete. Trizein steckte dieselbe erstaunliche Energie in seine Arbeit, vernachlässigte aber die Sicherheitsvorkehrungen. Lunzie assistierte ihm von Zeit zu Zeit und hatte kein Problem, dies für ihn zu erledigen.

Dimenon und Margit waren Kais erfahrenste Geologen, die auf Ireta brauchbare Mineralvorkommen aufspüren sollten. Sie hofften vor allem auf Transurane wie Plutonium, die den größten Bonus einbrachten. Die ersten Scans von Ireta hatten eindeutig auf starke Quellen radioaktiver Strahlung hingewiesen. Dimenons Mannschaft konnte es kaum abwarten, ihre Detektoren zu positionieren. Triv und Aulia und drei Schwerweltler, die Bakkun, Berru und Tanegli hießen, vervollständigten das geologische Team, während Portegin den Empfangsbildschirm installieren und die Computerauswertung vornehmen sollte.

Lunzie bemühte sich nicht gleich, mit den sechs Schwerweltlern ins Gespräch zu kommen. Sie schienen mit Leichtgewichten nicht so unbefangen umzugehen wie Zebara, Dondara und Pollili. Der Captain hatte seiner Mannschaft seine eigenen demokratischen, bodenständigen Ideale eingebleut und auf der *ARCT-10* darauf geachtet, daß sie nicht nur mit den Schwerweltlern verkehrten.

Paskutti, der Sicherheitsoffizier, war einer dieser mürrischen, hochdekorierten Typen, der ein Ghetto in einer ansonsten toleranten Gesellschaft bevorzugt hätte. Lunzie wußte nicht recht, ob er einfach nur mürrisch oder dumm war, aber er schrieb der weiblichen Tardma jede Bewegung vor. Lunzie ließ sich von ihm nicht aus der Ruhe bringen. Ihre Zeit mit Zebara hatte ihr bewiesen, daß die anderen ein Problem mit ihrer Einstellung hatten, nicht sie. Glücklicherweise wurden Tanegli und ein anderer Schwerweltler namens Divisti mit der Zeit etwas umgänglicher, auch wenn sie sich Leichtgewichten gegenüber distanzierter verhielten als Lunzies Kameraden in Zebaras Mannschaft. Bakkun und Berru waren seit kurzer Zeit liiert, deshalb war es verständlich, daß sie nur Augen füreinander hatten.

Lunzie konnte ihre unterschwellige Angst nicht ganz verdrängen. Orligs Tod machte ihr immer noch zu schaffen. Chacal, der sich als Spion herausgestellt hatte, hätte den Schwerweltler nie erdrosseln können. Knoradel und Birra, die Ryxi, hatten beim Verhör hartnäckig darauf beharrt, daß Lunzie Birra beleidigt und dann Knoradel angegriffen hatte, der ihr zur Hilfe geeilt war. Birra hatte sich den Ryxi-Siedlern angeschlossen, und Knoradel war von der *ARCT-10* versetzt worden.

Ireatas Landschaft war alles andere als ein Märchenland, und nachdem der Reiz des Neuen verflogen war, wirkte sie sich geradezu deprimierend auf die allgemeine Stimmung aus. Rot- und blaugrüne Pflanzen umwucherten das Lager von allen Seiten. Was auf den ersten Blick wie eine flache Wiese aussah, die den Forscher lockte, stellte sich gewöhnlich als schlammiger Morast heraus. Die Fauna war weit gefährlicher als alles, was Lunzie auf Ambrosia oder irgendeinem anderen Planeten gesehen hatte, den sie kannte. Einige dieser Lebensformen waren wahre Monstern.

Auf den ersten Erkundungsflügen mit den Schwebern wurden riesige schattenhafte Gestalten beobachtet, die durchs dichte Unterholz des Dschungels stampften, aber anfangs konnten keine detaillierten Bilder aufgenommen werden. Als Varians Leute endlich Exemplare von Iretas einheimischen Lebensformen sichteten, erlitten sie einen ziemlichen Schock. Die Tiere waren riesig und erreichten eine Länge von über dreißig Metern. Ein langhalsiger, träger Sumpfpflanzenfresser war wahrscheinlich noch länger, aber da er selten den Sumpf verließ, wo er sich ernährte, war seine Schwanzlänge noch strittig.

Lunzie traute ihren Augen nicht, als sie die Aufnahmen der Xenobiologen sah. Nichts Natürliches konnte derart groß sein. Das Tier konnte einen Menschen, selbst einen Schwerweltler, im Vorbeigehen zerquetschen, ohne es zu merken. Es gab auch eine Vielzahl von kleineren Lebensformen. Lunzie mußte jeden Morgen und Abend Insektenstiche behandeln. Das schlimmste war ein Insekt, dessen Stich riesige dunkle Ränder zurückließ, am hartnäckigsten war aber ein egelartiger Blutsauger. Alle Mannschaftsmitglieder gewöhnten sich an, außerhalb des Lagers ihre Hemmfelder zu aktivieren.

Ireta war kein zweites duftendes Paradies wie Ambrosia, sondern hielt mehr unangenehme Überraschungen und Anomalien bereit als das Fegefeuer. Den geologischen und xenobiologischen Mannschaften wurden Betäuber ausgehändigt. Varian machte allerdings mehr von Markergewehren Gebrauch, mit denen sie einheimische Lebensformen mit Farbflecken markierte, um die Populationsdichte zu schätzen. Jeder, der zu Fuß unterwegs war, trug einen Schwebegürtel, damit er im Gefahrenfall vom Boden abheben konnte.

Lunzie fand es erstaunlich, daß es so viele Parasiten gab, die sich auf rotes, eisenhaltiges Blut spezialisierten hatten, obwohl die ersten Exemplare der Wassertiere, die Varian und Divisti mitbrachten, eine sehr viel dünnere, wässrige Körperflüssigkeit hatten. Um den Planeten auf seine Entwicklungsfähigkeit zu untersuchen, wurden Sammler losgeschickt, die Frucht- und Pflanzenproben zum Testen und Katalogisieren beschaffen sollten. Der Grund dafür war mehr als reine Neugier, denn es galt immer als ratsam, die Nahrungsmittelvorräte aus einheimischen Quellen aufzustocken, falls das Erkundungsschiff nicht rechtzeitig zurückkam. Dabei erwiesen sich die Kinder als nützlich, auch wenn sie immer von einem Erwachsenen begleitet wurden, oft Lunzie, häufig auch Divisti, der sich als Gärtner betätigte. Wenn immer sie an den Ionensturm dachte, dem die *ARCT-10* nachjagte, zwang sich Lunzie, verläßliche Quellen für einheimische Nahrungsmittel ausfindig zu machen. Dann ärgerte sie sich darüber, daß sie schon fast selbst an ihre Bestimmung als ›Jonas‹ glaubte. Dabei hatte der glückliche Ausgang der Ereignisse auf Ambrosia schon das Gegenteil bewiesen.

Weil sie weder als Prospektor noch als Kartograph ausgebildet war, übernahm Lunzie den Job der Lageraufseherin. Sie experimentierte stundenlang mit den heimischen Pflanzen, wenn sie nicht gerade die Kinder unterrichtete oder ihre Übungen absolvierte. Sie hatte nichts dagegen, die Lagerköchin zu spielen, denn seit ihrer Trennung von Tee war dies die erste Gelegenheit, etwas eigenhändig zuzubereiten. Aus dem synthetischen Zeug und den übelriechenden heimischen Pflanzen ein verführerisches Mahl zu zaubern, war eine ziemliche Herausforderung.

Lunzie und Trizein kombinierten ihre Fähigkeiten, um aus heimischen Kletterpflanzen einen nahrhaften grünen Brei zu erzeugen, der den täglichen Grundbedarf deckte. Einerseits bildete dieser Brei eine sehr gesunde Mahlzeit. Andererseits schmeckte er widerwärtig. Weil Lunzie ihn selbst zusammengebraut hatte, aß sie brav ihre Portion auf, aber nach dem ersten Kosten wollte ihn außer den Schwerweltlern niemand mehr essen.

»Die essen doch alles«, behauptete Varian.

Lunzie brachte ein verdrießliches Lächeln zustande. »Ich verspreche, daß ich mich noch steigern werde. Ich muß nur den richtigen Dreh finden.«

»Wenn Sie nur das Hydrotellurid neutralisieren könnten«, sagte Varian. »Natürlich können wir immer noch Gras essen wie die Pflanzenfresser. Es stinkt wenigstens nicht.«

»Menschen können so viele Grasfasern nicht verdauen.«

Auf einem ihrer beaufsichtigten ›Sammelausflüge‹ hatten die Kinder in einem farnbewachsenen Torfmoor ein scheues, hüfthohes Tier mit braunem Fell beobachtet. Alle ihre Versuche, das ›niedliche‹ Tier einzufangen, bevor ein Erwachsener den lebhaften Kindern folgen konnte, wurden von der angeborenen Vorsicht des Vierbeiners vereitelt. Varian fand das eigenartig, weil es für die kleinen Tiere keinen Grund gab, sich vor Zweibeinern zu fürchten. Dann wurde ein verwundeter Pflanzenfresser gefangen, der zu langsam war, um den anderen zu folgen. Vor dem Lager wurde für Varian ein Pferch gebaut, in dem sie das Geschöpf gesundpflegen und beobachten konnte. Von ihrem nächsten Ausflug brachte Varian ein sehr junges Exemplar eines haarigen Vierbeiners mit. Es hatte seine Eltern verloren und wäre ohne ihn den größeren Fleischfressern zum Opfer gefallen.

Die beiden Geschöpfe paßten zu Iretas sonstigen Absonderlichkeiten. Trizein hatte einige Meerestiere mit klarer Körperflüssigkeit seziert, die er wegen ihrer Form als Fransenfische bezeichnete. Der große Pflanzenfresser, der eine tiefe Wunde in der Flanke hatte, verfügte allerdings über rotes Blut. Trizein konnte nicht glauben, daß sich zwei derart unterschiedliche Spezies auf demselben Planeten entwickelt hatten. Trizein kannte keinen Präzedenzfall, der erklärt hätte, wie rotblütige, fünfzehige Tiere und Meereslebewesen mit klarer Körperflüssigkeit im selben Lebensraum existieren konnten. Diese Anomalie paßte nicht zum genetischen Grundschema des Planeten. Trizein verwendete Stunden darauf, sich mit dieser Unstimmigkeit zu befassen. Er forderte Gewebeproben von allen großen Tieren an, die Varians Mannschaft fangen konnte, ob Fleisch- oder Pflanzenfressern, sowie Exemplare von Insekten und Meerestieren. Er hielt sich praktisch ununterbrochen im Shuttle-Labor auf, außer wenn Lunzie ihn heraufholte, damit er etwas zu sich nahm. Ohne sie hätte er den einfachsten menschlichen Bedürfnissen keine Beachtung mehr geschenkt.

In der Zwischenzeit mußten das Jungtier, das Dandy getauft wurde, und das verwundete, ausgewachsene Pflanzenfresserweibchen, das man Mabel nannte, gepflegt und gefüttert werden; die Kinder übernahmen diese Aufgabe. Lunzie hatte eine Laktoseformel für das Jungtier synthetisiert und beauftragte den tatkräftigen Bonnard, dem Cleiti und Terilla zur Hand gingen, mit der Fütterung.

»Ihr dürft Dandy jetzt nicht mehr aus den Augen lassen«, erklärte Lunzie ihnen. »Ich habe nichts dagegen, wenn ihr ihn wie ein Schoßtier behandelt, aber wenn ihr Verantwortung für ihn übernehmt, solltet ihr diese Verpflichtung besser nicht mehr vergessen. Habt ihr mich verstanden? Damit meine ich vor allem dich, Bonnard. Wenn du ein Planetenprospektor werden willst, mußt du vertrauenswürdig sein. Vergiß nicht, all das wird in deine Datei eingetragen!«

»Mach ich, Lunzie, mach ich!« Im selben Atemzug erteilte Bonnard den beiden Mädchen seine Befehle.

Varian lachte, als er Dandy bürstete und dabei großes Aufhebens um die Sicherheit seines Geheges machte, während die Mädchen den Wassereimer nachfüllten. »Er macht Fortschritte, nicht?«

»Große Fortschritte sogar. Wenn wir ihn nur davon abbringen könnten, wie ein Bootsmann zu fluchen.«

»Sie sollten mal seine Mutter hören«, erwiderte Varian und grinste breit. »Ich mache ihr keine Vorwürfe, daß sie ihn bei uns abgestellt hat. Ich wollte ihn auch nicht dabei haben, wenn ich einen Ionensturm kartieren wollte.«

»Wie geht's Ihrer Mabel?« fragte Lunzie beiläufig,

auch wenn sie einen anderen Grund für ihre Frage hatte.

»Oh, ich glaube, wir können sie bald freilassen. Wenn wir die Parasiten losgeworden sind, wird um die Wunde sauberes, gesundes Gewebe wachsen. Ich möchte sie nicht mehr lang in einem Pferch halten, sonst wird sie zahm und gewöhnt sich daran, daß sie gefüttert wird, statt sich selbst ernähren zu müssen.«

»Mabel und zahm?« Lunzie rollte die Augen, als sie sich daran erinnerte, daß sämtliche Schwerweltler erforderlich gewesen waren, um das Tier für den ersten Eingriff zu fesseln.

»Eine seltsame Verletzung«, fuhr Varian fort und runzelte die Stirn. »Alle erwachsenen Tiere ihrer Herde hatten ähnliche Bißspuren an den Keulen. Das deutet darauf hin, daß ihr Jäger nicht tötet.« Seine Stirnfalten wurden tiefer. »Und das wäre nun wirklich ein eigenartiges Verhalten.«

»Ist Ihnen zufälligerweise die Reaktion der Schwerweltler aufgefallen?«

Varian sah Lunzie für einige Sekunden nachdenklich an. »Eigentlich nicht, aber ich hatte genug damit zu tun, mich vor Mabels Schwanz, Beinen und Zähnen in Acht zu nehmen. Warum? Was haben Sie bemerkt?«

»Sie haben so...« – Lunzie machte eine Pause und versuchte, das richtige Adjektiv zu finden – »so hungrig ausgesehen.«

»Hören Sie schon auf, Lunzie!«

»Ich mache keine Scherze, Varian. Sie haben hungrig ausgesehen, als Sie das nackte rote Fleisch sahen. Sie haben sich nicht geekelt. Sie waren fasziniert. Tardma hat sogar gesabbert.« Lunzie wurde schlecht, wenn sie sich daran erinnerte.

»Es hat immer Gerüchte gegeben, daß die Schwerweltler auf ihren Heimatplaneten Fleisch essen«, sagte Varian nachdenklich und fuhr angewidert zusammen. »Aber diese Schwerweltler haben immer in FES-Mannschaften gedient. Sie kennen die Vorschriften.«

»Es ist kein Gerücht, Varian. Auf ihren Heimatwelten essen sie tatsächlich tierische Proteine«, erwiderte Lunzie und erinnerte sich an ein langes, ernstes Gespräch mit Zebara. »Dort leben sie in einer sehr primitiven Umwelt unter Raubtieren, die ständig auf der Jagd sind. Das führt zu einem Zustand, den man als ›Hinterwäldler-Syndrom‹ bezeichnet hat.« Sie seufzte, nahm mit der jungen Expeditionsleiterin aber Blickkontakt auf. »Und ethnische Zwänge können selbst die zivilisierteste Persönlichkeit zu einem Rückfall verleiten, wenn ein geeigneter Anreiz vorliegt.«

»Experimentieren Sie deshalb dauernd, um die Qualität der verfügbaren Nahrungsmittel zu verbessern?« Lunzie nickte. »Machen Sie weiter mit der guten Arbeit. Das gestrige Abendessen war ziemlich schmackhaft. Ich werde ein Auge auf drohende Rückfälle haben.«

* * *

Einige Tage später betrat Lunzie das Shuttle-Labor, wo Trizein gerade eine pflanzliche Proteinmasse mit einer auf der *ARCT-10* produzierten Nußpaste verrührte. Sie tauchten einen Finger in das Gemenge und kostete nachdenklich.

»Wir kommen der Sache schon näher, aber wissen Sie, Tri, wir sind noch keine richtigen Forscher. Ich bin irgendwie enttäuscht.«

Trizein blickte bestürzt auf. »Ich glaube, wir haben in der begrenzten Zeit, die uns für die vielen Analysen und Untersuchungen zur Verfügung stand, eine Menge erreicht. Wir sind die erste Mannschaft auf diesem Planeten. Wieviel können wir schon erforschen?«

Lunzie versuchte nicht mehr, ihr Grinsen zu unterdrücken. »Wir sind noch keine richtigen Forscher, solange wir aus einheimischen Produkten nichts Berauschendes gebraut haben.«

Trizein blinzelte und war völlig verdattert.

»Ein berauschendes Getränk, Trizein. Schnaps, Fusel, Spirituosen, Alkohol. Haben Sie festgestellt, ob es hier etwas gibt, das genug Zucker enthält und sich ohne giftige Nebenerzeugnisse vergären läßt? Ich glaube, wie könnten ein chemisches Entspannungsmittel gebrauchen. Es würde uns allen gut tun.«

Trizein glotzte sie kurzsichtig an, und ein Grinsen umspielte seine Lippen. »Ich habe tatsächlich etwas gefunden. Es wurde von einer Sammelexpedition mitgebracht, die angegriffen wurde. Ich habe eine Probe verarbeitet. Ich glaube, es ist sehr gut, aber niemand will's probieren. Wir werden einen Destillierapparat brauchen.«

»Den können wir bauen.« Lunzie grinste. »Ich habe Ihr Entgegenkommen erwartet, Tri, deshalb habe ich die nötigen Bauteile schon aus dem Lager geholt. Ich dachte mir, Sie würden gern an diesem lohnenden Projekt zur Anhebung der Mannschaftsmoral teilnehmen.«

»Die Moral ist ja so wichtig«, pflichtete Trizein ihr bei und bewies einen Sinn für Humor, den er sonst selten unter Beweis stellen konnte. »Ich vermisse Wein, sowohl zum Kochen wie zum Trinken. Das soll nicht heißen, daß man damit den penetranten Geschmack der iretanischen Nahrungsmittel überdecken könnte. Eine Kleinigkeit nach dem Abendessen würde aber sicher gegen die Schlaflosigkeit helfen.«

»Ich glaube nicht, daß hier jemand darunter gelitten hat«, sagte Lunzie, bevor sie sich an die Konstruktion eines einfachen Destillierapparats einschließlich diverser Filter machte. »Wir müssen alle Spuren des Hydrotellurids entfernen, ohne den Alkohol auszudünsten.«

»Ein Jammer, daß die Akklimatisierung so lang dauert«, sagte Trizein und steckte eine Glasröhre in ein Verbindungsstück. »Wir werden uns wahrscheinlich an dem Tag, bevor die *ARCT* uns holen kommt, an den Geruch gewöhnt haben.«

Sie bauten den Destillierapparat in einer Ecke in Lunzies Schlafkuppel auf. Als der Apparat endlich leise vor sich hin blubberte und sich selbst überlassen werden konnte, hatten sie das Gefühl, etwas Bedeutsames geleistet zu haben.

»Es wird Tage dauern, bis sich genug für die ganze Mannschaft angesammelt hat«, sagte Trizein mit leichtem Bedauern.

»Ich werde ein Auge darauf haben«, sagte sie und kniff zufrieden die Augen zu, »aber ich sehe kein Problem, zwischendurch mal einen Schluck zu kosten.«

»Ja, genau, wir sollten regelmäßig Proben nehmen«, erwiderte Trizein ernst. »Wir können es uns nicht leisten, etwas Minderwertiges zu produzieren.«

Sie versiegelten gerade Lunzies Kuppel, als Kai und Gaber aufgeregt ins Lager stürmten.

»Wir haben Aufnahmen des Ungeheuers, das aus den Pflanzenfressern Stücke herausgebissen hat«, erklärte Kai und winkte ausgelassen mit der Videokamera.

* * *

Die Leichtgewichte sahen sich die Aufnahmen des zahnbewehrten Ungeheuers mit beklommener Faszination an. Varian hatte die Fleischfresser wegen ihrer hervorstehenden Fangzähne und den scharfen Zahnreihen als ›Säbelzahnmäuler‹ bezeichnet. Es waren erschreckend kraftvolle Tiere, die aufrecht auf den mächtigen Hinterbeinen gingen und den reptilienartigen Schwanz wie ein drittes Bein benutzten, das sich vom Boden löste, wenn sie rannten. Die sehr viel kleineren Vorderbeine wären wie ein ironisches Zeugnis genetischer Unzulänglichkeit erschienen, wären sie nicht stark genug gewesen, um eine lebende Beute festzuhalten, während das Tier daran kaute. Glücklicherweise lagen keine Aufnahmen davon vor, wie die Säbelzahnmäuler gerade einen Pflanzenfresser bei lebendigem Leib zerfleischten. Statt dessen fraßen sie gierig hellgrüne Grasklumpen, die sie mit den scheinbar nutzlosen Vorderbeinen ausrissen und sich in die zähnestarrenden Mäuler stopften.

»Was für ein Raubtier«, flüsterte Lunzie Varian zu. Sie hätte Trizein von seinem geliebten Elektronenmikroskop wegzerren sollen. Er brauchte den Kontrast zum Makrokosmos, um die pathologischen Befunde seiner biologischen Untersuchungen abzurunden.

»Ja, aber das ist für einen Fleischfresser ein ganz untypisches Verhalten«, bemerkte Varian und schaute aufmerksam zu. »Die Zähne sind für fleischliche Kost geeignet. Warum frißt er dann so gierig Gras, als ob es morgen verboten würde?«

Als die Kamera an dem Säbelzahnmaul vorbeischwenkte, kam ein Flugwesen mit goldenem Fell ins Bild, das fast an der Seite des Raubtiers Gras fraß. Es hatte einen langen scharfen Schnabel und Klauenhände wie die Ryxi, aber damit hörten die Ähnlichkeiten schon auf.

»Wir haben Nester von Flugwesen gesehen, aber sie befinden sich immer in der Nähe von Wasser, vor allem an großen Seen oder Flüssen«, sagte Gaber zu Lunzie. »Dieses Tier ist fast zweihundert Kilometer vom nächsten Gewässer entfernt. Es muß diese Vegetation bewußt gesucht haben.«

»Es gehört ebenfalls einer interessanten Spezies an«, bemerkte Kai. »Es war neugierig genug, um unserem Schlitten zu folgen, und kann unglaublich schnell fliegen.«

Varian gab einen schrillen Schrei von sich.»Ich will

dabei sein, wenn wir das den Ryxi erzählen! Sie wollen die einzigen intelligenten Flugwesen in der Galaxis sein, selbst wenn sie dafür die Existenz anderer durch reine Willenskraft abstreiten müssen.«

»Warum sind diese Spezies beim ersten Vorbeiflug an Ireta nicht entdeckt worden?« fragte Divisti mit ihrer tiefen, langsamen Stimme.

»Unter einer so dichten Vegetationsdecke? Kein Wunder, daß der Bericht so wenige Lebensformen verzeichnet hat. Denkt nur an die Schwierigkeiten, die wir damit hatten, sie im Unterholz aufzunehmen.«

»Ich wünschte, die *ARCT* wäre nicht außer Reichweite«, bemerkte Kai nicht zum ersten Mal. »Ich würde gern eine galaxienweite Suche in den Prospektordatenbanken durchführen. Ich werde den Eindruck nicht los, daß dieser Planet schon einmal erkundet worden ist.«

Dimenon war als Chefgeologe derselben Ansicht. Er empfing eigentümliche Echos von Signalquellen überall auf dem Kontinentalschild. Kai konnte an einer Stelle, von wo Echos empfangen wurden, einen alten Detektor ausgraben. Seine Entdeckung bewies den Geologen, daß ihre Instrumente einwandfrei funktionierten, aber der Fund eines Detektors, mit dem man nicht gerechnet hatte, rief auch einige Verwirrung hervor.

»Dieser Detektor ist nicht nur alt, er ist uralt«, sagte Kai. »Millionen Jahre alt.«

»Sieht wie einer von denen aus, die Sie verwenden«, bemerkte Lunzie und betastete das röhrenförmige Gerät.

»Das stimmt schon, aber es deutet darauf hin, daß der Planet früher schon erkundet worden ist, was ein Grund dafür sein könnte, daß in einem Gebiet, in dem Transurane in großen Mengen zu finden sein müßten, keine Vorkommen entdeckt wurden.«

»Warum ist dann in den Prospektordatenbanken kein Bericht zu finden?« fragte Dimenon.

Kai zuckte die Achseln und nahm den Detektor von Lunzie zurück. »Der hier ist etwas sperriger, aber ansonsten identisch.«

»Könnten es die Anderen gewesen sein?« fragte Dimenon mit gedämpfter Stimme.

Lunzie schüttelte den Kopf und lachte über das alte Greuelmärchen.

»Nur wenn die Anderen die Thek kennen«, erwiderte Kai. »Sie stellen alle Detektoren her, die wir benutzen.«

»Was ist, wenn die Thek nur eine ältere Technik kopiert haben?« fragte Dimenon defensiv.

Sie konnte sich zwar nur schwer etwas vorstellen, das älter war als die Thek, dennoch wandte sich Lunzie Kai zu, die mehr über die Thek wußte als sie.

»Dann kann der alte Detektor nur bedeuten, daß Ireta schon einmal erkundet worden ist. Die Frage ist nur, von wem? Was sagen die Thek dazu?«

»Ich werde sie fragen«, erwiderte Kai grimmig.

* * *

Einige Tage später suchte Varian Lunzie in ihrer Kuppel auf. Die junge Expeditionsleiterin zitterte und war völlig verwirrt. Lunzie bot ihr einen Platz an und gab ihr einen Becher Muntermacher.

»Was ist los?«

Das Mädchen trank einen kräftigen Schluck des belebenden Getränks, bevor sie erzählte.

»Sie haben recht gehabt«, sagte Varian. »Die Schwerweltler fallen tatsächlich in die Barbarei zurück. Zwei von ihnen haben mich auf einem Erkundungsflug begleitet. Paskutti flog gerade den Schweber, als wir ein Säbelzahnmaul entdeckten. Es hat einen Pflanzenfresser gejagt und ihm große Fleischstücke aus der Flanke gebissen. Mir ist schlecht davon geworden, aber Paskutti und Tardma waren auf eigenartige Weise fasziniert. Ich habe darauf bestanden, daß wir dem armen Pflanzenfresser das Leben retten. Paskutti hat das Säbelzahnmaul daraufhin sofort mit dem Triebwerksstrahl verbrannt, als wollte er ihm wie ein Alphatier seine Überlegenheit beweisen. Er hat das Tier vertrieben, aber nicht ohne es dabei furchtbar zu verletzen. Seine Haut war völlig verkohlt.«

Lunzie schluckte ihren Ekel hinunter. Als Ersatzmutter und -psychologin der Mannschaft wußte sie, daß eine Konfrontation mit den Schwerweltlern unvermeidlich war, um zu erfahren, was in ihnen vorging, aber sie freute sich nicht unbedingt darauf. Im Moment mußte sie dafür sorgen, daß Varian sich wieder auf ihre Arbeit konzentrierte und den Schrecken verdrängte.

»Das Raubtier hat dem anderen Tier einfach Fleisch aus dem Körper gebissen«, fragte sie, »und eine Wunde wie bei Mabel zurückgelassen? Das ist interessant. Ein Säbelzahnmaul hat einen unerhörten Appetit. Ein kleines Stück eines Pflanzenfressers dürfte ihm eigentlich nicht reichen.«

»Wahrscheinlich könnten sie sich auch ausschließlich von Gras ernähren. In dem Gebiet, wo Waffenstillstand herrscht, fressen sie Tonnen davon.«

Lunzie streichelte nachdenklich ihren Nacken. »Wahrscheinlich liefert das Gras Nährstoffe, die ihnen ansonsten fehlen. Wir werden alles analysieren, was Sie uns bringen.«

Varian brachte ein Lachen zustande. »Soll das ein Antrag auf Proben sein?«

»Ja, allerdings. Trizein hat recht. Es paßt hier einiges nicht zusammen. Es sind aus früheren Epochen große Rätsel zurückgeblieben. Ich würde das Geheimnis gern lüften, bevor wir Ireta wieder verlassen.«

»Wenn es soweit kommt«, sagte ein nervöser Gaber später, als Lunzie ihn zu einer Kanne ihres synthetisierten Kaffees einlud. »Ich werde mich nie wieder für eine planetare Mission bewerben. Ich habe den Eindruck, daß wir einfach zurückgelassen worden sind. Wir sollen hier den Keim einer Planetenbevölkerung bilden. Man wird uns nie wieder abholen.«

»Unsinn«, erwiderte Lunzie scharf und ignorierte die Tatsache, daß er sich selber widersprach. Es war ihr wichtiger, dem Entstehen eines Gerüchts vorzubeugen. »Die Transurane dieses Planeten reichen aus, um zehn Sonnensysteme ein Jahrhundert lang zu versorgen. Die FES ist mehr an Mineralvorkommen als an der Gründung neuer Kolonien interessiert. Seit Dimenon über die Kontinentalplatte hinausfliegt, findet er jeden Tag neue signifikante Transuranvorkommen.«

»Signifikant?« Gaber war skeptisch.

»Triv nimmt Proben. Wir haben in Kürze die Ergebnisse vorliegen«, sagte Lunzie in ernstem Ton. Gewöhnlich reagierte Gaber auf klare Worte. »Außerdem sollten Sie bedenken, welche Ausrüstung wir dabei haben. Die EEC kann es sich nicht leisten, so wertvolle Instrumente zu verlieren. Sie werden für weitere Forschungen dringend gebraucht.«

»Sie müssen es wie eine normale Landung aussehen lassen, sonst wären wir alle ausgestiegen.« Gabers wunderliche Ideen konnten sehr hartnäckig sein.

Lunzie ärgerte sich über die Paranoia des Kartographen. »Aber warum wir? Wir haben die falsche Alterszusammensetzung und sind zu wenige, um mehr als zwei Folgegenerationen hervorzubringen.«

Gabar starrte düster in seine Kaffeetasse. »Vielleicht wollten sie uns einfach loswerden, und das war die sicherste Methode.«

Für einen Moment verschlug es Lunzie die Sprache. Gaber war ein notorischer Nörgler. Aber wenn sein beunruhigender Gedanken der Wahrheit auch nur im geringsten nahekam, war sie die erste Kandidatin für eine solche Maßnahme. Wenn man achtzehn Leute in Gefahr gebracht hatte, nur um sie zu beseitigen, würde sie sich das nie verzeihen. Der gesunde Menschenverstand gewann aber bald wieder die Oberhand. Zebara hatte die Missionsdateien persönlich überprüft: sie war der Mannschaft erst spät zugeteilt worden, und zu diesem Zeitpunkt wäre es selbst für das hervorragend organisierte Piratennetzwerk zu spät gewesen, um eine zwangsweise Ansiedlung zu organisieren.

»Manchmal, Gaber«, sagte sie so leichthin, wie es ihr überhaupt möglich war, »haben Sie wirklich eine blühende Phantasie. Sie meinen, man hätte uns zurückgelassen? Das ist doch äußerst unwahrscheinlich.«

* * *

Als Dimeneon vom Rande der Kontinentalplatte mit der Nachricht zurückkehrte, daß er eine große Lagerstätte entdeckt hatte, beschloß Lunzie jedenfalls, daß dieser Abend ein passender Anlaß war, um ihr Gebräu zu probieren. Inzwischen war genug zusammengekommen, um jedem Erwachsenen zwei volle Gläser zu spendieren und auf die Entdeckung eines Bergsattels voller Uranpechblende anzustoßen. Die Horstbildung würde den Geologen genug Bonuszahlungen einbringen, daß sie nie wieder arbeiten mußten. Ein gewisser Prozentsatz wurde gewöhnlich an die anderen Mitglieder der Erkundungsmannschaft verteilt. Selbst an die Kinder.

Die meisten mußten sich mit kleineren Reichtümern und Fruchtsaft in ihren Gläsern zufriedengeben. Dennoch wurde es ein fröhlicher Abend, denn Dimenon holte das Daumenpiano, ohne das er nie verreiste, und spielte für alle zum Tanz auf.

Auch wenn Kai sie erst aus ihren Quartieren holen mußte, feierten die Schwerweltler doch mit größerer Begeisterung mit, als Lunzie dieser mürrischen Rasse zugetraut hätte. Die beiden Gläser schienen sie betrunkener zu machen als alle anderen.

Am nächsten Tag waren sie griesgrämig und unbeholfen, mehr eine Behinderung für die Erkundungsmannschaften als eine Verstärkung. Es gab deutliche Hinweise darauf, daß der Alkohol in ihnen wilde sexuelle Begierden geweckt hatte. Einige Männer hatten Schrammen davongetragen, Tardma drückte einen Arm an die Brust, und Divisti setzte so vorsichtig einen Fuß vor den anderen, daß Lunzie den Verdacht hatte, sie versuche nicht zu humpeln.

Lunzie verbrachte viele Stunden mit vergleichenden chemischen Analysen und rief die Schwerweltler am Abend nacheinander zu medizinischen Untersuchungen zu sich, um festzustellen, ob ihre Mutation von dem aus heimischen Pflanzen zubereiteten Gebräu ungünstig beeinflußt wurde. Um sicherzugehen, baute sie noch einen Filter in den Destillierapparat ein, damit die Mixtur durch keine verdächtigen Substanzen mehr verunreinigt werden konnte. Sie probierte einen Schluck des neuen Destillats und verzog das Gesicht. Es war stark, aber nicht stark genug, um das Verhalten der Schwerweltler zu erklären.

Lunzie lag in dieser Nacht wach auf dem Bett, starrte ans Dach der Kuppel und lauschte dem Blubbern des Destillierapparats.

Wenn Gaber recht hat, grübelte sie und war sich dabei bewußt, daß der Alkohol einige Hemmungen gelöst hatte, wenn Gaber recht hat und ich wirklich ausgesetzt worden bin, dann habe ich nichts verloren. Ich habe nichts aus meiner Vergangenheit zurückgelassen außer das Hologramm von Fiona in meiner Tasche. Ich habe meine Reisen damit angefangen; es ist nur angemessen, daß ich jetzt ohne das Hologramm auskommen muß.

Ich frage mich, wie es Fiona in dieser fernen Kolonie geht. Was würde sie sagen, wenn sie mich jetzt sehen könnte, auf einem ähnlich abgelegenen Planeten, einer weiteren lebensbedrohlichen Situation entronnen, in Gesellschaft von Raubtieren mit langen Fangzähnen? Lunzie seufzte. Warum sollte sich Fiona dafür interessieren? Lunzie wußte, daß sie sich, wenn sie von Ireta auf die *ARCT-10* zurückgekehrt war, Zebaras Mannschaft anschließen, nicht mehr davonlaufen und ein interessantes Leben führen würde. Kein großer, böser Perverser hatte neunzehn Menschen auf einem unterentwickelten Planeten zurückgelassen, nur um eine zeitversetzte Ärztin loszuwerden, die als Jonas verschrien war.

Das führte sie wieder zur eigentlichen Triebfeder hinter den Ereignissen zurück: den Planetenpiraten. Sie waren für alles verantwortlich, was ihr seit ihrem ersten Kälteschlaf zugestoßen war. Sie hatten ihr Leben immer wieder durcheinandergebracht: ihr erst ihre Tochter genommen, sie umzubringen versucht und sie dann um ihr Leben fürchten lassen. Irgendwie, selbst wenn sie dafür einen Platz in Zebaras Mannschaft opfern mußte, würde sie das Blatt wenden und gegen die Piraten vorgehen, statt sie ständig in ihrem Leben herumpfuschen zu lassen. Sie hatte in dieser Hinsicht zwar schon ein wenig unternommen, mußte nur wirkungsvoller werden. Sie grinste bei sich. Jetzt, nachdem sie gelernt hatte, wachsam zu sein, konnte das durchaus Spaß machen. Die Mission auf Ireta würde noch einige Wochen dauern.

Mit einem Seufzen begann sie eine mentale Übung, die ihr beim Einschlafen half. Am Morgen war sie mit einer Inventur der Vorratskuppel beschäftigt. Während sie die Vorräte durchsah, fielen ihr allmählich kleine Unstimmigkeiten auf, darunter bei Materialien, denen sie tags zuvor noch Teile entnommen hatte. Sie wühlte sich durch Verpackungsmaterial und stapelte Kisten um, aber es gab keinen Zweifel. Es fehlten mehrere Hemmfeldgürtel, Ladegeräte und tragbare Diskettenlaufwerke. Diverse Behälter waren verschoben worden, um den Diebstahl zu vertuschen. Lunzie sah hastig die Nahrungsmittelvorräte durch. Die ungemein wichtigen Proteinreserven waren nicht angetastet worden, dafür erhebliche Mengen der Mineralpräparate sowie ein Teil der pflanzlichen Kohlehydrate verschwunden.

Die fehlenden Vorräte waren ohne weiteres durch die sekundären Lager zu erklären, die die geologischen Mannschaften eingerichtet hatten. Es gab keinen Grund, warum sie sich nicht selbst bedienen sollten. Lunzie wurde später einen der Mannschaftsleiter fragen.

Aus der Luke des Shuttles sah Lunzie Kai, der gerade vom Shuttle auf dem Hügel herunterkam und sie in der Kraftfeldschleuse traf. »Sie sehen müde aus.«

»Ein Kontakt mit den Thek«, erklärte Kai und gab sich völlig erschöpft. »Ich wünschte, Varian würde einige Kontaktaufnahmen übernehmen, aber sie ist einfach zu ungeduldig, um sich mit den Thek zu unterhalten.«

»Gaber spricht gern mit den Thek.«

»Gaber würde nicht beim Thema bleiben.«

»Den alten Detektoren zum Beispiel?«

»Genau.«

»Was haben sie gesagt?«

Kai zuckte die Achseln. »Ich habe meine Fragen gestellt. Jetzt denken sie darüber nach. Früher oder später werde ich Antworten erhalten.«

Varian gesellte sich zu ihnen, als sie die Kuppel verließen. »Was sagen die Thek?«

»Ich erwarte ein klares Ja oder Nein bei der nächsten Kontaktaufnahme. Aber, was zum Teufel, sollten sie mir nach all der Zeit schon sagen können? Selbst Thek leben nicht so lang, wie diese Detektoren vergraben waren.«

»Kai, ich habe mit Gaber geredet.« Lunzie nahm den Expeditionsleiter beiseite. »Er hat ein Gerücht über zwangsweise Ansiedlungen gehört. Er schwört, er hat es für sich behalten, aber wenn er selbst zu dieser Schlußfolgerung gekommen ist, könnten es auch andere.«

»Das glauben Sie doch wohl nicht ernsthaft«, maulte Kai. »Wir sind nicht zurückgelassen worden.«

»Sie wissen, wie wehleidig Gaber ist, Lunzie«, fügte Varian hinzu. »Sein übliches Gerede.«

»Dann brauchen wir uns also keine Sorgen zu machen, weil Nachrichten von der *ARCT-10* ausgeblieben sind?« fragte Lunzie barsch. »Unser Expeditionsschiff hat seit mehreren Wochen keine Nachrichten gesendet. Vor allem die Kinder vermissen einen Gruß von ihren Eltern.«

Kai und Varian wechselten besorgte Blicke. »Die Nachrichtensonde hat nichts mehr empfangen, seit sie den Sturm eingeholt haben.«

»So lang?« fragte Lunzie erschrocken. »Seit wir abgesetzt wurden, können sie doch nicht so weit gekommen sein. Haben die Thek etwas gehört?«

»Nein, aber das macht mir keine Sorgen. Was mich beunruhigt, ist die Tatsache, daß unsere Nachrichten seit der ersten Woche nicht mehr von der Nachrichtensonde abgerufen worden sind. Hören Sie, Lunzie«, sagte Kai, als sie diese Nachricht mit einem Pfiff quittierte. »Die Moral wird schweren Schaden nehmen, wenn unsere Kollegen davon erfahren. Das würde die idiotische Idee, daß wir zurückgelassen worden sind, glaubhaft erscheinen lassen. Ich gebe Ihnen mein

Wort, daß die *ARCT* uns wieder abholen wird. Die Ryxi wollen auf Arrutan-5 siedeln, aber die Thek wollen nicht ewig auf dem siebten Planeten bleiben.«

»Auch wenn es den Thek nichts ausmachen würde, dort ein ganzes geologisches Zeitalter auszuharren«, sagte Varian bestimmt, »will ich hier nicht den Rest meines Lebens verbringen.«

»Ich auch nicht«, lautete Lunzies entschlossene Antwort.

»Es ist bestimmt nichts Schlimmes passiert«, fuhr Varian munter fort. »Vielleicht hat der Ionensturm die großen Empfangsantennen beschädigt oder sonstwelche Schäden angerichtet. Oder vielleicht«, und dabei funkelten ihre Augen ahnungsvoll, »haben die Anderen sie erwischt.«

»Nicht bei meinem ersten Einsatz als Expeditionsleiterin«, wagte Kai einen tapferen Versuch einer Erwiderung.

»Übrigens«, sagte Lunzie, »da ich Sie beide gerade zusammen sprechen kann: haben Sie einige ziemlich umfangreiche Zuteilungen aus den Depots genehmigt?«

»Nein«, antworteten Varian und Kai im Chor. »Was fehlt denn?« fragte Kai.

»Ich habe heute eine Inventur durchgeführt und dabei festgestellt, daß wir Werkzeuge, Mineralpräparate, einige leichte Ausrüstungsteile und viele Kleinigkeiten vermissen, die gestern noch vorhanden waren.«

»Ich werde meine Mannschaften fragen«, sagte Kai und sah Varian an.

Sie ließ sich das Problem durch den Kopf gehen. »Wissen Sie, mit den Vorräten sind einige seltsame Dinge passiert. Die Energiezelle in meinem Schweber war verbraucht, dabei habe ich sie erst gestern morgen aufgeladen. Ich weiß genau, daß ich keine Energiereserve verbraucht habe, die für zwölf Stunden reichen müßte.«

»Gut, dann habe ich einen netten Job für die Mädchen«, sagte Lunzie. »Sie werden sich in der Lagerkuppel umsehen und die Ein- und Ausgänge von Vorräten und Ausrüstungsteilen überprüfen. Das ist Teil ihrer Ausbildung für planetare Einsätze.«

»Gute Idee«, sagte Varian mit einem Grinsen.

* * *

Dimenon und seine Mannschaft kehrten von ihrer Erkundung mit Hinweisen auf eine weitere lohnende Lagerstätte zurück. Goldnuggets, die in einem Flußbett glitzerten, hatten sie zu einer reichen Erzader geführt. Die schweren Klumpen wurden bei einer weiteren Feier an diesem Abend von Hand zu Hand gereicht. Es tat der Moral gut, daß Ireta sich wieder einmal als jüngfräuliche Quelle großer Mineralvorkommen erwiesen hatte.

Ein Großteil des Abends wurde mit gutgelaunten Spekulationen über die Verteilung einer weiteren großzügigen Bonuszahlung verbracht. Lunzie schenkte reichlich Obstschnaps aus und behielt dabei die Schwerweltler im Auge, achtete von Anfang an darauf, daß sie nicht zuviel tranken.

Am Morgen machten alle einen normalen Eindruck. Im Gegensatz zur trunkenen Unbeholfenheit, unter der sie beim letzten Mal gelitten hatten, waren die Schwerweltler bei bester Laune.

Dafür hatte Lunzie mit einem anderen Notfall zu tun, als sie aus ihrer Kuppel trat.

»Ich halt's nicht aus! Ich halt's nicht aus!« schrie Dimenon, faßte sich an den Kopf und sank vor ihr auf die Knie.

»Was ist los?« rief sie und erschrak über seine schmerzverzerrten Gesichtszüge. Welche Krankheit hatte er sich nur zugezogen? Sie kramte nach ihrem Kolibri.

»Das wird nicht helfen«, sagte Kai und schüttelte traurig den Kopf.

»Warum nicht?« fragte sie, und ihre Hand schloß sich um den Kolibri.

»Er ist nicht mehr zu retten.«

»Sagen Sie mir, daß ich kein hoffnungsloser Fall bin, Lunzie. Bitte!« Er fuchtelte so wild mit den Händen herum, daß sie den Kolibri nicht in Position bringen konnte.

»Er riecht Ireta nicht mehr«, sagte Kai, der immer noch den Kopf schüttelte, aber über die Schauspielerei seines Freundes schief lächelte.

»Was?« Lunzie gab den Versuch auf, Dimenon zu untersuchen, und bemerkte, daß sie keine Zeit gehabt hatte, ihre eigenen Nasenfilter einzuführen. Und *sie* roch Ireta auch nicht mehr. »Bei Krims!« Sie schloß die Augen und gab einen langen Seufzer von sich. »Das mußte wohl so kommen, was?«

Dimenon schlang die Arme um ihre Knie. »O Lunzie. Es tut mir so leid für uns beide. Bitte, mein Geruchssinn wird doch wieder zurückkehren, ja? Wenn ich wieder an richtiger Luft bin. Oh, sagen Sie mir nicht, daß ich nie wieder etwas riechen werde…«

»Eine ambrosianische Schattenkrabbe mit einem anderen Namen wird Sie immer noch naß machen«, brummte Lunzie leise. Sie sah keine andere Möglichkeit, als das Spiel mitzumachen. Sie packte Dimenon am Handgelenk, fühlte seinen Puls und leuchtete mit dem Kolibri erst ins eine, dann ins andere Auge. »Wenn die Akklimatisierung sich als dauerhaft herausstellt, können Sie sich in Ihre Schiffsquartiere eine iretanische Klimaanlage einbauen lassen. Die Techniker auf der *ARCT-10* sind sehr versiert darin, spezielle Milieus für die eigenartigsten menschlichen Mutationen einzurichten.«

Dimenon sah sie so an, als glaube er ihr für einen

langen, schmerzhaften Moment tatsächlich, aber die anderen lachten so laut, daß auch er nicht mehr ernst bleiben konnte.

Obwohl Cleiti und Terilla jetzt als Zeugwarte eingeteilt waren, hörte der unerklärliche Schwund an Vorräten nicht auf. Es verschwanden mehr Teile, als von den Mädchen ausgegeben wurden, darunter lebenswichtige und unersetzliche Bestandteile der Ausrüstung.

Angesichts des zunehmend eigenwilligeren Verhaltens der Schwerweltler vermutete Lunzie in ihnen die Diebe. Bei der Menge an Vorräten, die beiseite geschafft wurden, bereiteten sie sich offenbar darauf vor, den Planeten auf eigene Faust zu erobern. Sie waren körperlich gut an die Gefahren Iretas angepaßt. Allerdings, mußte sie sich eingestehen, gingen Schwerweltler gewöhnlich anders vor, wenn sie einen Planeten für sich beanspruchen wollten. Vielleicht ging ihre Phantasie mit ihr durch. Es waren nur sechs Schwerweltler, und das genügte nicht, um einen Planeten zu kolonisieren.

Aber die Thek hielten sich noch in diesem System auf, und die Ryxi ebenso. Also war das System im konventionellen Sinne schon erschlossen. Die *ARCT-10* würde sie bald wieder alle einsammeln, und wenn die Schwerweltler sich bis dahin gern ihren primitiven Instinkten hingeben wollten, waren sie kein wirklicher Verlust. Es gab immer noch fünf qualifizierte Geologen, außerdem sie, Trizein, Portegin und die Kinder, die Varian bei der Vervollständigung ihrer Untersuchungen helfen konnten.

* * *

Mit Bonnard als Varians Aufnahmegerät und mit einer möglichen Umgestaltung des Lagers im Hinterkopf, ging Lunzie Trizein bei seinen Studien der inzwischen nicht mehr zu leugnenden Anomalien der iretanischen Lebensformen zur Hand.

Die erste Arbeit des Tages bestand darin, Dandy in das Labor des Biologen zu locken, um seinen Kopf und seine Gliedmaßen zu messen, sowie Haut- und Haarproben des scheuen kleinen Tiers zu nehmen. Das Tier pfiff und trat um sich, als Trizein von der Innenseite seiner haarigen Ohren Gewebe abkratzte. Lunzie brachte es in sein Gehege zurück und belohnte es mit einem süßen Gemüse. Sie blieb für einen Moment, um es zu streicheln und zu beruhigen, bevor sie zu Trizein zurückkehrte, der ins Okular eines Scanners lugte. Er winkte sie aufgeregt zu sich.

»Mit diesem Planeten stimmt etwas ganz und gar nicht«, sagte er. »Vergleichen Sie nur diese beiden Präparate: eins stammt von einem Fransenfisch, das andere von dem kleinen Pflanzenfresser.« Lunzie gehorchte und sah, was er meinte: die beiden Proben deuteten auf völlig unterschiedliche biologische Baupläne hin. »Nach den Freß- und Verdauungsgewohnheiten zu urteilen, habe ich keinen Zweifel, daß die Fransenfische auf diesem Planeten heimisch sind, Dandy und seine Freunde aber nicht hierher gehören.

Ich habe eine Theorie über die primitiven Hefepilze, die wir dokumentiert haben«, fuhr Trizein in einem Ton fort, als wollte er eine Vorlesung halten. »Ich habe mir die ganze Zeit darüber den Kopf zerbrochen, was mir an ihrer Struktur so bekannt vorkommt?«

»Aber was sollte das sein?« fragte Lunzie und faßte sich an den Kopf. »Ich kann Ihnen versichern, daß die Ssli den Fransenfischen recht ähnlich sehen, aber so etwas wie Dandy habe ich noch nie gesehen.«

»Das liegt daran, daß Dandy die primitive Frühform eines Lebewesens ist, das Sie nur in einer weiter entwickelten Gestalt kennen: das Pferd. Das irdische Pferd. Diese Spezies ist nicht nur fünfzehig, sie ist ein unpaarzehiges Huftier.«

»Das ist unmöglich!«

»Ich fürchte, es gibt keine andere Erklärung, obwohl das nicht erklärt, wie diese Tiere hierher kommen – sie können sich hier nicht entwickelt haben, aber trotzdem sind sie hier.«

»Jemand muß sie hier angesiedelt haben«, überlegte Lunzie.

»Genau«, sagte der Biologe. »Wenn ich den Zusammenhang ignorieren und einfach die Daten studieren könnte, die ich erhalten habe, erst von Bakkun, dann vom lebenden Gewebe unseres kleinen Freundes, würde ich sagen, daß es sich um ein Hyracotherium handelt, eine Lebensform, die auf der Erde vor Millionen Jahren ausgestorben ist!«

Das Geräusch eines Schwebers unterbrach sie. Lunzie lief zum Steuerpult des Schildgenerators, um Varian und Bonnard einzulassen. Sie meldete, daß Trizein Neuigkeiten hatte, die er ihnen mitteilen wollte. Es war sein Triumph, und es sollte ihm erlaubt sein, ihn selbst zu präsentieren. Der zerstreute Biologe hielt sich selten außerhalb seines Laboratoriums auf, außer wenn er etwas zu sich nahm oder Lunzie und Kai besuchte, und hatte die anderen Facetten der Mannschaft kaum zur Kenntnis genommen.

Zur Verblüffung seines kleinen Publikums projizierte er ein Bild, das eine Archivzeichnung eines Hyracotheriums aus seiner Sammlung paläontologischer Dateien zeigte. Es gab keinen Zweifel: Dandy war ein Exemplar einer ausgestorbenen irdischen Spezies aus dem Oligozän.

»Wollen wir mal sehen, ob es noch mehr Übereinstimmung gibt als diese haarigen Biester«, sagte Varian und führte Trizein zum Bildschirm. Sie setzte den amüsierten Biologen auf einen Stuhl, damit er sich ihre Aufnahmen der goldenen Flugwesen anschaute. Trizein geriet in Verzückung, als die geschmeidigen Tiere ihre Flugkünste vorführten.

»Ohne eine vollständige Analyse kann ich mir natürlich nicht sicher sein, aber das sieht zweifellos wie ein Pteranodon aus!«

»Ein Pteranodon?« Bonnard zog ein dämliches Gesicht.

»Ja, ein Pteranodon, eine Art Dinosaurier, was eine etwas unzutreffende Bezeichnung ist, weil diese Wesen Warmblüter waren…« Nach und nach identifizierte er den Genotypus der Tiere, die Varian und die anderen aufgenommen hatten. Jede Beobachtung auf Ireta ließ sich mit einer Holographie und einer Beschreibung in Trizeins paläontologischer Datenbank in Übereinstimmung bringen. Er machte auf einige unbedeutende biologische Details aufmerksam, aber das waren nur geringfügige Abweichungen.

Säbelzahnmaul war ein Tyrannosaurus Rex; Mabel und ihre Artgenossen waren mit Kämmen versehene Hadrosaurier; die pflanzenfressenden Sumpfbewohner waren Stegosaurier und Brontosaurier. Der Biologe wurde immer verwirrter. Er konnte nicht glauben, daß diese Tiere tatsächlich hinter dem Energieschleier existieren, den er nie durchschritten hatte. Als Varian ihm die Aufnahmen von den Erkundungsflügen gab, die sie zusammengestellt hatte, wedelte er mit dem Zeigefinger.

»Diese Tiere sind hier ausgesetzt worden.«

»Aber von wem?« keuchte Bonnard mit weit aufgerissenen Augen. »Von den Anderen?«

»Natürlich von den Thek«, versicherte Trizein dem Jungen.

»Gaber sagt, wir seien auch ausgesetzt worden«, fügte Bonnard hinzu.

Der sanftmütige Trizein war eher traurig als beunruhigt über diese Behauptung. Er sah Varian an.

»Wir sind nicht zurückgelassen worden, Trizein«, versicherte ihm die junge Expeditionsleiterin und warf Bonnard einen strengen, tadelnden Blick zu.

Kai wurde dringend vom Rande der Kontinentalplatte zurückgerufen, um sich Trizeins Schlußfolgerungen anzuhören, und ließ Bakkun allein zurück. Varian wollte, daß Kai sich von den Schwerweltlern fernhielt, denn während seines Rückflugs verriet ihr Trizein weitere beunruhigende Neuigkeiten.

Paskutti hatte Trizein gebeten, das Fleisch und die Haut der Säbelzahnmäuler auf Giftigkeit zu untersuchen, und das nicht aus reiner Neugier. Varian konnte inzwischen Filmaufnahmen einer widerwärtigen Barbarei vorlegen. Bonnard hatte sie zu Bakkuns ›Geheimversteck‹ geführt, das sich als grobe Lagerstätte herausstellte, wo die Schädel und verkohlten Knochen mehrerer Säbelzahnmäuler zwischen den Steinen lagen.

Lunzie wußte, wie schnell die Aasfresser von Ireta Reste beseitigten. Was bedeutete, daß diese noch nicht lang hier liegen konnten. Es gab keinen Zweifel daran, daß die Schwerweltler Tiere getötet und gegessen hatten. Das alles lief auf die Frage hinaus, wie gut Kai und Varian die Schwerweltler unter Kontrolle halten konnten, bis die *ARCT-10* sie abholte.

fünfzehntes kapitel

Mit grimmiger Miene beschloß Varian Notmaßnahmen. Sie befahl Bonnard, alle Energiezellen aus den Schwebern zu entfernen und in den Büschen rings um das Lager zu verstecken. Die Zellen waren erstaunlich schnell aufgebraucht worden, und jetzt wußte sie warum. Die Schwerweltler hatten die Schlitten zu oft benutzt. Sie waren mit den Schlitten in ihr ›Geheimversteck‹ geflogen, um Tiere zu töten und zu verspeisen.

* * *

Kai traf sie in dem Shuttle auf der Hügelkuppe. Die ungewöhnlich dringliche Einladung beunruhigte ihn. Er war entsetzt, als er von Varians Vermutungen erfuhr. Lunzie bestätigte den anhaltenden Schwund an Vorräten, der sie zu dem Schluß veranlaßte, daß die Schwerweltler in die Primitivität zurückgefallen waren.

»Wir können von Glück reden, wenn es nicht zu einer Meuterei kommt«, sagte Varian. »Ist euch nicht aufgefallen, daß sich ihr Verhalten uns gegenüber in den letzten Tagen geändert hat? Auf eine subtile Weise, muß ich zugeben, aber sie erweisen unserem Rang weniger Respekt als früher.«

Kai nickte. »Dann meinst du also, daß eine Konfrontation unvermeidlich ist?«

Varian nickte. »Unsere Schonzeit ist seit dem letzten Ruhetag vorbei.«

Die Schwerweltler konnten das Kommando übernehmen. Lunzie wies gleichmütig darauf hin, daß die mutierten Menschen auf einem wilden Planeten wie Ireta weit besser auf sich aufpassen konnten als die Leichtgewichte.

»Ich weiß, ich wiederhole mich«, fügte Lunzie hinzu, »aber wenn Gaber den Eindruck hat, daß er zurückgelassen worden ist, müssen die Schwerweltler zu derselben Schlußfolgerung gekommen sein.« Sie machte eine Pause, vernahm aus der Ferne das Heulen eines Schwebegürtels und hörte angestrengt hin. Wer benutzte denn jetzt einen Schwebegürtel?

»Bonnard und ich haben einen Tyrannosaurus Rex mit einem baumlangen Speer in den Rippen gesehen«, sagte Varian mit einem Schaudern. »Dieses Tier hat einmal die Alte Erde beherrscht. Nichts konnte es aufhalten. Ein Schwerweltler macht es zum Spaß! Durch die Einrichtung der sekundären Lager haben wir ihnen außerdem Ausweichmöglichkeiten geschaffen. Wo sind die Schwerweltler im Moment?«

»Ich habe Bakkun auf dem Grat zurückgelassen. Wenn er fertig ist, soll er hierher zurückkommen. Er hatte einen Schwebegürtel dabei…«

Lunzie schaute zur Shuttletür hinaus und sah alle Schwerweltler der Mannschaft den Hügel heraufkommen. Die angespannte Konzentration in ihren kantigen Gesichtern war erschreckend. Sie sahen gefährlich aus, und sie hatten mit den Leichtgewichten im Schiff nichts Gutes im Sinn. Lunzie rief Kai und Varian eine Warnung zu. Sie sah, wie sich die Irisluke zum Kommandostand in dem Moment schloß, als Paskutti eintreten wolltc.

Sie drückte sich flach an das Schott und bemerkte das unauffällige Blinken, das darauf hinwies, daß die Hauptenergieversorgung abgestellt wurde und das Shuttle jetzt mit Hilfsenergie lief. Durfte sie darauf hoffen, daß es einem der Expeditionsleiter gelungen war, eine Nachricht zu senden?

»Wenn ihr nicht sofort das Schloß öffnet, sprengen wir es auf«, sagte die harte, kalte Stimme von Paskutti, der einen Blaster in der Hand hielt.

Er war mit zahlreichen Gegenständen ausgerüstet, die in den letzten Tagen aus dem Lager verschwunden waren. Natürlich, dachte Lunzie; ihr fiel erst jetzt auf, daß die meisten gestohlenen Ausrüstungsteile als Waffen verwendet werden konnten.

»Nicht!« Varians Stimme klang ängstlich genug, um Paskutti von einem Schuß abzuhalten, aber Lunzie wußte, daß das Mädchen kein Feigling war. Es würde beiden nichts nutzen, wenn sie im Kommandostand bei lebendigem Leibe gegrillt wurden.

Die Luke öffnete sich, und der massige Paskutti griff hinein. Er packte Varian am Kragen ihres Schiffsanzuges, zerrte sie hinaus und schleuderte sie mit solcher Gewalt gegen die keramische Flanke des Schiffs, daß sie sich den Arm brach. Mit einem sadistischen Grinsen tat Tardma Kai dasselbe an.

Lunzie fing Kai auf, hielt ihn aufrecht und zwang sich, in eine Trance einzutreten, um Ruhe zu bewahren. Es war viel schlimmer, als sie befürchtet hatte. Wie hatte sie nur so naiv sein können, zu erwarten, daß die Schwerweltler einfach so gehen würden?

Danach wurden Terilla, Cleiti und Gaber ohne weitere Umschweife in das Shuttle getrieben, wobei der Kartograph vor sich hinbrabbelte, daß man so etwas doch nicht tun könne und wie sie es nur wagen konnten, ihn so respektlos zu behandeln.

»Tanegli? Hast du sie erwischt?« fragte Paskutti ins Komgerät, das er am Handgelenk trug.

Wen sollte der Botaniker erwischen? Lunzie beantworte die Frage selbst – es konnten nur die anderen Leichtgewichte sein, die sich noch nicht gemeldet hatten.

»In den Schwebern stecken keine Energiezellen mehr«, sagte Divisti, der mißmutig in der Schleuse stand. »Und der Junge ist auch weg.«

»Wie ist er dir entkommen?« fragte Paskutti und runzelte ärgerlich die Stirn.

»Er hat wohl das Durcheinander ausgenutzt. Ich dachte, er würde sich an die anderen klammern.« Divisti zuckte die Achseln.

Gut gemacht, Bonnard, dachte Lunzie und versuchte aus dem kleinen Triumph mehr Hoffnung zu schöpfen, als angemessen war.

»Divisti, Tardma, nehmt jetzt das Labor auseinander.«

Trizein schreckte aus seiner Verwirrung. »Moment mal. Ihr dürft da nicht rein. Ich habe einige Experimente und Analysen laufen. Divisti, laß die Finger von den empfindlichen Geräten. Hast du den Verstand verloren?«

»Du wirst deinen verlieren.« Mit einem kühlen Lächeln schlug Tardma dem schmächtigen Mann mit solcher Wucht ins Gesicht, daß er über das harte Deck rollte, um vor Lunzies Füßen reglos liegenzubleiben.

»Zu hart, Tardma«, sagte Paskutti. »Ich wollte ihn eigentlich mitnehmen. Er wäre nützlicher als die anderen Leichtgewichte.«

Tardma zuckte die Achseln. »Warum sollen wir uns mit ihm abmühen? Tanegli weiß genauso viel wie er.« Mit einem überheblichen Hüftschwung ging sie ins Labor.

Lunzie hörte draußen auf den Felsen das Scharren von Füßen, bevor Portegin mit blutigem Kopf einen bewußtlosen Dimenon über die Schwelle zerrte. Bakkun schob eine weinende Aulia und eine wie versteinert wirkende Margit herein. Triv blieb ausgestreckt liegen, als Berru ihn zu Boden warf und über sein Ächzen boshaft grinste. Im Gegensatz zu den Schwerweltlern bemerkte Lunzie, daß Triv gleichmäßig atmete, um einen Trancezustand hervorzurufen. Mindestens vier Gefangene bereiteten sich darauf vor, die nächste Gelegenheit zu Widerstand zu ergreifen.

»Gut, Bakkun«, sagte Paskutti, »du kümmerst dich mit Berru um unsere Verbündeten. Wir wollen, daß das hier richtig aussieht. Als ich dort ankam, war das Komgerät noch warm. Sie müssen den Thek eine Nachricht geschickt haben.«

Die Schwerweltler plünderten systematisch das Shuttle. Dann kam Tanegli zurück. »Das Lager ist geräumt. Was in den Kuppeln zu gebrauchen war, haben wir an uns genommen.«

»Nichts einzuwenden, Kai und Varian?« schnaubte Paskutti.

»Einwände würden uns wohl nichts nützen, oder?« Varians beherrschte Stimme ärgerte Paskutti. Er warf einen Blick auf den gebrochenen Arm und runzelte die Stirn.

»Nein, mit Sicherheit nicht, Varian. Wir haben die Nase voll davon, daß uns Leichtgewichte herumkommandieren und uns nur tolerieren, weil wir nützlich sind. Welche Rolle hätten wir in eurer Kolonie gespielt? Wären wir eure Lasttiere geworden? Muskelpakete, die man überall herumscheuchen und nach Belieben unterbuttern kann?« Er machte mit einer riesigen Hand eine Bewegung, als schnitte er jemandem die Kehle durch.

Und bevor jemand begriff, was er vorhatte, packte er Terilla an den Haaren und ließ sie an einem langen Arm herunterbaumeln. Die entsetzten Schreie ihrer Freundin schreckten Cleiti auf, und als sie mit den Fäusten gegen die dicken, muskulösen Oberschenkel des Schwerweltlers schlug, hob Terilla die Faust und landete einen beiläufigen Treffer auf ihren Kopf. Sie sackte bewußtlos zusammen.

Gabar stürzte auf Paskutti los, der nur eine Hand ausstrecken mußte, um den Kartographen abzuwehren, während er das schreiende Kind pendeln ließ.

»Sagt mir, Kai und Varian, unsere Anführer, wem habt ihr die Nachricht geschickt? Und was habt ihr gesagt?«

»Wir haben eine Nachricht an die Thek geschickt. Wir haben sie darüber unterrichtet, daß die Schwerweltler meutern.« Kai sah entsetzt zu, wie Terilla herumgewirbelt wurde. Ihre Schreie verstummten zu einem bloßen Keuchen. »Das ist alles.«

»Laß das Kind los«, rief Gaber. »Du bringst sie noch um. Du weißt jetzt, was du wissen wolltest. Du hast versprochen, keine Gewalt anzuwenden.«

Paskutti brachte Gaber mit einem brutalen Schlag zum Schweigen. Mit gebrochenem Genick schlug Gaber dumpf auf dem Deck auf und hauchte seine letzten Atemzüge aus, als Terilla auf Cleiti fallengelassen wurde.

Trotz allen Schreckens zwang sich Lunzie zum Nachdenken. Paskutti hatte wissen wollen, ob Kai und Varian der Sonde eine Nachricht gesendet hatten. Würde diese Information etwas daran ändern, was er mit seinen Gefangenen vorhatte? Triv war inzwischen mit seinen Vorbereitungen zur Trance fertig. Lunzie wünschte, sie wäre wenigstens soweit telepathisch begabt, um ihr Handeln mit den anderen abstimmen zu können.

»Es ist nirgendwo eine Energiezelle aufzutreiben«, rief Tanegli, als er ins Shuttle stürmte. Er packte Varian an ihrem gebrochenen Arm. »Wo hast du sie versteckt, du verdammtes Miststück?«

»Paß auf, Tanegli«, warnte Paskutti ihn. »Diese Leichtgewichte halten nicht viel aus.«

»Wo, Varian? Wo?« Tanegli betonte jede Silbe, indem er ihren Arm ein Stück weiter herumdrehte.

»Ich habe sie nicht versteckt. Bonnard hat es getan.« Tanegli ließ Varians plötzlich schlaffen Arm aufs Deck fallen.

»Such ihn, Tanegli. Und die Energiezellen, sonst müssen wir alles auf dem Rücken hier rausschleppen. Bakkun und Berru haben die Triebwerke gestartet. Wenn es erst abhebt, läßt es sich nicht mehr aufhalten.«

Lunzie fragte sich, was das zu bedeuten hatte und ob sie es wagen konnte, Varian zu untersuchen. Der Anführer der Schwerweltler knurrte Kai wütend an.

»Raus hier! Ihr alle! Los!« Paskutti versetzte Triv und Portegin einen Tritt, damit sie aufstanden, und gab ihnen mit einer Geste zu verstehen, daß sie Gaber und Trizein hinaustragen sollten, während Aulia und Margit sich der Mädchen annahmen. Lunzie bückte sich zu Varian hinunter, fühlte ihren starken, gleichmäßigen Puls und wußte, das das Mädchen simulierte. »In die Hauptkuppel, ihr alle!« befahl Paskutti.

Das Lager war ein Schlachtfeld mutwilliger Verwüstung, von Dandys zerschmettertem Körper bis zu verstreuten Bändern, Karten, Aufzeichnungen, Kleidungsstücken. Die Suche nach Bonnard wurde fortgesetzt, gelegentlich unterbrochen von Taneglis, Dibistis oder Tardmas lautem Fluchen. Paskutti blickte ständig zwischen seinem Armbandchronometer und den Ebenen hinter dem Energieschirm hin und her.

Die mentale Disziplin hatte Lunzies Sinne soweit geschärft, daß sie den fernen Donner hörte. Sie sah Bakkun und Berru am Himmel als zwei kleine Punkte, und darunter eine schwarze Linie, die umherzuckte wie eine Peitsche, sich wand wie eine Schlange, und plötzlich wußte sie mit niederschmetternder Gewißheit, was die Schwerweltler geplant hatten.

Vielleicht würden die Thek die Nachricht empfangen, aber sie würden nicht rechtzeitig hier sein, um die Gefangenen vor den heranjagenden Tieren zu retten. Paskutti bemerkte Lunzies Blick, als er sie mit den anderen in die Hauptkuppel trieb.

»Ah, wie ich sehe, hast du begriffen, welches passende Ende wir uns für dich ausgedacht haben, Doktor. Totgetrampelt von dummen, primitiven Pflanzenfressern, wie du einer bist. Der einzige von euch, der uns wirklich etwas entgegensetzen kann, ist ein kleiner Junge.«

Er schloß die Irisluke, und das Hämmern seiner Faust gegen die Kunststoffwand verriet ihnen, daß er den Öffnungsmechanismus zerstört hatte. Lunzie kümmerte sich bereits um Trizein und fragte sich flüchtig, ob sie das Gerede von dem ›passenden Ende‹ so verstehen sollte, daß dieses schreckliche Massaker nur inszeniert wurde, um sie zu vernichten.

»Er macht sich am Kraftfeld zu schaffen«, sagte Varian und spähte zum Fenster hinaus. Der gebrochene Arm hing ihr schlaff an der Seite herunter.

Trizein stöhnte und kam wieder zu Bewußtsein. Lunzie wandte sich Cleiti und Terilla zu und behandelte sie mit belebenden Sprays.

»Er hat es deaktiviert«, berichtete Varian. »Wir müßten ein paar Sekunden Zeit haben, wenn die Herde die letzte Anhöhe erreicht und der aufgewirbelten Staub den Schwerweltlern die Sicht verwehrt.«

»Triv!« Kai und der Biologe bohrten mit mentaler Energie aufgeladene Finger in die feine Kunsthautnaht und rissen den straffen Stoff auseinander.

Lunzie half den beiden Mädchen auf die Beine. Gaber war tot. Sie verabreichte der nahezu hysterischen Aulia einen weiteren Schuß Spray.

»Es haben jetzt vier mit Schwebegürteln abgehoben«, berichtete Varian weiter. »Die Herde hat jetzt die Talenge erreicht. Macht euch fertig.«

»Wo sollen wir hin?« kreischte Aulia. Das immer lautere Donnern machte sie alle nervös.

»Zurück ins Shuttle, du Dummkopf«, sagte Margit.

»*Jetzt!*« schrie Varian.

Halb stolpernd, halb kriechend hasteten sie den Hügel hinauf. Trizein konnte nicht laufen, deshalb lud Triv ihn sich auf die Schulter. Ein Blick auf die auf und ab hüpfenden Kämme der Dinosaurier, die ihnen nachsetzten, reichte aus, um allen Flügeln zu verleihen.

Die Shuttleluke schlug hinter ihnen zu, als die ersten Tiere das Lager stürmten. Der Lärm und die Erschütterungen waren so gewaltig, daß nicht einmal die robusten Wände des Shuttles sie dämpfen konnten. Das Schiff wankte hin und her, während draußen das nackte Chaos tobte.

»Damit haben sich die Schwerweltler selbst übertroffen«, sagte Varian mit einem irren Kichern.

»Es sind mehr als ein paar Pflanzenfresser nötig, um die Shuttlekeramik zu zerbeulen. Macht euch keine Sorgen. Aber ich würde mich besser setzen«, fügte Kai hinzu.

»Wenn die Herde vorbei ist, machen wir uns besser aus dem Staub«, meldete sich hinter der letzten Sitzreihe eine dünne Stimme.

»Bonnard!«

Mit einem breiten Grinsen kam der verdreckte und verstaubte Junge aus dem Shuttle-Labor. »Nachdem ich gesehen habe, wie Paskutti euch rausgeführt hat, dachte ich mir, daß es hier am sichersten ist. Aber ich wußte nicht genau, wer eben reingekommen ist. Ich bin froh, daß ihr es seid!

Sie werden die Energiezellen nie finden, Varian. Niemals!« schrie Bonnard durch den Lärm. »Als Paskutti die Verriegelung kaputt gemacht hat, wußte ich nicht, wie ich rechtzeitig verschwinden sollte. Deshalb… deshalb habe ich mich versteckt.«

»Du hast genau das Richtige getan, Bonnard«, versicherte Varian und schloß ihn fest in die Arme. »Auch als du dich versteckt hast.«

Alle gerieten ins Straucheln, als das Shuttle noch ein Stück verschoben wurde.

»Es wird umkippen«, schrie Aulia.

»Aber es wird nicht zerbrechen«, versprach Kai. »Wir werden überleben. Bei allem, was mir heilig ist, wir werden überleben!«

* * *

Als der Lärm endlich verstummte, waren die vereinten Kräfte aller Männer erforderlich, um die Tür zu öffnen. Draußen war ein furchtbares Gemetzel angerichtet worden. Sie waren unter totgetrampelten Hadrosauriern begraben. Es war inzwischen stockfinstere Nacht. Im Schutz der Dunkelheit schlichen Bonnard und Kai sich hinaus und schafften mit Hilfe von Schwebegürteln die Energiezellen ins Shuttle zurück.

»Bonnard hat recht. Wir müssen verschwinden«, sagte Kai, als die Überlebenden sich zusammenkauerten, immer noch erschüttert von der schweren Prüfung, die sie durchgestanden hatten. »Wenn es dämmert, werden die Schwerweltler zurückkommen und nachschauen, was sie angerichtet haben. Sie werden annehmen, daß das Shuttle immer noch unter den toten Tieren begraben ist. Sie werden es nicht eilig haben, es sich anzusehen. Wohin sollte es auch verschwinden?«

»Ich weiß wohin«, sagte Varian.

»In die Höhle, die wir gefunden haben? In der Nähe der goldenen Flugtiere?« fragte Bonnard, und sein müdes Gesicht erstrahlte.

»Sie ist mehr als groß genug für dieses Shuttle. Außerdem ist sie trocken, und der Eingang ist hinter hängenden Kletterpflanzen versteckt.«

»Gute Idee, Varian«, sagte Kai. »Denn selbst wenn sie die Infrarot-Scanner benutzen würden, fiele unsere Körperwärme dahinter nicht auf.«

»Das ist die beste Idee, die ich heute gehört habe«, sagte Lunzie brüsk und verteilte Muntermacher, die die Schwerweltler im Kommandostand übersehen hatten.

Es erforderte einiges Geschick, das Shuttle unter dem Fleischberg hervorzubewegen, aber Lunzie wußte, daß es getan werden mußte, solange Kai und Varian ihre Trance aufrechterhalten konnten. Die beiden schafften es mit Bonnards Hilfe, der sie von draußen dirigierte.

Zur Dämmerung hatten sie das Binnenmeer erreicht und das Shuttle in die riesige Höhle manövriert, die tatsächlich so geräumig war, wie Varian und Bonnard behauptet hatten. Kein einziges der goldenen Flugwesen widmete dem seltsamen weißen Flugzeug, das in ihr Revier eindrang, die geringste Aufmerksamkeit.

»Die Schwerweltler wissen nicht einmal, daß es diese Höhle gibt«, versicherte Varian, als sie endlich in Sicherheit waren.

Triv und Dimenon verwendeten einen Teil des herabhängenden Blattwerks zur Synthetisierung von Polstern, um es den Verletzten auf dem nackten Plastikdeck etwas bequemer zu machen. Lunzie schickte sie noch einmal hinaus, um genug Rohmaterial zur Synthetisierung eines hochkonzentrierten Tonikums zu beschaffen, das die Auswirkungen eines verzögerten Schocks milderte. Danach durften alle schlafen.

* * *

Lunzie war die erste, die am nächsten Morgen aufwachte. Um die erschöpften Überlebenden nicht zu wecken, bewegte sie sich ganz leise, als sie im Synthesizer eine weitere Nährbrühe zusammenbraute und mit Vitaminen und Mineralstoffen anreicherte.

»Das wird Ihnen mit Sicherheit das Blut in die überbeanspruchten Muskeln treiben und das geschädigte Gewebe wiederherstellen«, sagte sie und servierte die dampfenden Becher Kai und Triv, die aufgewacht waren. »Wir haben anderthalb mal rund um die Uhr geschlafen.«

Nachdem sie Kais Armverband überprüft hatte, massierte sie ihm die Schultern, um die Verspannungen etwas zu mildern, bevor sie Triv derselben Behandlung unterzog.

»Danke. Wann werden die anderen aufstehen?« fragte Triv und knetete dankbar seine Oberarme durch.

»Ich schätze, wir haben noch eine Stunde, bis die Toten wieder auferstehen«, antwortete Lunzie und hielt Varian einen Becher Suppe hin. »Ich brauche noch etwas Grünzeug, um den anderen ein Frühstück zu machen.«

Sie füllten den Synthesizer mit Blättern der hängenden Kletterpflanzen, die den Eingang der Höhle verdeckten. Schwaches Sonnenlicht schien durch die zähen Ranken aufs Heck des Shuttles. Als die anderen aufwachten, war das Essen fertig.

»Es ist nichts Besonderes, aber es ist nahrhaft«, sagte Lunzie, als sie die flachen braunen Kuchen verteilte. »Ich würde mit dem Synthesizer gern mehr anstellen, aber wie lang werden wir noch Energie haben? Außerdem könnte es den Schwerweltlern auffallen, wenn ich ihn benutze.«

Varian beauftragte die Kinder, den Höhleneingang im Auge zu behalten, und warnte sie davor, sich hinauszuwagen. Bonnard hielt es für überflüssig.

»Sie werden nicht nach Leuten suchen, die sie für tot halten.«

»Wir haben sie schon einmal unterschätzt, Bonnard«, sagte Kai. »Wir wollen den Fehler nicht noch einmal machen.« Mit gebührender Nachdenklichkeit bezog der Junge seinen Aussichtsposten.

Eine sehr lange Woche verging, während die Überlebenden sich vom Schock und den Verletzungen erholten.

»Wie lang müssen wir warten, bis die Thek kommen und uns retten?« fragte Varian die drei Schüler, als alle anderen schlafen gegangen waren. »Sie müssen unsere Nachricht innerhalb von zwei Stunden empfangen haben. Das Wort ›Meuterei‹ muß sie doch zum Vibrieren gebracht haben, wenn die Erwähnung der Schwerweltler dafür nicht gereicht hat.«

Kai drehte die Hände nach oben und zuckte zusammen, als ein Schmerz sein gebrochenes Handgelenk durchfuhr. »Ich schätze, die Thek haben es nie eilig. Ich hatte gehofft, daß sie diesmal eine Ausnahme machen.«

»Also, was machen wir?« fragte Triv. »Wir können nicht ewig hierbleiben. Oder uns für immer vor den Schwerweltlern verstecken, wenn sie merken, daß das Shuttle verschwunden ist. Ich weiß, daß Ireta ein großer Planet ist, aber nur dieser Abschnitt der Äquatorialregion ist einigermaßen bewohnbar. Selbst wenn wir hier blieben, müßten wir Energie verbrauchen, um Nahrungsmittel zu erzeugen. Früher oder später würden uns die Schwerweltler erwischen. Sie haben alle Spürgeräte und Markerdetektoren. Sie haben alles, sogar die Betäubungsgewehre. Was sollen wir machen?«

Jeder Instinkt in Lunzie begehrte lautstark gegen die offenkundigste Antwort auf, aber sie mußte sie aussprechen. »Es gibt immer noch den Kälteschlaf.« Selbst für ihre eigenen Ohren klang es resigniert.

»Das wäre eine letzte, schonende Zuflucht«, stimmte Triv zu. Lunzie wollte noch darüber diskutieren, aber sie preßte die Lippen fest aufeinander, während Kai und Varian ernst nickten.

»Das Erkundungsschiff wird uns doch abholen, ja?« fragte Triv mit ausdruckslosem Gesicht.

Kai und Varian versicherten ihm, daß die *ARCT-10* sie nicht im Stich lassen würde. Ihre umfangreichen Berichte warteten in der Nachrichtensonde darauf, von der *ARCT* abgerufen zu werden, wenn sie mit dem Ionensturm fertig war. Das Signalfeuer, das Portegin draußen als toten Zweig getarnt hatte, würde die Such- und Rettungsmannschaft zu ihnen führen.

»Bei der Ioneninterferenz, die ein großer Sturm hervorrufen kann, ist es kein Wunder, daß sie keinen Kontakt mit uns aufnehmen konnten«, sagte Varian standhaft, aber die anderen schienen ihr nicht recht zu glauben.

Lunzie versuchte, den Namen ›Jonas‹ aus ihrem Wortschatz zu streichen.

»Gut, dann legen wir uns morgen in den Kälteschlaf, nachdem wir die anderen unterrichtet haben«, entschied Kai forsch.

»Warum sollen wir's ihnen sagen?« fragte Lunzie. Sie wollte die Prozedur lieber hinter sich bringen, bevor sie den Mut verlor.

»Sie liegen ohnehin schon halb im Kälteschlaf.« Varian erschreckte Kai, indem sie auf die schlafenden Körper deutete. »Und wir würden uns unnötige Streitereien ersparen.«

»Es ist jetzt eine ganze Woche vergangen«, sagte Triv ahnungsvoll, »und bei dem Tempo, mit dem die Aasfresser auf Ireta ans Werk gehen, könnten die Schwerweltler schon entdeckt haben, daß das Shuttle verschwunden ist.«

»Wenn wir im Kälteschlaf liegen, haben die Schwerweltler keine Möglichkeit mehr, uns ausfindig zu machen«, fügte Varian hinzu. »Und wenn wir noch länger wach bleiben, könnte es wirklich gefährlich werden.«

Nachdem die anderen Adepten ihrem Vorschlag zugestimmt hatten, stand Lunzie langsam auf. So schwer es ihr auch fiel, ging sie zum Kälteschlafspind und tippte den Code ein, der ihn öffnete. Es war ihr wirklich zuwider, sich noch einmal in den Kälteschlaf zu begeben. Sie hatte so viele Jahre ihres Lebens in diesem Zustand vergeudet. Er war fast so schlimm wie der Tod. In gewisser Weise war es ein Tod – er setzte allem Angenehmen und Hoffnungsvollen in diesem Abschnitt ihres Lebens ein Ende.

Trotzdem kramte sie die Drogen und die Injektionspistole zusammen, überprüfte die Dosierung und verabreichte ihren Kameraden, die schon schliefen, die entsprechenden Medikamente. Triv, Kai und Varian gingen zwischen ihnen umher und überwachten ihren Übergang in den Kälteschlaf, während ihre Haut abkühlte und die Atmung sich verlangsamte.

»Wißt ihr«, sagte Varian in einem gedämpften, aber aufgeregten Ton, als sie sich bereit machte. »Der arme alte Gaber hatte recht. Wir sind zurückgelassen worden. Zumindest zeitweise!«

Lunzie starrte sie an und zog eine Grimasse. »Das ist nicht der Trost, mit dem ich in den Kälteschlaf gehen will.«

»Träumt man im kryogenischen Schlaf, Lunzie?« fragte Varian, als Lunzie ihr einen Becher mit der konservierenden Droge reichte.

»Ich habe nie geträumt.«

Lunzie gab Kai seine Dosis. Der junge Expeditionsleiter nahm sie mit einem Lächeln entgegen.

»Es ist doch Zeitverschwendung, wenn man nichts tut«, sagte er.

»Das ganze Konzept des Kälteschlafs beruht darauf, daß das subjektive Zeitgefühl ausgeschaltet wird«, betonte Lunzie.

»Man schläft ein und erwacht wieder, und Jahrhunderte sind vergangen«, fügte Triv hinzu und leerte seinen Becher.

»Du bist weniger hilfreich als Varian«, brummte Lunzie.

»Es wird keine Jahrhunderte dauern«, sagte Kai mit Nachdruck. »Nicht wenn das Erkundungsschiff die Uranvorkommen entdeckt. Sie sind einfach zu umfangreich, um sie zu ignorieren.«

Lunzie stellte den Gastank des Kälteschlafsystems so ein, daß er ansprang, sobald die Sensoren den Stillstand aller Lebenszeichen registrierten. Sie hielt ihre Dosis in der Hand. Sie würde nicht das Leben aller riskieren, wenn sie wach bliebe. Ein Schwerweltler, der dieses Gebiet überflog, würde ihre Körperwärme kaum registrieren. Sie konnte wachbleiben.

Aber wenn sie jetzt schlief, hätte sie dieses eine Mal andere dabei, die sie kannte, Menschen, die sie mochte und mit denen sie gearbeitet hatte. Sie würde nicht so allein sein, wenn sie erwachte. Das war ein Trost. Bevor sie sich zu einer drastischen und verhängnisvollen Verzögerung hinreißen ließ, stürzte sie das Mittel hinunter, legte sich auf einer Seite des Decks hin, stopfte sich ein Polster unter den Kopf und zog die Arme an die Brust.

Wer weiß, wann sie uns holen kommen, dachte sie. Es gelang ihr nicht, alle düsteren Gedanken zu verdrängen. Sie klammerte sich an eine andere Hoffnung: die Schwerweltler würden sie nicht erwischen, und die Anderen auch nicht. Sie würde wieder aufwachen. Und es würde ein neuer Lebensabschnitt beginnen.

Vom Magen her breitete sich eine bleierne Schwere

in ihrem Körper aus. Die Luft auf ihrer immer kühleren Haut fühlte sich unangenehm heiß an und wurde mit jeder Sekunde heißer. Plötzlich wollte Lunzie aufstehen, von hier fortlaufen, bevor sie wieder in sich selbst gefangen war. Aber es war schon zu spät, um den Vorgang aufzuhalten. Sie spürte, wie ihr Bewußtsein in einen weiteren todesnahen Schlaf versank. Bei Muhlah!

HEYNE BÜCHER

Anne McCaffrey

Der Drachenreiter von Pern-Zyklus

06/6372

Drachengesang
Band 3
06/3791

Drachensinger
Band 4
06/3849

Der weiße Drache
Band 6
06/3918

Drachendämmerung
Band 9
06/4666

Die Weyr von Pern
Band 11
06/5135

Die Chroniken von Pern – Ankunft
06/6353

Drachenauge
06/6372

HEYNE-TASCHENBÜCHER

HEYNE BÜCHER

Andreas Eschbach

Die Haarteppich-knüpfer

06/5927

Ausgezeichnet als bester deutscher SF-Roman des Jahres

Seit undenklichen Zeiten knüpfen sie Teppiche für den Hof des Sternenkaisers, Teppiche aus den Haaren ihrer Frauen und Töchter, so dicht und fein, daß jeder Haarteppichknüpfer nur einen einzigen Teppich in seinem ganzen Leben vollendet. Die Kunst wird vom Vater auf den Sohn vererbt, seit Jahrtausenden, seit dem Anbeginn der Zeit. Doch eines Tages wird alles anders …

HEYNE-TASCHENBÜCHER